瀬間正之編

「記紀」の可能性

古代文学と隣接諸学10

竹林舎

監修のことば

『古代文学と隣接諸学』と題する本シリーズは、古代日本の文芸、言語や文字文化を対象とする文学のほか、歴史学、美術史学、宗教史学などの隣接諸分野の研究成果を広く包摂した全一〇巻の論文集である。すでに公刊の『平安文学と隣接諸学』『中世文学と隣接諸学』などに続くシリーズとして、二〇一四年初夏、私が本シリーズの企画、編集のスーパーバイズを求められて以来、編者の委託や内容の検討を経てここに実現するに至った。

『古代文学と隣接諸学』の各巻に共通する目標ないし特色は、古代日本の人々の様々な営みを東アジアの視点から認識する姿勢である。作品や資料を遡及的、解釈的に捉えるだけにとどめず、歴史的展開の諸要素を一々細かくフォーカスして、古代史像の総体的な復元に立ち向かうことである。特に歴史学については、古代史における王権や国家の働きをア・プリオリに認めるのでなく、個々の事実に基づいて真の成り立ちや実態を追い求め、本質を突こうと努めている。加えて、人々のイデオロギーや心性、社会と密接な芸術、生活空間、環境、交通などにも目配りしている。

このように『古代文学と隣接諸学』は、核とする文学とそれに隣り合う専門分野の第一線で活躍する大勢の中堅、気鋭による多彩で豊富な論考を集めて、今日の研究の最高峰を指し示すものである。

本シリーズには学際研究の新鮮なエッセンスが満ちている。学際研究は異分野の研究を互いに認め合って接近し、知識やヒントを得たり方法論や理論を摂取したりすることができる。さらには研究の融合、進化をも可能にする。文学では、上代、上古、中古などという独自の時代区分を考え直すことになる。文学と文芸の関係性を解く糸口が得られる。世界文学と日本文学をめぐる議論を作り出すかもしれない。歴史学でも、多様な知見に耳を傾け、または抗うことによって、細分化する傾向にある古代史研究の総合化、体系化の方向を展望できるであろう。

本シリーズが多くの読者を魅了し、既往の諸学の成果を踏まえて未知の地平を切り拓き、今後の研究を押し広げ、深めるきっかけとなることが大いに期待される。それが新たな文学と文学史の再構築につながり、ひいては日本の人文科学の進展に寄与するならば幸いである。

鈴木靖民

二〇一七年四月

目次

Ⅲ　史料論・享受論

Ⅳ　記載文学としての歌謡と神話

序　一千三百年後に問う可能性
──『古事記』『日本書紀』『続日本紀』『日本霊異記』研究──

瀬間　正之

二〇一二年に『古事記』撰録一三〇〇年を迎えた。二〇二〇年には『日本書紀』撰録一三〇〇年を迎える。神武天皇ゆかりの地、宮崎県では「記紀編さん一三〇〇年記念事業」が二〇一二年から二〇二〇年の八年間にわたって継続されている。学界でも、『古事記』撰録一三〇〇年を迎えた二〇一二年には、数々の企画が催された。『國學院雑誌』は、前年（二〇一一年）の一一月に「特集　古事記研究の現在」を刊行、大家・中堅・若手総勢三九名の執筆者が寄稿し、五〇〇頁を超える厖大な学術雑誌となった。上代文学会では、二〇一二年一一月に、シンポジウム『記紀の成立を考える』を開催、翌年（二〇一三年）四月の『上代文学』一一〇号がその特集号となった。『古事記』の成立を考える際、その八年後に成立した『日本書紀』の成立も同時に考える必要があるという認識から、このようなシンポジウムを企画したわけである。

学界・自治体ばかりでなく、書店にも記紀コーナーができるほど、記紀に関する多くの本が並ぶようになり、一大ブームと化しつつあるようにも見える。今後も『日本書紀』編纂一三〇〇年の二〇二〇年に向けてもさらに多くの企画がなされることであろう。

記紀研究の歴史も、『日本書紀』撰録の翌年養老五年（七二一）には既に日本紀講筵が行われ、『養老私記』の名も残されるから一三〇〇年に及ぶことになる。この間、神典としての日本紀研究を脱し、客観的方法による研究による萌芽は、契沖・荷田春満に見られるが、本格的な『日本書紀』研究は、谷川士清・河村秀根を持たねばならず、『古事記』においては賀茂真淵・本居宣長を待たねばならない。秀根は自らの学問を紀典学と呼称したが、そこには今で言う国語学・国文学・国史学・地理学・服飾学・法学などさまざまな学問を含んでいた。もちろん、国学にあっても、今日的な学問の境界はない。細分化された今日の学問体系の中では、文学研究者は文学の領域だけで記紀を扱い、歴史研究者は歴史研究の中でのみ記紀を取り挙げる傾向がある。

そうした中で、『古代文学と隣接諸学』のシリーズも、その一巻として『記紀』を取り挙げることとなった。それぞれの学問領域から『記紀』を解き放ち、隣接諸学はもちろん、近隣の漢字文化圏においても『記紀』の可能性を拡張するということに他ならない。〈「記紀」の可能性〉の書名は、それを表すものである。

さて、現在の記紀研究史上、忘れてはならないのが、昭和の古事記学会代表理事であった太田善麿氏・梅沢伊勢三氏・神田秀夫氏の学恩である。文学思潮という観点から記紀を見据え、日本書紀区分論の道筋を示した太田善麿氏は、『古事記』は呪術的対策として、『日本書紀』は技術的対策として書かれたとされた。『古事記』は『日本書紀』とともに読むべきことを主張し続けられた梅沢伊勢三氏は、ひとたび、日本書紀的に漢文で書かれ大陸化された伝承を再国粋化したものが『古事記』であるとされた。「五き（記紀）一い（遺）の学」、すなわち、『古事記』・『日本書紀』・『風土記』・『続日本紀』・『先代旧事本紀』を併せて五紀（記）と『古語拾遺』の学びを説かれた神田秀夫氏は、『古事記』の本文を飛鳥層と白鳳層に分けて捉えられた。「五き一い」の提言は、青木周平氏によっても語り継がれた（『国語と国文学』千号記念国語国文学会の展望）が、みな既に顕界を去られた。

先学の遺志を継承しつつ、この〈「記紀」の可能性〉では、『古事記』『日本書紀』を前面に押し出しながら、『続日本紀』・『日本霊異記』をも視野に入れ、撰録から一三〇〇年経過した書物の未来に向けての可能性を、文化論・文体論・典拠論・史料論・享受論・歌謡論・神話論、そして近隣の漢字文化圏諸国での研究状況と展望から問うことを企てた。多くの賛同を得て、執筆者それぞれ、自身の研究領域・分野から『古事記』・『日本書紀』・『続日本紀』・『日本霊異記』について、それぞれの書物の可能性を拡張していただくことができた。

まず、文献別に見れば、『古事記』については、奥田俊博「古事記の文体」・工藤浩「古事記の享受と展開」・渡邉卓「『釈日本紀』にみる『古事記』の価値」・藤原享和「古事記歌謡論」・谷口雅博「『古事記』天孫降臨神話の文脈」・魯成煥「『古事記』に自分の姿を見つけた韓国人」と各分野から、六本の論を得た。

『日本書紀』に関しては、葛西太一「日本書紀の文体」・池田昌広「『日本書紀』の出典――類書問題再考――」・朴美賢「韓国の日本書紀研究の現状と展望――日本語学を中心に――」と、気鋭の若手から三本の論を得た。

記紀全般に関しては、笹川尚紀「史料としての記紀」・瀬間正之「歌謡の文字記載」・松本直樹「「神代」に起源する記・紀「天皇史」の構想」・原口耕一郎「「日向神話」から神武東征へ」・馬駿「中国の記紀研究の現状と展望」と、文学・語学・歴史学から五本の論を得た。また、『古事記』『日本霊異記』にわたるものとしては北條勝貴「〈水辺の憂女〉の古層と構築――『古事記』『日本霊異記』の向こう側を探る――」を得た。

『続日本紀』に関しては、近年精力的に典拠研究を継続されている高松寿夫「『続日本紀』に関わる二つの上表文から編纂者の文筆をうかがう」を得た。

『日本霊異記』に関しては、李銘敬「『日本霊異記』の文体をめぐって」・河野貴美子「日本霊異記の典拠」・

山本崇「歴史史料としての日本霊異記」・八重樫直彦「肥後国の尼僧の行方――『日本霊異記』から『三宝絵』へ――」の文体・典拠・史料・受容に関する四本の論文が揃った。

以下章ごとに順を追って、各論文を紹介し理解の一助としたい。

巻頭の北條論文は、文化論として今後『古事記』『日本霊異記』研究がどこへ向かうべきかを例示したものであり、『古事記』「稲羽素兎」条のオホナムチの医療神的性格の源流を『医心方』所引の『産経』を手がかりに求め、さらに『日本霊異記』の行基奇跡譚へ繋ぐもので、その背後に壮大な歴史と地理の旅を想像させる論である。

文体論では、奥田論文は、宣長以来の文体論を研究史的に辿りながら、現在の古事記文体理解の一つの水準を示したものとなった。今後『古事記』の文体を考える上での必読の論である。

葛西論文は旧来の区分論を新見地から捉え直した野心作であり、将来性に富んだものとなった。句頭辞、句末辞、連続して同一の文字数による構文、この三者の『日本書紀』全巻に及ぶ網羅的分析から、区分論を再構築したものであり、その調査に費やした時間と労力に敬意を表するとともに、このような作業に耐えうる若さに羨望を覚えざるを得ない。

李論文は、研究が乏しかった『日本霊異記』の文体について本格的に論じたものと言える。中村宗彦『古代説話の解釈』（明治書院、一九八五年）・上田設夫『古代説話の論』（和泉書院、一九九四年）等には文体に関する言及も含まれたが、二一世紀以降のまとまった論としては、著者自身に「『日本霊異記』の漢文をめぐって――原典を目指しての研究提起――」『日本漢文学研究』3（二松学舎大学21世紀COEプログラム、二〇〇八年）、森博達に「『日本霊異記』變格漢文初探――『日本書紀』との比較・對照を通して――」『第四四回口訣學会全國學術大會』予稿集（二〇一二年八月）［日文韓文］の二点が管見に入るのみであった。ともに入手し難いものであり、広く知られることはなかった。本書への掲載論文が今後の『日本霊異記』文体研究の起点となれば幸いである。

典拠論では、それぞれの文献の典拠について、ここ数年来この分野の研究の最先端を行く三氏の論が揃った。

池田論文は、『華林遍略』を『日本書紀』の直接の典拠として推定するなど、『日本書紀』典拠研究に新たな基軸を切り開いてきた著者が、『藝文類聚』説の復権を認めるなど、自説の訂正も含めて総点検したもので、『日本書紀』典拠研究における一つの指標となるに違いない。

高松論文は、『続日本紀』の編纂に関わる二つの上表文に唐太宗時代の文筆の影響を指摘したもので、今後も『懐風藻』序以降、八世紀半ばから九世紀の文章に太宗時代の文筆の影響が発見される予感をもたらす。

河野論文は、近年この分野に対する研究を精力的に推し進めている著者が、中国古代小説・内典・外典・史書等との関係から『日本霊異記』の説話の形成、成立の意義を探ったもので、とりわけ道宣の著作との関係に重きを置いている。『日本霊異記』典拠研究のみならず、広く『日本霊異記』を捉え直す上での必読の論となった。

史料論では、笹川論文が『日本書紀』応神九年四月条の武内宿禰を取り挙げて、この記事の成立の背景を考察したものである。今後、記紀の個々の記事についてこうした分析が進展する契機となることが望まれる。

山本論文は、『日本霊異記』上巻一縁を素材に、歴史学・地理学的な観点から説話を読む最新の成果を提示し、続いて、写本に即した史料の伝来論にかかわる成果を示したもので、新知見に富み示唆されるところが多大である。

享受論では、工藤論文は、一貫してこのテーマを追究し続けている著者が、『古事記』のどの記事をどの文献が引用したかの一覧表を作成し、『古事記』の享受の全容を踏まえながら、特に『先代旧事本紀』『新撰亀相記』に焦点を当てて『古事記』の受容を論じたもので、記紀神代巻からの『先代旧事本紀』『新撰亀相記』の記事引用状況を一覧可能にした表も有意義である。

渡邉論文は、『釈日本紀』に引用される『古事記』には、引用者、引用時期に重層性があり、それぞれ慎重に判断せねばならぬことを実例をもって明らかにしている。

八重樫論文は、『日本霊異記』下巻第十九話とその再録説話について、先行説を押さえながら詳細にその意義について論究したものである。

続く、「記載文学としての歌謡と神話」において、歌謡論では、奇しくも藤原論文・瀬間論文とも『琴歌譜』に重きを置いたものとなった。前者が『琴歌譜』の内容を、後者がその表記を取り挙げている。藤原論文は、契沖以来の独立歌謡論以前の研究と、独立歌謡論以降の研究の方法を概観し、そこから、『古事記』所載歌をひとまず『古事記』から切り離して独立歌謡として研究し、その成果を『古事記』の物語と所載歌の分析に還元するという方法を採るべきことを確認した上で、『琴歌譜』一番歌と『古事記』九四番歌を例に、『古事記』以降の文献である『琴歌譜』の分析が、『古事記』の歌謡物語の分析に有効であることを説く。

瀬間論文は、歌謡が文字記載される方法について、記載の要求の内実に合わせてさまざまな方法が採られたことを想定し、歌謡の文字記載方法が一律ではなかったことを述べる。

神話論では、松本論文が、『古事記』『日本書紀』それぞれの構想について、それぞれの三輪神に関する記事を分析した結果、『古事記』は神と天皇の関係性を通して一貫した「天皇史」を実現させているが、一方『日本書紀』は、三輪神と天皇の関係性を矛盾なく読み通すことが困難であり、『古事記』に比して言えば、緩やかな編纂態度であることを指摘した。

谷口論文は、松本論文に呼応するかのように、天孫降臨から神武即位に至るまで記紀の文脈を比較検討することで両書の構想の相違を指摘している。『古事記』は「神話」を規範として天皇統治の次第が語られるが、『日本書紀』における神話（神代紀から神武即位まで）は、神武即位に至るまでの序章であり、ここまでの全体が、言わば「神武即位前紀」に相当することを述べる。アマテラスの呼称転換と訓注の重出と不順を手がかりに神武紀冒頭までが当初は神代巻として構想されていたとする葛西太一「神武紀冒頭の位置付け」『古事記年報』五七（古事記学会、二〇一五年）とも通じるところがある。

原口論文も、その葛西説をはじめとした記紀それぞれの構想論・成立論も踏まえ、谷口論文に呼応するかのように、記紀の日向神話から神武東征までを扱ったものであるが、「隼人」を軸に考察したものである。「隼人」は、華夷思想に基づいて朝廷側が与えた呼称であり、記紀の「日向神話」は八世紀になって形成されたとする。

「近隣諸国の記紀研究」では、魯論文が韓国に於ける『古事記』研究、朴論文が韓国に於ける『日本書紀』研究、馬論文が中国における記紀研究についてまとめている。魯論文に依れば、韓国で『古事記』が知られるようになったのは一九八〇年代からであるという。魯成煥氏と編者は、ともに初めての古事記学会での発表が一九八五年六月であり、それ以来の旧知であるが、まさしく魯成煥氏自身が韓国における古事記神話研究の歴史そのもののような存在である。韓半島（朝鮮半島）の建国神話が『古事記』に与えた影響をめぐる研究・オホゲツヒメ神話・神功皇后伝説・天日矛神話の研究史をまとめ、今後の課題として比較神話研究における普遍性と特殊性の双方を追究すべきことを指摘している。

朴論文は、近年の韓国のデータベースRISS（http://www.riss.kr）、KISS（http://Kiss.kstudy.com）、DBpia（http://www.dbpia.co.kr）を駆使し、語学研究史・歴史学研究史・韓国語訳本について、最新の論文にまで及ぶもので有益な情報をもたらしてくれる。データベースについては、注に詳細な解説もあるが、近年は日本でも加入する大学が増加しつつあり、日本からも論文をダウンロードすることができるようになった。

馬論文は、限られた紙幅の中で、中国における記紀研究を、歴史・文化・神話に関する研究史、言語・文字からの研究史を総合的に論じた上で、自身の専門である出典論・倭習論について詳説している。編者も共同研究に加わったが、二〇一二年～二〇一五年科研費基盤研究（Ｂ）「古代東アジア諸国の仏教系変格漢文に関する基礎的研究」（代表石井公成）での成果の一部を盛り込んだ論である。

以上、この一冊が今後の『古事記』『日本書紀』『続日本紀』『日本霊異記』研究に一石を投じることができたと信じる。今後、日本のみならず、東アジアという視点で近隣諸国の研究の実態も踏まえて〈記紀の可能性〉を更新させていくことが重要である。

Ⅰ 文化論

〈水辺の憂女〉の古層と構築
――『古事記』『日本霊異記』の向こう側を探る――

北條　勝貴

はじめに――水辺に女性のいること――

東アジアの言説空間、感性／想像力において、女性が水と結びつけられることは少なくない。例えば、一八世紀後半の画師鳥山石燕が描いた『画図百鬼夜行』において、産死した女性の亡霊である姑獲鳥の表象は、雨の降りしきる川辺に立つ姿で描かれている。[注1] かかる画面構成の成立した背景には、産死女性の供養法へ特化された流れ灌頂の存在があるらしいが、[注2] そもそもその〈特化〉とは何だろう。血盆経信仰を基底とする血の汚れ、産穢を洗い流すためとするのが一般的な考え方だろうが、さらにその向こう側へ測鉛を下ろそうとすれば、禊祓を挟んだ清浄／ケガレの二項対立、水＝自然・野生のカテゴリーへの女性性の疎外など、列島、もしくは東アジアの文化に複雑に構造化された、ジェンダー／セクシュアリティの歪な闇が立ち現れてくる。[注3]

柳田国男は、『石神問答』から『妹の力』に至る女性宗教者をめぐる議論のなかで、各地に存在する姥ヶ池系統の伝説に注目しているが、[注4] それについては私も以前論及したことがある。[注5] 何らかの石造物を老女神として信仰し、咳や瘧などの平癒を願うもので、その縁起には周辺の低湿地的環境が関わりを持つ。著名なところでは、例えば、東京神田お玉ヶ池周辺の伝承があろう。二人の男性に求愛された女性が自死を選ぶ処女塚伝承の江戸版だが、入水したお玉は祟りをなし、やがて稲荷に祀られた。[注6] 周辺は神田川に近い低湿地であり、日雇い労働者の集住地も近く、民家も密集し不衛生な状態にあって、幕末にはコレラが大発生した。そのためか、神田川の北岸には医学館や種痘所が置かれ、周辺に医師の家も多く、嘉永三年（一八五〇）の尾張屋清七板江戸切絵図『日本橋北神田浜町絵図』では、かつてお玉ヶ池のあったちょうどその上に、医師の家宅が確認される。[注7] 種痘所も、もともとはお玉ヶ池の川路聖謨拝領地に開設されていた。低湿地／病の関係を説明する、環境の悪さ↓低階層の密集↓不衛生↓疫病の蔓延↓医薬の希求という常套的論理は、浅草姥ヶ池の伝説にも確認できる。菊池沾凉撰『江戸砂子温故名跡誌』（享保十七年〔一七三二〕）巻二／明王院は、同院に伝わる枕石の因縁話として、娘に誘わせた旅人を枕石で潰して殺していた老母が、観音の示現により誤って娘のほうを殺してしまい、入水して大蛇に変じ災禍をなしたという話を載せ、「よつて一社の神にいはひければ、悪霊かへつて守りの神となりて、はやりやまふの難をさくると也。……はやり病の時、竹の筒に甘酒を入、あたりの木の枝にかけ池にうかむれば、願成就といへり」[注8]と記す。なお、処女塚伝承の文字記録としては最も古い、『万葉集』巻九―一八〇九／高橋虫麻呂歌に載る菟原処女伝承も、「菟原」という低湿地帯を舞台とし、同地を名に冠する男女、隣接するやはり低湿地の「茅渟」を冠する男性が登場するが、病や医の要素は見受けられない。未だ前掲の論理が未成立なためだろうか。ただし、茅の密生する沼地を指す「茅渟」はともかく、性と再生の象徴であるウサギの読み込まれた「菟原」には、まずは注目しておきたい。

　柳田国男も折口信夫も、かかる伝承の背景に、物語りを生成／管理する女性宗教者の存在を見出している。柳田は、女性の「特殊生理」に由来する鋭敏な霊力に注目し、それが当初は兄弟を守護する妹の力、やがて婚家における妻の力として、家を存続させる機能を果たしてきたと考えた。女性は畏怖される力を持つゆえに、後世には禁忌ばかりが強調され社会的に疎外されることとなったが、しかし女性にしか果たしえない宗教的役割のために、専業化して神社所属の巫女／漂泊の巫女となるものが生まれた。彼女たちは、清浄な自然の領域や樹下、衢で祭祀をなし、神霊を招く由来譚を歌語りしたため、物語りと女性宗教者とが混同されつつ、清泉や樹下、衢に伝承されていったという。[注9] 柳田的にいえば、浅草姥ヶ池の枕石は、女性宗教者がその力を借りて治病を行うため、池の水神を招くのに用いた祭具なのだろう。

折口は、柳田以上に水と女性との関わりを密接にみている。かつてミヌマ・ミツハの名で呼ばれた、神聖な水（変若水など）を斎く巫女〈水の女〉は、貴人に奉仕してその若子に禊ぎの水を注ぎ、王の資格を備える首長霊を付与して、やがては王の后となってゆく存在であったという。[注10] 確かに近年、古墳時代地域王権の最重要の祭祀であった水の祀り（湧水点祭祀、導水祭祀）の全貌が明らかにされつつあるが、濾過された清浄な水を受ける首長の傍らには、それを捧げる巫女の姿のあったことが、祭祀の現場を復原した人物埴輪によって確認されている。[注11] 冒頭に掲げた伝承群との関係で注目されるのは、『古事記』中巻／垂仁天皇段において、後宮から本国へ帰された丹波道主貴の娘ウタゴリヒメが、山代国弟国で淵に身を投げたことに触れ、折口が「自殺の方法の中、身投げの本縁を言ふ物語を含んだものである。水の中で死ぬることのはじめをひらいた丹波道主貴の神女は、水の女であつたからと考へたのである」と述べている点である。[注12] 高梨一美氏はこれについて、折口には、「水界に出自をもつ「水の女」は、やがて本つ国である水界へ去って行くという考え」があったのではないかと指摘している。[注13] 水の女たちの斎く水が、治療を含む再生の力を持つことを考えれば、お玉らの入水と医療神への変貌は、折口説を忠実に敷衍しているともいえよう。

最近の女性史研究、シャーマニズム研究は、柳田説・折口説のような女性の特性、とくに生殖能力を宗教的なものとする考え方を、それ自体、近代家父長制に基づく認識枠組みであると批判してきた。[注14] 私も、東アジアにおける神仏習合言説の醸成を跡づけるなかで、神霊を憑依する、あるいは神霊と邂逅する宗教現象をなすものは、女性ばかりではなく男性の事例が多いことを確認した。[注15] 例えば、のちに道教最大の派閥となる茅山道教（上清派）の成立などは、その典型であろう。南斉・陶弘景がまとめた『真誥』の語るところによれば、南嶽魏夫人（魏華存）が霊媒楊羲を介して許謐・許翽父子のもとへ降臨し、『上清経』を伝えたという。いうまでもなく、魏夫人は女性の神霊であり、楊羲や許父子は男性である。また、同時期の江南地域では、北方の胡族王朝がもたらす政治・社会不安と、これを逃れて移住してきた北人による支配、服従を余儀なくされた在来南人の鬱屈を反映して、死者が現実と転倒した冥界の情報をもたらす降霊事件が相次いだ。かかる事例の多くは男性を主体とするものであったが、もちろん、南梁・宝唱撰『比丘尼伝』（六世紀後半）に収録された諸尼の伝記のように、在来のシャーマニズムが女性を介して発現したと捉えられる事例もあった。南梁・僧祐撰『出三蔵記集』（六世紀初）巻五 新集疑経偽撰雑録三／僧法尼所誦出経入疑録に紹介された、九〜一二歳のうちに二〇部以上の経典を誦出したという僧法尼も、口承世界と接続する「誦」字の使用といい、本人が語ったという「神授」の言葉といい、やはりシャーマニズムとの関係をうかがわせる。[注16] 元来中国の祖先祭祀は男性に担われており、女性の巫俗文化は異端的な扱いを受けていた。よってこれら六朝の事例は、北方の漢文化に南方の在来文化が融合し、表面に出てきたものとも受け取れる。

古代日本列島における祭祀文化は、もちろん家父長制のなかで担われてきたわけではない。東アジアの性的に多様な宗教文化に対し、列島のそれに女性の占める割合が高いのであれば、その理由はあらためて問われなければなるまい。柳田や折口が、〈神聖性〉をキーワードに女性と水とを連結したことは、冒頭でも言及したとおり、男性＝文化の立場から女性を野生へ疎外する行為でしかない。しかし、彼らの〈連結〉はまったくのフィクションではありえず、かかる疎外の東アジアにおける構築過程をメタレベルで明らかにすることは、我々のなかに複雑に構造化された差別のシステムを自覚するうえでも、極めて重要な意味を持とう。本稿では以上のような意図をもって、水・低湿地・疾病・医療の観念複合のなかに立ち現れる女性像――とくに、水辺に佇む病患の女性を行路者が救済する構図（以下、便宜上〈水辺の憂女〉と呼称する）――の成り立ちを跡づけてみたい。

なおまた本稿は、多様な論考を含むこの書物において、『古事記』『日本書紀』の可能性を広げる役割を帯びているが、その責任は、この考察のプロセスを通じて果たしうると考える。

一　オホナムチと禹――医神と行神の東アジア――

1　治癒神としてのオホナムチ

『古事記』上巻／オホクニヌシ神話の冒頭では、欺した和邇に毛皮を剝がれ、八十神の嘘で全身傷だらけになった素菟のもとをオホナムチが訪れ、蒲の穂を用いた治療法を授ける。よく知られた「因幡の素兎」のエピソードで、松村武雄・松本信広・松前健らの南方起源説以降、神話学的な分析には枚挙に遑がない。[注17]これこそが管見の限り、列島文化における〈水辺の憂女〉の初見である。まずは該当箇所を、便宜的に分節して掲げておこう。

(a)　故、此大国主神之兄弟、八十神坐。然、皆、国者、避二於大国主神一。所二以避一者、其八十神、各有下欲レ婚二稲羽之八上比売一之心上、共行二稲羽一時、於大穴牟遅神負レ袋、為二従者一、率往。於是、到二気多之前一時、裸菟、伏也、爾、八十神、謂二其菟一云、「ⓐ汝将レ為者、浴二此海塩一、当二風吹一而、伏二高山尾上一。」故、其菟、従二八十神之教一而伏、爾、其塩随レ乾、其身皮、悉風見二吹析一故、痛苦泣伏者、最後之来大穴牟遅神、見二其菟一言、「何由、汝泣伏。」

(b) 菟答言、「僕、在二淤岐嶋一、雖レ欲レ度二此地一、無二度因一。故、欺二海和邇一、此二字以レ音、下效レ此。言、「吾与レ汝、競、欲レ計二族之多小一。故汝者、随二其族在一、悉率来、自二此嶋一至二于気多前一、皆列伏度。爾、吾、蹈二其上一、走乍読度。於是、知下与二吾族一孰多上。」如此言者、見レ欺而列伏之時、吾、蹈二其上一、読度来、今将レ下レ地時、吾云、「汝者、我見レ欺。」言竟、即伏二最端一和邇、捕レ我、悉剥二我衣服一。

(c) 因レ此泣患者、先行八十神之命以、誨告「浴二海塩一、当レ風伏。」故、為レ如レ教者、我身、悉傷。」於是大穴牟遅神、教二告其菟一、「ⓑ今急往二此水門一、以レ水洗二汝身一、即取二其水門之蒲黄一、敷散而輾転二其上一者、汝身、如二本膚一必差。」故、為レ如レ教、其身、如レ本也。此、稲羽之素菟者也。於今者謂二菟神一也。故、其菟、白二大穴牟遅神一、「此八十神者、必不レ得二八上比売一。雖レ負レ袋、汝命、獲之。」[注18]

内容についてはあらためて説明する必要はなかろうが、(a)(c)のオホナムチによる素菟治癒譚に、(b)素菟と和邇との詐偽／報復譚が挿入される構成となっている。ユーリ・ベリョースキン氏の最近の論考によると、(b)の〈海の獣を数える〉話型は、主にロシア極東部や東南アジアに分布し、前者では主人公は狐、後者では豆鹿であり、採集地は不詳ながら、中国には兎の類例があるという。伝播ルートは朝鮮もしくは南方が想定できるが、トリック・スターとしての兎が中国、朝鮮、チベット、東南アジア北部にみられることを勘案すると、前者のほうが可能性が高いと指摘している。[注19] また(a)(c)については、松本直樹氏が、オホクニヌシ神話全体における位置づけとして、巫医としてのオホナムチの知識・能力を示し、彼の巫祝王としての資格を、八十神との比較において明示するものと述べている。[注20] 例えば西郷信綱は、『日本書紀』巻一 神代第八段一書第六の一文、「夫大己貴命与二少彦名命一、戮レ力一レ心、経二営天下一。復、為二顕見蒼生及畜産一、則定二其療病之方一。又、為レ攘二鳥獣昆蟲之災異一、則定二其禁厭之法一」を引き、次のように述べている。

きわめて古くから人間は、自分たちの生活をとりまく動植物や気候について驚くほどよく知っており、たとえば毒草と薬草とを分類し、薬草の使いみちなどを心得ていたことが指摘されている。いわゆる民間療法なるものは、そういった経験と知慧との蓄積に他ならぬ。……一見、本筋とあまり縁のない民間説話を挿入しただけのように見えるが、必ずしもそうではなく、薬方が medicine man としての地方首長の資格の一つであったことに関連するものではないかと思う。オホナムヂが仏教の薬師と習合したり、温泉の神とされたりするゆえんもここにある。[注21]

素菟の病は衣服＝毛皮を剝がれたことだが、以前にも指摘したことがあるとおり、アニミズム世界において毛皮とは獣＝ケ・モノの本質であり、人間以上の能力を発揮する源泉である。それが蒲黄、穂綿で元通りになったのなら、オホナムチの治療は死からの再生であり、文字どおり、毛皮を喪失した「素」菟が毛皮を回復した「菟神」に復帰したことを意味しよう。[注22]

では、そもそもウサギとは、いかなる意味付けをされた獣だったのだろうか。これを〈憂女〉と捉えることは可能なのだろうか。まず字体について、後漢・許慎撰『説文解字』（永元十二年〔一〇〇〕）第一〇上／兔部は、「獣名。象下踞、後二其尾一形上」と説明し、ウサギが尾を後ろにして蹲る形の象形文字とする。字音ウサギの原義については諸説あるが、ウを本名とする点には一致をみている。その意味するところは、松永貞徳『和句解』に（月の）中《うち》、契沖『和字正濫抄』に「愛鷺」の愛《う》（鷺のように美しい）、貝原益軒『日本釈名』に「うすけ」（薄毛）の意などとするが、谷川士清『倭訓栞』に、ウを「易産の意にて名付くるにや」とあることには注意したい。[注23] 月のなかにウサギがいると考えられたことは、列島のほか、インド・西域・中国に起源する仏教経典にみえる。帝釈天の化した老翁に自らを食物として焼身喜捨し、その善行をもって月中に置かれたウサギのエピソードは、『今昔物語集』（平安末期）巻五―一三「三獣行菩薩道、兎焼身語」に詳しいが、唐・玄奘撰『大唐西域記』

（貞観二十年〔六四六〕）巻七 波羅痆斯国／月兎を直接の典拠に、広く呉・康僧会撰『六度集経』（三世紀後半）巻三一二一、同訳『旧雑譬喩経』巻下四五、呉・支謙訳『菩薩本縁経』巻下 兎品第六、西晋・竺法護訳『生経』巻四一三一／仏説兎王経、劉宋・慧詢等訳『菩薩本生鬘論』巻二一六／兎王捨身供養梵志縁起、失訳『一切智光明仙人慈心因縁不食肉経』、支謙訳『撰集百縁経』巻四一三八／兎焼身供養仙人縁、北魏・吉伽夜・曇曜訳『雑宝蔵経』巻二一一一／兎自焼身供養大仙縁などに載る。[注24] 月とウサギが結びつけられるのは、前者の満ち欠けと後者の生殖能力の高さが同一カテゴリーに分類されるためで、それゆえにウサギは、キリスト教圏においては復活祭の象徴となるとともに、好色淫猥の象徴とも位置づけられるのだろう。そしてまた、月が潮汐や月経を介して女性と結びつくように、ウサギにも女性のイメージがつきまとうのである。白川静は、『説文』兎部に挙げる「娩」字について、女偏に従う「兎」は分娩の姿勢を表したもので、兎字とは声・義ともに関係がないというが、[注25] ウサギの蹲る形と女性の分娩の形とが重ね合わされたものではなかろうか。これまでの研究においても、「稲羽之八上比売」は地域を表象する女神であり、「稲羽之素菟」はそのサブ・カテゴリーであるため、両者は従属／被従属関係にあることが指摘されてきた。素菟＝菟神がヤガミヒメとの結婚を予言しうるのはそのためだが、菟の帯びる女性性は、菟神がヤガミヒメと同体であることをも暗示しているのではないか。

　ちなみに、オホナムチによる治療の実際については、傍線ⓑのとおり、蒲黄が処方されたことになっている。蒲黄は、南斉・陶弘景補注『本草経集注』（永元四年〔五〇〇〕頃）巻三 草木上品／蒲黄に、「味甘、平、無レ毒。主治二心腹膀胱寒熱一、利二小便一、止レ血、消二瘀血一。久服軽レ身、益二気力一、延レ年、神仙。生二河東池沢一。四月採[注26]」と記し、早くから止血効果のあることが知られていた。木村雅一氏によれば、その主成分には、抗酸化作用の強いイソラムネチンとα-ティファアステロール、β-シトステロールがあり、それぞれ動脈硬化予防・循環障害予防・皮膚老化予防・抗炎症・皮膚再生・脳代謝改善・血管収縮・止血、止血・利尿・発癌物質の活性化の阻害、脂質異常症・前立腺肥大症・前立腺癌・乳癌・脱毛症の抑制・利尿・血管収縮に効果が認められ、オオナムチの処方は現代医学的にも理に適っているという。[注27] 八十神の教えた傍線ⓐも、単なる意地悪ではなく適切な治療法（海水には止血・消毒の効果がある）であったが、それがオオナムチの処方に及ばなかったことは、神田典城氏の指摘するとおりであろう。[注28] 丹波康頼撰『医心方』（天元五年〔九八二〕）にも多くの止血関係の処方がみえ、例えば、巻五治鼻衄法第三六に引く東晋・葛洪撰『葛氏方』（四世紀頃か）では、「大衄口耳皆血出不レ止方。蒲黄五合、以二水一升一和、一頓服」、同・范汪撰『范汪方』では、「熱病鼻衄多者、出血一二斛方。蒲黄五合、水五升和、飲二一頓一尽、即愈」など、塗布だけでなく服用にも効果があると伝えている（「衄」は鼻血のこと）。[注29] 注意すべきは、これが女性の経血や出産に際しても有効とみられていたことで、巻二一 治婦人月水不通方第二〇に引く佚名『撰集要方』（隋代以前）には、「治二月水不レ止方。服二蒲黄一良」、巻二三 治産後悪血不止方第二一に引く佚名『耆婆方』（隋代以前）には、「治二産後悪露不レ尽方。生姜一斤、蒲黄三両、以二水九升一、煮二取三升一、分二三服一、得二悪血出即瘥一」、同 治産後尿血方第四六に引く徳貞常撰『産経』には、「治産後溲有二血不レ尽、已服二樸硝煎一宜レ服二此蒲黄散一方。蒲黄 一升、生薊葉 曝令レ干、成レ末、二升。凡二物、冶、下レ篩、酒服二方寸匕一、日三」といった記述を拾うことができる。

前述のように、素菟を女性とみることが許されるなら、〈水辺の憂女〉を訪なう行神＝医神という、「はじめに」で指摘した構図が浮かび上がってくる。水辺／海辺の差違はそれほど重要ではないかもしれないが、先の神田氏が指摘しているとおり、蒲黄の処方には水辺という舞台を呼び込む効果があった。

蒲は淡水性の植物だから、海辺の物語という立地条件は理由にならない。敢えて言えば、皮膚を洗浄するために淡水を必要とし、それによって「水門」が導き出されるわけで、そこで初めて物語の背景に川が登場し、そこで湿地とのゆかりで蒲がイメージされるということが言えなくもない。しかし川の存在が治療の上の必然として蒲を選ばせるかというと、要因の一つにはなるかもしれないが、他の薬材との比較において、そこまでの関係性の強さがあると断言できるとは思えない。[注30]

神田氏は消極的だが、蒲黄の処方が、(b)菟と和邇をめぐる海辺の物語りを、(a)(c)憂女と行神＝医療神をめぐる水辺の物語りへ、明瞭に転換しているのである。なぜ、そのような必要があったのだろうか。実は憂女と行神＝医療神の構図は、水辺において成り立つよう歴史的に構築されてきたのである。そしてその原型は、六朝時代の中国に見出すことができる。

2　『産経』逸文の治療神禹①——水と石の文化——

先にも触れた徳貞常撰『産経』[注31]は、六朝陰陽五行説の学問的展開を体現する医書で、日本列島の学芸、貴族文化にも巨大な影響をもたらした。現在は散佚してしまっているものの、藤原佐世撰『日本国見在書目録』(寛平三年〔八九一〕頃)の記載から九世紀代の将来は確実であり、天元五年(九八二)撰述の『医心方』に、ある程度まとまった量の逸文が残っている。いま同書の巻数・章節数のみ列挙すると、巻一四第一四、巻二一第四・五、巻二二第一〜四・七・八・一二・一五〜一七・一九・二〇・二二・二四〜三三・三六・三七、巻二三第一〜三・五・六・八〜一一・一三〜一八・二〇〜二三・二六〜二八・三八・四〇・四二・四四・四六・四七、巻二四第二〜二七、巻二五第一〜三・五〜一四・一六〜一九・二四〜二六・二八〜三五・三七〜四四・四六・五一・五五・五七〜六〇・六九・七二・七四・七五・七九・八〇・八二・八四・八八・九一〜九三・九五・九六・一〇三〜一〇五・一〇七・一〇八・一一〇・一一二・一一三・一一八・一一九・一二四・一二五・一二七〜一四七・一五二〜一六三、巻二八第二一に、それぞれ『産経』よりの引用がみられる。内容は、瘧病の治療法、妊婦の罹患しやすい病に関する治療法・薬の処方、妊婦の体調管理に関する修身法や禁止事項、出産前後のトラブルへの対処法のほか、安産を導く処方・儀礼、胎児の性別の判別法や変更法、干支・六甲・月宿・宿星・七星図・十二星・七神図・四神・禹説に基づき、子供の未来（生き延びる可能性、性格、貴賤・貧富、健康、結婚の状態、父母との関係など）を占う方法、新生児の身体障害や疾患の治療法など多岐にわたる。〈水辺の憂女〉の物語りは、そのうち、巻二三 蔵胞衣断埋法第一五に見出される。

……数数失レ子蔵二胞衣一法。昔禹于雷澤之上、有二一婦人悲哭而来一。禹問二其由一、答曰、「妾数生レ子、而皆夭死、一無二生在一、故哀哭也。」禹教二此法一、子皆長寿、無二夭失一也。(a)取二産胞衣一、善択去二草塵一洗レ之清。(b)作二一土人一。生児男者作二男像一、生児女者作二女像一。以二絳衣一裹二土人一、(c)先以二三銭一置二新瓫中一、已取二土人一著二銭上一。(d)復取二子胞一置二銭上一、以蓋二新甌一、令レ周-密二封-泥之一。(e)案二竿多地上一、使二児公自掘埋一レ之。(f)畢、祝曰、「一銭為三汝領二地主一、一銭為三汝領二寿竿一、一銭為三汝領二口食一。」(g)訖、以二左足一踏レ之、堅築如二上法一。今按、後条児公者児父也。……

雷澤のほとりで嘆き悲しむ婦人に出会った禹が、せっかく産んだ子供たちが次々夭死してしまうというその悩みを聞き、子供の長寿を約束する処方を授ける。それは、「しばしば子供を夭死させてしまう者への胞衣の埋蔵法」とあるとおり、出産習俗として時代的・空間的にも広く確認される、胎盤を地に埋め納める呪術であった。具体的には、(a)産み落とした胞衣を取り、草や塵を丁寧に取り去り、きれいに洗っておく、(b)土を用いて人形を作り、生んだ子供が男なら男性像、女なら女性像を作り、赤い衣で包む、(c)三枚の銭貨を新しい瓫の中に置き、終わったら土人を取って、その銭貨の上に置く、(d)洗っておいた胞衣も銭貨の上に置き、新しい甌で蓋をして、泥で厳重に密閉する、(e)笹竹の多く生えた地を探し、子供の父親に穴を掘らせて、(f)終わったら祝言を、「一銭は汝の土地を拝領するために、一銭は汝の寿命を拝領するために、一銭は汝の食糧を拝領するために」と述べる、(g)すべて終了したら左足で踏み、先の方法のように突き固める、となる。(a)～(f)と類似の呪法は、『医心方』同巻の他の『産経』逸文にも見出され、また馬王堆漢墓出土帛書『雑療方』にも、「禹蔵埋胞図法」として見出される。[注32] 同帛書の『胎産書』には、実際の埋蔵に際し方位を知るために用いられた「禹蔵図」が付属しているが、これは『洛書』から式盤に至る魔方陣的占図の系譜に接続するものといい、[注33] 胞衣の埋蔵が一種の卜占であったことを暗示する。『医心方』にも、巻二四 禹相子生日法第一八に、子の誕生日に基づく将来の吉凶予測が、禹と乳母との対話として語られる。夏王朝を嗣ぐことになる啓の出生譚に組み込まれたものか、月の一・一一・二一日、二・一二・二二日といった区分で、「多勇、利父母」「多病疾」などの占文が付く。子供の将来が父母にとってよいものか、悪いものかという観点が特徴の相法である。禹が洛水の神亀から得たという『洛書』は、起源の一端を新石器時代黄河流域の亀甲容器（安徽省含山凌家灘遺跡出土の玉亀・玉板など）に持ち、[注34] 殷代に拡大する亀卜文化と合流して、漢代に明確化する式盤や緯書の世界の源流となる。[注35]『医心方』全巻の注釈を完遂した槙佐知子氏は、「治水事業をしたと伝えられる禹の相法があったということは、本書による大きな発見の一つである」とするが、[注36] 禹が卜占と関わりを持つのは当然ともいえ、禹の処方した胞衣埋蔵法があっても何ら不思議はない。

話をもとに戻して、物語りの諸要素を少し詳しくみてゆこう。まず禹についてだが、すでに言及したとおり、中国古代の治水英雄であることは言を俟たない。聖帝舜より、処刑された父鯀に代わって治水の命を受け、数十年にわたり中華全土を巡遊、手足も萎え病み疲れた姿となりつつも事業を達成し、禅譲されて最古の王朝〈夏〉を開いた。かかる伝承の大枠は、すでに戦国時代の末には整っていたようで、『尚書』禹貢、司馬遷撰『史記』夏本紀（征和二年〈前九一〉頃）などに、その完成した姿を確認できる。中国のみならず日本でも信仰されており、列島各地に、治水と関連して禹を祀る禹王廟などを見出せる。[注37] 白川静は禹の原像について、仰韶文化半坡遺跡出土彩陶の人面魚身文を手がかりに、『荘子』雑篇／盗跖第二九に「禹偏枯」とあること、その「偏枯」を『山海経』第一六 大荒西経が、「有二氏人之国一、……有レ魚、偏枯、名曰二魚婦一。顓頊死即復蘇。風道北来、天乃大水泉。蛇乃化為レ魚、是為二魚婦一」[注38]と説明していることなどから、禹は仰韶文化における魚形の洪水神で、豊穣／災害の両義性を持つものであったが（「顓頊死即復蘇」はその神話的表現）、後に忘却され、その容姿を示す「偏枯」も治水により病み疲れた様子へ誤解されていったとした。[注39]唐・張守節注『史記正義』（開元二十四年〔七三六〕）巻二 夏本紀に引く前漢・揚雄撰『蜀王本紀』逸文には、「禹本汶山郡広柔県人也。生二於石紐一」[注40]、西晋・司馬彪撰『続漢書』（三世紀後半）郡国志五／蜀郡広柔県条劉昭注に引く東晋・常璩撰『華陽国志』（永和十一年〔三五五〕）逸文には、「夷人営二其地一、方百里、不二敢居レ牧。有レ過、逃二其野中一不二敢追一、云「畏二禹神一」。能蔵三年、為二人所レ得、則共原レ之、云「禹神霊祐レ之」[注41]」とあり、禹を漢代の汶山郡広柔県（現四川省綿陽市北川県）出身と伝え、同地の「夷人」たちによりアジールの神として信仰されていたとする。

工藤元男氏によると、この「夷人」は冉駹と呼ばれる羌族・氏族で、『華陽国志』蜀志／汶山郡条、劉宋・范曄撰『後漢書』（元嘉九年〔四三二〕）巻八六 列伝／南蛮西南夷列伝／冉駹夷条などに詳しい記述がある。[注42]寒冷な山地に暮らし、牧畜を生業とした母系社会を営んで、火葬などの特異な習俗を保持していた。注意されるのは後者の、「皆依レ山居止、累レ石為レ室、高者至二十余丈一、為二邛籠一」との記述で、現在、甘孜蔵族自治州丹巴県の河谷両岸斜面にみられる石積建築〈丹巴碉楼〉は、その文化を継承するものと考えられている。量博満氏は、雲南省昆明市晋寧区石寨山遺跡にみられる岩間葬と、前掲『蜀王本紀』逸文の「生於石紐」とを結びつけ、鯀・禹・啓ら夏の人々に属する石中出生譚を分析、石紐とは岩礁地帯（石縫の走る荒地）を指す一般名詞で、両者の背景には、「岩塊中より生れた人は、死して再び岩塊中に帰る」との観念があった、と指摘した。[注43]工藤氏は量説を敷衍しつつ、後漢・趙曄撰『呉越春秋』（二世紀前半）巻四 越王無余外伝第六の「禹父鯀者、帝顓頊之後。鯀娶二於有莘氏之女一、名曰二女嬉一、年壮未レ孳。嬉於砥山、得二薏苡一而呑レ之、意若レ為レ人所レ感。因而妊孕、剖レ脅而産二高密一。家二于西羌地一、曰二石紐一。石紐在二蜀西川一也[注44]」、前漢・焦延寿撰『焦氏易林』巻第一 師之第七／漸の「舜升二大禹石夷之野一、徵二詣玉闕一、拜二治水土一[注45]」などを挙げ、「蜀西川」はまさに汶山郡を指すことから、冉駹（＝石夷）にも雲南と同じような岩石に関する心性があり、それをよりどころに禹の伝承が醸成されていたと推測している。[注46] すなわち、『呉越春秋』の語る「禹が母の脇腹を裂いて産まれた」との物語りは、「人は岩石の隙間から生まれてきた」観念の具象化と解するのである。前漢・劉安等撰『淮南子』（二世紀）巻一九 修務訓に「禹生二於石一」、同書後漢・高誘注に「禹母修己感レ石而生レ禹、折レ胸而出[注47]」とある禹の岩石感精譚、後漢・班固等撰『漢書』（建初七年〔八二〕頃）巻六 武帝紀／元封元年条／顔師古注所引『淮南子』逸文に「塗山氏往、見二禹方作レ熊、漸而去、至二嵩高山下一化為レ石。方生レ啓。禹曰、「帰二我子一」。石破二北方一而啓生」とある禹の化石譚、禹の子啓の石中出生譚も、量説・工藤説のとおりに理解できるものだろう。後者で、禹が山林を象徴する熊に変じているのも、水神としての性格より、岩石との関係からのほうが理解しやすい。土屋昌明氏は上海博物館戦国楚簡『容成子』を引き、禹が人民に左右を知らせるべく作った号旗が、「東方之旗以日、西方之旗以月、南方之旗以它、中正之旗以熊、北方之旗以鳥」とあることから、戦国中頃までには、「禹は熊に出自するため夏王朝の象徴も熊である」と考えられていたと指摘している。[注48] 熊が最古の王、あるいは神であるとするなら、[注49] この点は疑問とするに当たらない。また土屋氏は、河南省鄭州市嵩山の啓母石（すなわち『漢書』顔師古注所引『淮南子』逸文において、石化して啓を産んだ禹の妻塗山氏）の信仰が、前漢武帝期にまで遡るものと推測したうえで、『淮南子』修務訓の石中出生譚は、本来「啓」とあるべきところを「禹」と誤記したものと述べる。[注50] 土屋氏は、熊＝禹の言説に拘って工藤氏らの見解には一切触れず、『淮南子』逸文の塗山氏の石化を、熊の強力な男性性により恥じて石になったとしている。[注51] しかし、神話とその解釈の多様性からすれば、禹の出自を熊にも石にも認めてもよいはずである。また塗山氏石化の形式は、中国では『呂氏春秋』巻一四 孝行覧／本味（二）の伊尹出生譚（伊尹の母が空桑となる）などにみえる、禁忌を破った者が非生命化する〈見るなの禁〉の話型に属するもの[注52]であって、従えない。

禹に岩石のイメージが纏わり付くことは、大地を走る河川に立ち向かう、治水英雄としての表象とも矛盾しない。伊藤清司氏によれば、鯀の失敗／禹の成功は、防遏法／排水法という治水技術のコントラストとして造型されるという。[注53]『国語』周語下三には、鯀が処刑されたあとの禹の功績を、次のように記す。

……其後伯禹念二前之非度一、厘二改制量一、象二物天地一、比二類百則一、儀二之于民一、而度二之于群生一、共二之従孫一、四岳佐レ之。高高下下、疏レ川導レ滞、鍾レ水豊レ物。封二崇九山一、決二汨九川一、陂二鄣九沢一、豊二殖九藪一、汨二越九原一、宅二居九隩一、合通二四海一。故天無二伏陰一、地無二散陽一、水無二沈気一、火無二災燀一、神無二間行一、民無二淫心一、時無二逆数一、物無レ害レ生。帥二象禹之功一、度二之于軌儀一、莫レ非二嘉績一、克厭二帝心一。……[注54]

すなわち禹の治水は、無理な工事を行い禍乱をなした鯀の方法を反省し、天地の理法に従って実践されたために、天地人の調和を獲得したと考えられているのである。以前にも指摘したことだが、古代中国では、人間の発生プロセスは天地のそれと同様と想定されており、医術の基本は身心の惑乱を自然の状態、世界の原理との調和へ復帰させることにほかならなかった。よって、大地に医を施した禹が、卜占や呪法も含めて、人間に対する治療法を熟知していないわけがない。[注55]加えて、「禹」なる字の原義もかかる解釈と整合的である。白川静は『字通』において、「禹」の字形を雌雄の龍を交差させたものとするが、[注56]漢代以降の「伏羲女媧図」にみるとおり、半人半蛇の男女神が尾を交差させて世界を生んだように、「禹」字自体が出産や再生を暗示する文字なのである。とすると、字音のウも菟のウと共通する音像を含む可能性がある。唐・歐陽詢等撰『芸文類聚』（武徳七年〔六二四〕）巻九六 鱗介部上／龍条所引『括地図』逸文には、このことを彷彿とさせる、先掲『産経』の伝承と構造上よく似た物語りがある。

禹誅二防風氏一、夏后徳盛。二龍降レ之、禹使二范氏御一レ之以行、経二南方一、防風神見レ禹怒、射レ之、有二迅雷一、
二龍升去。神懼、以レ刃自貫二其心一而死。禹哀レ之、瘞以二不死草一、皆生。是名二穿胸国一。[注57]

『山海経』第六 海外南経に記載のある、貫胸人の起源譚である。巨人防風氏を誅殺された怨みから、その一族が巡行中の禹を射殺そうとすると迅雷があり、懼れた彼らは自ら心臓を貫いて死んでしまう。これを哀れんだ禹が「不死草」で治療すると、みな生き返ったものの、胸には穴が空いたままだったということだろう。禹に再生の力があると信じられていたことを、典型的に示す伝承と思われる。その意味でジン・ワン氏が、石が再生・治癒の能力を持つとされたことを、幾つかの石中出生譚や、強壮剤・病気平癒・不死の効能があるとされた多くの薬石、乞子石の習俗などを掲げて説明している点は重要だろう。また氏は、とくに前掲の禹の出生の問題とも関連し、一方で子供を産まない女性を「石女」とも呼ぶことに言及、「この観点に立てば、石の象徴的多価性は、陰と陽、天と地、静と動、洞穴と墓穴、肥沃と不毛などの対立物が本来は一体であったことを表している」と指摘する。[注58]まさに石は、調和の禹に相応しい象徴といえよう。しかし、氏が次のようにも書いていることは、本稿全体のテーマから注意しておかなければなるまい。

……こうして、多様な性質をもつ石に対立物がつねに両立している状態は、次第に二元論に取って代わられる。人類が自然から疎外されるにつれて、神話の石の脱神話化のプロセスは加速してゆく。神話の石は二つに分裂し、最終的にはマイナスの意味属性が優位になるのである。[注59]

3 『産経』逸文の治療神禹② ―― 水と医薬の文化 ――

ところで工藤元男氏は、睡虎地秦簡や馬王堆帛書に記述された身固めの呪法〈禹歩〉から、禹の失われた行神としての性格を明らかにし、治癒神的性格の根源に迫っている。禹歩は、馬王堆帛書『五十二病方』にみるよう

に医の世界へ接続し、『産経』（巻二四 相子生命属十二星第一五）へも継承される。[注60] 出産における母体の危機を回避するためだが、ここであらためて注目しておきたいのが、前掲『呉越春秋』巻四 越王無余外伝第六の、禹の母に関する所伝である。

禹の母は名を女嬉といい、壮年に至っても子を授からなかったが、砥山で薏苡を呑み感精して妊娠、脇腹を割いて高密、すなわち禹を生んだという。類似の所伝は、西晋・皇甫謐撰『帝王世紀』（三世紀後半）第三に、「伯禹、夏後氏、姒姓也。其先出㆓顓頊㆒。顓頊生㆑鯀、尭封㆓崇伯㆒。納㆓有莘氏女㆒、曰㆑志、是為㆓修己㆒。山行、見㆓流星貫㆑昴、夢接㆓意感㆒。又呑㆓神珠薏苡㆒、胸坼而生㆓禹於石紐㆒。虎鼻大口、両耳参鏤、首戴㆑鉤、胸有㆓玉斗㆒、足文履己。故名㆓文命㆒、字高密。身長九尺二寸、長於西羌、西夷人也」[注61]、唐・司馬貞注『史記索隠』本紀／巻一 五帝本紀第一所引『礼緯』に、「禹母修己、呑㆓薏苡㆒而生㆑禹、因姓姒氏」などとある。諸書に微妙な相違はあるが、概ね共通しているのが薏苡を呑んで妊娠するくだりで、感精帝伝承への装飾が顕著な『帝王世紀』は「神珠薏苡」とし、薏苡を霊妙な神力を宿した珠石のように記す。[注62] 先に言及した石との関係からすれば、確かにそのほうが整合的かもしれない。しかし、なぜ「薏苡」なのかは多少の検討を要する。

薏苡はハトムギで、『本草経集注』巻第三 草木上品／薏苡人〔仁〕には、「味甘、微寒、無毒。主治㆘筋急拘攣不㆑可㆓屈伸㆒、風湿痺、下気㆖。除㆓筋骨邪気不仁㆒、利㆓腸胃㆒、消㆓水腫㆒、令㆓人能食㆒。久服軽㆑身、益㆑気。其根下三蟲、一名㆓解蠡㆒、一名㆓屋菼㆒、一名㆓起実㆒、一名㆑贛。生㆓真定平沢及田野㆒。八月採㆑実、採㆑根無㆑時」とある。効能は多岐に渡るが、苑利氏は朱熹による『詩経』周風／薏苡の注釈や明・李時珍撰『本草綱目』（万暦二十三年〔一五九六〕刊行）の記事を援用、中国伝統医学において薏苡は堕胎・催産作用があるとされ、女嬉生禹神話にはかかる知識に基づくリプロダクション安定化への希求が反映している、とする。[注63] しかし、管見の限り薏苡が堕胎・催産に特化された薬種であるとの確証はなく、苑氏の指摘する『本草綱目』百病主治療薬／産難／堕胎生への掲出も、同カテゴリーの薬種は利尿・解毒・消腫、子宮筋弛緩の効果を期待されるが「有毒なものが多い」こと、[注64]分娩を誘発する「催生」のカテゴリーに掲出されていないことなど疑問もある。薏苡を呑んで妊娠したとの伝承の内容とその堕胎作用とは矛盾するし、有毒との経験則のある薬種を、妊娠の予感のなかで服用すること自体意味が通らない。あえて理路を探るなら、薏苡の効能である気を通すことに関連し、石女／妊娠と、鯀の防遏法／禹の排水法とが、重ね合わされている可能性が高いのではないか。苑氏は「剖脅」「胸圻」も開腹手術の反映とするが、前述のとおり、石中出生観に基づく神話的表現とみておくのが無難であろう。ただし、前掲『華陽国志』汶山郡条や『後漢書』冉駹夷条に、同地が「特多㆓雑薬㆒」と明記されていたことは重要で、薏苡の記事もこの点と関係があるのかもしれない。いずれにしろ、禹の出生譚が水と石と薬の文化のなかより生まれ、それゆえに特異な性質を帯びるようになったことは確かだろう。なお、『本草経集注』における薏苡の説明が、主に性質や効能において、素菟伝承にみる蒲黄のそれに近似している点は特記しておきたい（傍線部が共通）。

『古事記』素菟神話の蒲は淡水湿地に育成し、それゆえに神話の舞台をも転換する力を持ったが、女嬉生禹伝承の薏苡も「平沢」、すなわち湿地に自生する。『産経』胞衣埋蔵法授与伝承において、禹と女性が出会うのが「雷沢」という低湿地帯であったことは、その点で看過できない重要性を持つ。物語りの舞台が水辺とされたのは、記事においては曖昧にされているものの、亡児を水に遺棄する習俗があったからであり、禹が水の文化を体現する存在であったからだろう。中国喪葬史の大家徐吉軍氏によれば、水葬の習俗は、かつてチベットや雲南・四川・湖南各省、一部少数民族自治区の内陸高山地域で盛んに行われ、悪病や夭死といった異常死に対し、取り付いた悪鬼が屍体とともに流れ、生者のもとへ再帰しないようにする意味があった。[注65]うち、水葬の習俗が最も強いチベット族については、岳小国氏が、近年に至るまで産死の女性を対象とすることがあったと報告している。同族には、「生㆑子而不㆑育者、白石女也。女而不㆑育者、半石女也。子女倶不㆑育者、黒石女也」との俚諺があり、これらの石の女性が死ぬと水葬にされるという。岳氏も徐氏と同じく、水葬には、屍体に内包される危険が家族の身に及ばないようにするため、水で浄化し遠方へ送るのだと述べている。[注66] 逆にいえば、水葬の地としての水辺は、治癒神である禹の再生の力を最大限に発揮できる場であった、ということになろう。

しかしあえて雷沢という固有の場所が設定されたことには、何らかの特別な意味があったはずである。記録を探ると、『山海経』第一三 海内東経に「雷沢中有㆓雷神㆒、龍身而人頭、鼓㆓其腹㆒。在㆓呉西㆒」とあるのが古く、再生の象徴である龍蛇神＝雷神・水神の胚胎する地とされている。当該部分の東晋・郭璞注は、「今城陽有㆓堯冢霊台㆒、雷沢在㆑北也」としたうえで緯書『河図』を引き、「大迹在㆓雷沢㆒、華胥履㆑之而生㆓伏羲㆒」と記し、北宋・李昉等撰『太平御覧』（太平興国二年〜同八年〔九七七〜九八三〕）巻七八に引くやはり緯書の『詩含神霧』も、「大跡出㆓雷沢㆒、華胥履㆑之、生㆓宓犧㆒[注67]」と書いている。雷沢において、華胥氏の女性が巨大な足跡を踏んだところ、伏羲を妊娠・出産したという。伏羲はいうまでもなく人頭蛇身であり、女媧と協力してこの世界を生み出した造物主的神格である。雷字を冠していることを考えても、雷沢には生命の宿る地という意味づけがあったのだろう。『漢書』巻二八上 地理志第八上／済陰郡に「成陽 有㆓堯冢霊台㆒、禹貢雷澤在㆓西北㆒」、唐・張守節『史記正義』巻一 五帝本紀第一／虞舜に同・李泰等撰『括地志』を引き、「雷夏沢在㆓濮州雷沢県郭外西北㆒[注68]」とあるところからすると、その位置は、現在の河南省／山東省の境界付近だろうか。同じ『括地志』には、「姚墟在㆓濮州雷澤県東十三里㆒。『孝経援神契』云、舜生㆓於姚墟㆒」としており、堯や舜と関連づけられる聖地であったことが知られるのである。そもそも『史記』巻一 五帝本紀第一／舜帝には、「舜冀州之人也。舜耕㆓歴山㆒、漁㆓雷沢㆒、陶㆓河浜㆒、作㆓什器於寿丘㆒、就㆓時於負夏㆒。……舜耕㆓歴山㆒、歴山之人皆譲㆑畔、漁㆓雷沢㆒、雷沢上人皆譲㆑居、陶㆓河浜㆒、河浜器皆不㆓苦窳㆒。一年而所㆑居成㆑聚、二年成㆑邑、三年成㆑都」と、堯から舜への禅譲の伝承において、舜に帝王の資格があることを証している。舜の住んだ冀州では、その徳に感化されて人々がみな善をなし、集まって二年で村落、三年で都となったという。同種の言説は、すでに戦国楚簡『容成氏』第六章に、「昔舜耕㆓於鬲丘㆒、陶㆓於河浜㆒、漁㆓於雷沢㆒。孝㆓養父母㆒、以善㆓其親㆒、乃及㆓邦子㆒」[注69]とみえ、その後、『呂氏春秋』巻一四 孝行覧／慎人（六）、『墨子』巻二尚賢中・下、『韓非子』難一第三六、『管子』版法解第六六など諸書に現れる。李承律氏によれば、これらは（イ）天子になる以前の舜の貧賤ぶりを描いたもの、（ロ）舜の聖人としての能力を表すもの、（ハ）両者を合わせたものの三つに大別でき、戦国～前漢中期頃までに（イ）→（ロ）→（ハ）の順で成立したという。[注70]『史記』はその（ハ）に当たるが、いずれにしろ、賢聖が徳を及ぼしつつ漁撈をなした場所として聖別されているのである。また、禹による国土創成、すなわち「敷㆑土随㆑山刊㆑木、奠㆓高山大川㆒」の具体相を地域ごとに説明した『尚書』禹貢では、その第二節に兗州が掲げられ、次のようにまとめられている。

済・河惟兗州。九河既道、雷夏既沢、灉沮会同。桑土既蠶、是降㆑丘宅㆑土。厥土黒墳、厥草惟繇、厥木惟條、厥田惟中下。厥賦貞㆑作、十有三載乃同。厥貢漆絲、厥篚織文。浮㆓于済・漯㆒、達㆓于河㆒。[注71]

済水と黄河の間にあるのが兗州である。黄河の数多の支流はすでに通じ、雷夏も低湿地としてすでに広がり、雍水と沮水も集まっている。桑の育つに適した土地ではすでに養蚕が始まり、洪水を避けて丘に上がっていた人々は、平地に降って住むようになった。この土地の土の質は黒色で肥沃であり、草は盛んに茂り、木は枝が密で、田は中の下である。賦役は地域ごとに作柄に応じて定めたが、一三年で一律にした。貢納物は漆と生糸で、幣物には綾織を用いる。禹はこのように治め終えると、済水と漯水を下って黄河に達した。……「既道」「既沢」「既蠶」に繰り返される「既」は、この地は禹が訪れる以前から安定した、との強調なのだろうか。だとすれば、その背景には先に掲げた舜の伝説があるのだろう。禹は同地へ手を加えることなく、賦役の制度のみを整え次なる場所へ移ってゆくわけだが、『産経』の禹胞衣埋蔵法授与伝承は、その折の出来事として設定されているのである。いかに舜が自らの徳を敷き、自然環境と人とが調和的に生活していようが、世界は完全なユートピアにはなりえない。その欠落のひとつが病であり、それを補完するのが医なのである。『産経』の伝承は、そうした医の意義を記すとともに、その体現者として禹を掲げているのであろう（それは、舜の治世に対する禹の補完をも意味する）。〈欠落〉が、具体的には産児の夭死の問題として現れることは、禹の出生が難産に彩られていることと無関係ではあるまい。

さて、以上のように考えてくると、（a）オホクニヌシの登場する『古事記』素菟神話と、（b）禹の登場する『産経』胞衣埋蔵法授与伝承には、〈水辺の憂女〉として多くの共通点があることが分かる。以下に整理しておこう。

（イ）当然だが、物語りの形式。行神が何らかの病（生死に関わる問題）を抱えた患者に、適切な処方を授けて救済する。（a）は素菟の傷が癒え毛皮を回復する、（b）は産児の夭死を防ぐ。

（ロ）物語りの舞台。水辺、低湿地である。（a）は出雲国の海辺から水辺へ、（b）は雷沢の水辺。

（ハ）救済者の性格。行神であり、治癒神・医療神。（a）は蒲黄の知識、（b）は胞衣埋蔵の知識を持ち、難産克服（薏苡を含む）のイメージを帯びる。

（ニ）患者の性格。ともに女性、もしくは女性的なもの。（a）は再生・女性性のシンボルである菟、（b）は出産直後の母親。

（ホ）神話の体系における位置づけ。（a）は『古事記』の出雲神話において、豊葦原中国の国占めを行うことになるオホクニヌシ（オホナムチ）が、巫祝王たる資格を試され予言を受ける段階、（b）は『尚書』禹貢などに整理される中華全土の治水事業の過程で、禹が舜の聖地を訪れその徳治を補完する段階。

『産経』が、『古事記』編纂の時点で列島に伝来していたことを立証することはできず、（a）が（b）に基づいて書かれたとはいえない。しかし（イ）〜（ホ）の共通性は、偶然の一致で片付けられる問題ではなく、オホクニヌシ神話の一部が禹の広汎な伝承と、ヴァリアント的に重複する部分を持つことは確かだろう。工藤元男氏は、禹の古伝承を保存していたらしい汶川県綿池郷の羌族の呪師端公に、天人女房型の始祖神話が伝存することを報告している。[注72] 同種の神話は、西南少数民族に広く共有されているが、（近代以降に採取された民族伝承を前近代の文献資料と直結させることはできないものの）異界の主による試練をその娘の助力により克服してゆくモチーフなど、オホナムチの黄泉国訪問譚とも多くの共通点を有する。少なくともオホクニヌシ神話は、東アジアに広汎に見受けられる国土生成英雄の類型のひとつであり、禹がその主要な源泉であるがゆえに多くの類似を生む、と考えることは許されるのではないか。その具体的な言説編成は極めて多様であり、本章では、そのうちのか細い糸を一本、ようやくたぐり寄せたことができたにすぎない。

二　仏教における吸収――観音霊験譚から行基奇跡譚へ――

『産経』禹胞衣埋蔵法授与伝承に結実し、『古事記』素菟神話にも確認できる〈水辺の憂女〉の形式は、その後、仏教説話においても見出されることになる。まずは、列島現存最古である景戒撰『日本霊異記』（延暦六年（七八七）に一旦成立、弘仁一三年（八二二）まで増広）の、中巻「行基大徳、攜レ子女人視二過去怨一、令レ投レ淵示二異表一縁第三十」をみてみよう。

行基大徳、令レ堀二開於難波之江一而造二船津一、説レ法化レ人。道俗貴賤、集会聞レ法。爾時、河内国若江郡川派里、有二一女人一、攜レ子参二往法会一、聞レ法。其子哭譴、不レ令レ聞レ法。其児、年至二于十余歳一、其脚不レ歩、哭譴飲レ乳、噉レ物無レ間。大徳告曰、「咄二彼嬢人一、其汝之子持出捨レ淵。」衆人聞レ之、当レ頭之曰、「有レ慈

聖人、以二何因縁一、而有二是告一。」嬢依二子慈一、不レ棄、猶抱持、聞二説法一。明日復来、攜レ子聞レ法。子猶囂哭、聴衆障レ囂、不レ得レ聞レ法。大徳嘖言、「其子投レ淵。」爾母怪レ之、不レ得二思忍一、擲二於深淵一。児更浮出二於水之上一、踏レ足攢レ手、目大瞻暉、而慷慨曰、「惻哉、今三年徴食耶。」母怪レ之、更入レ会聞レ法、大徳問言、「子擲捨耶。」時母答、具陳二上事一。大徳告言、「汝昔先世、負二彼之物一、不二償納一故、今成二子形一、徴レ債而食、是昔物主。」嗚呼恥矣、不レ償二他債一、寧応レ死耶。後世必有二彼報一而已。所以出曜経云、「負二他一銭塩債一故、墮レ牛負レ塩所レ駈、以償二主力一」者、其斯謂レ之矣。[注73]

行基が難波で船津を修造しつつ説法をしていたとき、聴衆のなかに、河内国若江郡川派里の女人があった。彼女は子供を抱いて聞法していたが、その子は一〇歳余りになるのに歩くことができず、泣きわめいて乳を飲み、物を喰らうばかり。説法の場でも周囲の妨げになっていたが、すると行基が女人に対し、「汝の子を淵へ投げ捨てよ」という。周囲は慈悲ある聖人がなぜそのようなことをいうのか訝しく思ったが、翌日も行基は同じように女人に告げ、我慢できなくなった女人はいわれるがまま、子供を深淵に投じてしまう。すると、その子供が水の上に浮き上がって手足をばたつかせ、「もう三年喰い奪ってやろうと思ったのに」と恨めしそうに語った。行基は因縁を問う女人に、子供は、先世において女人が物を借り、返せないままになっている貸し主で、子供に生まれて貸した分を毟り取ろうとしていたのだ、と明かした。……社会事業と説法の場という行基説話の道具立てを借りてはいるが、一の末尾に掲げた（イ）～（ホ）の共通点を持つ、〈水辺の憂女〉の言説形式であることは疑いない。すなわち、禹やオホナムチの役割を果たしているのが行基なわけだが、彼の授ける処方＝罪福説（因果応報の論理で現状を説明する方法）は、子殺しを正当化するかのようなショッキングな内容である。

行基は、いうまでもなく奈良時代を代表する僧侶のひとりであり、百済系渡来氏族の和泉国高志氏に出自、法相宗を学んで民間への布教を行った。その活動は、平城京と周辺の交通路上で疲弊した行路者（貢調運脚夫、平城京造営の旧役民、浮浪逃亡者ら）を救済し、財源となる乞食行を大規模に展開した養老（七一七〜七二四）以前と、朝廷からの指弾を受けて活動の場を畿内諸国へ移し、在地豪族らと協力しながら橋や直道、堀川、船息などの交通施設、樋や堤、溜池などの灌漑施設を造営していった神亀（七二四〜七二九）以降とに分けられる。後者の活動は律令国家の評価するところとなり、東大寺大仏造立の勧進事業への登用、僧官の最高位である大僧正への補任へと至る。[注74]景戒はその法名から、行基の直弟子で大仏開眼供養会の都講を務めた景静の弟子ではないか、とも推測されており、行基を聖朝たる聖武朝を象徴する人物として崇拝し（上巻第五縁〔以下、「上五」のように表記〕には、行基文殊菩薩反化説が最も早くに現れる）、『霊異記』の説話中にも最も多く登場させている（上五・中二・七・八・一二・二九・三〇）。[注75]行基集団は、事業の現場に道場を併設し、事業の推進と関連施設の管理、仏道修行と布教とを同時に展開した点に特徴がある。『霊異記』行基関連説話の素体部分は、行基集団が実際の説法の場で使用していた可能性が指摘されており、前掲の中三〇も、同集団の難波での活動を反映するもの（同事業の現場で語られたものか、その事業自体を説話化したものかは議論があろう）と推測される。例えば、泉高父撰『行基年譜』（安元元年〔一一七五〕）所引「年代記」によると、天平二年（七三〇）には摂津国兎原郡へ船息院・同尼院、西成郡へ善源院・同尼院、天平六年には住吉郡へ沙田院・呉坂院を建立、同書所引「天平十三年記」によると、西成郡津守村へ比売嶋堀川、津守里に白鷺嶋堀川、兎原郡宇治郷に大和田船息を造営しており、交通施設中心の整備が行われている。[注76]従来の研究では投棄される子供も、これら広義の開発事業との関係から解釈され、零落した水神の姿を表象するものか、土着の神々と仏教との相克を示すものと位置づけられたり、あるいは障害児の子捨て習俗を反映するものとして、ヒルコ神話を参照して論じられてきた。[注77]しかし丸山顕徳氏は、澤田瑞穂氏の研究を援用し、[注78]中三〇のモチーフは、死者が夢や亡霊、あるいは生まれ変わった姿で現れ、生者から負債を徴収するという鬼討債説話であり、子供は水神ではなく討債鬼であると論じた。[注79]言説形式からしても正鵠を射た指摘だろうが（ただし、同形式が行基伝承として形成される際、あるいはそれが説法の場で語られる際、神殺しやヒルコに関する知識が参照され、解釈された可能性は否定できない）、澤田氏の例示しているうちで最も古いのは唐宋の説話で、唐・余知古撰『渚宮旧事』、宋・張師正撰『括異志』、宋・洪邁撰『夷堅志』などであり、『霊異記』との具体的な継承関係は不明なままであった。

ところで近年、福田素子氏は、中国の鬼討債説話の変遷を通時的に分析し、インドの輪廻復讐譚が仏教と一体化して中国に伝来、死者による復讐譚のありようを次第に変質させ、高僧伝類における僧侶の罪業意識（前世の仇に遭遇し殺害される覚悟）の高まりを経て、唐の八〇〇年代には、輪廻による復讐＝財産の奪取を意図的に遂行する事例が出現するとした。[注80] それは、北宋・李昉等撰『太平広記』（太平興国二年～同三年〔九七七～九七八〕）巻九七 異僧一一に引く薛用弱撰『集異記』（長慶四年〔八二四〕頃）の「阿足師」と、ほぼ同時期の牛僧孺撰『玄怪録』所載「党氏女」を最古例とする二系統に大別でき、前者の系統はヴァリアントをほとんど生じないものの、『仏頂心陀羅尼経』（伝本により幾つかの別名があるが、便宜上この書名で統一しておく）の観音霊験譚（現存最古の写本は敦煌文書P.3916）へ継承されたことで、西夏語やウィグル語にまで翻訳され広く読まれた。一方、後者の系統は対照的に多くのヴァリアントを生み出したが、伝播圏は狭く漢族居住域に限定されたという。[注81] 問題の『霊異記』中三〇は、まさに「阿足師」と形式を同じくしており、ここにおいて、同説話の典拠をめぐる研究は新たな段階に入ったといえる。まずは、『集異記』逸文「阿足師」と、『仏頂心陀羅尼経』古写本P.3916（『仏頂心観世音菩薩救難神験経』巻下第三話、以下『仏頂心陀羅尼経』下三と表記する）を掲げておこう。

阿足師者、莫レ知二其所一レ来。形質癡濁、神情不レ慧、時有レ所レ言、靡レ不二先覚一。居雖レ無レ定、多寓二閿郷一。憧憧往来、争レ路礼謁。山嶽檀施、曽不二顧瞻一。人或憂レ疾、獲二其指南一者、其験神速。時陝州有二富室張臻者一、財積鉅萬、止有二一男一、年可二十七一、生而愚騃、既攣二手足一、復懵語言、惟嗜二飲食一、口如二渓壑一。父母鍾

愛、盡レ力事レ之、迎レ医求レ薬、不レ遠二千里一。十数年後、家業殆尽。或有レ謂曰、「阿足賢聖、見世諸佛、何不三投告、希二其痊除一。」臻与二其妻一、来二抵閿郷一、叩レ頭拭レ涙、求二其拯済一。阿足久之謂レ臻曰、「汝寃未レ散、尚須二十年一、愍二汝勤虔一、為レ汝除去。」即令レ選レ日、於河上致レ斎、広召二衆多一、同観二度脱一。仍令レ斉二致其男一、亦赴二道場一。時衆謂二神通一、而観者如レ堵。跂竦之際、阿足則指二壮力者三四人一、扶二拽其人一、投二之河流一。臻洎二挙会之人一、莫レ測二其為一。阿足顧謂レ臻曰、「為レ汝除レ災矣。」久之、其子忽於下流十数歩外、立二於水面一、戟二手於其父母一曰、「与二汝寃仇一、宿世縁レ業。頼レ逢二聖者一、遽二此解釈一。儻或不レ然、未レ有レ畢レ日。」挺レ身高呼、都不二愚癡一。須臾沈レ水、不レ知レ所レ適。[注82]

予言や病の平癒に力を持つ阿足師のもとへ、陝州の富者張臻が、息子を診てもらいにやって来る。息子は一七歳になっても口が利けず、手足はねじ曲がって使えず、ただ飲食ばかりしていた。父母はこれを治癒しようとあらゆる手を尽くしたが、どんな医師も薬も役に立たなかったのである。阿足師は河上で斎会を催したが、群衆が見守るなかでその子供を河へ投げ込ませた。張臻や周囲の人々が驚いていると、その子が十数歩の下流で水面に立ち、「宿世の業で、お前に仇をなした。聖者に会わなければ、もっと毟り取ってやったのに」と叫び、水へ沈んでどこかへ消えてしまった。……仏教色の強調の有無、聖人と討債鬼との邂逅が偶然か必然かを除けば、『霊異記』中三〇とほぼ同じ構成といえよう。

又昔曾有二一婦人一、常持二此『仏頂心陀羅尼経』一、日以供養不レ闕。乃於三生前之中、曾置二毒薬一、殺二他命一。此怨家不三曽離二前後一、欲二求方便一、置(致)レ殺二其母一。遂以託二陰此身一、向二母胎中一、抱二母心肝一、令下慈母至二生産一之時分解不レ得、万死万生上。及レ至二産下来一、端正如レ法、不レ過二両歳一、便即身亡。母憶レ之、痛切号哭、遂即抱二此孩兒一、抛三棄向二水中一。如レ是三遍、託二陰此身一、向二母腹中一、欲二求方便一、置(致)レ殺二其母一。至二第三遍一、准二前得生一向二母胎中一、百千計校、抱二母心肝一、令二其母千生万死、悶絶叫㘁一。准二前得生一下、特地端厳、相貌具足。亦不レ過二両歳一、又以身亡。既見レ之、不レ覚放レ声大哭。「是何悪業因縁。」准レ前抱二此孩児一、直至二江辺一、直経二数時一、不レ忍二抛棄一。感二観世音菩薩一、遂化作二一僧一、身披二百納（衲）一、直至二江辺一、乃謂二此婦人一曰、「不レ用二啼哭一。此非二是汝男女一、是弟子三生前中怨家、三度託生、欲レ殺レ母不レ得、為レ縁下弟子常持二『仏頂心陀羅尼経』一、並供養不上レ闕、所二故殺レ汝不一レ得。若欲三要見二汝這怨家一、但随二貧道手一看レ之。」道了、以二神通力一一指。遂化作二夜叉之形一、向二水中一而立、報言、「縁二汝曽殺一レ我来、我今欲二来報一レ怨。蓋縁三汝大道常持二『仏頂心陀羅尼経』一、善神日夜擁護、所二故殺レ汝不一レ得。我此時即蒙三観世音菩薩与二我受（授）記一了、従レ今永不レ与二汝為一レ怨。」道了、便沈二水中一、忽然不レ見。此女人両涙交流、礼二拝菩薩一、便即帰レ家。冥心発願、貨二売衣裳一、更請レ人写二一千巻一、倍加二受持一、無二時暫歇一。年至二九十七歳一、捨レ命向二秦国一、変二成男子之身一。若有下善男子・善女人能写二此経三巻一、於仏室中以二五色雑綵嚢一盛レ之、乃至或随レ身供養者上、是人若—住二若—臥、危嶮（険）之処、当下有二百千那羅延、金剛蜜（密）跡、大力無辺阿吒鈸拘羅神一、身持二剣輪一、随二逐所在一作レ衛、無二難不一レ除、無二災不一レ救、無中邪不上レ断。[注83]

昔、ひとりの婦人があって、常にこの『仏頂心陀羅尼経』を受持し、毎日供養することを欠かさなかった。しかし、三生より前の生で、毒薬によって他の生命を奪ってしまい、この仇敵が怨みを結んで彼女の胎内に宿り、宿っては死んでを何度も繰り返した。出産に至れば端正な顔立ちで生まれ、しかし二歳を過ぎずに命を終えて、母を嘆き苦しませた。婦人はそのたびに慟哭しながら遺児を河川へ遺棄したが、三度目に至ってもはや我が子を捨てられず、「これは、何の悪業因縁によるものだろう」と江辺に佇んでいた。その様子に観世音菩薩が感応し、ついにひとりの僧に化身して現れ、次のように語った。「泣くことはない。その子供は、汝の息子でも娘でもなく、三生より前の生で、汝に怨みを結んだ者だ。三度胎内に宿って殺そうとしたが、汝が『仏頂心陀羅尼経』を受持・供養していたためにできなかったのだ。」僧が指さす先をみると、遺児が夜叉の姿となって水中に向かって立ち、「お前が常に『仏頂心陀羅尼経』を受持していたため、善神が守護しており殺すことができなかった。私はいま、観世音菩薩から未来の成仏を証す授記を与えられたので、もう永遠に、お前に仇をなすことはない」と述べ、水中に沈むとみえなくなった。婦人は発心して『仏頂心陀羅尼経』を一千巻書写、これまで以上に信仰して九七歳に至り、秦国に渡って変成男子を実現した。……こちらは観音霊験譚として語られており、「阿足師」以上に『霊異記』中三〇との類似が大きい。

福田氏は、「阿足師」と『仏頂心陀羅尼経』の観音霊験譚、『霊異記』中三〇を比較し、三者の共通点として、（イ）親が子によって様々な苦痛を味わう、（ロ）子供を伴って河辺で救済者と対する、（ハ）子供を河のなかに投げ捨てると、前世の仇という正体を現し水中に立つ、の三点を挙げ、『霊異記』は他の二つか、未発見の阿足師型説話をもとに作られたのではないかと推測している。[注84] 従うべき見解だが、鬼討債説話が成り立つ大きな枠組みについては明らかになったものの、その具体的な形成過程には、未だ多くの不明な点が残されている。そこで、一でみた『産経』禹胞衣埋蔵法授与伝承だが、「阿足師」がそれ自体、もしくはその周辺の言説を参照していたとしたらどうだろうか。阿足師が主に留まっていたという閿郷は現在の河南省霊宝市に当たり、三門峡ダムを擁する三門峡市に属する。北魏・麗道元撰『水経注』（延昌四年〔五一五〕）巻四 河水では、黄河に屹立する「砥柱」を注釈し、「昔禹治二洪水一、山陵当レ水者鑿レ之、故破レ山以通レ河。河水分レ流、包レ山而過、山見二水中一若レ柱然、故曰二砥柱一也。三穿既決、水流疏分、指レ状表レ目、亦謂二之三門一矣」[注85] と述べており、同所に禹の治水伝承のあったことが知られる。また、唐・中宗や武則天の尊崇を受けた同じ閿郷出身の神異僧萬迴は、以前言及したことがあるとおり、[注86] 予言と讖記の権化宝誌、禹と習合した治水英雄たる泗州大聖僧伽と、いずれも観音の応化身として三尊形式で信仰されていた。そして北宋・賛寧撰『宋高僧伝』（端拱元年〔九八八〕）巻一八 感通篇第六之一／萬迴には、「俗姓張氏、虢州閿郷人也。年尚弱齢、白癡不レ語。父母哀二其濁気一、為二隣里児童所一レ侮、終無二相競之態一。然口自呼二萬迴一、因爾字焉。且不レ言二寒暑一、見二貧賤一不レ加二其慢一、富貴不レ足二其恭一、東西狂走終日不レ息、或笑或哭略無二定容一。口角恒滴二涎沫一、人皆異レ之」[注87]とあり、張氏が登場すること、幼年時に「白癡」とみなされていたことなど、「阿足師」の記述と共通する部分が多い。またその臨終に際し、「曁迴垂レ卒、而大呼遣二求本郷河水一。門人徒侶求覓無レ所。迴曰、『堂前即是河水、何不レ取耶。』衆於階下掘レ井、河水湧出。飲畢而終。迴宅坊中井皆醎苦、唯此井甘美」との興味深い記述もみえ、閿郷の河水との密接な繋がりもうかがえる。「阿足師」の物語りが形をなすとき、萬迴にその片鱗が認められるように、同地における禹の信仰を介して、『産経』胞衣埋蔵法授与伝承を参照した可能性はあろう。ただし注意をしておきたいのは、福田氏も指摘のとおり、他の鬼討債説話が父子関係において語られ、「阿足師」も父の張臻を中心とした物語りになっているのに対して、『仏頂心陀羅尼経』下三や『霊異記』中三〇が母子関係を強調した展開になっている点である[注88]。〈水辺の憂女〉の『産経』胞衣埋蔵法授与伝承が女性を救済対象とし、母子関係を主題に語られている点はいうまでもなく、その点を重視するなら、『仏頂心陀羅尼経』下三は、同話かその系統の未発見の説話に依拠した可能性が高い。

李利安氏は、中国における観音信仰の展開を、救難観音信仰・浄土観音信仰・智慧観音信仰・密教観音信仰に類別して説明しているが[注89]、右の観音の応化身たる聖僧三尊や『仏頂心陀羅尼経』の観音信仰は、時期的には密教の最盛期ながら、『妙法蓮華経』観世音菩薩普門品の霊験列挙に発する救難観音信仰が、特徴的に発展した形態ともいえよう。『仏頂心陀羅尼経』は、一〇世紀の敦煌写本を筆頭に、東アジア諸地域に写本・刊本が伝存していながら、いずれの目録、一切経・大蔵経にも未収録であることから、かつては中唐期に敦煌で成立し、宋代以降中国本土に入ったと考えられてきた[注90]。しかし近年、石経・刊本とそれに関する記録を精査した福田素子氏によって、朱長文撰『墨池篇』や鄭樵撰『通志』など、唐代中国本土にその内容を刻んだ碑文が確認され、九世紀頃には成立し中華で読まれていたと推測されている[注91]。最古で完備した写本であるP.3236（書名は『仏頂心観世音菩薩救難神験経』、奥書の「壬申年三月十九日」は、鄭阿財氏によって、九一二年もしくは九七二年と推定されている）に基づいて説明すると、構成は上中下の三巻で、巻上は、釈迦に対する観音の宣言を通じて同陀羅尼の意義・効用を喧伝、「当下須請レ人書二写此陀羅尼経一、安中於仏前上。以二好香花一、日以供養不レ闕者、必須下転二於女身一成中男子上。至二百年命終一、猶如二壮士一、屈二伸臂一。頃如二一年中間一、則得レ往二生西方極楽世界一、坐二宝蓮華一。時有二百千女婇一、常随二娯楽一、不レ離二其側一」と、書写・供養による変成男子、寿命増益、極楽往生の功徳を掲げる。唐代法華信仰の中心にあった滅罪＝病気平癒、変成男子の効用が観音信仰と一体化している様子をみることができるが、四つの観音霊験譚からなる巻下（前掲下三を含む）、そしてとくに「仏頂心観世音菩薩療病催産方」との題名を持つ巻中に、その傾向が強い。長くなるが、後者の全文を掲げておこう。

(a)　又設復若有三一切諸女人、或身懐二六甲一、至二十月満足一、坐レ草之時、忽分解不レ得、被三諸悪鬼神為作二障難一、令二此女人苦痛叫喚、悶絶号哭一、無レ処二投告一者、即以二好硃砂一書二此陀羅尼及秘字印一、密用二香水一呑レ之、当レ時分解、産二下智慧之男、有相之女一、令二人愛一レ巣。

(b)　又若復胎衣不レ下、致二損レ胎傷殺一。不レ然、児為レ母死、乃至母為レ児亡、或復母子倶喪。速以二硃砂一書二此頂輪王秘字印一、用二香水一呑レ之、当即便推二下亡児一、可三以速棄二向水中一。若懐妊婦人、不レ得レ喫二狗肉、鱔魚、鳥雀命之類一、即曰、須三常念二宝月智厳光音自在王仏一。

(c)　又若復有二善男子女人一、或身遭二重病一、経年累月在二於床枕一、以二名薬一治レ之不レ差者、可下以二硃砂一書二此頂輪王秘字印一、向二仏前一用二茅香水一呑上レ之、其病当即除差。

(d)　若諸善男子善女人、卒患二心痛一、不レ可二申説一者、又以二硃砂一書二此頂輪王秘字一、用二青木香及好茱萸煎湯一、相和呑レ之、一切疾患、無レ不二除差一。

(e)　又諸善男子善女人、若至二父母兄弟親眷一、到下臨二命終一之時上、痦惶之次、速取二西方一掬浄土一、書二此陀羅尼一、焼作レ灰、和二其浄土一作レ泥、置二於此人心頭上一、可下以著二衣裳一蓋覆上。如レ是之人、於二一念中間一、承二此陀羅尼威力一、便生二西方極楽世界一、面二見阿弥陀仏一、不レ住二中陰之身一、四十九日一。此陀羅尼、若人貧困餓渇、復思レ衣念レ食、無二人救接一者、但能至心供養、日以二香花一、冥心啓告念仏、必得二財帛衣食一、悉能満足。

(f) 又若復有三人得レ遇二善知識一故、誘三勧書二此陀羅尼経上中下三巻一、准二大蔵経中一、具述二此功徳一。如三人造二十二蔵大尊経一也、如下将二紫磨黄金一鋳二成仏像一供養上、此陀羅尼経威神之力、亦復如レ是。

(g) 又諸善男子善女人、或東隣西舎、有下飛レ符注殺、破二射雄雌一、魍魅鬼神、横相悩乱上、在二人家宅中一、伺二求人便一者、若遇レ得二此陀羅尼経一、於所在供養者、是諸鬼神悉能奔走、不二敢侵害一。

すべて経典自体の書写や、陀羅尼・秘字印を朱書した符を香水で呑み込むなどし、得られる効験であるという。(a)は、諸悪鬼神による妊婦の難産を助けて速やかに分娩をなし、智慧ある男子、優れた人相の女子を出産させること。(b)は、子供が胎内で死亡した場合や胞衣が胎内に留まっている場合、これらを速やかにに排出すること。(c)は、いかなる治療でも癒やせない重病を除差すること。(d)も、胸の痛みから一切の疾患の除差に及ぶ。(e)は、臨終時の極楽往生と貧困飢渇からの救済。(f)は、同経三巻の書写が、大蔵経の編纂や、紫磨黄金仏像を鋳造する功徳に匹敵することを述べる。(g)は、何者かの呪術による鬼神の侵害を、在所において回避すること。前掲下三と直接的な関係にあるのは、(a)(b)だろう。とくに、(b)「当即便推下亡児、可以速棄向水中」との箇所は、子供を河水へ投じる文脈の背景をなす。中巻の意図としては、亡児に対する執着を速やかに断ち切り、その苦しみの根源である女性性を超克して変成男子に至ることを、救済として提示しているのだろう。下三は、それを正当化する根拠として亡児＝討債鬼説を持ち出しているのであり、やはり主人公を変成男子へと導いている。同じ敦煌文書の『救済衆生苦難経』（S.3417）、『新菩薩経』（S.0136b）、『勧善経』（S.3036）には、十種、七種の死に至る病のうちに「産生死」が数えられていて、一〇世紀前後の中国社会において産死が深刻な問題であり、仏教にも即効性ある対応の求められていたことがうかがえる。『観音菩薩最勝妙香丸法』（P.2637）などは、観世音菩薩普門品の挙げる苦難を特別な丸薬の服用で回避するという、仏教と医・本草・道教が融合したような内容で、「念二諸真言一及服レ薬一年後、身軽目明。二年、諸根通利、大蔵経一転無レ遺。三年後、行疾如レ風。五年後、水上不レ没。七年後、入レ火不レ焼。十年後、万病不レ侵。十年五、肉眼変為二天眼一。廿年、知二一切衆生心一。念二如来大円鏡海一、寿命無量、一切無碍、是真沙門也」と、仙薬を服用して神仙に至るのと同様の感覚で書かれている。[注92] また、『医心方』巻二三 治産難方第九に引く『大集陀羅尼経』には、「神咒、南天乾陀天与我咒句如意成吉、祇利祇利、祇羅針陀施祇羅鉢多悉婆訶。上其咒、令二産婦易レ生。朱二書華皮上一、焼作レ灰、和二清水一服レ之。即令三懐子易レ生、聡明智慧、寿命延長、不レ遭二狂横一」とあり、(a)~(e)における陀羅尼の使用法に酷似した表現がみえる。福田素子氏は、陀羅尼・秘字印を朱書した紙を呑むという同経の信仰のあり方について、道教の影響を指摘しているが、それと渾然一体となっている医術、本草学への志向にも注目しておきたい。『続日本紀』天平宝字元年（七五七）七月庚戌条の橘奈良麻呂の乱関係記事に原型のある、起請文を燃やした灰を神酒で啜る〈一味神水〉も、恐らくはこれに起源する呪法だろう。

　このような、『仏頂心陀羅尼経』にみえる女性救済（とくに産難への対応）・病気平癒の特徴は、いずれも六朝隋唐の観音信仰の範疇で理解できるものだが、同経の形成過程において、六朝における産科医術・符呪の集大成ともいうべき『産経』、その周辺の知識・言説が参照された可能性は高い。下三もそうしたなかで、禹の胞衣埋蔵法授与伝承を直接／間接に参照し、構築されたものではなかろうか。とくに両者が、死亡した胎児もしくは夭折の産児を河水へ遺棄する習俗を背景としており、恐らくはそれに関する苦悩に向き合うべく作成されたらしいことは、留意されてよい。また下四は、萬迴の創建した泗州普光寺を舞台にしており（同寺での説法に利用された可能性もある）、萬迴の出身地を舞台とする「阿足師」との関係を暗示する。福田氏は、嘉祐八年（一〇六三）正月一日付『仏頂心陀羅尼経』をはじめ、現存する刊本の題記を網羅的に分析し、当時討債鬼の出生がリアルな恐怖として感覚されており、その悪報を防ぐ同経の大量印刷が流行、討債鬼説話が広く普及したことを指摘している。[注93]恐らくは唐宋の頃の成立と推測される『太上三生解冤妙経』は、流産や嬰児の夭死を宿業による悪報と捉えて解消するための、仏教の影響下に成立した（『老子化胡経』と関連があるかもしれない）道教経典だが、冒頭に次のような文章があり、『仏頂心陀羅尼経』との関係が注目される。十方世界を教化する救苦天尊が、西方に頽廃した浄梵王の王国を見出して化降、国王・大臣・后妃・庶民を前に妙法を説いた際の、皇后との問答である。

……天尊曰、「汝有㆓何言㆒、尽㆑心而説。」皇后告曰、「今王年老、子嗣未㆑立。先有㆑所㆑懐、数月之中、遂致㆓損落㆒。其或月満足、所㆑得㆓男女㆒、或一歳二歳、或三歳、或五歳之間、即便死亡。未㆑知、前生今世何罪、致㆑得㆑如㆑是。若蒙㆓哀愍㆒、則仰㆓受訣言㆒。」

天尊曰、「是汝前生之中、懐孕不㆑慎、殺㆓落其胎㆒。児女心内悪嫌、故得㆓今身如㆑此之報㆒。恐汝不㆑信、吾今摂㆓此冤魂㆒、汝当㆓親問㆒。」天尊指処、皇后視㆑之、見㆓一夜叉㆒。面如㆓葉藍㆒、眼如㆓怪星㆒。指㆓皇后㆒而言、「前生之時、我受㆓陰注㆒、投㆑你為㆑母。你身年幼、全無㆓惜護㆒、随㆓性作為㆒、因㆑此不㆑慎、殺㆓落我身㆒。今欲㆓還報㆒、縁㆔汝前世生居㆓中国㆒、敬㆓奉天地日月星辰㆒、勤㆓侍翁婆㆒、孝㆓順父母㆒、欽㆓崇三宝㆒、至㆓重善人㆒、塑㆑像造㆑経、略無㆓慳惜㆒、蓋㆑殿修㆑壇、竭㆑力施為、憫㆓憐困苦㆒、済㆓恵貧寒㆒。積㆓此善功㆒、今生証㆑為㆓小国之后㆒。若非㆓此福㆒、我即殺㆑你、料応㆓多日㆒。」皇后聞㆑言、心神懼怕、戦戦兢兢、拝㆓跪道前㆒、「我有㆓先身㆒、曽作㆑如㆑是、今日雖㆑知、悔㆑之何及。伏望天尊略㆓示方便㆒、捨㆓自己之財㆒、尽為㆓布施㆒、願㆑求㆓解釈㆒。」……[注94]

「王が年老いても嗣子が生まれず、妊娠しても流産し、産み落としても五年以内に亡くなってしまう。現生・前生にいかなる罪があって、このような報いを受けるのでしょうか」と問う皇后に対し、天尊は、「前生に不慎、により流産してしまった児女が、怨みを抱いているためだ」として、その冤魂を皇后の眼前に出現させる。冤魂がいうには、「一方で積んだ善功のために皇后へ生まれたが、それがなければ殺していた。」皇后は自らの財産を喜捨し、災禍を免れるための教えを請う。多少の文脈の相違はあるが、この道教経典が、『仏頂心陀羅尼経』下三の枠組みを借りていることは明らかだろう。さらに「不慎」については、『医心方』巻二三治産難方第九に引く『産経』に、「夫産難者、抱胎之時諸禁不レ慎、或触二犯神霊一、飲食不レ節、愁思帯レ胸、邪結二臍下一、陰陽失レ理。並使レ難レ産也」とあるのに対応すると思われる。紙幅の関係もあり省略するが、『太上三生解冤妙経』の巻末には、やはり『仏頂心陀羅尼経』中(a)(b)に通じる効用の文言があり、保身符・辟冤符・催産符を付す。この流れが、最終的に仏教の『血盆経』、道教の『血湖経』に接続してゆくことは、まず間違いない。一例を挙げると、後者の一種である『太一救苦天尊説抜度血湖宝懺』には、「或懐二六甲一、命属二三元一、隳レ子落レ胎、因而悶絶。或母存子喪、或母喪子存。或母子倶喪、男女未レ分而倶死。或胚胎方成而遽死、或染患而将レ臨二産月一。……或懐二胞胎一而竟不二分娩一。或生二男女一而月内傾レ亡」[注95]と、やはり『仏頂心陀羅尼経』中(a)(b)、同下三と類似の表現を見出せる（傍点部）。『仏頂心陀羅尼経』の救済対象は、難産、流産、嬰児の夭死に苦しみ、産死者をも含む女性であるが、『血盆経』『血湖経』の段階では、それらの苦難は堕地獄の原罪へとすり替えられている。前者から後者への展開は、女性性を汚穢視する差別感の強化を前提としつつ、前川亨氏の述べているとおり、堕地獄の宿命を顧みず自らを出産してくれた母親への追慕を核とする[注96]。一見矛盾する現象のようだが、女性に特定のイメージを押しつける、救済という名の暴力が作用している点では変わりがない。「血池」「血湖」という概念は女性の〈原罪〉を具象化した〈水〉であり、『血盆経』『血湖経』に合流しても、いや合流したことによってこれまで以上に、女性は〈水〉とともに語られてゆくことになるのである。

おわりに――再び〈水辺の憂女〉の周辺へ――

六朝期、禹をめぐる諸言説のなかから形成された、水辺で女性固有の病やそれに伴う苦しみに苛まれる婦人へ、行神が処方を授けて救済するという物語の形式は、隋唐期に輪廻復讐譚の展開過程へ合流し、鬼討債説話の一形式「阿足師」型を生み出す。その一端を担う『仏頂心陀羅尼経』巻下第三話は、巻中に散りばめられた女性救済の諸言説とともに、道教との交渉のなかで『血盆経』『血湖経』の信仰に接続してゆくことになる。列島文化においてこの系列は、『古事記』巻上の稲羽素菟神話、『霊異記』巻中三〇縁の行基説話として具現化しており、『仏頂心陀羅尼経』の刊行も確認できる。一方、疑偽経典『血盆経』は室町後期頃に列島へ伝来したらしいが、もちろん、二で言及したそれへ結実する諸言説も、中世に遡る時期に波状的に将来され、独自の文化を構築していたと考えられる。例えば以前にも論じたように、六朝医書『産経』は少なくとも『日本国見在書目録』の書かれた九世紀にはもたらされ、物語や古記録において実際に使用されていることが確認できる。これら産科医書の呪術的な部分も、最終的には血盆経信仰へ収斂してゆくのだろう。

このような産難・産死をめぐる文化のうち、近世以降に強固になってゆく習俗に、分娩以前に亡くなった妊婦の腹部を切開し、胎児を取り出してから埋葬するものがある。産死した女性が、血池地獄に堕ちるのを防ぐための措置といい、列島各地でさまざまな形態があった[注97]。「はじめに」でも言及した産女の表象が、この胎児分離習俗を前提としていることは疑いない。堤邦彦氏は、石川力山氏の収集・整理した葬送関連の切紙資料を参照しつつ、高僧の出自伝承にみる墓中出生譚、産女の済度伝承などを分析し、これらは、例えば曹洞宗が自ら考案した胎児分離の修法を喧伝するために、唱導説話として創り出したものだろうとの卓見を提示している[注98]。堤氏は、高僧による幽霊救済譚、蛇女救済譚をも分析しているが、それらが広義の〈水辺の憂女〉形式に属することはいうまでもなかろう。

度二懐胎亡者一切紙

〔出胎の符〕

仏智剣　不レ移二寸歩一越二河沙一、

驀然蹈著自家底

書二此符一含二之亡者口中一、而沐浴入棺之後、入二自他不二無心無念之禅定一而修二如幻三昧之看経一、拈下提不レ移二寸歩一之両句上、而折二東指桃枝一打レ棺一下、震レ威一喝、則在二棺中一産出也、

○雖レ云下在二棺中一産生上、然莫レ管二其産出不産出一、只修二右法儀一則可也、全不レ依二産出産不出一也、

右卍和尚之評判也、

嫡々相承至今

現住瑞竜良準　授与愚謙[注99]

右は、石川氏の紹介している高岡瑞竜寺所伝の切紙で、同寺の独自性を保ちつつ、他派に広く存在した認識をも反映したものと評価されている。具体的な作法として、まず産死者の口に出胎の符を含ませ、沐浴入棺の後に所定の修法を行い、東向きに生えた桃の枝で棺を一打し一喝する。そうすれば、物理的な施術をせずとも棺内にて自然分娩があり、母体と胎児とが分離されるというのである。前川亨氏の言及している道教の血湖祭儀[注100]のうちには、やはり符呪によって胎児分離を施すものがあり、例えば『霊宝領教済度金書』巻一一七　科儀立成品／血湖道場用掲載の事例では、未分娩の産死者に監生符・破胎符・出胎符を宣告し分娩を行う。うち破胎符の内容は、「太上有勅　蓬黄二神　女爽抱胎　未離形神　破胎急出　子母速分　急急如元始度人律令」、出胎符のほう

は、「天地之霊　陰陽之精　死殺受煉　変化安寧　未分者分　胎元急出　混沌流行　金光玉嬰　急急如元始度人律令」となっている。[注101] その方法や言説形式はもちろん、曹洞宗切紙に多く含まれる「無」を表すという方形符図は、（葬書・宅経図のごときものを連想させるが）四方に「喼喼如律令」と配しており、[注102] やはり密教や陰陽道に援用された道教典籍が起源であろう（ただし管見の限り、同図と一致する先例は未だ見出せていない）。また、辟邪などに桃枝を用いる例は中国では戦国時代から見受けられ、列島にも平安期に使用例がある。[注103]『春秋左氏伝』昭公四年（前五三八）条、睡虎地秦墓竹簡『日書』甲種「詰篇」第二条、『延喜式』陰陽寮／追儺弓矢条などには、同じ目的で桃の弓が用いられている。徐吉軍氏が紹介している安徽省の民俗事例「鎮悪」では、夭死・暴死・産死・自死などの異常死を「悪殺鬼」のもたらすものと考え、かかる死者は僵屍になって生者に害をなすと恐れられたことから、道士により朱筆の画符が棺上に貼付されたり、桃枝の棒七本が辟邪のために墓坑に挿入されたりするという。[注104] 直接関連づけることはできないものの、東アジアの死生観・自然観に属する問題として、比較に値する事例だろう。さらに、やはり同種の曹洞宗切紙に広くみられる胎児の性別を判定する方法は、例えば先の高岡瑞竜寺所伝の切紙に、「其子ノ男女ヲ知ラント思ハヽ、母懐妊シテ其年ノ内ノ事ナレバ、子ノ年一ツト定ム、若シ月ヲモチ越シ、年ヲモチ越シタルハ、年二ツト定ムル也、而シテ母ノ年ト父ノ年ト其子ノ年ヲ合セテ奇数ナレバ男子、偶数ナレバ女子ト知ルヘシ」[注105] とあるが、これは『医心方』巻二四　知胎中男女法第三所引『産経』に、「欲レ知二男女一算法。先下二夫年一、次下二婦年一、仍下二胎月一。正月胎下二算十二月一、並取二十二月一算合数。仍除二天一一、又除二地二一、又除二人三一、又除二四時四一、又除二五行五一、又除二六律六一、又除二七星七一、又除二八風八一、又除二九章九一、単即男、偶即女。万無二参差一」とある方法を、簡略化したものかもしれない。ともかく、右の切紙類が参照した知識のなかに、直接か間接かは不明ながら、『産経』周辺の産科関連の言説があったことは確かだろう。

以上、冗長なうえに憶説を重ねる結果となったが、禹の胞衣埋蔵法授与伝承の周辺が、列島近世の〈水辺の憂女〉に接続している言説情況を、概略的には見出しえたのではなかろうか。最後になるが、「はじめに」でも触れたとおり、本稿の目的は、『古事記』『日本書紀』研究の可能性を広げることにあった。主題とすべき二書そのものからはずいぶん離れてしまったが、その言説を構成している巨大な知の広がりの一端は、充分に示しえたと考える。残された課題は多いが、すでに紙幅も超過しているため、今後あらためて考察してゆくことにしたい。

注

1 鳥山石燕『鳥山石燕画図百鬼夜行全画集』(角川文庫ソフィア/角川書店、二〇〇五年)。なお姑獲鳥については、木場貴俊「うぶめの系譜①――産女と姑獲鳥――」(『怪』一三、二〇〇二年)・「うぶめの系譜②――描かれたうぶめ――」(『怪』一四、二〇〇三年)・「歴史的産物としての「妖怪」――ウブメを例にして――」(小松和彦編『妖怪文化の伝統と創造――絵巻・草紙からマンガ・ラノベまで――』(せりか書房、二〇一〇年)など参照。

2 堤邦彦「近世仏教の学問と俗文芸――教義と教導説話の落差をめぐって――」(『文学』八―三、二〇〇七年)。このほか、安井眞奈美「「胎児分離」埋葬の習俗と出産をめぐる怪異のフォークロア――その生成と消滅に関する考察――」(同『怪異と身体の民俗学――異界から出産と子育てを問い直す――』せりか書房、二〇一四年、初出二〇〇三年)参照。

3 とりあえず、エドウィン・アードナー/山崎カヲル監訳『男が文化で、女は自然か?――性差の文化人類学――』(晶文社、一九八七年、原著一九七四年)、ダナ・ハラウェイ/高橋さきの訳『猿と女とサイボーグ――自然の再発明――』(青土社、二〇〇〇年、原著一九九一年)参照。

4 柳田国男「老女化石譚」「念仏水由来」(『定本柳田国男集』九、筑摩書房、一九六九年。初出はそれぞれ、一九一六年、一九二〇年)参照。

5 拙稿「あるささやかな〈水災〉の痕跡――四ツ谷鮫ヶ橋とせきとめ稲荷をめぐって――」(上智大学文学部史学科編『歴史家の窓辺』上智大学出版会、二〇一三年)。

6 菊池沾凉撰『江戸砂子温故名跡誌』巻一/おたまが池(小池章太郎編『江戸砂子』東京堂出版、一九七六年)三〇頁。

7　尾張屋清七板『復刻 江戸切絵図』三／日本橋北神田浜町絵図（岩橋美術、二〇〇五年）。
8　小池編注6書、六八〜六九頁。
9　柳田『女性と民間伝承』（『定本柳田国男集』八、筑摩書房、一九六二年、初刊一九三七年）、同『妹の力』（『定本柳田国男集』九、筑摩書房、一九六九年、初刊一九四〇年）参照。
10　折口信夫「水の女」（折口信夫全集刊行会編『折口信夫集』二、中央公論社、一九九五年、初出一九二七・一九二八年）。
11　奈良県立橿原考古学研究所付属博物館編『水と祭祀の考古学』（学生社、二〇〇五年）参照。
12　折口注10論文、九八頁。
13　高梨一美「水の女」（西村享編『折口信夫事典 増補版』大修館書店、一九九八年）二四五〜二四六頁。
14　義江明子『古代女性史への招待――〈妹の力〉を超えて――』（吉川弘文館、二〇〇四年）・『つくられた卑弥呼――〈女〉の創出と国家――』（ちくま新書、二〇〇五年）など参照。
15　拙稿「中国における神仏習合」（『皇學館大学研究開発推進センター紀要』一、二〇一五年）で部分的に言及した。『比丘尼伝』については、勝浦令子「東アジアの尼の成立事情と活動内容」（同『日本古代の僧尼と社会』吉川弘文館、二〇〇〇年）を参照。なお道教研究においては、逆に女性の参加が多いことが重要な論点を形成する。都築晶子「六朝隋唐時代における道教と女性」（『名古屋大学東洋史研究報告』二五、二〇〇一年）など参照。
16　以上の点については、拙稿注15論文、同「初期神仏習合と自然環境――〈神身離脱〉形式の中・日比較から――」（水島司編『環境に挑む歴史学』勉誠出版、二〇一六年）参照。
17　松村武雄『日本神話の研究』四（培風館、一九五八年）、松本信広『日本神話の研究』（平凡社東洋文庫、一九七一年）、松前健『古代伝承と宮廷祭祀』（塙書房、一九七四年）、近年では門田眞知子編『比較神話から読み解く 因幡の白兎神話の謎』（今井出版、二〇〇八年）が大きな成果である。
18　引用は、新編日本古典文学全集（山口佳紀・神野志隆光訳注、小学館、一九九七年）より行った。
19　ユーリ・ベリョースキン／山田仁史訳「環太平洋における日本神話モチーフの分布」（丸山顕徳編、アジア遊学一五八『古事記――環太平洋の日本神話――』勉誠出版、二〇一二年）三七〜三八頁。
20　松本直樹「『古事記』出雲神話の構成」（『国文学研究』一一九、一九九六年）一四頁。最近の、同『神話で読みとく古代日本――古事記・日本書紀・風土記――』（ちくま新書、二〇一六年）七六〜七七頁にも同様の説明がある。

21 西郷信綱『古事記注釈』三（ちくま学芸文庫、二〇〇五年、初刊一九七六年）二四頁。すでに、同『古事記の世界』（岩波新書、一九六七年）九三〜九四頁にも同様の指摘がある。

22 毛皮の着脱の問題については、拙稿「〈負債〉の表現」（野田研一・小峯和明・渡辺憲司編、アジア遊学一四三『環境という視座――日本文学とエコクリティシズム――』勉誠出版、二〇一一年）参照。

23 小林祥次郎『日本古典博物事典 動物篇』（勉誠出版、二〇〇九年）七九〜八〇頁に整理されている。

24 渡辺麻里子「『今昔物語集』の月の兎」（鈴木健一編『鳥獣虫魚の文学史――日本古典の自然観――』一／獣の巻、三弥井書店、二〇一一年）に、各話の詳しい分析と対照表がある（一二八〜一二九頁）。

25 白川静『字通』（平凡社、一九九六年）、「兔」字の項。

26 引用は、尚志禁・尚元勝輯校『本草経集注（輯校本）』（人民衛生出版社、一九九四年）より行った。

27 木村雅一「『古事記』の稲羽素兎に外用処置された蒲の穂綿――考」（『島根医学』三五―一、二〇一五年）二五〜二六頁。

28 神田典城「「稲羽素兎」考――医療行為の側面から――」（同『記紀風土記論考』新典社、二〇一五年、初出二〇〇九年）参照。

29 引用は、『国宝半井家本 医心方』（オリエント出版社、一九九一年）より行った。

30 神田注28論文、三〇六頁。

31 馬継興『中医文献学』（上海科学技術出版社、一九九〇年）二一九頁。馬氏はこれを南北朝期の成立とするが、例えば鈴木千春氏は、唐代まで下る可能性も示唆する（鈴木「中国古代・中世における逐月胎児説の変遷」『日本医史学雑誌』五〇―四、二〇〇四年）。

32 白杉悦雄・坂内栄夫訳注、馬王堆出土文献訳注叢書『却穀食気・導引図・養生方・雑療方』（東方書店、二〇一一年）一九一〜一九四頁。

33 大形徹「馬王堆の胎産書・禹蔵図・人字図について」（大阪府立大学『人文学論集』二七、二〇〇九年）・「解説」（同、馬王堆出土文献訳注叢書『胎産書・雑禁方・天下至道談・合陰陽方・十問』東方書店、二〇一五年）参照。

34 兪偉超「含山凌家灘玉器和考古学中研究精神領域的問題」（『文物研究』五、一九八七年）、范方芳・張居中「中国史前亀文化研究総論」（『華夏考古』二〇〇八年第二期）参照。

35 劉玉建『中国古代亀卜文化』（廬西師範大学出版社、一九九二年）、李零『中国方術考（修訂本）』（東方出版社、二〇〇一年）参照。

36 槇佐知子訳注『医心方』二四／占相篇（筑摩書房、一九九四年）二二九頁。

37 大脇良夫・植村善博編『治水神・禹王をたずねる旅』（人文書院、二〇一三年）、王敏『禹王と日本人――「治水神」がつなぐ東アジア――」（NHKブックス／NHK出版、二〇一四年）など参照。

38 引用は、袁珂校注『山海経校注』（上海古籍出版社、一九八〇年）より行った。

39 白川静『中国の神話』（『白川静著作集』六／神話と思想、一九九九年、初刊一九七五年）四七～四九頁。

40 以下、二十四史からの引用は、すべて中華書局標点本より行った。

41 引用は、任乃強校注『華陽国志校補図注』（上海古籍出版社、一九八七年）より行った。

42 工藤元男a「禹の変容と五祀」（同『睡虎地秦簡よりみた秦代の国家と社会』創文社、一九九八年、初出一九九二年）二九〇～二九四頁、同b「周縁からみる中国古代文明――四川調査を手がかりに――」（同『中国古代文明の形成と展開』早稲田大学、二〇〇三年）三二〇～三二一頁。

43 量博満「岩間葬について」（白鳥芳郎教授古希記念論叢刊行会編『アジア諸民族の歴史と文化――白鳥芳郎教授古希記念論叢――』六興出版、一九九〇年）、とくに二四八～二五一頁参照。

44 引用は、張覚校注『呉越春秋校注』（岳麓書社、二〇〇六年）より行い、佐藤武敏訳注『呉越春秋――呉越興亡の歴史物語――』（平凡社東洋文庫、二〇一六年）を適宜参照した。

45 引用は、劉黎明校注『焦氏易林校注』（巴蜀書社、二〇一一年）より行った。同様の記事は、巻一 乾之第一／中孚、師之第七／小畜、巻四 兌之第五八／萃、既済之第六三／比にみえる。

46 工藤注42a論文、二九五～二九九頁。

47 引用は、何寧撰『淮南子集釈』（中華書局、一九九八年）より行い、新釈漢文大系（楠山春樹訳注、明治書院、一九七九～一九八八年）を適宜参照した。

48 土屋昌明「石について」（廣瀬玲子編、シリーズ・キーワードで読む中国古典二『人ならぬもの――鬼・禽獣・石――』法政大学出版局、二〇一五年）一六七～一六九頁。

49 中沢新一、カイエ・ソバージュ二『熊から王へ』（講談社選書メチエ、二〇〇二年）参照。

50 土屋注48論文、一六七～一六九頁。

51 土屋注48論文、一七四～一八〇頁。

52 拙稿「環境／言説の問題系――〈都邑水没〉譚の成立と再話／伝播をめぐって――」（『人民の歴史学』一九九、二〇一四年）参照。

53　伊藤清司「禹と治水」（同編『中国の歴史と民俗』第一書房、一九九一年）参照。
54　引用は、新釈漢文大系（大野峻訳注、明治書院、一九七五～一九七八年）より行った。
55　拙稿「歴史叙述としての医書――漢籍佚書『産経』をめぐって――」（小峯和明編、アジア遊学一五九『〈予言文学〉の世界――過去と未来を繋ぐ言説――』勉誠出版、二〇一二年）参照。
56　白川注25書、「禹」の項。
57　引用は、汪紹楹校訂『芸文類聚』（中華書局、一九七三年）より行った。
58　ジン・ワン／廣瀬玲子訳『石の物語――中国の石伝説と『紅楼夢』『水滸伝』『西遊記』を読む――』（法政大学出版会、二〇一五年、初刊一九九二年）一一五～一一九・一三〇～一三三頁。なお、乞子石の習俗は、列島各地にも広く認められ、例えば青森・福島・千葉・神奈川・長野・岐阜・愛知・奈良・岡山・山口・徳島・福岡・長崎・大分各県にみえ、道祖神など石神・石仏への祈願を含めれば、より多くの事例が見出せるはずである（恩賜財団母子愛育会編『日本産育習俗資料集成』〔第一法規出版、一九七五年〕二二一～二三一頁）。
59　ジン注58書、一三一頁。
60　行神・治癒神としての禹については、工藤元男「先秦社会の行神信仰と禹」「「日書」における道教的性格」（ともに同注42書〔『睡虎地秦簡』〕、初出はそれぞれ一九八八・一九九〇年）、同注42 a 論文、同『占いと中国古代の社会――発掘された古文献が語る――』（東方書店、二〇一一年）参照。なお工藤氏は、包山楚簡の卜筮祭禱簡に現れる神格「大禹」から、治癒神としての禹の信仰は楚文化圏のものかもしれないと推測している。また、日本との関係については、深澤瞳「禹歩・反閇から身固めへ――日本陰陽道の一端として――」（『大妻国文』四三、二〇一二年）が詳述している。
61　引用は、陸吉ら点校『帝王世紀・世本・逸周書・古本竹書紀年』（斉魯書社、二〇一〇年）より行った。なお、同逸文は『太平御覧』巻八二皇王部七ほか、幾つかの文献にみえる。
62　張覚氏は、『呉越春秋』の「薏苡」について『帝王世紀』を援用し、神珠の名称と解釈している（張注44書、一五五頁注七）。
63　苑利「大禹誕生神話与遠古婦産医学――兼論〝鯀復生禹〟神話的誤伝――」（東京都立大学人文学部『人文学報』二三四、一九九二年）三一～四頁。
64　内野花「『本草綱目』に見る周産期の妊産婦管理に関する漢薬」（『関西大学博物館紀要』一二、二〇〇六年）一四頁。
65　徐吉軍『長江流域的喪葬』（湖北教育出版社、二〇〇四年）一八一～一八三頁。

66 岳小国『生命観視力閾中的蔵族喪葬文化研究——対金沙江上游三岩峡谷的田野調査——』（世界図書出版広東有限公司、二〇一四年）二五〇～二五三頁。この点に関連し溺子・溺女の習俗も参照する必要があるが、これが意図的に行われる子殺しであるのに対し、本稿で追跡しているのは不可抗力による嬰児の夭折、産死であるので、今回は言及しなかった。溺子・溺女については、劉静貞『不舉子——宋人的生育問題——（修訂版）』（汪達數位出版股份有限公司、二〇一七年、初刊一九九八年）参照。

67 引用は、中華書局影印本より行った。

68 引用は中華書局標点本に拠ったが、賀次君輯校『括地志輯校』（中華書局、一九八〇年）を参照した。

69 引用は、『上海博物館蔵戦国楚竹書』二（上海古籍出版社、二〇〇二年）より行い、浅野裕一「『容成氏』における放伐と禅譲」（同編『竹簡が語る古代中国思想——上博楚簡研究——』汲古書院、二〇〇五年、初出二〇〇四年）を参照した。

70 李承律「上海博楚簡『容成氏』の尭舜禹禅譲の歴史」（『中国研究集刊』三六、二〇〇四年）。

71 引用は、新釈漢文大系（加藤常賢訳注『書経』上、明治書院、一九八三年）より行った。

72 工藤注42b論文、四一～四四頁。

73 引用は、新日本古典文学大系（出雲路修校注、岩波書店、一九九六年）より行った。

74 行基および行基集団の活動については、井上薫監修『行基事典』（国書刊行会、一九九八年）を参照。近年の行基自身の思想のありようへの論及には、角田洋子『行基論——大乗仏教自覚史の試み——』（専修大学出版局、二〇一六年）がある。

75 『霊異記』所載の行基説話については、拙稿「『日本霊異記』と行基——〈描かれた行基〉の意味と機能——」（『日本古代・中世史 研究と資料』一五、一九九七年）参照。

76 『行基年譜』については、鈴木景二校注「行基年譜」（井上監修注74書）に拠った。

77 守屋俊彦「日本霊異記中巻第三十縁考」（同『日本霊異記論——神話と説話の間——』和泉書院、一九八五年、初出一九八二年）、寺川真知夫「蟹報恩譚の形成」（同『日本国現報善悪霊異記の研究』和泉書院、一九九六年、初出一九九〇年）、藪敏晴「『日本霊異記』行基関連説話考——水神零落譚試論——」（『説話文学研究』二七、一九九二年）、井上正一「不具の子を捨てる民俗」（『日本歴史』二八三、一九七一年）など。

78 澤田瑞穂「鬼索債」（同『鬼趣談義——中国幽鬼の世界——』中公文庫、一九九八年、初刊一九七六年）。

79 丸山顕徳「討債鬼説話と食人鬼説話」（同『日本霊異記説話の研究』桜楓社、一九九二年、初出一九九〇年）。

80 福田素子「六朝・唐代小説中の轉生復讐譚——討債鬼故事の出現まで——」（『東方学』一一五、二〇〇八年）。

81　福田素子ａ「鬼討債説話の成立と展開――我が子が債鬼であることの発見――」（『東京大学中国語中国文学研究室紀要』九、二〇〇六年）。「阿足師」系統の展開については、同ｂ「偽経『仏頂心陀羅尼経』の版行・石刻活動の演変」（『東京大学中国語中国文学研究室紀要』一五、二〇一二年）参照。

82　引用は、張国風会校『太平広記会校』（北京燕山出版社、二〇一一年）より行った。

83　引用は、国際敦煌プロジェクトの高精細データより直接翻刻し（http://idp.bl.uk。二〇一八年二月一日最終アクセス）、鄭阿財「敦煌写本『仏頂心観世音菩薩大陀羅尼経』研究」（同『見証与宣伝――敦煌仏教霊験記研究――』新文豊出版股份有限公司、二〇一〇年、初出二〇〇二年）、楊宝玉「《仏頂心観世音菩薩救難神験経》」（同『敦煌本仏教霊験記校注並研究』甘粛人民出版社、二〇〇九年）掲載の校注を参照した。

84　福田注81ａ論文、三六～三七頁。

85　引用は、陳橋駅校証『水経注校証』（中華書局、二〇一三年）より行った。

86　拙稿「『放光菩薩記』注釈」（小林真由美・北條・増尾伸一郎編『寺院縁起の古層――注釈と研究――』法藏館、二〇一五年）参照。また先行研究として、黄芝崗『中国的水神』（龍門書店、一九六八年、初刊一九三四年）、牧田諦亮「中国における民俗仏教成立の過程」（同『中国近世仏教史研究』平楽寺書店、一九五七年）・「敦煌本三大師伝について」（『印度学仏教学研究』七―一、一九五八年）、北進一「神異なる仮面の高僧――四川省石窟宝誌和尚像報告――」（和光大学総合文化研究所＝松田到編『象徴図像研究――動物と象徴――』言叢社、二〇〇六年）、肥田路美「四川省夾江千仏岩の僧伽・宝誌・萬迴三聖龕について」（『早稲田大学大学院文学研究科紀要』第三分冊／日本文学演劇映像美術史日本語日本文化、五八、二〇一三年）が重要である。

87　引用は、中国仏教典籍撰刊（范祥雍点校、中華書局、二〇一五年）より行った。

88　福田注81ａ論文、三七頁。

89　李利安「観音菩薩与民間信仰」（路遥主編『四大菩薩与民間信仰』上海人民出版社、二〇一一年）参照。

90　鄭注83論文。

91　福田注81ｂ論文。

92　李応存・史正剛『敦煌仏儒道相関医書釈要』（民族出版社、二〇〇六年）を参照した。

93　福田注81ｂ論文。

94　『正統道蔵』一〇／洞玄部本文類・神符類（新文豊出版公司）七一八頁。

95　『正統道蔵』一六／洞玄部威儀類、六〇六頁。
96　前川亨「中国における『血盆経』類の諸相――中国・日本の『血盆経』信仰に関する比較研究のために――」（『東洋文化研究所紀要』一四二、二〇〇三年）三一五頁。
97　恩賜財団母子愛育会編注58書、三二四～三三二頁に多くの事例が紹介されている。
98　堤邦彦「子育て幽霊譚の原風景――葬送儀礼をてがかりとして――」（同『近世説話と禅僧』和泉書院、一九九九年、初出一九九三年）。
99　石川力山「葬送・追善供養関係切紙」（同『禅宗相伝資料の研究』上、法藏館、二〇〇一年）四九三～四九四頁。
100　前川注96論文、三二七頁。
101　『正統道蔵』一三／洞玄部威儀類、四頁。
102　石川注99書、四八三・四八六・四九二頁。
103　中村義雄『魔よけとまじない――古典文学の周辺――』（塙新書、一九七八年）一四三～一四九・一七〇～一七四頁。
104　徐注65書、一四〇～一四一頁。
105　石川注99書、四八七頁。

Ⅱ　文体と典拠

古事記の文体

奥田　俊博

一　『古事記伝』の「文体《カキザマ》」とその影響

『古事記』の文体を検討するにあたり、まず問題となるのは、文体と表記の関係である。文体の評価について、書かれたものが、たとえば、明瞭であることや平板であることを評価の指標にしたとしても、その評価には、書かれたものの内容を明確にする行為が深く関わってこよう。

だが、『古事記』の場合、書かれたものの内容を理解することそれ自体が既に問題となっている。『古事記』序において太安万侶が「然、上古之時、言意並朴、敷レ文構レ句、於レ字即難、已因レ訓述者、詞不レ逮レ心、全以レ音連者、事趣更長」と記したのは、「訓」あるいは「音」のみで表記することによって生じる問題を述べようとしたためであった。

ここで注意されるのは、「音」のみで表記したものを、太安万侶が「事趣更長」と評していることである。この評言は、「音」で表記すれば、書かれたものにおける日本語の語形を、一律に、かつ安定して定めることができようが、書かれたものにおける日本語の語形を定めることよりも、事柄の内容が長々しくなることの回避を優先させたことを含意していると解せよう。そこで太安万侶が採用した表記の方法は、「今或一句之中、交二用音訓一、或一事之内全以レ訓録」という、一句の中に「音」と「訓」とを交えて用いたり、一つの事柄を記載するにあたってすべて「訓」を用いて書いたりするという方法であり、加えて、序に「辞理叵レ見、以レ注明」とあるように、理解しにくい箇所には注を付して明確にする、という方法をも併せて採用したことであった。

この方法によって書かれたものの内容をどのように理解することが可能か、という点については見解が分かれる。たとえば、『古事記』において書かれたものは安定した語形を表しているという見解や、『古事記』の本文は理解できるが、本文すべてを安定した語形に復元することはできないという見解が存する。あるいはまた、『古事記』の成立を考慮して、完全に当初の日本語の語形に復元し得ないにしても、『古事記』の本文を日本語の語形に基づいて訓むべきだという見解も見える。

本居宣長が、『古事記』の文体に関して表記、および表記の方法を中心に取り上げたのは、このような『古事記』における文体と表記の関係が大きく与っているであろう。『古事記伝』巻一の「文体《カキザマ》の事」は、「すべての文、漢文の格《サマ》に書れたり、抑此記は、もはら古語を伝ふるを旨《ムネ》とせられたる書なれば、中昔《ナカムカシ》の物語文などの如く、皇国の語のまゝに、一もじもたがへず、仮字書《カナガキ》にこそせらるべきに、いかなれば漢文には物せられつるぞといはむか、いで其ゆゑを委曲《ツバラカ》に示《シメ》さむ」（二十四葉）という、表記に関わる記述で始まる。「文体《カキザマ》の事」には、「書法」を「カキザマ」と訓ませた記述（伝一・二十六葉、二十七葉）が存し、『古事記伝』では、「文体《カキザマ》」に表記法に近しい意味を付与していたと考えられる。そもそも『古事記』は古語を伝えることが主旨としているのだから、中古の物語のように日本語の語形が明確になるよう仮名による表記がなされるべきである、という宣長の考え方も論点になるが、上記の『古事記伝』の記述で今ひとつ留意されるのは、『古事記』が「漢文の格《サマ》」で書かれているという指摘である。『古事記伝』「文体《カキザマ》の事」には、また「故《レ》大体《オホカタ》は漢文のさまなれども、又ひたぶるの漢文にもあらず、種々《クサグサ》のかきざま有て、或は仮字書《キ》の処も多し、久羅下那州多陀用弊流《クラゲナスタダヨヘル》などもあるが如し、又宣命書の如くなるところもあり、在祁理《アリケリ》、また吐散登許曽《ハキチラストコソ》などの如し、又漢文ながら、古語格《ノサマ》ともはら同じきこともあり、立《タタシ》二天浮橋《アマノウキハシニ》一而《テ》指《サシオロシ》二下其《ソノ》沼《ヌ》矛《ホコヲ》一【立字《ノ》又指下《ノ》二字を、上に置るは、漢文なり、されど尋常《ヨノツネ》のごとく字のまゝに読て、古語に違ふことなし、】などの如し」（二十七〜二十八葉）のように、「仮名書」「宣命書」「漢文」について具体例を引用しながら取り上げ、表記法の多様性を説いている。ここで述べられている「漢文の格《サマ》」とは、「仮字書」「宣命書」と同位の範疇の表記法として捉えられている。さらに、『古事記伝』「文体《カキザマ》の事」では、語表記についても言及しており、「古言を記《シル》すに、四種《ヨクサ》の書《キ》ざまあり」（二十八葉）として、「仮字書《カナガキ》」、「正字《マサモジ》」、「借字《カリモジ》」、および、「仮字書」「正字」「借字」の三種類を「此《レ》彼《レ》交《マジ》へて書るもの」を挙げている。

右の『古事記伝』の「文体《カキザマ》」に関する見解は、総論的な記述という側面があることも考慮すべきであるが、その後の『古事記』の文体を巡る論議に与えた影響は大きい。その影響の一つとして、「文体」を「カキザマ」と訓ませ、表記法に近しい意味を与えたことが挙げられよう。また、『古事記伝』の文体の理解は、表記法を中心とするものであり、その表記法の中心に「漢文の格」を位置付け、部分的に「仮字書《キ》」「宣命書」があることを指摘した点も挙げられる。その後においても、『古事記』の文体については、表記法を中心とした位置付けがなされており、「変体漢文体」[注1]、「和化漢文体」[注2]、「和漢混交体」[注3]、「漢式和文」[注4]、「倭文体」[注5]などの名称で呼ばれるが、単一の名称の適切性や名称が指す範囲等についても諸説[注6]があり、議論が尽くされているとは言い難い状態である。しかも、『古事記』のおいて書かれたものがどのように訓まれるのか、という問題もあり、問題の所在をさらに複雑にしている。

二　書くことと訓むこと、そして「文体」の理解

『古事記』において書かれたものがどのように訓まれるのか、という問題については、これも『古事記伝』の見解の後世に与えた影響が少なくない。『古事記伝』巻一は、「文体《カキザマ》の事」に続いて、「仮字《カナ》の事」「訓法《ヨミザマ》の事」「直毘霊《ナホビノミタマ》」の項が続くが、「文体《カキザマ》の事」が表記の方法を中心に取り扱った項であるのに対し、「訓法《ヨミザマ》の事」は、訓読の方法を中心に取り扱った項である。「訓法《ヨミザマ》の事」は、「凡て古書は、語を厳重《オゴソカ》にすべき中にも、此記は殊に然あるべき所由《ユヱ》あれば、主《ムネ》と古語を委曲《ツバラカ》に考《ヘ》て、訓を重くすべきなり」（四十四葉）の記述で始まる。『古事記』の訓読における古語への重視は、「訓法《ヨミザマ》の事」において、「古語のなほざりにすまじきことを知べし」（四十五葉）、「漢《カラ》のふりの厠《マジ》らぬ、清《キヨ》らかなる古語を求《モト》めて訓べし」（四十七葉）、「本とある古語をば、なほざりに思ひ過《スグ》せるは、かへすぐ〳〵もあぢきなきわざなり」（四十七葉）、「上《ツ》代の万《ヅ》の事も、そのかみの言語をよく明《アキ》らめさとりてこそ、知《ル》べき物なりけれ」（四十八葉）などのように随所で述べている。このような記述の背景には、稗田阿礼が漢文で記された旧記に基づきながら古語に戻した、と想定される『古事記』成立の経緯、および、『古事記』が『日本書紀』と異なって古語を失っていないという理解があったと考えられる。[注7] 訓読するにあたり、適切な古語を求めるという宣長の考えは、「其《ノ》文字は、後に当《アテ》たる仮《カリ》の物にしあれば、深くさだして何《ナニ》にかはせむ、唯《タダ》いく度《タビ》も古語を考へ明《アキ》らめて、古《ヘ》のてぶりをよく知《ル》こそ、学問《モノマナビ》の要《ムネ》とは有《ル》べかりけれ」（「訓法《ヨミザマ》の事」四十八葉）、

「又全《マタ》く一句など、ひたぶるの漢文にして、古語にはいと遠《トホ》き書《カキ》ざまなる処も、往々《ヲリヲリ》にあるなどは、殊に字に拘《カカ》はるまじく、たゞ其意を得て、其事のさまに随ひて、かなふべき古言を思ひ求めて訓べし」（同上、五十三葉）のように表現される。このような『古事記』に用いられる文字に対する宣長の理解は、書かれたものに用いられる文字の軽視であるとして批判の対象ともなる。[注8] また、このような宣長の訓読の方針に対しては、次に引用するような批判的な見解も存する。

〔1〕古事記が、後世の学者によって、すべてにわたってかなづけをほどこされるなどといふことの、ヤスマロにとって想像も及ばぬところだったことは、いふまでもない。（いまだ、はなしは、すべて、漢字からかなを脱化せしめぬ段階に属する。すなはち、これぐらゐのことを認識してゐないはずはない宣長にそれを無視せしめえたものがなんであったにもせよ、とにかく、わたくしをしてあへていはしむれば、『古訓古事記』とは、じつは新訓古事記にほかならぬ。そして、その本質において、以後は、みな、その亜流である。）[注9]

右の見解は、『古事記』の散文の部分について、歌謡の部分のように一定の日本語の表現でなければならない、ということを太安万侶が要求していたか、という問いに基づいた見解である。一定の日本語の表現でなければならない、ということを太安万侶が要求していなかったからこそ、歌謡の部分を一字一音の借音字による表記で記載したのである。また、散文については、一定の日本語の表現に還元できなくとも、理解することは可能であり、そのような表記のありかたが有意義であると太安万侶が判断した。以上のような見解に対しては、次に引用するような見解も存する。

〔2〕歌謡が仮名書きにして採り入れられたことも、変体漢文体の部分が随所に、まったくその文脈に嵌った日本語の形——用言などは個別に活用した形——での仮名書きを含むこととともに、古事記全体が仮名

書き的に訓みうるものであったということを示している。（中略）古事記は、翻音しえたものであった以上、ただ大意的把握の限りで読めるとし、かつその域にとどまる読み方をすべきではない。それは、完全には当初の言語音に復元しえないとしても、翻音的に訓み試みるという立場は、あくまでもとられるべき性質のものである。本居宣長の『古事記伝』における施訓の態度は、この点においてまったく正当であったといってよいが、ただ字面を離れて大意を汲み、それをいずれかといえば平安朝の物語風の文体の日本語に翻訳した傾向がないではない。[注10]

右の見解は、本来的に『古事記』の記載内容が口承性を有していること、『古事記』が変体漢文で書かれ、歌謡、および散文の一部に仮名による表記がなされていることに基づいているとともに、太安万侶が編纂した当時においてもすでに訓めない箇所が存したであろうことを前提としている。右の〔1〕〔2〕の見解は、『古事記』における書かれたものの成立経緯や、訓読の方針において対照的な見解を示しているとも言える。しかし、両者の見解は全てにおいて対立的であるのではなく、『古事記』の文章のうち、訓みにくい箇所が仮名で表記されている点、太安万侶が『古事記』を編纂する時においてもすでに訓めない箇所があった点では共通している。このような両者における共通性と対照性とを、『古事記』の文体と表記に係る問題として捉えることが可能であるならば、この問題は現在においても検討すべき課題であると言えるであろう。[注11]

『古事記』において書かれたものに向き合うとき、何を書いたのか、そして、何と訓むのか、という問いは、研究史的にも重要な問いであった。何を書いたのか、という問いは、書いた時に太安万侶が目指した日本語文の性質を問うものでもあるが、この問いは、さらに、すべてを日本語文で表そうとしたのか、一部は日本語文で表すのは困難だったのではないか、などといった問いへとつながっていく。一方、何と訓むのか、という問いは、訓まれた日本語文が有する性質を問うものであるが、この問いは、漢文訓読の影響、用字の訓詁、構文、用字の傾向、等といった分析方法の多様性へとつながろう。

何を書いたのか、という問いと、何と訓むのか、という問いについてさらに言えば、何を書いたのか、という問いを留保し続けるという姿勢も可能であろう。それは、作者という存在の意図や成立的経緯について推測することを可能な限り留保し、書かれたものを重視して訓みを追究する姿勢である。また、何と訓むのか、という問い、とりわけ和化漢文で書かれたもののうち、仮名による表記以外の訓みの大半について判断を留保し、書かれたものそれ自体を検討しようとする姿勢も存する。また、あるいは、次に引用するような姿勢も存する。

古事記はよめるか。――この問題は、古事記の文章、すなわち、正格の漢文でもなく仮名文でもなく、日本語を漢字だけを使って日本語の法格を生かしつつ独自の用字法に拠って書かれた文章というものに立ち向うとき、曾て問われたことであり、今後も問われ続けなければならないことであろう。ここでいうよむとは、現代語を以て、現代思想の色眼鏡を通して解釈するということではない。それは、古事記が書かれた、その折の言葉に復元し、太安万侶の意図に帰るということである。そのようなよみを、現在の私どもに残されている古事記の本文に求めることは、極めて困難であり、不可能に近いであろう。（中略）しかし、ともかくも、古事記の全文章を訓読し、安万侶のそれに迫ろうという立場に立ち、しかも本書のように、諸々の訓読を併記するのでなく一つのよみをのみ示すとするときは、一定の方針のもとに、一定の手続きを経て、本文の全文章を訓み下してみなければならない。本書の訓読とそれに関する諸作業は、そういう立場に置かれた者の、一つの試みである。[注12]

右の見解は、先述した『古事記』の文体と表記に係る課題に対する一つの姿勢を表明したものであると位置付

け し得るが、ここでは、何を書いたのか、という問いに答えることが極めて困難であると理解しつつ、敢えて何を書こうとしたのか、という問いに答えようとしたものである。

ここまで、『古事記伝』の「文体」の理解と、研究史も踏まえ、後に与えた影響について述べてきたが、文体の概念は、書かれたもの、および、書かれたものにおける表記法や訓読の方法だけでなく、極めて多様であり、研究者によってその位置付けが異なる。[注13] 対象を『古事記』に限ってみても事情は変わらない。『古事記伝』は表記法を「文体」と書き表したが、『古事記』において書かれたものを重視し、その表記に即した検討を行う観点から、文体を捉えることも可能である。[注14] また、太安万侶が表そうとした日本語文、あるいは、書かれたものを適切に訓読した日本語文を文体として捉える見地もある。太安万侶が表そうとした日本語文を確定し得ないと判断し、「文体」という用語を用いないという見地も存する。また、今述べた観点の複数を組み合わせて「文体」を捉えることも可能である。

その一方で、従来から文体が、規範（la norme）と隔たり（l'écart）との対立の中で捉えられる点も看過すべきでなかろう。その隔たりは、差異、距離、特色等として認められるものである。この点を、言語学的な見地から見た場合、文体は個別的なものだけでなく、体制・制度として捉えられる側面を有する。[注15] このような文体観を踏まえて言えば、たとえば、「表現の媒体（音声・文字）、ジャンル、目的・意図、場面・状況などによって、言語が異なった姿を呈する現象。また、そうした観点から見た時の言語の姿[注16]」、「「文体」とは文章（または作品）の特色をなす言語の体裁及び様式である[注17]」といった文体の捉え方も、『古事記』の文体を分析するにあたって必要であると考えられる。

『古事記』において書かれたものを基にした隔たりのありようは、文章に見られる修辞、文章の展開の方法、漢語の受容、表記法、等多岐に亘るものである。比較対象が『日本書紀』『万葉集』、各国の風土記、といった限定された時とは異なり、現在は、出土した木簡の研究成果や、正倉院文書の注釈・訓読等の研究成果により、相対的ではあるものの、差異、距離、特色等を検討・考察する環境がより整っている。

『日本書紀』がその成立直後から講読がなされたのに対して、『古事記』の本格的な注釈は『古事記伝』を嚆矢とする。その後も『古事記』の諸注は、訓読を施し、また、訓みを定めるための研究の蓄積がなされてきた。確かに、諸注・諸研究によっていまだ訓みが揺れる箇所や判断保留せざるを得ない箇所が多く存する。もとより、書かれたものの文字列が日本語のことばと密接に対応している、とは到底言えるものでないであろう。しかしながら、『古事記』という資料・作品に向き合い、先行する注釈・解釈を踏まえ、施された訓みをも勘案しながら「文体」の差異、距離、特色等を検討することは、『古事記』という資料・作品を総体的に理解しようとする場合、意義のあることだと考えられる。

三　文章、ならびに文字表現の特徴

『古事記』の文章は、韻文的な要素を含んだ文章であり、[注18]その特徴として、文を接続する用字の多用や、句や文の反復表現等が挙げられる。[注19]これらのうち、文を接続する用字の多用については早く小島憲之『上代日本文学と中国文学　上』（第二篇第四章、塙書房、一九六二年）が、「故」「爾」「於是」などの「接続詞」の頻用を古事記の文体の特徴の一つとして挙げ、「かかる「接続詞」が次から次へと現はれまた去り、起伏なく流れ進んで行くのが古事記の文章である」と指摘する。さらに、「故」の使用について六朝漢文の影響を指摘したことも注意されよう。このような文を接続する用字の多用は、『古事記』の散文の部分において和化漢文を採用したことと深く関連すると言える。[注20]

また、『古事記』における文を接続する用字が有する機能については、『古事記』において書かれたものに焦点を絞るならば、これらの文を接続する用字は、文末を表す用字とともに、『古事記』の文の自立性を表す機能、すなわち、文と文との切れ目を表示する標識としての機能をも担っていたと看取される。『古事記』の文は、文を接続する用字が用いられる例ならびに、その文の前に位置する文に文末を示す用字が用いられる例が大半を占める。[注21]

このような『古事記』における文を接続する用字、文末を示す用字の多用は、『古事記』の文章そのものの性質と深く関わるであろう。『古事記』の本文は和化漢文を基本とした文体で記されるが、その表記のありようは一様でない。

(1)故爾、各中二置天安河一而、宇気布時、天照大御神、先乞二度建速須佐之男命所レ佩十拳剣一、打二折三段一而、奴那登母々由良邇此八字以レ音、下效レ此振二滌天之真名井一而、佐賀美邇迦美而自レ佐下六字以レ音、下效レ此於二吹棄気吹之狭霧一所レ成神御名、多紀理毘売命此神名以レ音亦御名、謂二奥津島比売命一、次、市寸島上比売命、亦御名謂二狭依毘売命一、次、多岐都比売命。三柱、此神名以レ音速須佐男命、乞下度天照大御神所レ纏二左御美豆良一八尺勾璁之五百津之美須麻流珠上而、奴那登母々由良爾、振二滌天之真名井一而、佐賀美邇迦美而、於二吹棄気吹之狭霧一所レ成神御名、正勝吾勝々速日天之忍穂耳命

(上巻・御宇気比の段)

(2)於レ是、其御子聞知而驚、乃為レ将レ殺二当芸志美美一之時、神沼河耳命、白二其兄神八井耳命一、那泥此二字以レ音汝命、持レ兵入而、殺二当芸志美々一

(中巻・神武天皇)

（3）此、謂㆓意富多々泥古㆒人、所㆔以知㆓神子㆒者、上所㆑云活玉依毘売、其容姿端正、於是、有㆓壮夫㆒、其形姿威儀、於㆑時無㆑比、夜半之時、儵忽到来、故、相感、共婚供住之間、未経㆓幾時㆒、其美人妊身、爾、父母怪㆓其妊身之事㆒、問㆓其女㆒曰、汝者自妊、無㆑夫何由妊身乎、答曰、有㆓麗美壮夫㆒、不㆑知㆓其姓名㆒、毎㆑夕到来、供住之間、自然懐妊、是以、其父母、欲㆑知㆓其人㆒、誨㆓其女㆒曰、以㆓赤土㆒散㆓床前㆒、以㆓閉蘇此二字以㆑音紡麻㆒貫㆑針、刺㆓其衣襴㆒、故、如㆑教而旦時見者、所㆑著㆑針麻者、自㆓戸之鉤穴㆒控通而出、唯遺麻者三勾耳

（中巻・崇神天皇）

（4）其伊呂兄意祁命奏言、破㆓壊是御陵㆒、不㆑可㆑遣㆓他人㆒、専僕自行、如㆓天皇之御心㆒、破壊以参出、爾、天皇詔、然、随㆑命宜㆓幸行㆒、是以、意祁命自下幸而、少掘㆓其御陵之傍㆒、還上復奏言、既掘壊也、爾、天皇異㆓其早還上㆒而詔、如何破壊、答白、少掘㆓其陵之傍土㆒、天皇詔之、欲㆑報㆓父王之仇㆒、必悉破㆓壊其陵㆒、何少掘乎、答曰、所㆓以為㆑然者、父王之怨、欲㆑報㆓其霊㆒、是誠理也、然、其大長谷天皇者、雖㆑為㆓父之怨㆒、還為㆓我之従父㆒、亦、治㆓天下㆒之天皇、是今単取㆓父仇之志㆒、悉破㆘治㆓天下㆒之天皇陵㆖者、後人必誹謗、唯父王之仇、不㆑可㆑非㆑報、故、少掘㆓其陵辺㆒、既以㆓是恥㆒、足㆑示㆓後世㆒、如此奏者、天皇詔之、是亦大理、如㆑命可也

（下巻・顕宗天皇）

右の（1）〜（4）のうち、（1）（2）は借音字による表記を交えた文章であるのに対し、（3）（4）は正格の漢文に近い文章である。小島憲之前掲書（第二篇第三章）は、（4）の例を引用し、このような正格の漢文に近い文章が中巻・下巻に比較的多いことを指摘し、その原因について、「色々と推測できるが、その一つは、かうした文体のところは日本書紀の著しい潤色を除いた普通一般の部分にかなり近く、これは両者に共通（或は類似）した資料から得たものではなからうかと思はれる」と推測する。また、福田良輔『古代語文ノート』（「古事

記の純漢文的構文の文章について」南雲堂桜楓社、一九六四年）は、（3）（4）を含めて一三例の正格の漢文に近い例を掲げ、「構文中に和臭を帯びた句法や字法が、多少混入してゐる文章も少くないが、大体純漢文体の文章と見る事ができよう」と指摘する。『古事記』には、正格の漢文に近い文章が中巻・下巻に多いこと、上巻の神話については仮名で表記される箇所を含んだ和化漢文が使用され、中巻・下巻の歴代の天皇に関する記述には、正格の漢文に近い文体も含まれる、という傾向を指摘することが可能である。

借音字で表記された箇所を含む文章と正格の漢文に近しい文章とは、如上の傾向が認められるが、しかし、文を接続する用字や文末を表す用字を多用しているという点で両者には大きな差は認められない。『古事記』は、上・中・下の三巻から成るが、『日本書紀』巻三以降のような編年体を取らず、また各国の古風土記のように郡里を単位とした記載形式を持たない。また、『古事記』の文を接続する用字の多くが漢語に由来するが、接続する用字の多用は『古事記』特有のものである。[注22]

この文を接続する用字の多用は、円滑に読解できるようにするために文の切れ目を示す必要があったことも与っていよう。その工夫の一つが、文を接続する用字と文末を示す用字の多用であったと考えられる。『古事記』において多用される、文を接続する用字、ならびに文末を示す用字は、漢文の表記において使用することが可能な用字であり、借音字を中心とする表記の文章において、これらの用字を全面的に使用することは非常に困難であったと推察される。つまり、現行の和化漢文の枠組を用いて、文を接続する用字や文末を示す用字を多用するとともに、借音字による表記の箇所には音読注を用いて借音字と訓字とを区分して読みやすさを確保するような文体を採用したのだと考えられよう。

先述したように、『古事記』において書かれたものを基にした隔たりのありようは、文章に見られる修辞、文章の展開の方法の他に、漢語の受容、表記法といった文字表現をも含むものである。これらの文字表現は、書かれたものを成立させる基盤となるものであり、その意味で文体と関連する。

漢語の受容については、熟字、文を接続する用字、文末助辞等を中心に漢語の受容がかなり見られる。『日本書紀』とは異なり、『古事記』は特定の漢籍から直接的に影響を受けた引用はほとんど認められないが、漢籍の漢語表現を取り込んだ文字表現になっていると言える。『古事記』に用いられる漢語のうち、「委曲」「貧窮」「匍匐」「委蛇」「慷愾」「忿怒」「如何」「是以」「山川」「衣服」「明日」などの漢語は一般的に使用される漢語であり、特徴ある性質を有する漢語でない。[注23]漢語の使用において注意されるのは、六朝口語文や漢訳仏典に使用される漢語である。このような漢語表現として、「趺坐」「遊行」「一時」、「所以～故」などの漢訳仏典に頻出する漢語や、「爾時」、「彼廂此廂」などの六朝口語文に特徴的な漢語が挙げられる。[注24]

また、『古事記』特有の用字ではないが、海水の意味の「シホ」に「塩」の用字を用いたり、琴を演奏する意味の「ヒク」に「控」の用字を用いている。上記の「塩」「控」は漢語本来の字義として、それぞれ海水、演奏する、の意味を担っていない。これらの用字は、表記しようとする日本語「シホ」「ヒク」の意味領域に引き寄せられて成立した和化されており、和化された字義を担う字として位置付けし得る。[注25]

『古事記』に用いられる訓字は、漢語から非漢語への連続的な様相において捉えることが可能である。和化漢文という枠組におけるこの連続性は、借音字による表記の多用を可能にした。このような用字の使用は、木簡における用字の使用に通ずるところがあるが、[注26]『古事記』は、実用的・日常的な木簡と異なり、仮名の清濁の厳密な書き分け、助辞として頻用される字を仮名として使用することの回避等、用字の使用が精錬されている。[注27]

『古事記』には、仮名による表記が多用されるが、そのうち、借音字については、おおよそ訓字による表記が困難な語や語形を明示することが適切だと判断された語が借音字で表記されている。借音字による表記は、それが借音字であるという意識が標識としての役割を担わせる方向へと向かったと言える。その際、「於二葦原中国一所レ有宇都志伎此四字以レ音青人草之」（上巻・夜見国の段）、「神倭伊波礼毘古命自レ伊下五字以レ音与二其伊呂兄五瀬命上一伊呂二字以レ音二柱、坐二高千穂宮一而議云」（中巻・神武天皇）の「此四字以レ音」「自レ伊下五字以レ音」「伊呂二字以レ音」といった音読注は、基本的に訓字と借音字とを弁別することによって訓みを容易にさせようとする機能を担っていたと考えられるが、中には、文脈においてより際立っている箇所に注を付す例も見受けられる。その注は受容の側から見るならば、注を付した対象を標識化するという側面も存したであろう。また、音読注は、語、神名、および節、文の切れ目に位置することによって本文の読解を円滑にしようとする機能も担っている。[注28]

このような借音字および音読注の使用に対して、『古事記』の借訓字は、訓字の使用に近親することによって、本文の円滑な訓みに寄与していたと考えられる。[注29]『古事記』の借訓字の使用状況については、『古事記』の借訓字が訓字または借訓字と同一の環境に用いられやすいという傾向を窺い知ることができる。また、『古事記』に見える表意性を有する借訓字は、神名の名義に関係する借訓字の他に、列挙される神名・人名と関連する借訓字や、記事内容と関連する借訓字が存し、さらに、神名・人名と記事内容の双方に関連する借訓字も見える。『古事記』においても、固有名詞を含めるならば、その使用の意義は小さくなく、借音字の補完的な役割として位置付けるのは適切ではなかろう。『古事記』の借訓字は、訓字または借訓字と同一の環境において用いられており、借音字に比して仮名としての性質はそれほど強くなかったと考えられる。むしろ、訓字または他の借訓字と共に文字列を形成して、神名・人名・器物等の語としてのまとまりを担保する方向に向かったと言える。さらに、『古事記』の借訓字は、借訓字が意義との関連を捨てきれない性質を活かして、指示対象との意味関係、および文脈的関係の緊密化に寄与している。

多くの文をつなぎ合わせて、神話を書かれたものに定着させるにあたって、接続の用字や文末の用字、音読注等を用いて、文や句の切れ目を示したのが、『古事記』の文体の特色となったと考えられる。

四　書かれたものの分析と文体

『古事記伝』巻一の脱稿から約三十年後、橘守部『文章撰格』(文化二年〔一八〇五〕成)は、文章の章句の段階におけることばのあやを、「実句」「異類」「光彩」「数量」「方辺」「枝葉」「畳句」「聯畳」「隔畳」「変畳」「対句」「隔対」「招応」「喚響」「首尾」「章段」等に分けて具体例を示した。対象とする文献は、『古事記』の他に、『日本書紀』『出雲国風土記』『延喜式祝詞』『老子』『荘子』等、広く和漢の書籍を対象としており、『古事記』特有の文体的特徴を記載したものでないが、早い時期にことばのあやを取り上げた点で注意されよう。その後、倉野憲司『古事記論攷』(一九、古事記の文章」立命館出版部、一九四四年)は、「対偶法」、「反覆法」、「列挙法」、「倒置法」等の修辞について触れ、西宮一民『古事記の研究』(Ⅱ第二章第三節、おうふう、一九九三年)が、『古事記』の特色として、同語や同行為等の反復を表す「反復法」、「於是」「爾」「故」「乃」「是」「其」「然」「如此」等の「接続語の頻用」、先に結論を述べてその後に説明を施す「予知的表現法」を挙げる。

『古事記』の文体の特色として、右に掲げたような修辞のありようも取り上げるべき事項であると言えよう。修辞については、それが文字表現としての修辞であるならば、たとえば表意性を有する仮名といった分析が可能であるが、その多くは、書かれたもののみならず、書かれたものが表す日本語文も大きく関わる。次のような語

の多義性を利用した表現も、日本語文が大きく関わっている

（5）故、登二立其坂一、三歎詔云阿豆麻波夜〈自レ阿下五字以レ音也〉故、号二其国一謂二阿豆麻一也　（中巻・景行天皇）

（6）天皇、詔二小碓命一、何汝兄、於二朝夕之大御食一、不二参出来一、専汝泥疑教覚〈泥疑二字以レ音、下效レ此〉如此詔以後、至二于五日一、猶不参出、爾、天皇問二賜小碓命一、何汝兄、久不二参出一、若有二未誨一乎、答白、既為二泥疑一也、又詔、如何泥疑之、答白、朝署入レ厠之時、待捕搤批而、引二闕其枝一、裹レ薦投棄　（同右）

（7）爾、父母怪二其妊身之事一、問二其女一曰、汝者自妊、無レ夫何由妊身乎、答曰、有二麗美壮夫一、不レ知二其姓名一、毎レ夕到来、供住之間、自然懐妊　（中巻・崇神天皇）

右の（5）は、妻の弟橘姫を失った倭建命が足柄坂の上に立って、「阿豆麻波夜」と言った記事である。この「阿豆麻」については、山口佳紀『古事記の表記と訓読』（第三章第二節、有精堂、一九九五年）が「吾妻」と「東」の意味を同時に含んだ「掛け言葉のような役割を果たしている」と解する。つづく（6）の「泥疑」については、吉井巌『ヤマトタケル』（二3、学生社、一九七七年）が和語「ネグ」は、下位の者から上位の者に対して使う場合は「願う」の意味となり、上位者から下位者に対して使う場合には「ねぎらう（慰労する）」意を有すると解した。さらに、天皇が小碓命の立場に立って、上位者の兄に向って「願え」という意味で「ねぎ教えさとせ」と言ったのに対し、小碓命は、朝夕の食事に姿をみせない兄を、よくねぎらってやれ、と言われたものと解釈し、自分流にたっぷり可愛がってやったと説明する。以後の注釈においても、「天皇が小碓命に命じた「ねぐ」の意味が、小碓命には暴力的な「ねぐ」の意味にとられた」（『日本古典集成　古事記』）、などのように解される。

（7）の「自然」と「自」は、「問二其女一曰、汝者自妊」「毎レ夕到来、供住之間、自然懐妊」といった四字句

において用いられており、字句の整斉が熟字と単漢字の選択に関わっていると言えよう。この「自」「自然」は、「オノヅカラ」（『古事記伝』など）、「オノヅカラニ」（『日本古典集成　古事記』など）と訓まれるが、中には『日本古典全書　古事記』のように「自然」を「ジネンニ」、「自」を「オノヅカラ」と訓み分ける注釈も見える。『日本古典全書　古事記』は、「自妊」を「ひとりでに妊娠してしまつた」、「自然」を「人為を用ゐずに」と解し、『新編日本古典文学全集　古事記』は、「自」を「このオノヅカラは、ひとりでにの意。父母は、通って来る男の存在を知らないので、「自ら」という」、「自然」を「このオノヅカラは、成りゆきのままにの意。娘は、男が通って来ることを知っているので、自分の妊娠について「自然ら」という」と解する。かような差は、「自然」と「自」の用法上の差というよりもむしろ、文脈の理解の差に属するものであろう。[注30]

このような語の多義性は、書かれたものだけでなく、書かれたものの日本語の訓みが深く関わる。（5）（6）においては、仮名で表記されているために訓みの確定に問題はないが、（7）の「自然」「自」は訓みについても、文脈の解釈が求められる。次に掲げる例も、解釈の蓄積が必要とされる例である。

（8）於是、天皇、惶二其御子之建荒之情一而詔之、西方有二熊曾建二人一。是不レ伏無レ礼人等。故取二其人等一而遣
（中略）爾其熊曾建白言、莫レ動二其刀一。僕有二白言一。爾暫許押伏。於是、白言、汝命者誰。爾詔、吾者、坐二纏向之日代宮所レ知二大八島国一、大帯日子游斯呂和気天皇之御子、名倭男具那王者也。意礼熊曾建二人、不レ伏無レ礼聞看而、取二殺意礼一詔而遣。爾其熊曾建白、信然也。於二西方一除二吾二人一、無二建強人一。然、於二大倭国一、益二吾二人一而、建男者坐祁理。是以、吾献二御名一。自レ今以後、応レ称二倭建御子一。是事白訖、即如二熟苽一振析而殺也
（中巻・景行天皇）

（8）は、（6）に続く記事であり、父景行天皇の命によって熊曾建を討伐する倭建命が描かれる。その中で、

景行天皇が倭建に命じた言葉「西方有熊曾建二人、是不レ伏無レ礼人等、故、取二其人一等」では「取」の字が用いられ、倭建が熊曾建に述べた言葉「意礼熊曾建二人、不伏無礼聞看而、取二殺意礼一詔而遣」では「取殺」の字が用いられる。『古事記伝』はこの「取」「取殺」を「トレ」と訓み、「取殺」については、「登礼《トレ》と訓べし、上文に、たゞ取《トレ》とのみあるに同じ」（伝二十七・二十三葉）と述べる。また、和語「トル」については、「又日子坐王者、遣二旦波国一、令レ殺二玖賀耳之御笠一」（中巻・崇神天皇）の「令殺」を「トラシメタマヒキ」と訓み、「人、取二天皇一、為二那何一」（下巻・安康天皇）、「取二伊服岐能山之神一」（中巻・景行天皇）および（8）の「西方有二熊曾建二人一、是不レ伏無レ礼人等、故、取二其人等一而遣」を引いて、「これらみな殺《コロス》を取《トル》と云り」（伝二十三・六十葉）と解する。

　漢語「取」は、『説文解字』に「捕取也、从二又耳一、周礼、獲者取二左耳一」とあり、捕らえるの意とする。また、『説文解字』は、『周礼』（夏官・大司馬）の「大獣公之、小獣公之、獲者取二左耳一」を引くが、これは、獣を狩猟したときに左耳を削ぎ取って功績を数えたことを言う。『釈名』（釈言語）には、「趣也」とあり、また、「莫レ如三先審二取舎一」（『漢書』賈誼伝）の「取」について顔師古は「取、謂レ所二択用一也」と注して選び取る意があるとする。漢語の「取」の意味は、捕らえる、手に入れるの意味を中心に幅のある意味を有するが、しかしながら、直接に殺すの意味を表す用法は通例でない。

　対して、和語「トル」は、手に取る、という用法の他に、「すずき取《トル》　海部《あま》の燭火《ともしび》」（『万葉集』巻十一・二七四四）、「韓国の　虎といふ神を　生け捕りに　八つ取《トリ》持ち来」（同上・巻十六・三八八五）などのように、捕獲する意がある。これらの捕獲する意の「トル」は殺傷することに重点があるというよりも、捕らえる行為に重点を置いており、その行為の継起的な出来事として、殺傷することを含意することもあると考えられる。また逆に、結果としての殺傷する行為に至る出来事を換喩的に「トル」と表現することもあり得た。『古事記』下巻の仁徳天皇の条で、女鳥王が詠んだ「雲雀《ひばり》は　天《あめ》にかける　高行《たかゆ》くや　速総別《はやぶさわけ》　雀《さざき》登良《トラ》さね」（古事記歌謡六八）の「トル」は、このような「トル」の換喩的な意味の拡張において捉えられるであろう。「千万《ちよろづ》の　軍《いくさ》なりとも　言挙げせず　取《トリ》て来ぬべき　士《をのこ》とぞ思ふ」（『万葉集』巻六・九七二、高橋虫麻呂）の「トル」も、捕らえることに重点を置いた行為であり、その結果としての殺傷する行為や捕虜にする行為は含意に留まる。

　和語「トル」と漢語「取」との関係を以上のように解することが可能であるならば、（8）の「取」はどのように捉えることができるであろうか。第二例の「取殺」については、瀬間正之『記紀の文字表現と漢訳仏典』（第四章三、おうふう、一九九四年）は、『経律異相』の「城裏人報曰、（中略）前有五百人、漸漸取殺」（巻二十五）等を引用して六朝口語として捉える。[注31]「取殺」は、その他に、「時梵天王、甚以惶懼、謂レ欲三牽攝而取二殺之一」（『賢愚経』巻八）、「是時鴦掘レ魔左右顧視、求二覓生人一欲取二殺之一」（『増一阿含経』巻三十一）などの例が漢訳仏典に見える。先述したように『古事記伝』は「取殺」を「トレ」と訓み、以後、『日本古典文学大系　古事記』『日本古典全書　古事記』『日本古典集成　古事記』等が「トレ」と訓むのに対し、『日本思想大系　古事記』『新編日本古典文学全集　古事記』は「トリコロセ」、『新校　古事記』は「トリテコロセ」と訓む。「取殺」を「トリ（テ）コロセ」と訓んだ場合、景行天皇の詔の「取」が捕らえることに重きを置き、殺すことについて含意する表現であったのを、倭建命は熊曾建を捕らえたとき、捕らえて殺すの意味で「取殺」と言った、という解釈も可能となるであろう。対して、「取殺」を「トレ」と訓んだ場合、用例（6）の「ネギ」と同様、倭建命は景行天皇の「故取二其人等一」の「取」の意味を取り違えて、殺傷することの意味で理解したという解釈も可能である。いずれの解も、倭建命の勇猛さを示しているが、修辞のあり方において両者には差が存する。用例

（８）では、熊曾建を殺害する様子が「即如二熟苽一振析而殺也」と表現されており、この「殺」も併せて、「取」「取殺」の解釈をさらに検討する必要があろう。

『万葉集』は、訓字主体表記であっても、韻律を有する歌であるという点で日本語文への還元が求められてきた。一方、『日本書紀』は正格の漢文を目指しているという点で訓読はなされても、日本語文への還元は求められていない。『古事記』においては、既述したように、何を書いたのか、という問いと、何と訓むのか、という問いが常に密接に関連する。先に引用した〔１〕〔２〕の見解も、この問いの中で捉えることが可能である。如上の二つの問いは、『古事記』を理解しようとする者が発する問いである点において、相互に関連し合い、別個に設定されるものでない。何と訓むのか、という問いの中に、何を書いたのか、という問いをどのように組み込むのか、という問題は、上代における和語と漢字の関係を理解することにおいて基本的な、かつ重要な問題である。[注32]

書かれたものの文体は、個別の資料において客観的に「文体」があるのでなく、書かれたものが日本語文に還元できるか否かを問わず、常に分析によって理解し得るものである。もとより一定の語形に還元できる量が多いほど充実した文体の分析が可能であり、そのためにも、書かれたものの解釈の蓄積が必要となる。『古事記』においても同様であり、今後も解釈の蓄積に基づいて書かれたものの内容を明確にしながら、文体の詳細について分析を進めていくことが求められよう。

注

１　森重敏『文体の論理』（第六章第二節、風間書房、一九六七年）、西宮一民「古事記の文体を中心として」（上田正昭編『日本古代

文化の探究　古事記』（社会思想社、一九七七年）、山口佳紀『古事記の表記と訓読』（第一章第三節、有精堂、一九九五年）など。

2　西宮一民『古事記の研究』（Ⅰ・Ⅱ・第二章第三節「二、「本文」と漢文学」、おうふう、一九九三年）など。

3　金岡孝「古事記の万葉仮名表記箇所（歌謡・固有名詞を除く）について」（『松村明教授還暦記念　国語学と国語史』明治書院、一九七七年）。

4　山口佳紀『古事記の表現と解釈』（第五章第四節など、風間書房、二〇〇五年）。

5　毛利正守「和文体以前の『倭文体』をめぐって」（「萬葉」一八五、二〇〇三年）、同「古事記の書記と文体」（「古事記年報」四六、二〇〇四年）、同「倭文体の位置づけをめぐって――漢字文化圏の書記を視野に入れて――」（「萬葉」二〇二、二〇〇八年）、同「上代の作品にみる表記と文体――萬葉集及び古事記・日本書紀を中心に――」（「古事記年報」五二、二〇一〇年）。

6　たとえば、森博達『日本書紀の謎を解く　述作者は誰か』（中央公論新社、一九九九年）は、「『古事記』には和文・漢化和文・和化漢文・漢文の四種の文体が混用されている」と、複数の種類の文体があるとし、小島憲之『上代日本文学と中国文学上』（第二篇第四章、塙書房、一九六二年）は、『古事記』の一部の文章を「漢訳仏典的文体」「口承的文体」と位置付けている。また、小松英雄『日本語書記史原論』（総説、笠間書院、一九九八年）は、「日本語に基づいた書記テキストを作成する目的で、日本語話者によって、日本語話者のために工夫された書記様式」を「漢字文」と呼称し、『古事記』本文を「本格的な漢字文テキストの嚆矢」として位置付け、東野治之『長屋王家木簡の研究』（第一部・「日本語論――漢字・漢文の受容と展開――」塙書房、一九九六年）は、七世紀から八世紀にかけての表記の基本に「和風漢文」があるとする。

7　『古事記伝』は、稗田阿礼が古語に復元した経緯について、「当時《ソノカミ》、書籍ならねど、人の語にも、古言はなほのこりて、失《ウセ》はてぬ代《ヨ》なれば、阿礼がよみならひつるも、漢文の旧記に本づくとは云《ヘ》ども、語のふりを、此間《ココ》の古語にかへして、口に唱へこゝろみしめ賜へるものぞ」（「訓法の事」四十五葉）と述べており、『古事記』が古語を失っていない点については、「此記の優《マサ》る事をいはむには、先上《ツツ》代に書籍《フミ》と云物なくして、たゞ人の口に言伝《イヒツタ》へたらむ事は、必書紀の文の如くには非ずて、此記の詞のごとくにぞ有けむ、彼《レ》はもはら漢《カラ》に似るを旨《ムネ》として、其文章《ノアヤ》をかざれるを、此《レ》は漢にかゝはらず、たゞ古《ヘ》の語言《コトバ》を失《ウシナ》はぬを主《ムネ》とせり」（「書紀の論ひ」、伝一・六葉）と述べている。

8　この点については、倉野憲司「古事記伝について」（「文芸と思想」一号、一九五〇年）を参照。

9　亀井孝「古事記はよめるか――散文の部分における字訓およびいはゆる訓読の問題――」（『古事記大成　三』平凡社、一九五七年）。

10　森重敏注1前掲書（第六章第二節、初出は、「古事記の志向した世界（二）――文体論的考察――」「国語国文」二九―九、一九六〇年）

11　萬葉語学文学研究会編『萬葉語文研究　第9集』（和泉書院、二〇一三年）に掲載された「討論会　古事記の文章法と表記」（奥村悦三・毛利正守・山口佳紀・（司会）内田賢德）は、『古事記』の文体と表記の関係について、現段階の研究の水準を示した討論である。ここで挙げられた問題は多岐に亘るが、太安万侶が何を目指そうとしたのか、『古事記』がどのように訓まれたのか、といった問題については、この課題の枠組において捉えられる部分が多いと言えよう。

12　小林芳規「古事記訓読について」（『日本思想大系　古事記』岩波書店、一九八二年）。

13　この点については、亀井孝・大藤時彦・山田俊雄編『日本語の歴史3　言語芸術の花開く』（第二章一、平凡社、一九六四年）を参照。

14　書かれたものに重点を置き、書かれたものの表記の様式を「表記体」として捉える見地もあり、注13前掲書（第三章）は、用字法、表記法の総合の上に「表記体」の概念を設定した。「表記体」については、乾善彦『日本語書記用文体の成立基盤――表記体から文体へ――』（塙書房、二〇一七年）、同「表記体から文体へ」（『関西大学東西学術研究所研究叢書　創刊号　周縁アプローチによる東西言語文化接触の研究とアーカイヴズの構築』関西大学東西学術研究所、二〇一七年）をも参照。

15　この点については、Roland Barthes. Essais critiques IV Le bruissement de la langue, 141–150. Paris: Éditions du Seuil, 1984（花輪光訳『言語のざわめき』、13文体とそのイメージ、みすず書房、一九八七年）、Ferdinand de Sassure, Écrits de Linguistique générale, texte étabi et édité par Simon Bouquet et Rudolf Ergler, 272–273. Paris:Galimard, 2002（松澤和宏校註・訳『フェルディナン・ド・ソシュール「一般言語学」著作集』Ⅰ「自筆原稿『言語の科学』」Ⅲ24、岩波書店、二〇一三年）を参照。

16　山口佳紀『日本古代文体史論考』（序章第一節、有精堂、一九九三年）。

17　毛利正守「上代における表記と文体の把握・再考」（「国語国文」八五―五、二〇一七年）。

18　倉野憲司『古事記の新研究』（第五章十八、至文堂、一九二七年）は、『古事記』が「大体に於て散文的であるけれども、その中には韻文的要素を多分に有つてゐる」と述べ、小島憲之『国風暗黒時代の文学　上――序論としての上代文学――』（塙書房、一九六八年）は、「古事記の文章の一部は律語的であり、現代風に云へば、韻文と散文との中間的《ニュートラル》な風を帯びる」と指摘する。

19　この点については、小島憲之「古事記の文体をめぐつて」（「国文学　解釈と鑑賞」二五―一四、一九六〇年）、西宮一民注1前掲論文を参照。

20 矢嶋泉『古事記の文字世界』（第三章三、吉川弘文館、二〇一一年）は、『古事記』の接続語が、『古事記』において記述様式として「変体漢文」を採用したことと深く関係するとし、「文と文（ときには句と句）の間の関係を接続語によって読み手に示し、ときには展開に緊張をもたせつつ、文脈の流れを巧みに誘導するという『古事記』固有の文体を文字の上で獲得したのである」と指摘する。

21 西尾光雄「古事記の文章」（『国語と国文学』三二―五、一九五五年）によれば、古事記上巻約四五〇例の文のうち、「接続詞」「指示代名詞」を用いない文は二五例ほどだという。また、文末を表す用字「也」「耳」「之」「矣」「焉」「哉」「歟」「者」等は、石塚晴通「古事記の文末助辞」（『国語と国文学』五一―四、一九七四年）の調査によれば、合計五〇二例ある。

22 この点については、矢嶋泉注20前掲書（第三章注88）が、「『日本書紀』の中では紀年を立てない神代巻上下（巻第一・二）に比較的多くの接続語が用いられるが、『古事記』とは比較にならないほど少量である」と指摘している。

23 この点については、小島憲之注6前掲書（第二篇第三章）を参照。

24 この点については、神田秀夫「古事記の文体に関する一試論」（『国語と国文学』二七―六、一九五〇年）、同「「古事記の文体」に就いて」（『国語国文』二〇―五、一九五一年）、西田長男『日本古典の史的研究』（第四章、理想社、一九五六年）、小島憲之注6前掲書（第二篇第三・四章）、瀬間正之『記紀の文字表現と漢訳仏典』（第四章、おうふう、一九九四年）、同『記紀の表現と文字表現』（第三篇、おうふう、二〇一五年）を参照。

25 拙著『古代日本における文字表現の展開』（第一編第一章、塙書房、二〇一六年）を参照。

26 東野治之注6前掲書（第一部・「『古事記』と長屋王家木簡」）は、『古事記』と長屋王家木簡の文体、用語等の比較検討を行い、『古事記』の表記が当時行われていた日常的な表記を基盤にしていることを指摘している。

27 この点については、犬飼隆『木簡による日本語書記史』（第七章、笠間書院、二〇〇五年）を参照。

28 文の切れ目に位置する音読注の例として、「速須佐之男命、不レ治二所レ命之国一而、八拳須至二于心前一、啼伊佐知伎也自レ伊下四字以レ音。下效レ此」（上巻・須佐之男命御啼伊佐知の段）、「故、天皇所レ使之妾者、不レ得二臨レ宮中、言立者、足母阿賀迦迩嫉妬自レ母下五字以レ音」（下巻・仁徳天皇）などが存する。また、この点については、注25前掲拙著（第二編第三章第五節）を参照。

29 注25前掲拙著（第二編第三章第二節）を参照。

30 注25前掲拙著（第一編第三章第一節）を参照。

31 瀬間正之前掲書は、「取殺」の「取」について、「取」が「動詞性語素の前に用い、単音節動詞を雙音化する働きを持つ」とする朱慶之『仏典與中古漢語詞彙研究』（文津出版社、一九九二年）を引用する。「取殺」の「取」を如上の用法として理解するならば、用例（8）における第一例の「取」と第二例の「取」とは用法が異なると言えよう。

32 この問題に対する追究に関しては、奥村悦三『古代日本語をよむ』（和泉書院、二〇一七年）を参照。

日本書紀の文体

葛西　太一

はじめに

日本書紀は一律の文体により述作されているわけではない。[注1] 漢文体として、たとえば正史類に範を取る表現があれば、[注2] 小説家類に見られる表現が用いられることもある。[注3] いわゆる変格漢文と呼ばれるものについても、仏典に由来するもの、[注4] 朝鮮半島関係資料に用例の散見するもの、[注5] 経典や史書の類に用例が見えないばかりに変格用法として扱われるもの、正格漢文からすれば明らかな誤用とされる訓読的思惟[注6]に基づいてなされたものもあるなど、その多種多様な様相は先学に指摘されて久しい。本稿では、これら日本書紀の複雑な文体をどのように系統立てて整理することができるのか、個別の具体的な文章内容を考察するための前提条件の構築を一つの目的として、全体の文体的枠組みを捉えることに主眼を置いて検証を試みる。言うまでもなく、文体の異なりは述作者・述作年代・述作方針の違いを反映するものであり、日本書紀の成立過程を考察する端緒を得ることもまた、本稿のねらいとするところである。

考察の指針とその方法

そもそも孤立語に位置付けられる古典中国語において、句読の切り方は読解の精度に影響し、なおかつ、文章を述作する立場からすれば表現伝達の成否に関わる。すなわち、文献に記された漢字の羅列を前にしたとき、第一に考えるべき述語成分の把握は他の字句との相対的な語序に基づいて判断されるものであり、その語序を考える際には、文頭・文末ないしは句頭・句末の決定を前提として行われる。口頭言語であればこそ声調や韻律や間合いによって容易に伝達される句読の切れ目であっても、韻文・駢文や文言小説・白話小説ならばともかく、文言文の読み書きともなれば句読の切り方は大きな問題として生起する。そのうえ、漢字の音韻は時代の経過や地域の特性により異なりを見せるものであり、畢竟、口頭伝達から離れた文言文における句読の提示は困難の度合いを深める。[注7] あまつさえ、古典中国語の非母語話者が漢語漢文を用いて自ら文章を述作し、正確な意味内容の伝達を企図するのであれば、句読の切り方に相当の工夫がなされたことは想像に難くない。[注8]

日本書紀は古典中国語により記述されている。たとえ述作の前提に訓読的思惟が介在するとしても、述作者が漢語漢文の範疇に制約されながら修文しているであろうことは間違いない。したがって、上述の多様な文体を整理するにあたり、文言文が課題とする句読の伝達方法を分析することは、日本書紀内部の文体差を見極める一つの指標となり得るだろう。本稿では、句読の示し方を、①〈句頭辞〉、②〈句末辞〉、③〈同字数句〉の連接という三つの方法に定義・大別し、[注9] 三者のうち、いずれの方法を用いて日本書紀各巻の記述が句読を示そうとしているのか、その使用頻度を比較して検証を進める。使用頻度の比較にあたっては、次の《表A》に掲げた「句点数」を基準とし、三者それぞれが句点数に占める割合を算出してこれを行う。[注10] どのような枠組みに基づいて日本書紀の文章が綴られているのか、文体的特徴の一つとして句読の提示方法を捉えて考察を進める。

《表A》日本書紀の文字数と句点数

句点数	比率	文字数	諡号	巻
35,013	0.192	182,158	（全巻）	
2,151	0.190	11,320	神代上	1
1,890	0.182	10,369	神代下	2
1,034	0.184	5,630	神武	3
105	0.174	602	綏靖	4
44	0.146	302	安寧	
37	0.136	273	懿徳	
36	0.129	279	孝昭	
33	0.128	258	孝安	
42	0.138	305	孝霊	
46	0.130	353	孝元	
46	0.138	334	開化	
662	0.191	3,471	崇神	5
890	0.176	5,067	垂仁	6
1,235	0.187	6,601	景行	7
67	0.170	395	成務	
291	0.177	1,645	仲哀	8
1,190	0.190	6,275	神功	9
702	0.184	3,808	応神	10
1,223	0.188	6,492	仁徳	11
396	0.190	2,088	履中	12
40	0.177	226	反正	
643	0.190	3,376	允恭	13
156	0.181	863	安康	
1,691	0.194	8,737	雄略	14
194	0.183	1,058	清寧	15
650	0.200	3,246	顕宗	
238	0.184	1,296	仁賢	
322	0.195	1,652	武烈	16
1,125	0.203	5,542	継体	17
293	0.186	1,578	安閑	18
114	0.170	672	宣化	
2,574	0.199	12,923	欽明	19
755	0.194	3,888	敏達	20
235	0.180	1,306	用明	21
411	0.197	2,091	崇峻	
1,492	0.191	7,830	推古	22
675	0.196	3,447	舒明	23
1,146	0.202	5,665	皇極	24
2,319	0.208	11,143	孝徳	25
1,078	0.200	5,377	斉明	26
1,088	0.189	5,743	天智	27
983	0.192	5,109	天武上	28
2,885	0.205	14,039	天武下	29
1,786	0.188	9,484	持統	30

※日本古典文学大系『日本書紀』（岩波書店、一九六七年）の本文に拠り「文字数」を集計した。ただし、「文字数」には歌謡と分注を含め、読点と句点は除いている。また、本稿では同書の示す読点をも句点として扱い、両者を合わせて「句点数」として数え、「文字数」に対する「句点数」の割合を「比率」として示した。

①〈句頭辞〉によるもの（文や句の始発が明らかとなる字句の使用によるもの）

例）於是、于時、既而、加以、假使、爰、蓋、豈、然、夫、など。

②〈句末辞〉によるもの（文や句の終止が明らかとなる字句の使用によるもの）

例）也、矣、焉、乎、耶、哉、歟、之、など。

③〈同字数句〉の連接によるもの（連続して同一の文字数による構句を行っているもの）

例）天地玄黄。宇宙洪荒。日月盈昃。辰宿列張。（『千字文』冒頭より）など。

おおよそ《表A》における文字数に占める句点数の比率は、主として系譜記事により構成される巻四を除いて各巻一定しており、それゆえ、これに対して前掲①～③のうちいずれかの方法に使用頻度の偏りがあれば、それは日本書紀の文体的特徴として認めることができる。さらに言えば、巻によって三者の方法の使用頻度が異なる結果を示すのであれば、それにより系統立てた文体的特徴の枠組みをも見出し得るだろう。

なお、これより三者の方法の具体的な検討を進めるにあたり、紙幅の都合により、具体例の提示はごく一部に限られることを附言しておく。再検証に耐え得る検証過程の提示は機会を改めるとして、本稿では専ら概略の提示を旨として考察を進める。

〈句頭辞〉の使用——句の始発と句読——

まずは〈句頭辞〉について検討する。〈句頭辞〉の各巻使用状況は《表B》に示した。[注11]

必ずしも全巻を通じて一律に〈句頭辞〉が頻用されるわけではない。特に「句点数」に占める〈句頭辞〉の割合を算出した「比率」の平均値（0.132）を上回る巻においては、典型的な例として《本文1》に示すように、〈句頭辞〉を繰り返し用いることにより文を継起するものが目立つ。その際、それぞれの〈句頭辞〉が本来的に持ち合わせる字義・用法の何如によらず、ひたすら文を単純接続するものとして頻用されている点に注目したい。もはや濫用とも言うべき〈句頭辞〉の使用状況については、既に先行研究にも指摘されており、多くの場合は日本語の文体を反映するものとして理解されてきた。[注12]

《表B》日本書紀における〈句頭辞〉の使用頻度

句頭辞	比率	句点数	諡号	巻
4,618	0.132	35,013	（全巻）	
459	0.213	2,151	神代上	1
470	0.249	1,890	神代下	2
191	0.185	1,034	神武	3
17	0.162	105	綏靖	4
2	0.045	44	安寧	
0	0.000	37	懿徳	
0	0.000	36	孝昭	
0	0.000	33	孝安	
4	0.095	42	孝霊	
0	0.000	46	孝元	
2	0.043	46	開化	
104	0.157	662	崇神	5
195	0.219	890	垂仁	6
269	0.218	1,235	景行	7
8	0.119	67	成務	
54	0.186	291	仲哀	8
247	0.208	1,190	神功	9
137	0.195	702	応神	10
233	0.191	1,223	仁徳	11
76	0.192	396	履中	12
6	0.150	40	反正	
125	0.194	643	允恭	13
32	0.205	156	安康	
184	0.109	1,691	雄略	14
16	0.082	194	清寧	15
53	0.082	650	顕宗	
7	0.029	238	仁賢	
20	0.062	322	武烈	16
83	0.074	1,125	継体	17
14	0.048	293	安閑	18
10	0.088	114	宣化	
231	0.090	2,574	欽明	19
77	0.102	755	敏達	20
22	0.094	235	用明	21
31	0.075	411	崇峻	
251	0.168	1,492	推古	22
113	0.167	675	舒明	23
88	0.077	1,146	皇極	24
187	0.081	2,319	孝徳	25
72	0.067	1,078	斉明	26
79	0.073	1,088	天智	27
182	0.185	983	天武上	28
218	0.076	2,885	天武下	29
49	0.027	1,786	持統	30

○「比率」の全巻平均値（0.132）を上回る巻

巻一～巻十三（巻四・成務紀を除く）、巻二十二～巻二十三、巻二十八

○「比率」の全巻平均値（0.132）を下回る巻

巻十四～巻二十一、巻二十四～巻二十七、巻二十九～巻三十

《本文1》『日本書紀』巻二十八（天武紀上）即位前紀

天皇勅㆓東宮㆒授㆓鴻業㆒。**乃**辭讓之曰、「臣之不幸、元有㆓多病㆒。何能保㆓社稷㆒。願陛下擧㆓天下㆒附㆓皇后㆒、**仍**立㆓大友皇子㆒、宜爲㆓儲君㆒。臣今日出家、爲㆓陛下㆒欲㆑修㆓功德㆒。」天皇聽之。即日、出家法服。**因以**、收㆓私兵器㆒、悉納㆓於司㆒。壬午、入㆓吉野宮㆒。**時**左大臣蘇賀赤兄臣・右大臣中臣金連・及大納言蘇賀果安臣等送之。自㆓菟道㆒返焉。或曰、「虎着㆑翼放之。」是夕、御㆓嶋宮㆒。癸未、至㆓吉野㆒而居之。**是時**、聚㆓諸舍人㆒、謂之

曰、「我今入道修行。故隨欲二修道一者留之。若仕欲レ成レ名者、還仕二於司一。」然无二退者一。更聚二舎人一、而詔如レ前。是以、舎人等半留半退。

（天皇、東宮に勅《みことのり》して鴻業《あまつひつぎのこと》を授く。乃ち辭讓《いな》びて曰《まうしたま》はく、「臣《やつかれ》が不幸《さいはひな》き、元より多《さは》の病《やまひ》有り。何《いかに》ぞ能く社稷《くにいへ》を保たむ。願はくは、陛下《きみ》、天下を擧げて皇后に附《よ》せたまへ。仍《なほ》、大友皇子を立てて、儲君《まうけのきみ》としたまへ。臣は、今日出家《いへで》して、陛下の爲《みため》に、功徳《のりのこと》を修《おこな》はむ。」とまうしたまふ。天皇、聽《ゆる》したまふ。即日《そのひ》に、出家して法服《のりのころも》をきたまふ。因《よ》りて以て、私《わたくし》の兵器《つはもの》を收《と》りて、悉《ことごとく》に司《おほやけ》に納《をさ》めたまふ。壬午に、吉野宮に入りたまふ。時に左大臣蘇賀赤兄臣《ひだりのおほまへつきみそがのあかえのおみ》・右大臣中臣金連《みぎのおほまへつきみなかとみのかねのむらじ》・及び大納言蘇賀果安臣《おほきものまうすつかさそがのはたやすのおみ》等送りたてまつる。菟道《うぢ》より返る。或《あるひと》の曰《い》はく、「虎に翼を着けて放てり」といふ。是《こ》の夕《ゆふべ》に、嶋宮《しまのみや》に御《おは》します。癸未に、吉野に至りて居《おは》します。是の時に、諸《もろもろ》の舎人《とねり》を聚《つど》へて、謂《かた》りて曰《のたま》はく、「我今入道修行《おこなひ》せむとす。故《かれ》、隨《したが》ひて修道《おこなひ》せむと欲《おも》ふ者《もの》は留《とどま》れ。若《も》し仕へて名を成さむと欲《おも》ふ者は、還《かへ》りて司《おほやけ》に仕へよ」とのたまふ。然るに退《しりぞ》く者无《な》し。更《さら》に舎人《とねり》を聚《つど》へて、詔《みことのり》すること前《さき》の如《ごと》し。是《ここ》を以て、舎人等《とねりども》、半《なかば》は留《とどま》り半《なかば》は退《まか》りぬ。）

例示した《本文1》に見られる「乃」「仍」「因以」「時」「是時」「故」「是以」はそれぞれに本来は意味用法の異なるものだが、ここでは単に文と文を接続するものとして「そして」「そこで」ほどの意味に用いられていると見るべきだろう。どれも話題を単に継起するばかりで、字義に即して因果関係や承接関係を提示するわけではない。先行研究の指摘に従えば日本語に由来するものとも理解されるが、一方では、上代語には接続詞の役割を持つ語が存在しないことも知られている。注13 したがって、これら頻用される〈句頭辞〉をあながちに日本語の文体に由来すると言い切ることは適切ではない。類例として、古事記においても同様に接続詞が頻用され、これもまた、しばしば日本語における口誦的性格のあらわれとして理解されてきた[注14]。しかし、そこで用いられる接続詞の用法は俗語小説や漢訳仏典に見受けられると指摘されてきているため、古事記における接続詞の頻用も日本語本来の文体や口誦性に由来するものとは言い切れないだろう。ただし、たとえ俗語小説や漢訳仏典にそれら変格の接続用法を学んだとしても、これほど多くの接続詞がそれらに頻用されるわけではない。

日本書紀における〈句頭辞〉の使用は、その用法こそ漢語漢文に淵源を持つとは言え、それを頻用することは漢語漢文の字義・用法に学んだものでも、日本語に由来するものでもないと言える。もしくは、古典中国語の非母語話者が漢語漢文を述作する際に、句読を示す徴証として〈句頭辞〉を頻用する方法を独自に開発した可能性も考慮するべきかもしれない。いずれにせよ、本節では当該字句の第一義的な用法を顧みることなく〈句頭辞〉が頻用・濫用され、各巻の使用頻度に差異があることを指摘するに留めておく。

〈句末辞〉の使用――句の終止と句読――

日本書紀における〈句末辞〉の分布と使用頻度は《表C》（次頁参照）に示した通り[注15]。

そもそもその用例数は〈句頭辞〉のほぼ半数に留まるが、その使用傾向は概ね〈句頭辞〉と同様の結果を示す。そもそも、文末・句末に用いられる助字のうち、とりわけ「也」「乎」「焉」「之」は文末以外にも用いられることが多い。終結辞「之」を除き、いずれも第一義には文末に置かれて種々の語気を加えるものだが、これらの使用が必ずしも文末・句末であることの明証になるとは限らない[注16]。そのため、句読を明示する機能が〈句末辞〉には期待されず、〈句頭辞〉のような使用頻度の差異が各巻の間に現われなかったとも考えられようか。

《表C》日本書紀における〈句末辞〉の使用頻度

巻	諡号	句点数	比率	句末辞	1 也	2 矣	3 焉	4 乎	5 耶	6 哉	7 歟	8 之
（全巻）		35,013	0.069	2,407	1,135	311	348	181	73	55	70	234
1	神代上	2,151	0.110	237	88	66	31	17	8	12	11	4
2	神代下	1,890	0.093	175	65	32	22	18	16	3	10	9
3	神武	1,034	0.087	90	41	9	13	14	3	5	3	2
4	綏靖	105	0.086	9	6	0	1	1	0	1	0	0
	安寧	44	0.091	4	4	0	0	0	0	0	0	0
	懿徳	37	0.081	3	3	0	0	0	0	0	0	0
	孝昭	36	0.111	4	4	0	0	0	0	0	0	0
	孝安	33	0.091	3	3	0	0	0	0	0	0	0
	孝霊	42	0.095	4	3	0	0	1	0	0	0	0
	孝元	46	0.109	5	5	0	0	0	0	0	0	0
	開化	46	0.065	3	3	0	0	0	0	0	0	0
5	崇神	662	0.089	59	27	8	9	4	3	0	0	8
6	垂仁	890	0.146	130	71	11	17	12	5	0	3	11
7	景行	1,235	0.105	130	69	8	16	9	4	0	0	24
	成務	67	0.119	8	4	0	3	0	0	0	0	1
8	仲哀	291	0.100	29	12	3	4	3	2	0	1	4
9	神功	1,190	0.092	110	50	5	18	10	8	3	4	12
10	応神	702	0.104	73	42	5	13	0	3	0	2	8
11	仁徳	1,223	0.093	114	55	14	18	11	3	0	1	12
12	履中	396	0.116	46	18	8	6	5	2	1	2	4
	反正	40	0.075	3	3	0	0	0	0	0	0	0
13	允恭	643	0.098	63	30	7	8	5	2	1	2	8
	安康	156	0.109	17	8	2	0	3	1	0	0	3
14	雄略	1,691	0.061	103	56	18	11	8	3	4	2	1
15	清寧	194	0.052	10	3	1	3	1	0	2	0	0
	顕宗	650	0.088	57	36	4	4	4	0	5	2	2
	仁賢	238	0.084	20	11	4	3	2	0	0	0	0
16	武烈	322	0.047	15	10	1	2	1	0	1	0	0
17	継体	1,125	0.052	59	28	9	6	8	0	4	3	1
18	安閑	293	0.048	14	8	3	3	0	0	0	0	0
	宣化	114	0.079	9	7	0	1	0	0	0	1	0
19	欽明	2,574	0.055	141	99	13	11	7	1	2	3	5
20	敏達	755	0.049	37	20	6	5	2	0	2	2	0
21	用明	235	0.094	22	13	3	6	0	0	0	0	0
	崇峻	411	0.044	18	10	2	2	0	0	0	1	3
22	推古	1,492	0.068	102	34	12	12	6	3	3	4	28
23	舒明	675	0.087	59	18	7	8	3	2	2	2	17
24	皇極	1,146	0.042	48	25	6	5	6	1	1	2	2
25	孝徳	2,319	0.032	74	50	5	12	6	0	0	0	1
26	斉明	1,078	0.033	36	13	11	7	4	0	0	1	0
27	天智	1,088	0.037	40	12	4	14	7	0	2	1	0
28	天武上	983	0.079	78	25	12	15	1	3	1	4	17
29	天武下	2,885	0.035	102	24	10	18	1	0	0	3	46
30	持統	1,786	0.025	44	19	2	21	1	0	0	0	1

○「比率」の全巻平均値（0.069）を上回る巻

　巻一～巻十三（開化紀を除く）、巻二十三、巻二十八

○「比率」の全巻平均値（0.069）を下回る巻

　巻十四～巻二十二（顕宗紀・仁賢紀・宣化紀・用明紀を除く）

　巻二十四～巻二十七、巻二十九～巻三十

　翻って言えば、〈句末辞〉は句読を示す徴証として専用されることなく、各字句の持ち合わせる本来的な字義・用法が失われないままに使用されているのだろう。ややもすれば、句読を伝達する方法として第一に〈句末辞〉をこそ発想しがちだが、その多義性や語気を示す働きの重要性ゆえに、文末・句末を明瞭に示す機能ばかりを〈句末辞〉に求めることができなかった。このような背景のもとに別の方法が模索され、その結果として〈句頭辞〉の頻用・濫用により句読を明示・伝達する方法が開発されたという見通しを持つことも可能ではないだろうか。

　ひとまず、本節では〈句頭辞〉と〈句末辞〉の使用頻度が同じ傾向を示すことを確認しておく。

〈同字数句〉の連接——字句の整斉と句読——

　漢籍において四字句が頻用されることは、たとえば『詩経』に明らかな通りであり、四六駢儷体を用いる『文選』のみならず、『論語』や『漢書』をはじめとする散文においても同様の傾向を看取することができる。[注17]漢訳

仏典も四字句に構句することで句を継起する方法が多く取られており、有韻・無韻を問わず、広く〈同字数句〉の連接による字句の整斉が行われる。有韻の文章ならば、韻律を整えるために字句数に対しても整斉の意識が働くことは容易に想像することができる。しかし、無韻と思しき文章ならば韻律に関係するものとは考え難く、字句整斉が行われる目的は韻律とは別に用意されているはずである。

日本書紀においても四字句や六字句を主として〈同字数句〉の連接が多く見受けられる。まず、四字句に限定した構句の分布と使用頻度は《表D》に示した通りである。ここでは全体として四字句がどれほどの頻度で現れるのか検証するため、例外を設けず解釈の余地なく機械的に四字句を検出した。この結果を見る限りにおいても、これまでに確認してきた〈句頭辞〉〈句末辞〉の各巻における使用頻度とは対照的な結果が得られることがわかる。ただし、たまたま一句単体が四字句であるものを多く含むため、《表D》は意識的に〈同字数句〉として構句された用例の検出結果として受け止めることはできない。

《表D》日本書紀における四字句の使用頻度

四字句	比率	句点数	諡号	巻
10347	0.296	35,013	（全巻）	
536	0.249	2,151	神代上	1
512	0.271	1,890	神代下	2
247	0.239	1,034	神武	3
30	0.286	105	綏靖	4
2	0.045	44	安寧	
3	0.081	37	懿徳	
2	0.056	36	孝昭	
2	0.061	33	孝安	
5	0.119	42	孝霊	
5	0.109	46	孝元	
3	0.065	46	開化	
190	0.287	662	崇神	5
222	0.249	890	垂仁	6
352	0.285	1,235	景行	7
20	0.299	67	成務	
60	0.206	291	仲哀	8
311	0.261	1,190	神功	9
155	0.221	702	応神	10
293	0.240	1,223	仁徳	11
84	0.212	396	履中	12
10	0.250	40	反正	
174	0.271	643	允恭	13
34	0.218	156	安康	
607	0.359	1,691	雄略	14
68	0.351	194	清寧	15
252	0.388	650	顕宗	
61	0.256	238	仁賢	
112	0.348	322	武烈	16
416	0.370	1,125	継体	17
109	0.372	293	安閑	18
36	0.316	114	宣化	
1129	0.439	2,574	欽明	19
282	0.374	755	敏達	20
79	0.336	235	用明	21
171	0.416	411	崇峻	
417	0.279	1,492	推古	22
147	0.218	675	舒明	23
405	0.353	1,146	皇極	24
863	0.372	2,319	孝徳	25
396	0.367	1,078	斉明	26
300	0.276	1,088	天智	27
256	0.260	983	天武上	28
604	0.209	2,885	天武下	29
385	0.216	1,786	持統	30

○「比率」の全巻平均値（0.296）を上回る巻
　巻七（成務紀）、巻十四～巻二十一、巻二十四～巻二十六（仁賢紀を除く）
○「比率」の全巻平均値（0.296）を下回る巻
　巻一～巻十三（成務紀を除く）、巻二十二～巻二十三、巻二十七～巻三十

そこで、〈同字数句〉による構句をより明確な意図のもとに行っていることを検証するため、〈同字数句〉が四句以上にわたって連接している場合に限定して、その句数を集計して《表E》（次頁参照）として掲げた。前掲《表D》に比べて《表E》（次頁参照）の示す結果は各巻の差異をより鮮明に浮かび上がらせている。特に巻十四～巻二十一までは表に反映されない四字句の二連接や三連接なども非常に多く見受けられ、実際には数値化されている以上に字句整斉の意識は強い。これまでに確認した〈句頭辞〉〈句末辞〉の使用頻度と〈同字数句〉の連接のそれとが概ね対照的な関係性を示していることに留意したい。

なお、おおよそ同一巻中に〈同字数句〉の偏在が見られることは少ないが、巻七（景行紀）では日本武尊に関係する記事に、巻二十二（推古紀）では憲法十七条に、巻二十五（孝徳紀）では詔勅に、〈同字数句〉の連接が集中して見られる。これら同一巻中に〈同字数句〉の偏在が確認される巻のみを抜き出して、別に《表F》として使用状況を整理した。[注18] 当該箇所を除いた部分との同一巻中における差異は明確であり、それぞれ同一の経緯のもとに述作されたものと考えるべきではない。当該箇所に対して別人による大幅な加筆がなされたか、もしくは既に成書化された由来の異なる文献が整理統合されたか、いずれかの可能性を想定するべきだろう。[注19]

《表E》日本書紀における〈同字数句〉の連接の使用頻度

巻	諡号	句点数	比率	同字数句	1 四字句	2 五字句	3 六字句	4 七字句	5 八字句	6 複合句
	（全巻）	35,013	0.102	3,564	2,411	8	16	4	4	1,121
1	神代上	2,151	0.027	59	43	0	0	0	0	16
2	神代下	1,890	0.049	92	39	4	0	0	0	49
3	神武	1,034	0.043	44	4	0	0	0	0	40
4	綏靖	105	0.038	4	4	0	0	0	0	0
	安寧	44	0.000	0	0	0	0	0	0	0
	懿徳	37	0.000	0	0	0	0	0	0	0
	孝昭	36	0.000	0	0	0	0	0	0	0
	孝安	33	0.000	0	0	0	0	0	0	0
	孝霊	42	0.000	0	0	0	0	0	0	0
	孝元	46	0.000	0	0	0	0	0	0	0
	開化	46	0.000	0	0	0	0	0	0	0
5	崇神	662	0.069	46	16	0	0	0	0	30
6	垂仁	890	0.058	52	41	0	0	0	0	11
7	景行	1,235	0.108	133	42	4	0	0	0	87
	成務	67	0.328	22	14	0	0	0	0	8
8	仲哀	291	0.048	14	0	0	4	0	0	10
9	神功	1,190	0.094	112	75	0	0	0	0	37
10	応神	702	0.057	40	40	0	0	0	0	0
11	仁徳	1,223	0.060	73	40	0	0	0	0	33
12	履中	396	0.000	0	0	0	0	0	0	0
	反正	40	0.100	4	4	0	0	0	0	0
13	允恭	643	0.020	13	0	0	0	0	0	13
	安康	156	0.000	0	0	0	0	0	0	0
14	雄略	1,691	0.157	265	180	0	4	0	0	81
15	清寧	194	0.103	20	20	0	0	0	0	0
	顕宗	650	0.223	145	108	0	0	0	0	37
	仁賢	238	0.067	16	16	0	0	0	0	0
16	武烈	322	0.155	50	50	0	0	0	0	0
17	継体	1,125	0.226	254	160	0	0	0	4	90
18	安閑	293	0.181	53	28	0	0	0	0	25
	宣化	114	0.263	30	20	0	0	0	0	10
19	欽明	2,574	0.263	678	498	0	0	0	0	180
20	敏達	755	0.188	142	112	0	8	0	0	22
21	用明	235	0.047	11	11	0	0	0	0	0
	崇峻	411	0.170	70	70	0	0	0	0	0
22	推古	1,492	0.139	207	132	0	0	0	0	75
23	舒明	675	0.034	23	23	0	0	0	0	0
24	皇極	1,146	0.092	106	98	0	0	0	0	8
25	孝徳	2,319	0.208	483	260	0	0	0	0	223
26	斉明	1,078	0.072	78	78	0	0	0	0	0
27	天智	1,088	0.074	80	75	0	0	0	0	5
28	天武上	983	0.047	46	26	0	0	4	0	16
29	天武下	2,885	0.024	70	55	0	0	0	0	15
30	持統	1,786	0.016	29	29	0	0	0	0	0

※各巻の〈同字数句〉が四句以上にわたって連接している場合に限り、それらの句の延べ句数を「句数」として数えた。「複合句」は、四字句と六字句による隔句対など、異なる〈同字数句〉が四句以上連接する例を数えた。

《表F》日本書紀における〈同字数句〉の連接の使用頻度内訳

巻	諡号	文字数	比率	句点数	比率	同字数句	1 四字句	2 五字句	3 六字句	4 七字句	5 八字句	6 複合句
7	景行	6,601	0.187	1,235	0.108	133	42	4	0	0	0	87
	景行（タケル除く）	(3,544)	(0.179)	(634)	(0.018)	(12)	(8)	(4)	(0)	(0)	(0)	(0)
	景行（タケルのみ）	(3,057)	(0.197)	(601)	(0.201)	(121)	(34)	(0)	(0)	(0)	(0)	(87)
22	推古	7,830	0.191	1,492	0.139	207	132	0	0	0	0	75
	推古（憲法除く）	(6,937)	(0.18)	(1,282)	(0.033)	(43)	(43)	(0)	(0)	(0)	(0)	(0)
	推古（憲法のみ）	(893)	(0.235)	(210)	(0.781)	(164)	(89)	(0)	(0)	(0)	(0)	(75)
25	孝徳	11,143	0.208	2,319	0.208	483	260	0	0	0	0	223
	孝徳（詔勅除く）	(5,848)	(0.206)	(1,206)	(0.076)	(92)	(71)	(0)	(0)	(0)	(0)	(21)
	孝徳（詔勅のみ）	(5,295)	(0.210)	(1,113)	(0.351)	(391)	(189)	(0)	(0)	(0)	(0)	(202)

○「比率」の全巻平均値（0.102）を上回る巻

巻七（日本武尊関係記事のみ）

巻十四～巻二十一（仁賢紀・用命紀を除く）

巻二十二（憲法十七条のみ）、巻二十五（詔勅のみ）

○「比率」の全巻平均値（0.102）を下回る巻

巻一～巻十三（巻七の日本武尊関係記事を除く）

巻二十二～巻三十（巻二十二の憲法十七条と巻二十五の詔勅を除く）

とりわけ、〈同字数句〉の使用頻度において、巻二十二（推古紀）の憲法十七条（0.781）と巻二十五（孝徳紀）の詔勅（0.351）は全巻の中でも群を抜いており、巻七（景行紀）の日本武尊に関係する記事（0.201）も巻一～巻十三の中では突出している。一方、これら三巻の当該箇所を除いた部分を見た場合には、巻七（景行紀）の数値（0.018）は巻一～巻十三と、巻二十二（推古紀）の数値（0.033）は巻二十三と、巻二十五（孝徳紀）の数値（0.076）は巻二十四・巻二十六・巻二十七と、それぞれ同じ傾向を示している。つまり、これら日本武尊関係記事・憲法十七条・孝徳紀詔勅こそ逸脱した部分として扱われるべきであり、同一の巻の内部において文体差が見られることから、周囲の文章とは異なる経緯のもとに成り立った部分と理解するべきである。[注20]

さて、それぞれ字句整斉には種々の方法がある。いくつか代表例を挙げ、具体的に確認することとする。

上述した通り、まずは四字句を志向する文であっても、必ずしも押韻されるわけではないことを確認する。次に示す《本文2》では、固有名詞および接続や引用の助字を除き、ひたすら四字を重ねて構句する。[注21] たとえば、①「獨自出來」のように副詞の接尾辞「自」を付加することにより四字とするもの、②「投二河水裏一」のように同じ意味を持つ「河」「水」を重ねることにより四字とするもの、③「牒二上朝庭一」のように動詞「牒」に補助動詞「上」を加えて四字とするものがある通り、単字でも表現可能な語句を熟すことにより四字化を図る例が見受けられる。特に②「投二河水裏一」は前文に※「而伏二河側一」とある通り、「河水」二字ではなく「河」一字を用いて表現する例があることからも、その四字化の意図は明確に汲み取ることができる。どれも〈同字数句〉となるように意識的な字句整斉が行われた痕跡と捉えられるが、六朝美文のような対句構造や修文の工夫が見られるわけでもなく、押韻もされていないため、四字化の目的は他にあるものと考えざるを得ない。

《本文2》『日本書紀』巻二十一（崇峻紀）即位前紀　※四字句の連接しているものに傍線を附した。

物部守屋大連資人捕鳥部萬、【萬名也。】將二一百人一、守二難波宅一。而聞二大連滅一、騎レ馬夜逃、向二茅渟縣有眞香邑一。仍過二婦宅一、而遂匿レ山。朝庭議曰、「萬懷二逆心一。故隱二此山中一。早須レ滅レ族。可不怠歟。」萬、衣裳弊垢、形色憔悴、持レ弓帶レ劒、①獨自出來。有司遣二數百衞士一圍レ萬。々即驚二匿篁藂一。以レ繩繫レ竹、引動令三他惑二己所一レ入。衞士等被レ詐、指二搖竹一馳言、「萬在レ此。」萬即發レ箭。一無レ不レ中。衞士等恐不二敢近一。萬便弛レ弓挾レ腋、向レ山走去。衞士等即夾レ河追射。皆不レ能レ中。於是、有二一衞士一、疾馳先レ萬。※而伏二河側一、擬射二中膝一。萬即拔レ箭。張レ弓發レ箭。伏レ地而號曰、「萬爲二天皇之楯一、將レ效二其勇一、而不二推問一。翻致レ逼二迫於

此窮一矣。可二共語一者來。願聞二殺虜之際一。」衛士等競馳射レ萬。々便拂二捍飛矢一、殺二三十餘人一。仍以二持劍一、三截二其弓一。還屈二其劍一、②投二河水裏一。別以二刀子一、刺レ頸死焉。河内國司、以二萬死状一、③牒二上朝庭一。々々下レ符稱、「斬二之八段一、散二梟八國一。」河内國司、即依二符旨一、臨二斬梟時一、雷鳴大雨。

（物部守屋大連の資人捕鳥部萬《つかひびとととりべのよろづ》、【萬《よろづ》は名なり。】一百人を將《ひきゐ》て、難波の宅《いへ》を守る。而して大連滅《ほろ》びぬと聞きて、馬に騎《の》りて夜《よる》逃げて、茅渟縣《ちぬのあがた》の有眞香邑《ありよかむら》に向《ゆ》く。仍《よ》りて婦《め》が宅《いへ》を過ぎて、遂に山に匿《かく》る。朝庭《みかど》議《はか》りて曰はく、「萬、逆心《さかしまなるこころ》を懐《いだ》けり。故《かれ》、此の山の中に隱る。早《すみやか》に族《やから》を滅《ほろぼ》すべし。な怠りそ」といふ。萬、衣裳《きもの》弊《や》れ垢《あか》つき、形色《かほ》憔悴《かし》けて、弓を持ち劒を帶《は》きて、獨り自《みづか》ら出《い》で來《きた》れり。有司《つかさ》、數百の衛士を遣《つかは》して萬を圍《かく》む。萬、即ち驚きて篁藂《たかぶる》に匿《かく》る。繩を以て竹に繋けて、引き動《うごか》して他《ひと》をして己が入る所を惑はしむ。衛士等、詐《あざむ》かれて、搖《あゆ》く竹を指して馳《は》せて言はく、「萬、此《ここ》に在り」といふ。萬、即ち箭《や》を發《はな》つ。一つとして中《あた》らざること無し。衛士等、恐《おそ》りて敢へて近《ちか》つかず。萬、便ち弓を弛《はづ》して腋《わき》に挾《かきはさ》みて、山に向《むか》ひて走《に》げ去《ゆ》く。衛士等、即ち河を夾《はさ》みて追ひて射る。皆中《あ》つること能はず。是に、一の衛士有りて、疾《と》く馳《は》せて萬に先《さきだ》ちぬ。而して河の側《かたはら》に伏して、擬《さしまかな》ひて膝に射《い》中《あ》てつ。萬、即ち箭《や》を拔《ぬ》く。弓を張りて箭《や》を發《はな》つ。地《つち》に伏して號《よば》ひて曰はく、「萬は天皇の楯《みたて》として、其の勇《いさみ》を效《あらは》さむとすれども、推問《と》ひたまはず。翻《かへ》りて此の窮《きはまり》に逼迫《せ》めらるることを致しつ。共に語るべき者來《ひときた》れ。願はくは殺し虜《とら》ふることの際《わきだめ》を聞かむ」といふ。衛士等、競《きそ》ひ馳《は》せて萬を射る。萬、便《たちまち》に飛ぶ矢を拂《はら》ひ捍《ふせ》きて、三十餘人を殺す。仍《なほ》、持たる劒を以て、三《みきだ》に其の弓を截《うちき》る。還《また》、其の劒を屈《おしま》げて、河水裏《かはなか》に投《なげい》る。別《こと》に刀子《かたな》を以て、頸《くび》を刺して死ぬ。河内國司、萬の死ぬる状《ありさま》を以て、朝庭《みかど》に牒《まう》し上《あ》ぐ。朝庭、符《おしてふみ》を下《くだ》したまひて稱《のたま》はく、「八段《やきだ》に斬《き》りて、八つの國に散《ちら》し梟《くしさ》せ」とのたまふ。河内國司、即ち符旨《おしてふみのむね》に依りて、斬《き》り梟《くしさ》す時に臨みて、雷《いかづち》鳴り大雨《ひちさめ》ふる。）

次の《本文3》は、典拠に見られる一連の四字句を流用する例である。日本書紀では典拠の一節を丸ごと用いる場合もあれば、日本書紀自身の文脈に即して部分的に改変を加える場合も見受けられる。後に《参考》として典拠と思しき漢籍[注22]を掲出した。これらは史書に範を取る点において《本文2》とはその性質を異にすると言えるが、それでも押韻されずに、連接数を増やしながら四字句を志向して修文されている。

《本文3》『日本書紀』巻十六（武烈紀）即位前紀

小泊瀬稚鷦鷯天皇、億計天皇太子也。母曰二春日大娘皇后一。億計天皇七年、立爲二皇太子一。長好二刑理一。法令分明。日晏坐朝、幽枉必達。斷レ獄得レ情。又頻造二諸惡一。不レ修二一善一。凡諸酷刑、無レ不二親覽一。國内居人、咸皆震怖。

（小泊瀬稚鷦鷯天皇《をはつせのわかさざきのすめらみこと》は、億計《おけ》天皇の太子《ひつぎのみこ》なり。母《いろは》を春日大娘皇后《かすがのおほいらつめのきさき》と曰《まう》す。億計天皇の七年に、立ちて皇太子《ひつぎのみこ》と爲《な》りたまふ。長《ひととな》りて刑理《つみなへことわること》を好みたまふ。法令《のり》分明《わきわき》し。日晏《ひくた》つまで坐朝《まつりごときこ》しめして、幽枉《かくれたること》必ず達《とほしろ》しめす。獄《うたへ》を斷ることに情《まこと》を得たまふ。又頻《またしきり》に諸悪《もろもろのあしきこと》を造《し》たまふ。一《ひとつ》も善《よきこと》を修《をさ》めたまはず。凡そ諸の酷刑《からきのり》、親ら覧《みそな》はさずといふこと無し。國の内の居人《おほみたから》、咸《ことごとく》に皆震《ふる》ひ怖《お》づ。）

《参考》『藝文類聚』第十二巻「帝王部二漢明帝」

范曄後漢書曰、帝善二刑理一。法令分明。日晏坐朝、幽枉必達。外内無二倖曲之私一、在上無二矜大之色一。斷レ獄得レ情。

また、次の《本文4》に示した通り、〈同字数句〉が頻用される場合の特徴として、発話や詔勅を囲む地の文では〈同字数句〉が用いられない一方、発話や詔勅に切り替わるとすぐさま〈同字数句〉が頻用されるようになる例も散見する。〈同字数句〉の連接が持つ機能の一つとして、句と句の切れ目を示すことのほかに、地の文と発話や詔勅との切れ目を示す役割があることも指摘できるだろう。なお、おおよそ〈同字数句〉による構句を志向する場合には、各句中やその周辺に〈句頭辞〉〈句末辞〉が用いられることは他に比べて少ない。

《本文4》『日本書紀』巻六（垂仁紀）後紀

明年春三月辛未朔壬午、田道間守、至レ自二常世國一。則齎物也、非時香菓八竿八縵焉。田道間守、於是、泣悲歎之曰、「受二命天朝一、遠往二絶域一。萬里蹈レ浪、遥度二弱水一。是常世國、則神仙祕區、俗非レ所レ臻。是以、往來之間、自經二十年一。豈期、獨凌二峻瀾一、更向二本土一乎。然頼二聖帝之神靈一、僅得二還來一。今天皇既崩。不レ得二復命一。臣雖レ生之、亦何益矣。」乃向二天皇之陵一、叫哭而自死之。群臣聞皆流レ涙也。田道間守、是三宅連之始祖也。

（明年の春三月の辛未の朔壬午に、田道間守《たぢまもり》、常世國より至《かへりいた》れり。則ち齎《もてまうでいた》る物は、非時《ときじく》の香菓《かくのみ》、八竿八縵《やほこやかげ》なり。田道間守、是に、泣《いさ》ち悲歎《なげ》きて曰《まう》さく、「命《おほみこと》を天朝《みかど》に受《うけたまは》りて、遠くより絶域《はるかなるくに》に往《まか》る。萬里《とほく》浪を蹈《ほ》みて、遥に弱水《よわのみづ》を度《わた》る。是《こ》の常世國は、神仙《ひじり》の祕區《かくれたるくに》、俗《ただひと》の臻《いた》らむ所に非ず。是《ここ》を以て、往來《ゆきかよ》ふ間に、自《おの》づからに十年に經《な》りぬ。豈期《あにおも》ひきや、獨峻《ひとりたか》き瀾《なみ》を凌《しの》ぎて。更本土《またもとのくに》に向《まうでこ》むといふことを。然るに聖帝《ひじりのみかど》の神靈《みたまのふゆ》に頼《よ》りて、僅《わづか》に還《かへ》り來《まうく》ること得たり。今天皇既に崩《かむあが》りましぬ。復命《かへりことまう》すこと得ず。臣《やつかれ》生けりと雖も、亦何の益《しるし》かあらむ」とまうす。乃ち天皇の陵《みささぎ》に向《まゐ》りて、叫《おら》び哭《な》きて自ら死《まか》れり。群臣聞きて皆涙を流す。田道間守は、是《これ》三宅連《みやけのむらじ》の始祖《はじめのおや》なり。）

上述の通り、〈同字数句〉の連接は様々な場面に見受けられる。その由来は漢籍に求められるが、漢籍でも韻文・散文・駢文を問わず四字句が好まれ、文言小説や漢訳仏典にも四字句が頻用されることを考え合わせるならば、何に学んで日本書紀が〈同字数句〉の連接による構句を行っているのかを特定することは困難である。いずれにせよ、日本書紀が典拠の四字句を流用しているように、〈同字数句〉の連接により構句する方法が漢籍に淵源を持つことは確実であり、この点は日本書紀において〈句頭辞〉が頻用される状況とは大きく異なる。

さて、本節で注意しなければならないことは、〈同字数句〉の連接が韻律に関係なく志向され、なおかつ、字句を整斉する際には〈句頭辞〉〈句末辞〉の使用に極めて消極的であるということにある。《表E》にも示した通り、これほど強く〈同字数句〉の連接が求められる背景には、そもそも漢語漢文が単字の多義性を限定するために熟字化する傾向を持つ他にも、句読を示す機能が期待されていることを想定するべきではないだろうか。

日本書紀区分論続貂

ここまで日本書紀における〈句頭辞〉〈句末辞〉および〈同字数句〉の連接の三者の使用頻度について具体的に確認を行った。それぞれ算出してきた《表B》《表C》《表E》の「比率」（句点数に占める三者それぞれの割合）を整理すれば、その傾向は《表G》に示した通り対照的なものとなる。[注23] この検証結果により、日本書紀が同一の文体により述作されているわけではないことを明確に指摘することができる。なおかつ、これほど明らかな傾向を三者が示しているからには、たまたま〈句頭辞〉〈句末辞〉〈同字数句〉の使用に際して各巻の間に偏畸が生じた可能性は排除せねばならず、その背景には一定の法則があることを考えなければならない。

《表G》日本書紀における句読提示法の三者対照　※平均以上＝△、平均以下＝▲

同字数句の連接	句末辞	句頭辞	謚号	巻
0.102	0.069	0.132	（全巻平均）	
▲0.027	△0.110	△0.213	神代上	1
▲0.049	△0.093	△0.249	神代下	2
▲0.043	△0.087	△0.185	神武	3
▲0.010	△0.090	▲0.064	八代	4
▲0.069	△0.089	△0.157	崇神	5
▲0.058	△0.146	△0.219	垂仁	6
▲（0.048）	△0.106	△0.213	景行／成務	7
▲0.048	△0.100	△0.186	仲哀	8
▲0.094	△0.092	△0.208	神功	9
▲0.057	△0.104	△0.195	応神	10
▲0.060	△0.093	△0.191	仁徳	11
▲0.009	△0.112	△0.188	履中／反正	12
▲0.016	△0.100	△0.196	允恭／安康	13
△0.157	▲0.061	▲0.109	雄略	14
△0.167	△0.080	▲0.070	清寧／顕宗／仁賢	15
△0.155	▲0.047	▲0.062	武烈	16
△0.226	▲0.052	▲0.074	継体	17
△0.204	▲0.057	▲0.059	安閑／宣化	18
△0.263	▲0.055	▲0.090	欽明	19
△0.188	▲0.049	▲0.102	敏達	20
△0.125	▲0.062	▲0.082	用明／崇峻	21
▲（0.033）	▲0.068	△0.168	推古	22
▲0.034	△0.087	△0.167	舒明	23
▲0.092	▲0.042	▲0.077	皇極	24
▲（0.076）	▲0.032	▲0.081	孝徳	25
▲0.072	▲0.033	▲0.067	斉明	26
▲0.074	▲0.037	▲0.073	天智	27
▲0.047	△0.079	△0.185	天武上	28
▲0.024	▲0.035	▲0.076	天武下	29
▲0.016	▲0.025	▲0.027	持統	30

※巻七（景行紀）、巻二十二（推古紀）、巻二十五（孝徳紀）は前節にて指摘した箇所を除いた数値を使用した。

そもそも、これら三者は本稿冒頭にて確認した通り句読の示し方にかかわるものであり、いずれも期待される役割に重なる部分がある。特に〈句頭辞〉は漢語本来の第一義的な用法を顧みることなく濫用することにより、〈同字数句〉の連接は四字句などを積み重ねて構句することにより、それぞれ文や句を切り分ける。両者は文や句の切れ目を示す機能の点において共通する一方、四字句を構成する場合に句頭辞・句末辞は構句を阻害する不要な字句となりかねず、翻って、四字句構成を発想しない場合には句頭辞・句末辞を頻用することにより文の切れ目を明示しようとするため、競合関係のもとにあったと考えられる。したがって、両者の使用状況には対照的と言うよりも、むしろ相補的と言うべき関係性が立ち現れたのだろう。

これらの示す相補的な傾向は明確であり、《表H》の通りに整理することができる。ただし、《表H》の作成にあたっては、おおよそ〈句頭辞〉〈句末辞〉が同じ傾向を示すため、より傾向を明確に把握することを目的とし

《表H》〈句頭辞〉と〈同字数句〉の連接の分布図
※表中の数字は日本書紀の巻数を示す。

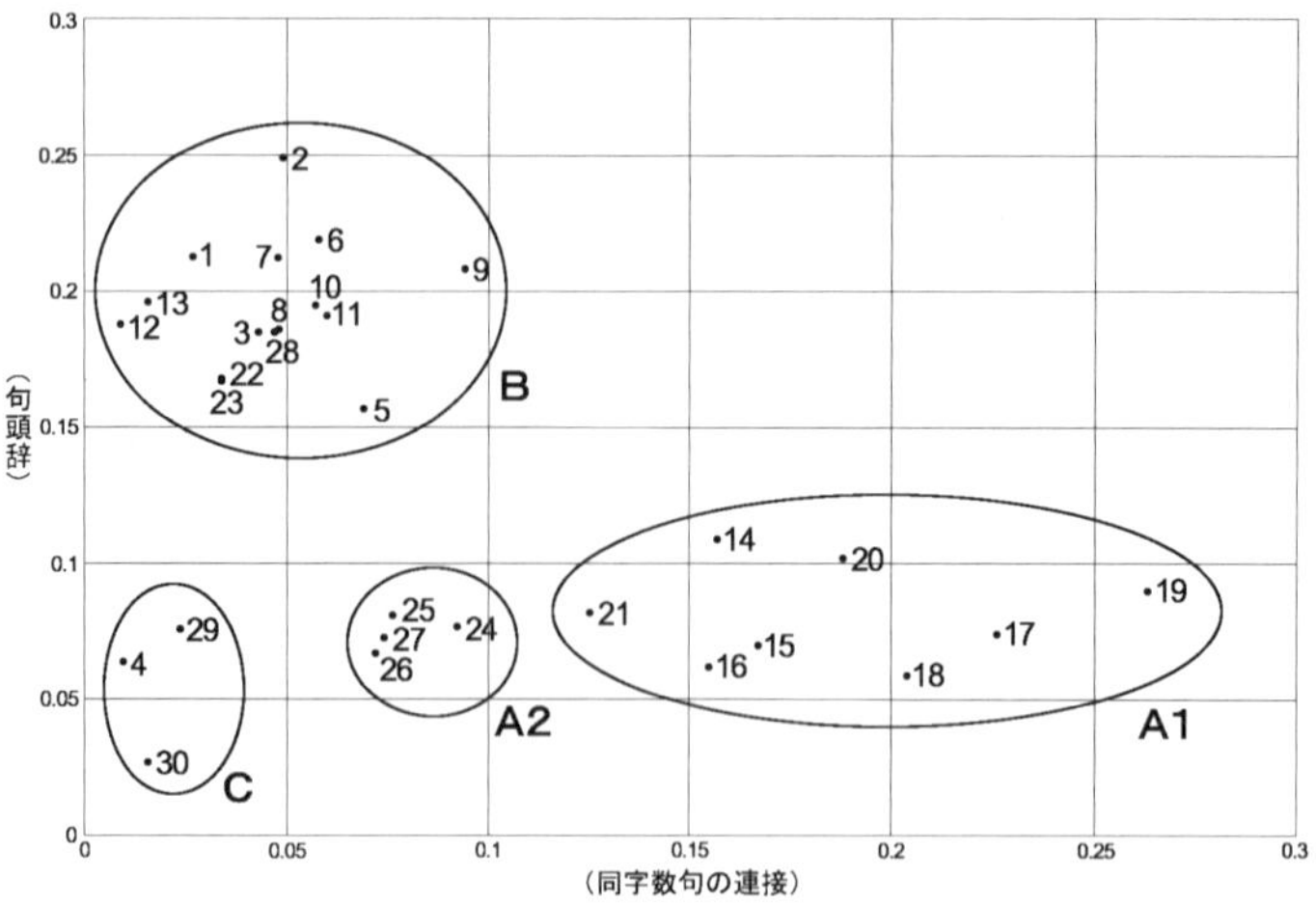

て、仮に〈句頭辞〉と〈同字数句〉の連接の二つに参照項目を絞り込んだ。同一の書名のもとに編纂されながら、日本書紀に使用されている文体には複数の系統が存在することを明確に読み取ることができる。従来の日本書紀区分論を踏まえたうえで、その系統・区分を句読の示し方に基づいて整理すると、次に示す通りＡＢＣの三つにまとめられる。それぞれ《表H》にも枠で囲いを附した。

Ａ〈句頭辞〉〈句末辞〉の使用に消極的であり、
　なおかつ〈同字数句〉の使用に積極的な巻。

Ｂ〈句頭辞〉〈句末辞〉の使用に積極的であり、
　なおかつ〈同字数句〉の使用に消極的な巻。

Ｃ〈句頭辞〉〈句末辞〉〈同字数句〉の検証に対して
　特徴的な傾向を示さない巻。
　※同じＣのうちに括るが、必ずしも同じ傾向を示すわけではない。

なお、Ａの内部においても〈同字数句〉の使用頻度には各巻の間に差異が見られるため、その使用頻度が全巻平均値（0.102）を上回る巻十四～巻二十一をＡ１、下回る巻二十四～巻二十七をＡ２として分割した。両者は同じ傾向を持つものの、その文体には僅かながら違いがあるものと認めるべきだろう。

《表Ⅰ》日本書紀区分論の展開

巻	諡号	和田英松 1930 異伝引用形式	福田良輔 1934 「之」の語法	鴻巣隼雄 1939 使用語句の分布	太田善麿 1940 歌謡仮名と分注	西宮一民 1951 歌謡仮名	藤井信男 1952 即位定都記事	中村啓信 1960 助動詞的用字法	小島憲之 1962 漢籍の利用	森博達 1999 音韻論	榎本福寿 2002 種々の語法	葛西太一 2017 句読の示し方
1	神代上					C			a			
2	神代下										I	B
3	神武						②					
4	闕史八代											C
5	崇神											
6	垂仁											
7	景行・成務			A	伊					β		
8	仲哀					ⅠB			b			
9	神功						②				Ⅱ	B
10	応神											
11	仁徳											
12	履中・反正											
13	允恭・安康											
14	雄略											
15	清寧・顕宗・仁賢						③					
16	武烈					ⅡA						
17	継体			B	呂				c	α	Ⅲ	A1
18	安閑・宣化						③					
19	欽明											
20	敏達						④					
21	用明・崇峻											
22	推古				イ	Ⅰb	⑤			β	Ⅱ	B
23	舒明											
24	皇極								d			
25	孝徳			A'	ロ	Ⅱa	⑥			α	Ⅲ	A2
26	斉明											
27	天智											
28	天武上						⑦		e	β	Ⅱ	B
29	天武下											C
30	持統						⑧		f		Ⅲ	

これまでの日本書紀区分論は《表Ⅰ》に示した通り、語彙・語法の偏在に基づいて行われ、あるいは歌謡や訓注で使用される仮名やその音韻を分析の対象として展開されてきた。[注24] しかし、日本書紀の大半を占める散文全体にまで同様の区分を敷衍することができるのかという点については、解決されるべき課題として残されていたと言える。これに対して、本稿では、句読の切り方を分類・分析することにより文体的特徴を把握し、散文全体を調査・検証の対象として、その区分を明らかにすることができた。さらには、歌謡において使用される仮名や音

韻の分析に基づく区分と同じ結果が得られたことは、かえって散文と歌謡の結び付きの強さを窺わせるものであり、また、従来説とは異なる区分として、史書編纂を命じたとされる天武天皇の巻である巻二十八と巻二十九の文体的特徴が大きく異なることも判明した。

日本書紀の述作者にとって、いかに漢字の羅列をして読み手に句読を伝達せしむるかは、常に念頭に置かれる問題であったのだろう。これを解決する選択肢の一つに、〈同字数句〉の連接により句のまとまりを示す方法が発想され、あるいは句読を明示する徴証として〈句頭辞〉を頻用する手段が開発された。とりわけ後者は〈句頭辞〉の持つ本来的な字義・用法を顧みることなく頻用することにより句読を示すものであり、その発想は古典中国語の非母語話者により行われたものと見るべきだろう。日本書紀における多種多様な文体の様相が、あたかも上代における文体開発や接続詞発生の歴史をありのままに物語るかのようである。

注

1　中村宗彦「「日本書紀」における『時』の接続用法」（大谷女子大学国文学会『大谷女子大国文』第六号、一九七六年四月）に「「日本書紀」の文章は必ずしも正統的・古文的な漢籍に学んだものばかりではなく、特に神代紀等において六朝・唐の俗語小説類や漢訳仏典の影響が見られることは夙に先学の指摘されたところである。更に、一見正統的文章の規格から外れた語法も俗語小説類に由来するものか、或は本邦人の「変体」漢文に属するものか判別し難い場合も存在する。」（一頁）と指摘されている。

2　日本書紀がその文飾を行う際に、直接利用・間接利用の別は措いて、正史類に範を求めたことは言を俟たない。日本書紀の利用した漢籍については、たとえば、小島憲之『上代日本文學と中國文學（上）』（塙書房、一九六二年、四〇二頁〜四〇四頁）や、池田昌広「『日本書紀』の潤色に利用された類書」（『日本歴史』第七二三号、吉川弘文館、二〇〇八年八月）などに詳論されている。

3　いわゆる、口語的・俗語的な表現、ないしは、俗語小説的表現とも呼ばれるものに対する論考として、たとえば、小島憲之『上代日本文學と中國文學（上）』（塙書房、一九六二年）や、松尾良樹「『日本書紀』と唐代口語」（『和漢比較文学』第三号、一九八七年十一月）、神田喜一郎『日本書紀古訓攷證』（養徳社、一九四九年）、吉川幸次郎「世説新語の文章」（『吉川幸次郎全集』第七巻、筑摩書房、一九七四年　ただし、初出は『東方学報』第十冊、第二分冊、一九三九年七月）などが挙げられる。なお、日本書紀における唐代の語法の摂取については、拙稿「日本書紀における助数詞「廻」の周辺」（上智大学国文学会『上智大学国文学論集』第四十九号、二〇一六年一月）においても論じたことがある。

4　仏教漢文からの影響とその語法については、石井公成「『日本書紀』における仏教漢文の表現と変格語法（上）」（『駒澤大学仏教学部研究紀要』第七十三号、二〇一五年三月）に「仏教漢文の語法、およびそうした語法と関係が深い変格語法の用例を、仏教公伝記事を含む欽明紀から山背大兄滅亡の時期までの記述のうちに探ってみたい。」（二一六頁）として用例を精査されている。

5　森博達『日本書紀 成立の真実――書き換えの主導者は誰か――』（中央公論新社、二〇一一年）には「日本は古来、韓半島と密接な交流があった。特に奈良時代以前、文筆に携わる史と呼ばれた書記者は韓半島からの渡来帰化人やその子孫が多く、韓国の漢字文化が伝えられた。古代日本の文章表記に韓半島の影響があるのも不思議ではない。（中略）『日本書紀』の終結辞「之」字の用法は、吏読の終結語尾と共通するものであった。区分論の視点から『日本書紀』の文章と表記を検討すれば、『日本書紀』は古代韓半島の漢字文化、特に吏読や俗漢文の宝庫として大きな舞台に登場することになる。」（一二四頁・一六六頁）と見える。

6　ここでの「訓読的思惟」の語は、瀬間正之「漢字で書かれたことば――訓読的思惟をめぐって――」（東京大学国語国文学会『国語と国文学』第七十六巻第五号、一九九九年五月）の指摘に拠る。すなわち、「さて、訓とは、宣長も指摘するように、漢字に我が国の言葉を当てたものである。漢語漢文があって初めて存在するのが訓読語・訓読文であるが、ところが、遅くとも七世紀後半には、訓読語・訓読文が漢語漢文から独立するという事態が生じていたのではないだろうか。文字表記を想定して文を為す場合、口頭言語とは別に、訓読により成立した言語と文体が既に存したことを想定しなければならないだろう。漢語漢文で考え、文章を制作するのではなく、訓読語・訓読文で思惟し、それを漢語漢文の枠に当てはめる方法で表記が為されたものと思われる。比喩的に言うならば、この訓読的思惟の言語とは、漢語漢文とのクレオールと見なせるかも知れない。」（四〇頁）と提唱されている。また、瀬間正之『風土記の文字世界』（笠間書院、二〇一一年）では、「文章を書くということが漢語漢文に依拠してなされる以外にあり得なかった時代において、一つに漢語漢文への傾斜の強弱という視点と、その裏返しとも言い得る口頭言語に対する配慮の深浅という観点から、文章制作の意図について、おおよそ次の三分類が可能になる。A〈漢語漢文で思惟して漢語漢文での筆録を意図した文章〉B〈訓読的思惟に依拠して漢語漢文での筆録を意図した文章〉C〈訓読的思惟と口頭言語的思惟が混在し、漢字での筆録を意図した文章〉」（三七頁）とも示されている。

7　漢籍に対して音注や音義が用意されることは、それらに記載された文字表現が既に発音から切り離されていたことを示すと同時に、発音の提示が語義の注釈としてそのまま機能することをも意味している。たとえば、『漢書』の顔師古注や『文選』の李善注には頻繁に反切が示されている。文言文ともなれば、中国においても発音に対して注釈を要していた点に留意したい。

8　工夫の一例として、金石文の例ながら「空格」を挙げることができる。犬飼隆「壬申誓記石と森ノ内木簡の空格」（犬飼隆『木簡による日本語書記史【二〇一一増訂版】』笠間書院、二〇一一年　ただし初出は、萬葉学会『萬葉』第百八十三号、二〇〇三年二月）には「およそ漢文の文字列は、古典中国語の性格に規制されて、個々の字の均等性を原則とする。これを読もうとするとき、中国人はみずからの言語によってよめばいい。漢文が句読法にあたるものを必要としなかった所以である。（中略）中国語とは異なる文構造の言語を漢字で書きあらわそうとしたとき、適切な句読を得るために文字列上の視覚的な諸徴証をmarkerとして利用することは自然な傾きであり、その一つが文意の大きな切れ目に空格を施すことであったのだろう。その方法は、まず古代の朝鮮半島において固有語を漢字で書くときに開発され、類似の文構造をもつ古代の日本語に適用されたという歴史の流れを、壬申誓記石の空格によって描くことができる。」（八九頁）と見える。他にも、日本国内における訓点資料の夥しい現存状況そのものが、永らく句読の切り方を漢文訓読の課題としてきたことを如実に示している。

9　このほか、押韻による句読の提示方法も考慮すべきだが、押韻を用いているであろう箇所が部分的であるため日本書紀全体の枠組みを明らかにしようとする本稿の検証目的に適わないこと、日本書紀述作当時の音韻体系を復元して押韻を確かめることには困難が付きまとうことから、ひとまず本稿においてはこれを除外して検証を進める。日本書紀における押韻については、中村宗彦「『日本書紀』における有韻の文章」（天理大学国語国文学会『山邊道』第三十五号、一九九一年三月）に詳述されている。

10　本来ならば、日本書紀の諸本を校合したうえで本文校訂を行い、自ら句読を切って検証用の本文を作成するべきだが、今回の検証にあたっては日本古典文学大系所収の本文に従った。あくまで使用頻度の偏在を数値化して傾向分析を行うことを目的とするため、一定の方針に従い句読が切られていることが検証用本文の要件となる。

11 おおよそ〈句頭辞〉は接続詞を中心とする。本稿では、空海『文鏡秘府論』北巻「句端」（『弘法大師空海全集』第五巻所収、筑摩書房、一九八六年）に掲出される語句に加え、いくつかは私見に基づいて日本書紀の用例から文や句の始発が明らかとなる字句を採取して補い、次の通り全五十八種を〈句頭辞〉として認定して用例を数えた。ただし、いずれも名詞・副詞に用いる例は除外した。

又、亦、亦還、亦復、亦更、還更、且更、更復、又亦、加以、時、于時、惟、爰、於是、於茲、於焉、仍、因、因以、故、故以、故因、是故、是以、粤以、所以（そのゆゑに）、由是、由此、由斯、因是、因此、因斯、因茲、然、然後、然則、即、便、乃、廼、則、輒、即便、便即、爾乃、假使、縦使、豈、蓋、抑、夫、原夫、且夫、方今、既而、俄而、頃（しばらくありて）

なお、〈句頭辞〉は二字に熟して用いられる傾向がある。単字で用いる場合には多義性を排除することができず、文頭であることを示す働きが必ずしも自明ではない一方、熟字とすることにより文頭を示す機能を明確にしたためであろう。また、これら二字に熟して用いられる例の一部は、松尾良樹「『日本書紀』と唐代口語」（『和漢比較文学』第三号、一九八七年十一月）にて「同義結合の二音節化」として指摘され、唐代の口語語彙に数えられている。

12 中村宗彦「「日本書紀」における『時』の接続用法」（大谷女子大学国文学会『大谷女子大国文』第六号、一九七六年四月）には「一見正統的文章の規格から外れた語法も俗語小説類に由来するものか、或は本邦人の「変体」漢文に属するものか判別し難い場合も存在する。例えば「書紀」の文章を通読すればまず注目をひくところの、句頭に位置して接続詞的に用いられ、一般の文章に比し著るしく粘着性を帯び、かつ多用されている「時」の用法がそれである。（中略）「時」の変格的使用は結局、和文を漢文に組み換える際に生じた特殊な例として理解すべきものであろう。」（一頁・十一頁）とあり、森博達『日本書紀の謎を解く』（中公新書1502、中央公論新社、一九九九年）には「β群における「則」字の多用は、歯切れ悪くうねうねと続く倭文脈の反映であろう。」（一五二頁）と見え、あるいは、松岡榮志「『日本書紀』の文体について」（『古代文学講座10　古事記・日本書紀・風土記』所収、勉誠社、一九九五年）にも「このくだり（引用者注：『日本書紀』巻十（応神紀）より「阿直岐亦能読二経典一。即太子菟道稚郎子師焉。」に連なる一節を指す。）を読んでくると、「即」や「因」「故」といった接続詞が目につく。これは、ある意味では後の日本語の文体に近いと言えなくもない。中国の文言文では、出来る限り不要な接続詞を省くことによって、文体を引き締めている。」（一五五頁）とある。

13　たとえば、浅見徹・橋本四郎「品詞各論（上）体言・副用言」（『時代別国語大辞典 上代編』「上代語概説」第三章、三省堂、一九六七年）には「日本語には、本来接続詞の役を果たす語はない。接続のためには、文脈指示語を含んだ連語をもってするのが上代語では普通であった。したがって、「故・於是」などの文字を、カレ・ココニなどと訓んでいるのであるが、その場合、指示すべき内容が漠然と拡がって、単に前文を受けて場面の転換をはかるような用法となるのも、散文にあっては当然の成り行きである。このような用法に立つカレ・ココニなどは、もはや代名詞ないしこれを含む連語とはせず、接続詞ないし接続詞的性格の語として扱わねばならない。」（三七頁）と指摘されている。そのほか、池上禎造「中古文と接続詞」（京都帝国大学国文学会『国語国文』第十五巻第十二号、一九四七年十二月）、永山勇「接続詞の誕生と発達」（『月刊文法――特集接続詞のすべて――』第二巻十二号、明治書院、一九七〇年十月）、大坪併治「漢文訓読語における接続詞」（『月刊文法――特集接続詞のすべて――』第二巻十二号、明治書院、一九七〇年十月）にも同様の言及がある。

14　古事記において接続詞が頻用されることは既に多く指摘されてきた。西尾光雄「古事記の文章」（『国語と国文学』第三十二巻第五号、一九五五年五月）には「いま古事記の上巻について、いくつの文章に切れているかを数えてみると、四五〇餘の文章数が得られる。その中、即・故・爾然や於是・其・此や次・又・并・亦・上件凡如此などを用いない文章の書き出しは、わずかに二五例ほどである。このようなことばを用いることはただ口誦的性格をもつというばかりでなく、この書き出しをもつ文章が前の文章とどのような結びつきをするかを示す重要なめじるしになる…（以下略）」（四頁）と見え、小島憲之『上代日本文學と中國文學（上）』（塙書房、一九六二年）は「かかる「接續詞」が次から次へと現はれまた去り、起伏なく流れ進んで行くのが古事記の文章である。かかる流れは、古事記と同じ種類の舊辭群によるものと推定される神代紀の一部にも見出されるが、それは斷絶せずに流れ行く一定した單調さをもつ。（中略）古事記は語部式の「口うつし」のままではない。しかし、類似語の繰返を形成する要素のみられることは、やはり筆録に至るまでの口承性の名殘とみられる。どの部分がそれか、一々すべてを明確に指摘することはできないが、筆による潤色をねらつた日本書紀と比較して、やはり書かれた文章の中に口承的要素の名殘がみられることは否定できない。」（二三四頁・二五九頁～二六〇頁）と指摘し、矢嶋泉「『古事記』に於ける接続語の頻用をめぐって」（上代文学会『上代文学』第六十八号、一九九二年四月）は「『古事記』の接続語は、後述の如く基本的に漢訳仏典を含む中国文献に承接の助辞として見え、少なくとも用語レヴェルでは漢文の影響下にあると認められるのだが、漢語を母語とし漢字で書かれた作品に於ける承接の助辞の頻用と、見かけの上では漢語と同じ承接の助辞を和語の接続語として置き換えて利用する『古事記』に於ける頻用とは、本質的に異なると考えるべきだろう。（中略）『古事記』は自ら選択した文体的枠組の中で、それに相応しい接続語を駆使した、和文脈とは異なる新しい文脈の展開方法に向かったのである。」（三八頁〜三九頁・四五頁）とする。

15 日本書紀における「之」字の文末用法の分類と分析は、福田良輔「書紀に見えてゐる「之」字について」（臺北帝國大學文政學部編『文學科研究年報』第一輯、一九三四年一月）を嚆矢とする。《表C》では、森博達『日本書紀 成立の真実――書き換えの主導者は誰か』（中央公論新社、二〇一一年、一三四頁〜一四八頁）の調査結果に拠って集計したが、なお榎本福寿「『日本書紀』の「之」に関する調査研究報告」（佛教大学国語国文学会編『京都語文』第九号、二〇〇二年十月）との間に「之」字の解釈と分類をめぐる議論がある。本稿では「之」字の分類や変格用法に焦点を当てるものではなく、〈句末辞〉使用の多寡や頻度を問題とするため、ひとまず用法の精査は措くこととする。

16 いずれの〈句末辞〉についても、文末・句末に置かれるのみならず、文中に使用される場合がある。たとえば「太歳也、〜。」のように主語などの後に置かれ、強調の語気を加える用法がある。また、とりわけ「乎」字に限って言えば、述語と賓語の間に置かれる用法もある。そのほか、固有名詞・音仮名・接続詞の一部として用いられることもある。なお、これら文末・句末に置かれない用例については、《表C》の検出対象から除外した。いずれの文中用法も日本書紀各巻の偏在を明確に示すほどの用例数は確保されない。

17 劉勰『文心雕龍』巻七「章句 第三十四」によれば、「若二夫章句一、無レ常而字有二條數一。四字密而不レ促、六字裕而非レ緩。或變レ之以二三五一、蓋應レ機之權節也。」（夫の章句の若きは、常無けれども字に條數有り。四字は密なるも促ならず、六字は裕なるも緩に非ず。或は之を變ずるに三五を以てするは、蓋し機に應ずるの權節なり。）とある。青木正兒『支那文學概説』（弘文堂書房、一九三五年）には「さて文章の句法として四字句を諧調とするは周代の「書經」「易經」以來存する習慣であるが、六字句を諧調とすることは六朝に至つて自覺された觀念のやうに思はれる。而して六字句の構造を觀察するに四字句が二字増加した形と、「楚辭」離騷の系統を引いた賦の句格に本づく形と有る。」（一四九頁）とあり、吉川幸次郎『漢文の話』（ちくま学芸文庫、筑摩書房、二〇〇六年）には「おそらく「論語」や「左伝」の全文の、半ば以上は四字句であろう。やがて中世の美文が、それのみの頻用にかたむくのは、畸形をまぬがれないとして、むしろ美文的でないことを心がける文章、たとえば唐宋以後の「古文」

でも、やはりリズムの基礎として、四字句が優勢である。後に引く韓愈の「雑説」のように、極度にそれを忌避するものもあるけれども、平均していえばやはりそうである。つまり漢文のリズムの基礎、それは四字句におちつきやすい。」（八六頁）と見え、中村宗彦「『日本書紀』における有韻の文章」（天理大学国語国文学会『山邊道』第三十五号、一九九一年三月）にも「達意を主とする文章に対し、多少の修辞を意図する文章を編むに当たっては、文のリズムを心に刻みながら字句を整えてゆく作業を必要とする。字句が整斉し修辞も容易な四字句は特に多用される文体であった。」（三三頁）と指摘される。

18 ここに言う巻七（景行紀）の日本武尊関係記事とは、景行二十七年冬十月条から景行五十一年条までを指す。およそ熊襲征討に始まり、東征を経て病没するまでの経緯が集中して語られる。また、巻二十二（推古紀）の憲法十七条とは推古十二年夏四月条のそれを指し、巻二十五（孝徳紀）の詔勅とは同巻中における「詔曰」等により導かれる一節すべてを指す。

19 とりわけ巻七（景行紀）の日本武尊関係記事とそれ以外の記事との間において明確な文体差が認められる点は興味深い。これに合わせて、日本武尊が『常陸国風土記』に「倭武天皇」と呼称されるとともに多くの事績が記され、なおかつ同書もまた四字句を基調とした文体により多くの部分が綴られていることも想起される。日本書紀が奏上される以前には、そもそも日本武尊を天皇ないしは王として描いた文献がまとまった形をもって存在し、それを日本書紀の編纂にあたり巻七（景行紀）へと整理統合した可能性を考慮する必要があるかもしれない。すなわち、いわゆる「原資料」と呼ばれるような、特定の史書の編纂を目的として各所から蒐集された記録文や報告書の類ではなく、何かしらの意図や方針に従って既に成書化された史書が日本書紀の編纂以前に存在した可能性を窺わせるということである。

20 日本書紀各巻の文体差のみならず、同一巻中にも文体差がある点については、今後の課題として別に論じる機会を設けたい。本稿にて指摘した日本武尊関係記事・憲法十七条・孝徳紀詔勅のほか、かつて神代巻と神武紀の成立過程についても同一巻中に齟齬が見られることを論じたことがある。拙稿「神武紀冒頭部の位置付け――アマテラスの呼称転換と訓注の重出・不順をめぐって――」（古事記学会『古事記年報』第五十七号、二〇一五年一月）を参照されたい。本稿の検証結果により、従来の区分論が示す通り、神代巻と神武紀は同一の区分に位置付けられるものと結論付けたが、景行紀・推古紀・孝徳紀・天武紀などと同様に、同じ区分内においてもその成立には複雑な事情を抱えるものと見なければならない。あくまで本稿は現存する日本書紀の校訂本文を対象として分析したに過ぎず、必ずしも日本書紀の抱える重層的な成立事情を反映するものではない。

21 石井公成「『日本書紀』における仏教漢文の表現と変格語法（上）」（『駒澤大学仏教学部研究紀要』第七十三号、二〇一五年三月）

には当該例を引いて「この戦闘場面を書いたのは、『法華経』を暗唱し、仏教漢文になじんでいる人物、しかも初歩的な誤りを含む漢文しか書けない人物ということになる。この戦闘の後に建立された飛鳥寺や四天王寺の縁起であれば、戦いにおいて守屋を倒したことを述べれば十分であり、捕鳥部万の戦闘についてこれほど詳細に描く必要はないため、戦記のようなものが寺などで語られていた可能性もある。」（二〇八頁）と指摘する。

22　ここでは仮に『藝文類聚』に拠って示したが、『太平御覧』巻第九十一「皇王部十六 顕宗孝明皇帝」にも同文が「後漢書曰」として見える。近年は日本書紀の潤色に利用された類書として『華林遍略』を擬する説が提起されており、池田昌広「『日本書紀』と六朝の類書」（日本中国学会『日本中国学会報』第五十九集、二〇〇七年十月）、池田昌広「范曄『後漢書』の伝来と『日本書紀』」（『日本漢文学研究』第三号、二〇〇八年三月）、池田昌広「『日本書紀』の潤色に利用された類書」（日本歴史学会『日本歴史』第七二三号、吉川弘文館、二〇〇八年八月）に詳しい。

23　なお、これまで《表A》～《表F》までは各巻を天皇各代に分けて細かく数値を示したが、本節では各巻の傾向を把握することを目的として、《表G》《表H》においては天皇各代の数値を統合して巻ごとにまとめた。そのため、《表G》《表H》の示す巻四・巻七・巻十二・巻十三・巻十五・巻十八・巻二十一は《表A》～《表F》の数値を再計算したものとなる。また、巻七（景行紀）・巻二十二（推古紀）・巻二十五（孝徳紀）における〈同字数句〉の連接の数値については、それぞれ例外として指摘した日本武尊関係記事・憲法十七条・詔勅を除いた数値を使用した。

24　日本書紀区分論の展開については、たとえば、山田英雄『日本書紀』（歴史新書〈日本史〉19、ニュートンプレス、一九七九年）、森博達『日本書紀の謎を解く』（中公新書1502、中央公論新社、一九九九年）、遠山美都男『日本書紀の読み方』（講談社現代新書1709、二〇〇四年）、瀬間正之『記紀の表記と文字表現』（おうふう、二〇一五年）等にまとめられている。研究の膨大な蓄積があるが、ひとまず《表I》においては各論考中に日本書紀全巻に及ぶ系統・区分が明示されているものに限り掲出した。他にも、小川清彦「日本書紀の暦日に就て」（一九三八年頃成稿か。内田正男『日本書紀暦日原典』雄山閣出版、一九七七年所収、のち、斎藤国治編『小川清彦著作集 古天文・暦日の研究』皓星社、一九九七年、所収）、筑紫申真『アマテラスの誕生』（講談社学術文庫1545、二〇〇二年　ただし、初出は『アマテラスの誕生』角川新書、一九六二年）、松田信彦「日本書紀「区分論」の新たな展開——多変量解析（クラスター分析）を用いて——」（『日本書紀』編纂の研究』おうふう、二〇一七年。ただし、初出は青木周平先生追悼『古代文芸論叢』おうふう、二〇〇九年、所収）など、本来ならば区分論に関して取り上げるべき重要な指摘は多い。なお、

《表Ⅰ》に掲出した先行研究の出典は次の通り。

和田英松「日本書紀に就いての考察」（立教大学史学会『史苑』第四巻五号、一九三〇年八月）

福田良輔「書紀に見えてゐる「之」字について」（臺北帝國大學文政學部編『文學科研究年報』第一輯、一九三四年一月）

鴻巣隼雄「日本書紀の編纂に就いて――特に使用語句を中心として見たる――」（日本文化中央聯盟『日本諸学研究』三、一九三九年）

太田善麿「日本書紀の編纂者の問題」（『歴史と国文学』第二十三巻二号、一九四〇年）

西宮一民「神代紀の成立について」（藝林會『藝林』第二巻第二号、日本書紀特輯、一九五一年四月）

藤井信男「日本書紀各巻成立の一考察」（大倉山文化科学研究所『大倉山論集』第一輯、一九五二年六月）

中村啓信「助動詞的用字法からみた日本書紀各巻の性格」（『日本書紀の基礎的研究』高科書店、二〇〇〇年。ただし、初出は『国学院大学日本文化研究所紀要』第七輯、一九六〇年九月、所収）

小島憲之『上代日本文學と中國文學（上）』（塙書房、一九六二年）

森博達『日本書紀の謎を解く』（中公新書 1502、中央公論新社、一九九九年）

榎本福寿「『日本書紀』の「之」に関する調査研究報告」（佛教大学国語国文学会『京都語文』第九号、二〇〇二年十月）

『日本霊異記』の文体をめぐって

李　銘敬

一　『日本霊異記』撰者の文体表現意識

『日本霊異記』は、正式の書名を『日本国現報善悪霊異記』といい、上、中、下三巻に一一六話の説話を収める漢文体の仏教説話集である。原撰本が延暦六年（七八七）に一旦作成され、後にそれを増補して弘仁年間（八一〇～八二四）現存本の形となるものだとされる。本書の文章様式は漢文体であるが、その文章自体には純正な漢文と、訓読法で措辞されたいわゆる和化漢文、そして、量的には少ないものの音仮名を使って表記した歌謡などの和文が共存している。それがゆえに、『日本霊異記』の文章についての認識の偏向値も大きかった。しばらくここでこれまでの幾つかの指摘を見てみよう。

奈良時代に用いられていた文体は、一、漢文。二、国文。甲、東鑑体。乙、宣命体。丙、仮名専用体。右二種四類に大別することができるようである。漢文については説明はいるまいから省略する。国文中の東鑑体と仮に名づけたのは、鎌倉時代の記録として有名な東鑑に用いられている文体であるからである。漢字を以て綴り、時に漢語法を交ぜて書いてあるが、初より国文に読むように書かれてあり、国文に読まなければ読むことの出来ないものである。一見漢文の姿とかわらぬから、漢文の一種に数えている人もあるが、誤である。これに属するものに、上宮記・上宮法王帝説・高橋氏文・古事記・万葉集詞書並歌書の一部等がある。平安時代になっては、日本霊異記を初として、将門記・諸公卿の日記等があり、東鑑に及んでいる。これらの中には、漢文味の多少、仮名書の多少等それぞれ差等はあるが、一類である。[注1]

霊異記の文章は、漢文体を使用している。しかし序文の如きは、特に注意して漢文の風習に依っているが、本文に於いては、かならずしも漢文の風習どおりになっていない。国語と漢語とでは、単語も語法も相違するので、国語に依る表現を保存するためには、已むを得ないことであり、かつ十分に漢文を作ることに慣れないので、一層純粋な漢文から遠ざかるのである。（中略）本書が、字音に依って棒読みすべきものでは無く、国語を以って読み下すべきものであることが、明白である。[注2]

日本霊異記の本文は、いうまでもなく漢文である。ひとくちに漢文といっても、序文や、引用文、賛辞のごとき、比較的純正な措字法を保ったところと、各説話の主要部を占めるやや変則な措字法の目立つ部分とに分けられる。全体から見ると、変則な部分の範囲が広いので、霊異記は一種の変態漢文をもって記述されているということになる。しかし措字法の整・不整ということは、読者側がとる訓法の上から相対的にいえることで、絶対的現象として指摘するには、困難な面もあって、その実情は単純でない。[注3]

確に霊異記の本文は正格の漢文から見ると、異様な点もあるようだが、一つには四字一句などの仏典の語法などの影響もあり、確かに一部には（中略）漢文の格を逸脱したかと思われる面も無いではないが、これは全体としては極く僅な部分であり、漢文の作文力が稚拙であるが故に、かように異様な感じを与える文体となったのであって、（中略）これらの漢文に見られる特異性は、単なる「和習」であって、文体的には必ずしも本質的なものではないと考えるわけである。[注4]

以上挙げたように、吉沢義則、武田祐吉、春日和男、築島裕などの学者達の指摘を見比べてみると、吉沢義則は「初より国文に読むように書かれてある」ことを理由にして『日本霊異記』を「国文」と見做している。武田祐吉はそこまで言わなかったが「本書が、字音に依って棒読みすべきものでは無く、国語を以って読み下すべきものである」と見受けている。春日和男は「（漢文の）純正な措字法」に合うか合わないかという基準で「一種の変態漢文」と認める。そして、築島裕は「正格の漢文」から僅かに逸脱した面もあるが、それは「単なる「和習」であって」、文体的には「本質的なものではない」、いわば「文法、語彙的面から見て、正格の漢文から外れた、しかもそれなりのパターンを有する」変体漢文には、「『日本霊異記』などは含まれないことになる」と考えている。簡単に言うと、本書の文章については、国語文、変体漢文、準純漢文とそれぞれ違った見方が示されていた。

峰岸明著『変体漢文』[注5]では、日本漢文をその文章表現の意図から「漢文の作成を志向するもの」と「国語文の作成を志向するもの」に分類している。それによると、吉沢義則と武田祐吉との指摘は後者で、春日和男と築島裕との考えは前者のものに帰される。ところが、『日本霊異記』の文章は一体、どのような表現意図を持っているのか。ここでは、まず『日本霊異記』序文にみる関連の文言から見てみよう。

昔漢地造冥報記、大唐国作般若験記、何唯慎乎他国伝録、弗信恐乎自土奇事。粤起自矚之、不得忍寝、居心思之、不能默然。故聊注側聞、号曰日本国現報善悪霊異記、作上中下参巻、以流季葉。然景戒稟性不儒、濁意難澄、坎井之識、久迷大方、能功所雕、浅工加刀、恐寒心貽患於傷手、此亦崐山之一礫。但以口説不詳、忘遺多矣、不昇貪善之至、幖示濫竽之業、後生賢者、幸勿嗤焉。　（巻上序文）

然景戒稟性不聡、談口不利。神鈍遲同於鐫刀、連居字不華。情惷戇同於刻船、編造文乱句。不勝貪善之至、拙黷淨紙、謬注口伝、睠媿忝慮、顔酡耳熱。庶覯拾文者、愧天慙人、忍忘事、作心之師、莫心為師。藉此功徳、右腋著福徳之翮而翔於沖虚之表、左脇燭智恵之炬而登於仏性之頂、普施群生、共成仏道也。[注6]（巻中序文）

『日本霊異記』編纂の直接的な動機は、他国の「伝録」から受けられた刺激にあるのだが、「但以口説不詳、忘遺多矣」と、口語りするものがはっきり伝えられぬところもあるので、もしかするとその多くは忘れ落ちたりして長く伝承されないのではないか、という当時切迫された実情が、景戒を執筆せしめた最も切実な動因の一つなのではないか。「側聞」「口説」などを記録しようとしたことは、景戒が仏教の教えを心から真摯に願う行為であるから。ところが、「敷文構句、於字即難」（『古事記』序）とあるように、これら「側聞」「口説」を、漢文を用いて記録することが至難の業である。「稟性不儒」、「坎井之識」、「濫竽之業」、「拙黷淨紙、謬注口伝」、「能功所雕、浅工加刀、恐寒心貽患於傷手、此亦崐山之一礫」、「神鈍遲同於鐫刀、連居字不華。情惷戇同於刻船、編造文乱句」といった文言には、景戒の謙遜の気持ちがこめられるものの、その裏には撰者が漢字を以て口伝した説話を書き綴ることの困難さと不得意な一面も如実に反映されているのではないか。「連居字不華」「編造文乱句」といった言葉は、取りも直さず「正格漢文」を照準にして吐露した景戒の実感の一面を語っているのであろう。ここからも漢文による執筆への景戒の表現意識が現れていることが看取されよう。

『日本霊異記』が成立するまでの書写様式については、松下貞三が次のように指摘している。

『日本霊異記』の書かれた平安時代初頭以前では韻文は別にして、散文では、漢文と記録体の二つであった。もっとも、すでに早く、和文をもとにした宣命書きや、正倉院文書の仮名文のようなものもあるにはあったが、やはり大勢は前にあげた二つの文体であった。しかもそれらは全部の散文の基準の位置にあったものは漢文で、他のものは、漢文の和風にくずれたものであるか、漢字・漢文を用い、さらに、それに工夫をこらして作ったものであったから、当時の散文の性質を考えるためには、正格の漢文を基準として、どれだけ和化しているかという物さしで測ることは、妥当なことである。[注7]

すなわち、『日本霊異記』の撰述も当時の書写様式を照準して考えるべきだとされる。『日本霊異記』以後も『日本感霊録』『法華験記』『日本往生極楽記』『続本朝往生伝』など、正格・変体の別こそあれ漢文体による撰述は後続されてきた。「この漢文体の枠に規制された中での精一杯の表現は仮名による文章が発達すれば、すぐそれに乗り移って発展するという具合にいかなかった」。その理由は、「彼等（撰者たち）の属した用字・文体の社会圏が仮名文とは最も縁の遠いものであった。」と、池上洵一が指摘している。[注8]序文にみる「能功所雕、浅工加刀」などの文言は、単なる景戒の謙遜と虚飾だというより、その内実としていろんな先行の漢文文献と対決しながら艱難に撰述していった撰者景戒の真実な感受を吐露したものだと言ったほうがむしろ真実的ではないかと思われる。

また、本書には話末に賛を置いた説話が一部あり、その賛には字句の押韻を試みていることが見られる。例えば、「賛曰、船氏明徳、遠求法蔵｜。是聖非凡、終没放光｜」（巻上第二十二縁）という一首には、偶数の句が韻を踏んでいる。「賛曰、修修神氏、幼年好学。忠而有仁、潔以無濁。臨民流恵、施水塞田。甘雨時降、美誉長伝」（巻上第二十五縁）、「賛曰、善哉貞婦、追遠報恩。迄秋設会、誠知其敦。炎火雖列、尊像不焚。上天所祐、知復何論」（巻上第三十三縁）という二首は八句からなるもので、前首は前四句の偶数句と後四句の偶数句がそれぞれ押韻、後首には八句の偶数句が同じ韻を踏んでいることになっている。『日本霊異記』においての賛のこうした特徴について、出雲路修は次のように指摘している。

> 四字句を基調とした漢文で書かれている。四字句は、たんに視覚的効果をねらったものではないであろう。賛には押韻をこころみた形跡がある。おそらくは、音読されて受容されることを念頭に置いた文章表現であろう。訓読されて受容されることを念頭に置いて書かれた、たとえば『古事記』のようなものではない。[注9]

実際、四字句を基調した文体と賛の押韻などはもとより、序文にみる「徳侔十地、道超二乗、秉智燭以照昏岐、運慈舟而済溺類」、「右腋著福徳之翮而翔於沖虚之表、左脇燭智恵之炬而登於仏性之頂」、「掃地共生西方極楽、傾巣同住天上宝堂」などの対句からしても、景戒の、漢文による書写上の表現意欲、または漢文でそのまま読んでもらおうという意識がよく見出される。よって、『日本霊異記』は「初より国文に読むように書かれてあ」ったものではなく、「漢文の作成を志向するもの」であることは明瞭であった。『日本霊異記』は国文ではなくて漢文だ、ということを認めなければならないのであろう。

二　『日本霊異記』における変体漢文

『日本霊異記』は漢文作品である。だが、それが変体漢文であろうか、それとも準純漢文であろうか、という問題をめぐって、第一節に挙げたように意見が分かれていたことが確かにあった。ただし、『日本霊異記』の文章は変体漢文（或いは和化漢文）だという認識は、今日では学界の通説となっているのではないかと思われる。その理由を言うと、まさしく『日本霊異記』の本文には措辞法の変則が目立った事例が多く存在するからである。松下貞三は、本書における漢文変則の状況を分析して、十一種類を指摘している。[注10] その類例を省略して箇条式で示すと、次のとおりである。

1、返るべき動詞の位置が、目的格に対して破格であるもの。
2、動詞の目的格の部分が被修飾の名詞と、修飾部とからなっている場合、動詞がその両者の間に入って目的格のまとまりを割るもの。
3、補格に対して動詞（述語）はそれより前に返るべきものであるのに、返らないで破格をなすもの。
4、動詞の位置の破格が、補語のまとまりをこわすもの。
5、副詞的修飾語に対して、述語動詞の位置が破格であるもの。
6、述語動詞の位置の破格によって、副詞的修飾語のまとまりを割ったもの。
7、主語に対して述語の位置が破格であるもの。
8、述語動詞がそのまとまりを破って、その一部を破格の位置に置いているもの。
9、上に返る名詞の位置の破格によって副詞と動詞のまとまりを割るもの
10、介詞の位置が破格であるもの（有、在、无、無、乎、於、以）。
11、介詞の位置の破格のため、賓語のまとまりを壊すもの。

また、それを補充するには、筆者もかつて四種類を例示した。[注11] 次のようである。

①、動詞（述語）に対して、その連用修飾語の位置が破格であるもの。

②、動詞（述語）に対して、副詞の位置が破格であるもの（便、未、即、毎、始、終、不）（厳密に言えば、②は①に含まれている）。

③、動詞（述語）に対して、補語の位置が破格であるもの。

④、目的語に対して、その連体修飾語の位置が破格であるもの。

如上に示す通り、『日本霊異記』の文章は純粋な漢文から大いに懸け離れていることが明瞭である。ここでは、幾つかの説話を例挙しながら、その有様を具体的に見てみよう。

巻上「捉雷縁第一」は、大和の飛鳥にある雷岡の縁起を述べたものである。四百五十余字からなる文章で、旧大系本では四十句、新大系本では六十二句を句切りにしているが、その中には、①「泊瀬朝倉宮廿三年治天下雄略天皇之随身肺脯侍者矣」（「於泊瀬朝倉宮廿三年間治天下之雄略天皇之随身肺脯侍者矣」）、②「即天皇勅栖軽而詔」（「天皇即詔勅栖軽而曰」）、③「豊浦寺与飯岡間鳴雷落在」（「鳴雷落在豊浦寺与飯岡間」）、④「雷神奉請」（「雷神奉請已至」）、⑤「雷擣所捕」（「雷擣被捕」）など（　）で囲った正格の漢語的表現として変則の目立った数句があげられる。①の傍線部分は「雄略天皇」の連体修飾語にあたるものであるが、漢語的な表現として「泊瀬朝倉宮」の前に場所を表す「於」、「廿三年」の後に時間の間隔を表す「間」、そして連体修飾語全体と「雄略天皇」との間に「之」のような言葉を置かないと、句法としては不自然になってしまう。しかしながら「於」「間」「之」などを付け加えると、元々長い連体修飾語が更に長くなり、とても冗漫なものになってしまう。②の「即」は副詞として動詞「勅」の直前に置くべきである。③では「豊浦寺与飯岡間」という部分が動詞「落」の補語として「落在」の後に置くべきであろう。④の「雷神奉請」という一句は前後の文脈では「雷神がすでに請け奉られた」という意味なので、「奉請」の後に「已至」のような、事態が発生した意味を表す文言を補足しないとその表現が不十分である。⑤の中の「所捕」がここで受身の表現となっており、仏経にはたまに出る例が見えるが、普通の漢語としてはあまり使用しないらしい。

巻上「狐為妻令生子縁第二」は狐の民話的語源と狐の直の由来を説く一話であり、第一縁より字数がやや少ないものだが、変体文は多く見出される。極めて目立った例を挙げると、①「応為妻覓好嬢」（「覓可為妻好嬢」）、②「将覓能縁而行女也」（「将覓良縁而行之女也」）、③「成我妻耶」（「為我妻耶」）、④「此犬打殺」（「打殺此犬」）、⑤「即彼犬子将咋家室而追吠」（「彼犬子即追吠、将咋家室」）、⑥「汝与我之中子相生故」（「汝与我之間相生子故」）、⑦「裳襴引逝也」（「引裳襴逝也」）、⑧「亦其子姓負狐直也」（「其子亦姓負狐直也」）、⑨「是人強力多有」（「是人多有強力」）などの例が見られる。①では述語「覓」の置くべき位置が連体修飾部分にあたる「応為妻」の前にあるものである。②での「能縁」「行女」などの表現は意味不通となる。③での「成」の表現が不適切で「為」を改めるべきであろう。④での「打殺」と⑥での「相生」、⑦での「引」、⑨での「多有」はそれぞれその対象語の前に置くべきである。⑤は「彼犬子即追吠、将咋家室」と改めたほうが自然的であろう。⑧での「亦」は「其子」の後に置いて動詞「姓」を修飾・限定する働きを果たすべきである。

巻上「得雷之憙令生子強力在縁第三」は、道場法師に関する善根奇異譚であり、尾張の農夫が落雷を助けて強力の子を授かること、朝廷の力王と腕比べ、元興寺の童子となり、悪鬼退治をすること、優婆塞となり寺田引水の妨害を排除、以上の三話を述べているものである。本話は九百字ぐらいの文章で二十句も超えた変体文が見いだされる。例えば、①「小細降雨」（「降小細雨」）、②「即雷墮於彼人前」（「雷即墮於彼人前」）、③「寄於汝令胎子而報」（「報寄於汝而令胎子」）、④「爾有臨時王力秀」（「臨爾時、有王、力秀」）、⑤「當時住大宮東北角之於別院」

（「當時住於大宮東北角之別院」）、⑥「他人不令出入」（「不令他人出入」）、⑦「小子亦二尺投益」（「小子亦投益二尺」）、⑧「小子之跡深三寸践入」（「小子之跡践入、深三寸」）、⑨「将捉而依、即小子逃」（「近身将捉、小子即逃」）、⑩「念自我益力小子、更不追」（「念小子力益於我、更不追」）、⑪「時其寺鐘堂童子夜別死」（「時其寺鐘堂童子夜有死者」）、⑫「於鐘堂戸本居」（「居於鐘堂戸下」）、⑬「佇童子而視之退」（「佇視童子而退」）、⑭「童子四角別引鬼而依開燈蓋」（「童子引鬼分別趨于四角而開燈蓋」）、⑮「至于晨朝時、鬼已頭髪所引剝而逃」（「至于晨朝時、鬼〈因〉頭髪已〈為童子〉所引剝而逃」）、⑯「諸王等妨不入水」（「諸王等妨不〈使〉入水」）、⑰「故十餘人可荷作鋤柄使持之也」（「故作十餘人可荷鋤柄使持之也」）、⑱「諸王等鋤柄引棄」（「諸王等引棄鋤柄」）、⑲「元興寺道場法師強力多有」（「元興寺道場法師多有強力」）など。①は述語「降」が目的格「小細雨」の間に入り目的格のまとまりを割った例である。⑰も同様な例である。②は述語「墮」に対して、副詞「即」の位置が破格となる例である。③は補格「寄於汝」に対して述語「報」がその前に返るべきだが、返らないで破格となる例である。⑦⑧⑫もそれと同様で、補語に対しての述語の破格となる。④は「臨」・「有」両動詞の破格で「爾時」という時間名詞を割った例である。⑤では介詞「於」の位置が破格となる。⑥では兼語にあたる「他人」の位置が破格であった。⑨での「依」とは「近寄る」という意で、漢文の「近身」にあたるが、「依」の用字はここで意味不通である。⑩は「我より益（まさ）る力（ある）小子なりと念（おも）ひ、更に追はず」という和文そのままの直訳文らしい。ここで判断句をそのまま維持させて作文するにしても「念〈是〉力益於我〈之〉小子、更不追」としないと通じがたい。特には、「自我益力」（「連体修飾語＋名詞」）から「力益於我」（「主語＋述語＋補語」）へ、純粋な漢文に至るまでの差が大きい。また、「益」という用語も適切な表現とは言い難い。⑪では「夜別」とは「夜毎に」の直訳で漢語にしては意味の通じない表現となってしまう。⑬での「佇」は諸本の注釈本では「のぞむ」と訓読するが、元々そういった意味はなくて多分その後の「視」の影響からきたものであろう。漢文では二字を一つにして「佇視」として使うのが普通である。これは述語動詞がそのまとまりを破って一部を破格の位置に置いている例である。⑭は⑨と⑪の場合と同じである。⑮は因果関係と受け身との漢語表現に慣れないために破格が生じたものであろう。同時に、時間的副詞「已」の位置も破格となったのである。⑯では「妨げる」の連動として「水を入らせない」こととなるが、この句では「入」の使役表現にできなかったのである。⑱と⑲は大まかに主語に対して述語の位置が破格となる例に帰するものであろう。

なお、⑮での受け身の「所」字の用法について、拙稿[注12]ではかつて「所＋動詞」という受け身の表現が「為〜所＋動詞」・「為所＋動詞」の破格として見なしていたが、漢訳仏経の経文には、たまにはこういう使用例が見られる。例えば、「過去有王名鬱摩、有四庶子、（前略）並聡明神武、有大威徳、第一夫人有子名曰長生、頑薄醜陋、衆人所賤」（『経律異相』巻第七・外縁仏部第四・「釈氏縁起」・一）という一文には、「所賤」という表現が「為衆人所賤」という意味を持っている。次節に詳述するが、景戒の漢文は仏典からの影響が大きいので、「所」の受け身の使用法も多分それからの影響を受けているのであろう。

如上、句法の破格を中心に例示してみたが、実際、そればかりでなくて用字の面においても問題が多く存する。第一に、日本語的な用語が混じっていること。例えば、既に指摘された「奉」「賜」「御」「給」などの尊敬表現の用例はそれである。同様な例をさらに挙げると、「坐（います・いらっしゃる）」（「又同大后坐時」巻下第三十八縁）、「食（おす・治める）」（「又諾楽宮食国帝姫阿倍天皇代」巻下第三十八縁）、「参（まいる）」（「更参還來、奉無礼状」巻下第三十縁）なども見られる。また、「罷」（まかる）（「観規少分尽命、不畢観音像而忽率罷」・巻下第三十縁）、「能（よき・よく）」（「誠先世強修能縁所感之力也」巻上第三縁、「汝没此河、能践我蹤」巻下第九縁）、「本垢（ほんぐ・ほぐ・ほご）」（「又出本垢、授景戒言」下巻第三十八縁）など日本語的な用語があげられる。第二に、意味上、漢語と食い違いがある用語・造語がみえること。典型的な例には「有」と「在」との混用または誤用などがある。または「天年」「比頃」「幸行」「通眼」（巻上第四縁）、「天骨」（巻上第十六縁）、「自性」（巻上第二十八縁）など。第三に、意味上、一応、通じることは通じるのだが、実際にはこのように使用しない、というような用語もみられる。例えば、「本（もと）」（「故隠木本」「於鐘堂戸本居」巻上第三縁、「正相木本者」巻下第三十八縁）、「通」（こえる）（「王追、小子通墻而逃。王踰墻上而追、小子亦返、通而逃走」巻上第三縁）など。

以上、句法上の破格と用字上の問題について数例をあげながら大まかに見てみたが、全面的な整理は後に俟ちたい。

三　景戒の漢文書写と「内経外書」

『日本霊異記』序文は「内経外書」から論を展開させ、内典と外典をともに重視する撰者の姿勢を明示している。外典とは儒教と道教などの書籍を指すものであるが、儒教の書としては巻中の序文にみる「朱明捨宝」（『孝子伝』）「許由繞耳」（『史記正義』所引『高士伝』）「巣父引牛」（『史記・伯夷列伝』）「孟嘗之七善」（『後漢書』）「魯恭之三異」（『後漢書』）など儒書を原典とした故事が引用されている。巻上「自幼時用網捕魚而現得悪報縁第十一」にみる隋・顔之推撰『顔氏家訓』は儒書ではあるが、所引説話の「江陵劉氏」を収めた第十六「帰心篇」は之推が自分の子孫に仏教の帰依を勧めた内容を成したものであり、『広弘明集』『諸経要集』『法苑珠林』『辯証論』『辯偽論』『翻訳名義集』など数多くの仏書にも引用されているのである。そして、道教関係の書名は本書の中には出ていないものの、「然景戒未推軒轅黄帝之陰陽術、未得天台智者之甚深解、故不知免災之由而受其災、不推除災之術而蒙滅愁。不応不勤、不可不恐也」（巻下第三十八縁）とあるように、景戒は道教に対しても関心を寄せている様子である。それは、巻上「信敬三宝得現報縁第五」には「有五色雲」「願服仙薬」「令服一玉者、令免難之薬也」、巻上「女人好風声之行食仙草以現身飛天縁第十三」には「其風流事神仙感応、春野採菜、食於仙草而飛於天」、巻上「修持孔雀王咒法得異験力以現作仙飛天縁第廿八」には「挂五色之雲飛沖虚之外、携仙宮之賓遊億載之庭、臥伏乎蘂蓋之苑、吸噉於養性之気」「居巖窟、被葛餌松」、巻中「攝神王蹲放光示奇表得現報縁第廿一」には「信燧攢東春、熟火炬西秋」とある、道教や陰陽思想的な色彩を持つ文言と表現が多く散りばめられる、ということからも垣間見られよう。注13

しかし、外典より『日本霊異記』の漢文書写にはやはり内典の方が最も大きく関わっている。本書にみる内典には、序文に出る唐・唐臨撰『冥報記』と唐・孟献忠撰『金剛般若経集験記』などの仏教霊験説話集、唐・道世撰『諸経要集』と唐・道宣撰『四分律刪繁補闕行事鈔』（『六巻抄』）などの中国僧侶の手になる著作や、『法華経』『涅槃経』など数多くの仏教経典が含まれるが、『冥報記』と『金剛般若経集験記』との両書は、景戒にとって『日本霊異記』を編纂する契機となる作品だけではなくて、編纂思想、内容構成、または具体的な説話の撰述などいろいろな面にわたって『日本霊異記』生成上の重要参考書でもあった。『冥報記』を例にして見ると、巻中「常鳥卵煮食以現得悪死報縁第十」、巻下「如法奉写法花経火不焼縁第十」、同「将写法花経建願人断日暗穴頼願力得全命縁第十三」は、それぞれ前田家本『冥報記』巻下「隋冀州小児第八」、巻上「唐河東練行尼第四」、巻上「東魏鄴下人第八」などと話全体の運びから細部までも一致しており、翻案関係が確実視される。この三組は筋がよく似ているだけではなく、各組の言葉遣いの類似性もよく見出されている。それを以下の通りに示す。

…有一中男、…常求鳥卵煮食為業…不知兵士来告中男言、国司召也…眼見熘火、践足无間、走廻畠内而叫哭

…時有当村人、入山拾薪、見於走転哭叫之人…執之而引、拒不所引…躃地而臥…膊肉爛銷、其骨璅在…」(『日本霊異記』巻中第十縁)→「…有小児、…常盗隣家雞卵、焼而食之…見一人云、官喚汝…地皆熱灰砕火、深纔没踝、児忽呼叫、走趣南門…時村人出田、…見此小児在耕田中、口似啼聲、四方馳走…喚不肯来…見父而倒…血肉燋乾、其膝已下、洪爛如炙…」(『冥報記』巻下第八)

…毎大小便利、洗浴浄身…開筥見之、経色儼然、文字宛然…(『日本霊異記』巻下第十縁)→…一起一浴、燃香薫衣…既而開視、文字如故…(『冥報記』巻上第四)

…時山穴口、忽然崩塞動…一人有後出、彼穴口塞合留…彼穴戸隙、指刺許開、日光被至、有一沙弥、自隙入来、鉢飯饌食以与之…親属見之、哀喜無比…(『日本霊典記』巻下第十三縁)→…出穴未畢而穴崩、有一人在後、為石塞門不得出…小穴明処、見一沙門、従穴中入来、持一鉢飯、以授此人…父母驚喜…(『冥報記』巻上第八)

各組の傍線の文言を見比べると、三組における説話の言語表現や叙述特徴などがよく似ていることが明らかである。さらに巻下第十縁の話末の「諒知、河東練行尼所写如法経之功茲顕、陳時王与女読経免火難之力再示」という叙述に合わせて考えると、景戒が具体的な説話を漢文で書写する際に『冥報記』を参看したことがすでに争わぬ事実だと言える。そのほかに「練行」という一語が巻上「引知識為四恩作絵仏像有験示奇表縁第卅五」(「河内国若江郡遊宜村中有練行沙弥尼、其姓名未詳」)に使用されているのも、「河東練行尼」から想起した言葉であろう。景戒が『冥報記』を生かしたところが多々あろう。

経文からの直接引用については、『涅槃経』は最も多く、例えば、「善悪之報、如影随形」「諸悪莫作、諸善奉行」（巻上序）、「涅槃経云、若見有人修行善者名見天人、修行悪者名見地獄、何以故、定受報故」（巻上第二十七縁）、「作心之師、莫心為師」（巻中序）、「如涅槃経云、多婬之人画女生欲」（巻中第十三縁）、「如涅槃経説、雖仏滅後、法身常在」（巻中第十七縁）、「如涅槃経云、若見有人修行善者名見天人、修行悪者名見地獄」（巻中第十九縁）、「涅槃経十二巻文、如仏説、我心重大乗、聞婆羅門誹謗方等、断其命根。以是因縁、従是以來不墮地獄。又彼経卅三巻云、一闡提輩永断滅、故以是義故、殺害蟻子猶得殺罪、殺一闡提無有殺罪」（巻中第二十二縁）、「如涅槃経説、母慈子、因自生梵天」（巻中第四十二縁）、「此生空過、後悔無益」（巻下序）、「如涅槃経説、受恩報恩」（巻下第二十七縁）などの経文が見えている。それのみならず、巻中第二十二縁に「哀哉懇哉、我大師聊何有過失、蒙此賊難、尊像有寺、以像為師、今自滅後、以何為師矣」（『大般涅槃経』・後分・上「如来在世、以仏為師、世尊滅後、以何為師」）、巻下第二十八縁に「誠知、聖心示現、雖仏滅後而法身常存、常住不易、更莫疑之焉」（『大般涅槃経』・後分・上「雖仏滅後、法身常存」「三宝常住、無有変異」）とあるように、景戒が『涅槃経』の経文を微調整しながら自由自在に説話の叙述文にそれを織りなすというような作文ぶりが瞥見される。原口裕は、『日本霊異記』巻上第十六縁にみる「恕己可仁、不无慈悲矣」（『涅槃経』巻十・一切大象所問品五「恕己可為喩、勤作善方便」）について、次のように指摘している。「霊異記の文は、涅槃経などに見える著明な禁戒の句を、その措辞の上で利用して作句したものであることは疑いない[注14]」と。まさにご指摘されたとおりであった。

『涅槃経』に次いで多く引用されたのは『法華経』である。『法華経』経文の直接引用だけではなくて、景戒の使用している漢文用字の多くは『法華経』にも見出される。それについては、榱斎以来すでに多く指摘されてきたが、今、新大系の脚注から少し拾うと、「睚眥嘷吠」（巻上第二縁）、「喎斜」（巻上第十九縁、巻中第十八縁）、

「少欲知足」（巻上第二十五縁）、「所以者何」（巻中第十四縁）、「跰地」（巻中十八縁と巻下第三十三縁）、「従坐而起」「衒売」（巻中第十九縁）などが挙げられる。さらには、河野貴美子「『日本霊異記』における『法華経』語句の利用」注15において、『日本霊異記』にみる「睚眥嘷吠・齰」（巻上第二縁・巻下第二縁）、「柔儒・疊・姝」（巻中第二十七縁）、「褫落」（巻中第十七縁）、「噍・唼」（巻中第十六縁）という四組の用字と『法華経』比喩品偈との重なりが確認されて、『日本霊異記』の撰者が『法華経』比喩品偈から学び取った用字の知識が反映しているのではないかと推考されている。

ちなみに、唐代では、法相宗が『法華経』が説く一乗思想は方便説だとして、一乗派の天台宗などと論争になったが、その際に『涅槃経』の前半部にある闡提不成仏などを根拠としてよく引用されたのである。注16なお、「一闡提」の文言は『日本霊異記』巻中第二十二縁にも引用されている。法相宗寺院奈良右京薬師寺の沙門である景戒にとっては、『涅槃経』と『法華経』はよく学んだ経典で、景戒の漢文を涵養させた基本的な内典だと見受けられよう。

直接引用ではなくて孫引きした経文も多いが、そのなかには『梵網経古迹記』と『諸経要集』を介して引用した経文が最多である。『梵網経古迹記』を介したものは巻上第二十縁には『大方等経』、巻中第七縁には『不思議光菩薩経』、第九縁には『大集経』、第十縁には『涅槃経』、巻下第四縁には『長阿含経』、第十八縁には『律』（「愚人所貪、如蛾投火」、「律云弱脊自婬面門」）、第三十三縁には『十輪経』など、『諸経要集』を介したものは巻上第十八縁には『善悪因果経』、巻中巻第三十縁には『出曜経』、巻中序文には「頼蹟慈而膝前懐饡、由生愛以頂上棲羽」などが挙げられる。注17また、経文ではないが、本文にみる文句や引用話の出所を想定する文献が指摘されるものもあり、例えば、空海『金光明最勝王経開題』（巻上序「神功罕測」）、『高僧伝・曇無讖』（巻上序「坎井

之識、久迷大方」)、『十一面神呪心経義疏』(巻上第十七縁「丁蘭木母猶現生相、僧感画女尚応哀形」)、『大智度論』(巻中第三十一縁「願無不得」)、『涅槃宗要』[注18](巻下序「所学者未得天台智者之問術、所悟者未得神人辯者之答術。是猶以螺酌海、因管窺闚天者」)、玄応『一切経音義』(巻下第二十四縁「往昔過去、羅睺羅作国王時制一独覚、不令乞食、入境不得、七日頃飢。依此罪報、羅睺羅不生、六年在母胎中」)などが挙げられる。[注19]

『諸経要集』『高僧伝』『涅槃宗要』『梵網経古迹記』『金光明最勝王経開題』『十一面神呪心経義疏』『一切経音義』などを並べてみると、それらには仏教類書・僧伝以外、仏経の注釈・義疏・音義などの書物が注目される。景戒の持つ漢文知識には、これらの仏教文献から吸収されたものが多く含まれているのではないかと推測される。新羅僧の太賢撰『梵網経古迹記』は大乗戒律経『梵網経』に対しての注釈書であり、『日本霊異記』には本書を通して多くの仏教戒律関係の経文が引かれている。それどころか、巻上第四縁に「食五辛者、仏法中制」という文言が「若仏子、不得食五辛」という『梵網経』の文句を変容させた用例も見られる。[注20]同時に、『梵網経』または『四分律刪繁補闕行事鈔』(『六巻抄』)に関する説話(巻中第十九縁・巻下第二十四縁)が見られる。また、巻下序文にみる「昔有一比丘」という説話は、『四分律刪繁補闕行事鈔』と『梵網経古迹記』にはともに見える話で、景戒がこれらの資料を相互に参看しながら纏めたものだったのかもしれない。巻中第五縁には『鼻奈耶経』からの引用文が見えている。これらの引用書物からは仏教の戒律を重視した景戒の姿が窺われよう。『日本霊異記』の漢文制作に深く関わることは言うまでもなく、私度僧生活と密接な関係にある景戒の身分にも相応しいものがあるかと思われる。なお、太賢は新羅の華厳宗僧侶・元暁(六一七〜六八六)の弟子であり、巻下の序文には元暁撰『涅槃宗要』と関連した引用文も見えている。それと同時に、玄奘訳『十一面神呪心経』の解釈書として唐・慧沼が著述した『十一面神呪心経義疏』もみえる。華厳宗と法相宗とは密接な関係をもつ仏教流派であることを考え合わせると、法相宗寺院薬師寺の沙門である景戒にとっては、これらの注釈書は、彼の持つ知識範囲にあるべきものだと思われる。

如上、『日本霊異記』の序文・各説話所引の内典・外典の書物を見てきたが、『後漢書』『史記』『孝子伝』などを原典とした儒書の故事、及び道教養生や陰陽思想的な色彩を持つ文言と表現が散りばめられる外典からの影響は見られるが、『冥報記』『金剛般若経集験記』など唐代の仏教霊験記からの受容、特には仏教経典からの影響は大きいものがある。その中には『法華経』と『大般涅槃経』、仏教類書、戒律経典及びそれらの注釈書などが注目されるべきである。景戒の漢文制作は、これらの内典・外典を吸収した知識を動員してなかなか慣れぬ純漢文の文法と対決しながら艱難に行なっていた、そうした経緯の一端が何となく覗かせられたのではないか。しかし、『日本霊異記』の漢文は、仏経に関しての大量の文句引用と用字使用のために仏経的な特徴、例えば四字句を基調とした文体特徴を持たせたものの、純粋な漢文とは大いにかけ離れたのが事実である。奈良時代から平安時代初期までの漢文作品を総覧すると、『日本霊異記』の漢文は大体『古事記』『風土記』及び寺院や仏像などに関する縁起文に近いと見受けられる。現存の文献には直接に依拠された資料が見いだせないけれども、「泊瀬朝倉宮廿三年治天下雄略天皇」というような天皇の紀年法からもそう推測できよう。

なお、『日本霊異記』の文章は不均質なもので、説話の後半部或いは話末に成句や経文の引かれた部分は純粋な漢文に近いところが多いと考えられるが、実は、その中にも要文の取意などをしたうえで自分なりにまとめたりしたものも存する。そのような部分には造語や和習付きの表現が見られる。例えば、「尊像有寺、以像為師、今自滅後、以何為師矣（『大般涅槃経』・後分・上「如来在世、以仏為師、世尊滅後、以何為師」）」（巻中第二十二縁）、「懇引譬言、衣虱上於頭而成黒、頭虱下於衣而成白、如是有譬」（巻下第十四縁）、「大般若経云、凡銭一文、至廿日倍一百七十四萬三貫九百六十八文倍在、故竊一文銭莫盗用也者、其斯謂之矣」（巻下第二十三縁）などの例には、「有寺」「成黒」「成白」「倍在」「竊」などの用字や措辞は純粋な漢文に合わない。「有」は「在」の誤用である。「成」は日本語の「黒く成る」の直訳であろうか、ここでは「成」より「変」または「化」の方がやや自然的であろう。「竊」は「盗用」の直前に置いてそれを限定・修飾するために使用すべきであり、それはいわゆる、述語に対して副詞の破格となる用例である。このような用例からも『日本霊異記』で漢文の成句や漢訳仏典を利用するの特徴的な一面が示されているのである。

四　四字句と『日本霊異記』漢文に対しての整理

『日本霊異記』の文章は、全体では四文字を一句とした基調があるが、それは話末にみる賛や仏経の引用句がそれを賦与させたところが大きいと思う。しかし、それは到底、基調であることにとどまっており、全ては四文字を一句とした文章ではない。やや複雑な表現や細かい描写になると、四字句の表現では無理が出るので、そのようなところは決して一律で四文字句で読むものではない。この面では、新大系本は、出きる限り四字句で読もうとする姿勢が強く見られるが、それで却って無理の出たところも少なくない。以下、そのような例を少し挙げながら見てみたい。

例一、巻上「嬰児鷲所擒他国得逢父縁第九」は、但馬の国の幼女が鷲に攫われ、八年後に父が丹後の下宿先で幼女を見つけた、という父子の奇縁を説くものである。幼女は後に丹後の村民から養育されたが、偶々父の下宿先がこの人家であった。その時に父の目撃した場面だが、「其家童女汲水趣井、宿人洗足副往見之、亦村童女集井汲水而奪宿家童女之并（つるべ）、惜不令奪、其村童女等皆同心凌蔑之」とある。傍線を引いた言葉だが、ここでは「亦」は副詞としてその後にくる動詞「汲」を修飾・限定するもので、正格の漢文ならば「村童女」の後に置くべきである。ところが、新大系では「亦村童女、集井汲水」と読点を施している。こうしては、元々変格のことで割られた「亦」と「集」との対応関係がさらに遮断されてしまうばかりか、「亦村童女」という文句自体も意味不通のものとなる。そして、「等」は例示の意味を表す助詞で、その前にある「其村童女」の後につけて、「その村の童女」を例示しながらそれ以外の何者かという含みを持たせている意味であり、「皆」は副詞で「同心」（心を同じくして）とともに後に来る「凌蔑」を修飾・限定するように働きかけている。しかし、新大系本では「其村童女、等皆同心、凌蔑之曰」とあるように、「等皆」を一つの言葉にして「みな」を訓読している。こうしたら「等」はここで助詞ではなくて「等しく」という意味となる。それは意味上通じないとは言えないが、このように読解することはどうかと思われる。四字句をわざと作るためにそうさせた、という不自然なニュアンスが免れないのではないか。「公等皆去、吾亦従此逝矣」「蕭、曹等皆文吏」（『史記・高祖本紀』）「淮陰、黥布等皆以誅滅」（『史記・蕭相国世家』）などの例からしても、「等」はここで助詞として使われるのが自然的であることが明らかであろう。

例二、巻上「无慈心而馬負重駄以現得悪報縁第廿一」は、河内の国の石別という瓜売りの男が馬を酷使して殺したため両眼が熱湯に抜け落ちたという悪報を受けた話である。その酷使ぶりについて、次のような描写が見られる。「過馬之力而負重荷、馬不得往時、瞋恚捶駈。負重荷労之、両目出涙。」とあるが、ここでは「馬不得往」、馬が前へ進むことができない理由は前句の「過馬之力而負重荷」、馬のあるべき力に過ぎて重い荷物を負わせたことにある、と理解される。また、「両目出涙」、馬が両目に涙を出すのも「負重荷労之」、重荷を負わせて疲れさせたからである。「得」「重」といった二字は文中の叙述上、意味を強める重要な役割を果たしているものだが、新大系本ではこの二字がともにカットされた。その判断の依拠とされるのは国会図書館本（「三昧院本の摹本」）にはこの二字がないことであるらしい。実は『日本霊異記』の古写本には興福寺本が最古の善本であり、「他の伝本に多少とも存するような、後人の私意による省略や改訂などみうけられない。三昧院本と比較するとこれの本文の良さが確かめられ、三昧院本上巻を底本とした狩谷棭斎の校本（群書類従本）の校訂もこれによって是認される箇所少なしとしない。特に、三昧院本に逸する上三二縁以下四条がこれに有ることはありがたい」[注21]。それに対して三昧院本は三巻揃っているが、各巻に欠脱や省略条が多くて興福寺本に劣るものと定評されている。それで旧大系以来の『日本霊異記』注釈書はみな興福寺本を底本としている。新大系本も同様に上巻は興福寺本を底本としているものの、本話では三昧院本によってこの二文字をカットしたのである。信憑性の高い底本を捨ててそれに劣る三昧院の摹本国会本を採用した理由は、四文字を一句にしようという新大系本の意図にあわせての作為と見受けられるしかなかろう。ちなみに、『今昔物語集』巻第二十「河内ノ国ノ人、煞馬得現報語第二十九」は、『日本霊異記』本話を翻訳したものであり、中には当該部分は次のように見える。「不堪（タヘ）ネバ不歩（アユマズ）シテ立テリ。（前略）猶、重キ荷ヲ負（ハホ）スルニ、馬二ノ目ヨリ涙ヲ流シテ、〜」とあるが、傍線を引いた「堪」「重キ荷」はまさに『日本霊異記』の本文に対応して翻訳されたものだと見られる。それらを総合してみれば、新大系本の取捨は妥当なものではないといわざるをえない。

同話でその部分のすぐ後には「売苽竟者、即煞其馬。如是煞之為多遍。後石別自纔臨涌釜、両目抜入於釜所煮」とある。新大系ではそれを「売苽竟者、即煞其馬、如是煞之、為多遍後、石別自纔臨涌釜、両目抜入於釜所煮」と読まれている。本文では「為多遍」は、「如是煞之」の補語として機能して「是くの如く殺すこと多遍

（あまたたび）となりぬ」と訓読されるのが一般的な見方であるが、新大系本では、この一句の間に読点を入れて「為多遍」を切り出してそれに次句のはじめにみる「後」をつけて四字句に作って読まれると、結局、それが単なる時間を表わす「後」の連体修飾語に変わって、補語で殺生による罪の重さを強めるという元来の意味が薄められてしまう。即ち、わざと四字句で読もうとしたことで原文の意味を殺いだことを招いたのである。

例三、巻上「帰信三宝欽仰衆僧令誦経得現報縁第卅二」は、聖武天皇時代、御猟の獲物の鹿を、知らないで殺して食った百姓が、宮中に召喚されたものの、大安寺の丈六仏を拝することを得て、大赦に逢った話である。大赦の事については、次のように描かれている。「即依皇子誕生、于時朝庭大賀、大赦天下。不加刑罰、反賜官禄於衆人」とある。「大赦天下」という言葉は四文字熟語であるが、新大系本では「于時朝庭大賀大赦、天下不加刑罰」とあるように、それを分けて読んでいる。これは却って元々の四字句を分けたものとなり、少し常識を外れた一例だと思われる。

如上、四字句を集中して見てみたが、実はそれに限らず、『日本霊異記』漢文に対する読解や整理において未解決の問題があれこれと尚も少なからずに存する。「措字法の整・不整ということは、読者側がとる訓法の上から相対的にいえることで、絶対的現象として指摘するには、困難な面もあって、その実情は単純でない」[注22]。春日和男が指摘しているが、『日本霊異記』漢文に関しての研究現状についていえば、確かにそうした感はある。しかしながら、「当時の散文の性質を考えるためには、正格の漢文を基準として、どれだけ和化しているかという物さしで測ること」こそ、妥当で有効な方法であろう[注23]。

五　結語

本文は『日本霊異記』撰者の漢文文体による表現意識を確認したうえで、その漢文の「変体漢文」としての特徴を、実例をあげながら論じてみた。また、そのような漢文はどのように制作されたかという内実について、『日本霊異記』に力説された「内経外書」と結びつけながら究めてみた。それによって、当時の奈良右京薬師寺沙門である景戒の本棚、そしてその本棚に置かれた書物から吸収した漢文知識を動員しながら、漢文説話を撰述する彼の漢文リテラシーの一端を覗かせた。最後には、新大系本が整理した漢文テキストについて、四字句を中心にして尚検討すべき点を指摘してみたのである。

注

1　吉沢義則「日本文学総論――日本文学理解の鍵――」（『日本文学全史』巻十二・『日本文学総論・日本文学年表』所収、東京堂、一九四一年）。
2　武田祐吉校註『日本霊異記』解説「六、文章読法」（朝日新聞社、一九五〇年）。
3　旧大系本『日本霊異記』解説「用字と文体」（春日和男）（岩波書店、一九六七年）。
4　築島裕『平安時代語新論』第二編・第三章・第二節「変体漢文」（東京大学出版会、一九六九年）。
5　東京堂出版、一九八六年。
6　本稿で使用した『日本霊異記』のテキストは新大系本によっているが、旧大系本など諸本を参酌して直した部分もあり、特に句読点は私意に多く変えたところがある。

7 松下貞三「『日本霊異記』における漢文和化の問題」（松下貞三『漢語受容史の研究』第Ⅱ部「漢文和化への道」所収。和泉書院、一九八七年）。

8 池上洵一著作集第一巻『今昔物語集の研究』第六章「文体と表現の系譜」・一「三宝絵の文体的位置」（和泉書院、二〇〇一年）。

9 出雲路修・新大系本『日本霊異記』解説（岩波書店、一九九六年）。

10 注7同。

11 李銘敬「『日本霊異記』の漢文をめぐって――原典を目指しての研究提起――」（『日本漢文学研究』第三号、二松学舎大学21世紀COEプログラム、二〇〇八年）。

12 注11同。

13 増尾伸一郎「今の時の深く智れる人――景戒の三教観をめぐって――」（小峯和明・篠川賢編『日本霊異記を読む』所収、吉川弘文館、二〇〇四年）参照。

14 原口裕「日本霊異記出典語句管見」（『訓点語と訓点資料』第三十四集、一九六六年十二月）。

15 浅田徹編『日本化する法華経』所収（『アジア遊学』二〇二、勉誠出版、二〇一六年十月）

16 ウィキペディアフリー百科事典「大般涅槃経」参照。

17 狩谷棭斎『日本霊異記考証』（日本古典全集第一回『狩谷棭斎全集』第二所収、一九二六年）、原口裕「日本霊異記出典語句管見」、出雲路修校注・新大系本『日本霊異記』脚注など参照。

18 『涅槃宗夢』について『七大寺年表』には天平五年（七三三）に「普昭、従唐天台教門持来」とみえる。本書には四宗と五教に関して「天台智者」が「神人」と問答したことを述べるがそれに因んでの内容らしい（新大系本『日本霊異記』二一八頁・脚注九による）。

19 新大系本『日本霊異記』脚注参照。

20 新大系本『日本霊異記』一四頁・脚注二四参照。

21 旧大系本『日本霊異記』解説「諸本」・小泉道執筆。

22 注3同。

23 注7同。

『日本書紀』の出典
――類書問題再考――

池田　昌広

はじめに

本稿の目的は、『日本書紀』（養老四年・西暦七二〇年成。以下、『書紀』）の出典にかんする従来の研究を整理し、その到達点をしめすことにある。[注1]『書紀』には漢籍から流用した文章が少なくない。『書紀』撰者は漢籍から適宜流用し文章を潤色したのだ。本稿のいう『書紀』の出典とは、これら流用の出処を指す。

出典を究明するうえで肝腎なのは、直接引用と間接引用（孫引き）とを峻別することである。一見したところ流用の出処は多彩だ。川瀬一馬の算定によると、のべ八十種以上の漢籍を『書紀』撰者は利用しているという。[注2]しかし、その大半は漢籍原典からじかに引いたのではなく、類書からの孫引きであることがすでに判明している。したがって、『書紀』の出典を特定するには、まずその類書がなんであったかを確定し、ついでそのほかにどのような漢籍が利用されたのかを認定する、という手順をふむはずである。類書以外の漢籍原典からの直接引用をいうには、出典に推されるその漢籍の条文が当該の類書に収載されていないことを証明しなければならないからだ。『書紀』の出典究明において類書の特定は先決事項といってよい。本稿がとくに類書の問題について紙幅を割くのはそのためである。

さて、行論の便宜をかんがえ、本稿で出名する類書の概略および存佚を成立年順にあらかじめ示しておこう。[注3]

・『華林遍略』七百二十巻。梁の普通四年（五二三）あるいはその翌年成る。〔佚〕
・『修文殿御覧』三百六十巻。北斉の武平四年（五七三）成る。〔佚〕
・『藝文類聚』一百巻。唐の武徳七年（六二四）成る。〔存〕
・『文思博要』一千二百巻および目録十二巻。唐の貞観十五年（六四一）成る。〔佚〕
・『太平御覧』一千巻。北宋の太平興国八年十二月（九八四、一）成る。〔存〕

一　『藝文類聚』説とそれへの批判

『書紀』のなかに漢籍に酷似する文章のあることは、つとに気づかれていた（たとえば、一条兼良『日本書紀纂疏』一四五五～五七年成）。それら類似文の捜索作業は江戸時代におおいに進展し、谷川士清『日本書紀通証』（一七六二年成）と河村秀根・益根『書紀集解』（一七八五年第一巻序）との二著に結実した。とくに後者が引くおびただしい漢籍は、その後の出典研究に裨益するところ小さくない。膨大な労力を費やしたすえ獲得されたであろうその達成に敬意をはらうこと、やぶさかでないが、これらが類似文の蒐集にとどまる憾みは指摘せねばならない。直接引用と孫引きとの峻別という視点がまだないからである。出典というばあい、じかによった漢籍がそれにあたる。漢籍中に『書紀』と偶然ではありえない一致が見出されるとして、それが漢籍原典からの直接引用なのか、編纂物からの孫引きなのかは、出典を特定するにあたり是非とも区別せねばならない。もっとも、近世以前の研究が必ずしも出典の特定を企図して遂行されたわけではないので、そのような視点を持たなかったことは無理もないことであっただろう。

『書紀集解』の成果から発して、引用の直接間接の峻別を出典研究にはじめて持ちこんだのは、日本文学者の小島憲之である。その諸論は、大著『上代日本文学と中国文学』上（塙書房、一九六二年）に集成されている。小島の出典論への最大の貢献は、類書の利用を実証したことである。多彩な漢籍からの縦横な流用の過半が、じつは類書からの孫引きであったと証明したのだ。類書の利用は鉄案である。あとはその類書を特定し、ついでそれに未収の類似文の出処を諸条件を勘案しながら推定していけばよい。

小島はくだんの類書に『藝文類聚』を擬した。初唐に成った百巻の比較的コンパクトな類書である。すでに知られている類似文で『藝文類聚』に収載されていない文章は少なくないが、これらは漢籍原典からの直接引用と結論された。その原典とは、『漢書』范曄『後漢書』『三国志』『梁書』『隋書』などの史書のほか、『文選』『淮南子』『六韜』『古列女伝』『金光明最勝王経』などである。小島は類書利用の発見者であり、その『藝文類聚』説はひさしく通説となった。

しかし、じつは『藝文類聚』説には早くから疑義が出されている。小島の上掲著書公刊の翌年、中国文学者の清水茂による該書の評が発表された。そのなかで清水は、『書紀』の冒頭部分（巻一「神代」第一段前半）を例に、小島が『藝文類聚』に結論するに性急で、類書の継承関係にほとんど注意を致さない点を批判している。[注4] この天地開闢のところは、呉の徐整『三五暦紀』によって作文しているのだが、該書は大陸で早くに亡佚し日本への伝来も確認されておらず、その利用については類書からの孫引きとするのが合理的である。小島は『藝文類聚』巻一、天部上、天に引く『三五暦紀』を出典に挙げた。ただ、『藝文類聚』には『書紀』の「溟涬而含牙」に対応する句が見えない。[注5]小島は後代の類書『太平御覧』巻一、天部、元気に引く『三五暦紀』が「溟涬始牙」の句をふくむことを説き、現存本とは異なる「溟涬始牙」の句を有する別系統の『藝文類聚』を想定し出典に擬した（小島上掲書三七五〜三七六・四一三〜四一四頁）。これは類書の継承関係を無視した強引な立論といわねばならない。『書紀』の文章により近いのは『太平御覧』なのだから、清水のいうように、『太平御覧』の藍本となった『修文殿御覧』をこそ出典として検討すべきであった。[注6]『修文殿御覧』は『日本国見在書目録』（九世紀末成）に著録されるなど、古代日本に将来されたことが確実なのだから。

『書紀』の利用した類書を特定するうえで、類書の継承関係への注視は必須である。類書はつまるところ諸典籍の引用集だが、その編纂は先行類書を藍本にもつのが通例であった。小島は、『藝文類聚』によるという『書紀』の文章を三十条餘り挙げている。しかし『藝文類聚』からの組織的引用がみられたとしても、それはただちに『藝文類聚』からの直接引用を意味しない。『藝文類聚』の藍本である先行類書の可能性が残るからである。当該問題に関しては、『書紀』撰者が実見した可能性のある、現存類書のみならず已に佚した類書にまで検討の範囲を広げたうえで結論しなければならない。

古類書の継承関係については、中国文献学の専家たる森鹿三と勝村哲也との一連の研究（とくに後者）により、大局が判明している。いまこれを大雑把に示せば左の通りである。（　）内の長文・短文とは各類書が箇条する引用文の長さの傾向をいう。[注7]

『修文殿御覧』は『華林遍略』を半分に縮約した書であり、『修文殿御覧』をほぼそっくり収容して制作されたのが『太平御覧』である。念のため繰りかえすが、この図は大局を示しただけで、実際の継承関係はやや錯綜している。たとえば、『藝文類聚』は『華林遍略』を主藍本に制作されたようだが、『修文殿御覧』からも条文の提供をうけた。引用文の長短もあくまで傾向にすぎない。たとえば、『華林遍略』は長文を収載する傾向であったと推されるが、つねにそうではなく、『藝文類聚』と全同の節略文をも有していた。[注8] ただ、各古類書が収載する少なからざる条文が直接間接に『華林遍略』を供給源にもち、それが現存する『藝文類聚』『太平御覧』に保存されているという右記の系譜は確言できる。このことによって、現存類書からすでに佚した『華林遍略』『修文殿御覧』の旧姿を推測する道がひらける。なお、この五類書のうち、『文思博要』のみ将来の徴証を缺き、当該問題の検討からは除外される。

二　『修文殿御覧』説と『華林遍略』説

清水の『藝文類聚』説批判は核心をついている。ただ書評の一部で簡潔に指摘しただけだったせいか、また発表媒体が中国文学の専門誌だったせいか、その批判は上代文学の研究者には十分とどかなかったように見うけられる。『藝文類聚』説はこのような弱点をかかえながらも、ひろく支持され通説となった。

あたらしい展開はやや時間がたって、勝村哲也が『修文殿御覧』説を実証的に説いたことで始まった。[注9] 勝村が取りあげたのも、清水とおなじ『書紀』の冒頭部分である。勝村が注意したのは、『太平御覧』巻一、天部に引かれた『三五暦紀』上掲文が天部の元気に箇条されていることだ。『太平御覧』天部の類目は、元気・太易・太初・太始・太素・太極・天部《ママ》の順に配列される。これは『修文殿御覧』天部の五重説にもとづく篇目構成の元気・太易・太初・太始・太素・天を継承したものだが、『藝文類聚』天部は、天が創造される以前の元気から太素までの五類がなく、いきなり天より始まる。この事実は、小島のいう別系統『藝文類聚』が、現行『藝文類聚』と篇目構成そのものを異にし元気の類目をもたない限り、「溟涬始牙」をふくむ『三五暦紀』の文章を収載しないことを意味している。すなわち、『書紀』の天地開闢のくだりの出典が『藝文類聚』である可能性は皆無ということである。勝村はこの点を論拠に、また平安鎌倉期の『修文殿御覧』の盛行を勘案し『修文殿御覧』説を主張した。

古類書の精緻な復元的研究からみちびかれた、『藝文類聚』説の否定および『修文殿御覧』説の提起ののち、勝村説を支持する研究がつづいた。ここでは、ふたりの上代文学研究者の研究を紹介しておこう。ともに上掲の『三五暦紀』引用部分を考察している。神野志隆光は、『日本書紀纂疏』巻一、神代上之一に、「溟涬始牙」をふくむ『三五暦紀』の文章が引用されているのを指摘し、それが『修文殿御覧』によるだろうと推論した。そして、『書紀』全書については判断を保留しつつも、冒頭部分での『修文殿御覧』利用を説き勝村の所説を支持した。瀬間正之は、唐の道世『法苑珠林』に『三五暦紀』のくだんの文章が引かれているのを指摘する。勝村が確認し瀬間も認めるように、『法苑珠林』はこの『三五暦紀』を『修文殿御覧』から転引している。瀬間は『法苑

珠林』とともに『修文殿御覧』が出典である可能性を説く。[注10]

『三五暦紀』の引用が『藝文類聚』によらないことは、『書紀』全書にわたって潤色の典拠を『藝文類聚』にもとめた通説に訂正をせまるはずである。勝村は、『書紀』全体にわたって『修文殿御覧』が利用されたという見通しを述べているが、出典論に関する続篇は結局書かれなかった。いまのところ『修文殿御覧』説の論拠は、『書紀』冒頭の極少部分の出典に限られるといわねばならない。該説をいっそう展開するには、『書紀』全書の潤色状況を調査し『修文殿御覧』説の徴証を蒐集することが望まれるが、そのような研究はまだない。

さて、『藝文類聚』説の不備は天地開闢の条以外にも見出されるけれど、かといって『修文殿御覧』説によれば出典に関する疑問が氷解するわけでもない。『修文殿御覧』説では説明しにくい流用があるからだ。これらを整理し類書条文の継承関係を勘案して、わたしは『華林遍略』の利用の可能性を提起した。[注11]

『三五暦紀』以外の『藝文類聚』説の不備を指摘しよう。『書紀』の出典には原典からの直接引用とは考えがたく、かつ『藝文類聚』に収載しない文章がある。たとえば、『六韜』『古列女伝』などである。小島はその解決に苦慮しているが、これらは『太平御覧』の藍本系類書からの孫引きと結論するのが妥当だ。ついで『修文殿御覧』説の不備を指摘しよう。『藝文類聚』にあって『太平御覧』にない出典文が存在する。たとえば、顕宗紀二年条は『藝文類聚』巻二十四所引の『晏子春秋』に酷似するが、『太平御覧』に同文は見当たらない。安閑紀元年条は『藝文類聚』巻五十二所引の裴子野「丹陽尹湘東王善政碑」と長文にわたる一致があるが、『太平御覧』に同文は見当たらない。『太平御覧』は『修文殿御覧』の条文をそのままの形でほぼ保存しているはずなので、『太平御覧』不載は『修文殿御覧』不載の反映である可能性がたかい。これらは『修文殿御覧』から引けないのである。

『藝文類聚』説と『修文殿御覧』説と、両説に共通する不備を指摘する。まず『淮南子』の利用についてである。『書紀』冒頭部分には『三五暦紀』のほか、『淮南子』の文章が流用されているという。小島は『藝文類聚』に適当な文章がないため、これを直接引用にみとめたが、『淮南子』の俶真訓と天文訓とから複雑な点綴を想定せねばならず、苦しい説明といわねばならない。『三五暦紀』を類書から要領よく孫引きした『書紀』撰者が、そのような徒労をおかしてはいまい。小島は仁徳紀にも『淮南子』の直接引用をみとめたが、これは『太平御覧』の藍本系類書からの孫引きと考えるのが妥当で、したがって『書紀』冒頭は『淮南子』利用の孤例となってしまう。冒頭の『淮南子』も類書の利用を想定すべきと思われる。しかし、『修文殿御覧』を保存しているはずの『太平御覧』にも適当な文章は見あたらない。『修文殿御覧』説にとっても『淮南子』は直接引用でなければ具合がわるい。『三五暦紀』が『太平御覧』の藍本系類書からの孫引きであろうことを勘案すれば、天地開闢のくだりの出典は『華林遍略』に擬定するのが合理的である。おなじくだりにはなお出典未詳の文字があるが、『華林遍略』所引の佚書だったと考えれば説明はつく。また、たとえば孝徳紀白雉元年戊寅条には『尚書大伝』が流用されているが、『太平御覧』との一致は短い、つまり『修文殿御覧』との一致は短い。『藝文類聚』も同様である。唐の劉賡『稽瑞』に孝徳紀により長く一致する『尚書大伝』佚文が見える。『稽瑞』も編纂物から孫引きしたのであろうが、長文傾向の『華林遍略』ならば、『尚書大伝』原典にちかい文字量が収載されていたであろうと期待される。長文を短文に加工することは容易だが、短文から長文を復元する手間を『修文殿御覧』編者はかけてはいまい。

つまるところ、『太平御覧』の藍本系類書の利用は確実ながら、『修文殿御覧』および『藝文類聚』は候補としての適性を欠く。したがって、くだんの類書として唯一適性を備えるは『華林遍略』のみと結論せざるをえない。

三　『藝文類聚』説の復権

かくして、『書紀』撰者の利用した類書について、『藝文類聚』説と『修文殿御覧』説と『華林遍略』説と三つの説が出たことになる。ただ、このうち前二者は上述のとおり種々の問題点をかかえており、いまのところ、『華林遍略』説が『書紀』の出典の文献的状況をもっとも合理的に説明していると思われる。

しかし近年、『藝文類聚』説の復権を説く瀬間正之の論考が発表された。[注12] 瀬間の論文は雄略紀なかんずく同紀五年の「葛城山の猟」の出典を究明しようとするもので、それを『華林遍略』ではなく『藝文類聚』に擬定した。同論文の趣旨は、『華林遍略』利用の可能性はみとめながら、『華林遍略』説が否定した『藝文類聚』の利用をふたたび肯定しようとするところにある。わたしは「葛城山の猟」の出典をも『華林遍略』に比定した、瀬間への反論を著したが、そこには重大な誤謬があった。[注13] 瀬間のいうとおり、「葛城山の猟」の出典は『藝文類聚』と考えざるをえない。わたしの失考で自身の不明を恥じるほかない。本章では私見の訂正をかね、「葛城山の猟」の出典を再考する。

「葛城山の猟」は、雄略が葛城山にておこなった狩りをめぐる話柄をおさめる。歌謡をはさんで前半と後半とに分かたれる。問題となるのは後半部分の出典である。瀬間論文との並看の便のため、これと同様に下線①②③を附し引用する。

五年春二月……①皇后聞悲、興感止之。詔曰、皇后不与天皇、而顧舎人。②対曰、国人皆謂、陛下安野而好獣、無乃不可乎、③今陛下以嗔猪故而斬舎人、陛下譬無異於豺狼也。天皇乃与皇后上車帰、呼万歳曰、楽哉、人皆猟禽獣、朕猟得善言而帰。

（雄略紀五年二月「葛城山の猟」）

瀬間は、これらの出典を『藝文類聚』巻六十六、産業部下、田猟に引かれた『晏子春秋』と『荘子』とに擬定する。[注14] つぎに『藝文類聚』の該当条を引く。

晏子曰、景公田、十有八日不反。晏子往見、而衣冠不正、公望見晏子、下車急曰、夫子何遽、得無有故乎。②対曰、国人皆謂、君安野而好獣、無乃不可乎。公曰、寡人有吾子、猶心之有四支也、有四支故心有佚、寡人有吾子、故寡人佚。晏子曰、若心有四支而得佚、則可令四支無心乎。公乃罷田而帰。荘子曰、梁君出猟、見白鴈群、下轂弩欲射之。道有行者、梁君謂行者止、行者不止、白鴈群駭。梁君怒、欲射行者、其御公孫龍①止之。梁君怒曰、龍不与其君、而顧他人。対曰、昔宋景公時大旱、卜之必以人祠乃雨、景公下堂、頓首曰、吾所以求雨、為民也、③今必使吾以人祠乃雨、将自当之、言未卒而大雨。何也、為有徳於天而恵於民也。君以白鴈故而欲射殺人、主君譬人無異於豺狼也。梁君乃与龍上車帰、呼万歳曰、楽哉、人猟皆得禽獣、吾猟得善言而帰。

（『藝文類聚』巻六十六、産業部下、田猟）

雄略紀と『藝文類聚』と、①②③の対応の緊密ぶりを確認したい。『藝文類聚』の梁君を雄略に、公孫龍（晏子）を皇后に、白鴈を猪に、他人を舎人に変更すれば①②③が出来あがるとさえいってよい。「晏子曰……」と「荘子曰……」とに見える「対曰」の文字は、ちょうど①から②へ推移する境目に対応し行文は無理なく連続する。「葛城山の猟」に酷似する文章が一箇所にほぼ連続して、しかも狩猟に関する文章を蒐集している田猟の類目に見えるのは、偶然ではありえない。「葛城山の猟」と『藝文類聚』の田猟とには密接な関係があると認められる。

『藝文類聚』の田猟該条は、その主藍本『華林遍略』田猟からの転引と考えられるが、『華林遍略』の条文はどうだったのか。『華林遍略』が散佚したいま、『修文殿御覧』をとおして『華林遍略』の条文を節略しながら保存しているはずの『太平御覧』につくほかない。『太平御覧』巻八百三十二、資産部、猟下が目当ての類目だが、②の『晏子春秋』は収載されていない。『華林遍略』から『修文殿御覧』への転録のさい条文ごと削除されたためと推量される。いま『荘子』の引用を引くしかない。

又（荘子）曰、梁君出猟、見白鴈群、下車彀弩欲射之。道有行者不止、白鴈群駭。梁君怒、欲射行者。其御公孫龍①**撫轡**、曰、③今主君以因白鴈故而欲射殺人、無異於虎狼。梁君援其手与帰、呼万歳曰、楽哉、今日猟也、人皆得獣、吾独得善言。

（『太平御覧』巻八百三十二、資産部、猟下）

①に対応する部分も、『華林遍略』から『修文殿御覧』への転録のさい大幅に節略されたと推される。なお、『修文殿御覧』は、①②の対応条が不備な『太平御覧』と全同だったと推されるので、「葛城山の猟」後半の出典ではありえない。

果たして、『藝文類聚』と比較可能なのは、③の対応部分のみということになる。以下、③「葛城山の猟」の文章、a『藝文類聚』田猟所引『荘子』、b『太平御覧』猟下所引『荘子』を比較してみよう。

③今　陛下以　嗔猪故而　斬舎人、陛下譬　無異於豺狼也。
a今……君　以　白鴈故而欲射殺人、主君譬人無異於豺狼也。
b今　主君以**因**白鴈故而欲射殺人、　無異於虎狼。

③天皇乃　与皇后上車帰、呼万歳曰、楽哉、
a梁君乃　与龍　上車帰、呼万歳曰、楽哉、
b梁君　**援其手**与　帰、呼万歳曰、楽哉、

③　人皆猟禽獣、朕猟得善言而帰。

a　人猟皆得禽獣、吾猟得善言而帰。

b　**今日猟也**、人皆得獣、吾**独**得善言。

③の案出に不要でかつaになくbにのみ見える文字がある。太字にした「援其手」と「今日猟也」の七文字、これに「因」と「独」とをくわえてもよい。これらはそもそも『華林遍略』にあった文字と考えられる。『修文殿御覧』編纂時にも削られず残ったのだ。aにこれらの文字が見えないのは『藝文類聚』編者が転録時に削除したからだろう。aが③にほぼ全同するというのに、『書紀』撰者がbのこれら太字を『華林遍略』から独自に除いて流用する偶然はありえない。③は『藝文類聚』の田猟からの流用と考えるのが妥当だ。いきおい、比較のかなわなかった①②も『藝文類聚』田猟に典拠するだろう。

『書紀』撰者は『藝文類聚』を手にしていたのだ。しかし瀬間もみとめるように、『書紀』の冒頭は『藝文類聚』から作文することはできないし、類書からの孫引きと推される『六韜』『古列女伝』『淮南子』『尚書大伝』の文章が『藝文類聚』に収載されていないことに変わりはない。この文献的状況はどう考えたらよいのか。のちにふれることにする。

四　その他の出典問題

『書紀』には唐人の文章を流用したと思しきくだりがある。唐朝成立（六一八年）から『書紀』撰上（七二〇年）まで約百年、『書紀』は比較的新しい漢籍文をも利用している。山田英雄は、垂仁紀と成務紀とに唐の詔勅など唐人の文章とよく一致するくだりのあることを発見した。それらはいま、北宋に成った『冊府元亀』『文苑英華』『唐大詔令集』などに収載され読むことができるけれど、『書紀』撰者は何によったのか。山田は出典の特定に慎重だが、『帝徳録』『帝徳頌』のような帝徳を称揚する模範文の集成、また唐実録の可能性を指摘する。[注15]原口耕一郎は、山田の挙例を中心にふたたび検討をくわえ、唐の『高祖実録』『太宗実録』の利用を主張した。[注16]そうかもしれない。唐実録は、『日本国見在書目録』の雑史家に「唐実録九十巻」云々と著録されている。これの中身は、『高祖実録』二十巻、『太宗実録』四十巻、『高宗実録』三十巻の都合九十巻と考えるのが妥当であろう。[注17]また『続日本紀』の体例が唐実録のそれであることはすでに指摘がある。[注18]さらに山田と原口が類似文を見出した『冊府元亀』は、その史料の来源を多く唐実録にもつといわれている。[注19]『帝徳録』や『帝徳頌』の類いの利用も確かに一案である。奈良時代に舶載していた証拠もある。[注20]ただ、すでに散佚し佚文も少なく、利用の可能性は認められるものの現実的にこれ以上の論究はむずかしい。

わたしも初唐の文章の典拠について、私見を発表し『文館詞林』の利用を説いたことがある。[注21]初唐の文章の流用は、山田と原口の挙例に尽きない。たとえば、欽明紀二年三月条の分注がある。これはほぼそっくり顔師古（五八一～六四五）の「漢書叙例」第三条の流用で成っている。[注22]『書紀』の分注は『書紀』撰者じしんが附した自注との説が通解である。景行紀四十年是年条には、虞世南（五五八～六三八）の「獅子賦」に酷似するくだりがある。その一致の多さは無視できない。「漢書叙例」「獅子賦」とも『華林遍略』『修文殿御覧』はむろんのこと『藝文類聚』にも収録されておらず、その出処が問題となる。『文館詞林』説にたてば、「漢書叙例」「獅子賦」のみならず山田と原口の挙例も、出処を合理的に説明することが、いちおうできる。

『文館詞林』一千巻は高宗の顕慶三年（六五八）に成った総集である。上古から初唐までの詩文を蒐集し部門ごとに分類配列しており、類書的利用が可能な書であった。日本へは平安初期以前の船載が確実で、大宝の遣唐使（七〇四・七〇七年帰朝）による将来が有力視されている。[注23] 後述するように、『書紀』の潤色作業は和銅七年（七一四）に始まったらしく、流用者にとって『文館詞林』は新渡の書でもあった。これを利用しない手はない、とも考えられる。現存するのは二十餘巻にすぎず、はっきりしたことをいいがたいのだが、唐詔はむろん「漢書叙例」「獅子賦」も載録していた可能性がある。そうであれば『文館詞林』一書で初唐の文章はまかなえ、また分類項目という検索の便もある。

検索の便の有無は存外重要だったと考える。『書紀』撰者はやみくもに流用しているのではない。『書紀』の文脈にふさわしい文章を適宜選択し流用している。『書紀』撰者が類書を頻用したのは、類書が諸典籍の抄文を分類しているからだ。膨大な漢籍から目当ての文例をどう見つけるのか、流用者には切実な問題である。唐実録の記事は編年で配列され検索の術がない。ただ潤色者が唐実録に習熟していれば、文章の捜索は可能とも思われる。『帝徳録』の類いはそう大部ではないから、専門類書のような使用法ができよう。

果たして、唐人の文章をなにから引いたのか、明解はなお得られていない。

『書紀』には漢訳仏典からの流用もある。義浄訳『金光明最勝王経』が利用されたことは、長文の類似が指摘されており、まずは確実といってよかろう。[注24] ただ、それ以外の漢訳仏典の利用については、その実証は容易でない。そのなかで、瀬間正之が、仁徳紀の兄弟皇位相譲譚に吉迦夜ほか訳『雑宝蔵経』が、神代紀「一書」の火中出生譚に『法苑珠林』が、おのおの物語の構成に影響をあたえたと説くのは注目される。[注25] 北條勝貴も、敏達紀十四年条に『法苑珠林』が参照されたと主張する。[注26] 八重樫直比古は、皇極紀の上宮王家滅亡のくだりに康僧会訳『六度集経』と共通する部分のあることを発見した。[注27] 八重樫はそれを『書紀』の原史料の反映と解する。『六度集経』の利用は断言できないが、少なくとも当該部分はほかの潤色とおなじ『書紀』編纂の最終段階の加筆と思しい。[注28]『書紀』の潤色者は相応の仏典の知識があったようである。しかし、長文にわたる字句の一致を指摘できるような例は、漢訳仏典では『金光明最勝王経』以外なお未発見といわねばならない。それ以外の利用を確言するには、なおいっそうの調査が必要である。

おわりに

『書紀集解』から二百二十年あまり、類書の問題を中心に、『書紀』出典論の主要な研究を見てきた。「はじめに」で述べたように、漢籍からの流用の多くは類書からの孫引きである。『書紀』の出典を特定するには、まず利用された類書を確定しなければならない。『藝文類聚』説と『修文殿御覧』説とに共通する不備は、『淮南子』『尚書大伝』を例に上述した。両書の利用が孫引きである蓋然性がたかいいま、『華林遍略』説が最も整合性のある説明と思われる。また、雄略紀に『藝文類聚』からの流用があったことがほぼ確実で、『藝文類聚』をも利用していたと考えざるをえない。ただし、『藝文類聚』から引けない文章が多すぎることに変わりはなく、いまのところ主に『華林遍略』が利用されたと想定しておくのが穏当と考える。併用の理由は謎である。『華林遍略』の田猟の巻が伝来していなかったのか。『華林遍略』ほどの大部な書であれば、完帙の将来は難事ではあろう。[注29]もっとも類書の併用は、『書紀』撰者にとってなんら不思議ではないのかもしれない。『藝文類聚』の藍本が『華林遍略』であることなど知るよしもないわけで、たんに積極的な取材の成果にすぎないとも考えられる。

果たして、類書の特定作業が行き着いたのは、複数の類書の併用説である。一類書の専用説はあくまで作業仮説にすぎない。議論の初めから複数類書の併用をみとめてしまえば議論は混乱し、あるいは図らずも自説に都合のよい史料操作をしてしまいかねない。禁欲的な専用説から出発して、それでも説明できない文献的状況が出来したとき、初めて併用説を説けるのだと考える。いま『華林遍略』と『藝文類聚』との併用を想定する段階にいたった。これらに類書的利用をゆるす漢籍として、さらになにが加わるかは、これからの話しである。『修文殿御覧』の利用については、これを積極的に支持する徴証はいまのところ見あたらない。[注30]

さて、『書紀』撰述の過程については、森博達の一連の研究によってほぼ明らかになった。森によれば、漢籍による潤色は、『書紀』編纂の最終段階すなわち元明朝の和銅七年（七一四）に始まる加筆作業においてなされたという。[注31]その潤色・加筆によって、中国人が正格漢文で撰述したα群にも誤用が生じることとなった。潤色者の漢学の能力がそれほど高くなかった証左である。そのような人物が漢籍原典から適切な文章を捜索蒐集するのは、きわめて困難なことではなかったか。原典に就くばあい、どの書のどの巻にどのような文章があるのか事前の情報がほとんどないからだ。だからこそ類書を手にしたわけだが、従来の出典研究が潤色者の能力を無意識のうちに過大評価していた嫌いなしとしない。潤色者がその漢籍文をどのように見つけたのか、という視点をもてば、検索の術がない書の利用は限定的であったと考えるのが合理的ではないだろうか。

文化後進国の知識人にとって、類書はすこぶる便利な書であったろう。正統な学問においては、学者は諸書を博覧し記憶しそして作文すべきものである。ただ、そのような人材は当時の日本に望みがたかったはずで、類書の類用には現実的な要請があったと推察される。

注

1　瀬間正之「研究史（『日本書紀』）」（『記紀の表記と文字表現』おうふう、二〇一五年。初出二〇一二年）が、くだんの研究史を簡潔に整理している。

2　川瀬一馬「上代に於ける漢籍の伝来」（『日本書誌学之研究』講談社、一九七一年。初出一九三四年）。

3　胡道静『中国古代的類書』（中華書局、一九八二年）の各類書の頁、拙稿「『日本書紀』の潤色に利用された類書」（『日本歴史』第七三三号、二〇〇八年）二一～三頁を参照。

4　清水茂「小島憲之『上代日本文学と中国文学』上　評」（『語りの文学』筑摩書房、一九八八年。初出一九六三年）二六七～二六八頁。

5　『藝文類聚』全書にわたって検索しても該文出典に相当する句は見出せない。

6　『太平御覧』が『修文殿御覧』を藍本に編纂された類書であることは、宋代の文献にすでに明言されており、近人の洪業「所謂修文殿御覧者」（『洪業論学集』中華書局、一九八一年。初出一九三二年）も注意したところである（八八～八九頁）。そののち、後述する森鹿三と勝村哲也との研究によって、『修文殿御覧』の各条文はそのままの形で『太平御覧』中にほぼ保存されていることが明らかになった。それらの成果を承けてだろう、小島「空海の「あや」以前」（『国風暗黒時代の文学　補篇』塙書房、二〇〇二年。初出一九七八年）では、『藝文類聚』の異本によるという自説を堅持しつつも、『修文殿御覧』による可能性も「少くない」と述べている（一八五～一八六頁）。ただし、『藝文類聚』説の旗は最後まで下ろさなかったようだ。なお小島は、『令集解』考課令・賦役令の「古記」「令釈」引拠漢籍については、「太平御覧に先行する類書」からの孫引きを認めている。小島『国風暗黒時代の文学』中（上）（塙書房、一九七三年）一〇二九～一〇三九頁。

7　古類書の継承関係を図示するにあたっては、勝村哲也「修文殿御覧天部の復元」（山田慶兒編『中国の科学と科学者』京都大学人文科学研究所、一九七八年）に依拠した。『藝文類聚』と他類書との継承関係については、とくに同「藝文類聚の条文構成と六朝目録との関連性について」（『東方学報』〈京都〉第六二冊、一九九〇年）がくわしい。そのほか、森鹿三「修文殿御覧について」（『本草学研究』（財）武田科学振興財団杏雨書屋、一九九九年、初出一九六四年）、勝村「修文殿御覧巻三百一香部の復元――森鹿三氏「修文殿御覧について」を手掛りとして」（『日本仏教学会年報』第三八号、一九七三年）、同「『修文殿御覧』新考」（『鷹陵史学』第三・四号、一九七七年）を参照。

8 拙稿「雄略紀5年「葛城山の猟」の出典」（『京都産業大学論集』第四八号、二〇一五年）一八四～一八七頁。

9 勝村哲也「修文殿御覧天部の復元」（前掲）六四五～六四八頁。同論文には上掲の清水の書評が注記されていない。なお、同論文は注（一五）において、「より厳密に考えれば」と前置きし、『修文殿御覧』の藍本である『華林遍略』及びそれらと系統を同じくする類書にまで出典の可能性があることをいい添えている。

10 神野志隆光「付論　冒頭部と『三五暦紀』」（『古代天皇神話論』若草書房、一九九九年。初出一九九二）。瀬間正之「日本書紀開闢神話生成論の背景」（前掲『記紀の表記と文字表現』。初出二〇〇〇年）。『修文殿御覧』説の支持者に擬せられそうなのは、ほかに角林文雄『日本書紀神代巻全注釈』（塙書房、一九九九年）四四頁、山田英雄「日本書紀即位前紀について」（『万葉集覚書』岩波書店、一九九九年。初出一九七九年）三〇四～三〇五頁、同『日本書紀』（教育社、一九七九年）九一～九二頁、池田温編『日本古代史を学ぶための漢文入門』（吉川弘文館、二〇〇六）二一三・二一四頁（当該頁の執筆者は東野治之）。

11 拙稿「『日本書紀』と六朝の類書」（『日本中国学会報』第五九集、二〇〇七年）、同「『日本書紀』の潤色に利用された類書について」（前掲）。また、小島が『漢書』と范曄『後漢書』とからの直接引用とした部分も『華林遍略』からの孫引きと推論した。拙稿「范曄『後漢書』の伝来と『日本書紀』」（『日本漢文学研究』第三号、二〇〇八年）、同「『日本書紀』の出典問題――『漢書』を例にして」（新川登亀男・早川万年編『史料としての『日本書紀』　津田左右吉を読みなおす』勉誠出版、二〇一一年）。

12 瀬間正之「日本書紀の類書利用――雄略紀五年「葛城山の猟」を中心に」（前掲『記紀の表記と文字表現』。初出二〇一一年）。

13 拙稿「雄略紀5年「葛城山の猟」の出典」（前掲）。訛誤は同拙稿の一八三～一八四頁にいちじるしい。

14 「葛城山の猟」の後半部分が『藝文類聚』の田猟に典拠するとの指摘は、すでに小島憲之『上代日本文学と中国文学』上（前掲）、一二七～一二九頁でなされている。

15 山田英雄「日本書紀即位前紀について」（前掲）、同『日本書紀』（前掲）九四～九五頁。

16 原口耕一郎「『日本書紀』の文章表現における典拠の一例――「唐実録」の利用について」（大山誠一編『日本書紀の謎と聖徳太子』平凡社、二〇一一年）。

17 池田温「中国の史書と『続日本紀』」（『東アジアの文化交流史』吉川弘文館、二〇〇二年。初出一九九二年）二四七～二四八頁。

18 池田温「中国の歴史書と六国史」（『歴史と地理』第三五八号、一九八五年）一〇～一五頁、東野治之「『続日本紀』の「大略以浄御原朝廷為准正」」（『日本歴史』第四五三号、一九八六年）七七頁。

19 岑仲勉「冊府元亀多採唐実録及唐年補録」（『唐史餘瀋』上海古籍出版社、一九七九年。一九六〇年初版）、平岡武夫「唐代史料の集成について」（『学術月報』第七巻第六号、一九五四年）、楊家駱「唐実録的発見及其確証――「唐実録輯考挙例」之挙例」（『幼獅学誌』第五巻第一期、一九六六年）。いま唐実録は、韓愈の文集『韓昌黎集』外集にのこる『順宗実録』五巻をのぞいてみな散佚した。稲葉一郎「『順宗実録』考」（『中国史学史の研究』京都大学学術出版会、二〇〇六年。初出一九六八年）参看。

20 正倉院文書の「写章疏目録」（天平二十年六月十日。『大日本古文書』編年巻三、八九頁）に、「帝徳録一巻」「帝徳頌一巻」とある。『日本国見在書目録』惣集家に「帝徳録二」とある。奈良時代の詔勅類執筆に『帝徳録』がしばしば利用されていたこと、東野治之「『続日本紀』所載の漢文作品――漢籍の利用を中心に」（『日本古代木簡の研究』塙書房、一九八三年。初出一九七九年）に詳述されている。

21 拙稿「『日本書紀』と唐の文章」（『萬葉集研究』第三五集、二〇一四年）。『文館詞林』説が是認されれば、小島憲之が主張する『梁書』直接利用説は成立がむずかしくなることも附言した。

22 津田左右吉『日本古典の研究　上』（『津田左右吉全集』第一巻、岩波書店、一九六三年。初出一九四八年）四九頁、太田晶二郎「日本書紀編修の参考書の一」（『太田晶二郎著作集』第一巻、吉川弘文館、一九九一年。初出一九四八年）。

23 蔵中進『則天文字の研究』（翰林書房、一九九五年）八六～九三・一六五～一六七頁。

24 『金光明最勝王経』の利用については、藤井顕孝「欽明紀の仏教伝来の記事について」（『史学雑誌』第三六編第八号、一九二五年）、井上薫「日本書紀仏教伝来記載考」（『日本古代の政治と宗教』吉川弘文館、一九六一年。初出一九四三年）、小島憲之『上代日本文学と中国文学』上（前掲）三六八～三七四頁、山田英雄『日本書紀』（前掲）九二～九四頁など参照。なお、『金光明最勝王経』の将来者を道慈に擬し、かれの『書紀』制作への関与をとく井上薫説は、皆川完一「道慈と『日本書紀』」（『紀要』〈中央大学〉第一九一号、二〇〇二年）で相対化された。

25 瀬間正之「日本書紀の文字表現」（『記紀の文字表現と漢訳仏典』おうふう、一九九四年。初出一九九三年）。また瀬間『記紀の表記と文字表現』（前掲）第四篇の諸論でも、『書紀』と漢訳仏典との関聯を説いている。

26 北條勝貴「祟・病・仏神――『日本書紀』崇仏論争と『法苑珠林』」（あたらしい古代史の会編『王権と信仰の古代史』吉川弘文館、二〇〇五年）。

27 八重樫直比古「上宮王家滅亡の物語と『六度集経』」（前掲『日本書紀の謎と聖徳太子』）、同「『日本書紀』皇極二年一一月丙子朔条「鼠。伏穴而生。失穴而死」覚書」（工藤進思郎先生退職記念の会編『工藤進思郎先生退職記念論集・随想集』工藤進思郎先生退職記念の会、二〇〇九年）。

28 森博達『日本書紀　成立の真実』（中央公論新社、二〇一一年）二三五頁。

29 『華林遍略』は、日本の『秘府略』一千巻（八三一年成）の藍本であったから、完帙でなかったとしても相応の巻数が舶載されていただろう。さて瀬間が、上代人の利用に供するには『華林遍略』が大部に過ぎると難点を指摘し、「労せずして博識を得る手頃な類書として『藝文類聚』の一〇〇巻という分量が上代人に親しみやすかった」という。瀬間正之「日本書紀の類書利用——雄略紀五年「葛城山の猟」を中心に」（前掲）二八〇頁。そうかもしれない。『華林遍略』の七百二十巻はたしかに大部である（『文館詞林』も然り）。わたしの個人的体験で恐縮だが、史料蒐集に類書を利用することがある。たとえば、猿の鳴き声に関する拙論（「猿声はなぜ悲しいのか」『京都産業大学論集』第四九号、二〇一六年）を書いたおり、『藝文類聚』など古類書から清代の『古今図書集成』一万巻まで種々の類書の「猿」の項目をめくった。猿に関する記録を蒐集するためである。目次で目当ての巻をみとめ、あとはその巻の「猿」の部分しか読まないので、百巻の類書も一万巻の類書も閲覧の手間はあまり変わらない。巻子と冊子という相違はあるが、潤色作業においても類書のサイズは存外、利用の足かせにならなかったとも考えられる。

30 『修文殿御覧』はいつ日本に舶載されたか。天平十年（七三八）ごろ成ったと推される「古記」には、類書からの転引が多く見られる。その類書には『修文殿御覧』が擬せられている。そうであれば、天平十年ごろまでに日本に入っていたことになる。林紀昭『令集解漢籍出典試考』上（私家版、一九八〇年）のたとえば一四～二一頁の通番一三の条、拙稿「「古記」所引『漢書』顔師古注について」（『京都産業大学論集』第四七号、二〇一四年）注一三・一四・二四を参照。当該拙稿は、「古記」に引かれた『漢書』顔師古注の典拠を、天平七年（七三五）に帰朝した吉備真備将来本に比定した。また、その引用にあたり真備の教導があった蓋然性のたかいことを説いた。私見が是認されれば、「古記」が引く真備将来本は『漢書』以外にもあった可能性がある。すでに「古記」が引く「開元令」ほかの漢籍が真備の将来本であったという有力な推定があって、そうであれば、その『修文殿御覧』さえも真備が将来したものかもしれない。そのときが『修文殿御覧』の初伝だったといえば想像が過ぎるだろうか。

31 森博達『日本書紀の謎を解く　述作者は誰か』（中央公論新社、一九九九年）、同『日本書紀　成立の真実』（前掲）。

『続日本紀』に関わる二つの上表文から編纂者の文筆をうかがう

高松　寿夫

はじめに

『続日本紀』は、『日本書紀』に続く官撰の史書、いわゆる六国史の第二であるが、撰述のあり様は、『日本書紀』と随分異なっている。

天地開闢以来の歴史を叙述する『日本書紀』は、天皇紀だけでも千三百年餘の年代記となっている。終盤の七世紀代については、あるていど一次資料に拠る記事も増加しているのであろうが、割合的にほとんどの部分が、編纂時の作文に拠っているものと考えられる。撰述者の作文力が問われた編纂物であったといえよう。

それに対して『続日本紀』は、日本の文書行政が本格化した当初の約一世紀の記録といってよく、記述の大部分は、そのときどきに発行された行政文書に拠っていると考えられる。

三月乙丑（五日）、因幡国献二銅鉱一。

丁卯（七日）、越後国言レ疫。給二医薬一救レ之。

己巳（九日）、詔、筑前国宗形・出雲国意宇二郡司、並聴レ連二任三等已上親一。

庚午（十日）、任二諸国郡司一。因詔、諸国司等、銓二擬郡司一、勿レ有二偏党一。郡司居レ任、必須レ如レ法。自今以後不二違越一。

辛巳（二十一日）、禁二山背国賀茂祭日、会衆騎射一。

壬午（二十二日）、詔、以二恵施法師一為二僧正一。智淵法師為二少僧都一、善往法師為二律師一。


右に示したのは、『続日本紀』文武天皇二年（六九八）三月の一箇月間の記事全文である。「詔」の発行について三箇所の記述（己巳条・庚午条・壬午条）があるが、続く記事はその詔本文の引用ないし節略に拠っているだろう。他の三日間の記述についても、各国からの報告や各国への指示は、それぞれの規定の書式によって文書が往来したはずで、記事もそれらの文書に基づいているに違いない。『続日本紀』に目を通したことがあれば了解されるように、右掲の記事はけっして特異な部分ではなく、『続日本紀』全体が、基本的にはこの調子で淡々と記述が進行している。もちろん、重要な施策を公表したり、重大な事件が勃発した折には、記述も比例して厚くなるのであるが、それでも、基本的にはその当時の行政文書の本文に拠って記事は形成されていると捉えて、大きくは過たないであろう。

つまり、『続日本紀』の文筆を論じるということは、八世紀日本の行政における文筆が何に基づいていたかを検討するというのにほぼ等しいことだといえる。『日本書紀』が、成立時（養老四年〈七二〇〉）の文筆をうかがわせる資料であるのに対し、『続日本紀』は、約百年間――正確には文武天皇元年（六九七）から延暦十年（七九一）までの九十五年間――の文筆の軌跡をうかがわせるものであるということができる。

一　『続日本紀』の構成要素

『続日本紀』の文筆を論じるということは、八世紀日本の行政における文筆が何に基づいていたかを検討するというのにほぼ等しい――そう述べたものの、当然のことながら、『続日本紀』はそれが対象とする時代のあらゆる行政文書を縦横に利用しているわけではない。依拠する文書には、ある種の偏りが認められる。

表1は、『続日本紀』の文武朝の記事に引用される行政文書の一覧である。旧稿[注1]のために作成した表を流用するものなので、おおよその傾向を把握するための参考資料のつもりで掲げる。

すべてで五十四の文書が引用されるが、「文種」として示した項を一覧すれば、それが詔勅と太政官による文書に偏っていることが明らかである。詔・勅（勅書）・宣命・太政官処分・太政官奏（議奏）とされるものの合計は四十三。全体の八割に迫る。また、制とされる文書も散見する（都合三）が、『続日本紀』前半二十巻に掲載される制の多くが、勅か太政官奏および太政官処分に基づく法令であるという[注2]。詔勅と太政官による文書の割合は一層高まるであろう。厳密な統計を用意しているわけではないが、この傾向は、『続日本紀』全体を通じて、大差ないものと思われる。それでは、それらの行政文書を、実際に作文していたのは誰であったろうか。まず詔勅については、内記がそれを担当していたことは、令の規定に拠って明らかである。

内記は中務省に所属するが、まずその中務省は、『令集解』の引く「釈」が説くところでは、「詔勅之所通」を職掌の第一に数える（職員令）。そして、その詔勅そのものの起草を担当するのが内記であったことが、同じく職員令の本文に「大内記二人。掌㆘造㆓詔勅㆒・凡御所記録之事㆖」とあることによって明らかとなる（中内記・

表1　文武紀に引用される文書一覧

	年（元号）月日	文種
1	文武元年八月朔日	宣命
2	文武二年三月九日	詔
3	文武二年三月十日	詔
4	文武二年八月十九日	詔
5	文武三年正月二十六日	京職言
6	文武三年正月二十七日	詔
7	文武三年二月二十三日	詔
8	文武三年三月九日	詔
9	文武三年五月八日	詔
10	文武三年九月二十日	詔
11	文武三年九月二十日	勅
12	文武三年十月十三日	詔
13	大宝元年五月朔日	太政官処分
14	大宝元年五月七日	勅
15	大宝元年六月八日	勅
16	大宝元年七月二十一日	勅
17	大宝元年七月二十七日	太政官処分
18	大宝元年七月二十七日	太政官処分
19	大宝元年七月二十七日	太政官処分
20	大宝元年七月二十七日	太政官処分
21	大宝元年七月二十七日	太政官処分
22	大宝元年八月四日	太政官処分
23	大宝元年八月七日	撰令所処分
24	大宝元年八月十四日	播磨他三国言
25	大宝元年十一月十七日	太政官処分
26	大宝元年十二月十五日	制
27	大宝二年七月八日	詔
28	大宝二年十月三日	国司等言
29	大宝二年十月二十一日	詔
30	大宝三年正月九日	制
31	大宝三年二月十五日	詔
32	大宝三年三月十六日	制
33	大宝三年閏四月朔日	詔
34	大宝三年七月五日	詔
35	大宝三年八月五日	大宰府請
36	大宝三年十一月十六日	太政官処分
37	慶雲元年正月一六日	詔
38	慶雲元年六月三日	勅
39	慶雲元年七月十九日	詔
40	慶雲二年四月三日	詔
41	慶雲二年四月十七日	勅
42	慶雲二年四月十七日	太政官議奏
43	慶雲二年六月二十七日	太政官奏
44	慶雲二年八月十一日	詔
45	慶雲三年正月十二日	勅書
46	慶雲三年閏正月十三日	勅
47	慶雲三年二月十六日	詔
48	慶雲三年三月十四日	詔
49	慶雲三年三月十四日	詔
50	慶雲三年七月二十八日	大宰府言
51	慶雲三年八月三日	越前国言
52	慶雲三年十一月三日	勅書
53	慶雲四年四月十五日	宣命
54	慶雲四年五月十六日	美濃国言

少内記については「掌同㆓大（中）内記㆒」とする）。

一方の太政官作成の文書については、どうであろうか。令の規定によれば、主に外記がその役に当った。大外記について職員令には、「大外記二人。掌㆘勘㆓詔奏㆒・及読㆓申公文㆒・勘㆓署文案㆒・検㆗出稽失㆖」とある。「勘詔奏」とあることから、詔書の作成にも関与したらしい。「勘署文案」の規定から、詔書や上奏に限らず、太政官作成の文書全般に関わったことがわかる。少外記についても「掌同㆓大外記㆒」とする。

右に示した大外記の職掌のうち、「掌勘詔奏」以外の規定は、あらゆる官司の主典（四等官）に共通の職掌でもある。通常の官司では、判官（三等官）の職掌にも同様の規定がみられる。つまり、表1に見える詔勅や太政官関係文書以外の文書については、それぞれの官司の判官・主典が直接はその文書の作文を担当していたということになる。

このようにみてくると、『続日本紀』が詔勅や太政官作成の文書の引用から大部分が構成されているとなると、つまりは、それぞれの時代の内記・外記たちの作文が、『続日本紀』の多くの部分を成り立たせているということができる。

二　『続日本紀』編纂に関わる二つの上表文

ところで、『続日本紀』の編纂の詳しい経緯を伝える資料として、『続日本紀』撰進に関わる二つの上表文が知られている。『続日本紀』そのものの完成が上表されたのは延暦十六年（七九七）二月十三日であるが、それより三年前の延暦十三年八月十三日には、一旦、淳仁朝から光仁朝までの十四巻分の部分の完成の報告が上表されている。それぞれに重厚な上表文がものされ、こんにちに残っている。それらは、いずれも本来は『日本後紀』に掲載されていたものだが、延暦十三年の部分は現行の『日本後紀』では本文が欠失しており、『類聚国史』巻一四七「国史」によって読むことができる。延暦十六年の方は、現行『日本後紀』にも記事が残るが、やはり『類聚国史』巻一四七「国史」掲載の本文との校合が必要とされる。次にそれぞれの上表文の本文と訓み下し文を掲げる。本文と訓み下し文とは、原則として黒板伸夫・森田悌編『日本後紀』（訳注日本史料、集英社、二〇〇三年。以下、訳注本と略称）による。ただし、原文の返り点は省略し、句読点を訓み下し文に即して振り直した。また、本稿における他の漢文の引用に合わせて、訓み下し文は歴史的仮名遣いに、漢字は原則として現在通行の字体に改めた。一部私に本文を校訂した箇所もある。その校訂箇所はゴチック体で示し傍点を付す。

A　延暦十三年八月十三日上表文

臣聞、黄軒御暦、沮誦摂其史官、有周闢基、伯陽司其筆削。故墳典斯闡、歩驟之蹤可尋、載籍聿興、勧沮之議允備。曁乎班馬迭起述実録於西京、范謝分門騁直詞於東漢、莫不表言旌事、播百王之通猷、昭徳塞違、垂千祀之炯**戒**。史籍之用、蓋大矣哉。伏惟、聖朝、求道纂極、貫三才而君臨、就日均明、掩八州而光宅。遠安**邇肅**、文軌所以大同、歳稔時和、幽顕於焉禔福。可謂英声冠於胥陸、懿徳跨於勲華者焉。而負扆高居、凝旒広慮、修国史之墜業、補帝典之欠文。爰命臣与正五位上行民部大輔兼皇太子学士左兵衛佐伊豫守臣菅野朝臣真道・少納言従五位下兼侍従守右兵衛佐行丹波守臣秋篠朝臣安人等、銓次其事、以継先典。若夫襲山肇基以降、浄原御寓之前、神代草昧之功、往帝庇民之略、前史所著、燦然可知。除自文武天皇、訖聖武皇帝、記注不昧、餘烈存焉。但起自宝字、至宝亀、廃帝受禅、韞遺風於簡策、南朝登祚、闕茂実於**緹油**。是以故中納言従三位兼行兵部卿石川朝臣名足・主計頭従五位下上毛野公大川等、奉詔編緝、合成廿巻、唯存案牘、類無綱紀。臣等、更奉天勅、重以討論。芟其蕪穢、以撮機要、摭其遺逸、以補闕漏。刊彼此之**抵**梧、矯首尾之差異。至如時節恒事、各有司存。一切詔詞、非可為訓。触類而長、其例已多。今之所修、並所不取。若其蕃国入朝、非常制勅、語関声教、理帰勧懲、総而書之、以備故実。勒成一十四巻、繋於前史之末。其目如左。臣等、学謝研精、詞慙質弁。奉詔淹歳、伏深戦恐。

臣聞く、「黄軒暦を御《ととの》へしとき、沮誦其の史官を摂《ふさ》ね、有周基を闢《ひら》きしとき、伯陽其の筆削を司る。故に墳典斯に闡きて、歩驟の蹤尋ぬ可く、載籍聿《ここ》に興りて、勧沮の議允《まこと》に備《そなは》る。班馬迭《たが》ひに起りて実録を西京に述べ、范謝門を分ちて直詞を東漢に騁《は》するに曁《およ》びて、言を表《あらは》し事を旌して百王の通猷を播《ほどこ》し、徳を昭かにし違へるを塞ぎて千祀の炯戒を垂れざるは莫し」と。史籍の用、蓋し大なるかな。伏して惟れば、聖朝、道を求めて極を纂《つ》ぎ、三才を貫きて君臨し、日に就きて明を均しくし、八州を掩ひて光《み》ち宅《を》る。遠きは安く邇くは粛《つつし》み、文軌所以《このゆゑ》に大同し、歳は稔り時は和し、幽顕焉《ここ》に禔福す。英声の胥陸に冠《かうぶ》り、懿徳の勲華に跨《こ》ゆる者と謂ふ可し。而れば扆を負ひて高く居り、旒を凝《ただ》して広く慮り、国史の墜業を修め、帝典の欠文を補はんとす。爰《ここ》に臣と正五位上行民部大輔兼皇太子学士左兵衛佐伊豫守臣菅野朝臣真道・少納言従五位下兼侍従守右兵衛佐行丹波守臣秋篠朝臣安人等とに命じて、其の事を銓次して、以て先典に継がしむ。夫《そ》れ襲《そ》の山に肇《はじ》めて基《もとゐ》してより以降《このかた》、浄原《きよみはら》に御寓《あめのしたし》らすの前、神代草昧の功、往帝庇民の略の若《ごと》きは、前史の著す所、燦然として知る可し。文武天皇より除《はじ》めて、聖武皇帝に訖《いた》るまで、記注昧《くら》からず、餘烈存す。但し宝字より起りて、宝亀に至るまで、廃帝受禅すれども、遺風を簡策に韞《つつ》み、南朝登祚すれども、茂実を緹油に闕く。是《ここ》を以て故中納言従三位兼行兵部卿石川朝臣名足・主計頭従五位下上毛野公大川等、詔を奉《うけたまは》りて編緝し、合せて廿巻と成すも、唯に案牘を存するのみにて、類ね綱紀無し。臣等、更に天勅を奉りて、重ねて以て討論す。其の蕪穢を芟《か》りて、以て機要を撮り、其の遺逸を摭《ひろ》ひて、以て闕漏を補ふ。彼此の抵牾を刊《けず》り、首尾の差異あるを矯《た》む。時節の恒事の如きに至りては、各《おのおの》有司存す。一切の詔詞、訓《をしえ》と為す可きに非ず。類に触れて長ずるもの、其の例已《すで》に多し。今の修むる所、並びに取らざる所なり。其れ蕃国の入朝、非常の制勅、語声教に関り、理勧懲に帰するが若きは、総て之を書き、以て故実に備ふ。勒して一十四巻と成し、前史の末に繫く。其の目《もく》左の如し。臣等、学は研精を謝し、詞は質弁を慙づ。詔を奉りて歳を淹《ひさ》しくし、伏して戦恐を深くす。

B　延暦十六年二月十三日上表文

臣聞、三墳五典、上代之風存焉、左言右事、中葉之迹著焉。自茲厥後、世有史官。善雖小而必書、悪縦微而無隠。咸能徽烈絢緗、垂百王之亀鏡、炯戒照簡、作千祀之指南。伏惟天皇陛下、徳光四乳、道契八眉。握明鏡以惣万機、懐神珠以臨九域。遂使仁被渤海之北、貊種帰心、威振日河之東、毛狄屛息。化前代之未化、臣往帝之不臣。自非魏魏盛徳、孰能与於此也。既而負扆餘閑、留神国典。爰勅真道等、銓次其事、奉揚先業。夫自宝字二年至延暦十年、卅四年廿巻、前年勒成奏上。但初起文武天皇元年歳次丁酉、尽宝字元年丁酉、惣六十一年、所有曹案卅巻、語多米塩、事亦疎漏。前朝詔故中納言従三位石川朝臣名足・刑部卿従四位下淡海真人三船・刑部大輔従五位上当麻真人永嗣等、分帙修撰、以継前紀。而因循旧案、竟無刊正。其所上者、唯廿九巻而已。宝字元年之紀、全亡不存。臣等搜故実於司存、詢前聞於旧老、綴叙残簡、補緝缺文。雅論・英猷、義関貽謀者、惣而載之。細語常事、理非書策者、並従略諸。凡所刊削廿巻、并前九十五年卌巻。始自草創、迄于断筆、七年於茲、油素惣畢。其目如別。庶飛英騰茂、与二儀而垂風、彰善癉悪、伝万葉而作鑑。臣等軽以管窺、裁成国史。牽愚歴稔、伏増戦兢。謹以奉進。帰之策府。

臣聞く、「三墳五典に、上代の風存し、左言右事に、中葉の迹著《あきら》かなり。茲《これ》より厥《そ》の後、世に史官有り。善は小なりと雖も必ず書し、悪は縦ひ微なれども隠すこと無し。咸能く徽烈紬を絢《かざ》りて、百王の亀鏡を垂れ、炯戒簡を照らして、千祀の指南と作《な》る」と。伏して惟れば天皇陛下、徳は四乳よりも光《て》り、道は八眉に契《かな》ふ。明鏡を握りて以て万機を惣《す》べ、神珠を懐《いだ》きて以て九域に臨む。遂に仁は渤海の北を被ひ、貊種をして心を帰せしめ、威は日河の東に振ひ、毛狄をして息を屛めしむ。前代の未だ化せざるを化し、往帝の臣とせざるを臣とす。魏魏たる盛徳に非ざるよりは、孰か能く此に与らん。既にして扆を餘閑に負ひ、神を国典に留む。爰に真道等に勅して、其の事を銓次して、先業を奉揚せしむ。夫れ宝字二年より延暦十年に至るまで、卅四年廿巻は、前年勒成して奏上せり。但し初め文武天皇元年歳次丁酉起《よ》り、宝字元年丁酉尽《ま》で、惣て六十一年、有る所の曹案卅巻は、語に米塩多く、事亦踈漏あり。前朝故中納言従三位石川朝臣名足・刑部卿従四位下淡海真人三船・刑部大輔従五位上当麻真人永嗣等に詔して、帙を分ちて修撰して、以て前紀に継がしむ。而れども旧案に因循して、竟に刊正すること無し。其の上《たてまつ》る所の者は、唯に廿九巻なるのみ。宝字元年の紀は、全て亡せて存せず。臣等故実を司存に捜し、前聞を旧老に詢《はか》り、残簡を綴叙し、缺文を補緝す。雅論・英猷、義の貽謀に関る者は、惣て之を載す。細語・常事、理の書策に非ざる者は、並びに従ひて諸《これ》を略す。凡《すべ》て刊削する所廿巻、前に并せて九十五年卌巻なり。草創より始めて、断筆に迄《いた》るまで、茲に七年、油素惣て畢りぬ。其の目別の如し。庶はくは英を飛ばし茂を騰げ、二儀と与にして風を垂れ、善を彰《あらは》し悪を癉《や》ましめ、万葉に伝へて鑑と作さんことを。臣等軽しく管窺を以て、国史を裁成す。愚を牽きて稔を歴《へ》、伏して戦兢を増す。謹みて以て奉進す。之を策府に帰せしめん。

以上のA・B二つの上表文からうかがえる『続日本紀』完成までの修史事業について、諸家の研究成果にも導かれつつ[注3]簡略にまとめるのであれば、次のようになる。

『日本書紀』に続く史書については、文武元年（六九七）から天平宝字元年（七五七）までの部分の草稿（曹案）三十巻が存在したが、それを基に光仁朝に成書化事業が行われたものの、未完成のままに終り、最後の一巻である天平宝字元年部分については全く失われてしまった。その後、桓武朝に入って増補や削除を施して二十巻とした。一方、光仁朝の修史事業では、天平宝字二年から宝亀年間（七七〇〜七八〇）についての編纂も進められ、二十巻にまとめられたが、桓武朝に入ってから改めて内容を整えたり不必要な部分を削るなどして、延暦十三年に十四巻に再編集された。さらにその後、延暦十年（七九一）までの六巻を加えて、延暦十六年に都合四十巻（文武元年〜天平宝字元年の二十巻＋天平宝字二年〜宝亀年間の十四巻＋延暦十年までの六巻）の『続日本紀』を完成させた。

以上の編纂経緯によれば、『続日本紀』の編纂にあたっては、光仁朝の修史事業がまずあり、その成果を基にさらに桓武朝で現在のかたちに整えられたことがわかる。

光仁朝・桓武朝それぞれの修史事業にあたった担当者の名も知れる。まず、光仁朝の事業では、すでにあった文武元年〜天平宝字元年部分の曹案に基づく編纂作業の担当者と、その後の部分の編纂担当者との分業であったらしく、前者には石川名足・上毛野大川らがあたり、後者には石川名足・淡海三船・当麻永嗣らが従事したことがわかる。双方に名がみえる石川名足は、他の従事者に比してひときわ高位高官（従三位中納言――ただしこれは彼の生涯における極位極官で、光仁朝末年では従四位下参議）であり、光仁朝修史事業の総責任者であったのだろう。桓武朝の事業では、事業の総責任者の立場にあったのは藤原継縄で、上表文Aの主体は彼である（上表文Bの前年に死去）。そして、上表文の中に菅野真道・秋篠安人の名がみえ、さらに中科巨都雄も加わっていたことが、『日本後紀』の上表文Bの直前の記事によって知られる。

さて、右に名を挙げた『続日本紀』編纂に関わる人物にも、内記・外記いずれか（あるいはいずれも）の経験者が少なくない。上毛野大川は桓武即位の時点で大外記であった。秋篠安人は延暦元年に少内記であり、その後延暦六年に大外記に転じた。中科巨都雄は『続日本紀』完成時に大外記であったが、彼がその官に就任したのは、遅くとも延暦十年までさかのぼることができる。

『続日本紀』が主な拠り所とするそれぞれの時代の行政文書は、その時々の内記・外記たちの作文であったが、『続日本紀』の最終的な編纂に際しても、内記・外記経験者の役割が大きかったといえる。

三　上表文Aの校訂箇所について

前節でとりあげた二つの上表文が、『続日本紀』編纂の経緯を記しているのは明らかであるが、同時に、『続日本紀』を編纂した人々の文筆の実質をうかがわせる、極めて重要な資料であることも間違いない。二つの上表文の表現を分析することで、編纂者たちが、どのような語彙、知の蓄積のもとに文筆活動を展開していたかが理解できるというものであろう。もちろんそれは、『続日本紀』のあらゆる文書からうかがうことができるはずであるが、当該の上表文は、長年にわたる事業の完成を天皇に報告するという性格上、執筆者が特に力を入れて作文した文書であるはずで、彼らの力量のほどを見極めるためには、特に重要なテキストと考えられる。『続日本紀』の外側のテキストではあるが、『続日本紀』編纂者の文筆がどのような実質を有したかをうかがうのに、最良のテキストのひとつといえるだろう。そして、約百年間の末にたどり着いた、『続日本紀』時代の文筆活動の到達点の水準が示されている作文であるともいえる。

問題の二つの上表文の表現を検討するてはじめとして、前節で本文を掲げる際に、私に本文を校訂した箇所に注目してみたい。私に本文を校訂した箇所は、Aの上表文の都合四箇所であった。順に校訂する理由等を述べることにする。

＊炯戒

まずは、「垂千祀之炯戒」の「戒」。この箇所、訳注本が「炯光」としているのは、底本とした版本（文化十二年、仙石和之刊本）のままであるが、新訂増補国史大系の校異注によると東京帝国大学図書館本（関東大震災で焼失）には「炳戒」とあった由。「炳」「炯」は別字だが意味は通じて、明らかの意。「炳戒」「炯戒」（「戒」は「誡」にも）いずれも漢籍に用例がみえる語で、「明らかないましめ」（大漢和「炯戒」項）の意。「炯戒」は、『文選』にも用例があり（巻一四、班固「幽通賦」）、上表文Bにも用いられている。上表文Aの当該箇所は、「播百王之通猷」と対になっており、「通猷」（「猷」は道、あるいは、はかりごとの意）との対応からも、単に明るい光を意味するだけの「炯光」より、「炯戒」の方が適切であろう。

＊遠安邇粛

次に「遠安邇粛」の「粛」。訳注本はやはり底本のまま「楽」とする。新訂増補国史大系の校異注には、尊経閣明応本・書陵部柳原家旧蔵本および『日本逸史』に「粛」とあるという。『類聚国史』諸本間でも「粛」はある程度有力な本文として確認できることがわかる。意味としては、世の中がよく治まり遠国・近国（「邇」は近い意）あらゆる地域の人々がおだやかに暮らしている（「粛」はつつましい意）ことをいう部分と思われ、「楽」でも「粛」でも意味は通じる。しかし、実は「遠安邇粛」はひとつの定型句なのである。

四聡既達、万機斯理、治定功成、遠安邇粛。（四聡既に達し、万機斯に理まり、治定まり功成り、遠きは安く邇きは粛む。）　（『梁書』「武帝紀」史臣曰）

遠安邇粛、慶承於七廟、霜来露往、感積於四時。（遠きは安く邇きは粛み、七廟に慶承し、霜来り露往き、四時に感積す。）　（唐中宗「停親謁乾陵勅」『唐大詔令集』巻七七）

朕欽承丕緒、司牧黎元、訟息刑清、遠安邇粛。（朕丕緒を欽承し、黎元を司牧し、訟息み刑清く、遠きは安く邇きは粛む。）　（唐玄宗「慶王潭涼州都督制」同巻三六）

類似する「遐粛邇睦」「邇安遠粛」の句は六朝の例を見出す[注4]ものの、「遠安邇粛」は右の例をはじめとして、初唐から盛唐にかけての例に限定的に散見する（『梁書』は貞観三年〔六二九〕成立）。一方で「遠安邇楽」の例は、いまのところ漢籍に見出せない。「楽」は「粛」に訂すべきであろう。

＊緹油

「闕茂実於緹油」の「緹油」は、訳注本では「従湧」とする。これは底本のまま（但し「従涌」とある。「湧」「涌」は意味・音ともに通じるが、別字。訳注本の誤植か）だが、「従湧（涌）」とは辞書にみえない語である。訳注本では補注で「従涌《（ママ）》とは慫慂に同じく勧めるの意で、人に善を勧める史書を指す」と説く。「従涌」が「慫慂」と同意とは、確かにあり得そうなことではある。しかし、「慫慂」を史書の意で用いた例が確認できない。そもそも「慫慂」（「慫恿」とも）という語じたい、唐代（およびそれ以前）にほとんど用例が見出せないのである。日本側の文献にも、奈良・平安期の例が見出せない。それではこの箇所に、『類聚国史』諸本で校異はあるのだろうか。新訂増補国史大系はこの箇所、本文を「洛誦」と校訂し、その校異注に「洛誦、原作従涌、拠荘子意改」と記す。「従涌」では意味が通らないと考えたのであろう、『荘子』から「洛誦」という語を見出してきて、本文を意改している。「洛誦」とは「文書を反復誦読する」（大漢和）意。それに本文を改訂しても、やはりこの一節の意味はとれないのではないだろうか。実はこの箇所には、新訂増補国史大系では捨てられてしまった校異情報が、経済雑誌社版[注5]の国史大系の校異注には存在した。そこには「従涌、大本作緹油、同朱書与此同」とある。「大本」は東京帝国大学図書館本で、先にも記したとおり、すでに焼失してしまった本であり、この情報は貴重である（新訂増補国史大系も他の箇所ではしばしば「大本」との校異を掲げるが、これは経済雑誌社版の校異注を継承したもの）。この校異注によれば、東京帝国大学図書館本では、当該箇所本文は「緹油」とあり、それに朱書で「従涌」と傍記してあった、ということであろうか。本文または校異の朱書等に当該本文を「緹油」ないしそれに近い字体に作る写本は、他にもいくつか存在するようである。[注6]「緹油」は「軾の前の泥よけ」（大漢和）が本義であるが、『漢語大詞典訂補』[注7]には「猶緹緗。借指書籍」との指摘がみえる。「緹緗」に通じて用いられたと考えられる由であるが、「緹緗」とは「浅黄色と丹黄色。又、その織りもの」（大漢和）で、古代、書套（帙）に用いられたところから、書籍そのものの意にも用いられた（大詞典）。上表文Bの「徽烈絢緗、垂百王之亀鏡、炯戒照簡、作千祀之指南」の件りにみえる「緗」も、同様の経緯で書籍を意味していると理解できる。[注8]書籍の意で用いられた「緹油」の用例として、『漢語大詞典訂補』には次の二例が掲げられている。

啓冑蟬聯、焕乎青簡。開墓昭晰、載炳緹油。（冑を啓きて蟬聯たること、青簡に焕たり。墓を開くこと昭晰なること、炳《あきら》かなる緹油に載る。）

（「大唐故公子長孫白沢墓誌銘并序」『唐代墓誌彙編続集』）

賛緹油於赤県、利器標工。綖墨綬於黄図、操刀展誉。（緹油を赤県に賛し、器を利し工を標す。墨綬を黄図に綖《は》へ、刀を操り誉を展《ひら》く。）（「大周故司空府君墓誌」同）

年代としては、前者は唐顕慶元年（六五六）、後者は武周聖暦二年（六九九）のもの。これ以外にも、次の用例を挙げることができる。

於戯、鳳紀竜名、茂績光於鉛槧、礪金鈎玉、嘉庸絢於緹油。（於戯、鳳紀竜名、績光を鉛槧に茂くし、金を礪き玉を鈎《さぐ》り、庸絢を緹油に嘉す。）（唐高宗「冊許敬宗太子太師文」『唐大詔令集』巻六二）

而緹油貝葉文字参差、東夏西天言音訛謬。（而して緹油貝葉は文字参差なれども、東夏西天は言音訛謬す。）

（唐代宗「大唐新飜護国仁王般若経序」『仁王護国般若波羅蜜多経』）

初唐から盛唐のころの例がまとめて見出せるようである。書籍の意である「緹油」を本文とすることで、上表文Aの当該箇所は問題なく意味がとおる。ここは「緹油」を本文とすべきであろう。なお、ここを「緹油」とする本文が存在することに注目し、「蘭陵公主碑」（『金石萃編』巻五二）に「煥彼緹油、懸諸日月（彼の緹油に煥《あきら》かに、諸《これ》を日月に懸《かか》ぐ）」とあることを挙げながら、緹油が書籍の意である可能性を指摘したいち早い論として、佐藤誠実「続日本紀を上る表の約解」[注9]（以下、佐藤約解と略称）がある。「蘭陵公主碑」の成立も初唐の顕慶四年（六五九）である。

＊抵梧

「抵梧」は、訳注本は底本のまま「枝梧」とし「前後の矛盾」と注を付す。一方、校異注では「大系本類史・朝日本「牴梧」カトス」と注する。「枝梧」という語は「ささふ。さからふ。抵抗する」（大漢和）を基本的な語義とするが、「支吾」と通じて用いられることがあるという（大詞典）。その「支吾」とは、やはり「ささへる。てむかふ。反対する」（大漢和）などの意とともに、「ごまかす。言ひぬける。ぐずる」（同）の意がある。大詞典では「説話含混躲閃」と説明するが、つまり明快さを欠いた曖昧な言い方をすることをいうものか。訳注本がいうように「前後の矛盾」と捉えるのが正しいか、にわかに断言できないが[注10]、辞書のとおりに理解しても、「刊彼此之枝梧」は「あれこれと曖昧な箇所を削り」の意となるかと思われ、文脈的に一応意味はとれるかもしれない。しかし、ここで問題となるのは、この意味で用いられる「枝梧（支吾）」の用例が、辞書が掲げるものによると、明清の頃をさかのぼるものがないことで、八世紀末の当該の上表文にその解釈を採用してよいものかどうかである。そこで、この箇所の諸本の異同に目を向けてみると、新訂増補国史大系の校異注によるに、この箇所、柳原家旧蔵本・東京帝国大学図書館本には「抵梧」とある由である。そしてその「抵梧」は、「抵捂」「牴牾」と通じて用いられ、「ふれさかふ。くひちがふ。抵触」（大漢和）の意で用いられるのである。訳注本が指摘するように、新訂増補国史大系等がここを「牴牾」とすべきかとした趣旨は尊重されてよいが、柳原家旧蔵本・東京帝国大学図書館本両本の本文「抵梧」によれば、わざわざ「牴牾」に改める必要もないことになる。「抵梧（牴牾・抵捂）」は古くからの用例が知られ、しかも次のように、史書の編纂に関わる文脈にもみえる。

至於采経摭伝、分散数家之事、甚多疏略、或有抵梧。（経を采り伝を摭ふに至りては、数家の事に分散し、甚だ疏略多く、或は抵梧有り。）　（『後漢書』「司馬遷伝」賛）

『史記』を編纂した司馬遷の伝に付された賛の一節である。右の箇所は、『史記集解』序にも引用される。やはりここは、柳原家旧蔵本・東京帝国大学図書館本によって、「抵梧」の本文を採用すべきであると判断される。

四　二つの上表文が踏まえるもの――「修晋書詔」

前節でとりあげた四つの校訂箇所のうち、「炯戒」は、『文選』にも用例がある語で、漢学に一定の見識があれば獲得できる語であっただろう。「抵梧」は『後漢書』の「司馬遷伝」賛や、それを引用する『史記集解』序に見えることから、史書の編纂に従事する者としては、やはり常識的な語彙の範疇に属するものであったと考えてよかろう。

その一方で、「遠安邇粛」と「緹油」とは、比較的特殊な語彙に属するものといえるように思われ、注目したい。それぞれの用例については、前節にいくつかを示したが、いずれも初唐から盛唐のころまでに用例が集中的にあらわれるようで、反対に、それを外れる時期の用例をまとめて見出すことが難しい。つまり、この上表文の筆者は、唐代の文筆から得た語彙をそれなりに駆使していることがうかがえる。

八世紀末の文筆に携わる者が、官学で必修の経書や、史書の中でもとりわけ尊重される三史（『史記』『漢書』『後漢書』ないし『東観漢記』）、および『文選』などに通じているのは当然として、同時代の漢籍の語彙にある程度通じているのも、当たり前といえば当たり前であろう。しかし、二つの上表文は、単に語彙面で唐代のそれの受容下にあるというだけではなく、文全体が、ある特定の唐代のテキストの影響下にあることが指摘できるのである。その特定のテキストとは、唐太宗「修晋書詔」である。その本文を、『唐大詔令集』によって示してみる。上表文Aに見える語句には○、上表文Bに見える語句には●、双方の上表文に見える語句には◎を傍記する。△は一致はしないが類字が対応していることを指す。

朕拯溺師旋、省方礼畢、四海無事、百揆多閑。遂因暇日、詳観典府、考亀文於羲載、辨鳥冊於軒年。不出岩廊、神交千祀之外、穆然旒纊、臨睨九皇之表。是知、右史序言、斯不爽昧、左官詮事、歴茲綿遠。発揮文字之本、通達書契之源。大矣哉、蓋史籍之為用也。自沮誦摂官之後、伯陽載筆之前、列代史臣、皆有刪著。仲尼修而採檮杌、倚相誦而闡丘墳。降自西京、班馬騰其茂実、逮於東漢、范謝振其芳声。蕞爾当塗、陳寿覈其国志。眇哉劉宋、沈約裁其帝籍。至梁陳高氏、朕命勒成。惟周及隋、亦同甄録。莫不彰善癉悪、激一代之清芬、褒吉懲凶、備百王之令典。唯晋氏膺運、制有中原、上帝啓玄石之図、下武代黄星之徳。及中朝鼎沸、江左嗣興、並宅寰区、各重徽号。足以飛英麗筆、将美叢書。但十有八家、雖存記注、而才非良史、事虧実録。緒煩而寡要、思労而少功。叔寧課虚、滋味同於画餅。子雲学海、涓滴堙於涸流。処叔不預於中興、法盛莫通於創業。洎乎干陸曹鄧、略記帝王、鸞盛広松、纔編載記、其文既野、其事罕伝。遂使典午清高、韜遺芳於簡冊、金行曩誌、闕継美於驪騵。遐想寂寥、深為歎息。宜令修国史所更撰晋書。銓次旧聞、裁成義類、俾夫湮落之誥、咸使発明。其所須、可依修五代史故事。若少学士、亦量事追取。【貞観二十年閏二月】

朕拯溺師旋し、省方礼畢《を》へ、四海無事にして、百揆多閑なり。遂に暇日に因《よ》りて、典府を詳観し、亀文を羲載に考へ、鳥冊を軒年に辨《わきま》ふ。岩廊を出でずして、千祀の外に神交し、穆然旒纊して、九皇の表に臨睨す。是に知る、右史の序言は、斯《これ》爽昧せず、左官の詮事は、茲《これ》綿遠を歴《へ》たり。文字の本を発揮し、書契の源に通達す。大いなるかな、蓋し史籍の用たるや。沮誦摂官の後より、伯陽載筆の前まで、列代の史臣、皆刪著有り。仲尼修して檮杌を採り、相誦に倚りて丘墳を闡《ひら》く。降りて西京には、班馬其の茂実を騰《あ》げてより、東漢に逮べば、范謝其の芳声を振ふ。蕞爾たる当塗には、陳寿其の国志を覈《あきら》め。眇たる劉宋には、沈約其の帝籍を裁つ。梁陳高氏に至りては、朕勒成を命ず。惟ふに周及び隋は、亦甄録を同じうす。善を彰し悪を癉《や》ましめ、一代の清芬を激し、吉を褒め凶を懲しめ、百王の令典に備へざること莫し。唯晋氏の膺運するに、制は中原に有りて、上帝玄石の図を啓き、下武黄星の徳を下す。中朝鼎沸するに及び、江左嗣興し、宅を寰区に並べ、各《おのおの》徽号を重ぬ。以て英でたる麗筆を飛ばし、美しき叢書を将て足る。但し十有八家、記注を存すと雖も、而して才は良史にあらず、事は実録を虧《か》く。緒煩にして要は寡《すくな》く、思労にして功は少なし。叔寧にして課虚しく、滋味にして画餅に同じ。子雲の学海、涓滴涸流に堙《にじ》む。処叔中興に預らず、法盛創業に通ずる莫し。干陸曹鄧、帝王を略記し、鸞盛広松、纔かに載記を編むに洎《およ》べども、其の文既に野にして、其の事伝に罕《まれ》なり。遂に典午の清高をして、遺芳を簡冊に韜《つつ》み、金行の曩誌をして、継美を驪騵に闕かしむ。遐く寂寥を想ひて、深く歎息を為す。宜しく修国史所をして更に晋書を撰ばしむ。旧聞を銓次し、義類を裁成し、夫の湮落の詁をして、咸発明せしめよ。其の須ひる所は、五代史を修むる故事に依るべし。若し学士少なくば、亦事を量りて追取せよ。【貞観二十年閏二月】（『唐大詔令集』巻八一「政事・経史」）

二つの上表文いずれに関しても、全体にわたって偶然とはいい難い一致が認められることは、瞭然としている。句のまとまりで一致している部分について、改めて解説の必要はないであろうが、一字単位で類似を指摘した箇所について、若干の説明を加えておく。「右史序言、…左官詮事」は、上表文Bの「左言右事」に関わる表現として注目した。天子の左右に侍る史官が天子の言動を記録する（その蓄積がやがて史書の素材となる）ことをいったもので、典拠は『礼記』「玉藻」にさかのぼる。『礼記』では「動則左史書之、言則右史書之。（動は則ち左史之を書し、言は則ち右史之を書す。）」とあり、「修晋書詔」はその典拠に忠実な表現であるが、上表文Bは左右の役割が入れ替わっているかのようである。しかし、『漢書』「藝文志」には「左史記言、右史記事（左史は言を記し、右史は事を記す）」の本文も見える。「修晋書詔」によりつつ、別の知識によって独自化したものと、いちおうは理解できる。しかし、「左言右事」により近い語句が、『貞観政要』巻八「刑法」にみえる。張蘊古が奉った「大宝箴」なる文の一節に「左言而右事」とあるのがそれである。以上、『漢書』「藝文志」・張蘊古「大宝箴」の例については、すでに佐藤約解が指摘している。「左言右事」は、別の初唐テキストの受容が想定されることになる。「倚相誦而闡丘墳」は、上表文Ａの「墳典斯闡」および上表文Ｂの「三墳五典」に通じる表現として指摘した。三墳五典の編述について「闡」字を用いることは、唐代にいくつかの用例をみるが[注11]、それ以前の例はみえないようである。「闕継美於驪騵」は、対偶する「韜遺芳於簡冊」がほぼそのまま上表文Ａに取り込まれており、その対偶である「闕茂実於緹油」に確実に影響を与えているだろう。「茂実」は「修晋書詔」の別の箇所で用いられている語でもある。二字語「勒成」「飛英」「実録」「銓次」「裁成」などは、それぞれの語について いえば、必ずしも特殊な語とはいえないが、「修晋書詔」という特定のテキストに用いられる語が、これだけ集中することは、やはり偶然とはいい難いだろう。

上表文Ａにおける「史籍之用、蓋大矣哉」は、歴史の効用の偉大さについて詠嘆して強調するもので、一文の重要なアクセントとなっている。また、上表文Ｂにおける「彰善癉悪」の一句は、歴史の効用を具体的に主張する重要な一節であろう。それら二つの上表文における重要な件りが、いずれも「修晋書詔」の文言にほぼそのまま依拠していることは、二つの上表文作成にあたって、それがいかに重要な素材となっているかを端的に物語っている。もちろん、歴史編纂が重要な政事であり、彰善癉悪、つまり正しい倫理の顕現をめざすものであることは、初唐にはじめて意識されることではなく、漢土における伝統的な歴史観だといえる[注12]。しかしその主張を、初唐の特定のテキストに依拠しながら陳述していることが、注目されるのである。

五　二つの上表文が踏まえるもの――『群書治要』序

二つの上表文に影響を与えていると考えられるテキストは、もう一つ指摘することができる。それは、『群書治要』の序である。その本文を、天明七年（一七八七）の林信敬の序を持つ尾張版によって示してみる。文中の○●◎の傍記については、「修晋書詔」のそれと同様である。▲も先の△と同様である。

群書治要序

秘書監鉅鹿男臣魏徴等奉勅撰

竊惟載籍之興、其来尚矣。左史右史、記事記言、皆所以昭徳塞違、勧善懲悪。故作而可紀薫風揚乎百代、動而不法、炯戒垂乎千祀。是以歴観前聖、撫運膺期、莫不懍乎御朽、自強不息、朝乾夕惕、義在茲乎。近古皇王、時有撰述、並皆包括天地、牢籠群有、競採浮艶之詞、争馳迂誕之説、騁末学之伝聞、飾雕虫之小技、流蕩忘反、殊塗同致。雖辯周万物、愈失司契之源、術総百端、弥乖得一之旨。皇上以天縦之多才、運生知之睿思、性与道合、動妙幾神。元徳潜通、化前王之所未化、損已利物、行列聖所不能行。瀚海・龍庭之野、並爲郡国、扶桑・若木之域、咸襲纓冕。天地成平、外内禔福、猶且為而不恃、雖休勿休、俯協尭舜、式遵稽古。不察貌乎止水、将取鑑乎哲人。以為六籍紛綸、百家踳駮、窮理尽性、則労而少功、周覧汎観、則博而寡要。故爰命臣等、採摭群書、翦截浮放、光昭訓典。聖思所存、務乎政術、綴叙大略。咸発神衷、雅致鉤深、規摸宏遠、網羅政体、事非一日。若乃欽明之后、屈已以救時、無道之君、楽身以亡国、或臨難而知懼、在危而獲安、或得志而驕居、業成以致敗者、莫不備其得失、以著為君之難。其委質策名、立功樹恵、貞心直道、亡軀殉国、身殞百年之中、声馳千載之後、或大奸巨猾、転日廻天、社鼠城狐、反白作黒、忠良由其放逐、邦国因以危亡者、咸亦述其終始、以顕為臣不易。其立徳立言、作訓垂範、為綱為紀、経天緯地、金声玉振、騰実飛英、雅論徽猷、嘉言美事、可以宏奨名教、崇太平之基者、固亦片善不遺、将以丕顕皇極。至於母儀嬪則、懿后良妃、参徽猷於十乱、著深誡於辞輦、或傾城哲婦、亡国艶妻、候晨鶏以先鳴、待挙烽而後笑者、時有所存、以備勧戒。爰自六経、訖乎諸子、上始古帝、下尽晋年、凡為五袠、合五十巻。本求治要、故以治要為名。但皇覧遍略、随方類聚、名目互顕、首尾淆乱、文義断絶、尋究為難。今之所撰、異乎先作、総立新名、各全旧体、欲令見本知末、原始要終、並棄彼春華、採茲秋実。一書之内、牙角無遺、一事之中、羽毛咸尽。用之当今、足以殷鑑前古、伝之来葉、可以貽厥孫謀。引而申之、触類而長。蓋亦言之者無罪、聞之者足以戒。庶宏茲九徳、簡而易従、観彼百王、不疾而速。崇巍巍之盛業、開蕩蕩之王道。可久可大之功、並天地之貞観、日用日新之徳、将金鏡以長懸矣。其目録次第、編之如左。

竊かに惟れば載籍の興《おこ》り、其の来ること尚《ひさ》し。左史右史、事を記し言を記し、皆徳を昭らめ違ふを塞ぎ、善を勧め悪を懲らす所以なり。故に作りて紀すべく、薫風百代に揚げ、動きて法らず、炯戒千祀に垂る。是を以て前聖を歴観するに、運を撫して期を膺するに、懍乎として朽するに御せざること莫し。自強して息まず、乾乾として夕に惕《おそ》るるは、義茲に在るかな。近古の皇王、時に撰述有りて、並びに皆天地を包括し、群有を牢籠し、競ひて浮艶の詞を採り、争ひて迂誕の説に馳り、末学の伝聞を騁し、雕虫の小技を飾り、流蕩し反るを忘れ、塗《みち》を殊にし致《むね》を同じうす。周く万物を辯ふと雖も、愈《いよいよ》司契の源を失し、術は百端を総べども、弥《いよいよ》得一の旨に乖く。皇上天縦の多才を以て、生知の睿思を運《めぐ》らし、性と道と合し、動《やや》もすれば妙なること神に幾《ちか》し。元徳潜《ひそ》かに通じ、前王の未だ化せざる所を化し、己《おのれ》を損じ物を利し、列聖の行く能はざる所に行く。瀚海・龍庭の野、並びに郡国為り、扶桑・若木の域、咸《みな》纓冕を襲ふ。天地成平にして、外内禔福にして、猶且つ為して恃まず、休むと雖も休むこと勿く、俯して堯舜に協《かな》ひ、式《もつ》て稽古に遵ふ。貌を止水に察せず、将に鑑を哲人に取らんとす。以為《おもへ》らく六籍紛綸として、百家踳駁とし、理を窮めんとして性を尽すも、則ち労して功少なく、周覧し汎観するも、則ち博くして要寡《すくな》し。故に爰に臣等に命じて、群書を採摭し、淫放なるを翦截し、訓典を光昭せしむ。聖思の存する所は、政術に務め、大略を綴叙するなり。咸神衷に発し、雅致深きを鉤るは、規摸宏遠にして、政体を網羅するは、事は一日に非ず。若《も》乃《し》くは欽明の后《きみ》、己を屈し以て時を救ひ、無道の君、身を楽しみて以て国を亡ぼし、或は難きに臨みて懼を知り、危に在りて安きを獲《え》、或は志を得て驕居し、業成りて以て敗を致す者、其の得失を備《つぶさ》にし、以て君為るの難きを著さざること莫し。其れ質を委《つまびらか》にし名を策し、功を立て恵を樹て、貞心直道、軀を亡ぼし国に殉ずるは、身は百年の中に殞《うしな》ふも、声は千載の後に馳せ、或は大奸巨猾、日を転じ天を廻らし、社鼠城狐、白を反《かへ》し黒と作し、忠良其に由て放逐され、邦国因て以て危亡する者は、咸亦其の終始を述べ、以て臣為るの不易を顕す。其れ徳を立て言を立て、訓を作し範を垂れ、綱為り紀為り、天を経《たて》とし地を緯《よこ》とし、金声玉振、実を騰《あ》げ英を飛ばし、雅論・徽猷、嘉言・美事、以て名教を宏奨すべく、太平の基を崇むる者は、固より亦片善も遺さず、将に以て皇極を丕顕せんとす。母儀嬪則、懿后良妃に至りては、徽猷を十乱に参し、深誡を辞輦に著し、或は傾城哲婦、亡国艶妻、晨鶏に候し以て先づ鳴き、挙烽を待ちて後に笑ふ者は、時に存する所有り、以て勧戒に備ふ。爰に六経より、諸子に訖《およ》ぶ、上は古帝に始り、下は晋年に尽き、凡そ五袟《ちつ》と為し、合せて五十巻。治要を求むるを本とする、故に治要を以て名と為す。但し皇覧・遍略、方に随ひて類聚し、名目互ひに顕《あらは》れて、首尾淆乱し、文義断絶し、尋究するに難しと為す。今の撰ぶ所、先作に異り、総て新名を立て、各《おのおの》旧体を全くし、本を見せ末を知らせ、始めを原ね終りを要《たづ》せしめんとし、並びに彼の春華を棄て、茲に秋実を採る。一書の内、牙角遺ること無く、一事の中、羽毛咸尽く。用の当今、以て前古を殷鑑するに足り、伝の来葉、以て孫謀に貽厥すべし。引て之を申べ、類に触れて長し。蓋し亦之を言ふ者罪無く、之を聞く者以て戒むるに足る。庶はくは茲に九徳を弘め、簡にして従ひ易く、彼の百王を観るに、疾せずして速からんことを。巍巍たる盛業を崇び、蕩蕩たる王道を開く。久かるべく大きなるべき功、天地の貞観に並び、日に用ゐ日に新たなる徳、金鏡と将に以て長懸せん。其の目録の次第、之を編むこと左のごとし。

やはり、説明が必要と思われる箇所について触れておきたい。「左史右史、記事記言」は、「修晋書詔」の「右史序言、…左官詮事」と同様である。「参徽猷於十乱、著深誡於辞輦」は、「猷」と「誡」とを対偶にしているのであるが、ここに注目するのは、上表文Aの「播百王之通猷…垂千祀之炯戒」で「猷」と「戒」とが対偶しているることに通じるからである。この「猷」「戒（誡）」の対偶は、他例をあまりみないように思う。「勧善懲悪」は上表文Aの「勧懲」、「為綱為紀」は同じく「綱紀」に通じるものとして指摘した。「禔福」を含めて、これら二字熟語は、いずれも用例は少なくないが、それらがまとめてひとつのテキストに現れるところに、上表文Aとの関わりを感ぜざるを得ない。「其目録次第、編之如左」は、両上表文の末尾近くの「其目如左」（A）および「其目如別」（B）との関係での指摘である。巻序構成の詳細を目録として添えた旨を述べた、なんの変哲もない件りのように思えるが、案外、類似の文言を他に見出すことは難しい。

史書の編纂に関する作文にあたって、「修晋書詔」を利用することは、主題的にも直接関わるものであり、その理由はわかりやすい。それに比べるならば、『群書治要』の序の利用は、一見その必然性がわかりにくいかもしれない。しかし、古典から治世にあたっての教訓を得ようとする『群書治要』の編纂趣旨は、そのまま「勧善懲悪」（「修晋書詔」の表現を用いれば「彰善癉悪」）という歴史の効用に通じるものであった。

おわりに

『続日本紀』編纂に関わる二つの上表文について、唐代の文筆の受容が認められること、就中、「修晋書詔」と『群書治要』序という、唐太宗期の編纂事業に関するテキストの強い影響下にあることを指摘した。この上表文の語句に行き届いた注解を施したものに、佐藤約解が存在することはすでに触れたが、そこでも、先行する漢籍の用例として、唐太宗期の文筆が挙例される場合は少なくない。注13 佐藤約解は、「修晋書詔」や『群書治要』序に注目するには至っていないが、二つの上表文が影響を受けた語彙の見当として、鋭い見識眼を発揮させていたと評価できる。

二つの上表文について、本稿が指摘した性格に類似する文筆傾向は、筆者がこれまでに試みた若干の検討に照らせば、すでに『懐風藻』序などにもみてとれたものであったように思われる。注14「修晋書詔」などは、『懐風藻』編者が直接参照したかと思しいテキストのひとつでもあった。その点では、八世紀の半ば（『懐風藻』の成立は天平勝宝三年〔七五一〕）とそれからおよそ半世紀後の二つの上表文とは、相連続する似たような文筆の状況下にある、ということができる。

豊かなテキスト量を有する二つの上表文については、なお注目すべき点が多いであろうが、その検討は他日を期すことにしたい。

注

1 拙稿「大宝二年度遣唐使が日本の文筆にもたらしたもの」（河野貴美子・Wiebke DENECKE編『日本における「文」と「ブンガク」』勉誠出版、二〇一三年）。

2 新日本古典文学大系『続日本紀 一』（岩波書店、一九八九年）の補注二―一〇四。

3 注2書「解説・二　続日本紀の成立」、遠藤慶太「『続日本紀』の同時代性について」『平安勅撰史書研究』（皇學館大学出版部、二〇〇六年）。

4 「遐粛邇睦」の例は、「天成地平、遐粛邇睦。（天成り地平らぎ、遐くは粛み邇くは睦ぶ。）」（梁簡文帝「玄圃園講頌序」『広弘明集』巻二〇）など。「邇安遠粛」の例は、「治定功成、邇安遠粛。（治定まり功成り、邇くは安んじ遠くは粛む。）」（陸倕「石闕銘」『文選』巻五六）など。

5 国史大系『類聚国史』（経済雑誌社、一九一六年）。

6 『類聚国史』の諸本について、充分な調査はできていないが、例えば再編修本などと呼ばれる『日本後紀』のうち、国会図書館所蔵の明和元年（一七六四）に書写された本（請求番号さ―八六）は、契沖が延宝八年（一六八〇）に「一条内房公所蔵」の『日本後紀』を書写し、同年に『類聚国史』によって校合を加えた旨の本奥書を有するが、当該箇所は本文が「従涌」とあり、それに朱で止点を付し「緹油」に訂する。右写本の閲覧は、国会図書館デジタルコレクションによってＷｅｂ上に公開されている画像によった。

7 漢語大詞典編纂処編『漢語大詞典訂補』（上海辞書出版、二〇一〇年）。

8 訳注本が補注で「緗はあさぎ色、あさぎ色の織物。あさぎ色の絹を書物の覆いに使用したことから書籍の意となる」というとおりである。

9 佐藤誠実「続日本紀を上る表の約解」（一八九九年初出、『佐藤誠実博士律令格式論集』汲古書院、一九九一年）。

10 「枝梧」を「前後の矛盾」と解するのは、佐藤約解が「前後の事実の齟齬するをいふ」と指摘するのに基づく理解かもしれない。佐藤約解は、その意の漢籍における用例として、「諸将讋服、莫敢枝梧（諸将讋《おそ》れ服し、敢て枝梧する莫し）」（『漢書』「項籍伝」）を挙げるが、この「枝梧」は大漢和も指摘する「てむかふ。反対する」の意であり、適切な理解とはいえない。

11 一例として、「闡墳典之大猷、成国家之盛業者（墳典の大猷を闡き、国家の盛業を成す者）」（張懐瓘「文字論」『墨池編』巻二。張懐瓘は唐開元の頃の人物）。

12 例えば、「彰善癉悪」はそもそもは『尚書』「畢命」が典拠の成句である。

13 他に長孫無忌「進律疏表」・『五経正義』・褚遂良「唐太宗文皇帝哀冊文」・『帝範』・唐太宗「大唐三蔵聖教序」などの唐太宗期の文献から用例を指摘している。なお、文筆の問題とは別の観点ではあるが、桓武天皇の修史事業が唐太宗のそれを強く意識するものであった可能性を論じたものに、遠藤慶太「『晋書』および『日本書紀』」（二〇〇五年初出、遠藤氏前掲注3書）がある。

14 拙稿「『懐風藻』序文にみる唐太宗期文筆の受容」（『万葉』第二一八号、二〇一四年）。

＊本稿で用いた諸文献は、文中に断ったもの以外については次の本文に依った。
続日本紀…新日本古典文学大系（岩波書店）、令集解…新訂増補国史大系（吉川弘文館）、礼記・文選・貞観政要…新釈漢文大系（明治書院）、史記・漢書・梁書…中華書局の校点本、唐大詔令集…（中華書局、二〇〇八年）、唐代墓誌彙編続集…（上海古籍出版、二〇〇一年）、仁王護国般若波羅蜜多経・広弘明集…大正新脩大蔵経（大正一切経刊行会）、金石萃編…（国風出版社、一九六四年）、墨池編…四庫全書本

日本霊異記の典拠

河野　貴美子

はじめに

雄略天皇の代から嵯峨天皇の時代に至るまでの、合計百十六の説話を三巻に収める『日本霊異記』。編者景戒は、それらの説話をいかなる情報源から、いかにして収集したのだろうか。

各説話は、天皇、僧侶、あるいは姓名未詳の人物も含む、さまざまな人びとのさまざまな出来事を記し留める。中には例えば、長屋王の変（中巻第一縁）や恵美押勝の乱（下巻第七縁）など、八世紀の日本に起こった重大な歴史的事件を背景とする説話もあるが、それらにおいて『日本霊異記』が伝えるのは、『続日本紀』やその他の記録にはみえない、独自の逸聞である。そうした、公の記録などとは異なるいわば「もう一つの歴史」を記し残した景戒とはいかなる人物かというと、『日本霊異記』には「諾楽右京薬師寺沙門景戒」とあり、自伝的説話（下巻第三十八縁）も存するものの、『日本霊異記』の他には景戒に関する資料は全く残っておらず、その著述環境や情報収集ルートの詳細は容易には知り難い。

とはいえ、これまで蓄積されてきた『日本霊異記』をめぐる数多くの研究は、『日本霊異記』の典拠についてさまざまな角度から検討を進め、『日本霊異記』成立のプロセスや素材、仕組み、構造を解明してきた。その結果、『日本霊異記』説話と関係を有する『日本書紀』『続日本紀』『万葉集』などの上代文献所載の記述や、『日本霊異記』に引用される仏教経典の出処、また、『日本霊異記』説話と類同の中国説話などについては、具体的な典拠資料がそれぞれ明らかにされてきた。[注1]また、『日本霊異記』所収の少なからぬ説話が、当時の法会において説示のための例証話として用いられたものであったであろうとも考えられている。[注2]

小稿では、それら先行研究の成果をふまえたうえで、改めて『日本霊異記』を典拠との関係からみつめ直し、『日本霊異記』説話の表現や構想、コンセプトがいかに生み出されてきたのかについて考察を行っていきたい。

一 『日本霊異記』の情報源――「口伝」と「記」「録」「解」

『日本霊異記』編纂の意図や状況については、各巻冒頭に付された序文の中に、編者景戒の言葉として簡略ながら説明や経緯が述べられている。そしてそこでは、『日本霊異記』説話の取材源について、次のように説かれている。

……匪レ呈二善悪之状一、何以直二於曲執一而定二是非一。叵レ示二因果之報一、何由改二於悪心一而修二善道一乎。昔、漢地造二冥報記一、大唐国作二般若験記一。何唯慎二乎他国伝録一、弗レ信二恐乎自土奇事一。粤起自矚之、不レ得二忍寝一。居心思之、不レ能二黙然一。故聊注二側聞一、号曰二日本国現報善悪霊異記一。作二上中下参巻一、以流二季葉一。……

但以二口説一不レ詳、忘遺多矣。……

（『日本霊異記』上巻序文）

（善悪の状をあらわさなければ、誤りを正し是非を定めることはできない。因果の報を示さなければ、悪心を改め善道を修めることはできない。昔、漢の地では『冥報記』が作られ、大唐国では『般若験記』が作られた。しかしどうしてこれら他国の伝録をのみ重んじて、自土の奇事を信じ恐れないでよかろうか。こうした状況をみていると、何もしないままやりすごすことはできない。このことを思うと、黙っていることはできない。そこでいささか側聞したことを記して、『日本国現報善悪霊異記』と名付けた。上中下の三巻として、これを後世に伝えよう。……しかし口伝えの話は詳しくは伝わらず、とりこぼしてしまうことも多い……）

とある。ここで景戒は、『日本霊異記』説話の素材について、「側聞」や「口説」、すなわち口頭で語り伝えられたものを記したのだと述べている。同様の説明は、中巻序文にもみえる。

唯以是天皇代所レ録善悪表多数者。由二聖皇徳顕一事最多。漏レ事不レ顧、今随レ所レ聞、且載且覆。……然景戒、稟レ性不レ聡、談レ口不レ利。神遅鈍同二於鎬刀一、連二居字一不レ華。情惷戇同二於刻レ船、編二造文一乱レ句。不レ勝二貪レ善之至一、拙黷二浄紙一、謬注二口伝一。……

（『日本霊異記』中巻序文）

（聖武天皇の代に記録された善悪の出来事は多数にのぼる。これは聖武天皇の徳によって物ごとが顕著に最も多く現れたためである。それら多くの出来事は書き漏らしてしまうこともあるが、いまはそれらを聞き及んだままに、収載することとした。……しかし景戒は、生まれつき聡明ではなく、言葉もなめらかではない。遅鈍であることは鉛の刀と同様で、文字を列ねても華やかさはない。愚かさは船を刻んで船の場所の目印としようとした故事の人と同様で、文を編んでも句は乱れてしまう。しかしながら善を求めたいという思いは押さえがたく、浄らかな紙を拙い文で汚し、口伝を謬り記すばかりである。……）

ここでも景戒は、『日本霊異記』説話の情報源を「所聞」であり「口伝」であると述べている。また同様の記述は『日本霊異記』末尾の跋文にもみえる。

我従レ所レ聞選二口伝一、儻二善悪一、録二霊奇一。願以二此福一、施二群迷一、共生二西方安楽国一矣。（『日本霊異記』跋）

（私〔景戒〕は聞き及んだ口伝を選び、善悪に関わる話を集め、不思議な出来事を記録した。この福によって、迷える衆生にこれを伝え、ともに西方の安楽国に生まれることを願う）

とある。序跋におけるこうした発言をふまえてみると、たしかに『日本霊異記』説話には、確固たる典拠を指摘できない、「口伝」によるかと思われる説話は多数存在する。例えば次のような説話である。

大和国有二一壮夫一。郷里姓名未レ詳也。天骨不レ仁、喜レ殺二生命一。其人捕レ兎剝レ皮、放二之於野一。然後不レ久之頃、毒瘡遍レ身、肥膚爛敗、苦病无レ比。終不レ得レ愈、叫号而死。嗚呼現報甚近。恕レ己可レ仁、不レ无二慈悲一矣。（『日本霊異記』上巻「无二慈心一剝二生兎皮一而現得二悪報一縁　第十六」）

（大和国に郷里も姓名も未詳の男がいた。仁の心を持たず、殺生を好み、兎の皮を剝いで野に放った。その後まもなく男は全身に瘡ができ、皮膚は爛れ、これ以上ない苦しみに見舞われ、ついに癒えることなく、叫びながら死んでしまった）

という話である。残酷な殺生を好む人がおり、その人が極めて苦しい病にかかり死んでいった。そうした「口伝」に『日本霊異記』は因果応報譚の枠組みをかぶせ、「現報甚近（現世での報いはすぐさま現れるものである）」という評語とともに『日本霊異記』にふさわしい説話に仕立て取り込んだのだと説明することができそうである。

しかしながら『日本霊異記』には、先に掲げた中巻序文に「所レ録善悪表」とあったように、口頭による伝承のみならず、書記資料が参照利用されたことを窺わせる説話もある。

例えば、上巻第三十縁（「非理奪二他物一為二悪行一受レ報示二奇事一縁」）では、黄泉（冥界）から蘇った主人公が、冥土で目撃した善悪の報を「顕録流布（顕し録し流布）」したとあり、下巻第三十九縁（「智行並具禅師重得二人身一生二国皇之子一縁」）では、寂仙禅師という人物が臨終の日に自ら国王の子に転生することを告げ、「録文」を留めたとする。また中巻第九縁（「己作レ寺用二其寺物一作レ牛役縁」）では、寺の物を借りたまま返さずに死亡したため牛に生まれ変わり使役されることとなった者の話について、「冀无二慚愧一者、覧二乎斯録一、改レ心行レ善（慚愧することがない者も、この記録を見て、改心し善を行うようになることを願う）」との意見が加えられている。

また『日本霊異記』には、「録」以外にも「記」や「解」に基づく説話として記されるものも数例ある。

上巻第五縁（「信二敬三宝一得二現報一縁」）は、大部屋栖野古という人物の造像や蘇生をめぐる説話であるが、その冒頭は「案二本記一曰（本記を案ずるに曰く）」とあり、文字資料に基づく記述であるとの体裁がとられている。また上巻第二十五縁（「忠臣小レ欲知レ足諸天見レ感得レ報示二奇事一縁」）の大神高市万侶の上表をめぐる説話は、『日本書紀』に同様の記事がみえるものであるが、『日本霊異記』はこれを「有レ記云（記有りて云く）」として、ある「記」からの引用という形で載せる。

また『日本霊異記』には、律令制社会において役所へ上申する際に用いられた「解」と称される公文書に関わる記事であることが示される説話がある。例えば下巻第三十五縁（「仮二官勢一非理為レ政得二悪報一縁」）は、物部古丸という人物が地獄に堕ち、責め苦を受けていることが「解」によって大宰府、そして朝廷へ報告され、ついには桓武天皇の勅により救済のための法会が行われたという話である。本話には『続日本紀』編者の一人である菅野真道が登場するなど、当時の史書や公の記録と『日本霊異記』との関係を考察するうえで看過できない情報が含まれている（後述）。またこの他にも「解」のことは、中巻第一縁（「侍㆓己高徳㆒刑㆓賤形沙弥㆒以現得㆓悪死㆒縁」）、下巻第二十六縁（「強㆓非理㆒以徴㆑債取㆓多倍㆒而現得㆓悪死報㆒縁」）、下巻第三十七縁（「不㆑顧㆓因果㆒作㆑悪受㆓罪報㆒縁」）にもみえる。

このように、『日本霊異記』には「記」「録」「解」などの書記資料に依拠する記事であることが示される説話も存するのであるが、しかしやはり多くは具体的な取材源を突き止めることができず、『日本霊異記』への収集過程、筆録過程も未詳のままである。とはいえ、はじめにも述べたように、『日本霊異記』の各説話には「記」「録」「解」以外にも、さまざまな典籍との関わりを見出せるものがある。以下、小稿では、中国古代の説話（小説）、内典や外典、史書や史料との関係から、『日本霊異記』説話の形成と『日本霊異記』成立の意味、意義について考察していきたい。

二　中国古代の説話（小説）と『日本霊異記』

前節に掲げた『日本霊異記』上巻序文には、人びとに「善悪之状」や「因果之報」を説く書物として、中国にはすでに『冥報記』や『般若験記』（『金剛般若経集験記』）などがあるのを知った景戒が、日本においても「自土の奇事」を記すことを決意したという、『日本霊異記』編纂の契機が述べられていた。その景戒の言葉の通り、『日本霊異記』所収の説話はいずれも「自土の奇事」である。しかしながら、先行研究が夙に指摘してきたように、その中には、『冥報記』[注3]をはじめとする中国古代の説話（小説）ときわめて類似する内容を持つものが散見される。それは例えば、亀を買い取って放生したことにより亀の報恩を受ける上巻第七縁（「贖㆓亀命㆒放生得二現報一亀所レ助縁」）と『冥報記』巻上「厳恭」、常に鳥の卵を食べていた男が悪死の報を受ける中巻第十縁（「常鳥卵煮食以現得二悪死報一縁」）と『冥報記』巻下「冀州小児」、鉱山で採掘中に生き埋めになるものの仏教への信心によって救出される下巻第十三縁（「将レ写二法花経一建レ願人断内二暗穴一頼二願力一得レ全レ命縁」）と『冥報記』巻上「鄞下人」との酷似などである。

これらの例をみれば、『日本霊異記』説話の形成において、中国の説話が影響や作用を及ぼしていることは間違いないといえる。しかしいま改めて問題にしたいのは、『冥報記』や『般若験記』という中国説話の書名が『日本霊異記』序文に明示され、また『日本霊異記』説話に六朝隋唐のさまざまな中国説話の影響が見出せることの意味である。

1　中国古小説と佚存書

唐の唐臨『冥報記』（永徽四年〔六五三〕頃成立）は、『旧唐書』乙部史録雑伝類に「冥報記二巻唐臨撰」、また『新唐書』芸文志乙部史録雑伝記類と同丙部子録小説家類にそれぞれ「唐臨冥報記二巻」と著録されており、唐・道世撰『法苑珠林』や宋・李昉等撰『太平広記』にも多数の記事が引用されていることから、成立以後、唐宋期の中国において流布したテキストであったことが窺える[注4]ものの、その後散佚し、現在は日本に数種の古写本が伝存するのみの、いわゆる佚存書である。

一方の唐・孟献忠撰『金剛般若経集験記』（開元六年〔七一八〕成立）は、中国においては、テキストはおろか、他書への引用もなく、目録への著録すら残されていない書物である。要するに、『日本霊異記』が序文でことさらに取りあげた中国説話二編は、中国の書物史においては決してとりたてて重視される書物ではなかったわけである。[注5] しかしながら、『冥報記』にせよ、『金剛般若経集験記』にせよ、日本ではその古写本が複数伝存している。[注6]『日本霊異記』序文が示す中国説話との関係は、こうした「偏向」のもとにあることに十分注意すべきである。[注7] しかも、『冥報記』と『金剛般若経集験記』という二種の書物の、成立当時の中国における認知度も大きく異なるわけであり、一体『日本霊異記』がなにゆえこの二書を並列して序文に掲げたのか、日本への二書の伝播の過程や、奈良・平安初期の日本における二書の存在感など、いずれも謎である。

その謎を解き明かすことは困難である。しかしながら、景戒が『冥報記』と『金剛般若経集験記』の存在を確かに知り、序文に書名を掲げているという事実は、景戒の周辺に類同の中国説話が他にも存在したであろうことを窺わせる。例えば次のようなものである。

2　中国古小説と道宣の著述

『日本霊異記』説話の中には、牛への転生譚や冥界往来譚、また髑髏をめぐる説話などをはじめ、中国古小説との一致がしばしば見出される。その一例をあげる。

諸楽宮御㆓宇大八洲国㆒之帝姫阿倍天皇御代、紀伊国牟婁郡熊野村、有㆓永興禅師㆒。化㆓海辺之人㆒。時人貴㆓其行㆒、故美称㆓菩薩㆒。従㆓天皇城㆒有㆑南故、号曰㆓南菩薩㆒。爾時有㆓一禅師㆒、来㆓之於菩薩所㆒。所㆑持之物、法花経一部、［字細少書、減㆓巻数㆒成㆓一巻㆒持之。］白銅水瓶一口、縄床一足也。僧常誦㆓持法華大乗㆒、以㆑之為㆑宗。歴㆓一年余㆒、而思㆓別去㆒、敬㆓礼禅師㆒、奉㆑施㆓縄床㆒、而語之曰、「今者罷退、欲㆑居㆑山。踰㆓於伊勢国㆒」。……唯以㆓麻縄廿尋水瓶一口㆒而別去。逕㆓送二年㆒、熊野村人、至㆓于熊野河上之山㆒、伐㆑樹作㆑船。聞之有㆑音、誦㆓法花経㆒。累㆑日逕㆑月、猶読不㆑止。……後歴㆓半年㆒、為㆑引㆑船人入㆑山、聞之読㆑経音猶不㆑止。

怪白二禅師一。禅師怪往而聞有レ実。尋求見之、有二一屍骨一。以二麻縄一繋二二足一、懸レ巌投レ身而死。骨側有二水瓶一。乃知、別去之禅師也。永興見之、悲哭而還。然歴二三年一、山人告云、「読レ経之音、如レ常不レ止」。永興復往、将レ取二其骨一、見二髑髏一者、至二于三年一、其舌不レ腐。苑然生有。諒知、大乗不思議力、誦レ経積レ功験徳也。賛曰、「貴哉禅師。受二血肉身一、常誦二法華一、得二大乗験一。投レ身曝レ骨、而髑髏中、著レ舌不レ爛。是明聖也、不レ凡矣」。又吉野金峰、有二一禅師一。往レ峯行道。禅師聞、往前有レ音。読二於法花経金剛般若経一。聞之留立、排二開草中一而見之者、有二一髑髏一。歴レ久日曝、其舌不レ爛而生者著有。禅師取二収浄処一、語二髑髏一言、「以二因縁一故、汝値二於我一」。便以レ草葺二覆於其上一、共住読レ経、六時行道。禅師随レ読二法花一、髑髏共読故、見二彼舌一、舌振動矣。是亦奇異之事也。

（『日本霊異記』下巻「憶二持法花経一者舌著二曝髑髏中一不レ朽縁随　第一」）

（称徳天皇の世に、永興禅師という人がいた。そこへ法華経読誦を専らの行とする禅師が現れ、一年ほどを過ごした後、「山に入ろうと思う」と告げて去って行った。二年が経ち、村人が山に入ると、法華経を誦する声が聞こえ、それは数か月やまず、さらには半年後も続いていたので、村人は永興禅師にそのことを告げた。永興禅師が声の元を訪ねてみると、一つの遺骸があり、その側にはかつて山に入ると言って出て行った禅師が携えていた麻縄と水瓶があったことから、その禅師の遺骸であることが分かった。そして三年が経ち、山の人びとがまた読経の声を聞いたというので、永興禅師が見に行くと、髑髏の舌のみが朽ちることなく、まるで生きているかのようであるのを発見した。また、吉野の金峯山で修行する禅師も、法華経や金剛般若経を読む声を聞き、その声の主である髑髏を発見した。やはり舌のみが爛れることなく生きているかのように残っており、禅師が法華経を読むのに随って、髑髏の舌も震動し、ともに経を読むのであった。）

誦経僧の舌が、死後も残って経を唱え続けるという話は、先行研究が指摘するように中国の高僧伝類にしばしばみられるモチーフであり、特に法華経を読誦するということでは、隋・侯白（字、君素）撰『旌異記』の記事が最も早い例としてあげられている。[注8]『旌異記』は、『隋書』経籍志・史部雑伝に「旌異記十五巻侯君素撰」と著録があるものの、現在は伝わらない佚書である。[注9]そこでいま、唐・道宣（五九六〜六六七）撰『続高僧伝』が引く『旌異記』の記事を掲げてみよう。

又、范陽五侯寺僧、失二其名一、常誦二法華一。初死之時、権殯二堤下一、後遷改葬、骸骨並枯、惟舌不レ壊。雍州有レ僧、亦誦二法華一、隠二于白鹿山一、感二一童子一常来供給。及レ死、置二屍巌下一、余骸枯朽、惟舌如レ故。斉武成世、并州東看山側有レ人掘レ地、見二一処土一、其色黄白、与レ傍有レ異。尋見二一物一、状如二両唇一、其中有レ舌、鮮紅赤色、以レ事聞奏。帝問二諸道人一、無二能知者一。沙門大統法上奏曰、「此持二法華一者、六根不レ壊報耳。誦満二千遍一、其徴験乎」。乃勅二中書舎人高珍一曰、「卿是信向之人、自往看レ之。必有二霊異一、宜遷二置浄所一、設レ斎供養」。珍奉レ勅至レ彼、集下諸持二法華一沙門上執レ爐潔斎、遶旋而呪曰、「菩薩涅槃、年代已遠、像法流行、幸無レ謬者、請現二感応一」。纔始発レ声、此之唇舌一時鼓動、雖レ無レ響レ声、而相二似読誦一。諸同見者莫レ不二毛竪一。珍以状聞、詔遣二石函一蔵レ之、遷二于山室一云。……並見二侯君素『旌異記』一。

（『続高僧伝』読誦篇）

いずれも、法華経誦持の僧が死後髑髏となっても舌のみは残り誦経を続けたという話である。『日本霊異記』下巻第一縁の内容と基本的に一致するほか、傍線を付したように、「舌不レ壊（舌壊れず）」「舌如レ故（舌故の如し）」「唇舌一時鼓動（唇舌一時に鼓動す）」など、『日本霊異記』当該説話と類同の表現が確認できる。それでは、『日本霊異記』説話の筆録者あるいは景戒は、いずれの書物によってこれら「舌不朽」の説話を知り得たのであろうか。

『旌異記』は、藤原佐世撰『日本国見在書目録』雑伝家に「旌異記十巻侯君素撰」と著録されており、平安前期にはテキストが存在していたようである。一方、「舌不朽」の説話群を『旌異記』から引用する『続高僧伝』は、奈良期以降、日本でも盛んに読み学ばれた著作である。『日本霊異記』成立の時代において、これらの説話が『旌異記』テキストから直接読まれたのか、あるいは『続高僧伝』を介して知られたのか、いずれの可能性も想定でき、どちらかに決することはできない。しかしここで注意したいのは、『日本霊異記』には『続高僧伝』以外にも、道宣の著作の影響がままみられることである。[注10]

『日本霊異記』下巻第二十四縁（「依レ妨二修行人一得二猴身一縁」）には、修行者の人数を制限したことが罪となり、猴に転生してしまった東天竺国大王の身を救うために「六巻抄」、すなわち道宣撰『四分律刪繁補闕行事鈔』を読む仏事が行われたことが記される。また、『日本霊異記』下巻序文には、『四分律刪繁補闕行事鈔』に基づくとおぼしき次のようなエピソードが記されている。

昔有二一比丘一、住レ山坐禅。毎二斎食時一、拆レ飯施レ烏。烏常啄効、毎日来候。比丘斎食訖後、嚼二楊枝一、嗽レ口洒レ手、把レ礫而翫。烏居二籬外一。時彼比丘、不レ瞪二居烏一、投レ礫中レ烏、烏頭破飛即死、死生レ猪。猪住二其山一。彼猪至二於比丘室上一、頽レ石求レ食、徑下中二比丘一而死。猪不レ思レ賊、石自来殺。

（『日本霊異記』下巻序文）

（ある比丘が、食事のたびに烏に食べ物を施していた。しかしある時、烏が籬の外にいるのを見ずに比丘が投げた小石が当たり、烏は死んでしまい、猪に生まれ変わった。その猪が比丘の住む室の上で石をくずして食べ物を探したところ、石が転がり落ち比丘に当たり、比丘は死んでしまった）

というものである。たとえ故意ならずとも、殺生を犯せば報があることを説く話である。このエピソードが『四分律刪繁補闕行事鈔』にみえるものであることは、狩谷棭斎『日本霊異記攷証』が夙に指摘している。

如二経中頭陀比丘一、不レ覚殺生、彼生命過堕二野猪中一、山上挙レ石、即因崩下、還殺二比丘一。

(『四分律刪繁補闕行事鈔』中一[注11])

道宣にはこの他にも、『広弘明集』『集古今仏道論衡』『大唐内典録』など多数の著作があり、いずれも奈良期以降の日本の仏教界に大きな影響を与えている。またいま特に注目したいのは、道宣が自らの著作において次のような言葉を残していることである。

因縁之遘若二影随レ形、祥瑞之徒有二逾符レ契。義非二隠黙一。故述而集レ之。然尋二閲前事一多出二伝紀一。志怪之与二冥祥一、旌異之与二徴応一、此等衆矣。

(『集神州三宝感通録』巻下[注12])

因縁や祥瑞は紛れもなく存在することだとして、それらを載せる「伝紀」として道宣は、「志怪」「冥祥(記)」「旌異(記)」「徴応(集)」[注13]の書名をあげている。また道宣は、次のようにも述べている。

余少楽二多聞一、希世抜俗之典籍、故捜神、研神、冥祥、冥報、旌異、述異、志怪、録幽、曾経閲之。

(『道宣律師感通録』[注14])

道宣が『捜神記』をはじめとする六朝隋唐の中国古小説類に高い関心を寄せていたことがわかるが、ここには「冥報(記)」の名もみえる。[注15]こうした状況に鑑みれば、『日本霊異記』が『冥報記』を範として掲げ、またこれら中国古小説類所載説話との話型の一致をしばしば見せるのは、奈良の仏教界に大きな影響を与えた道宣の如上の志向も反映しているのではないかと思われる。

繰り返しになるが、『冥報記』は中国においては散佚し、道宣が列挙した他の古小説類も六朝隋唐のテキストが現在に至るまでそのまま伝存するものはない。しかし一方日本では、『冥報記』も『金剛般若経集験記』も古写本が伝わり、またそれらを鑑として作成された『日本霊異記』も現存している。のみならず日本においては、『日本霊異記』を劈頭とする「仏教説話」が以後も継続して生み出され、文化史、書物史の一つの流れ、系譜を形成することとなった。そして現代においては、『日本霊異記』『三宝絵』『今昔物語集』などが、日本仏教資料としてのみではなく、「文学」として、古典文学の「全集」にも取り入れられている。これは、中国における文化史や書物史、あるいは「古典文学」研究の状況とはずいぶんと異なる現象といえる。かつて中国から海をわたり日本へもたらされた書物が起点となり、しかし中日双方では異なる書物の体系が構築され展開した。『日本霊異記』はこうした東アジアの書物世界の交流のありようを考察していくうえで、有用な視座を提供しうる存在であるといえよう。

三　『日本霊異記』の語句表現——「内典」「外典」の利用

さて、各説話のモチーフや話型のみならず、説話を紡ぐ文章の語句表現に注目するならば、『日本霊異記』の「典拠」としてさらにさまざまな資料があったことが推測される。

『日本霊異記』上巻序文の冒頭は次のように始まる。

原夫、内経外書、伝㆓於日本㆒而興始代、凡有㆓二時㆒。皆自㆓百済国㆒浮来之。軽嶋豊明宮御㆑宇誉田天皇代、外書来之。磯城嶋金刺宮御㆑宇欽明天皇代、内典来也。然乃学㆑外之者誹㆓於仏法㆒、読㆑内之者軽㆓於外典㆒。愚痴之類、懐㆓於迷執㆒、匪㆑信㆓於罪福㆒。深智之儔、覯㆓於内外㆒、信㆓恐因果㆒。……

（『日本霊異記』上巻序文）

景戒は序文冒頭でまず、「内経（内典＝仏典）」と「外書（内典以外の典籍）」がともに百済から日本にもたらされたことから説き起こす。そして、内典と外典を学ぶ人それぞれが相互に誹謗し軽視し合う状況を問題としつつ、「内外」の双方に通じ「因果」を「信」じ「恐」れる「深智」を備えるべきことを主張する。

それでは『日本霊異記』自体の内典、外典に対する姿勢はどうかとみると、序文に説く通り、内典と外典の「智」をそれぞれ広く学び取り入れようとしていることが窺える。以下、『日本霊異記』の語句表現が依拠する内典、外典について、いくつかの具体的事例とともにみていく。

1 「内典」の利用――仏像の霊験を説く言説など

『日本霊異記』上巻第十七縁（「遭二兵災一信二敬観音菩薩像一得二現報一縁」）は、百済を救う援軍として派遣された越智直が、唐兵に捕らわれてしまうものの、観音菩薩像に誓願をたてた結果、無事に帰国が果たされたという話である。その説話の末尾を『日本霊異記』は次のように結ぶ。

……蓋是観音之力、信心至レ之。丁蘭木母、猶現二生相一、僧感画女、尚応二哀形一。何況是菩薩而不レ応乎。

これは観音の力、信心の極みによる出来事である。丁蘭の母の木像は、まるで生きているかのような様相を現し、僧が心動かされた絵の女は、哀れみの姿で僧の願いに応じた。それゆえどうして菩薩が感応しないことがあろうか、とある。

「丁蘭木母」とは、孝子丁蘭が生きている母のごとく敬い仕えた母の像が不思議な感応をみせたという、中国の『孝子伝』所載の著名な故事であるが、[注16] 右の『日本霊異記』本文の傍線部（「丁蘭〜不レ応乎」）の文言はそのまま唐・慧沼撰『十一面神呪心経義疏』にみえることが中村史によって指摘されている。[注17] 出典の明記はないものの、観音像の霊験を説くにあたり、『日本霊異記』編者もしくは筆録者が、ここに『十一面神呪心経義疏』を引用したことは間違いない。

実は、『日本霊異記』において『十一面神呪心経義疏』が引用されるのはここのみではない。『日本霊異記』中巻第二十六縁（「未レ作二畢仏像一而棄木示二異霊表一縁」）は、仏像を作ろうとして完成されないまま棄てられ、橋として使われていた梨の木が「痛い、踏むな」と声を出すのを禅師が聞きつけ、仏像として完成させたという話である。

……木是无レ心、何而出レ声。唯聖霊示、更不レ応レ疑也。

右はその末尾の評語部分であるが、そのうち「木には心がないのに、どうして声を出すことがあろうか」と述べる傍線部は、いまみた、上巻第十七縁が引く『十一面神呪心経義疏』の直前に存する表現である。

……初明動像二明出レ声也。問木是無レ心、何故動而出レ声耶。答此有二三義一故動而出レ声也。一者行人心誠。二願強盛故。三菩薩願重故也。人世不レ無二是事一也。如下丁蘭木母、猶現二生相一、僧感画女、尚応中哀形上。何況是菩薩而不レ応耶。……

（『十一面神呪心経義疏』[注18]）

以上を通していえることは、『日本霊異記』が仏像の霊験を説くこれらの説話において、十一面観音にまつわる同一の仏典の文句を利用し、また中巻第二十六縁においては、その仏典の文句を基としてアレンジを施し、四字＋四字の構文に仕立て直す工夫をも凝らしていることである。

なお、『日本霊異記』にはもう一箇所、中巻第三十九縁の話末部にも丁蘭のことを引く。本話は、川の砂に埋もれていた薬師仏が「我を取れ」と声を出すのを僧が聞き、壊れた仏像を見つけ出し修復した、という話である。その末尾部分は次のように結ばれる。

伝聞、優塡檀像、起致二礼敬一、丁蘭木母、動示二生形一者、其斯謂之矣。

（『日本霊異記』中巻「薬師仏木像流レ水埋レ沙示二霊表一縁　第卅九」）

優塡王が造った栴檀の仏像が、立ち上がって釈迦を迎えたという故事と、丁蘭の母の木像の故事を並べる対句である。不思議な像の霊験として、優塡王の像と丁蘭の母の像の双方に言及する記述は、梁・慧皎撰『高僧伝』などにみえる。[注19]

昔優塡初刻二栴檀一。……丁蘭温清竭レ誠、木母以レ之変レ色。……　（『高僧伝』興福第八）[注20]

しかしながら、右の『高僧伝』の文は優塡王の像と丁蘭の母の像のことを対句表現として表すものではない。四字句を基調とする中巻第三十九縁の対句は、内典所載の故事を学び知った『日本霊異記』編者もしくは説話筆録者の作文、文飾によるものである。

『日本霊異記』説話においてはこのように、話末部の評語部分を中心として、工夫の凝らされた対句表現が散見される。そしてその中には、『十一面神呪心経義疏』から上巻第十七縁に引用された部分のように、「猶（尚）……何況……」といった反語表現が複数箇所に見受けられる。[注21] 例をあげれば次のようなものがある。

・夫死霊白骨、尚猶如レ此、何況生人、豈忘レ恩哉。　（上巻第十二縁）

・夫日曝髑髏、尚故如レ是、施レ食報レ福、与レ恩報レ恩、何況現人豈忘レ恩乎。　（下巻第二十七縁）

右にあげたのは、いずれも野ざらしになっていた髑髏を救ったことにより、髑髏の報恩を受ける話の話末部で、髑髏ですら恩返しをするのであるから、まして人間が恩を忘れることがあってはならないと説く教訓である。

各条の末尾に経典を引用したり、あるいは反語表現を用いるなど説得力のある文言を連ねて戒めや教訓を説くという『日本霊異記』のパターンもまた、先行の仏典の型に学んだ結果といえる。例えば、『日本霊異記』の最古の写本である興福寺本の紙背に筆写されていることで著名な道紀（六世紀後半）撰『金蔵論』は、各条を「……縁」と題することなどはじめ、『日本霊異記』へ影響を与えた一書であると考えられているが、[注22]各条の末尾に経典の引用文を付すものや、末尾を反語表現を伴う文で締めくくるものがあることなど、[注23]『日本霊異記』説話の構成や語りの枠組みのひな形とも考えられる要素を有している。

以上、『日本霊異記』の文は、内典の語句や文を引用し、あるいはそれらを基に文辞を練り、先行の中国仏典における型に則りつつ、説得力とインパクトのある言説を紡ぎ出す努力が払われていることをみた。

2　「外典」の利用——古典籍所載の難読字の使用

また『日本霊異記』は、内典のみならず、各種外典の表現をも用いて文章が構成されている部分もある。例をあげてみる。

『日本霊異記』下巻序文には、因果応報がたちまちのうちに現れることを説く、次のような文がある。

悪報遄来如㆓水鏡㆒、向㆑之即現。夸力颯被如㆓谷響㆒、喚㆑之必応。（『日本霊異記』下巻序文）

悪報が速やかにやって来ることは水の鏡に物が映ると、たちまちに現れるようなものであり、（善報の）幸せがたちどころに人を被うのは谷のこだまのように、喚べば必ず応じるものである、とある。

ここでも景戒の筆は、文飾を駆使して対句を構成しているが、中には「遄」字のようにかなり特殊な難読字が含まれている。ところが意外なことに、『日本霊異記』においてこの「遄」字は他にも計五箇所にわたり繰り返し用いられている。

・讃曰……化翁来資、別後遄翳。……　（上巻第六縁）

・有二衣縫伴造義通者一。忽得二重病一、両耳並聾、悪瘡遍レ身。歴レ年不レ愈。自謂、「宿業所レ招、非二但現報一。長生為レ人所レ厭、不レ如二行レ善遄死一」。……

（上巻第八縁）

・利苅優婆夷……到二閻羅王所一……告、「今遄還」。……

（中巻第十九縁）

・二子白レ母言、「屋上在二七軀法師一、而読レ経矣。遄出応レ見」。……

（中巻第二十縁）

・勅信尋レ光至レ寺。見有二一優婆塞一、引下於繋二彼神蹲一之縄上、礼仏悔過。信視遄還以状奏之。……

（中巻第二十一縁）

いま注目したいのは、このうち上巻第八縁の文である。これは、急病のために耳が聞こえなくなってしまった衣縫義通という人物が、自らの行く先を思って「この病は宿業によるもので現報のみが引き起こしたものではない。長く生きて人に厭われるよりは、善行を修めて早く死んだ方がよい」と述べる箇所である。そしてこの「不レ如二行レ善遄死一」という表現の由来をたどると、『毛詩』に次のような詩句がある。

相鼠有レ体、人而無レ礼。人而無レ礼、胡不二遄死一。

（『毛詩』鄘風・相鼠）

人として礼を持たずに生きることはありえない、人として生きていく意義がないのであれば、すみやかに死ぬよりほかない、という詩句の意を汲むならば、義通の発言にもそのまま通じる。『日本霊異記』の表現のもとには、この詩がふまえられていると考えてよかろう。[注24]

なお当該の詩句は、例えば『史記』商君列伝や、また唐・道宣撰の『集古今仏道論衡』[注25]といった仏者の書物にも引かれており、『日本霊異記』の表現の典拠として直接『毛詩』が参照されたかどうかは容易には決することができない。ただし、『日本霊異記』を筆録した書き手が当該の『毛詩』の詩句を意識していたのではないかと考えられる一つの可能性を示すものとして、義通の説話に続く上巻第九縁において、「無礼」という語句がみえることに注意される。[注26] 右にあげたように、「遄」字は中巻第十九縁から同第二十一縁にかけて三話に連続して用いられるなど、『日本霊異記』は連続する説話において、説話の内容には関係なく同じ字句が繰り返し用いられることが多々ある。[注27]『日本霊異記』の個々の説話の執筆過程や編纂過程の実際は未詳と言わざるをえないが、二話、あるいは数話の執筆が連続して行われた可能性を、右のような状況から推し量ることもできるのではないか。そして、上巻第九縁に「無礼」の語が用いられたのは、その直前の第八縁において「人而無レ礼、胡不二遄死一」の詩句を意識した執筆が行われ、その「余波」が、続く第九縁の執筆にも及んだものとは考えられないだろうか。

さて、『毛詩』の詩句に基づくとおぼしき『日本霊異記』上巻第八縁の当該箇所の文は、義通の心中語ではあるが、「宿業所レ招、非二但現報一……不レ如二行レ善遄死一」と（口語的な表現ではなく）文章語として整った形式に構成されている。そして、これとほぼ同一の表現が『日本霊異記』には他の箇所にも繰り返されている。

・宿業所レ招、非二唯現報一。徒空飢死、不レ如レ行二念善一。（下巻第十一縁）

・宿業所レ招、非二但現報一。滅レ罪差レ病、不レ如レ行レ善。（下巻第三十四縁）

これらはいずれも病に冒された人物が、自らの境遇を嘆いてもらす言葉である。こうした表現は、先にみた話末部の反語表現と同様、『日本霊異記』説話執筆者あるいは撰者景戒の「文」への意識、作文への「こだわり」の現れ、と捉えることができる。

『日本霊異記』の序文には次のようにある。

然景戒……能巧所レ雕、浅工加レ力。（『日本霊異記』上巻序文）

然景戒……神遅鈍同二於鐫刀一、連二居字一不レ華。情惷戇同二於刻レ船、編二造文一乱レ句。

（『日本霊異記』中巻序文）

ここには、「文は巧みに美しく作られるべきであるが、自分にはその才がなく、みだりに字句を連ねるばかりであることを恥じる」という、景戒の考えが表れている。これと対照的であるのは、『日本霊異記』が範として書名を掲げる『冥報記』序文には「不レ飾レ文（文を飾らず）」という執筆態度が示されていることである。[注28]『日本霊異記』は「内典」「外典」双方を尊重する「智」を重視し、さまざまな典籍をふまえた優れた「文」の構築を目指そうと試みたのではないか。『日本霊異記』説話を紡ぐ各文章の語句表現を、内典・外典との関係から詳細に分析し、その意図を読み取っていくことによって、『日本霊異記』が有する文学史的意義も、今後さらに明らかにしていくことができる余地があるように思われる。

四　史書、史料との関係

冒頭にも触れたように、『日本霊異記』は『日本書紀』や『続日本紀』といった史書に載る出来事や人物に関わる記事を多く含む。また『日本霊異記』は、ほぼ時代順に説話を配列していることや、各巻序文には当該の時代を総括して述べるがごとき文章を含んでおり、「歴史を語る」意識が濃厚である。それでは『日本霊異記』は、史書や公の記録にいかに依拠し、またいかなる意図のもとに、いかなるメッセージを伝えようとしているのか。以下、『日本霊異記』と史書、史料との関係を、いくつかの視点からみつめ直し、『日本霊異記』のねらいとするところを考察していきたい。

1　『日本霊異記』の理想――「聖」

『日本霊異記』上巻冒頭二話は、日本のいわば仏教前史から始まり、上巻第三縁が元興寺の道場法師説話、そして第四縁に聖徳太子説話が配されている。

『日本霊異記』上巻第四縁の聖徳太子説話は、前半に聖徳太子の三つの名の由来が記され、続いて片岡山の飢人説話を載せる。聖徳太子の呼称の由来や片岡山の飢人説話は『日本書紀』にもみえるものであるが、必ずしもそれと同文というわけではない。[注29]

聖徳皇太子者、磐余池辺双槻宮御レ宇橘豊日天皇之子也。小墾田宮御レ宇天皇代、立之為二皇太子一。太子有二三名一。一号曰二厩戸豊聡耳一。二号曰二聖徳一。三号曰二上宮一也。向二厩戸一産。故曰二厩戸一。天年生知、十人一時訟白之然一言不レ漏能聞之別。故曰二豊聡耳一。進止威儀、似レ僧而行、加製二勝鬘法花等経疏一、弘レ法利レ物、定二考績功勲之階一。故曰二聖徳一。従二天皇宮一住レ上。故曰二上宮皇一也。……

（『日本霊異記』上巻「聖徳皇太子示二異表一縁　第四」）

『日本霊異記』が「聖徳」の名の由来を説く部分（傍線部）のうち、勝鬘経や法華経を講じたことや冠位十二階を施行したことは『日本書紀』にもみえるものであるが、いま注目したいのは「弘レ法利レ物（仏法を弘め衆生に利益をもたらした）」という箇所である。『日本霊異記』において実はこれは、本話のみならず、いくつかの重要人物の説話において繰り返し用いられる表現なのである。

故道照法師者船氏、河内国人也。……遍二遊諸方一、弘レ法化レ物。遂住二禅院一、為二諸弟子一、演二暢所レ請衆経要義一。……賛曰、「船氏明レ徳、遠求二法蔵一。是聖非レ凡、終没放レ光」。

（『日本霊異記』上巻「勧求㆓学仏教㆒弘㆑法利㆑物臨㆓命終時㆒示㆓異表㆒縁　第廿二」）

釈智光者……天年聡明、智恵第一。製㆓盂蘭瓫大般若心般若等経疏㆒、為㆓諸学生㆒、読㆓伝仏教㆒。時有㆓沙弥行基㆒……捨㆑俗離㆑欲、弘㆑法化㆑迷。……於㆑是智光法師、発㆓嫉妬之心㆒、而非之……光発露懺悔曰、「……是以慙愧発露。当願免㆑罪」。……従㆑此已来、智光法師信㆓行基菩薩㆒、明知㆓聖人㆒。……智光大徳、弘㆑法伝㆑教、化㆑迷趣㆑正。……

（『日本霊異記』中巻「智者誹㆓妬変化聖人㆒而現至㆓閻羅闕㆒受㆓地獄苦㆒縁　第七」）

道照と行基はともに、奈良期仏教界の重要人物であり、『日本霊異記』においても複数の説話に登場するキーパーソンである。[注30]その両者の功績について『日本霊異記』は、聖徳太子と同様に「仏法を弘め衆生（を教化し）利益をもたらした」（二重線部）と評し述べるわけである。しかも聖徳太子、道照、行基はいずれも「聖（人）」として、『日本霊異記』において最高の敬意が払われているのである。「弘㆑法利㆑物」は例えば『薬師七仏供養儀軌如意王経』[注31]に、「弘㆑法化㆑他」の語は『妙法蓮華経文句』[注32]などの仏典にみえる語句である。『日本霊異記』はその「弘㆑法……」の語を理想の「聖」を描写する表現として選び、繰り返し用いているのである。

なお、右の中巻第七縁は、多くの経典の注釈を作成して当時「智恵第一」とされた智光が、行基に嫉妬し誹謗したため地獄に堕ちたという逸話を語る。しかし、罪を悟り懺悔し蘇った智光に対しても『日本霊異記』は、波線部で「弘㆑法伝㆑教、化㆑迷趣㆑正（仏法を弘め教えを伝え、衆生を教化し正しい道へと導いた）」と、行基に対するのと類同の表現による評を付している。『日本霊異記』はまた傍線部で、智光が堕地獄という試練を経て「聖人を知る」人となったと述べるが、「聖人知㆑聖、凡人不㆑知（聖人は聖を知る、凡人は知らず）」という言葉は『日本霊異記』上巻第四縁の聖徳太子説話にもみえる。このことによれば『日本霊異記』は、智光自身をも「聖を知る人」、すなわち聖徳太子や行基に連なる「聖」の資格を得たものと位置づけようとしているのではないか。

さて、『日本霊異記』冒頭の上巻序文は、内典にも外典にも通じる「智」の重要性を述べていた。しかし『日本霊異記』は、智光の説話において、「智」にも勝る理想として「弘法化迷」を実践する「聖」を掲げたのだとよめる。そしてその理想は『日本霊異記』末尾の下巻第三十九縁にまで貫かれているようである。

尺善珠禅師者……得度精懃修学、智行双有。皇臣見レ敬、道俗所レ貴。弘レ法導レ人、以為二行業一。

（『日本霊異記』下巻「智行並具禅師重得二人身一生二国皇之子一縁　第卅九」）

本話は、善珠という僧侶が桓武天皇皇子に転生したという、史書や他の記録類には一切みえない逸話を語るものである。善珠は、智光と同様、数多くの仏典注釈書を著した学僧として著名な人物であるが、その善珠を『日本霊異記』は右にあげた部分で、「智」のみならず「弘レ法導レ人（法を弘め人びとを導く）」という「行業」の実践者でもあったと紹介する。「智」と「行」をともに備える「聖」という理想。『日本霊異記』はこの理想の姿を聖徳太子から道照、行基、智光、そして善珠に至る歴史上の人物にみとめ、「弘法」というキーワードのもと、日本仏教史を貫く系譜として示そうと構想したのではないか。

2　史書の筆法──「時人」のことば

このように『日本霊異記』は、歴史上の重要人物の事蹟に深く関与しながらも、史書や史料が伝えるものとは異なる「歴史」を紡いでいく。しかしながら『日本霊異記』には、やはり史書とのつながりを窺わせる体裁や筆法がままみえる。その一つが「時人」のことばを伝える記述方法である。

先に取りあげた『日本霊異記』中巻第七縁には、次のような一節がみえる。

時有二沙弥行基一……聖武天皇、感レ於威徳一故、重信之。時人欽貴美称二菩薩一。……

（『日本霊異記』中巻第七縁）

行基の威徳に感じた聖武天皇は行基をあつく信じ、時の人は行基を敬い貴んで菩薩と美め称えた、とある。そして実はこの「時人…貴…美称二菩薩一」という語句も、次にあげるように『日本霊異記』内に複数回繰り返してみえるものである。

諸楽宮御二宇大八洲国一之帝姫阿倍天皇御代、紀伊国牟婁郡熊野村、有二永興禅師一。化二海辺之人一。時人貴二其行一、故美称二菩薩一。……

（『日本霊異記』下巻「憶二持法花経一者舌著二曝髑髏中一不レ朽縁　第一」）

……又伊予国神野郡郷内有レ山。名号二石鎚山一。……彼山有二浄行禅師一而修行。其名為二寂仙菩薩一。其時世人道俗、貴二彼浄行一故、美称二菩薩一。

（『日本霊異記』下巻「智行並具禅師重得二人身一生二国皇之子一縁　第卅九」）

前者は、先にも取りあげた「舌不朽」説話を伝える下巻第一縁である。後に髑髏となっても誦経する禅師の遺骸を発見することになる永興禅師のことを、「時の人はその行を貴び菩薩と美め称えた」とある。また後者は、『日本霊異記』末尾の下巻第三十九縁の後半部で、後に嵯峨天皇に転生したことが語られる寂仙のことを、「時の世の人はその浄行を貴んで菩薩と美め称えた」とある。

先にみた「弘法」の語と同様、行基という重要人物と『日本霊異記』巻末説話に登場する禅師に対して同一の語句による評が用いられていることは、行基をはじめとする理想を末尾の説話、すなわち『日本霊異記』成立当時の、景戒にとって「今」の状況にも続く連関の中で説こうとする構成意図を読みとることができるのではないか。[注33]

なお「時人……」という語句は、上巻第五縁にも、時人名曰二還活連公一。

とみえる。上巻第五縁は、第一節でも触れたように、「本記」と称される文字史料に基づき書き留められたという体裁を取る説話である。ここで考慮すべきは、「時人曰……」というものが六国史にしばしばみられる史書の筆法であることである。[注34] 例えば『続日本紀』において「時人」の言動の記録は次のような箇所にみえる。[注35]

・世伝云、火葬畢、親族与二弟子一相争、欲下取二和上骨一斂上之、飄風忽起、吹二颺灰骨一、終不レ知二其処一。時人異焉。

（『続日本紀』文武四年〔七〇〇〕三月己未条）

・時人号曰二行基菩薩一。

（『続日本紀』天平勝宝元年〔七四九〕二月丁酉条）

前者は道照の卒伝、後者は行基の卒伝記事である。両者ともすでに述べてきたように『日本霊異記』説話に登場する重要人物であるが、特に行基のほうは『日本霊異記』説話においても「時の人が行基を菩薩と称した」との記述があり、筆法が重なる。

この一例をみても、『日本霊異記』の文が生み出されていく過程において、史書の体例や筆法が参照されたことが推し量られるのである。

おわりに

『日本霊異記』を構成する説話がいかなる典拠から収集されたのか、その全貌を明らかにすることは困難をきわめる。最後に述べたように、日本の史書や史料との共通項はみえるものの、景戒の取材がいかになされたものなのかは、明らかにし難い。しかしながら、『日本霊異記』下巻第三十五縁に『続日本紀』編者の一人である菅野真道の名がみえることは、『日本霊異記』編纂の環境と「官」による史書作成現場との間の接触が皆無ではなかったことを窺わせる。

下巻第三十五縁は、小稿第一節でも簡単に紹介したが、物部古丸という人物が生前に犯した罪のために地獄で苦を受けているのを目撃した火君之氏の報告が「解」として大宰府に伝えられ、さらにその情報が朝廷に伝えられたため、桓武天皇の勅により古丸の苦を救うための大法会が行われたという説話である。当該の「解」は、朝廷に伝えられた後、二十年の間、信ずるに足りないこととして放置されていたが、それを発見して桓武天皇に奏上したのが菅野真道である、と『日本霊異記』は記す。なお注目すべきは、天皇の主催により行われた大法会の講師を務めたのが、『日本霊異記』最終話に再登場する善珠であったとされることである。『日本霊異記』が「延暦十五年三月朔七日」に行われたと記す当該の大法会について、『続日本紀』には記載はない。しかし本話は、当該の大法会が歴史上の事実であったか否かはさておき、『続日本紀』の編者や、「解」という公の記録などと『日本霊異記』が遠からぬ関係にあったことを物語る。また、桓武天皇主催の法会を実行する僧侶として抜擢された善珠が、「智」と「行」とを備え「弘法」を実践した禅師として『日本霊異記』を締めくくる最終話に再登場することは、『日本霊異記』が天皇や朝廷、あるいは天皇や朝廷との接触を有する僧侶のネットワークに重なる環境で作成されたことを想像させる。

善珠は、興福寺を拠点に数々の仏典注釈書を執筆した学僧である。そしてその善珠の著述には、さまざまな内典・外典を駆使した文章が綴られている。[注36] そうした内外の書物が存在する環境との関わりの中で、『日本霊異記』成立の背景をより具体的に考察していくことが必要であるように思われる。

景戒の自伝的説話を記す『日本霊異記』下巻第三十八縁（「災与ㇾ善表相先現而後其災善答被縁」）には、景戒が夢で「諸教要集」を与えられ、書写するよう促されたということが記される。夢の中でのこととはいえ、景戒において書籍の書写ということが小さからぬ意味を持つ業であったことが窺える。『日本霊異記』は「口伝」を録したものとされてはいるが、上巻序文冒頭において書籍に通ずることの重要性から説き始めた景戒にとって、『日本霊異記』の編纂は、さまざまな書籍の情報を収集し、読み、学び、そしてそれを「施二群迷一（迷える衆生に施す）」（跋）ことによって、自らも「弘法」の「聖」たちに連なろうという願望を達成するための実践であったのではないか。

また、『日本霊異記』に記し残された文を通して、『日本霊異記』を生み出す契機となった先行の書籍や資料を明らかにしていくことができる可能性が存する一方、『日本霊異記』が取り入れなかったもの、『日本霊異記』が記さなかったことがらにも思いを致し、記紀から『日本霊異記』に至る八世紀の文学世界の全体像を把握する試みはなお追究されてよかろう。例えば、『日本霊異記』とほぼ同時期に成立した思託撰『延暦僧録』は第一巻冒頭に「高僧沙門釈鑑真伝」を置く。[注37] 一方の『日本霊異記』はなにゆえ鑑真に言及しないのか。[注38] そうした問題も含めて、『日本霊異記』が依拠したもの、依拠しなかったもの、依拠し得なかったものについて、さらに精査していくならば、古代の文学や学術文化をめぐる状況とその中における『日本霊異記』の存在は、今後いっそう鮮明な意味をもって立ち現れてくるのではないだろうか。

主な使用テキスト

『日本霊異記』の本文は新編日本古典文学全集を用いた。なお日本古典文学大系、新日本古典文学大系の校異、訓読を参照し、句読等を改めたところがある。その他の使用テキストは以下の通り。『続日本紀』…新日本古典文学大系。『日本国見在書目

録』…宮内庁書陵部所蔵室生寺本影印（名著刊行会、一九九六年）。『続高僧伝』…郭紹林点校『続高僧伝』（中華書局、二〇一四年）。『四分律刪繁補闕行事鈔』『集神州三宝感通録』『道宣律師感通伝』『十一面神呪心経義疏』『高僧伝』…大正新脩大蔵経。『毛詩』…阮元十三経注疏本。

注

1 早くは狩谷棭斎の『日本霊異記攷証』（文政四年〔一八二一〕刊、日本古典全集所収）がある。また、遠藤嘉基・春日和男校注『日本古典文学大系　日本霊異記』（岩波書店、一九六七年）、中田祝夫校注・訳『新編日本古典文学全集　日本霊異記』（小学館、一九九五年）、出雲路修校注『新日本古典文学大系　日本霊異記』（岩波書店、一九九六年）等を参照。

2 中村史『日本霊異記と唱導』（三弥井書店、一九九五年）等を参照。

3 説話研究会編『冥報記の研究』（勉誠出版、一九九九年）参照。

4 『旧唐書』巻八十五・唐臨本伝には「所レ撰冥報記二巻、大行二於世一（撰する所の冥報記二巻、大いに世に行はる）」とある。

5 河野貴美子「東アジアの資料学の観点からみた説話研究」（『説話文学研究』四八、二〇一三年七月）、同「日本文学史における『日本霊異記』の意義――その表現と存在――」（『上代文学』一一六、二〇一六年四月）等参照。

6 『冥報記』は高山寺蔵本、前田育徳会尊経閣文庫蔵本、知恩院蔵本、『金剛般若経集験記』は石山寺蔵本、黒板勝美氏旧蔵天理大学蔵本、高山寺旧蔵奈良国立博物館蔵本といった古写本が残る。

7 中国では散佚し、日本にのみ伝存する佚存書の中に、『孝子伝』や『琱玉集』が含まれていることは、古代日本において、そうした中国の「故事」や「例話」が好んで読み学ばれたことを反映していると思われ、『日本霊異記』における『冥報記』や『金剛般若経集験記』への注目と軌を一にするものとも考えうる。

8 林嵐（河野貴美子編訳）「『日本霊異記』における「舌不朽」の話について」（『アジア遊学二七　遣唐使をめぐる人と文学』勉誠出版、二〇〇一年五月）等参照。

9 『隋書』侯白伝に「著二旌異記十五巻一、行二於世一（旌異記十五巻を著し、世に行はる）」とみえる。

10 道宣については藤善眞澄『道宣伝の研究』（京都大学学術出版会、二〇〇二年）、また道宣の著作の奈良朝漢詩文への影響については藏中しのぶ『奈良朝漢詩文の比較文学的研究』（翰林書房、二〇〇三年）に詳しい。

11 大正蔵第四十巻四九頁a～b。

12 大正蔵第五十二巻四二六頁b。

13 『隋書』経籍志・史部雑伝に「志怪二巻祖台之撰。志怪四巻孔氏撰」「冥祥記十巻王琰撰」、『旧唐書』経籍志・乙部史録雑伝類および『新唐書』芸文志・丙部子録小説家類に「徴応集二巻」とみえる。『旌異記』については注9参照。

14 大正蔵第五十二巻四三六頁a。同文は道宣撰『律相感通伝』（大正蔵第四十五巻八七五頁a）にもみえる。なおここで道宣が掲げる古小説類のうち『捜神記』『研神記』『冥報記』『旌異記』は『日本国見在書目録』雑伝家に著録がある。

15 道宣が『冥報記』を盛んに利用していたことは注10前掲藤善眞澄書第九章等に詳しい。

16 幼学の会編『孝子伝注解』（汲古書院、二〇〇三年）等参照。

17 注2前掲中村史書第二編第二章参照。

18 大正蔵第三十九巻一〇一〇頁a。

19 原口裕「日本霊異記出典語句管見」（『訓点語と訓点資料』三四、一九六六年十二月）等参照。

20 大正蔵第五十巻四一三頁a。なお同文が唐・道世撰『諸経要集』興福部述意縁（大正蔵第五十四巻七四頁b）、同『法苑珠林』興福篇（大正蔵第五十三巻五三七頁c）にもみえる。

21 『日本霊異記』説話の話末部において同様の反語表現が繰り返しみえる例として、他に、「寧託二悪鬼一、雖二多濫言一、而与二持経者一、不レ可二誹謗一、能護二口業一矣」（上巻第十九縁）、「寧所レ迫レ飢、雖レ食二沙土一、謹不レ用レ食二常住僧物一」（上巻第二十縁）、「寧飢苦所レ迫、雖レ飲二銅湯一、而不レ食二寺物一」（中巻第九縁）等がある。

22 宮井里佳・本井牧子編著『金蔵論　本文と研究』（臨川書店、二〇一一年）等参照。

23 例えば『金蔵論』巻五・像縁第十六「燈指過去治二像指一得レ報縁」は「形像尚爾、豈況仏也……」といった文言で結ばれる。
注22前掲宮井・本井書参照。

24 河野貴美子「『日本霊異記』を生みだした「語」学と「文」学」（『文学・語学』二〇五、二〇一三年三月）、同「古代日本の仏教説話と内典・外典――『日本霊異記』を中心に」（新川登亀男編『仏教文明の転回と表現　文字・言語・造形と思想』勉誠出版、二〇一五年）等参照。

25 大正蔵第五十二巻三九二頁a。

26 『日本霊異記』上巻「嬰児鷲所レ擒他国得レ逢レ父縁　第九」の文中に「汝、鷲噉残、何故无レ礼（お前は、鷲の食い残しであるのに、どうして無礼をはたらくのか）」という文言がみえる。

27 『日本霊異記』の「説話の連鎖」については出雲路修『説話集の世界』第一部一（岩波書店、一九八八年）も参照。

28 注5前掲拙稿二〇一六参照。

29 『日本書紀』推古元年四月己卯条は「上宮厩戸豊聡耳太子」という呼称について、「皇后懐妊開胎之日、巡行禁中監察諸司一。至二于馬官一、乃当二厩戸一、而不レ労忽産之。生而能言、有二聖智一。及レ壮、一聞二十人訴一、以勿レ失能弁、兼知二未然一。且習二内教於高麗僧慧慈一、学二外典於博士覚哿一、並悉達矣。父天皇愛之、令レ居二宮南上殿一。故称二其名一、謂二上宮厩戸豊聡耳太子一」と記す。

30 道照は上巻第二十二縁、同二十八縁、行基は上巻第五縁、中巻第一縁、同二縁、同七縁、同八縁、同十二縁、同二十九縁、同三十縁に登場する。

31 大正蔵第十九巻六二二頁a。

32 大正蔵第三十四巻一〇七頁a。

33 同様の表現は中巻第二十一縁にも「世之人美讃其行一、称二金鷲菩薩一矣」とみえる。

34 河野貴美子「「言」「語」と「文」――諺を記すこと」（河野貴美子・Wiebke DENECKE編『日本における「文」と「ブンガク《bungaku》」』勉誠出版、二〇一三年）参照。

35 『続日本紀』においては他に天平十八年（七四六）六月己亥条（道鏡卒伝）、霊亀元年（七一五）六月癸亥条（祈雨）、宝亀二年（七七一）二月戊申条（藤原永手の死の予兆）、天応元年（七八一）六月辛亥条（石上宅嗣卒伝）等にも「時人」の語がみえる。

36 善珠周辺には、師の玄昉が将来した最新の典籍をはじめ、当時としては最多最高の学術情報があったことが推定される。河野貴美子「善珠撰述仏典注釈書における漢籍の引用――『成唯識論述記序釈』をめぐる一考察――」（『中古文学』七一、二〇〇三年五月）等参照。

37 藏中しのぶ『『延暦僧録』注釈』（大東文化大学東洋研究所、二〇〇八年）参照。

38 師茂樹は近年、『日本霊異記』が「『日本書記《ママ》』や『延暦僧録』に対抗しようとした仏教史叙述の実践だったと位置づけることが可能になるかもしれない」と述べている。師茂樹『論理と歴史――東アジア仏教論理学の形成と展開』第五章（ナカニシヤ出版、二〇一五年）参照。

Ⅲ　史料論・享受論

史料としての記紀

笹川　尚紀

はじめに

五世紀以前の倭国の歴史を考えていくうえで、『古事記』と『日本書紀』は、欠かすことのできない貴重な典籍であるといえる。ただし、両書に載録されている皇統譜や伝承などにかんしては、信憑性をめぐる批判的な検討をしっかりとへたのちに、研究の素材として用いていかなければならない点は、もはや贅言を要しまい。本稿では、『古事記』や『日本書紀』における古い時代の叙述のなかから、少しでも史実を抽出していくためには、それぞれにたいしてどのように接していくのが肝心となるのか、こうした事柄について卑見を披瀝していく所存である。

本来ならば、筆者にあたえられた課題にせまっていくためには、『古事記』と『日本書紀』にみえる個々の記事の分析に、なるたけとりくんでいくことが不可避となろう。けれども、紙幅の関係上、『日本書紀』応神天皇九年四月条に書き記されている、武内宿禰《たけうちのすくね》[注1]にまつわる説話のみをその対象としていかざるをえない。この点を諒承していただくとともに、未熟な私案にたいして、ご叱正を乞うことができれば幸いである。

一　記事の読解

『日本書紀』においては、武内宿禰にかかわる伝承が割合に多く収められている。それらのうち応神天皇九年四月条については、先覚によって、「武内宿禰を主人公とする記述として、まとまったものでは代表的なもの」[注2]、「建内宿禰が中心となり、（中略）紀の関係伝承中では最も注意すべきもの」[注3]というふうに指摘がなされている。[注4]ただし、『古事記』には、かような説話は掲載されておらず、したがって、旧辞を出所とするものではなかったことが察せられる。くわえて、それは事実を語ったものではなく、ある時分になって作りあげられたことは、よもや誤りあるまい。

そこで、まずは、煩をいとわず、この条の全文を掲示し、そのうえで若干の考察をすすめていくことにしたい。

『日本書紀』応神天皇九年四月条

九年夏四月、遣二武内宿禰於筑紫一、以監二察百姓一。時武内宿禰弟甘美内宿禰、欲レ廃レ兄、即譏二言于天皇一、武内宿禰常有下望二天下一之情上。今聞、在二筑紫一而密謀之曰、独裂二筑紫一、招二三韓一令レ朝二於己一、遂将レ有二天下一。於レ是天皇則遣レ使、以令レ殺二武内宿禰一。時武内宿禰歎之曰、吾元無二弐心一。以レ忠事レ君、今何禍矣、無レ罪而死耶。於レ是有二壱伎直祖真根子者一。其為人能似二武内宿禰之形一。独惜二武内宿禰無レ罪而空死一、便語二武内宿禰一曰、今大臣以レ忠事レ君、既無二黒心一、天下共知。願密避之参二赴于朝一、親弁レ無レ罪、而後死不レ晩也。且時人毎云、僕形似二大臣一。故今我代二大臣一而死之、以明二大臣之丹心一、則伏レ剣自死焉。時武内宿禰独大悲之、窃避二筑紫一、浮レ海以従二南海一廻之、泊二於紀水門一。僅得レ逮レ朝、乃弁レ無レ罪。天皇則推三問武内宿禰与二甘美内宿禰一。於レ是二人各堅執而争之、是非難レ決。天皇勅之令下請二神祇一探湯上。是以武内宿禰与二甘美内宿禰一、共出二于磯城川湄一為二探湯一、武内宿禰勝之。便執二横刀一以殴二仆甘美内宿禰一、遂欲レ殺矣。天皇勅之令レ釈、仍賜二紀直等之祖一也。

この記事によると、応神天皇は、武内宿禰を筑紫、すなわち律令制下における西海道[注5]に派遣して、人民を監察させたという。そのとき、武内宿禰の弟である甘美内宿禰《うましうちのすくね》は、兄を排除しようとして、応神天皇に讒言するにいたった。その内容は、武内宿禰がつねに天下をわがものにしようとする野心を抱いており、現在は筑紫にあってひそかに画策し、そこを裂きとったうえで三韓を招いて自身にしたがわせ、ついには天下を掌中に収めようとしているというものであった。

甘美内宿禰の虚言のうちにみえる三韓とは、『日本書紀』神功皇后摂政前紀によると、新羅・高句麗・百済のことを指す。同紀では、神功皇后の新羅征討の結果、それのみならず、高句麗・百済もまた朝貢を約したとする。武内宿禰にかんしては、神功皇后摂政前紀において、朝鮮半島におもむいたとする記述はみうけられないけれども、渡海前、帰国後に神功皇后に重臣として随行していたのがたしかめられるので[注6]、そうであったとされていた点は、まずまちがいあるまい[注7]。

そして、もうひとつとりあげるべきは、『日本書紀』応神天皇七年九月条である。同条によると、応神天皇は、武内宿禰に命じて、入朝した高麗人・百済人・任那人・新羅人という多くの韓人《からひと》らをひきいて、韓人池を造らせたとする。

　これら事柄を前提にすると、武内宿禰は三韓とつながりを有していたという点がうかがえる。したがって、応神天皇は、さようなことをふまえたあげ句、甘美内宿禰の讒言を信じるにいたったとされているのであろう。

　さて、応神天皇による誅害の措置のことを知った武内宿禰は、もともと謀反をたくらむ心がなく、誠実に天皇に仕えてきたとし、何ゆえに罪なくして死ななければならないのかと嘆き語ったという。そのとき、武内宿禰と容貌がよく似ていた壱伎直《いきのあたい》の祖・真根子《まねこ》[注8]は、かれが事実無根の死をとげようとしているのを悼み、その忠義および悪念がないのは天下の者に知れわたっているとし、ひそかにのがれて朝廷に参上したうえで、みずから無罪であることを弁明するようすすめる。くわえて、顔形が武内宿禰に似ていると人びとからつねにいわれるとして、だからこそ、それに代わって死ぬことで武内宿禰の忠心を明らかにしようと述べて、すぐさま命を絶ったとする。

　ここで、注目すべきは、武内宿禰の天皇に尽くす節義は天下の者にひろく知られているとする点、それをはっきりと示すために自害した者、換言すると、武内宿禰が自死したとみせかけることによって、その潔白を証明しようとした者がいた点だ。これら事柄にもとづくに、武内宿禰の天皇にたいするあつい忠誠が強調されているのは、おそらく疑いあるまい。

　なお、ひとつ問題とすべきは、壱伎直の祖である真根子が武内宿禰と瓜ふたつであるといわれていた点だ。もとより、壱岐島に居を構えていたと考えられる真根子は、そのあたりの人びとによって、さように指摘されていたともくされる。とすると、大臣の地位にあった武内宿禰の容貌が鄙《ひな》の者たちに把握されていたということになって、なぜそのような状況になったのか、少なからず疑問が湧いてくることになろう。

かかる事柄にかんして、逸することができないのは、仲哀天皇・神功皇后にともなって武内宿禰が北九州に下向していたのを、『日本書紀』の記載からおさえられる点だ。[注9] そして、さらに付言すると、右述したように、武内宿禰は神功皇后にしたがって、朝鮮半島に渡海したとされていた点も、注意を要する。察するに、これらのことを前提にして、壱岐島付近の人びとに武内宿禰の容姿が知られるようになったとされているのであろう。つまるところ、真根子と武内宿禰があわせ鏡であったとする件をめぐっては、如上の『日本書紀』の記載内容、その草稿におけるそれなどをふまえたうえで、案出されるにいたったと想定される。

史料に目をもどすと、真根子の死をうけ悲しみに暮れた武内宿禰は、かれの意見を容れて、ひそかに船に乗って筑紫をはなれ、紀水門《きのみなと》をへてからくも朝廷に達し、みずからに罪のないことを力説した。応神天皇は、武内宿禰と甘美内宿禰にたいして問い調べたものの、ふたりはたがいに譲ることなく、是非を決することがかなわなかったという。そこで、天皇は盟神探湯《くかたち》[注10]を命じ、両者は磯城《しき》川の近辺で神に祈誓したうえで熱湯に手を入れたところ、[注11] 武内宿禰はやけどせず、甘美内宿禰に勝つにおよんだ。そののち、武内宿禰は、甘美内宿禰を殺そうとしたけれども、応神天皇はかれを赦し、その身を紀直《きのあたい》らの祖にあたえたとされる。

まずは、紀水門をとりあげるに、武内宿禰が遠まわりをしてそこへと向かったのは、母親の出自およびその地域にたいする所縁に基因しよう。

『日本書紀』景行天皇三年二月庚寅朔条

三年春二月庚寅朔、卜下幸二于紀伊国一、将上レ祭二祀群神祇一、而不吉。乃車駕止之、遣二屋主忍男武雄心命一〈一云、武猪心。〉令レ祭。爰屋主忍男武雄心命詣之居二于阿備柏原一、而祭二祀神祇一。仍住九年、則娶二紀直遠祖菟道彦之女影媛一、生二武内宿禰一。

（山括弧内は割書）

右の史料によると、景行天皇の名代として屋主忍男武雄《やぬしおしおたけお》心命《こころのみこと》が紀伊国に派遣され、阿備柏原《あびのかしわはら》において天神・地祇を祀ったとする。くわえて、孝元天皇の孫にあたる屋主忍男武雄心命は[注12]、そこに九年とどまっているあいだに、紀直の遠祖・菟道彦《うじひこ》の娘である影媛《かげひめ》と婚姻関係を結び、武内宿禰をもうけたという。[注13]紀伊国は武内宿禰の産土《うぶすな》であり、少なくとも幼いころにはそこで暮らしていたとされていた点が読みとれる。

紀直およびその前身集団は、紀水門を扼していたと考えられ、[注14]結局のところ、謀反人とされた武内宿禰は、生まれ故郷であり、かつ親族が勢力を扶植していた安全圏へとおもむいたことになる。おそらく、紀水門から上陸して紀路《きじ》[注15]をたどり、明宮《あきらのみや》[注16]へと行きついたとされていたのであろう。すなわち、紀水門をめぐる話は、『日本書紀』景行天皇三年二月庚寅朔条、より正確にいうと、その下書をもとにして作りあげられたのではないかと推測される。[注17]

つづいて、盟神探湯に目を転じるに、その結果、武内宿禰の無実が明らかになったとする。要するに、天神と地祇による保証をうけて、武内宿禰の天皇にたいする忠義がいやまし高まることになろう。[注18]

最後に、甘美内宿禰を紀直らの祖にさずけたということをめぐっては、これもまた武内宿禰の母親の出身について等閑に付すことができない。『古事記』孝元天皇段によると、甘美内宿禰の母は、尾張連《おわりのむらじ》らの祖・意富那《おおな》毘《び》の妹である葛城之高千那毘売《かずらきのたかちなびめ》であって、それゆえに、かれは武内宿禰とは異母兄弟となる。すなわち、甘美内宿禰の処遇にかんしては、武内宿禰の怒りを考慮したうえで、その母方の血族にたいし下僕としてわたされることになったとされている点がくみとれよう。[注19]

二　先行研究の批判

ここでは、先学による『日本書紀』応神天皇九年四月条の解釈をいくつかとりあげ、それらにたいし批評をおこなっていくことにしたい。

最初に、塚口義信氏の所説に着目するに、塚口氏は、同条を①武内宿禰が甘美内宿禰によって讒言される話、②壱伎直の祖である真根子が武内宿禰の身代わりとして自害する話、③武内宿禰が盟神探湯で甘美内宿禰に勝つ話、という三つのものによってなり立っているとする。そのうえで、②にかんしては、「「壱伎直祖真根子」を中心とした美談としての様相を呈し」ていることから、壱伎直によって継承されてきた説話であったと推測する。また、深いつながりを有する①と③については、後者において「「紀水門」が見え、また「紀直」との関係を示すことによって話が結ばれるなど、全く紀氏のペースで物語を展開している」がゆえに、紀直によって伝えられてきた説話であったと想察する。[注20] そして、そうした事柄をふまえたうえで、『日本書紀』の編者は、それら伝承を同書のなかに採録したともくしている。[注21]

右記の塚口氏の見解のうち、まず問題とすべきは、③にかんし「全く紀氏のペースで物語を展開している」とみなしてよいのかどうかである。もとより、③の軸となるのは、武内宿禰と甘美内宿禰とのあいだの盟神探湯であって、それゆえに、紀直にまつわる事柄は、副次的なものにすぎないととらえるべきではあるまいか。前章で述べたように、筆者は、武内宿禰が紀水門に入ったのは、殺害されないようみずからの身を守るため、応神天皇が甘美内宿禰を紀直らの祖にさずけたのは、武内宿禰のかれにたいする腹立ちを少しでもやわらげるためであったとされていたと考える。つまるところ、武内宿禰の母方の系譜などを素地にして造作されたものであって、だからこそ、それに紀直の者がかかわっていたとはとても認めづらいのではないかと思われる。

いっぽう、②の壱伎直にかんしては、その祖である真根子への称揚がうかがわれ、穏当な理解であるとも感じられる。しかしながら、壱伎直は、もともと壱岐島を勢力基盤とする地方豪族であって、改姓にあずからなかった点などに徴するに、『日本書紀』の撰修期間においては、政治的にまったく不振な氏族であったと判断される。したがって、そのような壱伎直が、みずからの父祖にまつわる伝承をその編纂部署に提出するよういい付けられたのかどうか、少なからず懐疑の念を抱かざるをえない。

つぎに、堀江潔氏の所説をとりあげるに、同氏のそれを簡略にまとめれば、以下のようになろう。『日本書紀』には、紀小弓宿禰《きのおゆみのすくね》・大磐《おいわの》（生磐《おいわの》）宿禰《すくね》父子の五世紀後半における朝鮮半島での活動のことがみえている。堀江氏は、これを歴史的な事実であると解し、それに依拠することで、応神天皇九年四月条の伝承がまとめられたとする。くわえて、その造作にあたったのは紀直であったとし、おそくとも六世紀のはじめごろまでには、それがなされていたと想定する。また、真根子の説話にかんしては、紀小弓宿禰・大磐（生磐）宿禰父子と協同して働いた、壱伎直の前身集団をもとにして、紀直により作成されたと推察している。[注22]

『日本書紀』では、雄略天皇九年三・五月条および顕宗天皇三年是歳条において、紀小弓宿禰・大磐（生磐）宿禰にまつわる話が掲載されている。堀江氏は、それらと応神天皇九年四月条の内容とを照らしあわせたうえで、両者には多くの類似点が認められるとし、そうしたことを根拠にして、後者が前者にもとづきこしらえられたとする。しかしながら、堀江氏による説明をいくら読み返してみても、それらのあいだに共通点をみいだすことにたいしては、いっこうに首肯することができない。そして、さらに敷衍すると、史料の誤読も含まれていることから、その解釈には強弁の感を禁じえない。要するに、堀江氏の所説は、その根幹において大きな問題を抱えているのではないかと思われる。

ちなみに、志田諄一・本位田菊士の両氏は、応神天皇九年四月条の作成と大化五年（六四九）三月の蘇我倉山田《そがのくらのやまだの》麻呂《まろ》の事件[注23]との関連を指摘している。[注24]けれども、さような点はまったくの憶測にすぎず、支持することにはたいそう躊躇を覚える。

かくして、いくらかの先覚の見解にたいし異議を唱えてきた。結論を先に述べると、筆者は、応神天皇九年四月条にみえる話は、八世紀に入って実施された『日本書紀』の編修[注25]の段階においてまとめられたのではないかと考える。そこで、その詳細にかんしては、章をあらためて開陳していくことにしたい。

三　記事の成立とその背景

『日本書紀』応神天皇九年四月条の形成について解明するうえで、つぎの史料はけっしてみのがすことができない。

『続日本紀』慶雲四年（七〇七）四月壬午条

壬午、詔曰、天皇詔旨勅〈久。〉汝藤原朝臣〈乃〉仕奉状者今〈乃未爾〉不ㇾ在。掛〈母〉畏〈支〉天皇御世々々仕奉而、今〈母〉又、朕卿〈止〉為而、以二明浄心一而、朕〈乎〉助奉仕奉事〈乃、〉重〈支〉労〈支〉事〈乎〉所念坐御意坐〈爾〉依而、多利麻比氏夜々弥賜〈閉婆、〉忌忍事〈爾〉似事〈乎志奈母、〉常労〈弥〉重〈弥〉所念坐〈久止〉宣。又難波大宮御宇掛〈母〉畏〈支〉天皇命〈乃、〉汝父藤原大臣〈乃〉

仕奉〈賈流〉状〈乎婆、〉建内宿禰命〈乃〉仕奉〈賈流〉事〈止〉同事〈叙止〉勅而、治賜慈賜〈賈利。〉是以令文所載〈多流乎〉跡止為而、随令長遠〈久、〉始今而次々被賜将往物〈叙止、〉食封五千戸賜〈久止〉勅命聞宣。辞而不ㇾ受。減二三千戸一賜二二千戸一、一千戸伝二于子孫一。（後略）　　（山括弧内は小書）

文武天皇による詔の内容を簡単に述べると、藤原不比等の自身を含む数代の天皇への奉仕を称し、その父である鎌足の例にかんがみることで、かつ大宝令の条文にしたがうことで、不比等にたいし五〇〇〇戸の食封をさずけるということが語られている。

文武天皇の詔のうち、「治賜慈賜〈賈利〉」とは、具体的にいうと、鎌足にあたえられた封戸のことを指す。[注26]『日本書紀』孝徳天皇即位前紀には、鎌足にたいし「増ㇾ封若干戸」、また白雉五年（六五四）正月壬子条には、おなじく「増ㇾ封若干戸」とみえている。むろん、孝徳朝において鎌足に封戸がさずけられたのかどうか、つまびらかにしえない。[注27]おそらくは、そうした事柄が八世紀初頭の記録のなかに書きとどめられており、それに原由するものではなかったかと想察される。

くわえて、「令文」にかんしては、大宝禄令令条之外条に相当する公算が大きい。[注28]要するに、五〇〇〇戸の食封は、「別勅」による「特封」[注29]にあたると推量される。よく知られているように、藤原不比等は、大宝令の撰者であり、[注30]かつその中身に通暁していた。[注31]そうであるがゆえに、令の規定に準じるという点をあげることで、かれに莫大な封戸の受容を承諾させようと意図していたのではあるまいか。ところが、不比等はそれをことわり、その結果、二〇〇〇戸に定められ、と同時に、半分の一〇〇〇戸をかれの後裔にうけ継がせるよう処置したとする。

さて、この記事のなかで、とりあげるべきは、傍線を引いた箇所である。すなわち、中臣鎌足の奉仕するさまは、建内宿禰のそれに匹敵すると、孝徳天皇は語ったとする。もちろん、このような発言が実際になされたのかどうか、さっぱり判然としない。『藤氏家伝』上巻には、白鳳五年（六五四）八月のこととして、「其大錦冠内臣中臣連、功侔二建内宿禰一、位未レ允二民之望一。超拝二紫冠一、増二封八千戸一」という孝徳天皇の詔が載せられている。しかるに、建内宿禰のことにかんしては、傍線部分をもとにして造作されるにいたったとみなして差し支えなかろう。[注32]

右に掲げた孝徳天皇の勅には、「仕奉」（お仕え申しあげる）という語が用いられている。それは、その孝徳天皇の勅を含む文武天皇の詔において、藤原不比等にたいしても同様となる。よって、鎌足・不比等ともに、天皇への忠勤が大きな要因となって、賜封にあずかったとされているのがうかがえる。そして、さらに留意すべきは、中臣鎌足と建内宿禰、両者の「仕奉」の状が比肩されている点であって、畢竟、武内宿禰が忠誠を尽くす臣であったという話をこしらえることは、とりもなおさず、中臣鎌足がそうであったと示すうえで、すこぶる効力を有するといえよう。[注33]

そこで、応神天皇九年四月条の中身を想起するに、筆者は、前にそれについて、武内宿禰の天皇にたいするゆるぎない忠節が強調されているのではないかと指摘した。かような考えと先刻述べた理解とを勘案するに、応神天皇九年四月条の話は、慶雲四年四月の文武天皇の詔、そのなかでも傍線を引いた孝徳天皇の勅を機縁にして、中臣鎌足を賞賛するためにまとめられるにおよんだと判断できるのではあるまいか。

もし、如上の私見が認められるとすると、八世紀初期の政治を領導した藤原不比等をはじめとする同氏の一族の者が、その作成に関与したとも推測されよう。より具体的にいうと、藤原氏の者が中心となってこしらえ、それを『日本書紀』に採用するようその編者に指示した、あるいは、藤原氏の者が『日本書紀』の撰者に造作するよう依頼したことが考えられる。しかしながら、そうしたこと以外に、『日本書紀』の編纂者が、不比等の権力の顕在ならびに孝徳天皇の勅を念頭においたうえで、独自に案出するにいたった可能性もまた残されているのではないかと思われる。いずれが妥当であるかはともかく、その作成に藤原氏の存在が大きな影響をあたえたのは、おそらく誤りないであろう。

なお、壱伎直の祖・真根子にかんしては、『新撰姓氏録』右京神別上・天神に、「天児屋命九世孫、雷大臣之後」を主張する壱伎直がみえているのが注意される。要するに、壱伎直は、中臣氏・藤原氏と同祖を称していたのがたしかめられ、このことが原因となって、壱伎直が登場させられるにおよんだのではあるまいか。

さらに、真根子という名をめぐっては、「まねぶ」「まなぶ」という語[注34]との関連を想定したい。応神天皇九年四月条では、真根子は、武内宿禰の身代わりとして、みずから死を選んでいる。このような真根子の武内宿禰にたいする誠意ある行動は、武内宿禰の天皇にたいするそれにならってなされたとされていたのではなかろうか。詮ずるところ、「まねぶ」「まなぶ」という言葉をもとにして、かつ古代の人名によく用いられた接尾語である「子」をそえることで、真根子という名が作りだされるにいたったと推量する。[注35]そのような真根子は、武内宿禰の忠臣としての面を際立たせるうえで、重要な役割をになわされたといえよう。

最後に、鎌田元一氏の見解をとりあげるに、鎌田氏は、『日本書紀』継体天皇二一年（五二七）六月甲午条において、「磐井が乱にあたって新羅と通謀し、また朝鮮諸国の貢職船を彼のもとにとどめたとする」ことと、甘美内宿禰の讒言の内容とはあまりに一致するとし、そのうえで、後者は「磐井の乱を念頭に置いて述作されたものであろう」と指摘している。[注36]

しかしながら、厳密にいうと、磐井の乱の場合、「誘㆓致高麗・百済・新羅・任那等国年貢職船㆒」とあって、三韓にくわえて任那がみえていること、「筑紫国造磐井」が「掩二拠火・豊二国一」とあって、その占有範囲は律令制下の筑前・筑後・肥前・肥後・豊前・豊後の諸国にあたり、西海道のすべてではないことは、相違点として留意しなければなるまい。さりとて、類似しているのは疑いなく、それゆえに、磐井の乱にかんする記述をよりどころとした可能性を考慮に入れておくことにしたい。

おわりに

以上、『日本書紀』応神天皇九年四月条の武内宿禰にまつわる事柄について、迂遠な考察をおこなってきた。その結論を端的に述べると、『日本書紀』にみえるような系譜・伝承などを参照して、武内宿禰を中心人物とする特徴的な話が、八世紀初期の『日本書紀』編纂の段階において作成されるにおよんだ。その主体を明確にするのはなかなかむずかしいけれども、孝徳天皇の勅とされるものをふまえたうえで、かつ武内宿禰の天皇にたいするたゆまぬ忠節を主眼にすえることで、ついには、臣下としてそれとよく似た存在とされる中臣鎌足を称揚するようねらっていたのではないかと思料される。

『古事記』孝元天皇段などから、武内宿禰は、蘇我臣（石川朝臣）や巨勢臣（朝臣）といった、大化前代以来の政治的に有勢な臣姓氏族の祖とされていたのが知られる。しかるに、本稿において論じたごとく、武内宿禰にかんする話譚は、それらに属する者のみによってまとめられたわけではなかったと考えられる。だとすると、『古事記』や『日本書紀』、とりわけ後書に収録されている武内宿禰にかかわる系譜や伝承の生成をめぐっては、多角的な視座から慎重に分析をくわえていく必要が存しよう[注37]。

『日本書紀』には、右に述べてきたような、新しい時分になって造作されたものをはじめとして、大幅に潤色されたものもまた少なからず挿入されるにおよんだと推定される。したがって、ヤマト王権にまつわる歴史上の事実、なかんずく国内の諸事象にかんする史実をほんのわずかでも引きだしていくためには、基本的にはむしろ『古事記』の記載にたよっていかなければならないと考える。

けれども、『古事記』の編修の材料となった古い帝紀・旧辞は、幾度かの改作・加筆をへているのに相違なく[注38]、よって、その過程で付された虚偽の内容をけずりとっていくことが必須となる。そして、そもそも原帝紀・原旧辞においても、事実に反する系譜や伝承などがとり込まれたはずであって、それらもまた撤去するようつとめていかなければなるまい。詮ずるところ、こうした事柄を肝に銘じたうえで、『古事記』の研究に立ち向かっていくことが枢要になるといえよう。

注

1 武内宿禰を「タケウチノスクネ」と訓むことにかんしては、林勉「日本書紀訓読三題――「武内宿禰」「儺県・儺河・那津」「向津国」――」（井上光貞博士還暦記念会編『古代史論叢』上巻、吉川弘文館、一九七八年）を参照。

2 日野昭「武内宿禰の伝承」（『日本古代氏族伝承の研究』永田文昌堂、一九七一年、初出一九五九年）。

3 岸俊男「たまきはる内の朝臣――建内宿禰伝承成立試論――」（『日本古代政治史研究』塙書房、一九六六年、初出一九六四年）。

4 武内宿禰を主体とするこの伝承は、その内容から興趣をかき立てられたのであろう、『扶桑略記』（応神天皇八年四月条）、『水鏡』（上巻）、『和歌童蒙抄』（第六・仏神部・神〔古辞書叢刊刊行会編集『原装影印版　古辞書叢刊　和歌童蒙抄　五冊』雄松堂書店、一九七五年〕）、『十訓抄』（中・六ノ一五）など、後世の文献において多くとりあげられるにいたっている。

5 『令集解』賦役令調庸物条の古記に引かれている民部省式は、近国・中国・遠国の国名をそれぞれ列記したものである。それには、和銅五年（七一二）九月に分立が決定された出羽国（『続日本紀』同年同月己丑条）が欠けているので、その時期よりも前の細則であったと考えられる（坂本太郎「風土記と日本書紀」〔坂本太郎著作集第四巻『風土記と万葉集』吉川弘文館、一九八八年、初出一九四二年〕）。さような民部省式には、「遠国十六」のひとつとして竺紫国があげられ、竺紫国、すなわち筑紫が西海道諸国に合致するのがたしかめられよう。

6 ちなみに、応神天皇九年四月条では、壱伎直の祖である真根子があらわれている。壱伎直は壱岐島を根拠にしていたと思料されるので、この点からも、筑紫が律令制下の西海道諸国を指すとする理解が裏うちされよう。

7 『日本書紀』仲哀天皇九年二月丁未・甲子条、神功皇后摂政前紀、神功皇后摂政元年二月・三月庚子条。

『日本書紀』継体天皇六年（五一二）一二月条によると、任那四県の百済への割譲のおり、物部大連麁鹿火《あらかひ》の妻は、夫にたいして、「夫住吉神初以二海表金銀之国、高麗・百済・新羅・任那等一、授二記胎中誉田天皇一。故、大后気長足姫尊与二大臣武内宿禰一、毎レ国初置二官家一、為二海表之蕃屏一、其来尚矣」と語ったとする。

これにかんしては、『日本書紀』神功皇后摂政前紀では、任那が含まれていないなど、いくつか相違が認められる。そして、そもそもこのような発言が本当になされたのかどうか、問題をはらんでいるといえる。けれども、かかる記載を前提にすると、武内宿禰は、神功皇后に扈従して朝鮮半島にわたったとされていたのがうかがわれる。

8 「松尾社家系図」（『続群書類従』第七輯下　系図部。なお、この系図にかんしては、内藤泰夫「古代の伊岐氏について――『松尾社家系図』と関連して――」〔岩橋小彌太博士頌寿記念会編『日本史籍論集』上巻、吉川弘文館、一九六九年〕を参照）では、真根子命について、神功皇后の治世に、父である雷大臣命《いかつおおおみのみこと》にしたがって三韓に行き、帰国したのちは、なお壱伎島にとどまって三韓を守ったとする。また、雷大臣命と武内宿禰の妹とのあいだに生まれた子、換言すると、武内宿禰は伯父にあたると書きつづられている。

後者にかんしては、『日本書紀』応神天皇九年四月条とほぼ同内容の物語のなかに記されており、武内宿禰の側にいたこと、武内宿禰と容貌が似ていること、武内宿禰に代わって自死したことの原因としてあげられているのではないかと思われる。『日本書紀』にはみえないそのような記述は、「松尾社家系図」の作者によって、話の筋がよくとおるように添加された蓋然性が高かろう。また、前者についても同様に、信をおくことは許されまい。

9 『日本書紀』仲哀天皇九年二月丁未・甲子条、神功皇后摂政前紀。

10 『日本書紀』允恭天皇四年九月戊申条。

11 盟神探湯をめぐって、少しばかり補足しておきたい。『日本書紀』允恭天皇四年九月戊申条によると、氏姓を正すために盟神探湯がおこなわれたとする。それにかんして、同条では、「於レ是諸人各著二木綿《ゆう》手繦《たすき》一、而赴レ釜探湯。則得レ実者自全、不レ得レ実者皆傷」と書きつづられている。そこにみえる木綿手繦は、袖をまくるために用いられたものであって、結局のところ、釜のなかには手を入れたことがたしかめられる。また、『令集解』戸令戸籍条の古記には、「小朝津間稚子宿禰尊御世、氏々争レ姓分乱。煮二沸湯一、以レ手擥。詐者被レ害、信者得レ全」とあって、これからも熱湯のなかには手をひたしたことが知られる。

そこで、右述した点をおさえたうえで、『日本書紀』継体天皇二四年（五三〇）九月条に目を向けるに、そこには、近江毛野臣《おうみのけなのおみ》が任那における政務をおこたったとし、そのうちのひとつとして、「爰以日本人与二任那人一、頻以二児息一、諍訟難レ決。元無二能判一。毛野臣楽置二誓湯《くかたち》一曰、実者不レ爛、虚者必爛。是以投レ湯爛死者衆」としたためられている。看過しえないのは、誓湯のとき、「投レ湯爛死者衆」とされている点であって、こうした記述にもとづくと、熱湯のなかに体ごと投げ入れられたことになる。むろん、大やけどをおって命を落とすのはさけられず、もしそのような行為が事実であったとすれば、毛野は盟神探湯の作法に明らかに反したことになる。

また、『釈日本紀』巻第一二・述義八では、允恭天皇紀の盟神探湯について、天書の記載が引かれている。それには、「四年冬十月、立レ壇請レ神、幷設二盟釜一。天子命二力者一、使下天下所二共知一虚者一人投中入釜中上、挙二其屍臭一、殉二于四民人一。投二実一人一、以レ全示レ之」とみえていて、釜のなかに全身を投じられたことが読みとれる。けれども、それは、実際のふるまいとは異なっており、あるいは、天書の著者が大げさに表現したにすぎないのかもしれない。

ちなみに、『日本書紀』允恭天皇四年九月戊申条の分注では、「或泥納レ釜煮沸、攘レ手探二湯泥一。或焼二斧火色一、置二于掌一」、『隋書』倭国伝では、「或置三小石於二沸湯中一、令三所レ競者探二レ之、云理曲者即手爛。或置二蛇甕中一、令レ取レ之、云曲者即螫レ手矣」と記されている。これらおよび如上の史料を参看するに、神判を仰ぐおりには、手が重視されていた点が把握されよう。

12 『日本書紀』孝元天皇七年二月丁卯条には、同天皇の子である彦太忍信命《ひこふつおしのまことのみこと》は、武内宿禰の祖父にあたるとみえている。この点をふまえると、屋主忍男武雄心命は、孝元天皇の孫であるのが知られる。

13 『古事記』孝元天皇段では、同天皇の子である比古布都押之信命《ひこふつおしのまことのみこと》と、木国造の祖・宇豆比古《うずひこ》の妹である山下影日売《やましたかげひめ》とのあいだに生まれたのが、建内宿禰であったとする。

14　紀直と紀水門については、さしあたり薗田香融「古代海上交通と紀伊の水軍」（『日本古代の貴族と地方豪族』塙書房、一九九一年、初出一九七〇年）を参照。

15　紀路にかんしては、さしずめ和田萃「紀路の再検討」（『季刊　明日香風』一〇七、二〇〇八年）を参照。

16　『日本書紀』応神天皇四一年二月戊申条。なお、『古事記』応神天皇段においては、「軽島之明宮」と記されており、頭字の軽《かる》は、現在の奈良県橿原市大軽町のあたりに比定される。

17　『日本書紀』神功皇后摂政元年二月条によると、穴門《あなと》の豊浦宮《とゆらのみや》から「従二海路一以向レ京」かっていた神功皇后は、忍熊王《おしくまのみこ》が住吉に兵士をあつめて待ちかまえているのを聞くと、「命二武内宿禰一、懐二皇子一、横出二南海一、泊二于紀伊水門一」らせたとする。こうした措置は、生まれたばかりのわが子、のちの応神天皇を守るためのものであり、武内宿禰およびその母方の一族に皇子の保護を託したという意味合いが込められているのであろう。これもまた同様に、武内宿禰の母系系譜などにもとづき、考えだされたものであったことが察せられる。

18　武内宿禰のゆるがぬ忠節については、たとえば葛城王（のちの橘諸兄）らの上表に、「昔者、軽堺原大宮御宇天皇曾孫建内宿禰、尽二事レ君之忠一、致二人臣之節一」とみえているように（『続日本紀』天平八年〔七三六〕一一月丙戌条）、『日本書紀』の完成以降においても関心が向けられている。

19　『日本書紀』に甘美内宿禰がみえるのは、応神天皇九年四月条のみである。よって、同書からは、かれの母方の系譜を知ることができない。ただし、『日本書紀』には、いまには伝わらない系図一巻が付属していた（『続日本紀』養老四年〔七二〇〕五月癸酉条）。甘美内宿禰が紀直の祖らにさずけられた経緯について読者に悟らせるためにも、『古事記』孝元天皇段のものとおなじような母系系譜が、その系図一巻のうちに書き込まれていたのではなかろうか。

20　直木孝次郎氏は、塚口氏よりも早く、「壱伎直と紀直とによって伝えられたと思われる」と述べている。さらに、伝承の改変について、独創的な意見を呈示するにいたっている（「武内宿禰伝説に関する一考察」〔『飛鳥奈良時代の研究』塙書房、一九七五年、初出一九六四年〕）。

21　塚口義信「武内宿禰伝説の形成（二）——伝承荷担者の問題を中心にして——」（『つどい』二〇五、豊中歴史同好会、二〇〇五年、同『神功皇后伝説の研究——日本古代氏族伝承研究序説——』〔創元社、一九八〇年〕所収）。

22 堀江潔「「壱伎直の祖、真根子」考――武内宿禰伝承にみえる壱岐直氏の祖先伝承――」（『高野晋司氏追悼論文集』高野晋司氏追悼論文集刊行会、二〇一五年）。

23 『日本書紀』大化五年三月戊辰・己巳条など。

24 志田諄一「蘇我臣」（『古代氏族の性格と伝承』雄山閣、一九八五年、初版一九七一年）。本位田菊士「建内宿禰伝承の成立と背景――孝元記同祖系譜の形成をめぐって――」（『日本古代国家形成過程の研究』名著出版、一九七八年、初出一九七一年）。

25 この点にかんしては、拙稿「『日本書紀』編修論序説」（『日本書紀成立史攷』塙書房、二〇一六年、初出二〇一二年）を参照。

26 河内佐智子「藤原不比等の功封について」（『奈良史学』六、一九八八年）。

27 『藤氏家伝』上巻によると、孝徳天皇が即位してすぐに二〇〇〇戸、白鳳五年（六五四）八月に八〇〇〇戸、斉明朝に五〇〇〇戸と、合計で一万五〇〇〇戸の食封が中臣鎌足にあたえられたとする。けれども、横田健一氏が述べているように、それら戸数にたいしては信頼をよせてはなるまい（「大織冠伝と日本書紀」（『白鳳天平の世界』創元社、一九七三年、初出一九五八年））。ちなみに、『常陸国風土記』久慈郡条では、「至二淡海大津大朝光宅天皇之世一、遣レ検二藤原内大臣之封戸一軽直里麻呂」とみえており、少なくとも天智朝においては、鎌足が食封を所有していたのがおさえられよう。

28 つとに本居宣長は、『続紀歴朝詔詞解』一巻において、禄令条之外条をよりどころにした可能性を指摘している（『本居宣長全集』第七巻、筑摩書房、一九七一年）。なお、この点にかんしては、福原栄太郎「古代における贈位・贈官について」（直木孝次郎先生古稀記念会編『古代史論集　下』塙書房、一九八九年）、井山温子「不比等功封の相続について」（『日本歴史』五四二、一九九三年）などを参照。

29 禄令条之外条にかんしては、大宝令文を復原することができない。したがって、ここでは、養老令文に使用されている語句にもとづくこととする。

30 『続日本紀』文武天皇四年（七〇〇）六月甲午条など。

31 『法曹類林』巻第一九七・公務五によると、藤原不比等は令官として、大宝令文の解釈の確定に従事していたことが知られる。

32 本文で掲げたように、『藤氏家伝』上巻では、中臣鎌足の功と建内宿禰の功とがひとしいとする。さような功にかんしては、その撰者である藤原仲麻呂によって加味されたと考える。仲麻呂が功にこだわっていた点については、さしあたり舟尾好正「功田をめぐる二、三の問題――功の等級議定と藤原仲麻呂――」（『ヒストリア』五九、一九七二年）を参照。

33 『日本書紀』孝徳天皇即位前紀では、内臣に任じられた中臣鎌足について、「中臣鎌子連懐二至忠之誠一、拠二宰臣之勢一処二官司之上一。故進退廃置計従事立、云々」と書きつづられている。ただし、早くに『書紀集解』巻第二五（河村秀根・益根著　小島憲之補注『書紀集解　四』臨川書店、一九六九年）においてとりあげられているように、この箇所は、『三国志』巻一・魏書一・武帝紀第一の裴松之《はいしようし》の注である「伊尹懐二至忠之誠一、拠二宰臣之勢一処二官司之上一、故進退廃置計従事立」を出典としたことは、まずまちがいあるまい。

武内宿禰との関係上、なおざりにしえないのは、中臣鎌足が最上の忠義の心をもっていたとされている点だ。つまるところ、『日本書紀』の編者が、伊尹《いいん》にかかわる文章を引用した一因として、「懐二至忠之誠一」という一節の存在をあげることができるのではなかろうか。

34 『時代別国語大辞典』上代編をひもとくに、「まねぶ」には、「まねする。そのままに繰り返して言う」、「まなぶ」には、「まねをする。見習って行なう。マネブとも」という意味がみうけられる。

35 真根子の自害は、察するに、武内宿禰を生かすためにもおこなわれたとされているのであろう。そうだとすると、忠臣たる武内宿禰を応神天皇が失わないよう、みずから命を捨てさることは、結局のところ、真根子の同天皇にたいする忠義へとつながっていくことになるのではないかと思われる。したがって、壱伎直にとっては、たいへん誇らしい祖先伝承となったに相違あるまい。

36 鎌田元一「大王による国土の統一」（『律令国家史の研究』塙書房、二〇〇八年、初出一九八六年）。

37 ちなみに、筆者は、建内宿禰の「内」にかんしては、大和の宇智《うち》という地名に由来するとみる説に魅力を感じている。そして、建内宿禰の原像の形成をめぐっては、かような見地から掘りさげていく必要があると思っている（たとえば、和田萃「紀路と曽我川――建内宿祢後裔同族系譜の成立基盤――」〔亀田隆之編集『古代の地方史』第三巻　畿内編、朝倉書店、一九七九年〕を参照）。そのような課題にたいしては、今後じっくりと考察を深めていく所存である。

38 この点にかんしては、拙稿「帝紀・旧辞成立論序説」（注25前掲書、初出二〇〇〇年）を参照。

歴史史料としての日本霊異記

山本　崇

はじめに

日本霊異記を歴史史料として読む。小稿は、このテーマにかかわる分析視角を提示することを課題としている。日本古代史研究は、かつて国家が編んだ六国史や律令格式を主な史料として論じられ、次いで、正倉院文書や木簡といった一次史料を用いることで、研究の深化が図られてきた。古代史研究が対象とする史料が多様化するなかで、日本霊異記は、説話というジャンルに属する史料であるが故に慎重な史料解釈が求められつつも、社会史、生活史、女性史の立場から、あるいは民衆の仏教信仰など古代社会の実体の解明に迫る史料と理解されている。

日本霊異記を歴史史料として読む試みは、実のところさほど目新しい研究動向とはいえない。早くも一九五〇年代に、家永三郎は中巻第二十八縁（以下、本文中の引用は中28のごとく略す）、中34、上31の各縁を取り上げ、

「日本霊異記は（中略）奈良時代の国民生活の一面を伝える文献として、高い史料的価値を担つてゐる」と評価している。[注1]同じ頃、殺牛祭神を論じた佐伯有清や、「堂」の性格を検討した直木孝次郎など、日本霊異記を歴史史料として用いた研究も発表されている。[注2]一九六〇年前後には、日本霊異記は、国風文化論や富豪層論などの論拠としても用いられた。河音能平は、班田農民の階層分化という社会的大変動を民間仏教の担い手を通してまのあたりにみることができるものと評価し、[注3]戸田芳実は、中34の説話と今昔物語集との比較から、それらの財産の把握を動産から土地へととらえ、領主制成立にいたる在地中間層を富豪層として概念化した。[注4]

こうしたなか、日本霊異記を歴史学の立場から取り上げた研究成果として、一九九〇年代初頭には、平野邦雄と東京女子大学古代史研究会により『日本霊異記の原像』が刊行された。[注5]二〇〇四年に刊行された『日本霊異記を読む』は、成城大学民俗学研究所の共同研究を契機にした論集で、その過半が歴史学の立場から論じられたものである。[注6]これに寄稿した吉田一彦、三舟隆之らは、かかる視角にもとづく検討をさらに進め、それぞれ一書を編んでいる。[注7]このように、特定の地域やテーマ、縁を対象とした研究は豊かな古代史像を提出しているが、日本霊異記研究の主流が国文学にある大勢は否めず、その全体を歴史史料として読む点においては、なお、課題を残しているように思う。

日本霊異記には、二つの史実が記されている。それは、文字通り実際に起こった史実と、唱導の場などで語られた、いわば景戒の思想ともいうべき内容とである。この点は、かつて、日本霊異記を読む視角として指摘した。[注8]それとともに、史料が示す「時代」にも配慮したい。すなわち、ここでいう「時代」とは、第一に収められた説話が設定された時代、第二に景戒が生きた時代、第三に日本霊異記が編纂されたとされる延暦六年頃から弘仁年間まで、の三つの時代である。たとえば、主に上巻中巻に収められた縁は、景戒の生きた時代からみてはるかな過去を記した場合があることはよく知られているし、史料にみえる日付に意味を見いだす見解も示されている。[注9] 加えて、第四の時代として、写本が書写された時代も、考察の対象となりえるのではないか。写本とその書写年代に注目するとき、そこにもなお未解決の課題が残されているように思う。

以下、この小稿では、日本霊異記を歴史史料として読む叙上の視角にもとづき、検討を加えてみたい。第一節では、もっとも著名ともいえる雷丘の地名起源説話（上1）に素材を求め、説話の舞台の歴史的地理的特質を描き出すとともにその原型が成立した時期を検討する。次いで第二節では、写本の書写と伝来に新たな論点を加える。その意図するところは、日本霊異記を古代史料としてのみでなく、時代に即した歴史史料として読み解く一試論を提示することにある。

一　上巻第一縁の歴史的地理的世界

上1の書き下し文をあげる。[注10]

雷《いかづち》を捉《とらう》る縁《ことのもと》　第一

少師部栖軽《ちいさこべのすがる》は、泊瀬朝倉宮《はつせあさくらのみや》に二十三年天下治《あめのしたおさ》めたまひし雄略《ゆうりやく》天皇〈大泊瀬稚武《おおはつせわかたけ》天皇と謂《い》ふ〉の随身《ずいじん》にして、肺脯《きもい》の侍者なり。天皇磐余宮《いわれのみや》に住みし時、天皇と后《きさき》と大安殿《だいあんでん》に寐《ね》て婚合《くなかい》せる時に、栖軽知らずして参り入るなり。天皇恥ぢて輟《や》みぬ。時に当たりて空に雷鳴る。即ち天皇、栖軽に勅《みことのり》して詔《のたま》はく、「汝《なんじ》鳴りし雷を請《う》け奉《たてまつ》らむや」と。答へて白《もう》さく、「請けたてまつらむとす」と。天皇詔《みことのり》して言《のたま》はく、「尓《しか》あらば汝請け奉れ」と。栖軽、勅を奉《うけたまわ》りて宮より罷《まか》り出で、緋《あけ》の縵《かづら》を額に着《つ》け赤き幡桙《はたほこ》を擎《ささ》げて馬に乗り、阿倍《あべ》より山田《やまだ》の前の道と豊浦《とゆら》寺の前の路とを走り往く。軽《かる》の諸越《もろこし》の衢《ちまた》に至りて叫《さけ》び請くに言はく、「天に鳴りし雷神《いかづちのかみ》、天皇請け奉らむとして呼ばふと云々」と。然《しか》して此れより馬を還《かえ》して走りて言はく、「雷神と雖《いえど》も何の故にか天皇の請けを聞かざらむや」と。走り還る時に豊浦寺と飯岡《いいおか》との間に鳴雷落ちて在り。栖軽、之《これ》を見て神司《かみづかさ》を呼び、轝籠《こしこ》に入れて大宮に持ち向ひ、天皇に奏《もう》して言はく、「雷神を請け奉れり」と。時に雷、光を放ち明《ひか》り炫《かがや》けり。天皇、之を見て恐れ、偉《たたわ》しく幣帛《みてくら》を進《たてまつ》りて落ちし処に返さしめよといへり。今に雷岡《いかづちのおか》と呼ぶ〈古京《こきょう》の少治田《おはりだ》宮の北に在りといへり〉。然して後時《のち》に栖軽卒《そつ》すなり。天皇勅して留むること七日七夜、彼《そ》の忠信を詠《しの》ぶ。雷の落ちし同じ処に彼の墓を作り、永く碑文の柱を立てて言はく、「雷を取りし栖軽の墓なり」と。此の雷、悪《にく》み怨《そね》みて鳴り落ち、碑文の柱を踊《く》ゑ践《ふ》み、彼の柱の折《さ》けし間に雷揲《はさま》りて捕《とら》へらる。天皇、之を聞きて雷を放ちしに死なず。雷慌《ほ》れて七日七夜留まりて在り。天皇の勅使、碑文の柱を樹てて言はく、「生きても死にても雷を捕へし栖軽の墓なり」と。所謂《いわゆる》古京の時に名づけて雷岡となす語《こと》の本《もと》は是《こ》れなり。（原漢文。〈　〉は割注）

1　山田道の諸問題

上1の歴史的世界は、少師（子）部栖軽がたどった道、「磐余→阿倍→山田→豊浦寺→軽諸越衢」に沿って展開している。この道は、一般に山田道と称される奈良県桜井市から高市郡明日香村を経て橿原市南部にいたる古代の幹線道路の一つであり、古代の山田道は、上ツ道と横大路との交差点から南に延び、地形に沿って南西方向へ進み、盆地部分からはほぼ東西方向に進み下ツ道との交差点（軽衢）へといたっていた。現在の地名では、桜井市の磐余、阿部から山田、さらには明日香村の雷、豊浦、橿原市久米町にあたる。そのルートは、現在の県道

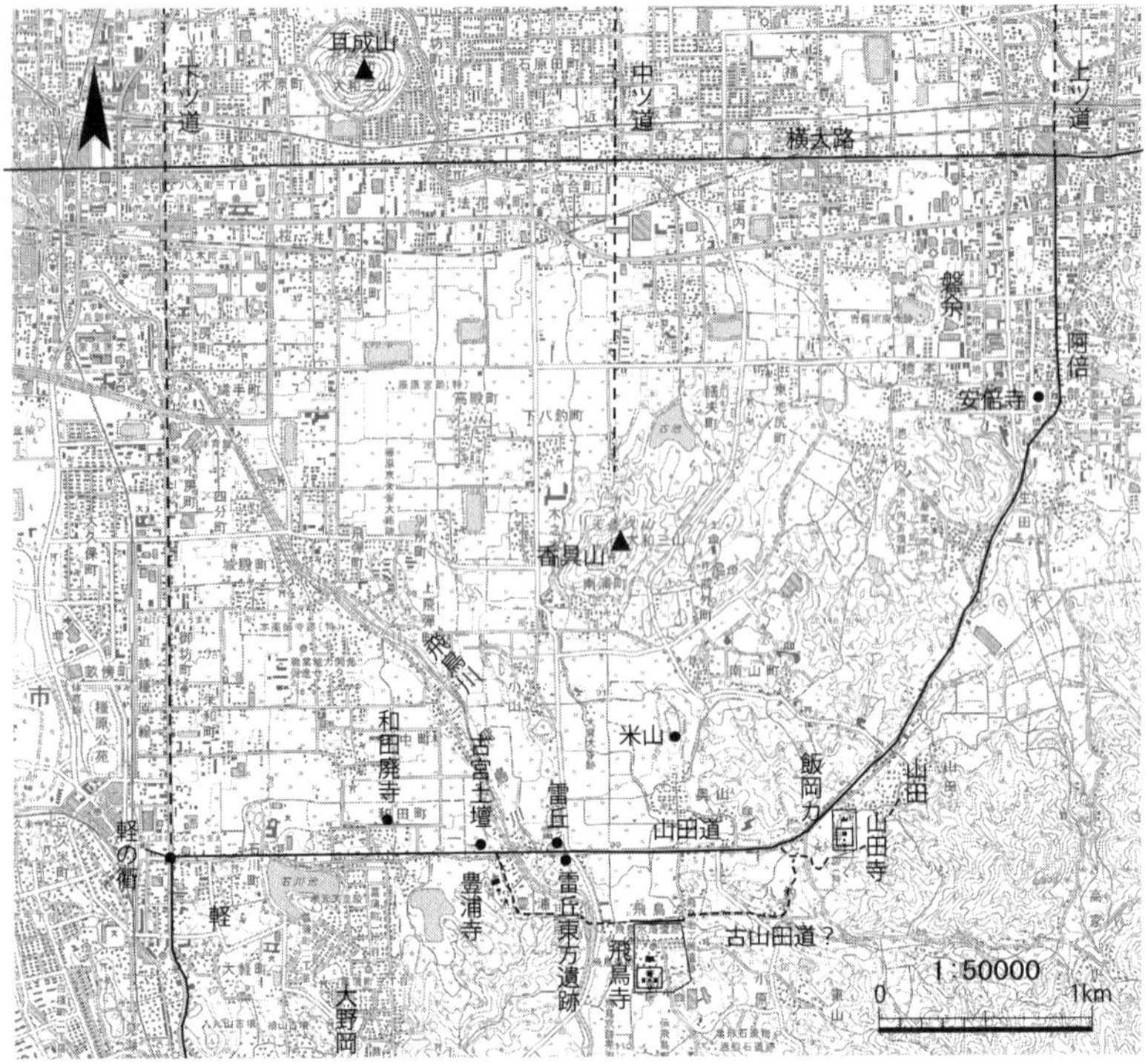

挿図1　山田道とその周辺　（1:25000 地形図桜井・畝傍山× 0.5 に加筆）

一五号桜井明日香吉野線とそれに接続する県道一二四号橿原神宮駅東口停車場飛鳥線にほぼ重なるとみられており、その故地をたどることもできる[注11]（挿図1）。以下、上1の舞台山田道にかかわり、これまでかえりみられていない論点を提示したい。

　第一は、かねてから呼び慣わされる「阿倍山田道」なる呼称についてである。山田道と記す古代史料は、日本霊異記のほか『万葉集』にみえる一例が知られるのみである。[注12]してみれば、「阿倍山田道」なる呼称が成立するとすれば、その史料的根拠は日本霊異記の記述のみとなる。そこで、当該部分の記述をやや詳しく検討する。

　史料の字句を確認すると、国会図書館本と群書類従本には、「従阿倍山田之道与豊浦寺之路走往」とみえ、興福寺本にみえる二箇所の「前」字が脱落している。その上で、群書類従板本には、「従下阿倍山田之道ト与二ノ豊浦寺一之路上走往」のごとく返点と送仮名が付されている。板橋倫行は、群書類従板本の加点に忠実に、「阿倍山田の道と豊浦寺との路より走せ往く」と訓み[注13]、興福寺本を底本として用い「前」の字を復した日本古典全書本以降の注釈書も、「阿倍山田の道と豊浦寺の前の路とより走り往きて」「阿倍山田の道と豊浦寺の前の路とより走り往く」などと、おおむねこれにしたがう訓みを採用してきたのである[注14]。

ところが、この訓みには疑問が残る。「従」は起点を示すもので、次文にみえる「至軽諸越衢」に対応している。現地に即してみると、橿原市久米町に所在し、現在の丈六の交差点付近に比定される「軽」に対応し、起点となる地名は「阿倍」であろう。そうであるならば、「阿倍山田道」なる呼称は、軽までのごく一部の区間を指すに過ぎず、阿倍から軽にいたる起点と終点を示す訳ではないのである。したがって、当該部分の訓みは、「従二阿倍一、山田之前道与二豊浦寺前之路一、走往」とするのがよいと思われる。

第二は、飯岡の現地比定である[注15]。上1の記述から、豊浦寺と飯岡との間に雷丘があり、飯岡は、山田道沿いの雷丘より東方にあると推測できる。ところが、江戸時代以来、多くの注釈書は比定地不明としてきた[注16]。比定地に言及する先行注釈書の理解をみると、松浦貞俊は、未詳ながらも「こゝ（雷丘―山本注）を間にして豊浦寺と反対側に立つ小岳であろう」と指摘して雷丘の東方と正しく推定したが[注17]、板橋倫行は飯岡を「おほのおか」と読み、蘇我稲目がその北に塔を建てた大野丘と理解し[注18]、小泉道は、雷丘の東方にあたる明日香村奥山の小字米山と理解した[注19]。近年和田萃は、雷丘の北にある小さな丘「ギヲ山」と推定した[注20]。これらの説による飯岡の比定地は、山田道の推定路線からいずれもやや離れており、豊浦寺と飯岡との間とする記述からすれば、ふさわしくない。とりわけ大野丘とみる理解について[注21]、大野丘北塔は、『大和志』以来橿原市和田町字トノン田の水田に残る土壇に比定されており、[注22]この説では豊浦寺と飯岡のいずれもが雷丘の西に位置することとなり、条件を満たしていない。

ところが、比定地不明とされてきた飯岡は、なお追究の余地が残されている、それは古い遺存地名である。たしかに、飯岡は明治二十年代の地籍図にはみえず、これを採用した『大和国条里復原図』にも採られていない。ところが、『桜井市史』によると、大字山田のなかの小字地名に飯岡がみえるのである。飯岡周辺の小字地名は、次の通りである。[注23]

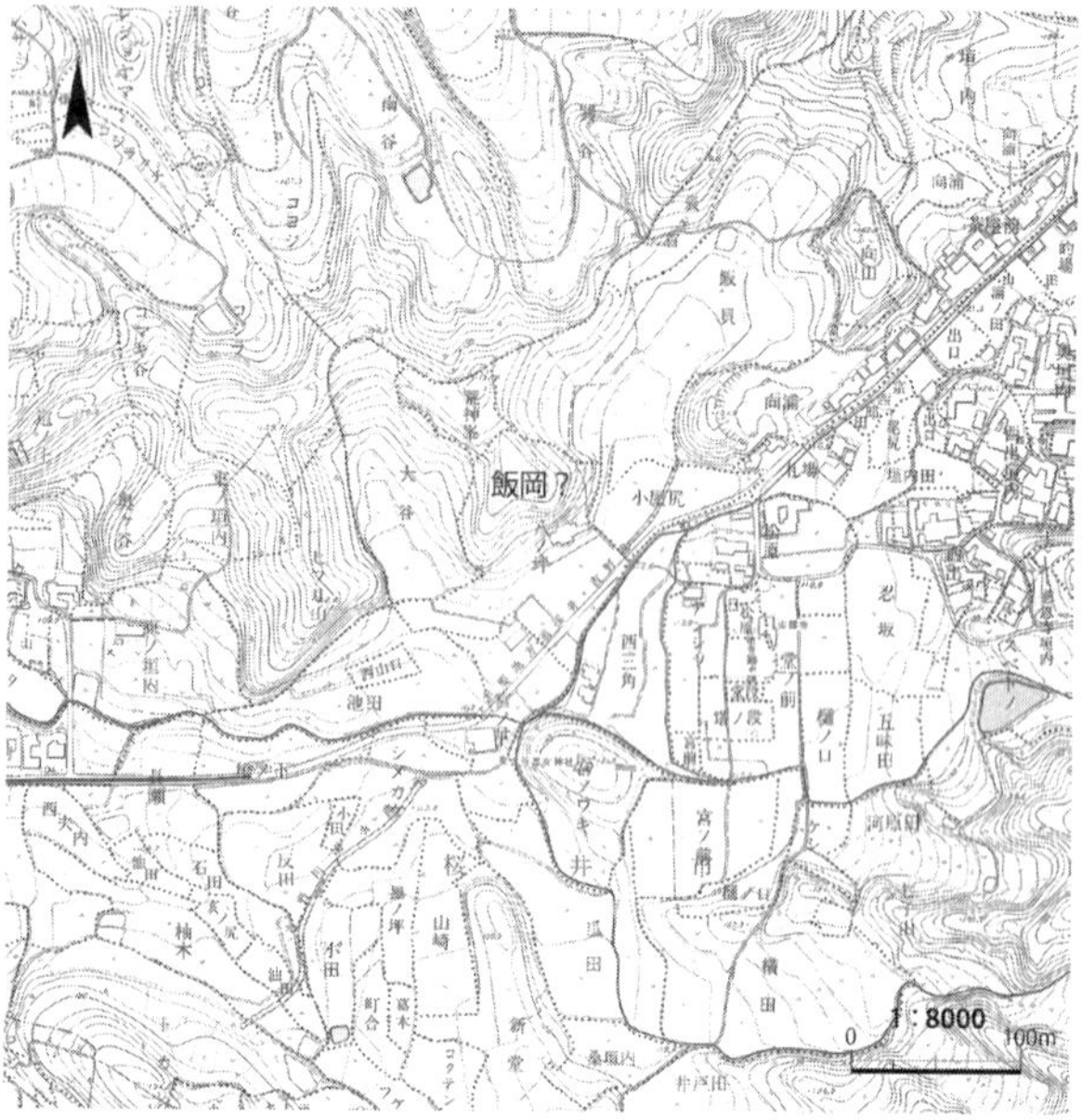

挿図2　飯岡推定地周辺の小字
（奈良県立橿原考古学研究所『大和国条里復原図』〔1981年〕No.88 × 0.625に加筆）

向浦　飯貝　的場　奥垣内　浦ノ田　出口
宗四良田　尾尻　西出垣内　垣内田　札場
向山　辰ヶ首　小屋尻　飯岡　荒神ヶ峯　八
ノ坪　宮ノ下　池田　大谷　西山口　シメカ
ケ　橋ノ下　長瀬　石田　弐反田　小田　ミ
ソカケ　シソカケ　黒ノ坪　山崎　新堂　ゴ
クデン　葛本　町合　油田　柚ノ木　亥の尻
山田　西夫内　大堺目　トガ　フケ

この記述は、古い地籍図によるものとみられるが、『桜井市史』編纂にかかわる資料は、現在、市に保管されていないという。[注24]地籍図の原本の記載を確認することができず、確言は差し控えねばならないものの、一次資料を検討対象としえない現段階においては、ひとまず刊本の記載内容をもとに検討することも許されよう。そこであらためて飯岡の前後に記される小字「向山　辰ヶ首　小屋尻　飯岡　荒神ヶ峯　八ノ坪　池田　大谷」の位置を確認すると、これらは、いずれも現在の県道一五号桜井明日香吉野線の北側に集中して存在している（挿図２）。そうであるならば、小字飯岡もこの周辺に存在したと推測され、さしずめ、小字地名のやや希薄な八ノ坪北半の岡などはその有力な候補といえそうである。なお、明治二十一年の市制町村制の施行にともない消滅した小字地名も知られ、飯岡もあるいはその一つではないかとも推測される。以上のごとき飯岡の現地比定が大過ないとするならば、上１は、山田道沿いの地名とともに、現地に即してより具体的に理解できるようになったといえる。

２　上巻第一縁の成立時期

山田道をめぐるもう一つの論点は、説話の成立時期についてである。上１は、「泊瀬朝倉宮二十三年治天下雄略天皇」の時代、五世紀後半のこととされる。『日本書紀』にも関連する史料が認められるもの[注25]の、山田道を含め大和盆地の直線道路の敷設は七世紀段階とみられること[注26]、「所謂古京の時に名づけて雷岡となす語の本」と明言されること、などからしても、この年代はむろん疑問とせざるを得ない。説話の成立時期は、その内容を吟味し、背景にある史実を見極める作業をふまえ、帰納する必要があろう。

参考となる考古学の成果をあげる。雷丘の発掘調査において、五世紀前半から六世紀前半までに属する円筒埴輪片が出土し、さらに七世紀に属するかと推測される横穴式石室を検出している。[注27]この事実は、栖軽の墓にかかわる伝承の背景として注目される。また、雷丘を「古京の少治田宮の北に在り」とする記述は、雷丘東方遺跡から「小治田宮」と記された墨書土器が出土[注28]し、奈良時代の宮の地がほぼ特定されたこととともかかわり、正しく史実を伝えた貴重な証言とみなければならない。これらの調査成果をふまえるならば、さらに、少師（子）部栖軽がたどった道と地名に、この問題を推測する手がかりが残されているのではないか。少し検討を加える。

豊浦寺は、推古天皇の豊浦宮に由来すると伝えられる古代の尼寺で、現在、浄土真宗本願寺派の向源寺が法灯を伝える。豊浦寺の創建は、元興寺縁起の本文がもと豊浦寺の縁起であるとみる理解を基礎に検討されており、福山敏男は、豊浦大臣蘇我毛人と関連の深い寺院で、軒瓦の年代観をふまえ、おそらく舒明朝に宅の近くに建てた尼寺と推定した。[注29] 豊浦寺の発掘調査は一九五七年以降実施され、講堂、金堂の遺構を検出したほか、塔も推定されることから、四天王寺式の伽藍配置とみられている。[注30] 近年の瓦研究の年代観によると、六〇〇年を前後する約十年間に金堂の造営期間がおさまり、飛鳥時代のごく初期に創建され、講堂など主要伽藍は大化元年（六四五）頃までには完成していたとみられる。[注31]

山田は、現在の桜井市山田にあたる。この地には、豊浦寺に遅れることおよそ半世紀を経た七世紀半ば、浄土寺（山田寺）の造営が開始される。『上宮聖徳法王帝説』裏書「注云」に詳しい造営過程が伝わり、辛丑年（舒明天皇十三年・六四一）に「始平地」とみえ、造営が開始されたとみられる。癸卯年（皇極天皇二年・六四三）には「立金堂」、代（戊ヵ）申年（大化四年・六四八）に「始僧住」、己酉年（大化五年）三月二十五日「大臣遭害」とみえ、石川麻呂の事件にかかわり造営は頓挫したとみられるが、天智・天武朝を通じて塔の造営や丈六仏像の鋳造が進められた。[注32] 山田寺の発掘調査は、一九七六年の一次調査以降二〇年にわたり継続的におこなわれ、塔・金堂・講堂・回廊などの中心伽藍とともに、南門・宝蔵・大垣などの位置と規模を解明した。また、南門の南では、七世紀前半に属する偏向道路ＳＦ六一四と、山田寺整地にともない東西方向に作り直した東西道路ＳＦ六〇八Ａとを検出しており、新旧の山田道と推定される。新山田道ＳＦ六〇八Ａは、道路幅が側溝心々で約一〇・八メートル

の規模であったが、八世紀半ばまでに幅を約七・二メートルに狭め改作されている。[注33]

山田から雷にかけての盆地部分においても、奈文研がおこなった県道拡幅にともなう発掘調査により、山田道と推定される道路遺構を確認している。[注34] 以下、発掘調査成果を略述する。県道の北側に設けたトレンチから、山田道二次調査と同三次調査（一九八九〜九〇年）でSD二五四〇、同五次調査（一九九二年）でSD二八〇〇、さらに盆地の東端に近い飛鳥藤原第一二一次調査（二〇〇二年）Ⅱ区でSD四〇〇〇と呼ばれる東西溝を検出しており、山田道の北側溝の可能性が指摘された。また、県道の南側では、山田道七次調査（一九九四年）でSD三二九五とSD三三〇二と呼ばれる東西溝を検出していたが、北側溝かとみられる遺構の検出地点との距離があり、この段階には両側溝と断定されていなかった。その後、飛鳥藤原第一四五次調査（石神遺跡第一九次調査・二〇〇六〜〇七年）において、沼沢地を埋め立てて道路SF二六〇七を敷設する際に、道路盛土の基礎に施された敷葉（敷粗朶）工法を確認し、これにともなう南側溝SD四二七〇と既検出の北側溝とみられる遺構との関係から、これらの遺構が山田道の側溝であると理解された。なお、飛鳥藤原第一二一次調査から県道を隔てたすぐ東南でおこなった飛鳥藤原第一〇四次調査（一九九九〜二〇〇〇年）東区では、山田道推定地に側溝の遺構は検出していないが、その西隣接地でおこなった飛鳥藤原第一九三次調査（二〇一七年）において、調査区内で途切れる東西溝SD四五二〇を検出した。この溝は南側溝とみられ、雷丘のすぐ西から盆地部分の東端までのおよそ四〇〇メートルにわたり、溝の心々間距離でおよそ二一〜二二メートルのほぼ東西方向の直線道路が、地形に制約されやや方位を振れつつも敷設されていたらしい。盆地東側の丘陵部分では、後世の耕作にともない遺構は削平されたのであろう。

一連の調査において重要な知見は、現在の県道とほぼ重なる地に推定される山田道の敷設時期は、敷葉（敷粗朶）に先行する斜行溝ＳＤ四二六〇から出土した、山田寺下層ＳＤ六一九や整地土から出土した資料に近い特徴をもつ飛鳥Ⅰ新段階の土器を根拠に、七世紀半ば頃以降とみられることである。それ以前の道路は、規模がより狭く、現在の道路下に完全に収まる程度のものであったとみるか、あるいは別のルートであった可能性を考えねばならない（後述）[注35]。

考古学的に認められる山田道敷設の時期に近い、注目される史料が残されている。それは、『日本書紀』大化五年（六四九）三月条にみえる、いわゆる蘇我倉山田石川麻呂事件にかかわる記述である。倭の「山田家」にいた石川麻呂の長男興志は、難波から茅渟道を通り倭へ戻る父を「今来大槻」に迎え、その後山田寺に入っている。[注36]今来は、古くは御所市古瀬（吉野郡今木村）と理解されてきたが、[注37]『新撰姓氏録』逸文の「坂上系図」にしたがい、高市郡の旧名とした飯田武郷の理解が穏やかで、和田萃はこの理解をさらに深めている。[注38]古来、衢や市に槻の木が植えられた事例は多く、鈴木景二は、槻の木に聖性が認められていたことを明らかにしている。[注39]『万葉集』に「軽社斎槻」とみえることからすれば、[注40]「今来大槻」は軽の衢の槻と同じものとみてよさそうである。[注41]石川麻呂と興志は、敷設後まもない山田道を、軽から山田へ、東行したらしい。なお、この夜、興志が士卒を聚めて焼こうと計画した宮は、『日本書紀』の注によると小墾田宮と記している。小墾田宮は、山田道の北方もしくは、道の南の石神遺跡東方とする説があり、[注42]そうであるならば、石川麻呂と興志との一連の行動は、山田道を舞台に理解できるであろう。[注43]

以上をふまえ、上１原型の成立時期を考えてみたい。前著考証では、「大安殿」の語句に注目し、この殿舎名が天武天皇十四年（六八五）九月に初見し、天平勝宝六年（七五四）正月を最後に姿を消すことから、[注44]本縁の原型がこの時期までに成立したと推測した。[注45]あらためて史料の字句に注目すると、少師（子）部栖軽がたどった道には、七世紀初頭に創建され半ばまでには主要伽藍が整ったとみられる「豊浦寺」が登場するのに対し、六四一年に造営がはじまり天武朝頃に寺観を整えた山田寺は「山田」と地名しかみえない。この点に、上1原型の成立時期を追究する手がかりがあるのではなかろうか。そうであるならば、上1原型の成立時期は、山田寺以前の七世紀前半（ないし半ば頃）にまでさかのぼる可能性が生じるのである。

この推測が正鵠を射るものとするならば、議論を少しばかり修正せねばならない。すなわち、上1原型の成立時期には、発掘調査で検出した直線道路の山田道は、未だ敷設されていなかったとみられるからである。この点にかかわり、七世紀前半段階の山田道（古山田道）の存在を推定する説がある。[注46] 相原嘉之は、七世紀半ばの山田道が地形を改変し直線的に敷設されたのに対し、古山田道は、大局として直進・直線を指向しつつも、湿地や丘陵など地形を大きく改変することなく迂回したと推測し、そのルートは、山田ないしその西の奥山から丘陵に沿って南下し、飛鳥寺北面大垣に沿う東西道路（飛鳥寺北辺道路）を経て飛鳥川を渡河し、甘樫丘北麓を飛鳥川に併行するように北西へ迂回し、豊浦で新山田道に合流する、とみた。山田寺南門前のSF六一四はこれに接続すると推測される。今後、発掘調査による古山田道の検出、微地形に即した道の復原などが俟たれるところである。

そういえば、上1には「山田前之道」「豊浦寺前之路」と記されている。現在の道路位置が踏襲するものであるならば、山田（寺）の背面の道となるし、豊浦寺はやや南にルートからそれている点は気になるところであったが、「山田之前道」は、山田寺南門の門前で検出した偏向道路、「豊浦寺前之路」は、豊浦寺伽藍の東、地形に制約されおそらくは東面するであろう門の前を通る道であったと考えれば、史料の語句と古山田道の推定ルートは見事に対応するのである。巨視的にみれば、豊浦寺と飯岡の間に雷丘がある事実とも齟齬していない。してみれば、上1の舞台は、古山田道とかかわらせて理解するとしても、あながち的はずれとはいえないであろう。

二　日本霊異記の古写本――前田本を中心に

歴史研究は、きわめて稀な事例として著者自身による原本が伝来する場合を除き、写本を対象に研究される。日本霊異記もその例外ではなく、景戒自身による原撰本は伝わらず、古写本をもとに研究されている。歴史史料としての日本霊異記を考える場合、古写本そのものに注目し、その書写から伝来までの過程をふまえ史料に密着した考察も必要ではないかと思う。以下、日本霊異記の古写本とその伝来について若干の検討を試みる。

1　日本霊異記古写本の書写年代と伝来

日本霊異記には、四種類の古写本が現存している。いずれも現蔵者の名を付して興福寺本、来迎院本、真福寺本、前田尊経閣文庫本（以下、前田本）と称され、興福寺本は上巻、来迎院本・真福寺本は中下巻、前田本は下巻が現存している。このほか、昭和の初期まで高野山金剛三昧院に伝来していたという、上中下三巻の写本が知られている。その模本ないし転写本系統に連なる写本には、「建保弍年〈甲戌〉六月　日酉剋計書写了」の奥書がみられ、建保二年（一二一四）の書写奥書が継承されている。この系統の写本では、江戸時代中期写の国会図書館本が、欠脱はあるものの良質の写本とみられている。[注47]以下、書写年代を中心に確認しておく。

興福寺本は、上巻のみの零本ながら、「延喜四年五月十九日午時許写已畢」の本奥書をもつ現存最古の写本である。一九二二年に興福寺東金堂の天井裏から発見された。発見後には、雨宮尚治や池上禎造は、延喜四年（九〇四）奥書を書写奥書と理解したが、[注48]複製本の刊行を契機に平安時代中期とみる理解が示され、大屋徳城は藤原時代、徳重浅吉は万寿永承の頃で「院政時代には下らぬ」と推定した。[注49] 近年、書写年代は平安時代中期とする理解がほぼ定着し、[注50] 訓釈はその字母・字体・仮名遣の点からも延喜を降らない平安時代前期語を伝える資料とみなされている。[注51] ただし、現在の時期区分では、万寿年間（一〇二四～二八）、永承年間（一〇四六～五三）はともに平安時代後期（一〇〇四～八六）に属しており、先行研究の指摘は、厳密には平安時代後期と読み替える必要がある。

ところが近年、宮井里佳・本井牧子は、興福寺本日本霊異記紙背に記され、その書写が日本霊異記に先行することが確実である『金蔵論』の書写年代について、「平安末、院政期ごろの写本ではないか」と指摘した。[注52] 氏の指摘は通説と大きく認識が異なるもので、興福寺本の書写年代を考える上でも、見過ごすことはできない見解である。ただ、遺憾ながらもその根拠が示されておらず、当否を検討する手がかりをもたない。筆者は、興福寺本日本霊異記の書写年代を検討するためには、料紙、字体、書風などの総合的な検討をふまえて帰納する必要があると指摘し、訓釈の仮名字体および本文の重字記号（畳符）の字体表を掲げた上で、これまで取り上げられていなかった一紙長の情報を提示した。その上で、旧説を襲い「料紙による限り、金蔵論が書写された時期が平安時代院政期に降る可能性は低い」と述べたところである。[注53]

来迎院本・真福寺本は、中下巻を伝える写本である。来迎院本中下巻は、大和綴装（列帖装）二帖。一九七三年に、文化庁がおこなった来迎院如来蔵聖教文書類調査で発見された。後欠のため奥書の有無は不明であるが、十二世紀初頭頃の平安時代院政期写とみられている。[注54] 真福寺本中下巻は、巻子本二巻。中巻尾題の次行に「一交了」の校了奥書がみえる。平安時代院政期末から鎌倉時代前期頃までの写本とみられる。[注55] なお、ともに巻首を欠くが、近年中巻の巻首部分とされる断簡が発見された。[注56] さりながら、新発見の断簡は、本文の連続や虫損、染みなどの形状による限り、下巻の冒頭部分とみられる。

日本霊異記の古写本のなかで、伝領奥書は、前田本にのみ認められる。以下、やや詳しく検討を加える。その書誌事項を、先行研究に学びながら掲げておく。[注57]

日本霊異記下巻一帖

鎌倉時代中期写、大和綴装（列帖装）、天地界押界、縦界押界、一頁七行、一行二十二字前後、墨点（鎌倉時代、仮名点・返点・句点）、朱点（区切点）、共紙原表紙、後補表紙・後補裏表紙（紙背文書あり、康永三年正月自十八日□之）、縦二六・二センチメートル、横一五・四センチメートル、四括（一括七紙）、「仁和寺／心蓮院」重郭長方朱印（本文第一葉右下）、桐箱・包紙あり。

（内題）日本国現報善悪霊異記巻下

（内題次行）諾楽右京薬師寺沙門景戒録

（尾題）日本国現報善悪霊異記巻下

（書写奥書）嘉禎二年〈丙申〉三月三日書写畢　右筆禅恵（尾題次行）

（跋語）金剛仏子源秀之（巻末遊紙）

「心蓮院」（別筆）

伝領頼岑

（後補表紙）

「乙／第十四箱」（別筆）

日本国霊異記巻下

前述のごとく、前田本は、「嘉禎二年」（一二三六）の書写奥書をもつ鎌倉時代中期写本とみられ、下巻のみの零本である。本文や第二十三縁以前の前半に特徴的な訓釈の注記方法から、古い形態を伝えるとみられてきた。[注58]ただし、小泉道は、第二十三縁までの前半は、訓釈の様式に古態をとどめるものの、省略や後世の改竄が認められるなど、底本としては適当でないとした上で、重要な対校本と位置づけた。[注59]また、沖森卓也は、「興福寺本は別として、中下巻の万葉仮名表記には相当に後世の賢しらが加えられており、一旦片仮名表記されたものを万葉仮名表記に改めた場合が少なからずあるようである」と指摘する。[注60]写本の歴史史料としての利用を考える上で、重要な指摘であると思う。

以下、検討の対象を、書写奥書と伝来にかかわる跋語をもつ前田本に集中する。その概略を整理すると次のごとくであろう。この本は、嘉禎二年（一二三六）に禅恵が書写したもので、直接かその間に別の人物を介したかは不明ながら、源秀の所持するところとなった。この後、別筆にて「心蓮院」と記されることから、この段階までに仁和寺心蓮院の所蔵本となり、重郭長方朱印も捺された。後補裏表紙紙背文書にみえる年代、康永三年（一三四四）正月によれば、南北朝時代か室町時代初期頃までに改装が加えられ、頼岑に伝領された。後補表紙に別筆で記される「乙／第十四箱」は仁和寺で記されたと推測されることから、少なくともこの頃までは仁和寺に伝わっていたとみられる。[注61]前田家に入った時期は、写本の語るところではないが、複製本解説によれば、「明徴なけれども恐らく松雲公〈五代綱紀〉の時」であろうという。[注62]

2　前田本の伝来——禅恵と源秀

前田本の伝来には、禅恵、源秀、頼岑なる人物が関与している。このうち、先行研究が言及する人物は、禅恵である。

小泉道は、「諸家大系図を検ふるに大納言忠房卿の曾孫」[注63]、「尊卑分脈によると権中納言実光の曾孫か」[注64]などの説を引きつつ、醍醐寺所蔵「伝法灌頂師資相承血脈[注65]」にみえる三名の禅恵のうち、明恵の高弟貞真の弟子である俊弁の弟子とする鈴木恵の理解[注66]を評価した[注67]。このほか、禅恵にかかわる史料は、『仁和寺諸院家記（恵山書写本）』下「法勝院　深草貞観寺内寺」の項にみえる、

禅恵法印　　按察使、信瑜僧都弟子、禅助僧正重受。

正応元年四月十一日任権律師、同五年九月廿七日任少僧都、永仁六年七月七日叙法印。

なる記述が注目された[注68]。小泉道は、正応・永仁は嘉禎二年（一二三六）の数十年後にあたることから、もし同一人とするならば禅恵の若年時の書写といい[注69]、吉岡眞之は、これが同一人物であるかどうかは確証がないとするなど[注70]、いずれもその比定には慎重な態度を示している。

次いで源秀について。この人物の名は、「源秀」とみる複製本解説・古典全書に対して、「源秀之」とする旧大系、小泉道、影印集成解説が知られ、やや事実認識に相違が認められる。しかるに、密教の灌頂を受けた者である金剛仏子を称する点は、見過ごすべきではない。人名の下の「之」字は、「その所有物」程度の意味で記されることがあり、名の一部とみる必要はなかろう[注71]。してみれば、「源秀」は源氏の俗人とみるべきではなく、二文字の僧名とみて、検討を進めて差し支えないと考える。なお、三人目に名がみえる頼岑は、南北朝時代ないし室町時代頃の仁和寺にかかわる僧ではないかと推測するが、筆者はこの時代の諸史料に疎く、その動向を詳らかにしえない。

以下、朧気ながら手がかりが残る禅恵と源秀とについて、若干の検討を進めたい。試みに、管見の限りではあるが、この両名に関連する、年代の判明する鎌倉時代史料を表にまとめてみた[注72]。両名とも複数の同名の人物が確認できるが、ここでは、畿内に住したとみられる人物を検討の俎上にあげる。

表1　禅恵関係史料（抄）

	和暦	西暦	年齢	比定	内容	史料名	文書名	鎌倉遺文
1	建仁三年六月十二日以前		―	―	預所権上座禅恵時の先例に中夾庄からの菓子追物なしという	醍醐寺文書二函七六号	建仁三年（一二〇三）六月十二日成賢拝堂饗膳支配注文案	3-1361
2	元久二年七月　日	一二〇五	―	A	法師禅恵が黒田本庄・出作田畠の寄進に際し連署（花押）する	東大寺文書未成巻一―一―二一三号	東大寺僧綱等連署寄進状	3-1558
3	（承久二年カ）	一二二〇	―	A	禅恵法師の乱訴を停止することを請う	民経記寛喜三年五月巻裏文書（三―一八四頁）	□澄書状	4-2718
4	貞応元年十一月五日	一二二二	―	A	回廊修造用途を奉ける	春日神社文書	春日社修造用途支配注文	5-3014
5	貞永元年十月二日	一二三二	―	A	禅恵が権僧正慈賢河臨法賞により権律師に任じられる	民経記同日条（五―一二三一頁）		―
6	天福元年五月一日	一二三三	―	A	権律師法橋上人位禅恵が延暦寺六月会聴衆法師等交名にみえる	民経記同日条（七―七四頁）		―
7	**嘉禎二年三月三日**	**一二三六**	―	○	**右筆禅恵が前田本日本霊異記下を書写する**	**前田本日本霊異記下書写奥書**		―
8	建長二年六月　日	一二五〇	―	B	禅恵の名が浄阿勧進名簿にみえる	高野山文書又続宝簡集百三十一―一九七一号	僧浄阿勧進名簿	10-7209
9	建長七年十一月二十四日	一二五五	―	A	法印権大僧都禅恵を臨時仁王会の顕章堂講師に請ける	壬生家文書	仁王会廻文	11-7936
10	正嘉元年九月二十二日	一二五七	―	A	盛暹が禅恵罷大僧都により権律師に任じられる	経俊卿記同日条（一―三六四頁）		―
11	正元元年七月二十二日	一二五九	―	△	有智山忍辱房禅恵が雷山院主職として注進される	雷山文書	筑前雷山院主職注進状	11-8396
12	弘長元年十二月十三日	一二六一	―	B	禅恵光眼房が日輪院道場において祐遍より両部灌頂を授かる	高野春秋編年輯録		―
13	文永五年七月　日	一二六八	―	△	禅恵の署判が白山荘厳講結衆起請文にみえる	白山比咩神社文書	文永五年七月日加賀白山荘厳講結衆起請文	13-10283
14	弘安元年二月六日	一二七八	―	△	実円坊禅恵入寂する	鶴岡八幡宮寺諸職次第・鶴岡八幡宮寺供僧次第		―

15	弘安六年三月八日	一二八三	—	C	住持禅恵の加判が遍照心院指図にみえる	東寺百合文書ウ函一七号	遍照心院指図禅恵置文案	20－14803
16	正応元年四月十一日	一二八八	—	C	権律師に任じる	仁和寺諸院家記下（恵山書写本）法勝院		—
17	（正応五年）	一二九二	—	C	禅恵権律師が後七日御修法請僧交名にみえる	東寺百合文書ろ函二号	後七日御修法請僧交名	23－17794
18	正応五年九月二十七日	一二九二	—	C	少僧都に任じる	仁和寺諸院家記下（恵山書写本）法勝院		—
19	永仁六年七月七日	一二九八	—	C	法印に叙する	仁和寺諸院家記下（恵山書写本）法勝院		—
20	正安四年五月十五日	一三〇二	—	**D**	大法師禅恵が起請文に連署（花押）する	国立歴史民俗博物館所蔵水木家資料	快音等十人連署起請文	未収
21	嘉元二年四月　日	一三〇四	—	**E**	大法師禅恵が一味契状に連署（花押）する	高野山文書又続宝簡集百二十二―一八八八号	高野山衆徒一味契状	28－21812
22	嘉元二年五月　日	一三〇四	—	E	大法師禅恵が阿氐川庄についての衆徒連署置文の連署にみえる	高野山文書又続宝簡集五十三―一〇九五号	金剛峰寺衆徒連署置文	28－21842
23	嘉元二年七月　日	一三〇四	—	E	大法師禅恵が阿氐川庄についての衆徒連署置文の連署にみえる	高野山文書続宝簡集七十―八二〇号	金剛峰寺衆徒一味契状	28－21922
24	嘉元三年閏十二月六日	一三〇五	一二一	**F**	禅恵が金剛山文殊院にて摩訶衍釈論記を書写する	金剛寺聖教奥書		—
25	（徳治三年ヵ）	一三〇八	—	G	尊定上人（禅恵）が金沢貞顕書状にみえる	金沢文庫文書	金沢貞顕書状	30－23291
26	延慶二年八月九日	一三〇九	—	**H**	永福門院御使禅恵が奥院に仁王経を奉納する	高野山文書続宝簡集八―二〇六号	禅恵筆仁王経奉納記文	31－23744
27	（延慶四年ヵ）三月二十八日	一三一一	—	G	禅恵が論語貸借についての十如御房宛の書状に署名（花押）する	金沢文庫文書	禅恵書状	31－24241
28	延慶四年四月二十四日	一三一一	—	**C**	法印禅恵が伝流抄を預け置く件についての置文に自署する	仁和寺文書塔中蔵一四九函七九号	法印禅恵置文	未収

29	（正和二年）	一三一三	—	C	禅恵法印権大僧都が後七日御修法請僧交名にみえる	東寺百合文書ろ函三号(2)	後七日御修法請僧交名	32-24772
30	正和二年五月二十二日	一三一三	—	C	花園天皇が禅恵上人の真言法文の談義を聴聞される	花園天皇宸記同日条		—
31	元亨四年二月十八日	一三二四	四一	F	大法師禅恵が阿闍梨頼心より伝法灌頂を授かる	金剛寺文書一一〇号	阿闍梨頼心許可灌頂印信	37-28674
32	（年欠）十一月九日		—	C	禅恵が禅喜別行を昨夕より始行する件についての備前阿闍梨御房宛の書状を送る	仁和寺文書塔中蔵一四九函七六号	禅恵書状案	未収
33	鎌倉時代中期頃		—	G	律系譜（唐招提寺系）に尊定房禅恵がみえる	尊経閣文庫本関東往還記裏書	第十三表	—
34	鎌倉時代後期ヵ		—	I	禅恵が俊弁より伝法灌頂を授かり、後に祐恵に付法する	醍醐寺本伝法灌頂師資相承血脈		—

表2　源秀関係史料（抄）

	和暦	西暦	年齢	比定	内容	史料名	文書名	鎌倉遺文
1	（元久元年ヵ）十二月十六日	一二〇四	—	A	親蓮書状に「僧源秀【×俊】万、（返）」とみえる	興禅寺阿弥陀如来像胎内文書	親蓮書状	3-1499
2	嘉禎三年三月二十九日	一二三七	—	B	萱野郷西庄田地売券に「限東源秀作堺」とみえる	勝尾寺文書	藤井貞次田地買券	7-5122
3	文永九年九月三日	一二七二	—	△	権大検校大法師源秀が長日不断香油の奉仕の起請に連署（花押）する	宗像神社文書	宗像太神宮神官等連署起請文	15-11095
4	（弘安二年ヵ）四月二十四日	一二七九	五〇	C	従儀師源秀が当寺仏具についての越前法橋御房宛書状に署名する	勘仲記弘安四年夏巻裏文書	従儀師源秀書状	18-13561
5	弘安八年十月　日	一二八五	五六	C	源秀が石町卒塔婆供養に勤仕する。山籠、年五十六、戒四十一とみえる	高野山文書続宝簡集二十九—三二一号	高野山石町率塔婆供養請定	20-15723
6	正応三年八月二十四日	一二九〇	—	D	源秀が法華寺の寺事を嘱する大弟子の一人としてみえる	西大勅謚興正菩薩行実年譜	法華寺舎利縁起注録	—

7	永仁三年四月二十二日	一二九五	六六	C	源秀らが故なく辞退した石清水社神役の勤仕を命じる	石清水文書三―四号	伏見天皇綸旨	24-18811
8	永仁七年四月十一日	一二九九	―	△	性円の筑前国宗像東郡私領を石見房源秀に譲る	宗像神社文書	性円所領譲状	26-20031
9	正安四年四月六日	一三〇二	七三	C	法印源秀を東寺講堂預職に補任する	阿刀文書	東寺講堂預職補任状	27-21027
10	嘉元元年十一月二十七日	一三〇三	―	△	安芸国可部荘東方地頭代源秀の三入庄乱入についての関東下知状が下る	熊谷家文書一九八号	関東下知状	28-21689
11	嘉元二年四月　日	一三〇四	―	**E**	入寺源秀が一味契状に連署（花押）する	高野山文書又続宝簡集百二十二―一八八八号	高野山衆徒一味契状	28-21812
12	嘉元二年五月　日	一三〇四	―	**E**	入寺源秀が阿氐川庄についての衆徒連署置文に連署（花押）する	高野山文書又続宝簡集五十三―一〇九五号	金剛峰寺衆徒連署置文	28-21842
13	嘉元二年七月十六日	一三〇四	―	△	安芸国可部荘東方地頭代源秀の三入庄乱入沙汰についての六波羅施行状が下る	熊谷家文書一九九号	六波羅施行状	28-21896
14	嘉元二年七月　日	一三〇四	―	E	入寺源秀が阿氐川庄についての衆徒連署置文の連署にみえる	高野山文書続宝簡集七十―八二〇号	金剛峰寺衆徒一味契状	28-21922
15	元応元年十二月二十八日	一三一九	―	**E**	阿闍梨源秀が浜仲庄寺用相折支配置文に院主両人として連署（花押）、継目裏花押を付す	高野山文書続宝簡集二十一―二九七号	紀伊国濱中荘寺用米相折支配置文	35-27349
16	（元応二年ヵ）	一三二〇	―	**E**	講問沙汰人源秀が金剛心院講問衆評定事書を記す	高野山文書続宝簡集二十一―二九九号	金剛心院講問衆評定事書	36-27626
17	正中二年十一月十五日	一三二五	―	E	阿闍梨源秀が浜仲庄寺用相折支配置文の院主両人連署にみえる	高野山文書又続宝簡集二十一―一三三号	紀伊国濱中荘年貢納所職置文	38-29251
18	元徳二年七月二十二日	一三三〇	―	E	無量寿院源秀闍梨入寂する	高野春秋編年輯録		―
19	天文二年十二月二十五日	一五三三	―	―	源秀が白山荘厳講結衆起請文の署判にみえる	白山比咩神社文書	文永五年七月日加賀白山荘厳講結衆起請文	13-10283

凡例　△：畿外、アルファベットゴチ：花押ありもしくは直筆文書

禅恵Aは、初期には南都での足跡が知られる僧で、貞永元年（一二三二）、権僧正慈賢の河臨法賞により権律師に任じられ(5)、大僧都にいたるも(9)、正嘉元年（一二五七）その任を罷め、盛暹が権律師に任じられている(10)。延暦寺六月会聴衆法師としてみえ(6)、天台系の僧と推測される。禅恵Bは、高野山関連の史料にみえ(8)、弘長元年（一二六一）日輪院道場において祐遍から両部灌頂を受けたとみえるが(12)、詳細は詳らかにしえない。禅恵Cは、仁和寺にかかわる前述の人物で、深草貞観寺内、法勝院住持である。山城周辺でその事跡がみえる。同時期の東寺百合文書にみえる権律師禅恵も同一人物であろう(15)(17)。弘安十一年（一二八八）権律師に昇進後僧綱を歴任し(16)(18)(19)、正和二年（一三一三）後七日御修法請僧交名にその名がみえ、時に禅恵法印権大僧都とある(29)。花園天皇宸記にみえる僧も同一人物である可能性が高く、王家とのゆかりもある高僧といえる(30)。禅恵Dは、東大寺旧蔵文書に「大法師」とみえる人物である(20)。同年代に同じく大法師とみえる高野山の禅恵Eとは花押がまったく異なるため、南都に活動した別人であろう。[注73] 禅恵Eは、高野山の衆分で、嘉元二年（一三〇四）の衆徒連署置文に大法師としてみえる(21)(22)(23)。禅恵Fは、嘉元三年（一三〇五）の書写奥書に二十二歳と記すことから弘安七年（一二八四）生まれで(24)、金剛寺文書に散見するほか、多くの聖教を書写し、学頭法印とみえる。正平十九年（貞治三年・一三六四）に八十一歳にて没した。[注74] 元亨四年（一三二四）に阿闍梨頼心より伝法灌頂を授かったのも同一人物と思われる(31)。禅恵Gは、律宗系統の僧で、『関東往還記』や金沢文庫の史料に名をとどめる(25)(27)。禅恵Hは、延慶二年（一三〇九）八月、永福門院御使として、高野山奥院に紺紙金字仁王経を奉納した人物でこの時の奉納記文が残る(26)。高野山衆分の可能性も否定できないが、都の僧が御使として高野山に参じたとみるべきで、高野山大法師禅恵Eとは別人であろう。王家とのかかわりからすれば、あるいは禅恵Cその人の可能性もあろう。

これら八名の禅恵と、「伝法灌頂師資相承血脈」にみえる禅恵Iとの関係はどうであろうか。勧修寺流に属する俊弁の付法弟子は、良伊、済尊、深遍、孝厳、禅恵の五名である。このうち、師にあたる明恵や定真、俊弁とその弟子深遍は、高山寺とのかかわりが認められる。[注75]なお、禅恵の付法弟子である祐恵は、正和四年（一三一五）、元徳二年（一三三〇）の御七日御修法請僧交名に権律師阿闍梨、権少僧都とみえる僧ではないかと思う。[注76]そうであるならば、禅恵から祐恵への付法は、阿闍梨とみえる正和四年以前なのであろう。ちなみに、「伝法灌頂師資相承血脈」にみえる最新の紀年は嘉暦四年（一三二九）のもので、また大僧正信忠は、応長元年（一三一一）教寛に、正和四年時宝に伝法灌頂を授けたにもかかわらずその記載はみえないことから、その成立年代は十四世紀初頭と推測されている。[注77]しかれば、それぞれの流派の血脈末尾付近に記される人物は、おおむね鎌倉時代後期の人物とみて大過なかろう。さらなる検証が必要であろうが、禅恵Ｉは、同時代史料にみえる真言系の僧であることに鑑みると、禅恵Ｃその人である可能性も少なくなかろう。

源秀は、五名が知られる。源秀Ａ、源秀Ｂは、それぞれ大和、河内の僧とみられるが、いずれの史料も断片的でその事跡の詳細は詳らかにしえない。源秀Ｄは、南都の律宗系の僧とみられる。複数の史料にみえる人物は、残りの二名である。源秀Ｃは、都などで活動した僧らしく、正安四年（一三〇二）には法印源秀とみえ、東寺講堂預職に補されている(9)。この前後の史料が同一人物とすれば、弘安八年（一二八五）に石町卒塔婆供養に勤仕した時「年五十六」とみえることから(5)、この人物は寛喜二年（一二三〇）生まれとみられる。源秀Ｅは、嘉元二年（一三〇四）の文書に入寺(11)(12)(14)、元応元年（一三一九）に阿闍梨とみえ(15)、この時期の高野山衆徒置文に連署がみえる。元応二年（一三二〇）かと思われる金剛心院講問衆評定事書を、講問沙汰人として記している(16)。この後、無量寿院に住み、元徳二年（一三三〇）に没した(18)。以上、比較的事跡の伝わる源秀は、いずれも真言系の僧であることは注目される。

禅恵、源秀なる人物について、現在知りうる同時代史料を整理してみた。これらによる限り、前田本を書写した禅恵は、やはり仁和寺にかかわる禅恵Cとみるのが、穏当ではないかと思われる。もっとも新しい年代としては正和二年（一三一三）までその事跡が確認されることからすれば、既に指摘があるように、日本霊異記は若年時に書写したものとみざるを得ない。仮に書写時の年齢を十五歳としても、九十歳を超えるまで生きたことになる。今後さらなる検証が必要となろう。他方、写本に伝領奥書を記す源秀は、真言系の二名の僧源秀Cと源秀Eが候補となりうる。山城で活動する源秀Cがやや近いとも思われるが、両名と仁和寺との関係は不明で、その後日本霊異記が心蓮院に伝えられたことを考えると、写本の伝来過程を含め追究が不可欠である。あるいは、仁和寺とその周辺に同名の僧が存在しないか、さらなる史料の博捜が必要とも思われる。

余談ではあるが、禅恵と源秀という二人の僧がかかわる史料も知られる。いずれも真言系寺院に伝わる史料であり、一つは、嘉元二年（一三〇四）の高野山文書にみえる両名の加判、もう一つは、金剛寺聖教奥書の正中三年（一三二六）に禅恵、正平二年（一三四七）に源秀が書写したとする本奥書である。[注78] しかしながら、前者にみえる「入寺源秀」と「大法師禅恵」とでは源秀の階位が高く伝領の過程と逆転するし、[注79] 禅恵EFはともに嘉禎二年（一二三六）に生存し前田本を書写したとは考えがたいため、魅力的ながらも前田本にかかわる人物とは別人とみざるを得ない。

結び

この小稿では、日本霊異記を歴史史料として読むための論点を提示することを課題とし、説話の展開する歴史的地理的世界を現地に即して明らかにすること、史料としての写本の伝来過程を追究し写本そのものの歴史的性格を明らかにすることを試みた。現地と写本という、まったくジャンルや性格の異なる対象を議論してきたが、その試みは、文化財としての歴史史料を時代に即した多角的な視角から検討することで、史料研究のさらなる深化を目指すところにあった。

第一節は、まず、上1の舞台となった山田道を現地に即して理解することを課題とした。前著考証をはじめ折に触れて略述した結論を再説した部分も多く、新たな指摘はわずかであるが、典拠となる史料を示しながら詳しく論じることも必要と考え、敢えて取りあげた次第である。ともに、史料を読み解き、説話の原型が成立した時期を七世紀前半と推定してみた。第二節の前田本の書写と伝来にかかわる検討は、禅恵と源秀なる人物について、史料を提示しわずかな事跡を付け加えたのみで、結局のところ先行研究を大きく超えるものではなく、屋上に屋を架すとの誹りは免れまい。杳として手がかりのない頼兮も含め、さらなる検討が必要と思う。それだけではない。文書や聖教とは異なる日本霊異記のごとき説話史料が、中世寺院におけるいかなる思想的営為にかかわり伝来してきたのか、この点の解明なしに伝来論は完結しない。自戒を込めて課題としたい。

注

1 家永三郎「日本霊異記について」（武田祐吉校注『日本古典全書 日本霊異記』朝日新聞社、一九五〇年、付録）。

2 佐伯有清「八・九世紀の交に於ける民間信仰の史的考察――殺牛祭神をめぐって」（『牛と古代人の生活』日本歴史新書一三一、至文堂、一九六七年。初出一九五八年）、直木孝次郎「霊異記に見える「堂」について」（『奈良時代史の諸問題』塙書房、一九六八年。初出一九六〇年）など。

3　河音能平「『日本霊異記』から『今昔物語集』へ」（『天神信仰と中世初期の文化・思想』河音能平著作集2、文理閣、二〇一〇年。初出一九六七年）、同「「国風文化」の歴史的位置」（『天神信仰と中世初期の文化・思想』河音能平著作集2、前掲。初出一九七〇年）。
4　戸田芳実「平安初期の国衙と富豪層」（『日本領主制成立史の研究』岩波書店、一九六七年。初出一九五九年）。
5　平野邦雄編・東京女子大学古代史研究会『日本霊異記の原像』（角川書店、一九九一年）。
6　小峯和明・篠川賢編『日本霊異記を読む』（吉川弘文館、二〇〇四年）。
7　吉田一彦「史料としての『日本霊異記』」（『新日本古典文学大系月報』七三、一九九六年）、同『民衆の古代史――『日本霊異記』に見るもう一つの古代』（風媒社、二〇〇六年）、三舟隆之『『日本霊異記』説話の地域史的研究』（法藏館、二〇一六年）。
8　本郷真紹監修・山本崇編集『考証日本霊異記上』（法藏館、二〇一五年。二版、二〇一七年。以下、前著考証と呼ぶ。）の「後記」四二九頁。
9　曽田文雄「日本霊異記の中の日付けを有する縁」（『訓点語と訓点資料』六二、一九七九年）、舘江順子「霊異記にみえる日付と古代の暦知識」（平野邦雄編東京女子大学古代史研究会『日本霊異記の原像』前掲）など。
10　前著考証により、ふりがなはすべて現代仮名遣でひらがな表記とした。
11　山田道にかかわる先行研究として、小澤毅「阿倍山田道について」（奈良文化財研究所『山田寺発掘調査報告 本文編』創立五〇周年記念奈良文化財研究所学報六三、二〇〇二年。以下、奈良国立文化財研究所、奈良文化財研究所は奈文研と略す）、大脇潔「飛鳥の地名を発掘する」（『美夫君志』七一、二〇〇六年）を参照。
12　『万葉集』巻第十三―三二九〇番歌。以下、歌番号は、『新編国家大観』の新番号による。
13　板橋倫行校訳『日本霊異記』（春陽堂、一九二九年）七頁。
14　武田祐吉校註『日本霊異記』（日本古典全書、朝日新聞社、一九五〇年。以下古典全書と略す）。以下例示にとどめるが、遠藤嘉基・春日和男校注『日本霊異記』（日本古典文学大系七〇、岩波書店、一九六七年。以下旧大系と略す）六五頁、小泉道『日本霊異記』（新潮日本古典集成六七、新潮社、一九八四年。以下古典集成と略す）六七頁なども同様である。
15　山本「官道の整備と外国使節の往来」（飛鳥資料館『飛鳥・藤原京への道』飛鳥資料館図録五九、二〇一三年）、同「『日本霊異記』を歩く」（奈文研ブログ「コラム作寶樓」三六、二〇一三年）、同「（上1）補注3飯岡」（前著考証四四～四五頁）などで結論を略述した。

16 狩谷棭斎『日本霊異記攷証』（文政四年〔一八二一〕刊。正宗敦夫ほか編纂校訂『狩谷棭斎全集』第二、日本古典全書、一九二六年による）。

17 松浦貞俊『日本国現報善悪霊異記註釈』（大東文化大学東洋研究所叢書九、大東文化大学東洋研究所、一九七三年）一九頁。

18 板橋倫行校注『日本霊異記』（角川文庫一〇六一、一九五七年）二一頁。

19 古典集成二七頁。

20 和田萃『古代天皇への旅 雄略から推古まで』（吉川弘文館、二〇一四年）一二三頁。

21 『日本書紀』敏達天皇十四年（五八五）二月壬寅（十五日）条、二月辛亥（二十四日）条、三月丙戌（三十日）条。『古事記』推古天皇段に「御陵在大野岡上」とみえ、近年の橿原市教育委員会の調査により、橿原市五条野町の植山古墳が改葬前の推古陵と推定されている。報告書は被葬者について沈黙するが、調査の成果は、橿原市教育委員会『史跡 植山古墳』（橿原市埋蔵文化財調査報告九、二〇一四年）参照。

22 並河誠所『大和志』（享保二十一年刊）。佐藤小吉『飛鳥誌』（天理時報社、一九四四年）二九四頁など。トノン田の土壇は現在和田廃寺と称されているが、和田廃寺が葛木寺に比定されることは、福山敏男「葛木寺及び厩坂寺の位置について――所謂大野丘北塔址及び石川精舎址に関する疑問」（『大和志』一―三、一九三四年）、田村吉永「葛木寺の位置について」（『大和志』四―十一、一九三六年）などを参照。

23 桜井市史編纂委員会『桜井市史』史料編下巻（桜井市役所、一九八一年）一〇三三頁。

24 桜井市役所を訪れ、担当部局である桜井市総務課のご担当者からご教示を得た。篤く御礼申し上げる。

25 『日本書紀』雄略天皇六年三月丁亥条、七年七月丙子条。

26 大和盆地の古代直線道路の敷設時期は、『日本書紀』推古天皇二十一年（六一三）十一月条の「自難波至京置大道」、白雉四年（六五三）六月条の「修治処処大道」との関連が言及される。山川均「大和における七世紀代の主要交通路に関する考古学的研究」（『ヒストリア』一五〇、一九九六年）、中村太一「大和国における計画道路体系の形成過程」（『日本古代国家と計画道路』吉川弘文館、一九九六年。初出一九九五年）、安村俊史「推古二一年の大道」（『古代学研究』一九六、二〇一二年）など。筆者の私見の概要は、山本「官道の整備と外国使節の往来」（前掲）に記した。

27 飛鳥藤原第一三九次調査。奈文研『奈文研紀要二〇〇六』（二〇〇六年）。

28 明日香村教育委員会『雷丘東方遺跡発掘調査概報 第3次発掘調査概報――村道耳成線道路改良事業に伴う調査』（一九八八年）。

29 福山敏男「豊浦寺の創立」（『日本建築史研究』墨水書房、一九六八年）、松木裕美「二種類の元興寺縁起」（『日本歴史』三二五、一九七五年）、喜田貞吉「醍醐寺本『諸寺縁起集』所収「元興寺縁起」について」（『喜田貞吉著作集』6奈良時代の寺院、平凡社、一九八〇年）、久保田喜一「『元興寺伽藍縁起并流記資財帳』の史料的価値について」（『芸林』三一―二、一九八二年）、黒瀬之恵「豊浦寺と「元興寺伽藍縁起并流記資財帳」」（『古代史研究』一一、一九九二年）、吉田一彦「『元興寺縁起』をめぐる諸問題」（『古代』一一〇、二〇〇一年）、同「元興寺伽藍縁起并流記資財帳の研究」（『名古屋市立大学人文社会学部研究紀要』一五、二〇〇三年）など。

30 奈良県教育委員会『奈良県文化財調査報告（埋蔵文化財編）』二（一九五八年）、奈文研『飛鳥・藤原発掘調査概報』1・11・16・17（一九七三・八一・八六・八七年）、奈良県立橿原考古学研究所『奈良県遺跡調査概報 一九九四年度』（一九九五年）、亀田博・清水昭博「豊浦寺の発掘調査」（『仏教芸術』二三五、一九九七年）、明日香村教育委員会『明日香村遺跡調査概報 平成十年度』（二〇〇〇年）、奈文研『奈文研紀要二〇一五』（二〇一五年）など。

31 花谷浩「飛鳥寺・豊浦寺の創建瓦――付論 豊浦寺の伽藍配置について」（古代瓦研究会『古代瓦研究Ⅰ――飛鳥寺の創建から百済大寺の成立まで』奈文研、二〇〇〇年）。

32 東野治之校注『上宮聖徳法王帝説』（岩波文庫、二〇一三年）により、沖森卓也・佐藤信・矢嶋泉『上宮聖徳法王帝説 注釈と研究』（吉川弘文館、二〇〇五年）、家永三郎『上宮聖徳法王帝説の研究 増訂版』（三省堂、一九七〇年）を参照した。

33 奈文研『山田寺発掘調査報告 本文編』（前掲）。造営段階に即した瓦の詳細な検討は、古代瓦研究会『古代瓦研究Ⅱ――山田寺式軒瓦の成立と展開』（奈文研、二〇〇五年）の諸論考を参照。

34 奈文研『飛鳥・藤原発掘調査概報』20・21・23・25（一九九〇・九一・九三・九五年）、同『奈良国立文化財研究所年報』二〇〇〇―Ⅱ（二〇〇〇年）、同『奈文研紀要二〇〇八』（二〇〇八年）、奈文研都城発掘調査部（飛鳥・藤原地区）「山田道の調査（飛鳥藤原第一九三・一九四次）記者発表資料」（二〇一七年十一月二十九日）など。なお、飛鳥藤原第一九三・一九四次の調査成果は、奈文研『奈文研紀要二〇一八』（二〇一八年六月刊行予定）を参照のこと。

35 小澤毅「阿倍山田道について」（前掲）、相原嘉之「飛鳥地域の道路体系の復元――都市景観復元に向けての一試論」（『古代飛鳥の都市構造』吉川弘文館、二〇一七年。初出一九九八・九九年）など。

36 この交通路にかかわる詳細な検討は、遠藤慶太「山田寺への道――蘇我倉山田石川麻呂と茅渟道・水分の道」（『史料』二四一、二〇一四年）を参照。

37 谷川士清『日本書紀通証』（延享五年（一七四八）成立。臨川書店、一九七八年による）、河村秀根・河村益根『書紀集解』（文化初年成立か。臨川書店、一九六九年による）、敷田年治『日本紀標註』（小林林之助、一八九一年）。平凡社『奈良県の地名』（日本歴史地名大系三〇、平凡社、一九八一年）も同様である。

38 飯田武郷『日本書紀通釈』（一八九九年成立。教育出版センター、一九八五年による）。後に、和田萃「今来の双墓をめぐる憶説」（『日本古代の儀礼と祭祀・信仰』上、塙書房、一九九五年。初出一九八一年）が論証を深めた。

39 鈴木景二「飛鳥寺西の槻の位置について」（大和を歩く会編『古代中世史の探究』シリーズ歩く大和1、法藏館、二〇〇七年）。

40 『万葉集』巻十一―二六六四番歌。

41 和田萃「チマタと橘」（『日本古代の儀礼と祭祀・信仰』中、塙書房、一九九五年。初出一九八四年）。

42 山本「壬申の乱と飛鳥寺西槻下――小墾田兵庫をめぐって」（『季刊明日香風』一二二、二〇一二年）、相原嘉之「飛鳥寺北方域の開発――七世紀前半の小墾田を中心として」（奈良県立橿原考古学研究所『橿原考古学研究所研究論集 第十六』八木書店、二〇一三年）。

43 山田道と明記される史料ではないが、『万葉集』巻十一―二六五二番歌にみえる「小治田板田橋」は、山田道沿いの飛鳥川渡河点に架けられた橋であろう。

44 『日本書紀』天武天皇十四年（六八五）九月辛酉条、『続日本紀』天平勝宝六年（七五四）正月壬子条。

45 前著考証三八頁。

46 相原嘉之「飛鳥地域の道路体系の復元――都市景観復元に向けての一試論」（前掲）。

47 小泉道「日本霊異記の諸本について」（『日本霊異記諸本の研究』清文堂、一九八九年）。

48 雨宮尚治「日本霊異記について――古写本に関する報告」（『国語国文』四―五、一九三四年）、池上禎造「新刊紹介 興福寺本日本霊異記の複製」（『国語国文』四―六、一九三四年）。

49 大屋徳城「興福寺本日本国現報善悪霊異記 解説」（佐伯良謙編輯『日本国現報善悪霊異記』便利堂、一九三四年）、徳重浅吉「興福寺本霊異記の価値」（『立命館文学』一—七、一九三四年）。

50 奈文研『興福寺典籍文書目録 第四巻』（奈文研史料八三、二〇〇九年）三〇〇頁。

51 平井秀文「興福寺本霊異記訓釈考」（『語文研究』一九五一年三月号）、遠藤嘉基『日本霊異記訓釈攷』（和泉書院、一九八二年）。

52 宮井里佳・本井牧子「『金蔵論』現存諸本解題」（『金蔵論 本文と研究』臨川書店、二〇一一年）五四三ページ。

53 山本「書誌」（前掲注釈）。藤本誠は、「料紙の長さをもって平安時代後期に降る可能性を排除することはやや慎重さに欠ける」として批判する（藤本「書評と紹介 本郷真紹監修山本崇編『考証 日本霊異記』上」『日本歴史』八三一、二〇一七年）。ただし、そこに掲載した仮名字体表などへの言及はない。藤本の論拠は、飯田剛彦が示した神護景雲二年御願経の料紙データに（飯田「聖語蔵経巻「神護景雲二年御願経」について」『正倉院紀要』三四、二〇一二年）、七四〇巻中一三四巻（一八％）の五二・九センチメートル以下の短い料紙が含まれる事実のみであり、興福寺本の料紙がほぼ五五センチメートルであることは「写経年代が平安前期であることの論拠としては十分でなく、平安後期の稀な事例である可能性」を考慮すべきと指摘する。この批判はまったく難解で、仮に有効な批判をおこなうとするならば、一紙長五五センチメートルを超える平安時代院政期の聖教典籍を反証としてあげ、それが当該期に例外ではないことを示す必要があろう。

54 山本信吉「来迎院伝来の『日本霊異記』」（『貴重典籍・聖教の研究』吉川弘文館、二〇一三年。初出一九七八年）。

55 小泉道「日本霊異記の諸本について」（前掲）。黒板勝美編『真福寺善本目録』（一九三五年）は平安時代末期、名古屋市博物館・真福寺大須文庫調査研究会『古事記一三〇〇年 大須観音展』（二〇一二年）は鎌倉時代とする。

56 大須観音宝生院蔵、一一〇合一五三号。二〇一二年、名古屋市博物館で開催された「大須観音展」において公表、展示された。図録には中巻冒頭（断簡）としてカラー写真が掲載される（名古屋市博物館・真福寺大須文庫調査研究会『古事記一三〇〇年 大須観音展』前掲、八五頁）。

57 尊経閣叢刊の影印複製本（育徳財団、一九三一年。以下尊経閣複製本と略す）と前田育徳会尊経閣文庫『日本霊異記』（前田育徳会尊経閣文庫『日本霊異記』尊経閣善本影印集成四〇、八木書店、二〇〇七年。以下影印集成と略す）をもとに、複製本の解説「前田本日本霊異記解説」（春日和男によると、池田亀鑑の執筆と思われるという〔旧大系一二頁〕。以下、複製本解説と略す）および、影印集成の解説である吉岡眞之「尊経閣文庫所蔵『日本霊異記』の書誌」を参照し、一部私見によりあらためた。

58 八木毅「日本霊異記の成立に関して——前田家本と真福寺本との比較から」（『日本霊異記の研究』風間書房、一九七六年。初出一九六一年）、同「日本霊異記の撰述年時について」（『日本霊異記の研究』前掲。初出一九六五年）など。
59 春日和男・小泉道・遠藤嘉基「解説」（旧大系）。
60 沖森卓也「尊経閣文庫所蔵『日本霊異記』の訓読」（影印集成）。
61 たとえば、仁和寺蔵『仁和寺諸院家記（心蓮院本）』（御経蔵百三九箱）の表紙には、外題のほか「心蓮院」「甲／六十七箱」とみえる（奈文研『仁和寺史料 寺誌編一』奈文研史料三、一九六四年。一五一頁）。以上の例示に限らず、仁和寺聖教文書の原表紙には、多く「甲○箱」などの記述を認められることから、そのように判断した。また、仁和寺聖教文書には、仁和寺額型印（朱印・黒印・藍印など）が捺されるが、前田本にそれがみえないことは、寺外への流失時期を考える手がかりになると思われる。
62 なお、金沢市立図書館所蔵「松雲公採集遺編類纂」全一九〇冊のうち書籍部（八冊）に「霊異記 本書」とみえ、これは、貞享二年（一六六五）ないし翌年の津田太郎兵衛による京都方面の書籍捜索書「前田家松雲公書籍捜索書下」に所見するものである（山崎誠「『松雲公採集遺編類纂』書籍部とその研究」岡雅彦『調査研究報告』一二、国文学研究資料館文献資料部、一九九一年参照）。現存する前田本がこれにあたるとすれば、複製本解説の推測は首肯しうるものであろう。
63 木村正辞『槻斎雑攷』（一八八八年刊。小泉道により未見）。大納言忠房の曾孫「禅恵」は、『尊卑分脈』第一篇―八二頁。
64 春日和男「解説」（旧大系）一二一～一三頁。権中納言実光の曾孫「禅恵」は、『尊卑分脈』第二篇―一二九頁。
65 築島裕「醍醐寺所蔵本「伝法灌頂師資相承血脈」」（『醍醐寺文化財研究所研究紀要』一、一九七八年）。
66 鈴木恵「「無」「无」字をめぐって」（『東洋』一九―一一、一九八二年）。
67 小泉道「日本霊異記の諸本について」（前掲）。
68 東京大学史料編纂所蔵仁和寺諸院家記（恵山書写本）下（奈文研『仁和寺史料 寺誌編一』奈文研史料三、一九六四年）二九三頁。
69 小泉道「日本霊異記の諸本について」（前掲）。
70 吉岡眞之「尊経閣文庫所蔵『日本霊異記』の書誌」（前掲）。
71 仁和寺聖教文書調査の際に、奈文研歴史研究室長の吉川聡氏のご教示を得た。また、仁和寺所蔵の関係文書は、奈文研歴史研究室が作成し保管する『仁和寺塔中蔵調査目録』の記載を参照し、二〇一七年十二月十二日、仁和寺において関係文書二通を熟覧調査する機会を得た。仁和寺当局および目録の閲覧をお許しいただいた吉川氏に篤く御礼申し上げる。
72 当該期の史料や研究に疎く遺漏を恐れる。諸賢による増補をお願いする。以下、表の番号と本文中の番号は対応している。なお、年代が確認できないため表には含めていないが、河内泉福寺の律僧源秀も知られる（『本朝高僧伝』第五九、大日本仏教全書一〇三）。

73 高野山文書は高野山霊宝館編『高野山霊宝館所蔵 宝簡集 CD-ROM版』『高野山霊宝館所蔵 続宝簡集 CD-ROM版』『高野山霊宝館所蔵 又続宝簡集 CD-ROM版』（二〇〇四年）を、水木家資料は奈良文化財研究所所蔵の写真帳をそれぞれ参照した。

74 東京大学史料編纂所『花押かがみ七 南北朝時代三』（吉川弘文館、二〇〇六年）。金剛寺聖教の奥書は、河内長野市役所『河内長野市史 第五巻 史料編二』（一九七五年）に集成されている。大部なため、表には24のみを例示した。時野谷勝「禅恵考」（時野谷勝教授退官記念事業会『日本史論集』清文堂出版、一九七五年）参照。

75 建長二年（一二五〇）九月十三日僧俊弁諷誦文（高山寺文書第一部七三号。『鎌倉遺文』十―七二三三号）、建長六年（一二五四）十月十日僧高弁高山寺置文（高山寺文書第一部四二号。『鎌倉遺文』十一―七八一一号）、正安元年（一二九九）十一月十四日定真・喜海書状（高山寺文書第一部七一号。『鎌倉遺文』二十六―二〇一八九号）、正安元年十二月二十三日仁和寺法助書状案（高山寺文書第一部七八号。『鎌倉遺文』二十六―二〇一九二号）、正安二年（一三〇〇）九月十二日僧深遍書状（高山寺文書第一部一〇八号。『鎌倉遺文』二十七―二〇五九五号）。

76 正和四年（一三一五）御七日御修法請僧交名（東寺百合文書ろ函三号(4)。『鎌倉遺文』三十三―二五三九四号）、元徳二年（一三三〇）御七日御修法請僧交名（東寺百合文書ろ函三号(19)。『鎌倉遺文』三十九―三〇八六六号）。

77 築島裕「醍醐寺所蔵本「伝法灌頂師資相承血脈」」（前掲）二一九頁。

78 嘉元二年（一三〇四）四月日高野山衆徒一味契状（史料21）。河内長野市役所『河内長野市史 第五巻 史料編二』（前掲）四二七～二八頁。ほかに、嘉暦元年（一三二六）に禅恵、正平八年（一三五三）に源秀が書写したとする本奥書をもつ初後夜教授作法もみえる（『同』四三〇頁）。

79 和多昭夫「中世高野山教団の組織」（『弘法大師と真言宗』日本仏教宗史論集四、吉川弘文館、一九八四年）などを参照した。

古事記の享受と展開

工藤　浩

『古事記』には、和銅五年（七一二）の成立以来、今日に至るまで千三百年を越える享受の歴史がある。今日わかっている一番早い時期の引用としては、先ず『萬葉集』に二箇所見られる「古事記曰」に始まる題詞と左注が挙げられる。[注1]本稿では、他の文献への引用のされ方の分析を通して、『古事記』享受史の展開について考えてみたいと思う。

一　古事記の享受に関する研究史

これまで、『古事記』の享受史を他の文献への引用状況から明らかにした研究には、次の1～4がある。

1. 岡田米夫「古代文献に見える古事記」『古事記大成1　研究史篇』平凡社　昭和三一年一一月（二十三文献）　岡
2. 小野田光雄・梅澤伊勢三『古事記逸文稿㈠』古事記学会　昭和三四年三月（二十四文献）　小
3. 荻原浅男・鎌田純一『古事記逸文稿㈡』古事記学会　昭和三四年三月（一文献）　荻

4．青木周平編『古事記受容史』（上代文学会研究叢書）笠間書院　平成一五年五月　（三十五文献）　青

1で二十三の文献が指摘されて以来、2・3で二文献、4では更に十種の文献への引用が新たに指摘され、以下に示す①～㉟の文献に『古事記』の引用があることがわかっている。

（行頭の岡・小・荻・青によって、1～4で順次指摘された状況を示した。【成立年代／編者】）

岡 小 青	①萬葉集	【天平寶字三～（七五九～）／未詳】
岡 荻 青	②先代舊事本紀	【大同二（八〇七）～承平六（九三六）／未詳】
岡 小 青	③琴歌譜	【平安初／未詳】
岡 小 青	④日本紀弘仁私記	【弘仁四（八一三）／多人長】
小 青	⑤新撰龜相記	【天長七（八三〇）／卜部遠継】
青	⑥尾張國熱田太神縁起	【寛平二（八九〇）？／尾張連清稲】
岡 小 青	⑦本朝月令	【延喜・承平年間（九〇一～九三七）／惟集（令集）公方】
岡 小 青	⑧日本紀承平私記	【承平六（九三六）／矢田部公望】
岡 小 青	⑨政事要略	【長保四（一〇〇二）／惟集（令集）允亮】
小 青	⑩年中行事秘抄	【天永元～保安元（一一一〇～一一二〇）／中原師遠】
岡 小 青	⑪長寛勘文	【長寛元・二（一一六三・一一六四）／清原頼業ほか】
岡 小 青	⑫大倭神社註進状	【仁安二（一一六七）？／大倭盛繁？】
岡 小 青	⑬袖中抄	【文治年間（一一八五～一一九〇）／顕昭】
青	⑭顕秘抄	【十二世紀後半／顕昭】
青	⑮古今集注	【十二世紀後半／顕昭】
岡 小 青	⑯師光年中行事	【寛元元（一二四三）／中原師光】
岡 小 青	⑰釋日本紀	【文永元～正安三（一二六四～一三〇一）／卜部兼方】

岡　小　青	⑱萬葉集註釋	【文永二・三（一二六五・一二六六）／仙覺】
青	⑲古事記上巻抄	【文永七～延文年間（一二七〇～一三六〇）／卜部兼文？】
岡　小　青	⑳神祇譜伝図紀	【文永七～弘安八（一二七〇～一二八五）／度會行忠？】
青	㉑中臣祓義解	【～弘安元（～一二七八）／未詳】
岡　小　青	㉒伊勢二所皇太神宮御鎮座傳記	【～弘安八（～一二八五）／度會（西河原）行忠か】
岡　小　青	㉓豊受皇太神宮御鎮座本記	【～弘安八（～一二八五）／度會（西河原）行忠】
岡　小　青	㉔伊勢二所大神宮神名秘書	【弘安八～一〇年（一二八五～一二八七）／度會行忠】
青	㉕兼方本日本書紀	【弘安九（一二八六）／卜部兼方】
岡　小　青	㉖天照坐伊勢二所皇太神宮御鎮座次第記	【～永仁三（～一二九四）／度會（西河原）行忠か】
岡　小　青	㉗皇字沙汰文	【永仁五・六（一二九六～一二九七）／度會（檜垣）常良】
青	㉘丹鶴叢書日本書紀	【嘉元四（一三〇六）／剣阿】
岡　小　青	㉙聖徳太子平氏傳雑勘文	【正和三（一三一四）／法空】
岡　小　青	㉚類聚神祇本源	【元応二（一三二〇）／度會（村松）家行】
岡　小　青	㉛元元集	【延元二・三（一三三七・一三三八）／北畠親房】
青	㉜題未詳書（『金沢文庫の中世神道資料』所収）	【鎌倉後／未詳】
岡　小　青	㉝伊勢諸別宮	【鎌倉末／未詳】
青	㉞上宮太子拾遺記	【鎌倉末／法空】
青	㉟天寿國曼荼羅繍帳縁起勘天文	【鎌倉後／未詳】

2・3は、古事記学会から出されたガリ版刷り、ホチキス止めの冊子で、2では1にはない『新撰龜相記』『年中行事秘抄』の二つが加えられている。3は、1に既に指摘された『先代舊事本紀』に見られる『古事記』の引用を纏めたものである。後述するように『先代舊事本紀』は『古事記』の最も多くの章段からの引用を持つ

文献である。4は、上代文学会分科会として青木周平氏の下に組織された「古事記逸文研究会」が、平成十年（一九九八）度に実施した共同研究の成果を、第一期上代文学会叢書の一冊として刊行したものである。『尾張國熱田大神縁起』『顕秘抄』『古今集序』『古事記上巻抄』『中臣祓義解』『兼方本日本書紀』『丹鶴叢書日本書紀』『上宮太子拾遺記』『天寿國曼荼羅繍帳縁起勘天文』に題未詳書を加えた十の文献が新たに指摘されている。4で、他の文献に引用された『古事記』本文として現在わかっているものはほぼ網羅されているが、㉕『兼方本日本書紀』は裏書に限定されているため、本文頭注に引用された四箇所を補足しておく。ゴチック体で示した部分が『古事記』を引用した箇所と見做される。注2

巻第一

○**八尋殿**事　（伊邪那岐・伊邪那美　二神結婚条）

○**一日内千人死千五百人生**事　（　同　黄泉国条）

○高鞆〔高天原鞆之古記云**竹鞆**假字言之其意即高大也或説**竹鞆**者以竹為之臆説也〕　（天照・須佐能男　天石屋戸条）

※〔　〕内は割注

巻第二

○**八衢**神事

衢神事　（邇邇芸命　天孫降臨条）

三十五の文献それぞれに『古事記』のどの記事が引用されているのかを示したものが次の表1である。

表から見ると、章段ごとの引用状況の多寡に大きな偏りのあることがわかる。上巻は高天原神話が十八の文献に引用されているのに対し、出雲神話と日向神話は各四文献と極端に少ない。人代では、中巻の綏靖から開化の

表1　『古事記』からの各文献の引用状況

	上巻																						
		天地創成		伊邪那岐・伊邪那美									天照・須佐能男										
	序	別天神五柱	神代七代	国土修理固成	二神結婚	大八島国生成	神々生成	火神被殺	黄泉国	禊祓	三貴子分治	須佐之男命啼泣	須佐之男命昇天	天安河誓約	勝佐備	天石屋戸	五穀起源	八俣遠呂智	稲羽素兎	八十神迫害	根国訪問	沼河比売	須勢理毘売
①万葉集																							
②先代旧事本紀		○	○	○	○	○	○	○	○	○	○	○	○	○	○	○	○	○	○	○	○	○	○
③琴歌譜																							
④弘仁私記	○																						
⑤新撰亀相記	○	○			○	○	○	○	○	○	○	○	○	○	○	○							
⑥尾張国熱田太神宮縁起																							
⑦本朝月令																							
⑧日本紀承平私記		○		○																			
⑨政事要略																							
⑩年中行事秘抄																							
⑪長寛勘文								○															
⑫大倭神社註進状																							
⑬袖中抄									○	○													
⑭顕秘抄																							
⑮古今集注																							
⑯師光年中行事																							
⑰釈日本紀		○		○	○	○	○	○	○	○		○	○	○		○	○						
⑱萬葉集註釋																○							
⑲古事記上巻抄																							
⑳神祇譜伝図紀							○	○		○													
㉑中臣祓義解									○	○						○							
㉒伊勢二所皇太神宮御鎮座傳記	○	○						○															
㉓豊受皇太神宮御鎮座傳記		○																					
㉔伊勢二所太神宮神名秘書							○	○															
㉕兼方本日本書紀	○				○				○	○		○				○							
㉖天照坐伊勢二所皇太神宮御鎮座次第記		○																					
㉗皇字沙汰文																							
㉘丹鶴叢書日本書紀																							
㉙聖徳太子平氏伝雑勘文																							
㉚類聚神祇本源		○	○	○	○	○																	
㉛元元集		○	○	○	○	○																	
㉜題未詳書										○													
㉝伊勢諸別宮							○																
㉞上宮太子拾遺記																							
㉟天寿国曼荼羅繍帳縁起勘天文																							

中巻							上巻																		
							火遠理命				邇邇藝命					葦原中国平定						大国主命			
応神	仲哀	成務	景行	垂仁	崇神	神武	鵜葺草不合命	火照命服従	海神宮	海幸山幸	木花之佐久夜毘売	猿女君	天孫降臨	猿田毘古命	天孫誕生	国譲り	建御名方神	事代主神	建御雷神	天若日子	天菩比神	大年神神裔	少名毘古那神	大国主神裔	
																									①万葉集
		○					○	○	○	○	○	○	○	○	○	○	○	○	○	○	○	○	○	○	②先代旧事本紀
	○																								③琴歌譜
																									④弘仁私記
	○														○				○	○	○				⑤新撰亀相記
			○																						⑥尾張国熱田太神宮縁起
○																									⑦本朝月令
																									⑧日本紀承平私記
○																									⑨政事要略
○	○																								⑩年中行事秘抄
																									⑪長寛勘文
					○																				⑫大倭神社註進状
						○																			⑬袖中抄
	○																								⑭顕秘抄
	○																								⑮古今集注
○	○																								⑯師光年中行事
	○		○																						⑰釈日本紀
				○																					⑱萬葉集註釋
																○	○	○	○						⑲古事記上巻抄
																									⑳神祇譜伝図紀
																									㉑中臣祓義解
																									㉒伊勢二所皇太神宮御鎮座傳記
																									㉓豊受皇太神宮御鎮座傳記
			○																						㉔伊勢二所太神宮神名秘書
												○													㉕兼方本日本書紀
																									㉖天照坐伊勢二所皇太神宮御鎮座次第記
												○													㉗皇字沙汰文
																				○					㉘丹鶴叢書日本書紀
																									㉙聖徳太子平氏伝雑勘文
																									㉚類聚神祇本源
																									㉛元元集
																									㉜題未詳書
																									㉝伊勢諸別宮
																									㉞上宮太子拾遺記
																									㉟天寿国曼荼羅繡帳縁起勘天文

	下巻								
	仁徳	履中	允恭	雄略	欽明	敏達	用明	崇峻	推古
①万葉集	○								
②先代旧事本紀									
③琴歌譜	○		○	○					
④弘仁私記									
⑤新撰亀相記	○			○					
⑥尾張国熱田太神宮縁起									
⑦本朝月令									
⑧日本紀承平私記									
⑨政事要略									
⑩年中行事秘抄									
⑪長寛勘文									
⑫大倭神社註進状									
⑬袖中抄									
⑭顕秘抄									
⑮古今集注									
⑯師光年中行事									
⑰釈日本紀									
⑱萬葉集註釋									
⑲古事記上巻抄									
⑳神祇譜伝図紀									
㉑中臣祓義解									
㉒伊勢二所皇太神宮御鎮座傳記									
㉓豊受皇太神宮御鎮座傳記									
㉔伊勢二所太神宮神名秘書									
㉕兼方本日本書紀									
㉖天照坐伊勢二所皇太神宮御鎮座次第記									
㉗皇字沙汰文									
㉘丹鶴叢書日本書紀									
㉙聖徳太子平氏伝雑勘文							○		
㉚類聚神祇本源									
㉛元元集									
㉜題未詳書									
㉝伊勢諸別宮									
㉞上宮太子拾遺記								○	
㉟天寿国曼荼羅繍帳縁起勘天文					○	○	○		

欠史八代と下巻反正、安康、清寧以下宣化までの九代は全く引用が見られない。十箇所を越える引用を持つものは、三文献に限られる。この中で、序文を除いて出雲神話も含めた上巻の全ての章段と、成務条を引用する②『先代舊事本紀』、天孫降臨までの上巻と、仲哀・仁徳・雄略の三代の記事を抄録する⑤『新撰龜相記』は、他の文献と古事記引用の仕方が大きく異なっている。それぞれ物部氏と卜部氏の立場から自氏の歴史と職掌の起源を示した「氏文」に分類される歴史書であり、歴史叙述の大筋を『古事記』、或いは『日本書紀』『古語拾遺』からの抄録に拠って為しているため、多岐に亘る章段から多くの字数を引用しているのである。これを除けば、⑱『釋日本紀』以外の文献が引用している『古事記』の要素の数は何れも一桁に過ぎず、字数も比較的少ないことがわかる。

二　文献ごとの『古事記』引用の状況分析

②『先代舊事本紀』⑤『新撰龜相記』は後で個別に扱うことにして、どのような性格を持つ文献が如何なる意図から『古事記』を引用しているのかを検討してみたい。

先ず、『日本書紀』の注釈のために『古事記』を引用しているものとして、④『日本紀弘仁私記』、⑧『日本紀承平私記』、⑰『釋日本紀』、㉕『兼方本日本書紀』、㉘『丹鶴叢書本日本書紀』がある。⑰『釋日本紀』は、『日本書紀』の注釈書であり、語句の解釈のために『古事記』を引き合いに出していることは明らかで、対象となる語は上巻十三、中巻二の各章段に及んでいる。写本にも同様に語釈のための引用があり、㉕『兼方本日本書紀』は頭注と裏書に七つの章段から十一箇所、㉘『丹鶴叢書本日本書紀』は歌謡の傍書に一箇所、三十四字が引用されている。⑦『承平私記』の引用は、承平十〜十一年（八四三〜八四四）の日本紀筵で講じられた範囲であった、僅かに上巻の冒頭部分に限られる。弘仁三〜四年（八一二〜八一三）の講筵は多人長が博士を務め、太安万侶が『古事記』のみならず『日本書紀』編纂に関与したことを論じたことを記録する④『日本紀弘仁私記』は、序文からのみ五十三文字を引用している。

⑲『古事記上巻抄』は、書名が示す通り上巻の天若日子・建御雷神・建御名方神・事代主神の四条を抄出している。続く後半部分に「諏訪神事」として『先代舊事本紀』巻第三「天神本紀」巻第四「地祇本紀」から同神に関する記事を引いていることから、『古事記』引用の意図は、建御名方神について述べることにあったと考えられる。[注3]

歌集、歌学書が、歌謡とその前後の箇所を引用しているのは自然のなりゆきである。①『萬葉集』、巻二・九〇番歌の題詞に「古事記曰」以下に仁徳記の木梨之軽太子についての記述がある。そこには『古事記』にはない語句も含まれていて、引用部分にも現行の『古事記』本文と異同があり、巻二編者が概略を説明したものと解される。[注4] 巻十三・三二六五伴歌の左注にも「検古事記曰」として同条に言及されているが、内容に齟齬があり、これも引用ではなく巻十三編者の不適切な説明と見るべきである。[注5] 琴歌十九曲、二十二首を収める③『琴歌譜』には、「酒楽歌」（仲哀条）、「歌返」（仁徳条）、「茲良宜歌」（允恭条）、「茲都歌」「宇吉歌」（雄略条）のように、歌曲名を持つ歌謡の由来を『古事記』を引いて説明している。また、平安末期から鎌倉初期の歌僧顕昭の著作の三点にも引用が見られる。歌学書⑬『袖中抄』には黄泉国条と神武条、⑭『顕秘抄』は仲哀条、注釈書『古今集注』に仲哀条がそれぞれ引かれている。公事書である⑦『本朝月令』には、記四八番歌（応神条）と地の文の引用がある。

応神・仁徳条の百済関係記事を引く法制書・年中行事書に、⑨『政事要略』⑩『年中行事秘抄』⑯『師光年中行事』がある。

聖徳太子関係文書㉙『聖徳太子平氏伝雑勘文』、㉞『上宮太子拾遺記』、㉟『天寿国曼荼羅繍帳縁起勘天文』では、引用箇所が何れも欽明朝以降の下巻後半に偏るのも当然のこととして納得される。

神社関係の文献では、各神社の起源に関わる箇所が用いられる。即ち⑥『尾張國熱田大神宮縁起』の景行条、⑫『大倭神社註進帳』の崇神条の如きである。甲斐国の熊野社領をめぐる紛争に対して編纂された⑪『長寛勘文』では、「伊弉冉尊爲熊野権現否事」「伊勢大神與熊野権現難同體事」の清原頼業による二通の勘文に火神被殺条が引かれている。前者はイザナミが熊野権現ではないことを論じているが、イザナミの鎮座する多賀神社が近江か淡路かは論議のあるところである。『古事記』の伊勢系諸本が「淡海」を「淡路」と表記しているためだが、「伊耶那岐大神者坐淡海之多賀也」とある当該引用部は、近江説の一つの根拠となり得る。後者は、伊勢と熊野の祭神の違いを初めて明記した記事である。

伊勢神宮に関する文献は、伊勢神道書が多数を占める。伊勢神道は、平安末期の外宮の神官であった度會氏によって創始され、神仏習合思想の影響を強く受けている。外宮祭神のトヨウケノ神を、天御中主神、国常立尊と同神と見做す教義の根拠として『古事記』が用いられている。基本経典の神道五部書に数えられる㉓『豊受皇大神宮御鎮座傳記』、㉔『伊勢二所皇大神宮御鎮座傳記』、㉖『天照坐伊勢二所皇太神宮御鎮座次第記』は、何れもこの二神の記述を含む神代七代を引く。禊祓条を共通して引く⑳『神祇譜伝図紀』、㉑『中臣祓義解』、㉔『伊勢二所太神宮神名秘書』も伊勢神道書であり、㉜題未詳書も同じ範疇に入れることができよう。伊勢神道書には含まれないが、他に天孫降臨条に拠って外宮に「皇」字を用いるべきかを論じた㉗『皇字沙汰文』と、風日祈宮（内宮別宮）風宮（外宮別宮）の祭神を見極める根拠を神々生成条に求める㉝『伊勢諸別宮』がある。

②『先代舊事本紀』と⑤『新撰龜相記』が、『古事記』の引用に基づいた歴史叙述を為していることは先述した。②『先代舊事本紀』の場合は、『日本書紀』『古語拾遺』に依拠した部分もある。それぞれが、『古事記』『日本書紀』の各章段からどの要素を選んでいるかを示したのが次の表2である。

この表を用いて、②『先代舊事本紀』、⑤『新撰龜相記』が、それぞれ『古事記』の記事をどのように利用しているのかを分析してみたい。

表2 『古事記』上巻『日本書紀』巻第一・二からの記事引用状況

段	要素	日本書紀 本	1	2	3	4	5	6	7	8	9	10	11	古事記	先代旧事本紀	新撰亀相記
一	天地未剖・混沌	○			○		○								○	
	鶏子	○													○	
	天先成・地後成	○													○	
	天地創造	○	○			○		○						○	○	
	葦牙	○		○			○	○						○	○	
	国の浮標	○		○										○	○	
	遊ぶ魚・海月	○												○	○(1)	
	クニノトコタチ	○	○	○	○	○	○	○						○	○	
	クニノサヅチ	○	○	○		○								○	○	
	トヨクモノ	○	○											○	○	
	アシカビヒコヂ			○	○			○						○	○	
	高天原					○								○	○	
	アメノミナカヌシ					○								○	○	○
	タカミムスヒ					○								○	○	○
	カムムスヒ					○								○	○	
	アメノトコタチ							○						○	○	
	乾道→純男	○						○							○	
														獨神	○	
														別天神	○	
二	ウヒヂニ・スヒヂニ	○												○	○	
	オホトノヂ（ベ）	○												○	○	
	オモダル・カシコネ	○												○	○	
	キ・ミ神誕生	○		○										○	○	○
	アオカシキネ		○												○	
	アメノカガミ			○											○	
	アメノヨロヅ			○											○	
	アワナギ			○											○	
三	神世七代	○												○	○	
	ウヒヂニ・スヒヂニ		○											○	○	

段	要素	日本書紀 本	1	2	3	4	5	6	7	8	9	10	11	古事記	先代旧事本紀	新撰亀相記
	ツノグヒ・イクグヒ		○											○	○	
	オモダル・カシコネ		○											○	○	
	キ・ミ神誕生		○											○	○	
	乾神→男女神	○													○	
														双神	○	
四	天浮橋	○	○											○	○	○
	アメノヌボコ	○	○	○	○	○								○	○	○
	オノゴロ島	○	○	○	○	○				○				○	○	○(1)
	柱めぐり	○	○											○	○	○
	八尋殿		○											○	○	○
	男子先唱の理	○	○											○	○	○
	男女身体の違い	○	○											○	○	○
	オホヤシマ生成	○	○					○	○	○	○	○		○	○	○
	不快→アハジ	○													○	
	天神の司令		○											○	○	○
	ヒルコ		○									○		○	○	○
	太占		○											○	○	○(2)
	国の浮標					○								○	○	
	鶺鴒						○								○	
五	自然界の神々を生む	○						○						○	○	
	天下の主神を生む	○	○											○	○	
	日・月・ス神の誕生	○	○	○				○					○	○	○	
	分治	○	○					○					○	○	○	
	ヒルコ	○		○										○	○	○
	スサノヲ啼泣	○		○				○						○	○	
	スサノヲ追放令	○	○					○						○	○	
	男子先唱の理			○										○	○	
	火神出生			○	○	○	○	○						○	○	○(3)

段	要素	日本書紀 本	1	2	3	4	5	6	7	8	9	10	11	古事記	先代旧事本紀	新撰亀相記
	イザナミ病~死			○	○	○	○	○						○	○	
	ハニヤスヒメ等			○	○	○		○						○	○	
	カナヤマビコ					○								○	○	
	ワクムスヒ			○										○	○	
	ウケモチ												○		○	
	穀物等の起源			○									○	○	○	
	イザナキ埋葬						○							○	○	
	ナキサハメ							○						○	○	
	火神被殺・血→神							○		○				○	○	
	火神被殺・体→山神									○				○	○	
	イザナキ黄泉国訪問							○				○		○	○	○
	キ殯斂之処訪問										○				○	
	ヨモツヘグヒ							○						○	○	○
	見るなの禁忌							○			○			○	○	○
	呪的逃走							○			○			○	○	○
	コトド渡し							○				○		○	○	○
	人口増加の起源							○						○	○	○
	日向での禊							○				○		○	○	○
	安曇神・住吉神							○				○		○	○	○
	日月隔離												○		○	
六	スサノヲ昇天	○	○	○										○	○	○
六	イザナキ鎮座	○												○	○	
六	ス神昇天→天変地異	○												○	○	○
六	日神の武装・男装	○	○	○										○	○	
六	ウケヒ生み	○	○	○	○									○	○	○
六	ウケヒの条件	○	○	○	○										○	
六	モノザネ交換	○		○										○	○	○
六	宗像神の説明	○	○	○	○									○	○ (2) (3) (4)	○
六	ハアカルタマ			○											○	
六	スサノヲが瓊を献上			○											○	

段	要素	日本書紀 本	1	2	3	4	5	6	7	8	9	10	11	古事記	先代旧事本紀	新撰亀相記
七	スサノヲ乱行	○	○	○	○									○	○ (5)	○
七	日神のイハヤ籠り	○	○	○	○									○	○	○
七	八百萬神・八十萬神	○	○	○	○									○	○	○
七	オモヒカネ	○	○											○	○	○
七	長鳴鳥	○												○	○	○
七	タヂカラヲ	○			○									○	○ 5 (6)	○
七	フトダマ・コヤネ	○		○	○									○	○	○
七	珠・鏡・ニギテ	○		○	○									○	○	○
七	アメノウズメ	○												○	○	○
七	神がかり	○												○	○	○
七	シリクメナハ	○												○	○	○
七	スサノヲ祓~追放	○		○	○									○	○	○ (4)
七	香具山の呪具	○	○	○	○									○	○	○
七	イシコリドメ		○	○	○									○	○	○
七	アマノアラト			○											○	
七	トヨタマ			○											○	
七	ヤマツチ・ノヅチ			○											○	
七	鏡の小瑕			○											○	
七	スサノヲ根国行き				○										○	
七	スサノヲ昇天				○									○	○	
七	日神の武装・男装				○									○	○	
七	ウケヒ生み				○									○	○	
七	ウケヒの条件				○										○	
八	スサノヲ降臨	○	○	○		○								○	○	
八	ヲロチ退治	○		○	○	○								○	○	
八	アシナヅチ・テナヅチ	○		○	○									○	○	
八	草薙剣の出現	○		○	○	○								○	○	
八	須賀の宮	○												○	○	
八	歌謡「八雲立つ」	○												○	○	
八	ス・クシナダ結婚	○	○	○	○									○	○	

段	要素	日本書紀 本	1	2	3	4	5	6	7	8	9	10	11	古事記	先代旧事本紀	新撰亀相記
	ス～オホ名ムチ系譜	○	○	○										○	○	
	スサノヲ根国行き	○					○								○	
	簸川上の山の由来				○										○	
	草薙剣と尾張				○										○	
	スサノヲ乱行					○								○	○	
	スサノヲ祓→追放					○								○	○	
	イタケル					○	○								○	
	スサノヲ等新羅降臨					○	○								○	
	木種領布					○	○								○	
	大国主神							○						○	○	
	スクナビコナと国作り							○						○	○	
	大物主と国作り							○						○	○	
	大物主の山と鎮座							○						○	○(9)(10)	
	イスケヨリヒメ誕生							○						○	○	
														オホゲツヒメ殺害		
														穀物の起源		
														ヤガミヒメ		
														素兎		
														ヤガミヒメ婚約		
														八十神迫害	○	
														ウムギ・キサガヒ	○	
														ヒメ矢	○	
														オホナムチ死→再生	○	
														オホヤビコ	○	
														オホナムチ根国訪問	○	
														呉公・蜂・蛇の試練	○	
														スセリビメの援助	○	
														鳴鏑の試練	○	
														鼠の援助	○	
														虱（呉公）取り	○	

段	要素	日本書紀 本	1	2	3	4	5	6	7	8	9	10	11	古事記	先代旧事本紀	新撰亀相記
														スサノヲを縛る等	○	
														ヨモツヒラサカ	○	
														生太刀・生弓矢	○	
														天の詔琴	○	
														嫡妻スセリビメ	○	
														スサノヲの司令	○	
														八十神征伐	○	
														国土領有	○	
														ヌナカハヒメ求婚	○	
														歌謡「ヤチホコノ」	省略	
														ヤガミヒメ結婚	○	
														木俣神・御井神	○	
														スセリビメ嫉妬	(11)	
														うながけり・盞結	○	
														大国主神系譜	○	
														大年神系譜	○	
														羽山戸神系譜	○	

段	要素	日本書紀 本	1	2	3	4	5	6	7	8	9	10	11	古事記	先代旧事本紀	新撰亀相記
九	ニニギ誕生	○	○	○				○	○	○				○	○(7)(8)	
	葦原中国の騒乱	○	○											○	○	○
	アメノホヒ派遣	○	○	○				○						○	○	○
	アメワカヒコ派遣	○	○					○						○	○	○
	キギシ派遣	○	○					○						○	○	○
	粟田・豆田のキギシ						○								○	
	アメノサグメ	○	○					○						○	○	
	アメワカヒコ処刑	○	○											○	○	○
	アヂスキタカヒコネ	○	○											○	○	
	鳥の葬儀	○												○	○	
	喪山の由来	○	○											○	○	
	歌謡「天なるや」			○										○		
	歌謡「天ざかる」			○												

段 要素	日本書紀 本	1	2	3	4	5	6	7	8	9	10	11	古事記	先代旧事本紀	新撰亀相記
タケミカヅチ等派遣	○	○	○										○	○	○
コトシロヌシ服従	○	○	○										○	○	
イナセハギ	○													○	
オホナムチ服従	○	○	○										○	○	
矛の献上	○													○	
カガセヲ	○													○	
アマテラスの司令	○	○											○	○	○
タカミムスヒノ司令	○		○		○		○						○	○	
マドコオフスマ	○				○		○							○	
ニニギ日向降臨	○	○	○		○		○						○	○	○
神器授与		○	○										○	○	○
五部神		○	○		○								○	○	○
サルタビコ		○											○	○	
サ神「天孫↓日向…		○												○	
天石窟～八重雲等	○	○											○	○	○
ウキジマリ…	○		○		○									○	
サルメの起源		○											○	○	
国覓ぎ	○		○		○									○	
笠沙の岬	○				○		○							○	
長屋の竹島							○							○	
事勝国勝長狭	○		○		○		○							○	
コノハナサクヤビメ	○		○			○	○						○	○	
一夜孕み	○		○			○	○						○	○	
火中出産	○		○	○		○	○						○	○	
ホホデミ等誕生	○		○	○		○	○	○	○				○	○	
竹刀で臍緒切断				○										○	
竹刀↓竹林				○										○	
ニニギの陵	○													○	
ミカホシ			○											○	
オホナムチの宮殿			○										○	○	

段 要素	日本書紀 本	1	2	3	4	5	6	7	8	9	10	11	古事記	先代旧事本紀	新撰亀相記
大物主の服従			○											○	
大物主の婚姻			○											○	
作金者・作盾者等			○											○	
アマツヒモロギ			○											○	
高橋・浮橋等			○											○	
祭祀者アメノホヒ			○											○	
アメノトリフネ			○											○	
田の造営			○											○	
イハナガヒメ			○				○						○	○	
天皇寿命			○										○	○	
世人の寿命			○											○	
歌謡「沖つ藻は」			○				○							省略	
													猿田彦とヒラブ貝	○	
													ニニギの土地讃め	○	
													ニニギの宮殿	○	

十 要素	日本書紀 本	1	2	3	4	5	6	7	8	9	10	11	古事記	先代旧事本紀	新撰亀相記
海幸・山幸	○	○		○									○	○	
さち易へ	○	○		○									○	○	
釣針紛失のこと	○	○		○									○	○	
シホツチノヲヂ	○	○		○	○								○	○	
竹籠	○	○		○									○	○	
川雁				○										○	
海神の馬・八尋ワニ					○									○	
海宮訪問	○	○	○	○	○								○	○	
天の垢		○												○	
海神の歓待	○	○	○	○	○								○	○	
釣針の発見	○	○	○	○	○								○	○	
トヨタマビメと結婚	○	○		○									○	○	
釣針への呪詛	○	○	○	○	○								○	○	
シホミツタマ等	○		○	○									○	○	
高田・下田				○									○	○	

段	要素	日本書紀 本	1	2	3	4	5	6	7	8	9	10	11	古事記	先代旧事本紀	新撰亀相記
	兄神制圧～服従	○	○	○	○	○								○	○	
	隼人舞・狗吠え	○		○		○								○	○	
	海神の風浪		○			○									○	
	トヨタマビメ出産	○	○		○	○								○	○	
	見るなの禁忌	○	○		○	○								○	○	
	マドコオフスマ					○									○	
	乳母等				○										○	

段	要素	日本書紀 本	1	2	3	4	5	6	7	8	9	10	11	古事記	先代旧事本紀	新撰亀相記
	歌謡「沖つ鳥」				○									○	省略	
	歌謡「赤玉は」				○									○	省略	
														ホホデミ陵		
十一	ウガヤと玉依姫結婚	○												○	○	
	神武・イツセ等誕生	○	○	○	○	○								○	○	
	ウガヤの陵	○														

※本表は、松本直樹氏「先代旧事本紀の「神話」――古事記の引用」（青木周平編『古事記受容史』笠間書院、平成一五年）所載の表に、『新撰亀相記』の記・紀からの記事引用の状況を加えたものである。

三　先代舊事本紀に於ける古事記の享受

『先代舊事本紀』は、巻一「神代本紀」「陰陽本紀」から巻第六「皇孫本紀」前半までが神話、巻第六「皇孫本紀」後半神武条から巻第九「帝皇本紀」推古条までに人代に充てられ、末尾に巻第十「國造本紀」が置かれる。記・紀の引用という観点から言えば、神代部分の記事は、『古事記』『日本書紀』神話のほぼ全要素が網羅されており、更には[注6]『古語拾遺』からの引用も見られる。そのため、ヒルコの誕生と遺棄が二度、三貴子の誕生が三度繰り返されるなど、重複や矛盾が多く生じており文脈は破綻している。[注7]ところが神武東征以下の人代部分の記事では、引用の方針が一転して『日本書紀』一辺倒の抄録に変わる。『古事記』に拠るのは成務条のヤマトタケルの御子に関する記事二箇所で、文字数にして僅か六文字に過ぎず、『古語拾遺』からは神武即位の条に二箇所が引かれるのみである。そのため、人代の記事では神代に見られた文脈の乱れは解消されているのである。

『先代舊事本紀』の記・紀の引用方針は神代と人代とで対照的な様相を見せるが、独自記事についても同様の相違が認められる。神代にあたる部分の独自記事には、おおよそ次の十二箇所がある。

【巻第一「神代本紀」】
(1)天讓日天狹霧國禪日國狹霧尊系譜
【巻第二「神祇本紀」】
(2)剣から宗像三女神生成
(3)六男神生成
(4)宗像三女神鎮座
(5)天照太神の妹稚日女尊
(6)手力雄命、太玉命、天兒屋命
【巻第三「天神本紀」】
(7)天照國照彦天火明櫛玉饒速日尊降臨
(8)饒速日尊神損去
【巻第四「地祇本紀」】
(9)三諸山
(10)大己貴尊、天羽車大鷲に乗り茅渟縣から三輪山へ
【巻第五「天孫本紀」】
(11)天照國照彦天火明櫛玉饒速日尊――天香語山命系譜

⑿天照國照彦天火明櫛玉饒速日尊――宇摩志麻遅命系譜

⑺⑻が物部氏の祖ニギハヤヒの降臨神話とその後日談、⑾⑿がニギハヤヒ後裔に連なる物部氏の系譜で、何れも他の八箇所を圧倒する分量が割かれている。これに対して、人代の独自記事は、長くても一～二行程度の短文に限られている。記事の内容は、

1物部氏賜姓、任官関係記事
2天八降命系譜（神武前）
3観松彦香拓稲尊記事
4立太后記事
5儒教関係記事

に分類される。神代の場合と同様に1に最も重きが置かかれているものと考えられるが、内容は巻第七「天皇本紀」神武天皇東征と鎮魂祭に関して二箇所記載された宇摩志摩遅命の記事を除けば、大臣・大夫・侍臣任命、大連・宿禰、大禰賜姓、改氏姓の記述で占められる。そうした点で、神代の独自記事とは性格を異にしているが、1の中には神代の⑾⑿の系譜に見られる人物に関する記事が多数認められることが注目される。巻第七「天皇本紀」に⑾の天香語山命系の系譜では、ニギハヤヒの四世孫瀛津世襲（孝照条A―大臣※「天神本紀」には「孝昭」が「孝照」と表記され、孝安条の前後に置かれていて記事の内容も異なるため、前を孝照A、後を孝照Bとした。以下同様。）、七世孫建諸隅命（崇神条―氏姓大連）がある。なお建諸隅命は、⑿系譜にも八世孫に重複記載されている。⑿の宇摩志麻治命系譜では、巻第七「天皇本紀」には先述の兒宇摩志摩遅（神武条、東征・鎮魂祭）、孫大禰命（安寧条―侍臣）、同彦湯支（綏靖条―大夫）、三世孫出雲色命（安寧条―大夫※⑿では「出雲醜大臣命」と表記され

る)、六見命（孝照条B—足尼・宿禰)、三見命（孝照条B—足尼・宿禰）出石心命（孝照条A—大臣、開化条—大臣)、五世孫大水口命（孝靈条—宿禰)、大矢口命（孝靈条—宿禰)、鬱色雄命（孝元条—大臣)、六世孫武建命（垂仁条—大禰)、七世孫建膽心命（崇神条—大禰)、大新河命（垂仁条—五大夫一、大臣、大連)、十一根命（垂仁条—五大夫一、大臣、大連)、八世孫建諸隅命（崇神条—氏姓大連※⑾と重複)、九世孫物部多遅麻連公（神功条—大連)、巻第八「神皇本紀」に十世孫物部印葉連公（応神条—大臣)、物部大別連公（仁徳条—皇子代、矢田部連公)、十一世孫物部伊莒弗連（履中条—大連)、十二世孫物部木蓮子連公（安康条—大連)、巻第九「帝皇本紀」に十四世孫物部大市御狩連公（敏達条—大連)、十五世孫物部目連公（欽明条—大臣）がある。⑾系譜では二名に過ぎないが、⑿系譜では二十二名（うち一名重複）の人物に関する記事を、編者は各天皇代に書き加えているのである。この操作の意図は、神代に降臨した始祖ニギハヤヒの系譜に連なる後裔の物部氏の人物が、人代では王権の内部で祭政両面に於いて活躍していることを示す点にある。[注8]

先述のように、『先代舊事本紀』神代の文脈は破綻しているが、ニギハヤヒ関係の記事は矛盾を避けるため、神武記に書かれたニギハヤヒがニニギを追って降臨してきた話柄の東征末尾の記事は採らないという、網羅主義を避ける配慮が見られる。[注9] これは、物部氏関係の記事に対して編者の慎重な配慮が向けられ、とりわけニギハヤヒの所伝に対してはそれが格別であった点を明白に物語る。このことを確認するため、(7)(8)のニギハヤヒ伝承の前後に見られる記・紀の引用の在り方について検討してみたい。

「天神本紀」冒頭の「正哉吾勝々速日天押穂耳尊　天照太神詔」の十七文字以下、次のように記・紀からの引用がある。『古事記』に拠る記事を大文字、『日本書紀』に拠る記事を小文字で示した。

A　豊葦原之千秋長五百秋長之瑞穗國者。吾御子正哉吾勝々速日天押穂耳尊可レ知之國。言寄詔賜而。天降之時。

b　高皇産靈尊兒思兼神妹萬幡秋津師姫栲幡千々姫命爲レ妃。誕二生天照國照彦天火明櫛玉饒速日尊一之時

C　正哉吾勝々速日天押穂耳尊奏曰。僕欲二將降一裝束之間。所レ生之兒。

この後(7)に続いた後、神武紀三十一年条を次のように引く。

d　饒速日尊（中略）乘二天磐船一而。翔二行於大虚空一。巡二睨是郷一而。天降坐矣。即謂二虚空見日本國一。

是歟。

以下(8)の薨去の記事でニギハヤヒ降臨の所伝は終わる。

『古事記』では一続きであったA・Cのオシホミミから交替するニニギの位置に、『日本書紀』のホアカリ誕生記事の「天火明」に「饒速日尊」を合成したbを挿入することで、(7)のニギハヤヒ降臨神話の導入部分の文脈を形成していることがわかる。bは、神代紀第九段一書第八をもとに、次のように（　）内を書き換え、或いは補って作られている。

高皇産靈尊（兒思兼神妹）萬幡（秋津師姫）栲幡千（々）姫爲レ妃而（誕）生天照國照彦（天）火明（櫛玉饒速日）尊（之時）

更に、『日本書紀』のdを挟んで、降臨の後日談として(8)の薨去記事へと続けているのである。『日本書紀』だけからの抄録ではなく、『古事記』と『日本書紀』の引用を繋いで合成することで、ニギハヤヒ降臨神話の文脈の整合性を図っているのである。

四　新撰龜相記に於ける古事記の享受

『新撰龜相記』は、『先代舊事本紀』とは異なり、本文を全面的に『古事記』からの引用で構成している。表2に示すように、引用する記事も要素を網羅するのではなく、編者による大幅な取捨選択が行われており、出雲神話と天尊降臨以降の日向神話の部分は完全に抜け落ちている。本文冒頭は、天地初発を省きアメノミナカヌシとタカミムスヒ二神に始まり、すぐにイザナキ・イザナミの天浮橋へと続く。神話部分は天孫降臨で終えられ、人代はソバカリ（履中条）、堅魚木（雄略条）、新羅征討（仲哀条）がこの順で引かれる。末尾には『龜經』『龜誓』に拠る記事の後に、『古事記』序文の引用を挟んで、跋文と思しき記事が置かれている。

『新撰龜相記』独自記事としては、以下の四点がある。

(1)オノゴロ嶋の位置
(2)卜兆の起源
(3)鎮火祭起源
(4)大祓起源

(2)が卜部本来の職掌である卜占、(3)(4)が関与した祭儀の起源を示す所伝である。卜占には鹿の肩甲骨による太占と亀甲を用いる亀卜があるが、卜部は後者を職掌としていた。(1)はその亀甲の産地に関わる記事で、(2)と密接な関係を持つ。注10 (1)〜(4)は、何れも卜部の職掌に関する内容だと確認できる。人代条に引かれる三箇所の記事には、「死之膚断」（履中記）、「礼代幣帛」（雄略記）、「國之大祓」（仲哀記）のように、大祓に関する語彙が含まれ

ており、⑷との関係で選ばれたものと考えられる。[注11]

表2に拠れば、先述の本文冒頭部分に続いては、天浮橋、アメノヌボコ、オノゴロ島、後は柱めぐり、八尋殿、男子先唱の理、男女身体の違い、オホヤシマ生成までの要素が漏れなく記載された後に、⑴のオノゴロ嶋の位置の記事が置かれる。その後は、不快↓アハジの地名起源を省いた後、天神の司令、ヒルコ、太占と続け、ヒルコ誕生について天界で神々の行った卜占を⑵で卜兆の起源と位置付けている。続いてオホヤシマと諸神生成に簡単に触れた後に、火神出生に絡めて⑶の鎮火祭起源の記述が置かれる。⑴⑵と比べて、⑶の前後は『古事記』神話の要素が比較的多く省略されている。⑶の後は、黄泉国訪問譚、日向での禊、三貴子誕生、スサノヲ昇天までが多少の省略を伴いながらも引用される。スサノヲ乱行以降は、天石屋戸神話まで全ての要素が含まれるように『古事記』から抄録して、スサノヲに課された祓を⑷を置くことで大祓起源と位置付けている。以後葦原中国の騒乱から天孫降臨までを要素を省きつつ引いて、神代は閉じられる。

見てきたように『新撰龜相記』の神話は、『古事記』上巻の抄録によって成るが、⑴〜⑷の独自記事を含んだ文脈に不自然さを感じることはない。出雲神話と日向神話が書かれていなくても、文脈上は全く破綻していない。この点が『先代舊事本記』とは大きく異なっている。『新撰龜相記』の編者は、⑴〜⑷の独自記事によって卜部とその職掌の起源を示す目的から、『古事記』上巻の要素を選んで神話叙述の文脈を形成しているのである。神話叙述を『古事記』に基づいて為したのは、本文に一書を併記する『日本書紀』とは異なり、『古事記』神話が異伝に言及することなく正伝一本に絞られているためだと考えられる。更に、『日本書紀』本文に比べて、『古事記』の方により多くの要素が含まれていることも要因と見られる。[注12]例えば、⑶鎮火祭起源を記すのに必要な火神出生の要素は神代紀第五段の本文には含まれていない。これを有するのは一書第二〜六であるが、一書第三〜五は前後が大きく省略されていて、抄録するには適さない。一書第二・六には必要な要素が備わっていて、この部分だけ考えれば抄録は可能であろう。しかしながら前後の第四段の大八嶋生成から、第六・七段のスサノヲ昇天から天石屋戸へと続く神話の脈絡を考慮するなら、『古事記』に拠るのが最も無難であることは自明であろう。

五　まとめ

『古事記』は『日本書紀』に比べると、享受史の薄さは否めない。特に本居宣長が『古事記傳』を著す以前の段階では、その傾向が顕著である。『日本書紀』については、簡略化したテキストが『日本書紀』として流通し、それが他書に『日本書紀』として引用される現象が早くも八世紀には起きていることが『萬葉集』の「日本紀曰」に始まる左注からも窺われる。[注13] こうした動きが、日本紀講筵を経て更に加速し、記・紀を一元化した解釈が重ねられ、加筆、修正を繰り返しながら中世日本紀に至る「日本紀言説[注14]」と呼ぶべき現象が生まれたのである。これに対して、二節でふれた「(検) 古事記曰」に始まる『萬葉集』の二箇所の題詞と左注の字句は、現行の『古事記』とは一致していないが、そうした本文を持つ『古事記』テキストから引用したものとは考え難い。『古事記』を引く文献に挙げた『古事記上巻抄』や、嘗ての古事記偽書説の論争で脚光を浴びた『萬葉集註釈』所引『土左國風土記』逸文に記載される『多氏古事記』なども、残念ながら「古事記言説」の呼称に相応しい内容を備えているとは言い難いのである。

本稿では『古事記』の享受と展開について、他の文献への『古事記』の記事の引用のされ方を通して検討してきた。『日本書紀』ほど広く受容されてきた訳ではないが、『古事記』が着実に享受されてきたことは明らかだと言ってよい。『古事記』のどの記事を選ぶのかは、引用する文献ごとの編纂目的に拠って決まってくる。表に掲げた三十五の文献が、『日本書紀』ではなく敢えて『古事記』本文を引用した要因は、上巻の神話が『日本書紀』に比べて豊富な要素を備えているという内容面や、一書として異伝を併記することなく、正伝としての本文だけが掲げられているという形式面にあるものと推定される。中・下巻の人代記事の受容に関して言えば、正史として規範性を備えた『日本書紀』のそれが圧倒的優位に立っている。歌謡と神祇関係の文献の中には『古事記』中・下巻からだけ引用するものも例外的に存してはいるが、『古事記』の享受は、上巻を中心として展開されてきたと見ることができるのである。

注

1 梶川信行「『古事記』の引用――『万葉集』の場合」（青木周平編『古事記受容史』〈上代文学会叢書〉笠間書院、平成一五年五月）

2 赤松俊英『國寳卜部兼方自筆本日本書紀　研究篇』（法蔵館　昭和四六年）には、天石屋戸条本文の「八坂瓊五百箇御統」の右に「古事記雖有乃字先師不能加之戸爪ナル」（傍線工藤）の書入のあることが指摘されているが、『古事記』本文の引用でないため採らなかった。なお『古事記』諸本の表記は「乃」ではなく「八坂瓊之五百箇御統」のように「之」と表記されている。

3 谷口雅博「古事記上巻抄」（注1前掲書）所収

4 武田祐吉『萬葉集全註釋』巻第三（角川書店、昭和三一年七月）

5 注1前掲論文

6 津田博幸「日本紀講と先代旧事本紀」『生成する古代文学』（森話社、平成二三年三月）

7 松本直樹「先代旧事本紀の「神話」――古事記神話の引用」（注1前掲書所収）

8　拙稿「鎮魂祭起源の伝承」『氏族伝承と律令祭儀の研究』（新典社、平成一九年四月）所収
9　注7前掲論文
10　拙稿「オノゴロ嶋の位置」『新撰龜相記の基礎的研究――古事記に依拠した最古の亀卜書』（日本エディタースクール出版部、平成一八年二月）所収
11　拙稿「大祓の起源」注10前掲書所収
12　『日本書紀』より寧ろ成立の早い『古事記』が新たな段階の内容が備えているとする紀前記後説が梅澤伊勢三『記紀批判――古事記及び日本書紀の成立に関する研究――』（創分社、昭和三七年五月）で提示されている。三品彰英「記紀の神話体系」『日本神話論』（平凡社、昭和四五年七月）所収、「天孫降臨神話異伝考」『建国神話の諸問題』（平凡社、昭和四六年二月）所収は、天孫降臨神話を対象に分析して、最も多くの要素を持つ『古事記』のそれを発展形と位置付けている。
13　神野志隆光「『万葉集』巻一、二左注の「日本紀」」『変奏される日本書紀』（東京大学出版会、平成二一年七月）所収、神野志隆光『複数の「古代」』（講談社現代新書、平成一九年十月）
14　注13前掲書

本稿を成すにあたり、日本学術振興会科学研究費助成金、基盤研究（C）（研究番号15K02236）を受けた。

『釈日本紀』にみる『古事記』の価値

渡邉　卓

はじめに

『古事記』は、その序文によれば和銅五年（七一二）に成立し、『日本書紀』は『続日本紀』の記述によると養老四年（七二〇）に奏上されたとされる。その成立時期が近しいことや内容の近似性から、「記紀神話」「記紀歌謡」のように「記・紀」として並び称されることも多い。だが研究史を眺めると『日本書紀』が長らく中心的文献として扱われ、江戸期に本居宣長が『古事記伝』を著したことによって『古事記』が第一の古典となることは衆目の一致するところである。

『日本書紀』は正史の第一として尊重されるが、成立の翌年から朝廷の公的行事として『日本書紀』を講義する講筵（講、講書、講読とも）が開かれている。[注1] 講筵の開催は、『日本後紀』『続日本後紀』『日本三代実録』といった歴史書に記録されており、その記録は『日本紀略』に承平年間まで開催されていたことが確認できる。これら講筵の記録として著されたのが「日本書紀私記」（「日本紀私記」）である。「日本紀私記」はそれぞれの講筵毎に著されたと考えられるが、ある程度のまとまりをもって現存するのは僅かに四種[注2]（甲本・乙本・丙本・丁本）である。「私記」には、『日本書紀』の注釈として『古事記』を引用して、その根拠とするところがあり、当時から『古事記』と『日本書紀』とを比較しながら検討する作業が行われていた。

すべての「私記」は現存しないが、鎌倉期に成立したとされる『日本書紀』注釈書の『釈日本紀』は、今日伝わっていないものも含め多くの「私記」を引用している。そこには「私記」からの転載も含めて『古事記』の書名や本文引用が多く確認できる。『釈日本紀』内の『古事記』は、時代的に真福寺本よりも遡り得るため、本居宣長の『古事記伝』においても本文校訂の資料として扱われているほどである。『釈日本紀』では、『日本書紀』注釈のために『古事記』が引用されるが、この行為は『日本書紀』や『古事記』受容の観点から捉え直す必要があるであろう。この『釈日本紀』にみる『古事記』については、これまでも幾度か問われてきているが、それら先行論は引用される『古事記』の本文系統について言及するものが殆どである。

そこで小考では、受容史の観点から『日本書紀』の注釈書である『釈日本紀』にみえる『古事記』について、その活用法を整理・検討する。

一　「日本書紀私記」と『釈日本紀』所引の『古事記』

現存する「日本書紀私記」のうち承平年間の講筵の記録とされる「私記」（丁本）には次のような問答がある。[注3]

問。本朝之史。以二何書一為レ始哉。

師説。先師之説。以二**古事記**一爲レ始。而今案。上宮太子所レ撰先代舊事本紀十巻。是可レ謂二史書之始一。何者。**古事記**者。誠雖三注二載古語一。文例不レ似二史書一。即其序云。上古之時。言意並朴。敷レ文構レ句。於レ字即難。已因レ訓述者。詞不レ逮レ心。全以レ音連者。事趣更長。是以今或一句之中。交二用音訓一。或一事之内。全以レ訓録。即辭理難レ見。以レ注明レ意。云々。如レ此則所レ修之旨。非二全史意一。至二于上宮太子之撰一繫二於年繫二於月。全得二史傳之例一。然則以二先代舊事本紀十巻一可レ謂二史書之始一。

傍線を付したように、承平年間に『古事記』は、史書の始めとして位置づけられるものの「古事記者。誠雖三注二載古語一。文例不レ似二史書一。」として、古語は記しているが文体は歴史書のようではないとされていた。その理由として、点線部のように『古事記』序文を引用し説明する。『古事記』序文は、上古の事柄を漢字を用いて書き表すことの難しさとして、全訓表記では文字が言わんとすることが不明確になり、全音表記にすれば長文となり意味が取りにくくなるとする。そこで『古事記』は音訓を交えた表記方法（交用音訓）とすべて訓を用いて表記する方法（全以訓録）の二つを定めた。そして意味の取りにくいところには注を付したとする。この『釈日本紀』が引用する『古事記』序文は今日我々が目にする『古事記』と一致する。平安期の講筵において『古事記』は手許に置かれ『日本書紀』の注釈に用いられていたのである。

この問答に続いて、次のような二つの問答がある。

問。撰二修此書一之時。以二何書一爲レ本乎。

師説。先師之説。以二**古事記**一者爲レ本。其時。又問云。若以二**古事記**一爲レ本。何有二相違之文一哉。先師又説云。**古事記**者只以二立意一爲レ宗。不レ勞二文句之躰一。仍撰修之間。頗有二改易一。云々。（以下略）

問。考二讀此書一。將以二何書一備二其調度一乎。

師説。先代舊事本紀。上宮記。**古事記**。大倭本紀。假名日本紀等是也。

いずれも『古事記』について触れられているが、前者は『日本書紀』のもとになった文献として『古事記』が挙げられ、一方は『日本書紀』を読むに当たっての参考書の一つに挙げられている。これらの問答からは、平安期における『古事記』は『日本書紀』の比較文献あるいは参考文献であったことが窺われ、正史としての『日本書紀』に対し『古事記』はあくまで『日本書紀』を読み解くための文献であったのである。しかし、『古事記』を注釈の根拠に据える態度からは、必ずしも『古事記』を蔑ろに扱っていたとはいえないだろう。これらの問答は、後の『釈日本紀』にも順序を違えて採録されることとなる。

『釈日本紀』は、複数の「私記」を継承し集大成しながら、新たな『日本書紀』の注釈として成立した。そこに引用される「私記」には、今日伝わっていない逸文も含まれ、鎌倉期以前の『日本書紀』研究を知る上で高い価値を有する。『釈日本紀』は鎌倉時代期に卜部兼方（懐賢）によって二十八巻構成で著された『日本書紀』全巻の注釈書である。成立年代は未詳だが、兼方の父兼文が文永十一年（一二七四）から建治元年（一二七五）にかけて、前関白の一条実経らに『日本書紀』神代巻の講義を行っていることが文中にあることと、正安三年（一三〇一）転写の奥書があることから、その間に成立したものと考えられる。「私記」をはじめ、注釈の根拠として様々な文献から記事を豊富に引用しており、「風土記」逸文や『上宮記』逸文なども引用されることから、逸文研究の素材としても知られている。卜部兼方は、鎌倉後期の神道家で神祇官に仕えた官人である。兼方自筆『日本書紀』神代巻が現存することでも知られる。卜部家は古代以来の神祇官の要職にあり、古典研究を家の学問としており、兼方の父の兼文は、『日本書紀』『先代旧事本紀』といった文献の奥書にも名前がみえるが、真福寺本『古事記』中巻の奥書にも名前が見え、当時は所持することが難しかった『古事記』を所持していた人物である。また、現存最古の『古事記』注釈である『古事記裏書』を著したことでも知られる。『釈日本紀』の注釈の大半が、兼文による文永年間の神代巻講義が下敷きとなっているため、『釈日本紀』の注釈部にみえる「先師曰」「先考」とは兼文の説である。また、兼方自筆『日本書紀』神代巻にある裏書は、兼文の説を兼方が書き写したとされ、兼方は書写活動と併せて『日本書紀』講筵の諸博士の説や卜部家の説を集大成し研究を行い、なおかつ諸資料を博引旁証しつつ『釈日本紀』を著したのであった。

『釈日本紀』は、『日本書紀』を開題・注音・乱脱・帝皇系図・述義・秘訓・和歌の七部門[注4]に分けて注釈を施しているため、総合的な『日本書紀』注釈書といえる。兼方自筆の『釈日本紀』は現存していないが、『釈日本紀』成立後まもない写本として前田家本が伝来しており、前田家本は現存諸本の祖本として位置づけられている。

諸文献を引用し『日本書紀』注釈に活用する『釈日本紀』であるが、なかでも『古事記』は多く用いられている。『釈日本紀』には「古事記」という文字列は一二一箇所あり、そのうち『古事記』の本文引用を伴うものは八六箇所に及ぶ。しかし、『古事記』の引用といっても一様ではなく、「多氏古事記」として一例、「古記」として『古事記』を指す九例も確認できる。『釈日本紀』において、『日本書紀』注釈のために引用される『古事記』の書名・本文は、鎌倉期の『古事記』の有様を伝えるものである。

周知の通り、現存最古の『古事記』諸本は真福寺本であるから、『釈日本紀』が引用する『古事記』は兼文との関係性からも同系統と想像されるが、『古事記』本文としては『釈日本紀』と真福寺本の関係は等しくはない。これまでも『釈日本紀』所引の『古事記』については、幾度か論じられてきた。[注5]先行論のいずれもが、引用される『古事記』の本文系統について論じるものであり、また引用される「私記」との関係について指摘するも

のが殆どである。石崎正雄氏は『釈日本紀』所引『古事記』について詳細に検討し、分析結果を次のようにまとめる。[注6]

A「日本書紀私記」が引用する『古事記』の態度
a 巻数を記していない。
b 真福寺本と異なる古事記を引く。
c 省略記号「云々」の省略記号を記している。
承平私記・公望私記・元慶私記所引の『古事記』が確認される。
B「日本書紀私記」と『古事記』を並記するものは既に「私記」で引用したもの。
C「兼方案」とある『古事記』の引用も既に「私記」で引用されたものもある。
D 兼文所引『古事記』は一例のみだが、「兼文案」を記していないものもある。
E 兼文、兼方所引の『古事記』中巻は真福寺本が正確に書写していれば同文のはずであるが、実際はほとんど相違している。
F 巻数を記さぬものは「私記」からの所引と考えてよい。
G 中略記号「云々」を記すものは、「私記」又は兼文所引である。
H 和歌の部に関しては、「私記」以外に平安の歌に関する注釈書を参考にしていたと考えられる。

このようにA~Hにまとめているが、一貫性は見いだせず『釈日本紀』の引用態度の複雑さが窺われる。このような複雑さを鑑み、鈴木啓之氏は『釈日本紀』所引古事記の問題点として、次のように指摘する。[注7]

要するに釈紀所引の記には、既に平安講書の際に用いられた記と兼文・兼方父子の所持していた古伝卜部本から抄出した記との二系統があるということになる。したがって釈紀所引の記逸文に関する何らかの考察は、この二系統の峻別の上になされなければなるまいが、実は事はそれほどに容易ではない。この見解は『釈日本紀』の成立過程を正しく理解した上での分析として傾聴すべき意見である。鈴木氏の論に基づくと、『釈日本紀』が引用する『古事記』には次の七つの位相があるということである。

『釈日本紀』に引用される古事記は…

1、『古事記』を「私記」が直接用いた
2、『古事記』を引用した「私記」を兼文が講義で用いた
3、『古事記』を引用した「私記」を兼方が筆録で用いた
4、『古事記』を引用した「私記」を兼文が講義で用い、さらに兼方が筆録で用いた
5、『古事記』を兼文が直接用いた
6、『古事記』を引用した兼文の講義を兼方が筆録で用いた
7、『古事記』を兼方が筆録で用いた

つまり、『釈日本紀』所引『古事記』を検討する場合、どの段階での引用かを判断するということが重要なのである。

二　「日本書紀私記」と『釈日本紀』の歌謡の扱い

『釈日本紀』所引『古事記』には七つの位相が想定されるが、この違いは『釈日本紀』の巻構成によっても差

があると考えられる。それは、『釈日本紀』が七部門に分かれて注釈されることにより、巻によって注釈方法が異なるためである。『釈日本紀』中、もっとも「私記」を多く引用するのは、巻五〜十五の「述義」であり、「私記」由来の『古事記』の引用も多い。そこで、引用の位相を確認するため小考では、『釈日本紀』巻二十三から二十八の「和歌」から、『古事記』の引用のあり方を検討することとしたい。和歌部は、六巻にわたり『日本書紀』の歌謡を抽出し注釈を施す。和歌部にて傾向を検討する理由は、『釈日本紀』の巻構成の歌謡注釈を行う特殊性もあるが、『釈日本紀』に魁けて、中世の始めには顕昭の『日本書紀歌注』、寂恵の『日本紀歌抄』といった『日本書紀』歌謡の注釈書が著されており、当時としては本文だけではなく和歌にも興味関心が高まっていた時期と重なるためである。それゆえに「私記」に由来しない、『釈日本紀』独自の態度も考察可能であると考えられるからである。

『釈日本紀』和歌部には、『古事記』の用例は二七例あり、そのうち本文引用も伴うのは二六例である。「私記」にも『日本書紀』歌謡の注釈はあるが、『釈日本紀』の注釈方法とは性格が異なっている。「私記」の歌謡注釈について乙本と丙本からその態度を確認したい。[注8]

「日本書紀私記」乙本『日本書紀』一番歌謡注

武素戔嗚尊歌曰〔八-雲/立ッ出-/雲八-重-加岐妻語-味-尓八-重加-/岐津-久-留曽廼夜-覇-餓-岐-廻《ヲ》〕

「日本書紀私記」乙本『日本書紀』四番歌謡注

為歌/曰憶企都茂播陛尓播譽戻耐母佐禰耐/據茂阿黨播怒个茂譽播磨都智耐理譽

「日本書紀私記」丙本　『日本書紀』七番歌謡注

爲御謡之曰〔美宇太与美/氏以波久〕于儀/能多伽機珥辭藝和奈破廬和餓末菟夜/辭藝破佐夜羅伊殊區波辭

區泥羅佐夜／離固奈瀰我那居波佐磨多知曽麼能未／廼那鶏句塢居氣辭被恵祢宇破奈利餓那／居波佐麼伊智佐介幾未廼於朋鶏句塢／句居氣儺被恵祢是謂来目歌

乙本と丙本はいつの時代の講筵による「私記」か不明であるが、乙本には神代紀の一から六番歌までの歌謡が掲載されている。例示したように、一から三番歌までは注の形式で歌謡を掲載し、四から六番歌までは歌謡の見出しの大きさで歌謡のみを掲載する。また丙本は、神武紀から応神紀までの範囲の「私記」であるが、七から四一番歌までの三五首を集録し、例示した七番歌謡のように歌を掲載するのみで特に注は施していない。[注9] これら「私記」の歌謡に対する態度は、特段の注釈は施さず、本文の訓読と同様に歌の訓み方如何に重点があるといえる。したがって、「私記」の歌謡に対する態度は注釈とは言い難く、歌謡を摘記しているにすぎない。

一方、『釈日本紀』の和歌部においては、次のように規則性をもって注釈している。[注10]

釈日本紀巻第廿三（～廿八）

○和歌一（～六）自第一至第三（～自第廿二至第廿七）

∴第一巻　一首

神代上

対象本文（歌謡と前後の『日本書紀』本文）

注釈（諸文献の引用と歌謡の大意）

この注釈構成は前田家本『釈日本紀』に拠るものであるが、『釈日本紀』の巻数の後に、和歌部の巻数と『日本書紀』の対応範囲を示し、次に『日本書紀』巻数と巻名（巻第三以降は天皇名）を示し、『日本書紀』の各巻の歌謡数を掲げる。そして対象本文として歌謡と前後の『日本書紀』本文を掲載する。『日本書紀』本文には訓点

（ヲコト点、返点、合点、声点）が朱書きされ、訓仮名は墨書きされ、訓読資料を豊富に取り込んでいる。その後に、注釈事項を列記し、必要に応じて比較すべき諸文献を引用する。あわせて対象歌の大意を「凡神歌意」「凡御歌意」「凡歌意」「凡童謡意」として示す。このように『釈日本紀』は「私記」に比して体系立てて歌謡注釈を行っている。

三　和歌部所引の『古事記』

それでは、『釈日本紀』和歌部に引用される、一二七例（うち本文引用一二六例）の『古事記』について具体的にみていきたい。和歌部に引用される『古事記』については次の三系統に大別できる。

〈イ〉諸文献のひとつとして引用し歌謡を注する　九例

『釈日本紀』は、『古事記』だけではなく様々な文献を引用し注釈に利用しているが、その引用は、和歌部よりも巻五～十五の述義部にまとまっている。述義部は、『日本書紀』の語句について解釈することを目的とするものであり、諸文献・諸説を引用して注を施す。また「私記」の転載が多いのもこの部である。この述義部と同様に、和歌部においても諸文献を引用して説明するなかに、『古事記』が用いられる。『日本書紀』一番歌謡の注釈においても次のように記されている。

先代舊事本紀曰。素戔嗚尊行覔二將レ婚之處一。遂到二出雲之清地一。於二彼處一建レ宮之時。自二其地一雲立騰矣。
因作二御歌一曰。

古事記曰。速須佐之男命。宮可二造作一之地求二出雲國一。尓到二坐須賀地一。初作二須賀宮一之時。自二其地一雲立騰。尓作御歌。

出雲國風土記曰。号二出雲一者。八束木臣津野命詔二八雲立詔一之。故云二八雲立出雲一。

神代下巻曰。天八重雲。又曰。八重蒼柴籬。

『釈日本紀』巻廿三　和歌一　神代上（前田家本三丁オ・ウ）

このように、当該歌の地の文の比較として、同様の諸文献のひとつとして『古事記』が引用されている。歌謡によって『古事記』が必ずしも引用されるわけではないが、引用される場合は『日本書紀』本文より一字下げで書かれる。この記述方法は、述義部と同じであり、先行する説や比較文献としてまとめられている。

この一番歌謡の注釈方法に代表されるように、諸文献の地の文との関わりについては、それぞれの文献の本文を引用し説明する。傍線部のように『古事記』本文を『釈日本紀』は引用しているが、対応する『古事記』本文には次のようにある。

『古事記』上巻

故是以、其速須佐之男命、宮可二造作一之地求二出雲國一。尓、到二坐須賀（此二字以音。下効此。）地一而詔之、吾来二此地一、我御心須々賀々斯。而、其地作レ宮坐。故、其地者於レ今云二須賀一也。玆大神、初作二須賀宮一之時、自二其地一雲立騰。尓作二御歌一。其歌曰、

〈参考〉『先代旧事本紀』巻第四　地祇本紀

素戔烏尊行覔二将レ婚之處一。遂到二出雲之清地一。亦云須賀須賀斯。乃詔曰。吾心清々之。於二彼處一建レ宮之時。自二其地一。雲立騰矣。因作二御歌一曰。

このように実際の『古事記』本文と比較すると、点線部の訓注と素戔嗚尊による地名起源譚が省略され引用されていない。しかし、『釈日本紀』所引の『古事記』のみ読めば意味は通っており、『釈日本紀』としては違和感はない。参考として掲げた『先代旧事本紀』も同様に、点線部が引用されておらず、『釈日本紀』には一種の断章取義のような態度が認められる。すなわち『釈日本紀』の注釈の目的は、一番歌謡にある「八雲たつ　出雲八重垣（夜句茂多兎　伊弩毛夜覇餓岐）」について解説することに主眼があったといえる。

続く二番歌謡の注釈においては次のように『古事記』が引用される。

古事記曰。故阿治志貴高日子根神者。忿而飛去之時。其伊呂妹高比賣命思レ顯二其御名一。故歌曰。
凡神歌意者。味耜高彦根神爲レ訪二天稚彦之喪一昇レ天在レ天之時。彼高彦根神容顏端正。喩三少女所レ嬰之玉照二耀山丘溪谷一之由也。昔神人以二珠玉一爲レ餝。頸玉手玉足玉之類是也。闕二穴於玉一。聯二綴數玉一。令二嬰繼一也。故稱二五百箇御統之玉一。又讀二穴玉早一是也。早者自二玉穴一令レ貫レ緒事寄二于早速一之詞也。
此歌者。天稚彦喪會者詠レ之。或下照媛天稚彦之妻。高彦根之妹。詠レ之。兩説之趣。即載二書紀一。如二**古事記**并古今序一者。據二下照媛歌之説一耳。　　『釈日本紀』巻廿三　和歌一　神代下（前田家本六丁オ・七丁オ）

当該歌の注釈には、『古事記』が二箇所用いられている。まず後者であるが、『古事記』本文の引用はなく、「古今序」と並列で扱われている。その理由は、『古今和歌集』の仮名序と関係する。注11

この歌、天地のひらけ初まりける時よりいできにけり。
天の浮橋の下にて、女神男神となり給へることをいへる歌なり。
しかあれども、世に伝はることは、久方の天にしては下照姫に始まり、
下照姫とは、天稚御子の妻なり。兄の神のかたち、岡・谷に映りて輝くをよめる夷歌なるべし。これらは、文字

の数も定まらず、歌のやうにもあらぬことどもなり。

あらかねの地にしては、素盞鳴尊よりぞ起りける。ちはやぶる神世には、歌の文字も定まらず、素直にして、言の心わきがたかりけらし。人の世となりて、素盞鳴尊よりぞ、三十文字、あまり一文字はよみける。素盞鳴尊は、天照大神の兄なり。女と住み給はむとて、出雲国に宮造りしたまふ時に、その所に八色の雲のたつを見てよみたまへるなり。

や雲立つ出雲八重垣妻籠めに八重垣つくるその八重垣を

このように仮名序には天地の始まりより和歌が詠まれて、世の歌は「下照姫」に歌に始まるとされ和歌と『日本書紀』の世界観とが結びつけられている。この後者の『古事記』の引用の注釈は、『釈日本紀』の歌謡注釈の構成としては「凡神歌意」の次に記されており、当該歌に異伝があることを説明しているのである。当該歌の『日本書紀』本文では、異伝として喪に集える人と下照姫の歌であると併記する。

時に、味耜高彦根神、光儀華艶しくして、二丘二谷の間に映る。故、喪に会へる者歌して曰はく、或いは云はく、味耜高彦根神の妹下照媛、衆人をして丘谷に映く者は、是味耜高彦根神なりといふことを知らしめむと欲ふ。故、歌して曰はく、（以下略）

この『日本書紀』の異伝によって、『日本書紀』と『古今和歌集』は関連付くが、『古事記』において当該歌は、『釈日本紀』の前者の『古事記』引用が示すように、下照姫の歌ではなく高姫命の歌とされる。つまり、前者の『古事記』の引用だけみると、「古今序」と関連づけることは難しく、『釈日本紀』の注釈としては矛盾を来しているようにも見えかねない。しかし、『古事記』の大国主神の系譜記事を理解していれば矛盾はしていないのである。[注12]

故此の大国主神、胷形の奥津宮に坐す神、多紀理毗売命を娶ひて生みませる子、阿遅鉏高日子根神。次に妹高比売命。またの名は下光比売命。此の阿遅鉏高日子根神は、今、迦毛大御神と謂ふぞ。

『釈日本紀』の注釈上には詳しく語られないが、タカヒメとシタデルヒメが同一人物と理解する誰かしらが、『古事記』と「古今序」を並列にしたと考えられる。これは当該部の『古事記』のどの段階かでの引用者が、きちんと各文献の内容までも（当該部においては系譜記事を）承知していた証であり、なおかつ『古事記』を歌書と切り離すことなく、対等に取り扱うことで可能となった注釈である。この『釈日本紀』の注釈のうち、「凡神歌意者」以降の文とほぼ同じものが、卜部兼方自筆『日本書紀』神代巻に裏書として書かれている。そして「此歌者」以降の裏書は、次のようになっている。注13

此歌者、天稚彦喪會者詠之。或下照媛天稚彦之妻。高彦根之妹。詠之。兩説之趣即載書紀。如古今序者、據下照媛歌之説耳。

兼方自筆本神代巻の裏書では、「古今序」について触れられるも『釈日本紀』にある「古事記并」からの一文がない。したがって、この『釈日本紀』の注釈は、兼方が兼文あるいは「私記」の説を承けて裏書を書き、のちに『古事記』を加えて『釈日本紀』に加筆した兼方の説といえるのである。「私記」、兼文、兼方のうち、どの段階での『古事記』の引用であるかを判断することは容易ではないが、少なからず当該注釈においては兼方の加筆が認められるのである。

〈イ〉の用例は、諸文献の一つとして『古事記』が引用され、「私記」由来の説として取り纏められるなかで醸成し、諸文献の違いに即して注釈として取り込まれていったのである。

〈ロ〉『古事記』を歌謡の語間に分注とする　六例

次に、『釈日本紀』和歌部の歌謡において、本文の途中（語間）に小書双行（分注・割注）として挿入されるものである。その内容は、一時一音表記の歌謡の語句と対応する文字を示したり、語句の意味を掲示したりする注釈となっている。以下に、前田家本からその用例の一端を示す。

まず、六九番歌謡においては、『日本書紀』の「去鐏去曾」について『古事記』では「許存許曽婆」と表記することを示すものである。だが、ここで注意すべきは『古事記』の引用の前に「私記曰」とあることで、この『古事記』が「私記」を介しての引用である可能性が高いことを示す。一方、六一番歌謡においては、引用前に「私記」とあるが、「古事記」に朱で合点が付され、なおかつ下に余白があるにもかかわらず改行されている。注14 この改行処置は、親本の形式をそのままに写した可能性が認められよう。このように同じ分注形式で引用される『古事記』であっても、どの段階で引用されたものかは俄に断定することが難しい。六一番歌謡の『古事記』の

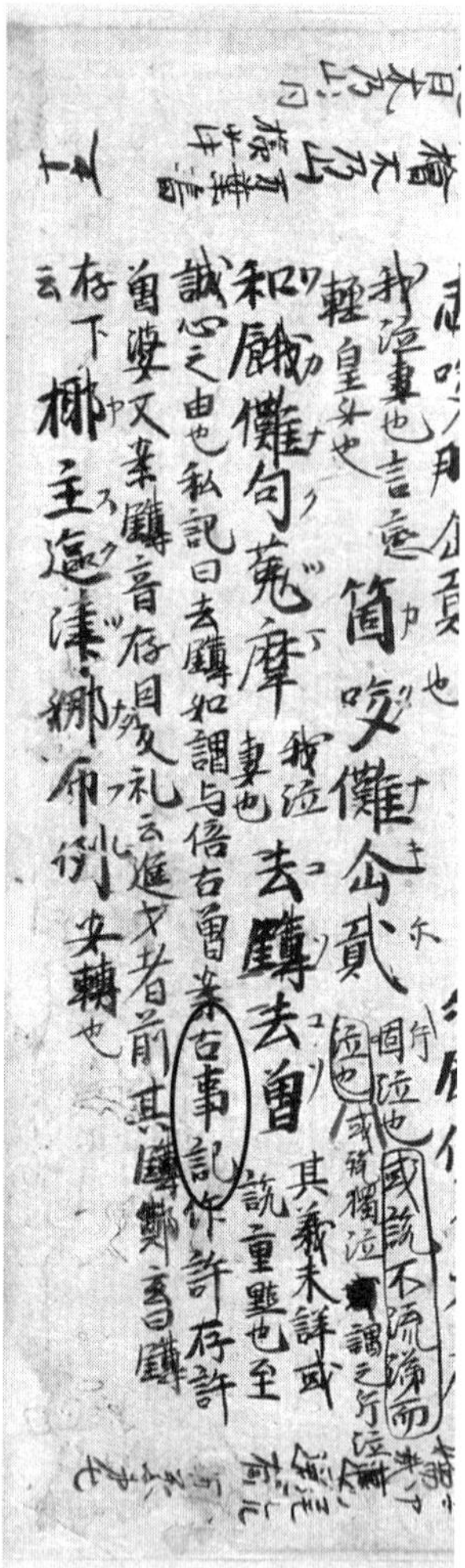

『釈日本紀』巻廿六　和歌四　六九番歌謡（前田家本五丁ウ）

『釈日本紀』巻廿五　和歌三　六一番歌謡（前田家本十七丁オ）

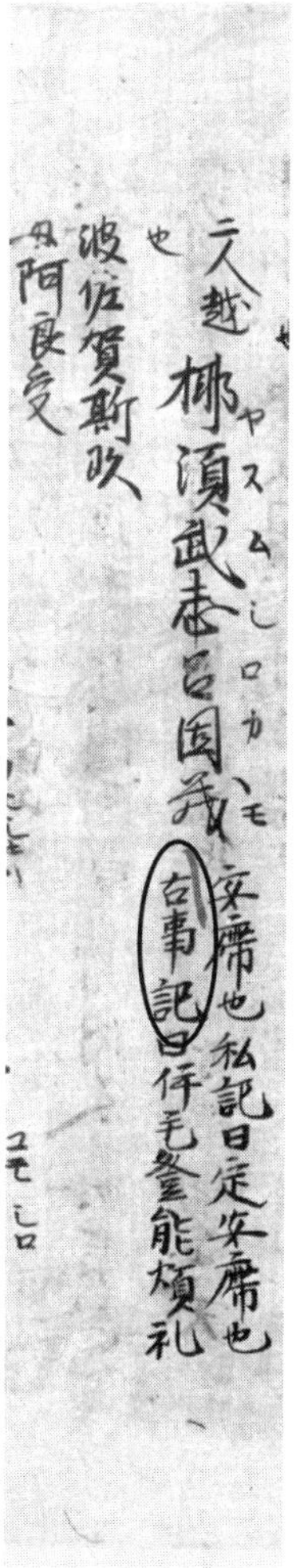

引用は、『日本書紀』歌謡全体にかかる注であり、歌語一箇所に対する注ではないことは、その内容からもわかる。『日本書紀』六一番歌謡に対応する『古事記』七〇番歌謡では、

梯立の　倉椅山は　嶮しけど　妹と登れば　嶮しくもあらず

とあるため、『釈日本紀』では『古事記』歌謡の末尾が『日本書紀』と異なることを示そうとしている。これは前行に「安蓆也私記曰定安蓆也」とあるため「私記」の引用は蓆に対する注であり、『古事記』の引用とは内容が連続していない。そのため分注であっても、「私記」とは連ならない『古事記』の引用と目され、やはり改行されるべき箇所であろう。

〈ハ〉『日本書紀』歌謡の校異を示す　一二例

三つ目の系統としては、『日本書紀』歌謡の校異として『古事記』を引用する態度である。これらは、すべて傍注として『釈日本紀』和歌部に現れる。また、先の〈イ〉〈ロ〉は体裁が整っていたのに対し、〈ハ〉の系統は、傍注として後に加筆されたと思しきものである。それは、『日本書紀』歌謡と『古事記』歌謡との文字遣いの違いについて指摘するのであれば、先の〈イ〉の用例のように、分注として説明を加えることもできるはずであり、そもそも『日本書紀』『古事記』歌謡間の校異は一文字規模にとどまるものではないため、指摘するとなると、かなりの文字数が注としてさかれることになろう。

傍注として引用される『古事記』の用例を見ると、『釈日本紀』の注釈作業の進展に伴い加えられたと考えられる。

この用例は『日本書紀』二番歌謡に対する『釈日本紀』の注釈であるが、三箇所において『古事記』との校異を示している。まず、対応する『日本書紀』と『古事記』の歌謡を掲げたい。

『日本書紀』二番歌謡

阿妹奈屢夜　乙登多奈婆多廼　汙奈餓勢屢　多磨廼弥素磨屢廼　阿奈陀磨波夜

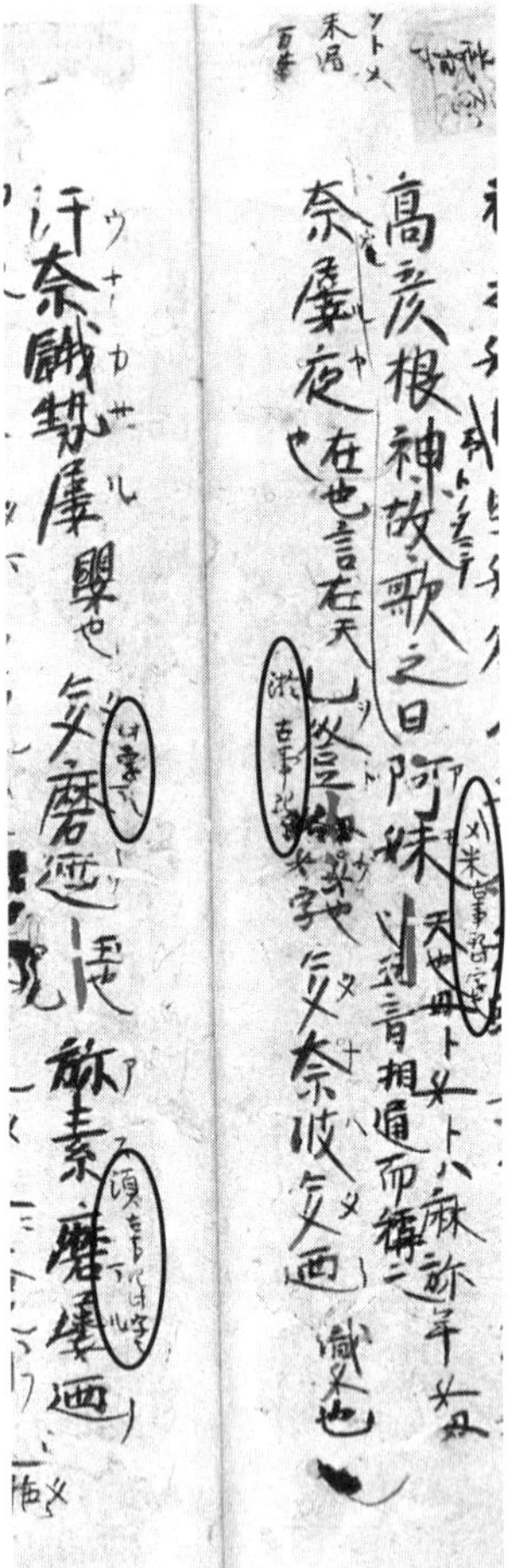

『釈日本紀』巻廿三　和歌一　二番歌謡（前田家本五丁ウ・六丁オ）

弥多爾　輔柁和柁羅須　阿泥素企多伽避顧祢

（天なるや　弟織女の　頚がせる　玉の御統の　穴玉はや　み谷　二渡らす　味耜高彦彦根）

『古事記』六番歌謡

阿米那流夜　淤登多那婆多能　宇那賀世流　多麻能美須麻流　美須麻流迩

阿那陀麻波夜　美多迩　布多和多良須　阿治志貴多迦比古泥能迦微曽也

（天なるや　弟棚機の　項がせる　玉の御統　御統に　穴玉はや　み谷　二渡らす　阿治志貴高日子根の神ぞ）

この二首は、同一歌謡のように見えるが、『釈日本紀』は用字の違いを指摘する。一つ目は、『日本書紀』に「阿妹《アメ》」とあるのに対して、「メ米 古事記此字也」とする。以下、二つの用例も同様に用字の違いを指摘するが、一つ目と三つ目は、本文の右に傍書するが、二番目の用例は「淤 古事記／此字也」と、左傍証で次の丁にわたって記述している。この違いは、親本の装丁も勘案しなければならないが、少なからず前田家本においては校異の指摘は行間であることのみが共通し、左右の統一性は無いといえる。また、前田家本が親本から忠実に書写したのであれば、親本の段階で二つ目の注は行間に二行に渡って書かれており、前田家本の書写者が、その二行の注を丁をまたいで書写したと考えられる。すなわち、『古事記』による歌謡の校異は、「私記」に由来するものではなく、記述方法に統一性が無いことから、『釈日本紀』の和歌部成立後に加筆されたと考えられるのである。

次の三つの用例は、『古事記』との校異を根拠として『日本書紀』の訓みを決定していると思しき箇所である。これも傍注にて『古事記』の用字について指摘する。『日本書紀』二二番歌謡に「摩倍羅摩」[注15]とあり、『日本書紀』に即して読めば「まほらま」であるが、『釈日本紀』は「マホロハ」と訓を付し、分注にて「私記」からの引用によって解説する。そして、「今俗謂保呂羽説也云々」としている。これらの解説に『古事記』の「本呂」という指摘は無関係ではあるまい。

これも『古事記』の用字に、『日本書紀』が引き寄せられている。分注にて「ホモミユ」とは、「国府見也」

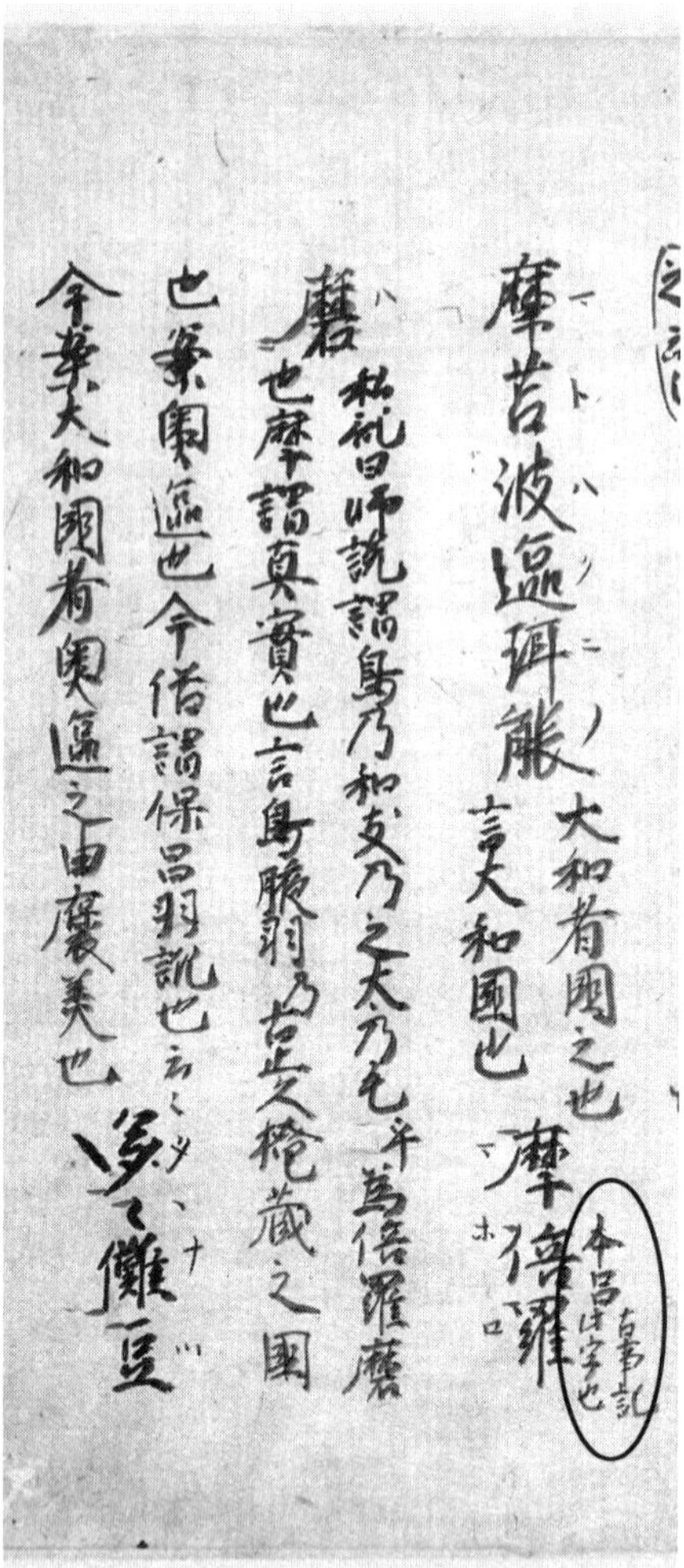

『釈日本紀』巻廿四　和歌二　二二番歌謡（前田家本十丁オ）

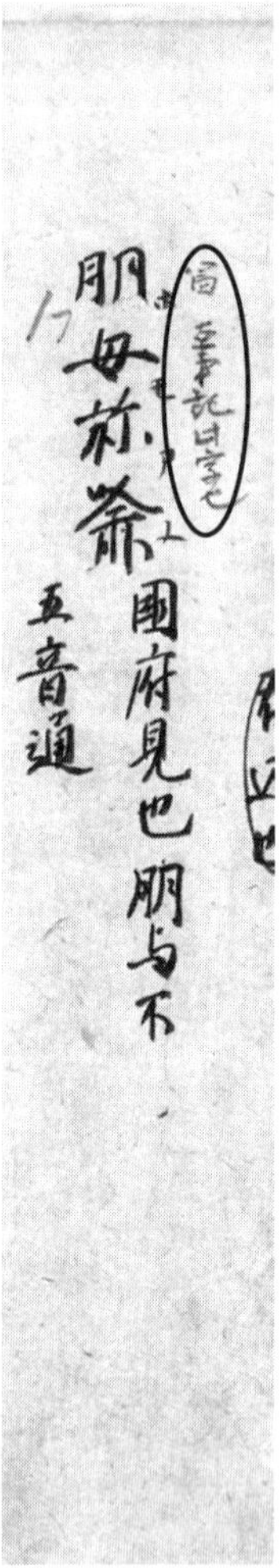

『釈日本紀』巻廿四　和歌二　三四番歌謡（前田家本二十四オ）

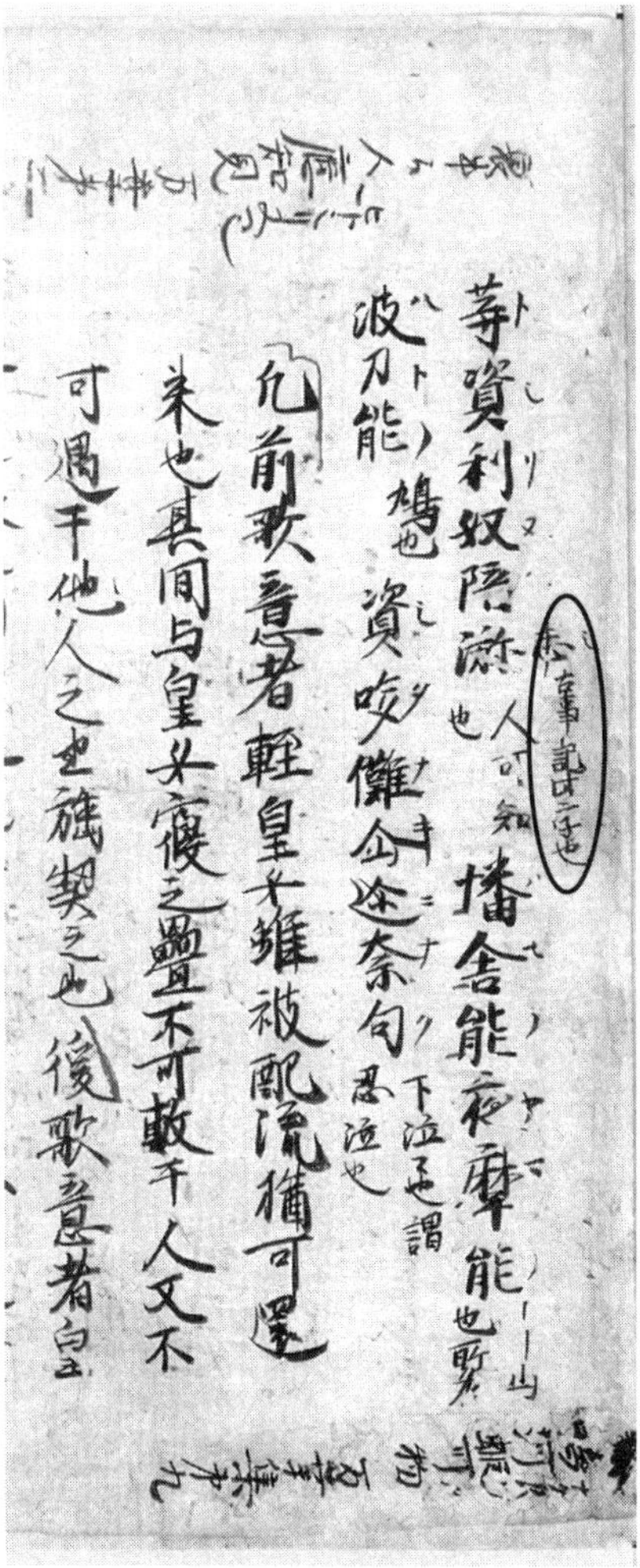

『釈日本紀』巻廿六　和歌四　七一番歌謡（前田家本七丁オ）

であると解釈し、「ホ」と「フ」が通じるとする。このような説明が必要になるのも、『釈日本紀』の注釈者は、本来であれば「フモミユ」としたかったために、音通説を持ち込んでいるのである。そして『古事記』の用字である「富」を示し左傍書に「フ」と加筆しているのである。だが、「富」は「ホ」と読むべき字音仮名であり、『釈日本紀』の『古事記』による解説は誤りと言わざるを得ない。

この七一番歌謡については『日本書紀』では「ヒトシリヌヘミ（瀰）」とミ語法で読まなければならないところであるが、『釈日本紀』にある「人可知也」という注に引かれてか、『古事記』による「志古事記此字也」や頭書には「裏書云　人應知見《ヒトシリヌヘシ》万葉第二」の『万葉集』によって「ヒトシリヌヘシ」とする。この『万葉集』の頭書も、本来は「ヒトシリヌベミ」と読むべきものである。この万葉歌（巻二・二〇七）について、『校本万葉集』などによって訓みを確認すると、広瀬本のみが「ヒトシリヌヘシ」と訓を付すのみであり、他の諸本は「ヒトシリヌベミ」で一致する。この「裏書」の『万葉集』も語法を変更し、『釈日本紀』の分注を補う用例として機能しているのである。

このように、行間で『日本書紀』の校異を示す『古事記』の用例は、『釈日本紀』の注釈と関連して、『釈日本紀』成立の後に加筆された可能性が高いのである。掲示した前田家本からも、引用符や囲み、頭書としての書き込みなどが和歌部には目立ち、他の部とは異なり体裁が整えられた注釈とは見えない。そのため〈ハ〉は、〈イ〉〈ロ〉のような『古事記』の引用とは異なり、『釈日本紀』の注釈活動の進展に伴って加えられた可能性が高く、また和歌部にある同類の注釈は『釈日本紀』成立後に加筆されていったとみるべきであろう。

おわりに

以上、『釈日本紀』和歌部に引用される『古事記』の分析からは、先行論が指摘するように引用の位相が認められた。ただし、それは「私記」や兼文、兼方の問題としてだけではなく、『釈日本紀』成立後の加筆なども想定され、和歌部における『古事記』の引用には重層性が確認できる。そのため、すべての引用を同列に扱うことは難しいと言わざるを得ない。そのうえ、『釈日本紀』において、同じ『古事記』の引用であっても、注釈部と傍注とでは区別して考えなければならないだろう。注釈に『古事記』を引用する態度は、明らかに『古事記』の内容を理解し『日本書紀』との差異を理解した者の活動である。当時は限られた人物しか『古事記』を所持していない時代にあって、きちんと『古事記』の価値を認め、第一の古典である『日本書紀』の対象文献として位置づけていたのである。

一方で、『釈日本紀』で和歌部の傍注として引用される『古事記』は、『釈日本紀』の注釈を補強する用例として引用される傾向にあった。つまり『釈日本紀』の注釈成立後に加筆された可能性が高く、なかには正確な解釈に基づかないものも見られた。このように『釈日本紀』の注釈を裏付ける根拠として『古事記』などが引用されたのも、『古事記』歌謡の用字法が拠り所となり『日本書紀』歌謡が解釈されたとも言い換えられよう。それが『釈日本紀』にとっては、歌謡の原形を求める活動へとつながっていたのである。これは、「日本書紀私記」が歌謡を古語とのみ捉えていた時代から、『釈日本紀』の時代となり『日本書紀』から歌謡を切り取り、和歌部が歌論書とつながっていったともいえる。そのため〈ハ〉に属する注釈のみが様相を異にしていたのである。また、注釈においても『古事記』が「古今序」と並列に扱われたのも、当時の和歌研究の関心が高まるなかにあって、『古事記』歌謡の価値が評価されていたからであろう。

鎌倉期において、『古事記』はまだまだ中心的古典とは言い難い状況であった。だが、『日本書紀』注釈において『古事記』は欠くことのできない文献であることは、今も昔も同じである。『古事記』を引用した「私記」を受容する態度は、平安期の研究の受容である。その結果、「私記」の集大成としての性格があるといえども、『釈日本紀』は新たな注釈書として成立するのである。この『釈日本紀』による『日本書紀』解釈は、卜部家の家学と相まって、さらに後世において受容されることとなり、卜部神道が成立し展開する基礎を形成していくのである。それだけではなく、近世においては『釈日本紀』は刊行され、『日本書紀』研究の基礎文献として長らく影響を与えるのであった。

注

1 講筵は七回開かれたとされるが、史書に記録が残るのは六回のみである。

弘仁三年（八一二）六月二日～同四年〈『日本後紀』〉

承和六年（八三九）六月一日～同十一年六月十五日〈『続日本後紀』〉

元慶二年（八七八）二月二十五日～同五年六月二十九日〈『日本三代実録』〉

延喜四年（九〇四）八月二十一日～同六年十月二十二日〈『日本紀略』〉

承平六年（九三六）十二月八日～天慶六年（九四三）九月〈『日本紀略』〉

康保二年（九六五）八月～終講は不明〈『日本紀略』〉

養老五年（七二一）にも講筵が開催されたとされるが、『続日本紀』には開催の記録はなく、武田祐吉博士などは養老年間の講筵を否定している。養老年間の講筵は前年に成立した『日本書紀』の披露が目的であったとも考えられ、また『日本書紀』諸本や『釈日本紀』内には、「養老～」とする註が残されている。

2 それぞれの講筵が行われた年度の元号を冠した「日本書紀私記」の存在は、『本朝書籍目録』などに掲載されているが、その存在に確証のもてるものは少ない。「日本書紀私記」のうち、甲・乙・丙本は『日本書紀』の訓読を摘記したものであり、丁本は問答形式である。甲本は系譜的関心を示しつつ、『日本書紀』全巻の訓読を摘記する。乙本は神代巻上下、丙本は、神武から応神の古写本訓を集成し、万葉仮名（字音仮名）で書き改め声点を付す。いずれも、新訂増補『国史大系』第八巻（吉川弘文館）に収載される。

3 引用は、新訂増補『国史大系』第八巻（吉川弘文館）に拠る。

4 『釈日本紀』の巻構成

巻一「開題」　解説に相当する。

巻二「注音」　『日本書紀』の訓注・別伝などについて述べる。

巻三「乱脱」　本文の乱脱を指摘する。

巻四「帝皇系図」　国常立尊から巻三十持統天皇までの系図。

巻五～十五「述義」　『日本書紀』全巻から抽出した語句の意義を述べ、また「日本書紀私記」を多量に記載する。難語句の意味を諸書・諸説を引いて述べる。
巻十六〜廿二「秘訓」『日本書紀』の古訓集。
巻廿三〜廿八「和歌」歌謡が排列され、適宜注解を施す。

5 岡田米夫「古代文献に見える古事記」（『古事記大成』第一巻　研究編、平凡社、昭和三十一年十一月）、古事記学会『古事記逸文集成稿』（昭和三十四年三月、梅沢伊勢三・小野田光雄・萩原浅男担当）、石崎正雄「延喜私記考（中）――釈日本紀に引く日本書紀私記（六）――」（『日本文化』第四十三号、昭和四十一年三月）、小野田光雄「釋日本紀撰述の意圖について」（『神道古典研究』會報十三、平成二年二月。のちに『古事記 釈日本紀 風土記の文献学的研究』〈続群書類従完成会、平成八年〉所収）、鈴木啓之「釈日本紀所引古事記の問題点」（『古事記受容史』笠間書院、平成十五年五月。のちに『古事記の文章とその享受』〈新典社、平成二十三年〉所収）など。

6 前掲注5、石崎氏論文。

7 前掲注5、鈴木氏論文。

8 翻字は、新訂増補『国史大系』第八巻（吉川弘文館）に拠る。引用中の〔　〕は小書双行を、「／」は改行位置を意味する。

9 丙本が引用する歌謡本文には、『日本書紀』諸本と異同が認められる。

10 引用は、尊経閣善本影印集成『釈日本紀』一〜三（八木書店、平成十五・十六年）に拠る。引用に際して合点や声点は省略し、訓点は返点はそのままにした。丁数も同本による。（　）は筆者による構成についての情報補足である。

11 引用は、小学館『新編日本古典文学大系』（平成六年）に拠る。

12 引用は、中村啓信訳注『新版古事記』（角川学芸出版、平成二十一年）に拠る。

13 引用は、京都国立博物館編『国宝 吉田本 日本書紀』（勉誠出版、平成二十六年）に拠り、句読点は適宜施した。

14 活字化された『釈日本紀』である新訂増補『国史大系』などは、改行せず追い込みとなっている。

15 『日本書紀』諸本では「摩倍邏摩」とする。

肥後国の尼僧の行方
――『日本霊異記』から『三宝絵』へ――

八重樫　直比古

はじめに

筆者に与えられた課題は「『日本霊異記』の享受と展開」である。この課題に応ずるために、初めに、『霊異記』の編者が収録した説話に読み取ったものと、その説話を通して発信しようとしたものを押さえることにする。次に、後続する説話集の編者が、『霊異記』の説話に何を読み取って自分の説話集に組み込んだのかを考えることにする。取り上げるのは『霊異記』下巻第十九話とその再録説話である。

一　『日本霊異記』下巻第十九話

『霊異記』下巻第十九話をめぐる論考は少なくない。[注1]新たに考察を加える余地はなさそうに思われる。諸論考においてすでに論じられたところのものや『霊異記』の諸注釈書において指摘されたところのものを、与えられた課題に応ずるために、改めて筆者なりに整理してみたい。

本話は、肥後国の肉団（肉の塊）から生まれた尼僧の話である。本話を、以下のとおり四つの部分から成ると見ておく。〔Ⅰ〕題名と〔Ⅱ〕説話、〔Ⅲ〕経典の引用、そして〔Ⅳ〕編者の評語である。注2

〔Ⅰ〕産生肉団之作二女子一修レ善化レ人縁　第十九

〔Ⅱ〕肥後国八代郡豊服郷人。豊服広君之妻。懐妊。宝亀二年辛亥冬十一月十五日寅時。産二生一肉団一。其姿如レ卵。夫妻。謂為レ非レ祥。入レ笥。以蔵二置之山石中一。逕二之七日一。而往見之。肉団殻開。生二女子一焉。父母取レ之。更哺レ乳養。見聞人。合レ国無レ不レ奇。経二八箇月一。身俄長大。頭頸成合。異レ人無レ顊。身長三尺五寸。生知利口。自然聡明。七歳以前。転二読法華・八十花厳一。熟然不レ逗。終楽二出家一。剃二除頭髪一。著二袈裟一。修レ善化レ人。無二人不一レ信。其音多出。聞人為レ哀。其体異レ人。無レ閭無レ嫁。唯出レ尿有レ竇。愚俗呰レ之。号曰二猴聖一。時。託磨郡之国分寺僧。又豊前国宇佐郡之矢羽田大神寺僧。二人。嫌二彼尼一言。「汝是外道」。嘲呰嬲レ之。神人。自レ空降。以レ桙将レ棠レ僧。々。恐叫終死也。大安寺僧戒明大徳。任二彼筑紫国府大国師一之時。宝亀七八箇年比頃。肥前国佐賀郡大領正七位上佐賀君児公。設二安居会一。請二戒明法師一。令レ講二八十花厳一之時。彼尼不レ闕。坐二衆中一聴。講師見レ之。呵二嘖之一言。「何尼濫交」。尼答レ之言。「仏。平等大悲故。為二一切衆生一。流二布正教一也。何故別制レ我」。因挙レ偈問レ之。講師。不レ得二偈通一。諸高名智者。怪レ之一向問試。尼終不レ屈。乃知二聖化一。而更立レ名。号二舎利菩薩一。道俗帰敬。而為二化主一。

〔Ⅲ〕昔仏在レ世時。舎衛城須達長者之女蘇曼所レ生卵十枚。開成二十男一。出家。皆得二羅漢果一。迦毘羅衛城長者之妻。懐妊。生二一肉団一。到二七日頭一。肉団開敷。有二百童子一。一時出家。而百人。倶得二阿羅漢果一。

〔Ⅳ〕我聖朝所二弾圧一之土。有二是善類一。斯亦奇異之事矣。

本話の各部分を、私見を挟みつつ略説すれば以下のとおりである。

〔Ⅰ〕題名には、肉団から生まれた「女子」が仏教修行に励み人々を教え導いた話、とある。本話の主人公は、以下一貫して女性とされる。

続く〔Ⅱ〕説話の部分は、あらまし次のとおりである。肥後国の肉団から生まれた異形の女性が出家して尼僧となった。生まれつき聡明であったこの女性は、幼少の頃からすでに経典を読誦しており、出家して後には人々を教化して尊崇されるところとなった。しかしまたその異形は、あるいはその異常出生も含めてであろうか、嘲笑の対象となり「猴聖」と呼ばれた。「猴聖」とは、蔑称と尊称を合成した呼び名であろう。国分寺の僧たちがこの尼僧を「外道」と嘲ったところ、矛を持った「神人」によって突き殺された。この国分寺の僧たちの挿話は、尼僧が仏教守護神の加護の下にあるということを物語るのであろう。肥前国佐賀郡の大領が、大安寺僧戒明を請じて『華厳経』を講ずる法会を催した。尼僧が毎回欠かすことなく参列したところ、戒明が尼僧の法会に加わっているのを見つけて呵嘖した。法会への女性の参加を咎めたということであろうか。しかし尼僧は、戒明の呵嘖が一切の平等を説く仏の教えに反するとして一歩も引くことがなかった。さらに、『華厳経』の偈頌をめぐる議論においては、ついに戒明やその場の高僧たちに屈することがなかった。この尼僧は教理にも通暁しており、経文の解釈をめぐる議論においても、戒明のような学僧らと対等に渡りあえたということなのであろう。そこで人々は、この尼僧を「聖化」（仏菩薩などの化身）と認め、「舎利菩薩」と呼んでますますの尊崇を捧げて自分たちの「化主」と仰いだ。

〔Ⅲ〕の経典の引用では、典拠の名称を挙げていないが、取意抄出の形で、インドの故事が二つ引用される。狩谷棭斎の『日本霊異記攷証』[注3]は、そのように明言しているわけではないが、一つ目は『賢愚経』を、二つ目は

『撰集百縁経』を典拠とすると見ている。釈迦が存命中の時のこと、卵や肉団から生まれた子供たちがいた。彼らはやがて出家し、ついには阿羅漢果を得たというのである。

〔Ⅳ〕の評語の部分において、編者は、我が聖朝が取るに足りない小国であるとしても、こうした傑出した者もいるのであり、珍重すべきことだとする。

以上が本話のあらましである。

『霊異記』では、おおむね説話がその設定する年代順に配列されている。全体として、平安時代の初めに至るまでの、説話の連鎖による日本仏教史を成していると見ることができる。本話の尼僧は宝亀二年（七七一）に生まれたとあるから、奈良時代の末期から平安時代の初頭にかけて肥後国などにおいて布教に努めた尼僧の説話ということになる。『霊異記』の最終話、下巻第三十九話には、嵯峨天皇（在位八〇九～八二三）を「今平安宮統二治天下一賀美能天皇」と称しており、嵯峨天皇は編者にとって「今上」である。従って、この尼僧は、もし実在した人物であるならば、編者にとっては自分とほぼ同時代の人物ということになるであろう。しかし、戒明のように実在した人物が脇役として登場するものの、主人公の尼僧の実在を裏づける他の史料は確認されていない。

尼僧には、当初「猴聖」という蔑称と尊称の合成された呼び名が与えられた。しかしその後、蔑称の部分は除かれ、帰依者たちは、尼僧を「聖化」「舎利菩薩」「化主」と見たり称したという。彼らの評価はこれらの語に定まったというのである。これらの語は、尼僧に帰依し崇拝した「道俗」（出家、在家の者たち）がそのように見たり称したとする文脈に現れるのであり、編者自身の評価を示すものではない。しかし、編者はそのような評価に異議を唱えたり疑問を差し挟んだりはしていない。編者もそうした帰依者たちの評価を是認、肯定しているのである。

『霊異記』には、「聖化」の用例が他に一例ある。中巻第八話は、蟹の報恩譚である。蝦を救ってくれたならば大蛇の妻になるという約束をしてしまった女性がいた。その後、女性は蟹を携えた老人に出会う。女性が蟹を譲り受けて放生したところ、その蟹が大蛇を退治して恩返ししてくれたという話である。その得体の知れない老人を、話末の評語では「定委。耆斯聖化也」と言う。菩薩などの聖なる存在の化身が老人だというわけである。本話の尼僧もそうした菩薩などの化身である、もしくは化身のようだとされたことになる。

「菩薩」の尊称を奉られているのは、全六例、全五名である。すなわち、上巻第五話の行基（「文殊師利菩薩反化」とされる）、中巻第七話の「行基菩薩」、中巻第二十一話の「金鷲菩薩」、下巻第一話の永興（「時人。貴二其行一故。美二称菩薩一」とある）、本話の「舎利菩薩」、下巻第三十九話後半の「寂仙菩薩」である。周知のとおり、『霊異記』において「菩薩」と称された人物たちは、編者が最高度の敬意を払った人物たちと見なされるから、本話の舎利菩薩もその一人ということになる。

「化主」は本書中唯一の用例であるが、中井真孝氏の次の指摘を参考にすべきであろう。

> 化主は、知識を勧募して写経・架橋などのじつに様ざまな仏事作善をおこし、民衆を教化しているが、「河東の化主」「江淮の化主」「東国の化主」のように地名を冠してよばれているので、化主はその地域の道俗集団を率いる教化の指導者であった。しかも教学に通暁し、戒律を堅持し、学徳ともに優れ、道俗に崇敬された高僧であった。[注4]

以上の指摘を参考にするならば、本話の主人公は、学徳兼備に加えて布教活動に力を注ぎ道俗の集団を率いて「肥後化主」や「筑紫化主」などと呼ばれた尼僧だったということになるであろう。

本話には、この尼僧には生来、女性性器が備わっていなかったとある。女性でも男性でもないということになるかも知れない。にも関わらず前述のとおり、〔Ⅰ〕の題名から始まって編者はこの主人公を一貫して女性と記している。他の菩薩と称された者たちはすべて男性であるから、本話は『霊異記』における唯一の女性の菩薩の説話ということになる。これが『霊異記』の中における本話について、第一に確認しておくべき点であろう。

以上の帰依者たちの評価を踏まえた上で、編者自身の評価が最後の〔Ⅳ〕の評語において加増される。この評語については、以下の二つの説話の話末の評語に類似することが指摘されている。

上巻第三話「得二雷之憙一令レ生子強力在縁」は、元興寺の道場法師の説話である。農夫に捕えられた雷が、逃がしてくれたならば恩返しとして子供を授けようと約束する。生まれた子供は異能の持ち主であった。並外れた力持ちであった。話末の評語に「当レ知。誠先世強修二能縁一所レ感之力。是日本国奇事矣」とある。怪力が前世における積善の果報であるとされ、日本においても過去世と現在世の二世にまたがる因果の応報が確認される例証だとしている。二世にまたがる善因楽（善）果の話であるが、同時に、雷神の申し子に怪力という異能が備わっていたことを語る話でもある。

下巻第三十一話「女人産二生石一以レ之為レ神而斎縁」は、あらまし次のような説話である。美濃国方県郡の女性が、未婚でありながら懐妊して二つの石を生んだ。すると隣の郡の神が、その石は我が子であると託宣した。そこで人々はその女性の家で石を神として斎き祀った。話末の評語に「往古今来。未二都見聞一。是亦我聖朝奇異事矣」とある。この説話には仏教的な色彩が見られず、因果応報の話とも受け取れない。むしろ神社の起源を語る話、縁起と分類するのが妥当であろう。しかし話末の評語では、前代未聞の珍重すべきできごとだということを強調する。編者においては、本話も仏教の伝来や流布と無関係ではないとされ、それゆえに採録されたと見なければならない。

上巻第三話に「当レ知。誠先世強修二能縁一所レ感之力。是日本国奇事矣」とあり、本話に「我聖朝。所二弾圧一之士。有二是善類一。斯亦奇異之事矣」とあり、下巻第三十一話に「往古今来。未二都見聞一。是亦我聖朝奇異事矣」とあった。以上の三説話の評語を並べてみると、確かにすでに指摘されたとおりである。編者は、こうした異能の持ち主や不思議な出来事は、自国に仏教が伝わり流布していることの紛れもない証しなのだ、もしくは伝来や流布の結果鮮明になった「奇事」だとしているのである。

異能の持ち主の出現や不思議な出来事は、他の国や他の地域にばかりあって日本にはないなどというものではない。それらの「奇事」は仏教の伝来と流布に密接に結びついている。仏教の伝来と流布という誇るべき出来事の紛れもない証しだとして、編者はそれらの「奇事」を珍重すべきだとする。さらに自国が他国に比しても決して引けをとらない賞賛に値する国なのだと自覚するようすがとしている。そうした自覚は、これまたすでに指摘されたとおである。「何唯慎二乎他国伝録一。弗レ信二恐乎自土奇事一」として、自国における「奇事」の筆録を思い立ったという上巻序文から読み取れるところのものに一致する。

仏教の伝来と流布の紛れもない証しを通して、他国に比すべき自国を認識する。自国にもともとあったものではなく、他国、他地域から伝わった仏教を通して誇るべき自国を認識するという興味深い認識、すなわち従来言われて来た「自土意識」が確認されるわけである。

さてしかし、本話の〔Ⅳ〕の評語が、指摘されたとおりに上巻第三話と下巻第三十一話の評語に類似している、あるいは同一の認識や自覚の上に立脚しているとしても、それらの説話と本話を比較すると、以下のとおりの異なりがある。

その第一は、上巻第三話はいわば雷神の申し子の話であり、下巻第三十一話は、神が人間の女性に生ませた石の話である。ともに神の子の話である。他方、本話の場合は神が登場せず、従って神の子の話とは見なせない。

第二に、本話には〔Ⅱ〕の説話と〔Ⅳ〕の評語の間に〔Ⅲ〕の経典の引用がある。上巻第三話と下巻第三十一話にはそれがなく、説話本体のすぐ後に評語が来ている。本話の場合は、比較する事例を他国、他地域に求めたことになるが、他の二話の場合は、編者が他国や他地域に比較の事例を求めなかった、または求めたけれども比較の事例が見つからなかったということかも知れない。話末の評語には共通する認識や自覚があったとしても、神の子ならざる肥後国の尼僧の場合は、〔Ⅲ〕の経典の引用を組み込んで、他国、他地域との比較をとおしてその珍重すべきことを強調するという構成が施されている。

説話に経典の引用を付して教証（経証）とし、説話に権威付けを施したり正当化しようとする例は『霊異記』に少なくない。本話の場合も、典拠の明示を欠いてはいるものの、他の説話と同様に、教証（経証）の役割を果たすべく引用されたと見てよい。肥後国の肉団から生まれた尼僧は、釈迦存命中のインドで卵や肉団から生まれた子供たちと同様に、異常な出生により生を享け、やがて出家して、ついには人々の崇敬を集めることとなった。経典の語るところと同じことが自国においても起こったのである。であるがゆえに、尼僧の生まれた国、すなわち「我聖朝。所二弾圧一之土」も、そうした他の国や地域に引けをとらない国なのだ。珍重すべきことである、誇らしいことであるというわけである。時空を超えた自国と他国や他地域との等質化とでも言うべきであろう。本話の場合、他の二話に比較すると、〔Ⅲ〕の経典の引用を置いたことにより、そうした等質化の度合いが際立って高くなっているのである。

以上要するに、本話は、異常出生により生を享けた異能の尼僧を仏教発祥の地の故事と比較することを通して自国がその地に勝るとも劣らない国であると確認する話である。これが本話において確認しておきたい第二の点である。

ただし、これについて付言しておきたいことがある。インドの故事においては肉団や卵から生まれた者たちが阿羅漢果を得たとある。一方、肉団から生まれた尼僧の場合は菩薩と讃えられたとある。もしも大乗の菩薩が小乗の阿羅漢に勝るとの認識が編者にあるならば、インドと同様のことが自国においても起こったということだけでは終わらないことになる。小乗に勝る大乗という認識を介して、自国が仏教発祥の地であるインドに勝るとされたことになるかも知れないのである。果たして編者に小乗に勝る大乗という認識があったか否か、しかしこれは現時点の筆者には決めかねる問題である。

以上、多くの論考や諸注釈書においてすでに指摘されたものを反復したに過ぎないが、二つの点を確認してみた。すなわち第一に、本話の主人公が『霊異記』における唯一の女性の菩薩を主人公とする説話であること、そして第二に、そうした菩薩の存在に依拠して、自国が他国、他地域に勝るとも劣らない国だとする説話だということである。

二　『三宝絵』中巻第四話（一）――『三宝絵』の構成から――

源為憲（?~一〇一一）の『三宝絵』は、冷泉天皇の皇女尊子内親王のために編纂したものである。[注5] その総序の末尾に「于時永観二タ年セ中ノ冬ナリ」とあるから、永観二年（九八四）十一月に完成して、尊子に献上されたとみられる。前述のとおり、『霊異記』の下巻第三十九話には嵯峨天皇（在位八〇九~八二三）を「今平安宮統㆓治天下㆒賀美能天皇」と記しているから、その成立より約百六十年ないし百七十年程後れることになる。ここでは、為憲が『霊異記』下巻第十九話に何を読み取ってどのように『三宝絵』に組み込んだのかを見てみることにする。

本書は、若年にして仏教に帰依する生活に入った、しかも入ったばかりであるらしい尊子の「貴キ御心バヘヲモハゲマシ、シヅカナル御心ヲモナグサムベキ」（総序）ものとして編纂された。そうした編纂目的に沿うべく、本書は、「アマタノ貴キ事ヲ絵ニカ、セ、又経ト文トノ文ヲ加ヘ副ヘテ令奉ム」（総序）とあるとおり、絵画と文章が交互に配された絵巻物仕立てであったらしい。総序のこの文言によれば、絵画が主で文章はむしろその添え物であったかも知れない。しかし、絵画がまったく失われてしまった今日、残された文章のみによって考察を進めざるを得ない。

『三宝絵』は、上中下の三巻仕立てで、それぞれが仏・法・僧の三宝に配される。本書の総序には、その構成をめぐって次のような記述がある。

其名ヲ三宝ト云事ハ、ツタヘイハム物ニ三帰ノ縁ヲ令結ムトナリ。其数ヲ三巻ニ分テル事ハ、三時ノヒマニアテタルナリ。初ノ巻ハ昔ノ仏ノ行ヒ給ヘル事ヲ明ス。種々ノ経ヨリ出タリ。中ノ巻ハ中来法ノコ、ニヒロマル事ヲ出ス。家々ノ文ヨリ撰ベリ。後ノ巻ハ今ノ僧ヲ以テ勤ル事ヲ、正月ヨリ十二月ニ至ルマデノ所々ノ態ヲ尋タリ。

そのあらましを、私見による説明を補いつつ述べれば以下のとおりである。

「其名ヲ三宝ト……」と「其数ヲ三巻ニ……」は対句仕立てである。書名に「三宝」を用いたのは、本書が三宝（仏・法・僧）に帰依する（三帰依）よすがとなって欲しいからである。三宝は三巻のそれぞれに配当される。また三巻に仕立てたのには、もう一つの理由がある。それぞれの巻を「昔」・「中来」（中頃）・「今」の三時に充てるためである。三宝と三時に充てるためという二つの理由から三巻仕立てにしたというのである。

上巻の仏宝の巻（「昔」の巻）には、種々の経典から釈迦の前生話が集められる。ここでは、過去世・現在世・未来世の三世という場合の過去世、すなわち前世が「昔」とされる。虚構であるはずの前生話が、歴史上の事実を語ったものとして提示される。集められた前生話が語るのは、仏とはいかなるものかではない。それはこの巻の序文の簡略な記述にまかせ、仏となるべく為された前世の修行の数々が並べられる。

中巻の法宝の巻（「中来」の巻）では、『霊異記』を主要な取材源として、日本に仏教が伝わり広まった有様が、説話の連鎖による年代記の形で提示される。インドにおける釈迦の生誕より後、日本に仏教が伝わる以前の、インドにおける展開や中国などへの伝播や展開といった仏教の長い歴史は、この巻の序文の簡単な記述に委ねられる。また、法（仏の教え）とは何かということも、同様に序文に委ねられる。日本において法がどのように伝わり広まったのか、広まった結果としていかなることが起こったのか、それらに話題が集中する。

下巻の僧宝の巻（「今」の巻）では、今現在、僧侶たちによって各地の寺院などで繰り返される種々の仏事を、正月から十二月まで歳時記風に連ねる。僧宝の巻ではあるが、持戒や修行などの僧侶の営みのすべてに目配りするのではない。それらは、やはりこの巻の序文の記述にゆだね、彼らによって営まれる年中行事に焦点が絞られる。

以上、経典をはじめとする種々の典籍から集められた伝説や説話などを、釈迦の前世における修行を上巻に、日本における仏教の伝来と流布を中巻に、現在、諸所において僧侶によって営まれる年中行事を下巻に配したのが本書である。仏とは何か、法とは何か、僧とは何かということは、それぞれの巻の序文の簡略な記述に委ねており、伝説や説話などを通して示そうとするのではない。

三巻の各巻は、これもまた三部構成となっている。序文（述意部とも称さる）、前生話や説話などの主体部分、そして賛の三部分から成る。

『霊異記』下巻第十九話は、中巻の法宝の巻（「中来」の巻）の第四話として再録されている。再録説話を含めて中巻の構成をめぐって卓見を提示したのは、神野志隆光氏の「『霊異記』と『三宝絵』をめぐって」[注6]である。『霊異記』下巻第十九話の再録説話の位置づけを考えるに当って、神野志氏の論考は無視できない。

中巻の説話部分は、神野志氏の作成した一覧表によれば以下のとおりである。なお、筆者の私意により改めたところがあることをお断りしておく。

説話番号	主要登場人物	設定年代	出典
一	聖徳太子	敏達・用明・崇峻・推古代	日本書紀・聖徳太子伝暦・日本霊異記上四話
二	役行者	文武二年・大宝元年	続日本紀・日本国名僧伝・日本霊異記上二八話
三	行基菩薩	天平一六年・天平勝宝元年	続日本紀・日本国名僧伝・日本霊異記中七話・同中二九話
四	肥後国肉団尼	宝亀三年・宝亀八年	日本霊異記下一九話
五	伴造義通	推古代	日本霊異記上一八話
六	播磨国漁翁		日本霊異記上一一話
七	義覚法師	斉明代	日本霊異記上一四話
八	越前国小野麿	神護景雲三年	日本霊異記下一四話
九	山城国囲碁沙弥		日本霊異記上一九話
一〇	山城国造経函人	聖武代	日本霊異記中六話
一一	高橋東人		日本霊異記中一五話
一二	大和国女人		日本霊異記中二〇話
一三	置染臣鯛女		日本霊異記中八話
一四	楢磐嶋	聖武代	日本霊異記中二四話
一五	諾楽京僧	称徳代	日本霊異記下四話
一六	吉野山僧	称徳代	日本霊異記下六話
一七	美作国採鉄山人	称徳代	日本霊異記下一三話
一八	大安寺栄好	延暦五年	石淵寺縁起

神野志氏が最初に着目したのは、説話の年代順の配列である。第一話から第四話までが一組の年代順の配列を

成しており、第五話から第十八話までは、第八話を除けば、もう一組の年代順の配列を成している。中巻の説話部分は二組の年代順の配列から成っている。

第八話に「神護景雲三年」とあるのは、孝謙・称徳天皇代の年号の一つである。したがって、「帝姫安倍天皇御代（世ともある）」の時のこととする第十五話より第十七話までの三話と一群をなすべきものである。この一話のみがなぜ順序を狂わせているのか、その理由は不明である。

私見によれば、中巻の説話部分が二組の説話群から成っているのと同様のことは、上巻の仏宝の巻の諸経典を典拠とする全十三話についても言える。上巻の第一話から第六話までは、すべて「菩薩ハ世々ニ〇〇波羅蜜ヲ行ズ」で説き起こされる。六波羅蜜をめぐる話群と一括される。それに対して第七話から最後の第十三話までは、すべて「昔」で始まる。仏のさまざまな前世を語る話群とでも一括すべきであろう。上巻と中巻の両巻の序文と賛に挟まれた主体部分については、ともに二部構成とする意図が読み取れる。

中巻の二組の年代順の説話群について、神野志氏は次のように指摘する。

第五話以下が〝法の力〟を確証する、経典に帰敬すること（誦持・書写等）による現報譚、謂わば「事」を中心とした話どもであるのに対して、第四話までは「人」を中心とした話だと云うべきである。それは、現報の事件を叙する第五話以下の形とは明らかに異なった、「伝」とも云べき形をとるところに際だつのである。

第一話の聖徳太子、第二話の役行者、第三話の行基、そして第四話の肥後国の尼僧の四人は、「法」を伝え広めた人々、あるいは「法」の広まったことを体現する人々の伝記ということになるであろう。伝記で繋いだ仏教の伝来と広まりの歴史である。そして第五話以下は、「法の力」の発現によって起こった出来事、もしくは「法の力」の発現によって顕在化した出来事を語るものということになるであろう。仏教が伝わり広まったことによって起こった、もしくは確認できることとなった事件誌を繋いだ歴史である。

神野志氏の卓説に接して想起されるのは、次の格言的な文言である。たとえば、智顗（五三八〜五九七）の『摩訶止観』巻五下には、「法不二自顕一。弘レ之在レ人」[注7]とある。また吉蔵（五四九〜六二三）の『勝鬘宝窟』巻中本には、「法不二自弘一。弘レ之由レ人」[注8]とある。さらに、『続日本紀』巻七、霊亀二年（七一六）五月庚寅（一五日）条の近江国守藤原武智麻呂の奏言には「人能弘レ道。先哲格言」[注9]とある。これらは、『論語』八「衛霊公篇」十五の第二十九章に「子曰。人能弘レ道。非二道弘一レ人（先生がいわれた、「人間こそ道を広めることができるのだ。道が人間を広めるのではない」）」[注10]に拠ったものとされている。[注11]仏教はそれを広める人の努力があってこそ広まるのだと、『論語』の「道」を「法」（仏教）に置き換え、文意を改変して反復使用されていた格言と言ってよいであろう。

これらの格言的な文言を参考にするならば、中巻（法の巻）の第一話から第四話までの第一群は、仏教を伝え広めた人々、広まったことを体現した人々の類稀な努力を讃えるべく、その伝記を年代順に配列した説話群と見なせることになる。彼らの努力があればこそ、「中来（中頃）」における仏教の広まりが実現したのだということになる。そしてその広まりの結果として、第五話以下の第二群に示された「法の力」の発現としての様々な出来事も起こったのだ、あるいは顕在化したのだということになるであろう。

伝記の部分に選ばれた四人のうち、聖徳太子と行基については、選ばれたことに異論を挟む余地は少ないであろう。第二話の役行者と第四話の尼僧についてはどうか。

役行者の説話を見れば、鬼神を駆使したなどの話柄はあるものの、仏教を伝え広めた人と言うには、あまりにも該当すべき話柄に乏しい。神野志氏は、山田孝雄「三宝絵の研究」[注12]の指摘を受けて、「聖徳太子、役行者、行基とならべたとき、「奈良時代までの仏者として通俗的にはこの三人で沢山である」と山田氏が云う如く……、まさに代表的な仏教者である。「法ノコ、ニヒロマル」ことを体現するような人達である」とする。氏の指摘するように、役行者を、仏教を広めた人ではなく、広まりを体現した人と見れば良いのであろうか。

あるいは、第二話には、謀反の嫌疑をかけられ流罪に処せられても屈することがなかったとあるので、弾圧や迫害にも屈しない仏教者の姿を見てとって第一群に組み入れられたと見ることができるのではないか。そのように見るならば、第三話に見える行基に対する誹謗中傷や、第四話に見える尼僧に対する誹謗や差別の話柄にも、共通するところがあると言えることになる。三者三様に弾圧や誹謗、迫害や中傷に耐えつつ仏教を伝え広めたり、広まりを体現した人々であったと括ることができる。仏教の日本における伝来や流布などは、けっして順風満帆だったのではない。これらの人々の忍耐に富んだ讃えるべき努力があって初めて現在の定着を見ることになった。これが、為憲がこれらの話群を通して語ろうとしたものではなかったか。

それにしても、なぜ別の人物の説話ではなくて肥後国の尼僧の説話が第四話なのか。この尼僧は、『霊異記』においては、前述のとおり「菩薩」の尊称を奉られた五人の中の一人、しかも唯一の女性の菩薩である。神野志氏は、『霊異記』からは、聖徳太子は別格として、上巻から役行者が、中巻から行基が、そして下巻から肥後国の尼僧が選ばれた形になっていると指摘する。また神野志氏は、尊子への配慮から女性が選ばれたかも知れないとも言う。『霊異記』において菩薩と称された者の中から、しかもただ一人の女性の菩薩であるが故に、尊子への配慮から選ばれた。また各巻から一人ずつということで、下巻からは尼僧の説話が選択された。尼僧が選択された理由はこの辺に落ち着くのかも知れない。

選択の理由については、以上のように推測の域を出ないのであるが、尼僧の話が選択され、伝記の部分の一人とされた、その結果がもたらすものについては、次のようなことが言える。『霊異記』における五人の一人は、『三宝絵』に至って四人の一人とされた。数の上ではそれほどの違いがない。しかしその存在感を増した度合いは小さくない。『霊異記』においては、五人の菩薩たちの説話は、一箇所に集められることなく散在している。菩薩の説話が一群をなした場合に発生するであろう迫力はない。他方、『三宝絵』では、仏教を伝え広めた人々、広まりを体現した者の伝記が一群を成している。四人の結集により、他の三人とともに尼僧の存在感は『霊異記』の中にあった時よりも大きく増したと言ってよかろう。日本における仏教が伝わり広まった歴史を語る場合に欠かすことのできない一人だとして、『霊異記』にはなかった位置づけがなされたことになるのである。

三　『三宝絵』中巻第四話（二）——原話との比較から——

以上の『三宝絵』の構成の面から言えることに続いて、これまたすでに行われていることではあるが、改めて原話と再録説話との比較を試みる。為憲が再録に当ってどのような書き替えなどを行ったのか、そこから何が見えるか、私見を述べてみたい。東寺観智院旧蔵本、東京国立博物館蔵本を底本とする新日本古典文学大系三一『三宝絵・注好選』の当該説話を引用する。底本には説話番号も題名もないが、大系本の校注者は「〔四　肥後国シシムラ尼〕」と補っている。説話番号と題名を除いて、上段の『三宝絵』の中で、筆者が無視できない異なりがあると見た箇所をゴチック体（**ア〜シ**）とし、『霊異記』の当該箇所（**あ〜し**）を下段に掲げた。

『三宝絵』中巻第四話

〈ナシ〉

肥後国八代郡豊服郷、豊服ノ君ガ妻ハラミテ、宝亀二年辛亥十一月十五日寅時ニ、一ノ肉団ヲムメリ。[ア]**ソノカタチヲミレバ、明月ノゴトシ。**夫妻ヲモハク、「コレヨキ事ニハアラジ」ト思テ、桶ニ入テ山ノイハノ中ニカクシヲキツ。七日ヲスゴシテユキテミレバ、カヒゴトノゴクニシテヒラケタリ。[イ]**アヤシキ女子アリ。父母ヨロコビテトリカヘシテ、**乳ヲフクメテヤシナフ。ヨロヅノ人キヽ、テアマネクアヤシブ。八月ヲフルアヒダニ、俄ニ大ニナリヌ。[ウ]**〈ナシ〉**身ノタカサ三尺五寸。ヲノヅカラニサトリアリ、物イフ事バ妙ニシテ、聡明ナリ。七歳ヨリサキニ法華経八巻、花厳経八十巻ヲミナソラニヨム。[エ]**〈ナシ〉**出家ノ心フカクシテ、カミヲソリ、ノリノ衣ヲキテ尼ト成ヌ。仏道ヲ行テ人ヲオシフ。[オ]**〈ナシ〉**[カ]**ソノコヱ甚タウトクシテ、聞モノミナナミダヲヽトシテアハレブ。**[キ]**其形人ニスグレテ、其身女ナリトイヘドモ、カクレタル所ハアリテアヽナシ。**ワヅカニ尿ノミチノミアリ。世ノ人オロカナル物コレヲワラヒテ、ナヅケテ猿聖トイフ。此国ノ国分寺僧、并豊前国、宇佐大神宮ノ僧二人、コノ尼ヲミテニクミテ云ク、「汝ハコレ外道ナリ」トイヒテ、ワラヒソシリ、ナヤマシレウズル時ニ、アヤシキ人ソラヨリ来テ、手ヲモテ二人ノ僧ヲ爴。僧イクバ

『霊異記』下巻第十九話

産生肉団之作二女子一修レ善化レ人縁十九

[あ]其姿如レ卵

[い]生二女子一焉。父母取レ之

[う]頭頸成合。異レ人無レ頤

[え]熟然不レ逗

[お]無二人不レ信

[か]其音多出。聞人為レ哀

[き]其体異レ人。無レ閪無レ嫁

クナラズシテトモニ死ヌ。其後、宝亀八年ノホド、肥前国佐賀郡ノ大領、佐賀君トイフ人、阿含会ヲマウケテ、大安寺ノ僧、戒明大法師、筑紫国ノ師ニテアルヲ請ジテ、八十巻ノ花厳経ヲ講ズルニ、此尼日々来テ、座ヲカヽズ、衆ノ中ニアリテ聴聞ヲス。講師此尼ヲミテ詈恥シメテ云「ナニスル尼ゾ。ミダリガハシク衆中ニマジリヰル」トイヘバ、尼答テ云ク、「仏ハ大悲ノ心深ク、教ハ平等ノ法也。一切衆生ノタメニ、イマ聖教ヲヒロメ給。ナニノユヘニテカ我シモセイシ給。[ク]**抑説給経ノ文ニツイテ、スコブルウタガヒアリ。スベカラク、アナガチオボツカナサヲアキラメム」ト云テ、**花厳経ノ偈ヲイダシテ問フ。講師ヨクコタフルニタラズ。此座ニアル諸ノ智徳名僧ヲドロキアヤシミテ、各文ヲ出テ問心ミルニ、尼ヨク一々ニ是ヲコタヘテハヾカルコトナシ。[ケ]**其時ニ衆中ニウヤマヒタウトビテ、聖ノ跡ヲタレ給ヘルナリケリトサダメツ。**名ヲバ舎利菩薩ト申。道俗[コ]**コトヾヽクナビキ、**帰依恭敬ス。[サ]**コレヲ教主トシテ、皆ソノ教ニ随キ。**昔仏在世ノ時、舎衛国ノ須達長者ノ娘、蘇曼トイヒシガ生リシ卵子十枚ハ男子十人ト成テ、皆羅漢果ヲエタリ。伽毘羅城ノ長者ノ妻ハラミテ一ノ肉団ヲウメリシ、七日ヲヘテ肉団ヒラケテ百人ノ童子アリテ、一時ニ出家シテ、百人ナガラトモニ羅漢ノ果ヲエタリ。[シ]**我朝ニモ生タリケル肉団ヲ、古ニナズラヘツベシト、霊異記ニミヘタリ。**

[く]〔ナシ〕

[け]乃知二聖化一

[こ]〔ナシ〕

[さ]而為二化主一

[し]我聖朝所二弾圧一之土。有二是善類一。斯亦奇異之事矣

[エ]〈ナシ〉は、『霊異記』に[え]「熟然不レ逗」とある。「熟然不レ逗」は新日本古典文学大系本の「原文」によったものであるが、今日でも字句、訓読に定説を見ない。おそらく書写の早い段階で判読不能となっていたのであろう。為憲もそのようなことから対応すべき字句や文言を置かずに飛ばしてしまったのではないか。[オ]〈ナシ〉は、『霊異記』に[お]「無二人不レ信」とある。対応する文言があって不思議はないが、それを欠く理由は不明である。

[カ]「ソノコヱ甚タウトクシテ、聞モノミナナミダヲ、トシテアハレブ」、[ク]「抑説給経ノ文ニツイテ、スコブルウタガヒアリ。スベカラク、アナガチオボツカナサヲアキラメムト云テ」、[ケ]「其時ニ衆中ニウヤマヒタウトビテ、聖ノ跡ヲタレ給ヘルナリケリトサダメツ」、[コ]「コトヾ、クナビキ」、[サ]「コレヲ教主トシテ、皆ソノ教ニ随キ」の計五箇所は、それぞれ『霊異記』では[か]「其音多出。聞人為レ哀」、[く]「〈ナシ〉」、[け]「乃知二聖化一」、[こ]「〈ナシ〉」、[さ]「而為二化主一」である。この五箇所は、いずれも簡潔な、あるいは簡略に過ぎる漢文体の『霊異記』を補足したり、語句を置き替えながら、なだらかで平明な和文体に仕立てた箇所と言ってよいであろう。なお、[ク]「抑説給経ノ文ニツイテ、……」は、『霊異記』に対応する文言を完全に欠いており、補足と言うよりはむしろ新たな挿入と見るべきであろう。尼僧の、権威に屈することなく論争を挑もうとする姿を強調しようとする挿入と思われる。

[ア]「ソノカタチヲミレバ、明月ノゴトシ」、[イ]「アヤシキ女子アリ。父母ヨロコビトリカヘシテ」、[ウ]「〈ナシ〉」、[キ]「其形人ニスグレテ、其身女ナリトイヘドモ、カクレタル所ハアリテア、ナシ」の四箇所は、それぞれ『霊異記』には、[あ]「其姿如レ卵」、[い]「生二女子一焉。父母取レ之」、[う]「頭頸成合。異レ人無レ顊」、[き]「其体異レ人。無レ閪無レ嫁」とある。尼僧の異常出生と異形をめぐる記述である。全体として、出生についても異形についても、負の異常さを弱めたりぼかしたりする変更が加えられている。

異常出生をめぐる記述の中で、ア「明月ノゴトシ」は、あ「其姿如レ卵」である。光り輝く球形状のものを想起すればよいのであろうか。イ「アヤシキ女子アリ。父母ヨロコビトリカヘシテ」は、い「生二女子一焉。父母取レ之」である。「アヤシキ」は、「ヨロコビテ」が後続することにより、嫌悪すべき異常性を表す語とは受け取りにくい。それとは対照的な珍しく愛ずべき姿かたちを想起させる。

尼僧の異形をめぐる記述の中で注目すべきだと見たのは、ウ「〔ナシ〕」とキ「其形人ニスグレテ、其身女ナリトイヘドモ、カクレタル所ハアリテア、ナシ」である。『霊異記』には、う「頭顎成合。異レ人無レ頤」、き「其体異レ人。無レ閭無レ嫁」とある。ウを欠いてキに「其形人ニスグレテ」とあることにより、異形と言えるのは女性性器を持たないことだけになったと見える。

要するに『三宝絵』の場合、異常出生によって生を享けた愛ずべき女児は、人に勝る容姿の持ち主として成長した。人と異なるのは女性性器を持たないことのみであったということになる。江口孝夫氏は「原典の野性味、奇異性は刈り取られて、一人の女性、すぐれた尼の話になっている」[注13]と評する。それは尊子への配慮による改変と考えることができよう。しかしまた、先に見たケに「聖ノ跡ヲタレ給ヘル」とあったのを考え併せるならば、為憲における聖なる存在の化身、垂迹身はかくあるべしとする化身観、垂迹身観に由来する可能性をも留保すべきかも知れない。

シ「我朝ニモ生タリケル肉団ヲ、古ニナズラヘツベシト、霊異記ニミヘタリ」は、『霊異記』にし「我聖朝所二弾圧一之土。有二是善類一。斯亦奇異之事矣」とある。『霊異記』の「所二弾圧一之土」という他国、他地域に対する卑下とも謙遜ともとれる対比の文言が削られている。空間的な対比が姿を消していると言える。代わって、「古ニナズラヘツベシ」とあり、日本の「中来（中頃）」に起こった尼僧の異常出生を「古」に対比すべしとする文言が付せられる。「古」は、上文のインドの故事の書き出しの「昔仏在世ノ時」に対応する。インドの釈迦がまだ在世中であった時の異常出生の故事に、肥後国の尼僧の場合を対比すべしと言うのである。いわば「古」と「中来」の対比という、時間の次元における対比に置き換えられているのである。

為憲にとっては、他国、他地域はすでに対比すべき相手ではなかったと思われる。中巻の序文に「抑天竺ハ仏ノアラハレテ説給シ境、震旦ハ法ノ伝テヒロマレル国也。コノ二所ヲ聞ニ、仏ノ法漸アハデニタルベシ」とある。仏教の起ったインドや、仏教を受け伝えた中国では、すでに仏教は衰退していたというのであり、それらの国や地域は、釈迦在世中のインドはさておいて、もはや対比すべき相手ではなかった。インドや中国における仏教の衰退という認識は『霊異記』にはない。では「我朝」はどうか。同じく中巻の序文に「アナタウト、仏法東ニナガレテサカリニ我国ニトヾマリ、アトヲタレタル聖昔オホクアラハレ、道ヲヒロメ給君、今ニアヒツギ給ヘリ」とある。仏教が伝わり栄えている唯一の地、それが自国であるという認識である。[注14] こうした認識も『霊異記』にはなかった。仏教が伝わり栄えている唯一の地が日本であるという認識に立つならば、『霊異記』の「所㆓弾圧㆒之士」という卑下とも見える文言は相応しくないものとなる。

この序文には、「アトヲタレタル聖昔オホクアラハレ」とある。異常出生によって生を享けた肥後国の尼僧も、その一人に数えられたに違いなかろうし、彼女の出生は、釈迦のいまだ在世中のインドの故事に比すべきこととして、慶賀の限りを尽くしてもなお足りないこととされたのであろう。要するに、他国や他地域における仏教の衰退という認識の有無が、肥後国の尼僧に対する評価の持つ意味に異なり生じさせたと思われるのである。『霊異記』においては、尼僧の存在が、自国が他国や他地域に劣らぬことを認識するよすがとなっていた。空間的対比と言えよう。それに対して、比較すべき他国や他地域を持たないことによって、『三宝絵』では、尼僧の存在が、自国をインドにおける釈迦の在世中に直接に比べるべき仏教繁栄の地と見るようすがとなっているのである。時間の次元における対比と言えよう。唯一の仏教の栄える現在の日本を作り上げた一人として、尼僧の位置づけは『霊異記』をはるかに凌ぐ高みに至ったことになる。

おわりに

さて『三宝絵』以後に成立した説話集などではどうなるのか。今日、『大日本国法華験記』（長久四年〔一〇四三〕頃成立）、『探要法華験記』（久寿二年〔一一五五〕成立）[注15]、そして『元亨釈書』（元亨元年〔一三二一〕成立）における再録が確認されている。それらとの対比を試みると、すでに指摘されたことであるが、『大日本国法華験記』は『三宝絵』を採取源としており、『探要法華験記』と『元亨釈書』は、『本朝法華験記』を採取源としていると思われる。あるいは、成立の前後からすれば、『元亨釈書』が『探要法華験記』を採取源とした可能性もあるかも知れない。

もはやこれらについて論じる余裕はないが、『大日本国法華験記』にのみ簡単に触れておきたい。『大日本国法華験記』全百二十九話は、菩薩、比丘、沙弥、比丘尼、優婆塞、優婆夷、異類の順に配列されている。[注16]舎利、釈妙、願西の三人の比丘尼の説話は、沙弥の次の第九十八話から第百話に据えられている。しかし肥後国の尼僧の話は格別に法華経の霊験の話柄があるわけでもない。比丘尼の筆頭に据えられているとはいえ、沙弥の次の位置づけであって、『三宝絵』における高い位置づけとは比較にならない。また、第九十八話「比丘尼舎利」では、インドの故事とそれに続く話末の評語が削除されている。こうした削除の結果、肥後国の尼僧の説話は、『三宝絵』における輝きを失ってしまう。それが『探要法華験記』や『元亨釈書』にも継承されたと見えるのである。

薄幸短命だったらしい尊子と同じように、肥後国の尼僧の説話の放った輝きは継承されることのない短期間のものであった。

注

1　筆者が披見した論考は次のとおりである。

益田勝実氏「『日本霊異記』の位置」季刊文学語学五〇号、全国大学国語国文学会、一九六八年一二月刊。

神野志隆光氏「『霊異記』と『三宝絵』をめぐって」国語と国文学五〇巻一〇号、東京大学国語国文学会、一九七三年一〇月刊。

斎藤静隆氏「『日本霊異記』下巻第十九縁についての一考察――上代説話の伝流の可能性――」国学院雑誌八八巻六号、国学院大学、一九八七年六月刊。

多田一臣氏「自土意識をめぐって」同氏著『古代国家の文学――日本霊異記とその周辺――』三弥井書店、一九八八年一月刊。

西口順子氏「日本史上の女性と仏教――女人救済説と女人成仏をめぐって――」国文学解釈と鑑賞五六巻五号、至文堂、一九九一年五月刊。

松本信道氏「『霊異記』下巻十九縁の再検討――その史実と虚構――」駒沢大学文学部研究紀要五三号、駒沢大学文学部、一九九五年三月刊。

永藤靖氏「聖なる病あるいは女性の身体性について――『日本霊異記』下巻・第一九縁をめぐって――」文学季刊八巻四号、岩波書店、一九九七年一〇月刊。

河野貴美子氏「『日本霊異記』下巻第十九縁の考察――大陸の伝承の影響と『霊異記』への編纂過程――」和漢比較文学二二号、和漢比較文学会、一九九九年二月刊。

田中貴子氏「尼と仏教――『日本霊異記』の世界から――」駒沢大学仏教文学研究八号、駒沢大学仏教文学研究所、二〇〇五年三月刊。

松本信道氏「『霊異記』下巻第十九縁補考」駒沢大学仏教文学研究八号、駒沢大学仏教文学研究所、二〇〇五年三月刊。

山本大介氏「『日本霊異記』下巻第十九縁における尼の容貌について――「頭と頚成り合ひ、人に異りて頤無し」という身体をめぐって――」古代学研究所紀要四号、明治大学古代学研究所、二〇〇七年三月刊。

山本大介氏「『日本霊異記』下巻第十九縁と「変成男子」の論理」古代文学四七号、古代文学会、二〇〇八年三月刊。

水口幹記氏「『日本霊異記』下巻第十九縁の構成と成立――「産み生せる肉団の作れる女子」は、なぜ「女子」なのか――」藤女子大学国文学雑誌九一・九二合併号、藤女子大学日本語・日本文学会、二〇一五年三月刊。

2 以下の『霊異記』の引用などは、新日本古典文学大系三〇『日本霊異記』岩波書店、一九九六年一二月刊による。句点など、筆者の私意に依ったところがある。

3 狩谷棭斎『日本霊異記攷証』日本古典全集狩谷棭斎全集二、日本古典全集刊行会、一九二六年一月刊、一五〇頁。

4 中井真孝氏「民衆仏教の群像」同氏著『日本古代の仏教と民衆』評論社、一九七三年九月刊、一六九頁。なお「河東の化主」とは「家原邑知識経願文（医薬王寺旧蔵『大般若経』巻第四二一・四二五・四三〇奥書）」の万福であり、「江淮の化主」とは『唐大和上東征伝』の鑑真であり、「東国の化主」とは『叡山大師伝』の道忠である。

5 以下の『三宝絵』の引用などは、新日本古典文学大系三一『三宝絵・注好選』岩波書店、一九九七年九月刊による。

6 注1の神野志氏の論考。

7 大正新脩大蔵経四六、五九頁下一四行。

8 大正新脩大蔵経三七、三三二頁上二八・二九行。

9 新日本古典文学大系一三『続日本紀』二、岩波書店、一九九〇年九月刊。

10 金谷治訳注『論語』ワイド版岩波文庫、一九九一年一月刊、二一九頁。

11 注9の霊亀二年（七一六）五月庚寅（一五日）条「人能弘道。先哲格言」の脚注。

12 山田孝雄「三宝絵の研究」同氏著『三宝絵略注』所収、宝文館出版、一九五一年一〇月刊、四三九頁。

13 江口孝夫氏校注『三宝絵詞』上、古典文庫六四、現代思潮社、一九八二年一月刊、一八七頁。

14 インドや中国では仏教が衰退し、唯一日本において栄えているとする三国世界観については、拙稿「古代の思想――概説――」（『概説日本思想史』ミネルヴァ書房、二〇〇五年四月刊、一〇頁）を参照されたい。

15 馬淵和夫氏「解説」同氏編『醍醐寺蔵探要法華験記』武蔵野書院、一九八五年一一月刊、二六二頁。

16 井上光貞氏「文献解題――成立と特色――」日本思想大系七『往生伝・法華験記』岩波書店、一九七四年九月刊、七二〇頁。

Ⅳ　記載文学としての歌謡と神話

古事記歌謡論

藤原　享和

一　はじめに

『古事記』所載歌謡の研究史上、いわゆる「独立歌謡論」がエポックを画したことは今更論じるまでもなく、その後の研究者は同論に立脚した上で、歌謡と物語の繋がりあるいは歌謡物語の生成過程などをめぐって様々な角度からのアプローチを試みてきた。それらの研究が当然の前提としているのは、『古事記』の歌謡物語に見える独立歌謡の出自は、『古事記』以前から存在した民謡ないしは宮廷に蓄積された民謡であり、それらの研究を行うことが歌謡物語研究に有効な方法であるということである。その視座は極めて重要である。しかし、成立が古事記を下る文献の中にも、『古事記』以前の歌謡や歌謡に伴う伝承が見いだせる場合もあり、それらの研究を行うこともまた同様になされるべきであるというのが、私が本稿において述べたい事柄である。

この考えを研究史上に明確に位置づけるため、まず独立歌謡論や歌物語と歌謡物語の峻別を述べた後、『古事記』成立以降の文献によっても『古事記』所載歌謡や歌謡物語の分析が有効であることを試論として提示したい。このような構成をとるため、前半部分は一部の読者にはあまりに常識的な内容となるが、ご容赦賜りたい。

二　独立歌謡論以前

契沖が『厚顔抄』に於て「古事記和歌略註」という標題のもとに『古事記』所収の歌の解釈を行ったように、前近代には和歌と歌謡を別々の範疇で捉えるという考え方そのものが存在しなかった上、『古事記』に所載されている歌の作者もそれぞれ両書の所伝どおりと考えられていた。[注1]『古事記』所載の歌謡と地の文の関係は、『伊勢物語』[注2]における歌と地の文の関係に等しく、地の文と歌とを完全に一体のものとして読むことが自明のことであった。ところが、『古事記』の歌を含む物語を読むと、どうしても地の文と歌とが滑らかに繋がらなかったり、歌の意味がよくわからないということがしばしばある。これは『伊勢物語』では起こりえないことである。例えば、

『伊勢物語』第六段「芥川」

むかし男ありけり。女のえ得《う》まじかりけるを、年を経《へ》てよばひわたりけるを、からうじて盗みいでて、いと暗きに来けり。芥河《あくたがは》といふ河を率《ゐ》ていきければ、草の上に置きたりける露《つゆ》を、「かれは何《なに》ぞ」となむ男に問ひける。ゆく先おほく、夜もふけにければ、鬼《おに》ある所ともしらで、神《かみ》さへいといみじう鳴り、雨もいたう降りければ、あばらなる倉《くら》に、女をば奥におし入れて、男、弓、胡簶《やなぐひ》を負ひて、戸口にをり。はや夜《よ》も明けなむと思ひつつゐたりけるに、鬼はや一口《ひとくち》に食ひてけり。「あなや」といひけれど、神鳴《かみな》るさわぎに、え聞か

ざりけり。やうやう夜《よ》も明けゆくに、見れば率《ゐ》て来《こ》し女もなし。足ずりをして泣けどもかひなし。

白玉《しらたま》か何《なに》ぞと人の問ひし時つゆとこたへて消《き》えなましものを

この文章の歌と地の文の間には何らの隙間もない。盗み出した女が「草の上に置きたりける露」を見て「かれは何ぞ」と問うたのに対して、答えることもなく逃げ続けた男が、その女を失ってから、「白玉か何ぞと人の問ひし時」に「つゆとこたへて消えなましものを」と後悔するのである。地の文に「白玉か何ぞ」という部分がないことを以て、この歌は地の文と齟齬をきたしてるなどと考える必要はない。歌に（地の文にない）「白玉か何ぞ」があることによって、地の文で提供されなかった情報が歌で補われる形にさえなっているのである。

オペラのアリアは、例えそのオペラの中の他所に見いだせない語句を含んでいたとしても、そのオペラのために作詞作曲され、そのアリア以外の部分で展開するストーリーを盛り上げ、歌を含む場面を有機的なものにするという機能を持つ。歌が外から持ち込まれたものであるために、そのオペラの中に見えない語を含むのだなどという考えは無意味である。

しかし、『古事記』の物語とその中の歌の関係についてはどうか。例えば、

『古事記』中巻、景行天皇条　倭建命の葬送

是《ここ》に、倭《やまと》に坐《いま》しし后等《きさきたち》と御子等《みこたち》と、諸《もろもろ》下《くだ》り到《いた》りて、御陵《みはか》を作り、即ち其地《そこ》のなづき田《た》を匍匐《はらば》ひ廻《めぐ》りて哭《な》き、歌為《うたよみし》て曰はく、

なづきの田《た》の　稲幹《いながら》に　稲幹《いながら》に　這《は》ひ廻《もとほ》ろふ　野老蔓《ところづら》　（三四番歌）

【那豆岐能多能　伊那賀良邇　伊那賀良邇　波比母登富呂布　登許呂豆良】

是《ここ》に、八尋《やひろ》の白《しろ》ち鳥《とり》と化《な》り、天《あめ》に翔《かけ》りて、浜に向《むか》ひて飛び行《ゆ》きき。爾《しか》くして、其の后と御子等と、其の小《し》

竹《の》の刈杙《かりくひ》に、足を跙《き》り破《やぶ》れども、其の痛みを忘れて、哭《な》き追ひき。此の時に、歌ひて曰はく、

浅小竹原《あさじのはら》　腰泥《こしなづ》む　空《そら》は行《ゆ》かず　足《あし》よ行くな　（三五番歌）

【阿佐士怒波良　許斯那豆牟　蘇良波由賀受　阿斯用由久那】

又、其《そ》の海塩《うしほ》に入《い》りて、なづみ行《ゆ》きし時に、歌ひて曰《い》はく、

海処《うみが》行《ゆ》けば　腰泥《こしなづ》む　大河原《おほかはら》の　植《う》ゑ草《ぐさ》　海処《うみが》は　いさよふ　（三六番歌）

【宇美賀由気婆　許斯那豆牟　意富迦波良能　宇恵具佐　宇美賀波　伊佐用布】

又、飛びて其の礒《いそ》に居《ゐ》し時に、歌ひて曰はく、

浜《はま》つ千鳥《ちとり》　浜よは行《ゆ》かず　礒伝《いそづた》ふ　（三七番歌）

【波麻都知登理　波麻用波由迦受　伊蘇豆多布】

是の四《よ》つの歌は、皆其の御葬《みはぶり》に歌ひき。故《かれ》、今に至るまで、其の歌は、天皇《すめらみこと》の大御葬《おほみはぶり》に歌ふぞ。

故《かれ》、其の国より飛び翔《かけ》り行《ゆ》きて、河内国《かふちのくに》の志幾《しき》に留《とどま》りき。故、其地《そこ》に御陵《みはか》を作りて鎮《しづ》め坐《いま》せき。即《すなは》ち其《そ》の御陵を号《なづ》けて白鳥御陵《しらとりのみささぎ》と謂ふ。然《しか》れども、亦《また》、其地《そこ》より更に天《あめ》に翔《かけ》りて飛び行きき。

（【　】内は歌謡部分の校訂本文。以下同じ）

ここに見える四首の歌は、倭建命の埋葬時の后等や御子等が匍匐って悲しみを表すさま、八尋の白ち鳥と化って飛んで行く倭建命を浅小竹原や海処を通って行きなずみながら追いかける様子、倭建命が飛び去ってしまう直前の様子を詠んだものとして理解できるが、それらの歌詞に何ら葬儀の様子や悲しみの詞句が見いだせない。前近代以来、多くの研究者は地の文と歌詞の「つながりの悪さ」に気づきながら、その「つながりの悪さ」は自分たちが古代に生きて居らず、古代人の感覚がわからないゆえに感じるものであって、『万葉集』等をより深く研

究し、古代人の生活や感情に近づけば解消されるものだと考えてきた。つまり、『古事記』成立時において、『古事記』の歌と地の文は『伊勢物語』におけるそれらと同じように、全く違和感なく繋がっていたが、後世の人間である自分たちが古代の生活感覚や考え方から遠く離れてしまっているため、つながりを理解するのが難しくなっているだけで、古代を知れば『古事記』の歌と地の文のつながりは違和感なく理解できるはずだということである。

橘守部は、三五～三七番歌が歌として整った形式をとっていないことを「幼稚《ヲサナキ》御子《ミコ》等《タチ》の御口つきなり。（中略）此物はかなげなる御口つきに、幼き御子達《ミコタチ》の、左右《カニカク》たどり坐《シ》けん御面影さへ、目に浮ぶこゝちせられて、中ゝにおいらかなる歌よりも、こよなうあはれの深く、涙もこぼるゝばかりなり。[注3]」と説明している。一九世紀半ばにおいては歌の形式もあくまで地の文（『古事記』の所伝）と一体のものとして整合性を以て説明されるのである。『古事記』における地の文と歌の関係は『伊勢物語』のそれと疑いもなく同じとされていた。

しかし、その関係に対して本質的な疑問が二〇世紀に入ってから提起されるに至った。大正年間に土居光知は、「記紀の歌謡の多数が個人の歌でなく、民間詩であつた[注4]」と指摘し、地の文と歌謡の成立が別個であることを見抜き、高木市之助は「歌を（中略）記紀の所伝（中略）から解放し、単なる一個の歌謡として眺める[注5]」ことが重要で、「歌を伝説から解放してはじめて真にその民謡性を認識し得る[注6]」と述べ、『古事記』の歌を、『古事記』から完全に切り離して民謡として見ることの重要性を指摘した。その後、土橋寛は『古事記』の歌謡（広義の物語歌）を独立歌謡（「古代の歌謡が物語に結びつけて取り入れられ[注7]」たもの）と狭義の物語歌（「初めから作中人物の歌として、物語の述作者によって作られた『物語歌[注8]』」）に分類し、「『独立歌謡』と狭義の『物語歌』とを、記紀の歌の『実体』と呼ぶことにし[注9]」た。そして「物語から切り離すべきもの（独立歌謡）は切り離し、切り離すべからざるもの（狭義の物語歌）は切り離さないで、歌の実体に即してそれを研究対象にすることが、古代歌謡研究の唯一の立場である、と私は考える」[注10]と述べている。

土居光知、高木市之助、土橋寛等の研究以降、『古事記』における地の文と歌の関係についての認識が根本的に改められ、歌を『古事記』の所伝と切り離し、独立した歌謡として研究するという立場をとる研究者が多数を占めるに至った。

このように『伊勢物語』と『古事記』では、歌と物語の結びつきに根本的な違いがあることが明らかになったが、その後もなお全てが「歌物語」という呼称で括られていた。一九七八年になって漸く神野志隆光によって後者を「歌謡物語」と呼んで区別することが提唱され[注11]、現在はそれらが術語として定着している。

三　独立歌謡論

さて、このように『伊勢物語』における歌と地の文の結びつきと、『古事記』におけるそれらの結びつきに根本的な違いがあることがあることが明らかになってから、『古事記』所載歌謡の研究は独自の展開を遂げた。すなわち、『古事記』の物語中の独立歌謡については、前後の地の文（所伝）と完全な整合性を以て歌を解釈することが研究の最終目標ではなくなった。

土橋寛は「古代歌謡の研究において、研究の対象とすべきものは、まず実体としての独立歌謡であり、広義の物語歌はそのための資料にすぎない。つまり記紀の歌（広義の物語歌）を資料として、実体としての独立歌謡を研究対象にするわけである」[注12]と述べたが、『古事記』所載歌を一旦『古事記』の所伝から切り離して独立歌謡として研究し、その成果を『古事記』の物語と所載歌の分析に還元することが、『古事記』の歌謡と物語の解明に、従前とは異なる次元の成果をもたらした。

例えば、先ほど例に掲げた『古事記』中巻、景行天皇条倭建命の葬送の場面の歌謡について橘守部は、

「靡《ナビ》きつく辺りの田里の稲幹《イナガラ》に、薢蔓《トコロヅラ》の延《ハ》ひ繞《マト》ひたるを見たるが、其如《ノ》くに、妻子等《ツマコラ》あまた靡附《キ》、取《リ》つきすがりて、哭《ネ》に泣つゝ問奉《ヒ》れども、言も告《ノラ》さずなりましつるが、悲しさよ[注13]」（三四番歌）

「吾等は白智鳥の如く虚空《ソラ》は得行《エ》ず、徒歩《カチ》にて行《ユ》けば、小竹原《シノハラ》に煩《ナヅミ》 滞《トヾコホリ》て、得追及《エオヒシカ》ぬよ[注14]」（三五番歌）

「海中《ウミナカ》を追行《ヒ》むとすれば、腰《コシ》まで潮《ウシホ》に没漬《イリツカ》りて、彼《ノ》大河原の水草どもの、浪にゆられていさよふ如く、吾等も海水《ウシホ》の中に立て、いさよはるゝよ[注15]」（三六番歌）

「浜つ智鳥よ、（割注略）追《ヒ》行安き、浜の方には往《カ》ずして、（割注略）あやにくに追及《オヒツキ》がたき、礒より礒に伝ひ給ふよ[注16]」（三七番歌）

と、あくまでも『古事記』の所伝と歌とを一体のものとした研究の中で、所伝と歌との間に矛盾のない解釈を提示した。

しかし、これらの歌を独立歌謡として研究することが進んでからは、歌謡そのものの研究が、当該歌謡を含む『古事記』の物語やそれを形成する古代の思想や民俗を明らかにすることに繋がることさえ出てきたのである。

例えば、居駒永幸は、三四〜三七番歌に歌われている「なづきの田」、「浅小竹原」、「海処」、「磯」がそれぞれ「行き難い場所」であり「境界の場所」であると見、「この共通した行き難さの表現は、死者を追い行くことをうたう葬歌のあり方を示すもの」であり、「他界との境界の場所であるゆえに、そこが行きなづむ場所としてうたわれる」と分析した。そして、南島歌謡（「大宜見村城の『祝女葬式のおもい』」）や南ポリネシアの葬歌（「一

七七〇年頃、南ポリネシアのマンガイアの酋長の甥ヴェラが死んだ時、その葬式でうたわれたという」もの）にも共通した「境界の表現」を見出し、倭建命の葬歌にも通じる葬歌の様式を抽出することに成功した。[注17]このような知見は歌を『古事記』の所伝から切り離して歌謡の様式を分析することによってはじめて得られるものであり、その知見が歌を含む『古事記』の物語の研究に還元されるのである。

四　『琴歌譜』一番歌と『古事記』九四番歌

『古事記』の物語中の独立歌謡を所伝と切り離して研究し、その成果を『古事記』の物語と歌謡の分析に還元することによって新たな知見を得るという方法は、歌謡物語に組み込まれる以前の段階の歌の研究成果を歌謡物語の分析に用いるということである。この方法による『古事記』の歌謡物語の研究は『古事記』を同時代的にのみ分析するといういわば「常識的な」方法では絶対に見いだせない成果を生み出した。

このことは、土居光知、高木市之助、土橋寛の研究から既に長い年月を経た現在では、特に目新しいことではなく、むしろこの分野の研究を志す者が最初に学ぶ理論、つまり斯界の常識である。

私が本論の前半に敢えてこのことを記したのは、「一　はじめに」にも記したように『古事記』の歌謡物語の分析に『古事記』以前の段階の歌謡の研究がもたらす成果の反対に、『古事記』以降の文献の分析が寄与する場合もあるということを闡明したかったからである。

『古事記』の歌謡物語の分析に、『古事記』以降の文献が有効である場合があるなどと述べると、多くの研究者は訝しく感じられるであろう。ご叱正を覚悟の上で、以下に小見を提示したい。

私が『古事記』以降の文献として採り上げるのは『琴歌譜』である。『琴歌譜』は近衛家蔵本の中から一九二四年に佐佐木幸綱によって写本が発見された楽書であり、現在は京都市右京区の陽明文庫に所蔵されている。

発見された写本には、

写　天元四年十月廿一日

の奥書があり、一〇世紀後半（天元四年は九八一年）のものであることがわかる。原本やこのほかの写本は発見されておらず、『琴歌譜』自体の成立時期は特定できないが、「原本は弘仁年間（八一〇—八二四）頃の成立かとみられる[注18]」。

二二首の歌謡が収められているが、その多くは和琴の譜を伴って記されており、『古事記』・『日本書紀』・『続日本紀』歌謡との類歌も七首含まれるため、上代の文献に記された歌謡が平安朝に和琴の伴奏を伴って実際にうたわれていたことを示す貴重な史料と言える。

『琴歌譜』には歌曲名、万葉仮名による歌詞、和琴の譜のほか、その歌についての「縁記」が記されているものがあるが、私が特に注目するのは歌と縁記の関係である。

『琴歌譜』の歌と縁記の関係は、『古事記』における歌と物語の関係に相当するが、『琴歌譜』には一首の歌に対して二種類の縁記を記した上で、片方の縁記を明確に否定しているものがある。しかも、否定された方の縁記は『古事記』からの引用なのである。

それでは、具体的に検討を行う。

『古事記』九四番歌は『琴歌譜』の一番歌とほぼ同じ歌である。まず、『古事記』九四番歌を所伝とともに掲げる。

『古事記』下巻、雄略天皇条　引田部赤猪子

天皇《すめらみこと》遊《あそ》び行《あり》きて、美和河《みわがは》に到《いた》りし時に、河《かは》の辺《へ》に衣《きぬ》を洗ふ童女《をとめ》有《あ》り。其《そ》の容姿《かたち》、甚麗《いとうるは》し。天皇、其の童女を問ひしく、「汝《なむち》は、誰《た》が子《こ》ぞ」ととひき。答へて白《まを》ししく、「己《おの》が名は、引田部赤猪子《ひけたべのあかゐこ》と謂《い》ふ」とまをしき。爾《しか》くして、詔《のりたま》はしむらく、「汝《なむち》は、夫《を》に嫁《あ》はずあれ。今喚《め》してむ」とのりたまはしめて、宮に還《かへ》り坐《ま》しき。故《かれ》、其の赤猪子《あかゐこ》、天皇の命《みこと》を仰《あふ》ぎ待《ま》ちて、既《すで》に八十歳《やそとせ》を経《へ》ぬ。是《ここ》に、赤猪子が以為《おも》はく、「命《みこと》を望《ねが》ひつる間《あひだ》に、已《すで》に多《あま》たの年を経《へ》ぬ。姿体《かたち》、痩《や》せ萎《しな》えて、更《さら》に恃《たの》む所無《ところな》し。然《しか》れども、待ちつる情《こころ》を顕《あらは》すに非《あら》ずは、悒《いふせ》きに忍《た》へじ」とおもひて、百取《ももとり》の机代《つくえしろ》の物を持たしめて、参《ま》ゐ出《い》でて貢献《たてまつ》りき。然《しか》れども、天皇、既に先に命《おほせたま》へる事を忘れて、其の赤猪子を問ひて曰《い》ひしく、「汝《なむち》は、誰《た》が老女《おみな》ぞ。何《なに》の由《ゆゑ》にか参《ま》ゐ来《き》つる」といひき。爾《しか》くして、赤猪子《あかゐこ》が答へて白《まを》ししく、「其《それ》の年其《それ》の月、天皇《すめらみこと》の命《みこと》を被《かがふ》りて、大命《おほみこと》を仰《あふ》ぎ待ちて、今《け》日《ふ》に至るまで、八十歳《やそとせ》を経《へ》ぬ。今は容姿《かたち》既に耆《お》いて、更《さら》に恃《たの》む所無《ところな》し。然《しか》れども、己《おの》が志《こころざし》を顕《あらは》し白《まを》さむとして参《ま》ゐ出《い》でつらくのみ」とまをしき。是《ここ》に、天皇、大《おほ》きに驚《おどろ》きて、「吾《あれ》は、既に先《さき》の事を忘れたり。然《しか》れども、汝《なむち》が志《こころざし》を守《まも》り、命《みこと》を待ちて、徒《いたづ》らに盛《さか》りの年を過《すぐ》しつること、是甚愛《これいとうつく》しく悲《かな》し」と、心の裏《うち》に婚《あ》はむと欲《おも》へども、其《その》の亟《きは》めて老いて、婚《あひ》を成すこと得ぬことを悼《いた》みて、御歌《みうた》を賜《たま》ひき。其の歌に曰《い》はく、

御諸《みもろ》の　厳白檮《いつかし》が下《もと》　白檮《かし》が下《もと》　忌々《ゆゆ》しきかも　白檮原童女《かしはらをとめ》　（九二番歌）

【美母呂能　伊都加斯賀母登　加斯賀母登　由々斯伎加母　加志波良袁登売】

又歌ひて曰《い》はく、

引田《ひけた》の　若栗栖原《わかくるすばら》　若くへに　率寝《ゐね》てましもの　老いにけるかも　（九三番歌）

【比気多能　和加久流須婆良　和加久閉爾　韋禰弖麻斯母能　淤伊爾祁流加母】

爾《しか》くして、赤猪子《あかゐこ》が泣く涙《なみた》、悉《ことごと》に其《そ》の服《き》たる丹揩《にずり》の袖《そで》を湿《ぬら》しき。其の大御歌《おほみうた》に答《こた》へて、歌ひて曰はく、

御諸《みもろ》に　築《つ》くや玉垣《たまかき》　つき余《あま》し　誰《た》にかも依《よ》らむ　神《かみ》の宮人《みやひと》　（九四番歌）

【美母呂爾　都久夜多麻加岐　都岐阿麻斯　多爾加母余良牟　加微能美夜比登】

又、歌ひて曰はく、

日下江《くさかえ》の　入江《いりえ》の蓮《はちす》　花蓮《はなばちす》　身《み》の盛《さか》り人《びと》　羨《とも》しきろかも　（九五番歌）

【久佐迦延能　伊理延能波知須　波那婆知須　微能佐加理毘登　々母志岐呂加母】

爾《しか》くして、多《あま》たの禄《たまひもの》を其《そ》の老女《おみな》に給《たま》ひて、返《かへ》し遣《や》りき。

次に、『琴歌譜』一番歌を縁記とともに掲げる。

（原文）

茲都歌　〔美望呂尓都久也多麻可吉都安万須多尓可毛与良牟可美乃美也碑等〕

（譜付き歌謡部分省略）

右古事記云大長谷若建命坐長谷朝倉宮治天下之時遊行美和河之時辺有洗衣童女其容姿甚麗天皇問其童女汝者誰子答白己•名謂引田赤猪子天皇詔汝不嫁夫今将召故其女仰待天皇之命既経八十歳天皇已忘先事徒過盛年而賜歌云時赤猪子之涙泣悉湿其所服之丹摺袖答其大御歌而詠此歌者此縁記与歌異也

一説云弥麻貴入日子天皇ゝ子巻向玉城宮御宇伊久米入日子伊佐知天皇与妹豊次入日女命登於大神美望呂山拝祭神前作歌者此縁記似正説

（〔　〕内は小字二行割注形式、以下同じ）•＝原文「已」に作る。文意により改める。

（訓読文）

しづ歌

御諸《みもろ》に　築《つ》くや玉垣《たまがき》　斎《つ》き余《あま》す　誰《た》にかも依《よ》らむ　神《かみ》の宮人《みやひと》

（譜付き歌謡部分省略）

縁記甲

右、古事記に云はく、大長谷若建命、長谷の朝倉宮に坐しまして、天の下治らしめしし時、美和河に遊行しし時、辺に衣洗へる童女有りき。其の容姿甚麗しかりき。天皇其の童女に問ひたまひしく、「汝は誰が子ぞ。」と。答へ白ししく、「己が名は引田の赤猪子と謂ふ。」とまをしき。天皇詔らししく、「汝は夫に嫁はざれ。今召してむ。」と詔らしき。故、其の女、天皇の命を仰ぎ待ちて、既に八十歳を経き。天皇已に先の事を忘れつ。徒に盛りの年を過ぎき。而て歌を賜ひて云ひたまふ。時に赤猪子の泣く涙、悉に其の服せる丹摺の袖を湿らしつ。其の大御歌に答へて此の歌を詠むといへり。此の縁記と歌異なる也。

縁記乙

一説に云はく、弥麻貴入日子天皇の皇子、巻向玉城宮に天の下治らしめしし伊久米入日子伊佐知天皇と妹豊次入日女命、大神の見望呂山に登りまして神前を拝み祭りて作る歌といへり。此縁記正説に似たり。（あるいは、「正説のごとし。」）

（訓読文）の歌曲名及び歌部分は、土橋寛・小西甚一校注『日本古典文学大系　3　古代歌謡集』一九五七年、岩波書店、四六〇頁（一九八三年、第二七刷による）によった。当該部分の校注者は小西甚一である。縁記部分は藤原が書き下した。「縁記甲」、「縁記乙」の名称は藤原が便宜上附したものである。

『古事記』の九四番歌と『琴歌譜』一番歌の異同は表1のa～fの通りである。

表1で述べた、『古事記』の九四番歌と『琴歌譜』一番歌の明確な歌詞の差である「つきあまし」（『古事記』）

表1　『古事記』と『琴歌譜』の異同[注19]

	a		b・c	d	e	f
・『古事記』	美母呂爾	都久夜多麻加岐	都岐阿麻斯		多爾加母余良牟	加微能美夜比登
・『琴歌譜』①	美望呂　尒	都久也多麻可吉	都　安万須		多尒可毛与良牟	可美乃美也碑等
・『琴歌譜』②	美望呂止迩	都久夜多麻可吉	都吉阿麻須	伊与		
			都吉阿麻須	伊余		
			都吉阿麻須	伊余		
			都吉阿麻須	伊余		
			都吉阿麻須	伊余		
			都吉阿麻須	伊余		

（凡例）

『琴歌譜』①は歌曲名の下に小字二行割で書かれている歌詞。

『琴歌譜』②は譜付き歌謡部分（本稿では紙幅の関係上掲げていない）に書かれている歌詞。


（異同）

a、『琴歌譜』②にのみ「止」が入っている。

b、『琴歌譜』①にのみ「岐（吉）」がない。

c、『古事記』では「阿麻斯」であるが、『琴歌譜』では①、②いずれも「安万（阿麻）須」である。

d、『琴歌譜』②にのみ「伊与（余）」が入り、第三句及び「伊与（余）」が六回繰り返される。

e、『琴歌譜』②では第四句以下が記されていない。

f、『古事記』では「微」で乙類の仮名であるが、『琴歌譜』①では「美」で甲類の仮名である。


このように、『古事記』、『琴歌譜』①、『琴歌譜』②の間にはそれぞれいくつかの違いが存在するが、明確に『古事記』と『琴歌譜』の差と認められるものは、c、即ち第三句の「つきあまし」（『古事記』）と「つきあます」（『琴歌譜』）の違いである。その他は『琴歌譜』①、②間でも差があるものである。fは仮名の甲乙の差であるが、『琴歌譜』では既に「コ」以外の特殊仮名遣いは崩れていると見られるので[注20]、特に歌詞の違いとして意識する必要はないと思われる。

と「つきあます」（『琴歌譜』）も、これらの歌の本質に関わるような差ではないと考えられる。なぜなら、『琴歌譜』一番歌の譜付き歌謡部分は第四句以下がなく、第三句「都吉阿麻須《つきあます》」の後に「伊与《いよ》」という囃子詞であろう歌詞が入り、「都吉阿麻須《つきあます》　伊与《いよ》」が六回繰り返されて歌が終わる形になっているため、『古事記』九四番歌の第三句のように「都岐阿麻斯《つきあまし》　多爾加母余良牟《たにかもよらむ》」と第四句以下に続く形になっていないためにすぎないと考えられるからである。もっとも、『琴歌譜』一番歌も歌曲名の下に小字二行割で書かれている歌詞の方は第五句まで揃っているが、「都安万須《つあます》」（「き」が抜けているのはおそらく脱字）となっている。実際に歌われる歌詞である譜付き歌謡部分の「都吉阿麻須《つきあます》」にあわせて「都安万須《つあます》」（「き」が抜けているのはおそらく脱字）と表記されたものと考えられる。

さて、それではまず、『古事記』九四番歌を『古事記』の所伝に添った解釈を提示する。

九四番歌を含む歌謡物語は、雄略天皇が美和河の辺で出会った童女（引田部赤猪子）に対し、今に喚すから他に嫁ぐな、と言い残して長い年月放置したため、待ち続けて老女になった赤猪子がその情をあらわすために参内したところ、天皇は先の事実を忘れており、もはや交わりをなすことができないことを悲しんだ歌を贈り、それに対して赤猪子が返歌をし、天皇は多くの禄を与えて赤猪子を帰したという構成になっている。

このような歌謡物語の構成の中で九四番歌、

御諸に　築くや玉垣　つき余し　誰にかも依らむ　神の宮人　（九四番歌）

【美母呂爾　都久夜多麻加岐　都岐阿麻斯　多爾加母余良牟　加微能美夜比登】

はどのように解釈されるべきか。

「古代において『垣』の中は神の来臨の場所であり、『垣』は神聖な場所を外界から区別する結界であった。

また、『垣』を描くことや表現の中に『垣』を取り込むことは、『垣』そのものの描写というよりも、その『垣』の中に来臨する神や居住する天皇、皇太子、あるいはその宮殿など至高なものを象徴的に表現する手段であった。[注21]」ことを考えると、

（赤猪子が）来臨する神（である天皇）を待ち続け、（長年月）待ち続けすぎて（年老い）、もう神（である天皇）の来臨は望めなくなってしまった。この先誰に頼って生きていけばよいのでしょうか、神（である天皇）を待ち続けた私は。

ということになろう。

『琴歌譜』一番歌の縁記甲は冒頭に「右古事記云」と記す通り『古事記』の物語の要約となっており、この縁記とともにある歌の解釈は『古事記』歌謡物語中の九四番歌の解釈と異なるところはない。

しかし、『琴歌譜』一番歌を縁記乙とともに解釈すると、様相は全く異なってくる。

まず、縁記乙の内容を検討する。

縁記乙は、

一説にいうには、弥麻貴入日子天皇（崇神天皇）の皇子で、巻向玉城宮で天下を治めていらっしゃる伊久米入日子伊佐知天皇（垂仁天皇）と、その妹の豊次入日女命が、大神の見望呂山にお登りになって神前を拝祭してお作りになった歌という次第である。此の縁記は正しい説のようである。

という意になるが、これは『古事記』や縁記甲の内容とは全く異なり、『古事記』、『日本書紀』、『万葉集』、『古語拾遺』はじめ現存する古代史料にも管見の限り全く見えない伝承である。一見、「垂仁天皇とその妹がみもろ山で神を拝んで詠んだ」というだけの何の変哲もない短い伝承と思えるかも知れない。しかし、縁記乙の登場人

物や場所を詳しく検討すると、歌の解釈にとって重要な要素が内包されていることが見えてくるのである。

第一に弥麻貴入日子天皇（崇神天皇）代の歴史的背景を「崇神記」、「崇神紀」によって見てみたい。

1、御真木入日子印恵命《みまきいりびこいにゑのみこと》、師木《しき》の水垣宮《みづかきのみや》に坐《いま》して、天《あめ》の下《した》を治《をさ》めき。此の天皇《すめらみこと》、（中略）生みし御子《みこ》は、（中略）豊鉏入日売命《とよすきいりびめのみこと》（中略）沼名木之入日売命《ぬなきのいりびめのみこと》（中略）伊玖米入日子伊沙知命《いくめいりびこいさちのみこと》（中略）妹豊鉏比売命《いもとよすきひめのみこと》は、〔伊勢大神の宮を拝み祭りき。〕（「崇神記」）

2、此の天皇の御世《みよ》に、役病《えやみ》多《あま》た起《おこ》りて、人民《おほみたから》尽《つ》きむと為《し》き。爾《しか》くして、天皇の愁《うれ》へ歎《なげ》きて神牀《かむどこ》に坐《いま》しし夜《よ》に、大物主大神《おほものぬしのおほかみ》、御夢《みいめ》に顕《あらは》れて曰《い》ひしく、「是《これ》は我《わ》が御心《みこころ》ぞ。故《かれ》、意富多々泥古《おほたたねこ》を以《もち》て、我《あ》が前《まへ》を祭らしめば、神の気《け》、起《おこ》らず、国も、亦《また》、安《やす》らけく平《たひ》らけくあらむ」といひき。（中略）即《すなは》ち意富多々泥古命《おほたたねこのみこと》を以《もち》て、神主《かむぬし》と為《し》て、御諸山《みもろのやま》にして、意富美和之大神《おほみわのおほかみ》の前《まへ》を拝《をろが》み祭《まつ》りき。（中略）此《これ》に因《よ》りて、役《え》の気《け》、悉く息《や》み、国家《くに》、安《やす》らけく平《たひら》けし。（「崇神記」）

3、御間城入彦五十瓊殖天皇は、（中略）豊鍬入姫命《とよすきいりびめのみこと》を生《う》む。（中略）渟名城入姫命《ぬなきのいりびめのみこと》を生《う》む。（中略）五年に、国内《くぬち》に疾疫多《えやみおほ》く、民死亡者《おほみたからまかれるひと》有《あ》りて、且大半《なかばにす》ぎなむとす。六年に、百姓《おほみたから》流離《さすら》へ、或《ある》いは背叛《そむくもの》有り。（中略）是《これ》より先《さき》に、天照大神《あまてらすおほみかみ》・倭大国魂二神《やまとのおほくにたまふたはしらのかみ》を並《なら》びに天皇《すめらみこと》の大殿《おほとの》の内《うち》に祭《まつ》る。然《しか》るに其《そ》の神の勢《みいきほひ》を畏《おそ》り、共《とも》に住《す》みたまふこと安《やす》からず。故《かれ》、天照大神を以ちて豊鍬入姫命《とよすきいりびめのみこと》に託《つ》け、倭《やまと》の笠縫邑《かさぬひのむら》に祭り、（中略）亦日本大国魂神《またやまとのおほくにたまのかみ》を以ちて渟名城入姫命《ぬなきのいりびめのみこと》に託け祭らしむ。然《しか》るに渟名城入姫、髪落《かみお》ち体痩《みや》せて祭ること能《あた》はず。（「崇神紀」）

4、（崇神天皇が、災いが続くので神意を占い問うたところ）「天皇、何《なに》ぞ国の治《をさま》らざることを憂《うれ》へたまふや。若《も》し能《よ》く我《われ》を敬《ゐやま》ひ祭《まつ》りたまはば、必当《かなら》ず自平《たひら》ぎなむ」とのたまふ。天皇問ひて曰《のたま》はく、「如此《かく》教《のたま》ふは誰《いづれ》の神ぞ」とのたまふ。答へて曰《のたま》はく、「我《われ》は是倭国《これやまとのくに》の域《さかひ》の内に居《を》る神、名を大物主神《おほものぬしのかみ》と為《い》ふ」とのたまふ。時に、神語《かむごと》を得《え》て教《をしへ》の随《まま》に祭祀《いはひまつ》る。然《しか》れども猶《なほ》し事《こと》に験無《しるしな》し。（中略）夢《みいめ》に一貴人《ひとりのうまひと》有《あ》り。殿戸《とのと》に対《むか》ひ立ち、自《みづか》ら大物主神《おほものぬしのかみ》と称《なの》りて曰《のたま》はく、「（中略）若《も》し吾《わ》が児《こ》大田田根子《おほたたねこ》を以《も》ちて吾《われ》を祭《まつ》らしめたまはば、立《たちどころ》に平《たひら》ぎなむ。（中略）大田田根子命を以ちて大物主大神を祭《まつ》る主《かむぬし》と為《な》し、亦市磯長尾市《またいちしのながをち》を以ちて倭大国魂神《やまとのおほくにたまのかみ》を祭る主と為せば、必ず天下太平《あめのしたたひら》ぎなむ。（中略）天皇（中略）大田田根子に問ひて曰《のたま》はく、「汝《いまし》は其《そ》れ誰《た》が子ぞ。」とのたまふ。対《こた》へて曰《まを》さく、「父《ちち》を大物主大神と曰《まを》し、母《はは》を活玉依媛《いくたまよりびめ》と曰《まを》す。陶津耳《すゑつみみ》が女《むすめ》なり」とまをす。（中略）即《すなは》ち大田田根子《おほたたねこ》を以ちて大物主大神《おほものぬしのおほかみ》を祭《まつ》る主《かむぬし》とし、又長尾市《またながをち》を以ちて倭大国魂神《やまとのおほくにたまのかみ》を祭る主としたまふ。（中略）是《ここ》に、疫病《えやみ》始めて息《や》み、国内《くぬち》漸《やくやく》に謐《しづま》り、五穀《いつつのたなつもの》既《すで》に成《みの》りて、百姓饒《おほみたからにぎは》ひぬ。（中略）所謂大田田根子《いはゆるおほたたねこ》は、今の三輪君等《みわのきみら》が始祖《はじめのおや》なり。（「崇神紀」）

5、〔倭直《やまとのあたひ》が祖長尾市《ながをち》〕（「垂仁紀」三年三月条割注）
倭直《やまとのあたひ》が祖長尾市《おやながをち》（「垂仁紀」七年七月七日条）

1～5の記事よりわかることの要点は以下の通りである。

1、御真木入日子印恵命（崇神天皇）の子が豊鉏入日売命、沼名木之入日売命、伊玖米入日子伊沙知命（垂仁天皇）であり、豊鉏比売命（豊鉏入日売命）は伊勢大神の宮を奉祭した。

2、崇神天皇代に、疫病が流行し死人がたくさん出た。天皇が神託を受けるために神床で寝ると、夢に現れた大物主大神（三輪山の祭神）が、自分の奉祭者に意富多々泥古を充てれば神の祟りの病は起こらず平穏になるだろうと告げたので、御諸山でそのようにしたところ、疫病はおさまり、国も平穏になった。

3、右の1、2に加えて、天皇の同殿に祭っていた天照大神を豊鍬入姫命に託け、日本大国魂神（倭大国魂神）

を渟名城入姫命に託けて祭らせたところ、渟名城入姫命は髪が落ち、痩せ衰えて祭ることができなかった。

4、天皇は大物主神の託宣した通りに神祭りを行ったが災いが止まなかった。大物主神の子である大田田根子を祭主として大物主神を祭らせ、市磯長尾市を祭主として倭大国魂神を祭らせれば国は平穏になる、との夢で見た大物主神の託宣の通りにしたところ、疫病がおさまり、国が平穏になって、豊作となった。大田田根子は三輪氏の祖先である。

5、市磯長尾市は倭直の祖先である。

まず、『琴歌譜』一番歌縁記乙の登場人物の系譜、つまり弥麻貴入日子天皇（崇神天皇）の子が伊久米入日子伊佐知天皇（垂仁天皇）と豊次入日女命であるということ、は1（「崇神記」）の記述と一致している。

そして、豊鉏入日売命は「（伊勢大神の宮を拝み祭）」（1）り、「天皇の大殿の内に祭（っていた）天照大神（を託されて）倭の笠縫邑に祭」（3）った人物である。

また、豊鉏入日売命の妹が沼名木之入日売命である（1）が、天照大神とともに「天皇の大殿の内に祭（っていた）日本大国魂神（を託された渟名城入姫命は）髪落ち体痩せて祭ること能はず」（3）という状態になった。

崇神天皇代に「役病多た起りて、人民尽きむと為」（2）たときに、崇神天皇の夢に現れた大物主大神が、「是は我が御心ぞ。故、意富多々泥古を以て、我が前を祭らしめば、神の気、起らず、国も、亦、安らけく平らけくあらむ」（2）、「大田々根子命を以ちて大物主大神を祭る主と為し、亦市磯長尾市を以ちて倭大国魂神を祭る主と為せば、必ず天下太平ぎなむ」（4）と託宣し、天皇がその通りにすると「疫病始めて息み、国内漸に謐り、五穀既に成りて、百姓饒ひぬ」（4）という状態になった。

「父を大物主大神と曰し、母を活玉依媛と曰す」（4）、「大田田根子は、今の三輪君等が始祖なり」（4）、「倭直が祖長尾市」(5)と見え、大田田根子は大物主大神の子であり、三輪君の祖先、市磯長尾市は倭の直の祖先である。「崇神記」、「崇神紀」の記事を見ると、天皇が神祭りに非常に苦悩している様子がよくわかる。同じ崇神天皇の女でありながら天照大神は豊鍬入姫命が奉祭できるのに日本大国魂神は渟名城入姫命に奉祭させようとすると姫は髪が落ちて痩せ衰えるのである。つまり、天皇家の祖先神は天皇家の女が祭ることができるが、倭の国の魂であり大地主神の性格を持つ神である日本大国魂神（『大倭神社註進状』に「倭大国魂神者。大己貴神之荒魂。与㆓和魂㆒戮㆑力一㆑心。経㆓営天下之地㆒。建㆓得大造之績㆒。在㆓大倭豊秋津国㆒守㆓国家㆒。因以号曰㆓倭大国魂神㆒。亦曰㆓大地主神㆒。」と見える）は天皇家の女の奉祭を拒否するのである。それまで天皇と同殿に奉祭されていたのに、倭の国魂である神は皇族女性の奉祭を拒むのである。崇神朝ではまた、三輪の大物主大神が疫病を流行らせ、大物主大神は自らの子であり三輪君の祖先である大田田根子に祭らせ倭大国魂神は倭の直の祖先である市磯長尾市に祭らせよという神託が下り、その通りにしたところ疫病はおさまった。渟名城入姫命の奉祭を拒んだ倭大国魂神は三輪の君の祖先の奉祭を望んでいたのである。

大物主大神や倭大国魂神のような土着の神は天皇家の神祭りを拒否し、天皇は対処に苦悩する。そして神託の通り大物主大神は皇族ではなく三輪の君の祖先に、倭大国魂神も同じく皇族ではなく倭の直の祖先である市磯長尾市に祭られることによって事態は終熄するのである。土着の神が天皇家の奉祭を拒んだのが崇神朝の神祭りの特徴である。

そのことを踏まえて『琴歌譜』一番歌縁記乙を改めて検討すると、神祭りに苦悩した崇神天皇の子である伊久米入日子伊佐知天皇（垂仁天皇）と豊次入日女命（天照大神を奉祭）が、大神の見望呂山（三輪山）に登って神前を拝んで作った歌となっていることの重要な意味に気づく。この状況で「誰にかも依らむ　神の宮人」の意味するところをは、「神祭りを誰にさせればよいのか」ということになろう。つまり、これは疫病の流行に困った天皇家が、自分たち一族の奉祭を拒否する三輪の神に対して、その神祭りを誰に担わせればよいのかをうかがう歌となるのである。

以上のことをふまえて、当該歌の縁記乙にもとづく解釈を示すと左の通りとなる。

三輪山に玉垣を築いて神を祭るが、祭りきれない。誰に依ろうか、神の宮人を（三輪の神祭りは誰に依るべきか教えてください）

そこで、大田田根子と市磯長尾市、つまり三輪の君の祖先と倭の直の祖先（それらはとりもなおさず三輪や倭の土着の氏族）が神祭りの適任者として示されるということは、天皇家による神祭りが倭の土着の神に拒否されるということである。

いわゆる「闕史八代」を架空とみたとしても実在とみたとしても、ミマキイリビコ（崇神）は倭における最初期の天皇であることは間違いなく、彼の地における天皇家の基盤は後世のように盤石ではない。仮に政治的に倭を掌握したとしても、土着の神（及びその神を祭る者）を支配下に置くにはまだまだ軋轢があったと考えられる。

御真木入日子印恵命《みまきいりびこいにゑのみこと》、師木《しき》の水垣宮《みづかきのみや》に坐《いま》して、天《あめ》の下《した》を治《をさ》めき。（「崇神記」）

三年の秋九月に、都《みやこ》を磯城《しき》に遷《うつ》したまふ。是《こ》を瑞籬宮《みづかきのみや》と謂《い》ふ。（「崇神紀」）

と見えるように、崇神天皇は師木（磯城）の水垣（瑞籬）宮で天の下を治めたが、

若倭根子日子大毘々命《わかやまとねこひこおほびびのみこと》、春日《かすが》の伊耶河宮《いざかはのみや》に坐《いま》して、天《あめ》の下《した》を治《をさ》めき。（「開化記」）

都《みやこ》を春日《かすが》の地《ところ》に遷《うつ》したまふ。（「開化紀」元年一〇月一三日条）

と見えるように先代の開化天皇は春日に宮を置いていたので、崇神天皇は「崇神紀」の記述通り「都を磯城に遷

し」たのであって、磯城の新入勢力であったと考えられる。

師木の水垣宮伝承地は桜井市金屋[注22]（左図丸囲い部「金屋」）であり、左の地図の通り、まさに三輪山の麓、直近に新たに宮を置いたことになる。

ここに三輪の神の祭祀をめぐって三輪氏と天皇家との軋轢が生じるのである。この軋轢は相当なものであったようで、崇神朝ではおさまらず、「垂仁紀」にも次のような記述が見える。

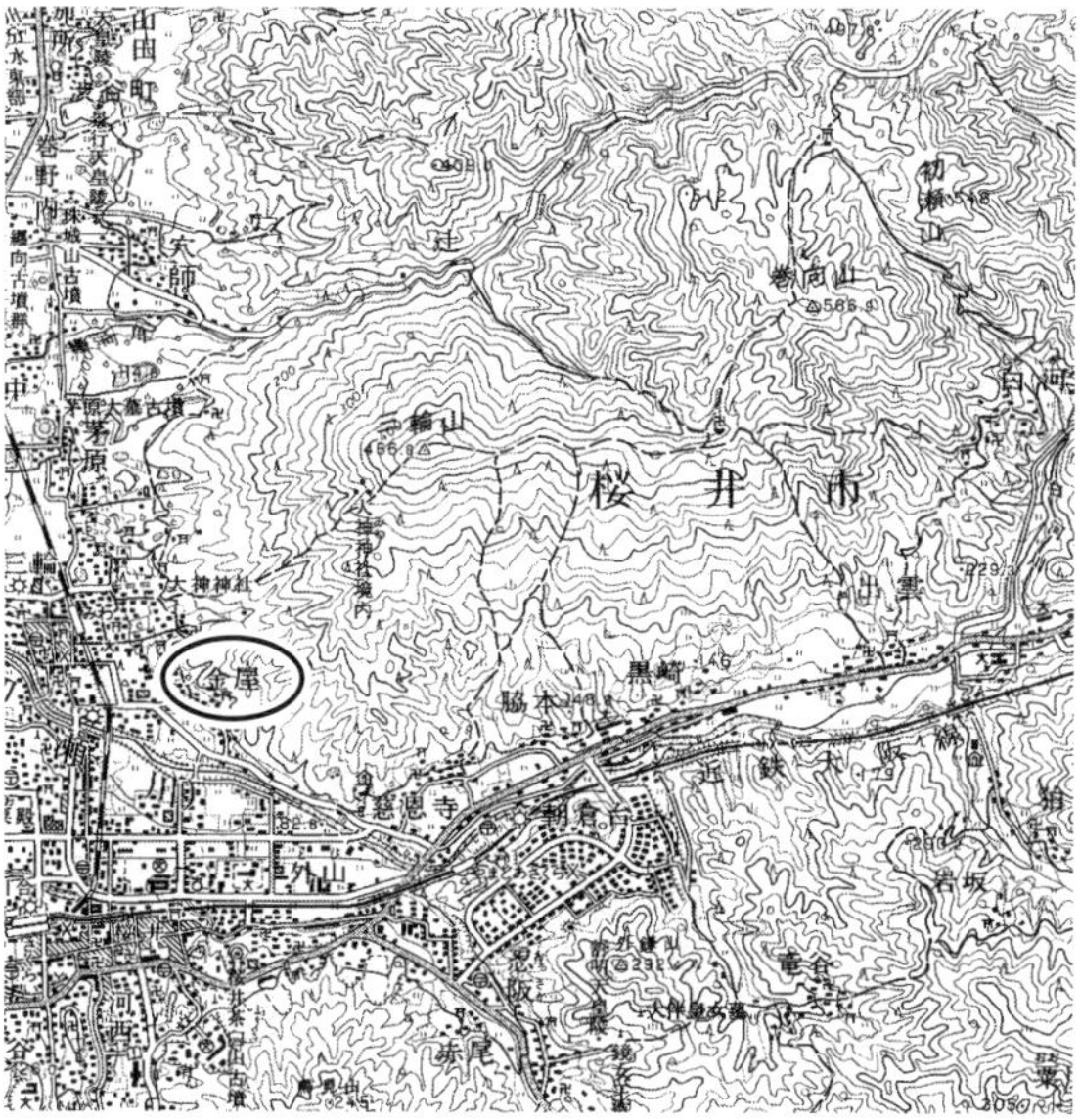

地図　五万分の一地形図「桜井」
2009年、国土地理院（1908年測量、1968年編集、2009年修正）

〔一《ある》に云《い》はく、（中略）倭大神《やまとのおほかみ》、穂積臣《ほづみのおみ》が遠祖《とほつおや》大《おほ》水口宿禰《みなくちのすくね》に著《かか》りて、誨《をし》へて曰《のたま》はく、（中略）先《さきの》皇《みかど》御間城天皇《みまきのすめらみこと》、神祇《あまつかみくにつかみ》を祭祀《いはひまつ》りたまふと雖《いへど》も、微細《くは》しくは其《そ》の源根《ねもと》を探《さぐ》りたまはずして、粗《おろそか》に枝葉《えだは》に留《とど》めたまへり。故《かれ》、其の天皇、命《いのち》短《みじか》くましましき。是を以ちて、今《いま》し汝御孫尊《いましみまのみこと》、先皇《さきのみかど》の及《し》かざりしことを悔《く》いて、慎《つつし》み祭《まつ》りたまはば、汝尊《いましみこと》の寿命《みいのち》延長《なが》く、復天下太平《またあめのしたたひらか》ならむ」とのたまふ。時に天皇、是《こ》の言《みこと》を聞《きこ》しめして、則《すなは》ち中臣連《なかとみのむらじ》が祖《おや》探湯主《くかぬし》に仰《おほ》せて、誰人《たれ》を以ちて大倭大神《やまとのおほかみ》を祭《まつ》らしめむと卜《うら》へしめたまふ。即《すなは》ち渟《ぬ》名城稚姫命《なきのわかひめのみこと》、卜《うら》に食《あ》へり。因《よ》りて渟名城稚姫命に命《みことおほ》せて、神地《かむところ》を穴磯邑《あなしのむら》に定《さだ》め、大市《おほち》の長岡《ながをかの》岬《さき》に祠《いはひまつ》らしめたまふ。然《しか》るを是の渟名城稚姫命、既《すで》に身体《みみ》悉《ことごとく》に痩《や》せ弱《よわ》りて、祭《まつ》ること能《あた》はず。是を以ちて、大倭直《やまとのあたひ》が祖長尾市宿禰《おやながをちのすくね》に命《みことおほ》せて祭《まつ》らしめたまふといふ。」（「垂仁紀」二五年三月一〇日条割注）

倭大神が、神祇祭祀の根源を探らなかった先皇（崇神）を批判し、現天皇（垂仁）が先皇の及ばなかったことを悔いて謹んで神祇祭祀を行うよう託宣を下しているのである。これを受けて中臣連の祖先が卜占を行い、渟名城稚姫命を大倭大神の奉祭者としたが、やはり崇神朝の渟名城入姫命同様、身体が痩せ弱って祭れず、大倭直の祖である長尾市宿禰が祭祀者となったとある。崇神朝の渟名城入姫命に対して垂仁朝は渟名城稚姫命が充てられたが、やはり結果は同様であり、結局長尾市宿禰が祭祀に当たった。

御間城天皇《みまきのすめらみこと》の二十九年歳次《さいじ》壬子《じんし》の春正月の己亥《きがい》の朔《つきたち》を以《も》ちて、瑞籬宮《みづかきのみや》に生《あ》れます。（「垂仁即位前紀」）

とあり、垂仁天皇はその父崇神天皇のような三輪地方の新参者ではなく、三輪山の麓に生まれ育った天皇であるが、大倭大神（倭大国魂神）はなお皇族による奉祭を拒むのである。皇室に仕える中臣連官掌下での卜占は倭大国魂神奉祭者の決定には意味をもたない。神祇祭祀をめぐる土着の神の皇室に対する拒絶は相当なものであった。

その土着の神に対して皇室は屈服させるどころか、崇神朝の大物主神の託宣にしても、垂仁朝の倭大神（倭大国魂神）の託宣にしても、天皇はあくまでそれに従う立場である。垂仁朝に大倭大神の奉祭者を渟名城稚姫命に定めて失敗したことに至っては、天皇家の祭祀を担う氏族である中臣連の祖先の行った卜占も大倭大神の奉祭には有効でないことを露呈しているのである。中臣連の祖先の行った卜占の結果は土着の神の前で変更を強いられる。これは、天皇家の三輪の神、倭大国魂神に対する神祇祭祀上の屈服の歴史である。

五 『琴歌譜』一番歌と縁記乙

前節で示した史料や所見に基づき、『古事記』の歌謡物語、『琴歌譜』縁記乙それぞれにおける所伝と歌の結びつきを検討する。

『古事記』の歌謡物語の中で当該歌は先に示した通り、

（赤猪子が）来臨する神（である天皇）を待ち続け、（長年月）待ち続けすぎて（年老い）、もう神（である天皇）の来臨は望めなくなってしまった。この先誰に頼って生きていけばよいのでしょうか、神（である天皇）を待ち続けた私は。

という解釈となる。しかしこの解釈は、あくまで『古事記』の文脈に添えばそのような解釈に落ち着くということであって、地の文と歌謡の共通表現は見いだせないばかりか、『古事記』の物語と歌の表現にはかなりの乖離が見えるのである。

「御諸【美母呂】」、「築くや玉垣　つき余し【都久夜多麻加岐　都岐阿麻斯】」、「誰にかも依らむ　神の宮人【多爾加母余良牟　加微能美夜比登】」のどれをとっても、物語との間に「連想」というプロセスを入れないと滑らかな解釈が難しいのである。たとえば、玉垣を築いてつき余すことは直接雄略天皇の来臨を待ち続けることに繋がるわけではなく、「玉垣を築く＝神を祭ること→この文脈では雄略天皇の来臨を待つこと」というプロセスを経て初めて有効な解釈を得るのである。以下は同様に「つき余す＝築きすぎる→この文脈では待ち続けても雄略天皇の来臨がないこと」、「誰にかも依らむ　神の宮人＝誰に依ったら良いのであろうか神の宮人は→この文脈では雄略天皇を待ち続けて年老いてしまった赤猪子が誰に頼って生きていけば良いか」というプロセスを経て解釈されることになる。

当該歌が独立歌謡であったということを考えると、この解釈のプロセスは何も特別なことではなく、『古事記』所載歌謡のうち独立歌謡であったものを解釈する上で一般的な方法である。

しかし、『琴歌譜』縁記乙及びそこに描かれる人物の時代背景とともに当該歌を見ると、右に述べたような「連想」を差し挟むことなく表現のレベルで直接結びつく要素が多い。

たとえば、「御諸に【美望呂尓】」は縁記乙の「大神の見望呂山に登りまして神前を拝み祭りて作る歌【登於大神美望呂山拝祭神前作歌】」と共通の表現をとり、「誰にかも依らむ　神の宮人【多尓可毛与良牟可美乃美也碑等】」は、前項で述べた三輪の大物主大神の奉祭者をめぐる崇神天皇の苦悩を背景に読めば、容易に「誰に依ろうか、神の宮人を（三輪の神祭りは誰に依るべきか教えてください）」という理解に達する。「見望呂山（御諸山）」は、

「吾は日本国《やまとのくに》の三諸山に住らむと欲ふ」といふ。故、即ち宮を彼処に営り、就《ゆ》きて居しまさむ。此大三輪の神なり。　（「神代紀」上、第八段一書第六）

とあるように、三輪山のことである。

この縁記とともに読むとき、崇神天皇の子二人が三輪山に登ってその神の奉祭者を誰にすればよいのかを問う歌として極めて円滑に理解できるのである。土橋寛の定義[注23]を借りるなら、この歌は『古事記』の歌謡物語中の歌としては独立歌謡であるが、縁記乙に対しては狭義の物語歌であると言える。

従来は『古事記』所載歌謡の中で「独立歌謡」とされている歌は、もとは民謡であったとする考え方が一般的であった。勿論、「貴族社会における口誦のうたの層を歌謡物語のうたの基盤として広くとらえ」、「〈書く〉うた

と交渉するなかで抒情詩的に純化していった口誦のうたが歌謡物語をつくりうる」とする神野志隆光の説[注24]や、「民衆社会の歌謡が宮廷に吸い上げられ、集積されていったことが想定されなければならないし、（中略）集積過程における歌謡としての変容、すなわち歌詞の改変や再解釈等々の可能性を、論理的に排除し得ない」、「歌謡物語に素材を提供し得た歌謡とは、この意味で、貴族社会の文化的産物にほかならなかった」とする品田悦一の説[注25]などが提示された現在では、民謡が単純にそのまま『古事記』の歌謡物語に取り入れられたとする考え方をとる研究者は既に少数であると思われるが、『古事記』に見える「独立歌謡」と考えられる歌の根源は民謡であるという考えは現在も変わっていない。

しかし、『琴歌譜』一番歌と『古事記』九四番歌をそれぞれ一番歌縁記乙、九四番歌歌謡物語とともに分析するとき、民謡ではなく『琴歌譜』縁記乙の伝承の中にあった歌が、『古事記』の歌謡物語に取り入れられた可能性も排除できないのではないか。

この考え方には「『琴歌譜』は平安時代前期の成立であって、そこに記されている縁記と歌を『古事記』に先行するものとして扱うのは論外である」という反論が当然予想される。

しかし、縁記乙は『琴歌譜』の創作にかかるものなのであろうか。

本稿において検討してきたように、縁記乙にえがかれているのは、三輪地方の新入勢力であった天皇家の三輪の神に対する屈服の伝承である。序文に「偽《いつはり》を削《けづ》り実《まこと》を定めて、後葉《のちのよ》に流《つた》へむ【削レ偽定レ実、欲レ流二後葉一】」という壬申の乱に勝利して天皇になった天武天皇の言葉を記す『古事記』にそのまま掲載できるような内容ではない。しかし、当該歌は縁記乙に記された伝承とともに存在する歌であり、それは『古事記』に記されないまま伝承されていったのであるが、都も遠く平安京に移った一〇世紀初頭ともなれば、その伝承を『琴歌譜』に記し、縁記乙による解釈とともに宮廷で和琴の伴奏を伴って実際に歌っても特に問題はないはずである。

『古事記』の要約である『琴歌譜』縁記甲は、

此の縁記と歌異なる也。【此縁記与歌異也】

『琴歌譜』縁記乙は、

此縁記正説に似たり。（あるいは、「正説のごとし。」）【此縁記似正説】

と記す。つまり、『琴歌譜』は歌と物語の繋がりとして『古事記』の伝承を明確に否定し、縁記乙の伝承が「正説」であるとしているのである。

『古事記』が存在し、その伝承が知られているのに、当該歌について『古事記』と全く違う『琴歌譜』縁記乙のような伝承を『琴歌譜』の筆者や平安時代の大歌所が創作したとは考えにくい。『琴歌譜』縁記乙の伝承と当該歌の結びつきは『古事記』以前からのものであったと考えるのがより自然であろうと思われる。

九世紀初頭の『古語拾遺』やその後に書かれた『先代旧事本紀』の中に、『古事記』や『日本書紀』に漏れた伝承を見出そうとする作業が全く無効だと言い切れないばかりではなく、そのような作業を放棄することこそが非学問的態度であるように、平安時代前期成立の『琴歌譜』の中に『古事記』に記されなかった伝承を慎重に見出そうとする作業は行われるべきである。

六　再び『古事記』の歌謡物語へ

当該歌が三輪地方の新入勢力であった天皇家の三輪の神に対する屈服の伝承であるという視点を得たところ

で、今一度『古事記』に戻って当該歌を含む歌謡物語を検討すると、『古事記』のみを見ていたときには見えなかったものが見えてくる。

「天皇遊び行きて、美和河に到りし時に、河の辺に衣を洗ふ童女有り。」で始まる歌謡物語の舞台は明らかに美和（三輪）であり、天皇はそこで見出した童女に名を問い、童女が出自を答える。ここまでは典型的な天皇と土地の豪族の女との交渉を通じた支配服属譚である。しかし、天皇に名を問われた童女である赤猪子は結局天皇に喚し上げられることがなかったのであるから、この支配服属譚は成立していないのである。不成立となった事情は、雄略天皇が「今喚してむ」と言ったことを忘れて喚上げなかったことにある。一見、雄略天皇が喚上げを忘れ、三輪の童女はひたすら天皇のお喚しを待ち続けるという、天皇家の三輪氏に対する絶対的優位を背景にした話のようである。しかし、今述べた通り、この支配服属は成立していない。つまりこの話の範囲では、天皇は三輪を服属させていないのである。名問いに対して童女が答えれば、その後は大御飯献上、歌の詠み交わし、共寝と進むのが支配服属譚の典型であるとすれば、この話の童女の答え以降は本来の支配服属譚の形式が大きく崩れた形となっている。天皇の名問い、童女の答えのすぐ後に配置されるはずの大御飯献上、歌の詠み交わしは、「八十歳《やそとせ》」後の赤猪子が天皇に対して「百取の机代の物」を献上したり、共寝ができないことを嘆くという歌のやりとりになっている。そして最後に天皇は赤猪子を「返し遣」っている。繰り返しになるが、雄略の忘却とそれによる赤猪子の老衰が原因という展開によるものの、結局天皇は三輪氏を支配することができなかったのである。天皇が女性に「多たの禄を（中略）給（ふ）」という他の支配服属譚には見られない異例の記述も、天皇家と三輪氏の関係を示す表現と受け取れる。

三輪氏は先にも掲げた通り、

自ら《みづか》大物主神《おほものぬしのかみ》と称《なの》りて曰《のたま》はく（中略）吾《わ》が児《こ》大田田根子《おほたたねこ》（「崇神紀」七年二月一五日条）

大田田根子《おほたたねこ》は、今の三輪君等《みわのきみら》が始祖《はじめのおや》なり。（「崇神紀」八年一二月二〇日条）

と見え、大物主神の子であり渟名城入姫命が祭れなかった大物主大神を奉祭した大田田根子の子孫である。

この歌謡物語は、支配服属譚の形式で語るに語れなかった三輪氏に対する支配不成立を、「八十歳《やそとせ》」待ち続けて老衰し、天皇の寵愛を受けることができなかった老婆と勇猛な雄略天皇の物語に転換したものであることがわかるのである。崇神朝に配置されるべき物語を一代下らせて雄略朝の物語として配置していることも、天皇家の三輪氏に対する屈服の伝承を見えにくくする効果を持つ。

このように、『古事記』の歌謡物語の分析に『古事記』以前の段階の歌謡の研究がもたらす成果と共に、『古事記』以降の文献の分析が寄与する場合もあるのである。

注

1 本論の標題は「古事記歌謡論」であるため、『古事記』の歌と地の文の関係に限定した記述を行うが、『日本書紀』の歌と地の文の関係についても同様である。この後も『古事記』の歌謡について述べるが、『日本書紀』についても歌と物語の関係は原則的に同じである。

2 ここでは『伊勢物語』を例示的にあげたが、『大和物語』等の歌物語についても同様である。以下、本稿において『伊勢物語』は歌物語の例示としてあげている。

3 橘守部『稜威言別　巻三』一八五〇年（橘純一『新訂増補橘守部全集　第三』東京美術、一九六七年新訂増補版、一三〇頁（初版は国書刊行会、一九二一年））

4 土居光知『文学序説』岩波書店、一九二二年、六八頁

5 高木市之助『吉野の鮎』岩波書店、一九四一年、八一頁（一九九三年第九刷参照）

6 同右、八四頁

7 土橋寛『古代歌謡の世界』塙書房、一九六八年、一六頁（一九八四年第八刷参照）

8 同右、同頁

9 同右、一七頁

10 同右、一八頁

11 神野志隆光「歌謡物語論序章」（『日本文学』第二七巻第六号、一九七八年六月、所収）

12 土橋寛、前掲書、一七頁

13 橘守部、前掲書、一二六頁。引用テキストには「告《ツラ》さず」とあったが、藤原が「告《ノラ》さず」に改めた。

14 同右、一二七頁

15 同右、一二九頁

16 同右、一三〇頁

17 居駒永幸「ヤマトタケル葬歌の表現――境界の場所の様式」（同『明治大学人文科学研究所叢書　古代の歌と叙事文芸史』笠間書院、二〇〇三年、所収。初出は『明治大学教養論集』第二四二号、一九九一年三月、原題「境界の場所（上）――ヤマトタケル葬歌の表現の問題として――」）

18 京都文化博物館学芸第二課植山茂・鈴木忠司編『都の音色――京洛音楽文化の歴史展――』（二〇〇二年四月六日〜同年五月一二日、京都文化博物館に於いて行われた「都の音色――京洛音楽文化の歴史展――」図録）京都文化博物館、二〇〇二年、一四三頁（当該部分執筆は植山茂）

19 表1は、拙稿「『琴歌譜』一番歌と縁記」（拙著『古代宮廷儀礼と歌謡』おうふう、二〇〇七年、所収。初出は『同志社国文学』第五七号、二〇〇二年一二月、原題、同じ。）による。ただし若干の修正を加えた。

20 西宮一民「琴歌譜に於ける二、三の問題」（『帝塚山学院短期大学研究年報』第七号、一九五九年一一月、所収）による。

21 拙稿「『琴歌譜』一番歌の元歌――『古事記』九四番歌――」（拙著『古代宮廷儀礼と歌謡』おうふう、二〇〇七年、所収。初出は『甲南大学古代文学研究』第三号、一九九六年一二月、原題「『垣を築く』ことの意味――『古事記』九十四番歌について――」）

22 関祖衡纂輯『日本輿地通志畿内部巻第二十二』（京師書舗茨城多左衛門、江府書舗小川彦九郎、一七三六年）（『大和志・大和志料――大和志――』臨川書店、一九八七年、参照、二四二頁）に「瑞籬宮《ミツカキノ》〔在㆓三輪村ノ東南志紀ノ御県ノ神社ノ西ニ㆒〕」と見え、志紀ノ御県ノ神社は奈良県編『大和志料下巻』（奈良県教育会、一九一五年）（『大和志・大和志料―大和志料（下）―』一九八七年復刻版、臨川書店、参照、六二一、三頁）に「志貴《シキ》御《ミ》県《アタ（ママ）カ》坐《ニマス》神社（中略）三輪町大字金屋ニアリ」とある。

23 土橋寛、前掲書、一六、一七頁

24 神野志隆光「歌謡物語論序章」（『日本文学』第二七巻第六号、一九七八年六月、所収）

25 品田悦一「歌謡物語――表現の方法と水準」（『国文学　解釈と教材の研究』第三六巻第八号、一九九一年七月、所収）

注及び（使用テキスト）に記載した文献については初版年と参照した版の発行年を記した。特記なきものは初版、第一刷を使用したものである。

（使用テキスト）　特記なきものは初版、第一刷を使用した。

『古事記』＝山口佳紀・神野志隆光校注・訳『新編日本古典文学全集1　古事記』小学館、一九九七年

『日本書紀』＝小島憲之・直木孝次郎・西宮一民・蔵中進・毛利正守校注・訳『新編日本古典文学全集2　日本書紀①』小学館、一九九四年

『琴歌譜』＝山田孝雄・橋本進吉『琴歌譜』（影印）古典保存会、一九二七年。ただし疑義のある部分については、京都文化博物館『都の音色――京洛音楽文化の歴史展――』図録、二〇〇二年を確認。翻字にあたっては土橋寛・小西甚一『日本古典文学大系3　古代歌謡集』岩波書店、一九五七年（一九八三年第二七刷を使用）、神野富一・武部智子・田中裕恵・福原佐知子「琴歌譜　注釈稿（一）」（『甲南国文』第四三号　一九九六年三月　所収。該当部分担当者は武部智子）も参照。訓読文については本文中に記した。

『伊勢物語』＝片桐洋一・福井貞助・高橋正治・清水好子校注・訳『新編日本古典文学全集12　竹取物語　伊勢物語　大和物語　平中物語』小学館、一九九四年（二〇〇六年第五刷を使用）

『大倭神社註進状』＝塙保己一『群書類従・第二輯　神祇部二』一九三二年、続群書類従完成会（一九八七年訂正三版第六刷による）

『古事記』・『琴歌譜』の歌謡番号は土橋寛・小西甚一校注前掲書によった。

漢字は引用であると否とを問わず原則として現在通行の字体を用いた。

客観的な記述を担保するため、研究者名の敬称を省いた。失礼の段、ご寛恕賜りたい。

歌謡の文字記載

瀬間　正之

序

ウタがいつからどのように書かれるようになったかということは、文学史的にも、国語史的にもかねてから極めて重要な問題であった。近年これを解く上で歴史的とも言える木簡の発見が相次いだ。これを受けて、この問題がまた俎上に上ることが多くなった。稲岡耕二氏が説かれたように、人麻呂歌集略体歌（訓字中心で助詞・助動詞・活用語尾が表記されない歌）を古体と見て、これを歌の文字化の始まりとする考え方が広く支持されていたところに、一字一音式に仮名書きされた歌の部分などが書かれた木簡が出土し、訓字表記が先か、仮名表記が先かが問われることとなった。[注1]本稿では、先後関係という観点のみならず、何のためにどのようにウタが記載されたのかを辿りながら、記載の要求と歌謡の文字記載されゆく過程について改めて考察したい。

漢字で書かれたもの

この列島において当初漢字は王権の独占物であったとも言い得る。志賀島の金印をはじめ、『宋書』夷蛮伝に載る倭王武の上表文など、漢字が用いられるのはすべて外交の場であったことは、この文字がこの列島でも既に東アジア共通の文字言語として認知されていたことは確実視される。[注2]

国内資料としては、三重県大城遺跡（二世紀前半）・長野県木島平根塚遺跡（三世紀後半）・福岡県三雲遺跡（三世紀中葉）・熊本県玉名市柳町遺跡（四世紀初頭）・三重県嬉野町片部遺跡（四世紀）など、文字と思われるものが一字のみ刻書・墨書された遺物の出土が報告されるが、銘文が書かれ始めるのは、現在の資料からは五世紀からと見られる。ところが、石上神宮七支刀銘（百済製作か）・稲荷台古墳「王賜」鉄剣銘（五世紀中葉）・江田船山古墳出土太刀銘・隅田八幡神社人物画像鏡銘（百済製作か）・稲荷山古墳出土鉄剣金象嵌銘（四七一年）など六世紀以前の列島の金石文には、悉く「王」「大王」の字が刻まれている。このことは、漢字使用が王権と密接に関わるものであったことを意味する。唯一、岡田山一号墳出土太刀銘（六世紀）のみ「各田マ臣□□□素□大利□」のように、「王」の字は解読された部分からは見いだせないが、「額田部臣」の姓《かばね》は、王権から付与されたものであることは言うまでもない。六世紀以前の漢字が刻まれた資料はすべて王権に関わる内容を持っており、漢字そのものも王権確立の具であったと考えられる。

このように外交の具であり、王権確立の具であった漢字に、もう一つの効用が加わったことが知られるのは、仏教伝来以降である。即ち、仏教の具としての漢字である。『隋書東夷伝』に言う倭国の文字の始原「無文字、唯刻木結縄。敬仏法、於百済求得仏経、始有文字。（文字無し。唯だ木を刻み、縄を結ぶのみ。仏法を敬ひ、百済に仏経を求め得て、始めて文字有り。）」も、決して不当なものではないだろう。以来、現存する多くの金石文は光背銘・墓誌銘の類であり、仏教が文字の浸透に拍車をかけたことは間違いないだろう。

ところが、この仏教もまた王権と結びついたものであった。天武朝以降、鎮護国家の任を負う大官大寺の造営、護国経典類（『金光明経』『仁王経』）の読誦に見るように、国家仏教へと確実に歩み始める。『日本書紀』に拠れば、天武二年三月、四年十月、六年八月と相続く「一切経」関連の記事、また、天武十二年三月、僧正・僧都・律師を国が任命した記事、天武十四年三月、諸国に仏舎を造り、仏像と経を置き、礼拝供養せよとの詔と仏教関連の記事が続く。そして持統八年五月には『金光明経』一百部を諸国に送り、毎年正月にこれを読むことを義務づけている。近年の発掘からは、七世紀主要寺院は、畿内に一五〇、地方でも二五〇を数えることが確認されている。[注3]

東国上毛野で書かれた山ノ上碑（六八一年）もまた「放光寺僧」の筆録による。

辛巳歳集月三日記。佐野三家定賜健守命孫黒賣刀自。此新川臣兒斯多々彌足尼孫大兒臣娶生兒長利僧。母為記定文也。放光寺僧。

この文章が、国語の語順に沿って漢字を配列したものであることの意義は大きい。技術的には、歌謡の訓字主体表記も可能になりつつあったと言うことができるかも知れない。

以上のように、国家が仏教の普及に尽力し、仏教が漢字の浸透に拍車をかけたということは認められよう。しかし、幾ら国語表記が開発され発展しようとも、ウタやカタリが文字で記されることはなかった。ウタやカタリを記載しなければならない理由は、ウタやカタリの側には無かったと言い得る。「口々相伝、存而不レ忘」と『古語拾遺』の冒頭が言うように、ノル・ウタフ・カタルという営為は、繰り返されることによって脳裏に記憶される。

この点、かつて幾度か引いたことがあるが、太田善麿氏の見解を再度確認したい。

歌謡として行われていた詞章が文字に記載されるのは、創作された詩篇が記定されるのと同意義でないことは言うまでもないが、しかし記載された歌謡詞章が、集団の中で謡われていたそのままの歌謡のあり方を髣髴とするものでないことも、またまぎれもない事実である。わかりきったことであるが、記載するということは、文字をもった立場以外からはおこって来ないことだからである。文字をもち、これを記載しようとする立場は、歌謡を歌謡として歌唱することをやめただけでなく、それとは別個の機制においてこれをとらえることに関心を抱いている立場である。[注4]

由来、成文化ということは、口頭伝承の否定を意味することなのである。いかなる場合でも、成文化は、口頭伝承をそのままのものであらしめぬ要求や動機なしには生じない事態である。…中略…かりに、『古事記』の素材的内容の主要な部がいつかどこかで形造られたとしても、これをその特定の時、特定の場所、特定の状況以外の別の条件下に広くあらしめる可能性をひらくのが成文化ということであり、そこには本質的な内容の転換がある。[注5]

「おもろ」を文字記載した主体、「ユーカラ」を文字記載した主体も、歌い継ぎ、語り継ぐ人々ではなく、その集団の外部にいる者であった。共に歌い、共に聞くことで集団に支えられていた歌謡を文字記載するということは、その基盤であった集団性の放棄に直面せざるを得ない事態を生みかねない。

技術的には既に稲荷山鉄剣銘の時代にさえ歌謡の一字一音式の音仮名表記は可能であった。

辛亥年七月中記。乎獲居臣。上祖名意富比垝。其児多加利足尼。其児名弖已加利獲居。其児名多加披次獲居。其児名多沙鬼獲居。其児名半弖比。其児名加差披余。其児名乎獲居臣。世々為杖刀人首奉事。来至今。獲加多支鹵大王寺。在斯鬼宮時。吾左治天下。令作此百練利刀。記吾奉事根原也。

この銘文についての詳細は、別稿で述べたが、[注6]傍線部はすべて音仮名表記（順次、ヲワケ・オホヒコ・タカリのスクネ・テヨカリワケ・タカハシワケ・タサキワケ・ハデヒ・カサハヨ・ヲワケ・ワカタケル・シキ）が用いられている。山ノ上碑と同じ「足尼」の表記「足」のみは二音節仮名、「半弖比」の「半」の鼻音韻尾nはその次音節「弖《テ》」が濁音「デ」であることを示す連合仮名[注7]となっているが、それ以外は、漢字の義を棄て音のみを借りて漢字一字で国語の一音節を表記したものである。この方法は百済に先例があることは、本シリーズの前稿（「高句麗・百済・新羅・倭における漢字文化受容」古代文学と隣接諸学4『古代の文字文化』二〇一七年七月）で述べた。

この方法を用いてウタを書けば、ウタは間違いなく元の音声に復元することが可能である。技術的には歌は書けたはずである。ところが、それが行われるのは、稲荷山鉄剣銘の時代から二百年近くを要している。繰り返すが、それはウタを共有する（ウタっている）集団内部からはウタを文字記載しようなどという要求は生じなかったからである。

記紀歌謡の文字記載前夜

現在のところ、最古の韻文を記した木簡は二〇〇八年に発見された難波宮跡出土の所謂「春草木簡」である。木簡研究三一号（木簡学会、二〇〇九年）三五頁の実測図、木簡黎明（飛鳥資料館、二〇一〇年）一四頁の写真によって、釈文を示せば以下の通りである。

皮留久佐乃皮斯米之刀斯

これが、「春草の初めの年」であるとすれば、「皮」は古韓音、「之」は訓字表記であり、「刀」は上代特殊仮名遣からは異例となる。

続いて、万葉集巻七・一三九一番歌に一致することが明らかになった石神遺跡出土の刻書「あさなぎ木簡」を木簡研究三一号（木簡学会、二〇〇九年）図版四によって釈文を示せば以下の通りである。

留之良奈弥麻々久

阿佐奈伎尓伎也

これは、森岡隆氏によって左行から読むことで一三九一番歌「朝奈藝尓　来依白浪　欲見　吾雖為　風許増不令依（朝なぎに　来寄る白波　見まく欲り　我はすれども　風こそ寄せね）と一致することが明らかになったものである。注8

同じく、石神遺跡出土のウタを記した可能性を残す木簡を木簡研究二七号（木簡学会、二〇〇五年）三七頁の釈文から引けば以下の通りである。

・方原戸仕丁米一斗

・『阿之乃皮尓之母□』

石神遺跡第一六次調査（二〇〇三年七月～二〇〇四年一月）では、年紀のある木簡は乙亥年（天武四年、六七五年）から壬辰年（持統六年、六九二年）までの範囲に収まり、天武・持統朝の木簡が大半を占めると言う。これは、三川国穂評の仕丁に関わる木簡であるが、『　』内は別筆である。『萬葉集略解』には「東にもかかるうるはしき歌よむ人も有けり」とある巻十四・三五七〇番歌（東歌・防人歌）「安之能葉尓　由布宜里多知弖　可母我鳴

乃　左牟伎由布敝思　奈乎波思努波牟（葦の葉に夕霧立ちて鴨が音の寒き夕し汝をば偲はむ）」の初句と一致する。三五七〇番歌の霧から類推すれば、「之母」は「霜」かも知れない。「春草木簡」と同じく「皮」は古韓音と見られる。

この三点を極初期のものとして、「難波津木簡」が十数例、それ以外のウタが書かれた可能性を持つ木簡も十数例確認されている。これらの表記について、犬飼隆氏は、「うたったもの、うたわれているものを、はじめに記録するときは、一字一音式表記で行ったであろう。そのとき使われた万葉仮名の特徴を繰り返せば、音仮名に訓仮名が無秩序に同居し、少数の訓よみの字も許容し、清濁を区別せず、上代特殊仮名遣も厳密でないものである。」[注9]と指摘されるが、乾善彦氏も、木簡に書かれたウタの仮名使用の特徴として、以下六点を挙げる。[注10]

①一字一音が基本である。中には、比較的やさしい訓字がまじる。＝記紀と異なり、万葉と共通。
②借音仮名の中に借訓仮名がまじる。＝記紀万葉と異なる。記紀は音仮名のみ。
③一部を除いて清濁を区別しないようにみえる。＝記紀万葉は比較的区別する。
④一部を除いて変字法を用いない。＝記紀万葉と異なる。
⑤上代特殊仮名遣の区別は比較的ルーズである。＝記紀万葉にも、若干の異例はみとめられる。
⑥平安時代の仮名と共通するが、記紀万葉にあらわれないものがある。

①は、「玉尓有波手尓麻伎母知而」（平城宮）〔木簡研究一〇〕の傍線部などに見られ、②は「止求止佐田目手」（飛鳥池遺跡）〔木簡研究二一〕の傍線部など、③は、前述の「玉尓有波」「佐田目手」の傍線部など、⑤は、先に挙げた「皮斯米之刀斯」の傍線部などに見られる。さらに共通する特徴を付加するとすれば、ハの仮名に用いられた「皮」など、古韓音の使用も指摘することができるであろう。

さて、これらのウタは何故文字に書かれたのか。訓字主体表記で日本語の韻文を書いた七世紀の資料は出土していないことから、犬飼隆氏は、以下のように述べている。[注11]

出土資料の事実に従えば次のように考えざるを得ない。一字一音式表記の原稿を用意して現場で声に出してうたった。あるいは、声に出してうたわれた「歌」をまず一字一音式表記で書きとめた。その後に、何らかの段階で今みるような訓字主体表記に書き改めた。口頭で歌われたのなら、まずは発音に忠実に書いたと考えるのが自然である。それには万葉仮名による一字一音式表記がふさわしい。（一四一頁）

そして、一字一音式表記された理由として、以下のように「歌」の口頭性を指摘する。

森ノ内遺跡の手紙木簡のように漢字の訓で日本語の構文を明示的に書いたものもあるのだから、技術的には可能であったはずである。飛鳥池遺跡から出土した木簡の「世牟止言而」のように、漢字の訓よみと万葉仮名をまじえて「歌」を書くことも可能であったはずである。しかし、事実に従えば、それらの表記方法は採用されていなかった。そのわけは、やはり、「歌」が口頭でうたうものであったからだと考えるべきであろう。（一一四頁）

ここで、犬飼隆氏の術語を確認しておく必要があるだろう。『木簡から探る和歌の起源』では、日本語の韻文を次の三つに区分している。[注12]

うた…日本語の韻文として自然発生的に存在した在来のもの。（三頁）

民間で歌われてきた個人的・地方的な日本語の韻文。（七六頁）

歌……朝廷の文化政策に典礼の場でうたうために整備された様式。五七五七七の型式に整備されているが、文学作品ではなく行事の儀礼として口頭でうたったもの。（四頁）

和歌…「歌」の様式に則って個人的に享受する目的でつくられたもの。（四頁）

しかし、「和歌」は万葉時代に「やまとうた」の意の用例はなく、「倭歌」であってもその文献上の初出は以下のように九世紀半ばであると考えられる。

『続日本後紀』仁明天皇嘉祥二年（八四九）三月二十六日条の長歌の後文「夫倭歌之體、比興爲先。」（夫れ倭歌の体は、比興を先とす。注13）

したがって「和歌」の語に万葉歌を含めるのは必ずしも適切とは言えないだろう。

ともあれ、犬飼氏の言うところを本稿の趣旨に沿って言い換えれば、典礼の場で口頭でうたう「歌」は一字一音式表記であり、万葉歌には訓字主体表記も併用されたということになる。残された課題は、民間で歌われてきた個人的・地方的な「うた」が如何に表記されたかという点である。

修史事業と歌謡の文字記載

口誦伝承と文字との邂逅は修史事業にあったことは、既に述べたことがある。注14 繰り返しになるが、拙論を要約すれば以下のとおりである。

民間で歌われてきた個人的・地方的な「うた」の文字記載も、天武朝に始まると見るべきであろう。『古事記』序文も『古事記』の企画は天武天皇に発したことを伝えるとともに、『日本書紀』もまた天武一〇年（六八一）三月一七日に、天武天皇が、帝紀及び上古諸事を記し定めしめたことを伝える。そして、『古事記』も『日本書紀』も百首以上の歌謡を載せている。

記序の「邦家之経緯、王化之鴻基焉」の直接の典拠が「進五経正義表」の「斯れ乃ち、邦家の基、王化の本そ。」であることは周知の通りであるが、「進五経正義表」のこの句及びこれに続く「詠歌は得失の跡を明らかにし、雅頌は興廃の由を表す。」は「毛詩序」に依拠している。

「毛詩序」が当時の知識人に広く読まれた『文選』にも収められており、記序の述作者が「進五経正義表」のこの表現に接した際、「毛詩序」を想起するに足る教養があったことも確実である。[注15]

「毛詩序」を踏んだ「進五経正義表」では、天地開闢から始めて、五経の教え、五経の道こそが、「斯乃、邦家之基、王化之本者也」と結んでいるが、「毛詩序」では、「周南召南、正始之道、王化之基。」とあり、『毛詩正義』に「周南召南二十五篇之詩、皆是正二其初始一之大道、王業風化之基本也。高以レ下為レ基、遠以レ近為レ始。文王正二其家一、而後及二其國一、是正二其始一也。化二南土一以成二王業一、是王化之基也。」とあるように、王化之基とは、王業風化之基本であり、南土を王化して王業を成したことであるとしている。

ここで留意されるのは、「毛詩序」では、周南召南二十五篇の詩について「王化之基」と述べている点である。これを踏まえれば、『古事記』にとっての歌謡の重要性は、天武天皇の詔「斯乃、邦家之経緯、王化之鴻基焉」に表明されていることがわかる。周南召南二十五篇の詩とは、この国にとっては、民間で歌われてきた個人的・地方的な「うた」以外にあり得なかった。この「うた」の採集をその目的の一つとしたものとして、天武四年の勅を引けば以下の通りである。

二月の乙亥の朔癸未に、大倭・河内・攝津・山背・播磨・淡路・丹波・但馬・近江・若狭・伊勢・美濃・尾張等の國に勅して曰はく、「所部《くにのうち》の百姓の能く歌ふ男女、及び侏儒《ひきひと》・伎人《わざひと》を選びて貢上れ」とのたまふ。

（天武四年〔六七五〕二月九日）

この勅には、後の『古事記』『日本書紀』に載録する歌謡を準備する目的もその一つにあったと見てよいだろう。記紀歌謡の中には、この勅によって採取された「うた」が含まれるに違いない。西條勉氏はこの勅について、詩経時代の「采詩」の思想に則って民間の歌謡を採集し、それによって民衆を平穏に治めることを目指した漢代の楽府の設立を踏まえたものとした上で、以下のように述べている。

記紀歌謡の供給源が歌舞司の楽曲であることは、曲名付の歌があることからみても間違いなく、そして、その楽曲は「采詩」の思想を尊ぶ楽府詩をモデルにして制作されていたからである。[注16]

天武四年の詔が、西條氏の言うように、古事記歌謡に繋がるものであるとすれば、「毛詩序」を踏襲した「進五経正義表」を座右に置いて「記序」が書かれたことは、単に文飾のためばかりではなく、「采詩」の思想をも踏まえたものと見なければならない。

「記序」は「進五経正義表」の「詠歌明二得失之跡一。雅頌表二興廃之由一。」という表現を直接借用することはなかったが、「記序」自体にも、神武（近年では綏靖説が有力である）の事蹟を著すのに、「列儛攘賊。聞歌伏仇。（儛を列ね賊を攘ひ、歌を聞きて仇を伏《したが》へき）」[注17]、天武の事蹟には「開夢歌而相纂業。（夢の歌を開きて業を纂《つ》がむことを相《おも》ふ）」とあるように、「歌」を契機とする事蹟を挙げていることは、まさしく詠歌が得失の跡を明らかにすることを踏まえての筆であると言える。

『古事記』や『日本書紀』のように多くの韻文を載せることは、『史記』『漢書』『後漢書』等の中国史書には類例を見ない。『詩経』があれば、史書に多くの詩を載せる必要はなかったことも考えられるが、記紀の前には、『詩経』はなく、極論すれば、記紀それ自体に「うた」を載せるという方法を採るしかなかった。

拙稿「記紀歌謡の原表記」において、歌詞の一部に異同のある歌（記三三首、紀三三首）について、東歌の原表記が正訓字主体の書式であったことを明らかにした品田悦一氏の研究[注18]に示唆を受け、助詞・助動詞・動詞の活用・繰り返しの有無などの相違を基にその原表記を推定した結果、『古事記』歌謡をその原資料の問題から以下のように分類した（注14同）。

A訓字主体原表記推定可能歌…主に記紀で歌詞の一部に異同のある歌
「出雲八重垣」〔記1〕・夷振〔記6〕・挙歌〔記8〕・来目歌〔記12・14〕・思国歌〔記30〜32〕・「置目の老媼」〔記111〕など

B宮廷歌謡として歌唱されていた歌
来目歌〔記10・11〕・『琴歌譜』所収歌謡〔記39・40・78〕など

C机上で更新された歌
八千矛神歌謡〔記2〜5〕・イスケヨリヒメの歌〔記20・21〕・イハノヒメの歌〔記57〕など

植松茂氏は、神武紀「来目歌」の項の「楽府」、万葉集一〇一二番歌題詞の「歌儛所」、平安朝の「大歌所」は、天武朝に起源を持つものであり、古事記歌謡は天武朝の宮廷歌謡であるとされたが[注19]、Bはこれに相当する歌である。

Cは、拙著で述べたように、八千矛神歌謡の「賢し女」「浦渚の鳥」、イスケヨリヒメの歌〔記20・21〕の

「風」と「雲」、イハノヒメの歌［記57］の「葉広斎つ真椿」など、『古事記』にあって『日本書紀』にない歌謡詞章が漢籍教養に依拠して机上で更新されたものであることが認められる歌である。[注20]

　B・Cを踏まえれば、すべての記紀歌謡が文字化された原資料そのものを翻音[注21]したものであるとは考えられない。万葉集巻一四所載の歌々はかなりの部分が正訓字表記主体の書式からの書き改めを経たものであろうとする品田悦一氏においても、古屋彰氏の所謂「巻十四Ⅱ[注22]」の原資料は、名詞や用言語幹にもともと音仮名が宛てられていたと考えられる以上、音仮名主体の書式に依っていたものと判断するのが順当であろうと見ている。[注23]しかし、Aのように、歌詞の一部に異同のある歌の考察から、助詞・助動詞・活用語尾を表記しない訓字表記主体の記紀共通の原表記が見えてきたことは確かである。拙著より、一例を引けば以下の通りである。[注24]

　挙歌

記8　沖つ鳥　鴨着《ど》く島に　我が率寝し　妹は忘れじ　世の盡に

紀5　沖つ鳥　鴨着《づ》く島に　我が率寝し　妹は忘らじ　世の盡も

紀のみ5・6番歌との贈答二首に「挙歌」の呼称がある。動詞「着」「忘」の語形の相違、末尾の助詞「に」「も」の相違がある。これも原表記として「沖島鴨着島我率寝妹不忘世盡」のような訓字主体表記を想定した場合、「着」を「ト甲ク」と「ツク」、「忘」を下二段活用と四段活用、末尾の読み添えの助詞を「に」と「も」にそれぞれ訓読した結果、両者の相違が生じたと見ることができる。ちなみに『歌経標式』では、「おきつとりかもつくしまにわがゐねしいもはわすれじよのことごとに」とあり、「着」は紀に一致し、末句は記に一致している。

　この歌は「磯遊びで歌われた歌垣の歌の一つ[注25]」と見られている。民間で歌われてきた個人的・地方的な「うた」を採集したものと見てよいだろう。天武四年の勅によって貢上された「能く歌ふ男女」が歌ったものかも知れない。実際に声に出して歌われたものを天皇及び中央官人が聴いた時、その意味を理解することはそれほど容易いことではなかったと想像される。方言交じりの地方の歌であればなおさらである。「采詩」の重要な目的の一つに、君主がそれぞれの国風《くにぶり》を知るということがあった。民間で歌われてきた個人的・地方的な「うた」の採集においても為政者が国風を把握するという目的が含まれていたはずである。国風を知るためには歌意も理解しなければならないのは当然である。何故、Aのような訓字主体表記が為されたのか、その問に対して今用意することのできる答えは、残念ながらこれ以外見当たらない。この方法は、山ノ上碑や森ノ内木簡に見られた方法であり、天武朝には技術的に可能であった。

犬飼隆氏の言うように、文学作品ではなく行事の儀礼として口頭でうたった「歌」は一字一音式表記であった。そして、万葉歌に見るような創作歌には一字一音式表記と共に訓字主体表記も併用された。民間で歌われてきた個人的・地方的な「うた」を文字記載する際には、Aのような訓字主体表記も含まれていたと考えられる。

本稿の最後に、行事の儀礼として口頭でうたった「歌」の表記を再確認するために、時代は降るが、後に大歌所で琴とともに歌われた歌『琴歌譜』の表記を精査したい。

琴歌譜

『琴歌譜』の成立について、もっとも踏み込んで言及されたのは、神野富一氏であろう。神野氏は、編者にとって歌の縁起は敬すべき先師の時代など近い過去に作成されたものではなく、それを否定もできるような遠い時代に書かれたものであったこと、『類聚歌林』も『琴歌譜』も、『日本書紀』を「記」と表記すること等から、［類聚歌林→原テキスト→その整備→琴歌譜］という成立過程を想定され、以下のように結論づけられた。[注26]

一　歌曲名・歌詞・縁起が記されていた原テキストをもとに、編者は新たに序文・歌譜・琴譜および縁起の批評を書き加えて琴歌譜を作成

二　養老・神亀年間に作られたらしい『類聚歌林』をもとにして、天平年間にそこから節日の饗宴用の大歌のみを必要に応じて抄出したものが琴歌譜の原テキスト

これによれば、歌曲名・歌詞・縁起が記されていた原テキストは、天平年間に形成され、序文・歌譜・琴譜および縁起の批評は、編者の時代に作成されたことになる。ここで、問題となるのは、歌詞の上代特殊仮名遣である。歌詞が天平年間の表記そのものであれば、同時代の万葉歌程度の上代特殊仮名遣が反映されていなければならないと考えることもできるからである。

琴歌譜の歌曲名の仮名遣はすべて甲乙に適合することは、はやく武田祐吉氏に指摘があり、[注27]支持されてきた。「大直備」「余美歌」「宇吉歌」「茲良宜歌」がそれであり、『古事記』では、「讀歌」「宇岐歌」「志良宜歌」とあり、表記が異なる。また「大直備」の表記も神名ではあるが『古事記』では「大直毗神」となっている。歌曲名表記が、『古事記』の表記を引いたものでないことは明白であるが、仮名の分量も少なく、偶合の可能性も残される。

それに対して、「歌詞」と「譜歌（声譜）」の仮名遣いについては、譜の方が正しいとする説、[注28]反対に歌詞に比べて声譜の方に混用が多いとする説、[注29]歌詞の仮名より譜歌の方が正しい遣い方をしているが、逆の例もあるとする説[注30]など諸説ある。

【表1】

音節	仮名	詞	譜	詞備考	譜備考
あ	阿	10	21		
あ	安	9	7		
い	伊	24	39		
い	移		2		
う	宇	11	18		
え	衣		2		
え	依		2		
お	於	7	8		
か	加	1	1		
か	可	45	43		
か	賀		1		
か	何		1		
が	何	1	1		
が	可	18	10		
が	我		7		
き	伎	10	18		
き	吉	1	14		
き	支	23	2		
き	岐		4		
き	宜		1		
き	枳		1		
ぎ	支	2			
き?	支	1			
き×	支	3	2	木	櫟
き×	吉		1		櫟
キ×	幾		1		あしひきノ
ぎ×	伎	1	4	木	櫟
ギ×	義		1		継ぎ
く	久	32	34		
ぐ	久	1	1		
ぐ	具		2		
け	介	4			
け	祁		5		
こ	古	2	3		
コ	許	14	4		
コ	己	6	18		
コ	去		2		
さ	佐	18	27		
さ	左	1			
し	志	4	22		
し	之	44	45		
し	茲	1	4		
し	師		2		
し	試		3		
じ	自	1	4		
じ	之	3	1		
す	須	19	28		
ず	須	3	2		
ず	受		5		
せ	世	7	6		
せ	西	2	2		
そ	蘇	1	1		
ソ	曾	6	7		
ぞ	曾	1			
ゾ	曾	2			
ゾ	叙		1		
そ×	蘇	2	2	濯く	濯く
た	多	20	12		
た	太	5	12		
だ	多	8	8		
だ	太	1	8		
だ	陁	1			
ち	知	7	7		
ぢ	知	2			
ぢ	遲		3		
つ	川	18	23		
つ	都	10	23		
つ	豆	7	1		
つ	津		1		
づ	川	2	3		
づ	都	2			
づ	豆	3	8		
て	天	6	1		
て	弖	4	10		
て	提		1		
で	天	3	1		
で	弖	3	10		
と	刀	5			
ト	止	31	31		
ト	等	2	2		
ド	止	2	3		
ト×	止	1	9	(親)	門処
と×	度		1		人
な	奈	24	32		
な	難		1		
に	尔	32	28		
に	迩		3		
ぬ	奴	3	4		
ね	祢	8	8		
の	努		2		
の×	乃	1		楽し	
ノ	乃	41	36		
ノ	能	1	13		
ノ×	乃	3	7	篠	篠
ノ×	能		3		篠
は	者	2	1		
は	波	33	42		
ば	者	1	1		
ば	波	2	2		
ひ	比	15	17		
ひ	碑	1	1		
び	比		2		
ビ	備		1		樋◯
ひ×	比	1		樋ヒ	
び×	比	2		さビす	
ふ	不	2	3		
ふ	布	15	19		
へ乙	へ	1			
へ乙	倍	2	1		
へ甲×	部		1		上(訓仮字)
ほ	保	16	23		
ま	麻	1	8		
ま	末	6			
ま	万	5	30		
ま	萬		1		
み	美	35	36		
み	見		1		
ミ	味		1		神◯
み×	美	3	2	神	神
む	武	1			
む	牟	2	15		
む	无	5	3		
む	ム		7		
め	女	4			
メ	米	3	4		
め?	女		1		囃詞
メ?	米		2		囃詞
め×	女	2		始め	
メ×	米	2	8	女	しなめく
も	望	1	1		
も	毛	22	22		
も	母		3		
も	茂		1		
や	也	12	23		
や	夜	7	35		
ゆ	由	2	3		
ye	延	1		枝江兄	
ye	江		1		
よ	余	2			
よ	与	2			
ヨ	余	1	15		
ヨ	与	7	7		
ら	良	22	22		
り	利	14	18		
り	理	2	3		
る	流	1	8		
る	留	7	2		
れ	例	1			
れ	礼	10	16		
ロ	呂	7	7		
ろ	呂		1		
わ	和	9	8		
ゐ	為	3	3		
ゑ	惠	4	9		
ゑ	會		2		孤例
を	遠	1	3		
を	乎	24	23		

ここでは、改めて『陽明叢書国書篇8古楽古歌謡集』所載の「琴歌譜」影印版より、翻刻した本文によって歌詞と譜歌の仮名の一覧表を作成し、これに基づいて検証することにする。まず、その一覧を示せば【表1】の通りである。項目は、［音節・仮名・詞（歌詞での計数）・譜（譜歌での計数）・詞備考・譜備考］の順であり、備考欄には、上代特殊仮名遣の異例についてその語を訓字で示した。

［音節］の項目で、上代特殊仮名遣の甲類、及び甲類乙類の区別のない音節は平仮名で示し、上代特殊仮名遣の乙類は片仮名で示した。また「き?」のように、「?」を付したのは上代特殊仮名遣の甲類・乙類が不明の場合を表し、「き×」のように「×」を付したのは仮名違いを表した。

まず、【表1】に基づいて、上代特殊仮名遣を確認すれば【表2】の通りである。

譜の仮名の方が二行書きの詞の仮名よりも古い用字であるとの指摘もあるが[注31]、詞・譜ともに正用誤用に大差なく、これを以て詞・譜のいずれかが混用が多いと言うことは困難であろう。【表Ⅰ】に示したように、「樋」については、詞は「比」を用い仮名違いであるが、譜の方は「備」を用い適合していたり、「神」の「み」については、詞・譜ともに「美」を用い仮名違いであるが、譜では一例のみ「味」を用い適合するなど、詞・譜のいずれも上代特殊仮名遣は厳密に使い分けられていない。この状況は、記紀万葉という上代中央文献における上代仮名遣の在り方よりも、先に挙げた木簡に書かれたウタの仮名使用の特徴と一致している。

【表2】

	キ	ギ	ヒ	ビ	ミ	ケ	ヘ	メ	コ	ソ	ト	ノ	ヨ	ロ	正用	誤用
詞	×	×	×	×	×	○	○	×	○	×	×	×	○	○	5	9
譜	×	×	○	○	×	○	×	×	○	×	×	×	○	○	6	8

続いて、清濁の書き分けについて、詞・譜の実態を【表1】に基づいて確認すれば【表3】の通りである。

【表3】（◎は、清濁両用を示す）

	詞	譜
可	◎	◎
何	清	◎
加	清	清
賀		清
我		濁
伎	◎	◎
支	◎	清
吉	清	清
岐		清
宜		清
枳		清
幾		清
義		濁
久	◎	◎
具		濁
之	◎	◎
試	清	清
茲	清	清
師		清
自	濁	濁
須	◎	◎
受		濁
曾	◎	清

	詞	譜
蘇	清	清
叙		濁
多	◎	◎
太	◎	◎
陁	濁	
知	◎	清
遲		濁
川	◎	◎
豆	◎	◎
都	◎	清
津		清
天	◎	◎
弖	◎	◎
提		清
止	◎	◎
等	清	清
刀	清	
度		清
者	◎	◎
波	◎	◎
比	清	◎
碑	清	清
備		濁

清濁の特徴も、乾善彦氏の言う、木簡に書かれたウタの仮名使用の特徴に符合し、その書き分けは徹底されているとは言えない。譜の方が字種が多いせいもあるが、清音専用仮名・濁音専用仮名は、譜の方に目立つものの、詞の方のみに用いられる濁音専用仮名「陁」、清音専用仮名「刀」もあり、これもどちらがより書き分けているという判断は困難である。

また、【表1】に見られるように、「者」「部」「女」のような訓仮名が用いられることも、木簡に書かれたウタの仮名使用の特徴と一致することが注目される。

大歌所で琴を伴って歌われた歌『琴歌譜』の表記は、木簡に書かれたウタの仮名使用、即ち行事の儀礼として口頭でうたった「歌」の表記に一致するものであった。『琴歌譜』の表記は、詞・譜ともに、七世紀木簡に書かれた「歌」と同様のものであったことが確認された。

以上のことから、古代の韻文の表記は、記載の要求の内実と密接に関わり、典礼などで歌われる目的を有する場合は一字一音式表記が選択され、万葉歌に見るような創作歌には一字一音式表記と共に訓字主体表記も併用され、民間で歌われてきた個人的・地方的な「うた」の文字記載には、歌意に重きが置かれた場合には訓字主体表記が採られることもあった。このように、古代の歌の表記は、場の相違と記載の要求の在り方に応じて選択の幅を持っていたことが認められる。

注

1 稲岡耕二・工藤力男・西條勉・犬飼隆の一連の論考がある。詳細は北川和秀「上代の文字表記関係研究文献」(『書くことの文学』笠間書院、二〇〇一年)参照。その後発表された主なものには、工藤力男「古事記は人麻呂歌集に後れたか」『書くことの文学』(笠間書院、二〇〇一年)・西澤一光「上代書記体系の多元性をめぐって」(『万葉集研究』第二五集、塙書房、二〇〇一年)・犬飼隆『木簡から探る和歌の起源』(笠間書院、二〇〇八年)・栄原永遠男『万葉歌木簡を追う』(和泉書院、二〇一一年)・乾善彦『日本語書記用文体の成立基盤』(塙書房、二〇一七年)・犬飼隆『儀式でうたうやまと歌』(塙書房、二〇一七年)などがある。

2 拙稿「文字言語から観た中央と地方――大宝令以前――」『文学・語学』二一二号(全国大学国語国文学会、二〇一五年四月)

3 拙著『記紀の文字表現と漢訳仏典』(おうふう、一九九四年)七三~七八頁・拙稿「万葉集の十二面　九、宗教(仏教、道教)」(『万葉集がわかる』朝日新聞社、一九九八年)

4 太田善麿『古代日本文学思潮論Ⅳ――古代歌謡の考察――』(桜楓社、一九六六年)八頁

5 太田善麿『上代文学古典論』(おうふう、一九九九年)一六一頁

6 拙稿「漢字で書かれたことば――訓読的思惟をめぐって――」(『国語と国文学』一九九九年五月特集号、東京大学国語国文学会)

7 沖森卓也『日本古代の文字と表記』(吉川弘文館、二〇〇九年)一九頁では、この「半」はn韻尾を後続の「弖」の同じ調音点(舌音)である頭子音によって解消したもので「弖」をデと読ませるための用法であったとしている。

8 森岡隆「万葉歌を記した七世紀後半の木簡の出現」第三十回木簡学会研究集会発表及び発表資料(二〇〇八年一二月六日)・「安積山のウタを含む万葉ウタ木簡三点と難波津の歌」『木簡研究』三一号(木簡学会、二〇〇九年)

9 犬飼隆『木簡から探る和歌の起源』(笠間書院、二〇〇八年)一四二頁

10 乾善彦『日本語書記用文体の成立基盤』(塙書房、二〇一七年)八二頁

11 前掲注9と同。
12 前掲注9と同。
13 近藤信義「国風暗黒時代の和歌文化圏」『水門』二三（勉誠出版、二〇一一年七月）
14 拙稿「記紀歌謡の原表記」『上智大学国文学科紀要』二九（二〇一二年三月）・拙著『記紀の表記と文字表現』（おうふう、二〇一五年）
15 拙著『記紀の表記と文字表現』（おうふう、二〇一五年）〈第二章　記載文学としての八千矛神歌謡〉及び〈第三章　古事記に於ける歌謡詞章の更新〉で述べたように、八千矛神歌謡の「賢し女」「浦渚の鳥」が「関雎」及びその鄭玄注から発想を得ていることも『毛詩』が広く受容されていたことを裏付ける。
16 西條勉「記紀歌謡と定型――宮廷歌謡の成立をめぐって――」『専修国文』七四号（二〇〇四年一月）
17 尾崎知光「古事記序「列儛攘賊聞歌伏仇」――回想もう一つの解釈――」『古事記年報』四〇（古事記学会、一九九八年一月）
18 品田悦一「万葉集東歌の原表記」『国語と国文学』六二―一（東京大学国語国文学会、一九八五年一月）・「万葉集巻十四の原資料について」『萬葉』一二四（一九八六年七月）
19 植松茂『古代歌謡演出論』（明治書院、一九八八年）
20 拙著『記紀の表記と文字表現』（おうふう、二〇一五年）第五篇第二章「記載文学としての八千矛神歌謡」・第三章「古事記に於ける歌謡詞章の更新」
21 「翻音」の語は、森重敏氏の「古事記の志向した世界（一）（二）（三）」『国語国文』二九巻八・九・一〇（一九六〇年八月九月一〇月）に使用された術語である。森重論文では、「すでに漢字によって書かれたものが記録として当時存していたにしても、その訓み方は、この際においては、単に目で読み結局の大意を知るといったこと以上に、確実に日本語――国語音に翻すことによって言語としての一つの形を得るということを通しての意味把握である。」述べている。訓字主体の原表記を翻音しなければ一字一音式の音仮名で表記することはできない。
22 古屋彰「萬葉集巻一四の表記をめぐって」『金沢大学法文学部論集文学篇』二三（一九七六年三月）、後に『万葉集の表記と文字』（和泉書院、一九九八年）所収に説くところの音仮名「西《セ》」「斯《シ》」「抱《ホ》」等を含む三二首
23 品田悦一「万葉集巻十四の原資料について」『萬葉』一二四（一九八六年七月）

24 拙著『記紀の表記と文字表現』（おうふう、二〇一五年）三四四頁
25 土橋寛『古代歌謡全注釈　古事記編』（角川書店、一九七二年）六六頁
26 神野富一「琴歌譜の成立過程」『萬葉』一六四号（一九九八年一月）・「琴歌譜の『原テキスト』成立論」『国語と国文学』七五巻五号（一九九八年五月）
27 武田祐吉「琴歌譜における歌謡の伝来」『國學院雑誌』五七巻六号（一九五六年六月）
28 前掲注25と同。
29 土橋寛「琴歌譜」『陽明叢書国書篇8古楽古歌謡集』（思文閣、一九七八年九月）
30 西宮一民「琴歌譜の仮名遣と符号」『日本上代の文章と表記』（風間書房、一九七〇年二月）
31 島田晴子「琴歌譜の構成について」『学習院大学国語国文学会誌』一二（一九六九年三月）

「神代」に起源する記・紀「天皇史」の構想

——天皇と三輪神との関係から——

松本　直樹

はじめに

『日本書紀』は大和王権国家の最初の正史として養老四年（七二〇）に成立した。天武十年三月の「帝紀及上古諸事」の「記定」を指示した天武の詔が、その編纂の契機に関わっていよう。いっぽう『古事記』は、その序文によれば、和銅五年（七一二）に撰録者の太安萬侶から元明天皇に献上された。『古事記』は正史という扱いを受けてはいないが、序文に書かれた天武の発案に始まる成立事情や、本文の内容からすれば、紛れもなく大和王権国家の〈歴史〉を説いた書物であると言える（本稿では、特定の人物、権力が意図して創作したものを〈歴史〉〈神話〉と括弧付きで表記する）。天武の意図によるという編纂の時代的背景を同じくすることもあり、両書は長く「記紀」と総称されてきた。

当然のことながら、両書の間には多くの違いがある。表記体に関して言えば、『古事記』が漢文の規則を大きく逸脱した和文体であるのに対して、『日本書紀』は不完全ながらも漢文体を目指して書かれている。内容面でも違いは大きく、前者が紀伝体を主とするのに対し、後者は歴代天皇紀において年月日順の編年体史書の体裁を旨としている。前者が国内向け、後者が対外（特に対中国）的意識のもとで編纂されたと言われてきた所以でもある。また、前者は三十三代推古朝で閉じられているが、後者は四十一代持統朝という、その成立時からは「近代」に当たるであろう時代までを記しているという違いもある。

こうした違いを持ちながらも、国家の〈歴史〉を、天地開闢からカムヤマトイハレビコ（初代神武）の誕生に至るまでの「神代」から説き起こし、ついで初代神武に始まる歴代の天皇記（紀）を即位順に従って記載している点において共通している。正史であり、漢文体を基調とした『日本書紀』においてさえ、何ゆえに「神代」を〈歴史〉の始めに置かねばならなかったのだろう。何ゆえに「初代神武が初めて統一国家を建設した」から国家の〈歴史〉を説かなかったのだろう。それは神話が本来的に、宇宙の起源、人の生死、村の由来、社会の掟などを決定する力（仮に「神話力」と呼ぶ）をもって、共同体を形成維持していたからに相違ないと思う。大和王権は列島各地の神話や神々の信仰を利用しながら、国家の上に〈神話〉を君臨させたのである。

『古事記』にも『日本書紀』にもそれぞれの〈神話〉を「き」という直接経験の過去の助動詞で読ませようとした形跡がある。物語文学が伝聞過去の「けり」を用いるのとは大きく異なる態度である。

以二其追斯伎斯一此三字以レ音而号二道敷大神一　（『古事記』黄泉国段）[注1]

天児屋命則以神祝祝之……神祝祝之此云二加武保佐枳保佐枳一　（『日本書紀』神代上、第七段一書第二）[注2]

『古事記』『日本書紀』ともに〈神話〉を紛れもなく我々が経験した過去の出来事として位置づけ、それをもって国家の起源とした態度の現れであると言ってよい。[注3]

『古事記』『日本書紀』が〈神話〉に起源する大和王権国家の〈歴史〉を説き、人皇記（紀）にも少なからず神が登場している以上、「神と天皇」「神と王権」との関わり方が両書各々の主題や構想に深く関わっていることを予測する必要がある。本稿では、〈神話〉を含んだ両書それぞれの構想とそれに基づく構成について、天皇と三輪神（オホモノヌシ）との関係を手掛りにして考えてみようと思う。両書において、神代における大国主神との国作り、初代神武と皇后イスケヨリヒメ（イスズヒメ）との婚姻、第十代の崇神朝における疫病鎮静化のための祭祀および神と人との神婚に、共通して三輪神が関わっている。また『日本書紀』においては第二十一代の雄略朝に同神が「大蛇」として顕現するが、『古事記』の雄略条にも赤猪子と天皇とが歌を交わす場面において三輪神の存在が暗示されている。両書の共通点と相違点を整理しながら論考を進めてゆく。

『古事記』の構想――天皇と三輪神――

『古事記』の三巻構成

『古事記』が天武王朝の起源の〈歴史〉を説くものである以上、主題の中心には常に「天皇」とそれが統治する「天下」の存在があると見るべきである。

神野志隆光は、「世界観」という視点の必要性を唱え、上巻において定位された葦原中国が、中巻の歴代天皇によって「天下」として実現されてゆく過程を明らかにした。[注4]「天下」といういわば王権による空間支配の過程を説くことが中巻の主題であるとする主張は、同書における地名起源説話が中巻に集中して見られるという事実とも一致しており、首肯すべきものである。

いっぽう「天皇」の定位に関する『古事記』の文脈、構成については、拙稿において次のような説を提唱した。[注5]

上巻——皇祖から天皇誕生までの時代の記録
中巻——天皇が神との交渉を通して天下の統治を実践する時代の記録
下巻——神としての天皇の時代の記録

かつて倉野憲司が三巻の構成について、

上巻——神の物語
中巻——神と人の物語（神と人との交渉が極めて深く人が神から十分解放されていない）
下巻——人の物語（神から解放された人間そのものの物語[注6]）

と述べており、時間軸に沿って展開する各巻の特性については当を得た見解であると言える。ただ、倉野の言う「人」を「天皇」に置き換え、神と天皇との関係性を主題の中心軸とすることによって、初めて王権の史書としての三巻の展開が明瞭になると考える。天皇との関係性という観点から、もっとも注目すべき神が、三巻すべてにおいて登場し、天皇と直接的に関わりを持っている三輪神、すなわちオホモノヌシである。もっとも下巻においては、三輪神そのものが登場する場面はなく、その存在を前提として天皇が関係するという形になっており、その点については後に述べることとする。

上・中巻における天皇と三輪神

まず、上巻から中巻にかけて、三輪神オホモノヌシに関する記事を、『古事記』の〈歴史〉に沿って検討してみよう。

①於レ是、大国主神愁而告「吾独何能得レ作二此国一。孰神与レ吾能相二作此国一耶」。是時、有二光レ海依来之神一。其神言「能治二我前一者、吾能共与相作成。若不レ然者国難レ成」。尓、大国主神曰「然者、治奉之状奈何」。答言「吾者伊三都岐奉二于倭之青垣東山上一」。此者坐二御諸山上一神也。（上巻、国作り条）

スクナビコナが常世国へ去った後、大国主神が国作りの協力者を求める場面である。具体的な神名が見えず、そのことの積極的な意味を見出すことは未だ出来ていないのだが、後続の記事によって、これが三輪神としてのオホモノヌシであることが明瞭になってくる。

大国主神が文字通りの「大いなる国の主」でありながらも、単独での国作りが困難であったことは、同じく出雲信仰圏の神であるスサノヲを介する形で、同神を制限付きの「国主」として位置づけ、それによる国作りの正当性と、それから国譲りをされる天孫側の国土支配権の正当性を主張しようという『古事記』の構想によるものである。[注7]

大国主神の「国主」たる権利は、スサノヲの四つの指令に基づくが、そのうちの「其我之女須世理毘売為二適妻一」に応えた結果、適妻（適后）スセリビメの嫉妬にあい、大国主神は「倭国」に「上」ることが出来なかった。その点において、大国主神は確かな「国主」として、国作りをし、天孫に国譲りをすることが出来る立場でありながらも、自身が大和に「上」り、畝火之白檮原宮に坐して「天下」を治めるに至る初代天皇の立場にはなり得なかった存在として描かれているのである。

このような構想のもと、御諸山の神（三輪神）は、大国主神とはあくまでも別神として葦原中国の国作りに関わってくる。この点でオホモノヌシを大国主神の「亦名」「奇魂」「幸魂」とする『日本書紀』一書や、同じく

「和魂」とする『出雲国造神賀詞』とは異なる立場をとっている。

②大久米命白「此間有媛女。是謂神御子。其所以謂神御子者、三嶋湟咋之女名勢夜陀多良比売、其容姿麗美。故、美和之大物主神見感而、其美人為大便之時、化丹塗矢、自其為大便之溝流下、突其美人之冨登此二字以音。下効此。尓其美人驚而立走伊須須岐伎此五字以音。乃将来其矢置於床邊、忽成麗壮夫、即娶其美人生子、名謂冨登多多良伊須須岐比売命、亦謂比売多多良伊須気余理比売是者悪其冨登云事後改名者也。故是以謂神御子也」。…（中略）…天皇幸行其伊須気余理比売之許、一宿御寝坐也。…（中略）…然而阿礼坐之御子名日子八井命、次神八井耳命、次神沼河耳命、三柱。

（中巻、神武）

初代神武が大和に入り、史上初めて「天下」統治を果たした直後の記事である。神武の皇后イスケヨリヒメを三輪のオホモノヌシの娘であると明確に位置付けている。

神武の名がカムヤマトイハレビコであることは、初代天皇が大和での建都を前提として成り立つことを意味していて、これは『古事記』『日本書紀』に共通する大和王権の構想である。『古事記』においては、その中巻冒頭の神武らの発言に「坐何地者、平聞看天下之政」とあり、そこで東遷の目的が明瞭に示され、その結果、「坐畝火之白檮原宮、治天下也」となる。次いで、大国主神とは別神である大和の三輪神の娘との婚姻と、それとの間に第二代綏靖らが誕生したことを受け、すぐに文脈は「天皇崩後」となり、これにてカムヤマトイハレビコの役割は終わる。

神代から神武即位直前まで、アマテラス直系の皇統は「天神御子」と呼ばれ、それが皇后選定の場面から「天皇」に変わり、以後「天神御子」が現れることはない。それは「葦原中国」から「天下」へという国土の呼称の変化と全く軌を一にしており、「天下」の成立とともに「天皇」の誕生を説くのが神武記の主題であったことは明瞭である。三輪神オホモノヌシの娘と婚姻し、血統を子孫に伝えることで初めて「天皇」が成立したと『古事記』は説いている。

これまでのところを纏めておこう。三輪神は「葦原中国」から「天下」の成立、そして「天皇」の成立に至る文脈において鍵となる存在である。また天皇として天下を統治するに至ることのない大国主神の立場を逆説的に正当化するために、大国主神とはあくまでも別神として位置づけられている。

③此天皇之御世、役病多起人民死為レ尽。尓天皇愁嘆而坐二神牀一之夜、大物主大神顕二於御夢一曰「是者我之御心。故以二意富多々泥古一而、令レ祭二我前一者、神気不レ起、国安平」。…（中略）…天皇大歓以詔之「天下平、人民栄」一、即以二意富多々泥古命一為二神主一而、於二御諸山一、拝二祭意富美和之大神前一。又仰二伊迦賀色許男命一、作二天之八十毗羅訶一此三字以レ音也、定二奉天神地祇之社一。又於二宇陀墨坂神一、祭二赤色楯矛一、又於二大坂神一祭二墨色楯矛一、又於二坂之御尾神及河瀬神一悉無二遺忘一以奉二幣帛一也。因レ此而役気悉息、国家安平也。

（中巻、崇神記）

本条の中心的な話題は王権によるオホモノヌシの祭祀であるが、引用部の後半においては、「坂」「河瀬」の神に対して遺漏の無い祭祀があって、初めて国家の平安が保証されたことになっている。「坂」「河瀬」が国境を意味することから、これが全国の祭祀権の統一を意味することが分かる。

さて、オホモノヌシは疫病の流行を自身の「神気（カミノケ）」と言うが、「国家」「人民」を滅亡の危機にさらしている現象は、大和王権からすればモノノケの仕業に違いなく、それがオホモノヌシという神名の意味するところであるが、オホタタネコを祖とする神君等にとっては、それは紛れもない祖先のカミであり、そのことを証明すべく、直後にはいわゆる三輪山伝説が付いている。

崇神の代に至って、オオモノヌシは初めて「大神」という尊称を持つ。中巻の「大神」の用例を見ると、例えば「大国主神」が、垂仁の手によって手厚い待遇を受ける場面に至って「出雲大神」「葦原色許男大神」となり、またイザナキの禊ぎによって成った「底（中・上）筒之男命」が、新羅征討の為に祭祀される場面において、「底筒男・中筒男・上筒男三柱大神」と呼ばれ、また地の文においても「墨江之大神」となるなど、王権による祭祀対象となる場合にそれまでの「神」「命」が「大神」となることが分かる。

つまり、本条の趣旨は、大和王権とは本来的に別の価値観によって存在していたカミ（王権にとっては正体不明のモノ）を、その子孫を使役して、大和王権の「大神」として祭祀したことを主張し、それと同様に「坂」「河瀬」という境界をすべて取り除き、全国の価値観を統一したことを説くことにある。

さて、ここまでの天皇と三輪神との関係性を確認しておこう（①～③は前の引用文の番号に一致。以下同様）。

①三輪神と同神でない大国主神は天皇として天下統治を果たすことがなかった。

②三輪神の娘との婚姻、三輪神との系譜上の結合が「天皇」を誕生させた。

③天皇がオホモノヌシを大三輪の大神として祭祀することに成功した。

②～③の間で、両者の位置関係が微妙に変化しているように思われる。②でも③でも三輪神が天皇を支える立場にあることに変わりはないが、それまで天皇側からの直接的な影響を受けていなかった三輪神が、③では天皇から祭祀を受ける存在となっている。天皇側から言えば、三輪神の力を一方的に取り入れていた天皇が、三輪神に祭祀という形の働きかけを行うに至ったことになる。正体不明のモノをカミとして祭祀することは、実質的にはモノをコントロール下に置くことを意味している。

下巻における天皇と三輪神

はじめに、下巻における天皇と神々の関係について考えを述べておきたい。と言っても、下巻では神々の存在が前面に出ることは殆どなく、神々が存在していることが中巻までの流れを受けた暗黙の前提として、天皇の〈歴史〉が展開しているということなのだろう。だから神の出現は少ないながらも、「神」という表現は散見する。

「神牀」もその一つであり、中巻でも下巻でも天皇が寝る床として現れる。ただし、中巻と下巻では「神」の指すところが異なる場合がある。中巻で、天皇が「神牀」に坐した時、その夢にはオホモノヌシが現れて、神託を下してきた。天皇はそれに従って、モノを「大神」として祭祀した。

下巻では安康記に次のような記事がある。

天皇坐㆓神牀㆒而昼寝。尓語㆓其后㆒曰「汝有㆑所㆑思乎」。答曰「被㆓天皇之敦澤㆒何有㆑所㆑思」。

天皇と后の会話が展開するばかりで神はいっさい登場しない。この後、安康は目弱王に殺害されるが、それは天皇の不義に対する神の意志であり、「神牀」に坐した結果がそこにあると理解する説がある。[注8] ただし、託宣は、

「是天照大神之御心者」（仲哀記）

「是我之御心」（崇神記）

という定型表現で始まるのが基本である。最後まで名を表すことのない正体不明のカミが、いきなり天皇を崩御に追いやるような神意を下すとは思えない。安康記の「神牀」には神が出現していないのではないか。

下巻には、天皇を「神」と称する例が見られる。歌謡を訓読文で掲げる（以下同じ）。

呉床居《あぐらゐ》の　神《かみ》（加微）の御手持《みても》ち　弾《ひ》く琴《こと》に　舞《まひ》する嬢子《をみな》　常世《とこよ》にもがも（雄略記。括弧内原文）

中巻にはこうした例は見られない。ならば、安康記の「神牀」についても、正体の無い神の存在を認めるよりも、「神としての天皇の床」の意と理解して、それを下巻特有の表現として捉えた方がよいのではないだろうか。

下巻において、唯一名を持ち、具体的な活動を示す神がヒトコトヌシである。ヒトコトヌシは天皇と全く同じような服装をし、同じように多くの者を従えていた。それが自ら「一言主大神」であると名乗ったのを受け、天皇は、

「恐我大神有二宇都志意美一者自レ宇下五字以レ音也不レ覚」

と「白」して、臣下の衣服を悉く神に献上するが、ヒトコトヌシの側も、

天皇之還幸時、其大神満山末於二長谷山口一送奉

と、天皇に対して謙譲語を持って待遇している。自らの実名を名乗ること自体が服属宣言にもなり得る行為であって、雄略の側は名乗ることを一切してしない。天皇から見たヒトコトヌシは「現し臣」であるが、ヒトコトヌシから見た天皇は敬意を払うべき対等以上の存在、言ってみれば「現し神」であることになろう。このように下巻における天皇は、神と同等の存在であると言うことが出来るだろう。

こうした下巻の天皇の特徴は、おそらく『古事記』三巻の構想によると考えられる。下巻の巻頭にあたる仁徳記に、仁徳の国見歌がある。

おし照《て》るや　難波《なには》の崎《さき》よ　出《い》で立《た》ちて　我《わ》が国見《くにみ》れば　淡嶋《あはしま》　おのごろ嶋《しま》　檳榔《あぢまさ》の嶋《しま》も見《み》ゆ　放《さけ》つ嶋見《しまみ》ゆ

「淡島」と「おのごろ嶋」は、言うまでもなくイザナキ・イザナミ二神の国生みにおいて出現した嶋であり、『古事記』の〈歴史〉が始まって間もない頃の景である。こうした国土の原始の姿を、仁徳が「確かに見た」と

宣言するところから下巻が始まる。森朝男が[注9]、天皇による神話の再現であると説き、また新編日本古典文学全集『古事記』[注10]が「歌は国生みの神話を呼び込み、そのような神話的根源を負う世界を所有するのだと確認して、『我が国』という。世界の始まりからの歴史を引き受ける存在としての大王の風格がそこにある」と、『古事記』の構成、文脈上からの意味を認めている。ともに首肯すべきである。さらに、〈神話〉あるいは神の存在という基準の上に、天皇を相対化して定位するならば、天皇が〈神話〉の主人公としての神の位置にまで昇格したことになり、これが神としての天皇の時代を描く下巻の主題表明に当たるのだと思う。

さて、話を三輪神に戻したい。三輪神が下巻において顕現しないのは他の神と同様であるが、その存在を前提として天皇が行為している場面がある。

④亦一時、天皇遊行到二於美和河一之時、河邊有二洗レ衣童女一。其容姿甚麗。天皇問二其童女一「汝誰子」。答白「己名謂二引田部赤猪子一」。尓令レ詔者「汝不レ嫁レ夫。今将レ喚」而、還二坐於宮一。故、其赤猪子仰二待天皇之命一、既経二八十歳一。於レ是、赤猪子以為望レ命之間已経二多年一、姿體痩萎更無レ所レ恃、然非レ顕二待情一不レ忍二於悒一而、令レ持二百取机代物一、参出貢献。…（中略）…於レ是、天皇大驚「吾既忘二先事一。然汝守レ志待レ命、徒過二盛年一。是甚愛悲」。心裏欲レ婚、憚二其極老一、不レ得レ成レ婚而、賜二御歌一。其歌曰、

御諸《みもろ》の　厳白檮《いつかし》がもと　白檮《かし》がもと　ゆゆしきかも　白檮原《かしはら》童女

又歌曰、

引田《ひけた》の　若栗栖原《わかくるすばら》　若《わか》くへに　率寝てましもの　老《お》いにけるかも

尓赤猪子之泣涙、悉湿二其所レ服之丹揩袖一。答二其大御歌一而歌曰、

御諸《みもろ》に　築《つ》くや玉垣《たまがき》　つき余《あま》し　誰《た》にかも依《よ》らむ　神《かみ》の宮人《みやひと》

又歌曰、
日下江《くさかえ》の　入江《いりえ》の蓮《はちす》　花蓮《はなばちす》　身《み》の盛《さか》り人《ひと》　羨《とも》しきろかも
（下巻、雄略）

尓多禄給二其老女一以返遣也。故、此四歌志都歌也。

「引田部」については、『日本書紀』天武天皇十三年条に「三輪引田君難波麻呂」とあることなどによって、三輪氏の一族と見なして問題ないだろう。その一族の娘である赤猪子は、「河邊」で衣を洗う「童女」であり、歌謡二首目に「ゆゆしき」「童女」、四首目に「神の宮人」とあることからも、三輪神に奉仕する巫女であったというのが通説であるが、歌謡の本質については、武田祐吉[注11]が本来は「三輪の神事歌謡」であり、「手をつけてはならないのを詠んだ」と理解するのに対し、土橋寛[注12]が巫女との婚姻の禁忌を思想的な背景とした三輪地方の歌垣歌であったと説くなど諸説がある。いずれも、『古事記』の文脈としての雄略・赤猪子の歌謡物語と、『古事記』から離した場合の歌謡本来の意味、性格とを区別して論じるものである。[注13]

『古事記』の文脈においても、赤猪子は三輪神に仕える巫女であり、天皇は巫女との婚姻が出来得る存在であったと理解すべきではないだろうか。赤猪子は地の文においても「童女」であった。『古事記』の「童女」の用例は、当該箇所を含めて次の四場面八例である。

イ、老夫与二老女一二人在而、童女置レ中而泣。…（中略）…於二湯津爪櫛一取二成其童女一而（上巻、ヲロチ退治）

ロ、臨二其楽日一、如二童女之髪一、梳二垂其結御髪一、服二其姨之御衣御裳一、既成二童女之姿一（中巻、ヤマトタケル西征）

ハ、到二美和河一之時、河邊有二洗レ衣童女一。其容姿甚麗。天皇問二其童女一。（下巻、雄略）

ニ、天皇幸二行吉野宮一之時、吉野川之濱有二童女一。其形姿美麗。故婚二是童女一而還二坐於宮一。後更亦幸二行吉野㆒之時、留㆓其童女之所㆑遇於㆓其処㆒立㆓大御呉床㆒而、坐㆓其御呉床㆒、弾㆓御琴㆒、令㆑為㆑儛㆓其嬢子㆒。尓因㆓其嬢子之好儛㆒。作㆓御歌㆒。其歌曰、

呉床居《あぐらゐ》の　神《かみ》の御手《みて》持《も》ち　弾《ひ》く琴《こと》に　舞《まひ》する嬢子《をみな》　常世《とこよ》にもがも　（下巻、雄略）

他にヲトメと訓む可能性のある表記に「媛女」「嬢子」「美人」「稚女」「少女」などがある。「媛女」は神武の大后イスケヨリヒメと雄略に求婚される丸邇氏の娘ヲドヒメの二者であり、天皇の妻、または天皇との婚姻を前提とした時の表現であると思われる。「嬢子」は、ニの用例のように「童女」との関係が問われるが、「嬢子」は「童女」より用例数も多く（十九例）、「童女」を含めた女性一般を意味する汎用の表現であると考えるべきであろう。「美人」は神や天皇の妻になる場合が多く、それ以外の男との婚姻が何らかの事件の発端になることからすれば、「美」は神を祭る能力に比例するという通説を支持したい。「稚女」「少女」については、「童女」の字義とも重なる。「稚女」はヲロチ退治条でヲロチの生贄になる国つ神の娘を指し、「童女」であるクシナダヒメもその中に含まれる。アシナヅチの発話の中で「童女」を言い換えたものであろう。「少女」は中巻崇神記において、山代の幣羅坂に現れ、「みまきいりびこはや…」のいわゆる童謡を詠った名もない少女の一例のみである。場が「坂」という境界であることもあって、神意を伝える巫女的な存在であると認めてよいだろう。

さて、「童女」の用例であるが、イは、ヲロチの生贄になる筈であったが、結局はスサノヲの妻になったクシナダヒメ、ロはヲウスの命（後のヤマトタケル）の女装した姿、ハは当該条の赤猪子、ニは雄略が行幸途次で出会い、婚姻関係を結んだ名の無い女性である。イ・ハ・ニはともに川辺が出会いの場で、その点からも童女の巫女性は確認出来よう。ロは「如童女」「童女之姿」であって、実際の童女ではないが、ヲウスが童女のごとく変装できたのは、姨であり、他ならぬ伊勢の斎宮であったヤマトヒメの「御衣御裳」を着たからである。実際の童

女ではない口を除き、童女との婚姻が想定されているのは、スサノヲと雄略のみである。

赤猪子が地の文においても「童女」とされていることを踏まえるならば、『古事記』の文脈上においても、その巫女性を認めるべきである。新編全集は[注14]「白檮原童女《かしはらをとめ》」について「赤猪子は巫女ではないが、結婚できない理由として、そうであるかのように歌う」と注し、「神の宮人」について「赤猪子は巫女ではないが天皇が赤猪子を巫女のように表現したので、それを引き取って歌ったもの」と注して、「歌は現実をそのまま歌うものではない」と述べているが、地の文の「童女」からして賛同できない。松本弘毅[注15]は「神の宮人」の「神」を天皇と理解し、雄略と三輪の巫女との親交を描くことで、雄略を称揚する意図があると指摘する。また、多田一臣[注16]も「赤猪子が、もともと三輪山の神に仕える巫女であったらし」く、「それがこの物語の核になっている」と述べ、『古事記』の文脈上にも巫女と天皇との婚姻の要素を認めている。ともに首肯すべき指摘である。

多田は、赤猪子のみが老女らしく描かれていることに関して、赤猪子が神の世界に近い「神さび」た姿で天皇の前に顕現したことを示していると理解しており、これも傾聴に値する。ヒトコトヌシが「現し臣」の姿をもって天皇の前に現れたのと同様に、神と天皇の存在する世界とが時に接触し、重なりつつあると言うことが出来るだろう。中巻において、天皇の夢や託宣という形で神が現れた以上に、下巻では、神と天皇との関わり方が直接的である。赤猪子だけが年老いるという印象の背景をこのように理解した上で、それでもなお『古事記』の時間軸において「八十歳」を経ていることも事実である。「老女」が「童女」の対であり、「痩萎」と表現される容姿の衰えが「美」と相反することからすれば、それは既に巫女としての資格を喪失したことの意味となり、雄略との婚姻が果たされない当然の理由として解することが出来る。

神の存在を前提にして天皇を位置付けるならば、下巻の雄略は、「童女」と婚姻する可能性を唯一持った、神に近い存在であると言える。赤猪子と雄略との婚姻は未遂に終わっており、その結果の意味するところは別に考える余地があるかも知れないが、例えば、『日本書紀』崇神十年九月「是後」条のヤマトトトビモモソヒメのように、オホモノヌシと結婚しながらも、「驚くな」という禁忌を破って、その関係を破綻させたような場合でも、神の位置づけそのものに変更を迫るものではない。

『古事記』における三輪神と天皇との関係について、全体を纏めておこう。

①三輪神と同神でない大国主神は天皇として天下統治を果たすことがなかった。（上巻、国作り）
②三輪神の娘との婚姻、三輪神との系譜上の結合が「天皇」を誕生させた。（中巻、神武）
③天皇がオホモノヌシを大三輪の大神として祭祀することに成功した。（中巻、崇神）
④天皇が三輪神の巫女である赤猪子と婚約しながら、未遂に終わった。（下巻、雄略）

三輪神と天皇との相対関係を辿ってゆくと、〈歴史〉の時間を追って、天皇の位置が高められていることがわかる。周知のとおり、雄略は稲荷山古墳や江田船山古墳出土の刀剣の銘文に「大王」「治天下」と記された天皇であり、『萬葉集』『日本霊異記』がともに雄略の歌や説話から始まり、『日本書紀』の編纂も雄略紀から開始されたと言われているように[注17]、古代を代表する天皇として伝承されていた。『古事記』においては、神としての天皇という性格を最も強く持っており、古代の天皇としての一つの完成形をそこに認めていたのだと思われる。『古事記』は、上巻→中巻→下巻という〈歴史〉の中で、天皇と三輪神との関係性を通して、「天皇」の誕生から完成までの、いわば「天皇史」を説いていたと考えている。

『日本書紀』の構想――天皇と三輪神――

『日本書紀』の「一書」

ここで、『日本書紀』の「一書」に関する問題に簡潔に整理しておきたい。[注18]

『古事記』が基本的には破綻のない一続きの「神代史」を記すのに対して、『日本書紀』は「神代史」を全十一段に分け、段ごとに主文（「本文」「正文」「本書」などとも言う）を定め、その後に「一書曰」としてその段ごとの異伝を掲載している。

一書の数が段ごとに異なっていることからも、一書はあくまでも各段の主文に対する異伝であって、段を超えた一書を繋いで「神代史」の文脈をたどる読みは求められていないと、形式的には言わざると得ない。また、鴨脚本ほかの古本系の伝本が、一書を小書き双行の割注のように記していることからも、主文と一書との間には軽重の面で格差が設けられていたことも事実である。

異伝であるから当然なのだが、一書は、主文とは相容れない内容を含んでいる。たとえば、第五段で言えば、主文において、日神オホヒルメノムチ（大日孁貴。亦名を天照大神、天照大日孁尊）はイザナキ・イザナミ二神の子として誕生するが、第一の一書においては、単身イザナキが白銅鏡を左手に持った時にオホヒルメが誕生しているし、第六の一書においては、黄泉から帰還したイザナキが日向で禊ぎをし、左目を洗った時にアマテラスが生まれたと記している。主文において同神とされたアマテラスとオホヒルメの誕生について、『日本書紀』は三通りの〈神話〉を掲載している。これを同時に認めることは出来る筈がない。何ゆえ『日本書紀』は皇祖の誕生という重大事について、主文を否定するような一書を掲載したのだろうか。

一書については、これとは反対の事情もある。すなわち、主文の文脈理解に、一書の情報が必要不可欠であるという事情である。一例を挙げて簡潔に説明しておく。

第八段の主文は、スサノヲがヲロチを退治した後にクシナダヒメと婚姻し、オホナムチという子孫を儲けるところで終わる。続く第九段の主文では、葦原中国に皇孫ニニギが降臨するという展開になり、その為の国譲りの交渉が、高天原とオホナムチとの間で繰り返されることになる。国譲りの交渉と、皇孫降臨の司令神は、タカミムスヒの尊《みこと》である。主文を読む限り、オホナムチがいつどのような事情で葦原中国の支配神となったのか説明がなく、オホナムチには「大国主神」という神名（神格）も与えられていない。しかし、高天原からの使者は迷うことなくオホナムチの許に赴き、葦原中国統治の権限は疑いなくオホナムチから皇孫側に移譲されたとして以後の「神代史」は展開する。また、司令神としてのタカミムスヒは主文ではここが初出であり、なぜその神が「尊」号（『日本書紀』においては至貴の神にのみ付けられる尊号である旨が第一段主文にある）を持って、皇孫降臨までを指揮するのかの根拠もない。

オホナムチに関しては第八段の第六の一書において、それが「大国主神」であり、スクナビコナ等と葦原中国の国作りを担った旨が記されている。この一書の情報があってこそ、オホナムチの支配権、ひいては皇孫へ国譲りをすることの有効性が保証されるのである。

タカミムスヒについては、第一段の第四の一書において、

一書曰、天地初判、始有二倶生之神一。号二国常立尊一。又曰、高天原所レ生神名、曰二天御中主尊一。次高皇産霊尊。次神皇産霊尊。

と記されており、天地創成時に成った造化神として「尊」号を持つことの所以を理解することが可能である。また、第七段一書第一でイハヤに籠ったアマテラスを招き出す際に、タカミムスヒの子であるオモヒカネが活躍し、第八段一書第六ではタカミムスヒが「天神」と位置づけられている。このように以前の段の一書の情報を得て、第九段主文におけるタカミムスヒの地位を辛うじて理解することが出来るのである。

各段の主文を繋ぎながら、時に主文とは相容れない一書群の情報を加味しながら読むことが求められていながら、主文と一書群の全ての内容を同時に認めることが出来ない以上、『日本書紀』の「神代史」はいわば誤魔化しながら、何となく文脈を辿るしかないことになる。

神代巻の資料となった〈建国神話〉には諸系統の伝承があったことが知られている。タカミムスヒを司令神とするもの、アマテラスを司令神とするもの、また天上界の主宰神をアマテラスとするもの、日神と記すものなどである。[注19]神代巻の編纂は、十一の段ごとに、いずれの伝承を主文とするかを決定し、残る諸伝を一書に配する形で進められたと思われる。だからこそ、段を超えて主文の趣旨が一貫しないのである。第九段で言えば、タカミムスヒが活躍する伝承は、第八段までは一書の扱いであり、それが第九段で初めて主文に採用されたのである。誤魔化しながらしか辿ることの出来ない「神代史」は、各地、各氏族に伝承されていた諸系統の伝承を記載することで、さらには諸系統の伝承を繋いで主文を構成することで、初めて神話力を維持することが出来たということではないだろうか。

人皇初代の神武紀（巻三）に至ると、ときおり「一云」などとして本文に対する異伝や追補的な記事が見られるものの、基本的に〈歴史〉は一本化される。神武即位前紀に次のような神武の発言がある。

「昔我天神、高皇産霊神・大日孁尊、挙二此葦原瑞穂国一而、授二我天祖彦火瓊々杵尊一」

ニニギに対して葦原瑞穂国の統治を命じ、降臨を指令したのは、第九段主文においてタカミムスヒ以外にない。ただし、一書第一の司令神はアマテラスであり、一書第二では葦原中国平定の指揮をタカミムスヒが、皇孫降臨の指揮をアマテラスが執るという形になっている。そして、第五段主文に遡ると、アマテラスがオホヒルメと同神であることが記されている。このような主文と一書群との内容を総合的に眺めることによって、初めて、一本化された人皇代の〈歴史〉として神武の発言を理解することが可能になる。

『日本書紀』は互いに相容れない〈建国神話〉の諸伝を総合的に記し、いわば漠然とした「神代史」の上に、人皇代の〈歴史〉を成り立たせているのである。

神代紀における天皇と三輪神

神代紀において、三輪神はその主文には登場せず、第八段と第九段の一書にだけ登場する。主文だけでなく、一書群を含めた「神代史」が、人皇代の〈歴史〉に続いている以上、これらも無視することは許されない。

(1)一書曰、大国主神、亦名大物主神、亦号㆓国作大己貴命㆒、亦曰㆓葦原醜男㆒、亦曰㆓八千戈神㆒、亦曰㆓大国玉神㆒、亦曰㆓顕国玉神㆒。…（中略）…

自後、国中所㆑未㆑成者、大己貴神、独能巡造。遂到㆓出雲国㆒、乃興㆑言曰「夫葦原中国、本自荒芒。至㆔及磐石草木㆒、咸能強暴。然吾已摧伏、莫㆑不㆓和順㆒。遂因言「今理㆓此国㆒唯吾一身而已。其可㆔与㆑吾共理㆓天下㆒者、蓋有之乎」。于㆑時、神光照㆑海、忽然有㆓浮来者㆒。曰「如吾不㆑在者、汝何能平㆓此国㆒乎。由㆓吾在㆒故、汝得㆑建㆓其大造之績㆒矣」。是時、大己貴神問曰「然則汝是誰耶」。対曰「吾是汝之幸魂奇魂也」。大己貴神曰「唯然、廼知汝是吾之幸魂奇魂。今欲㆓何処住㆒耶」。対曰「吾欲㆑住㆓於日本国之三諸山㆒」。故即

営二宮彼処一、使二就而居一。此大三輪之神也。（神代上、第八段一書第六）

この伝において、三輪神は大国主神（オホナムチ）と同神異名の関係にあり、三輪神は大国主神の「幸魂・奇魂」であると言う。この点が『古事記』と大きく異なる点である。大国主神が葦原中国の平定を自分一人の功績だと言挙げしたことと、三輪神がそれに関与していたことの間に矛盾はない。これによると、大国主神という神格の持つクニの範囲には大和が含まれることになり、その点で、大国主神と天皇との差異化は図られていない。『日本書紀』はこの伝承を主文として採用しなかったが、前述のとおり、この一書がなければ、続く第九段主文が理解できないことも事実である。

当該一書は続けて三輪神の子孫について記述する。

(2)此神之子、即甘茂君等、大三輪君等、又姫踏鞴五十鈴姫命。

又曰、事代主神、化為二八尋熊鰐一、通二三嶋溝樴姫、或云、玉櫛姫一。而生児姫踏鞴五十鈴姫命。

是為二神日本磐余彦火火出見天皇之后一也。

三輪神の子がヒメタタライスズヒメであり、それが神武の皇后になることを述べる中に、そのヒメがコトシロヌシの子であるという異伝「又曰」を挟んだ形である。

初代神武から第三代安寧までの系譜を見ると、

○庚申年八月癸丑朔戊辰。天皇当立二正妃一。改廣求二華胄一。時有レ人奏之曰「事代主神、共二三嶋溝橛耳神之女玉櫛媛一所レ生児、号曰二媛踏鞴五十鈴姫命一。是国色之秀者」。天皇悦之。

九月壬午朔乙巳、納二媛踏鞴五十鈴姫命一、以為二正妃一。（神武即位前期）

○神渟名川耳天皇、神日本磐余彦天皇第三子也。母曰二媛踏鞴五十鈴姫命一。事代主神之大女也。（綏靖即位前紀）

○二年春正月、立二五十鈴依媛一、為二皇后一…（一書略）…即天皇之姨也。后生二磯城津彦玉手看天皇一。

（綏靖二年）

○磯城津彦玉手看天皇、神渟名川耳天皇太子也。母曰二五十鈴依媛命一。事代主神之少女也。

（安寧即位前紀）

となっており、神武の皇后については、一貫してコトシロヌシの娘とする伝承を採用している。神代紀第八段一書における、そのまた異伝を受けて、この皇統譜があり得ることになる。綏靖紀、安寧紀によれば、皇統譜は二代に亙ってコトシロヌシの血統を入れたことになる。オホモノヌシとコトシロヌシに関して言えば、

是時、帰順之首渠者、大物主神及事代主神。乃合二八十萬神於天高市一、帥以昇レ天、陳二其誠款之至一。時高皇産霊尊、勅二大物主神一「汝若以二国神一為レ妻、吾猶謂三汝有二疎心一。故今以二吾女三穂津姫一、配レ汝為レ妻。宜下領二八十萬神一、永為二皇孫一奉上レ護」、乃使二還降一之。（第九段一書第二）

という伝承がある。三輪神とコトシロヌシが併称されており、両者が交代可能な深い関係にあることを示唆している。こうした事情が、神武の皇后をめぐる二系統の伝承を生んだのであろう。『日本書紀』はそれらを並列するだけで、いずれが正伝なのかを示してはいないが、一書の中の本伝がオホモノヌシで、その異伝「又曰」がコトシロヌシであることからすると、一書はもとより、そのまた異伝における情報までもが神武以降の〈歴史〉に続くことになる。伝承間の重複や齟齬を捨象して、全てを総合的に眺め、いわば漠然とした建国の由来として許容する読みが求められているように思う。

以上、異伝を含めて、三輪神と天皇との系譜上の関係を確かめてきたが、オホモノヌシはオホナムチ（大国主神）と同神であり、コトシロヌシはオホナムチの子である（第九段主文）から、いずれの伝承においても、天皇の系譜にオホナムチの血統が入ることになる。こうした二系統の伝承がある中で、『古事記』は大国主神とオホ

モノヌシとをあくまで別神とした上で、神武の皇后をオホモノヌシの娘としている。大国主神と天皇との差異化を明確にしようとした『古事記』の主張をよりはっきりと認めることが出来るだろう。

ここまでを纏めておこう（(1)(2)は前の引用文の番号と一致。以下同様）。

(1)三輪神はオホナムチ（大国主神）と同神であり、『古事記』の主張と明確な違いがある。

(2)神武の皇后について、三輪神の娘とする伝承と、コトシロヌシの娘とする異伝の二系統を採用している。内容的には、異伝の方が、神武紀に接続する。

※(1)(2)とも一書の伝承であるが、諸伝を許容することが『日本書紀』の読み方である。

崇神紀における天皇と三輪神

『古事記』と同じく、崇神と雄略の代のこととして、三輪神関連の記事が見られる。

崇神紀には、天皇が、オホタタネコの手によるオホモノヌシ祭祀に成功したことを述べる。

(3)即以㆓大田々根子㆒、為㆘祭㆓大物主神㆒之主㆖、又以㆓長尾市㆒、為㆘祭㆓倭大国魂神㆒之主㆖。然後、卜㆑祭㆓他神㆒、吉焉。便別祭㆓八十萬神㆒。仍定㆓天社国社、乃神地神戸㆒。於㆑是、疫病始息、国内漸謐。五穀既成、百姓饒之。（崇神七年十一月）

三輪神の祭祀に成功した後、「天社国社」に「八十萬神」の祭祀を行うなど、国家祭祀の体制を築いたことを説く。同九年三月から四月にかけては、「大坂」「墨坂」といった境界神の祭祀についても記述があり、崇神朝において大和王権による祭祀権の全国統一がなされたとする点で『古事記』と一致する。三輪神と天皇との関係性についても『古事記』と同様と言ってよいだろう。

ただし、三輪神の妻については、『古事記』とは異なる伝承を持っている。

(4)（大田々根子）対曰「父曰二大物主大神一、母曰二活玉依媛一。陶津耳之女。（崇神七年八月）

オホモノヌシとイクタマヨリビメとが夫婦関係にあり、『古事記』とは世代こそ違うものの、オホタタネコがそれらの子孫である点で共通しているが、三輪神の妻に関して他の伝承も採録されている。

(5)是後、倭迹々日百襲姫命、為二大物主神之妻一。然其神常昼不レ見而、夜来矣。倭迹々姫命語レ夫曰「君常昼不レ見者、分明不レ得レ視二其尊顔一。願暫留之。明旦仰欲レ観二美麗之威儀一」。大神対曰「言理灼然。吾明旦入二汝櫛笥一而居。願無レ驚二吾形一」。爰倭迹々姫命、心裏密異之。待レ明以見二櫛笥一、遂有二美麗小蛇一。其長大如二衣紐一。則驚之叫啼。時大神有レ恥、忽化二人形一。謂二其妻一曰「汝不レ忍令レ羞レ吾。々還令レ羞レ汝」。仍践二大虚一、登二于御諸山一。爰倭迹々姫命仰見而、悔之急居。（訓注略）則箸撞レ陰而薨。（崇神十年九月是後条）

ヤマトトトビモモソヒメは孝霊の皇女で、崇神紀にも天皇の「姑」という設定で登場し、童女の歌から謀反を察知するなど、「聡明叡智」で「未然」のこと知ることの出来る存在であった。そうした巫女性を持った皇女がオホモノヌシの妻でありながら、神との約束を果たすことが出来ず、神に恥をかかせ、神との関係を破綻させている。この伝承は箸墓の起源として落着しているが、大和王権による三輪神の祭祀という点においては相応しくない伝承で、『日本書紀』としての一貫性が認められない。

雄略紀における天皇と三輪神

次に雄略紀である。「現人之神」であるヒトコトヌシと雄略が出会い、互いに名乗り、敬意を表し合うなど、神と天皇との関係性において『古事記』と共通する点が多いが、三輪神との関わりにおいてはどうであろうか。

(6)天皇詔二少子部連蜾蠃一曰「朕欲レ見二三諸岳神之形一。或云、此山之神為二大物主神一也。或云二菟田墨坂神一也。汝膂レ力過レ人。自行捉来」。蜾蠃答曰「試往捉レ之」。乃登二三諸岳一、捉二取大蛇一、奉二示天皇一。々々不二斎戒一。其雷虺々、目精赫々。天皇畏、蔽レ目不レ見、却入二殿中一。使レ放二於岳一。（雄略七年七月）

天皇は三輪神の形を見たいと言い、「齋戒」することもなく神と接する。また地の文においても、三輪神を「大蛇」と表現し、スガルによって「捉」えられる存在として描いている。三輪神の地位が零落し、天皇と三輪神との地位が逆転しているかのようにも見えるが、天皇は「大蛇」の威力の前に為すすべなく、それを「畏」れ、ついに野に「放」ったという。天皇自身はカミと呼んでいるが、実のところは、いまだ祭祀を受けることのない、コントロール不能のモノの様相を呈しているように見え、オホモノヌシをカミとして祭ることに成功したという崇神紀からの一貫性を認めることが難しい。(3)以降を纏めておこう。

(3)天皇はオホタタネコの力を借りて三輪神の祭祀に成功する。
(4)三輪神と陶津耳の娘イクタマヨリビメとの間にオホタタネコが生まれる。
(5)三輪神と孝霊皇女のヤマトトトビモモソヒメとの神婚が破綻する。
(6)三輪神は「大蛇」であり、天皇には未だコントロール不能なモノである。

雄略は「古代」を代表する天皇として、『日本霊異記』巻頭の説話や、『萬葉集』巻頭歌など多くの伝承を持っていた。『古事記』においても「又」「又一時」など、並列的に記事が記載されていて、伝承間に歴史的な時間軸は存在しない。こうした資料群を『古事記』は取捨選択し、神と天皇との関係性を主題とした「天皇史」の中に組み込んだのであろう。いっぽうの『日本書紀』は、『古事記』と共通するものを含みながら――もちろん『古事記』にあって『日本書紀』に無い場合もあり、これも神代紀と同様であるが――、全体としてはより多くの伝承を取り入れており、『古事記』とは比較にならないほどの情報量を有している。諸伝を多く採択している点で言えば、神代紀も同様であるが、神代紀が段ごとの異伝という形で、いわば主文と一書とを同時並行的に組み立てたのに対して、歴代人皇紀では、原則として編年体の、一本化した〈歴史〉の中に、いわば縦列的に組み込んでいると言える。

おわりに

三輪神と天皇との関わり方を中心に『古事記』『日本書紀』それぞれの構造を見てきた。

『古事記』は、上巻において神を起源とする天皇の出現を、中巻において神を祭祀し、神に支えられる天皇を、下巻において神と並ぶ天皇の神聖性を説き、神と天皇との関係性を通して、天皇が完成されてゆくまでの「天皇史」を実現させている。

『日本書紀』は神代紀において、諸伝を横列に列挙して、総合的な〈建国神話〉の世界を見せて、それを神武以降の〈歴史〉へと一本化した。一本化した人皇代においても、三輪神と天皇との関係性に限って言うならば、諸伝を時間軸上に縦列に列挙したと思しき点があり、その全てを一貫した「天皇史」として矛盾なく読み通すことが難しい。

森博達[注20]が明らかにしたように、『日本書紀』の編纂は数段階で行われ、いわゆるα群が雄略紀から始まり、本論文で扱ったその他の巻（神代紀・神武紀・崇神紀）はそれとは別の編者によるβ群に属している。全三十巻が詳細な編纂方針のもとで成された保証もなく、それを一個の作品として解釈、評価することにも、おのずと限界があるように思われるが、より多くの伝承を列挙するという姿勢は、一つの緩やかな編纂態度として認めてよいのではないだろうか。複数の記事や伝承間には多くの矛盾や重複や齟齬があり、いずれが唯一絶対の「事実」であるとも示されないが、どの記事を見ても、国家の〈歴史〉は確かに大和王権を中心に展開しているのである。

注

1 引用した『古事記』の文は真福寺本を底本に筆者が校定し、返り点や句読点を施したものであり、歌謡の訓読文は筆者の手によるものである。

2 引用した『日本書紀』の文は、坂本太郎他校注、日本古典文学大系『日本書紀（上）』（岩波書店、一九六七年）に拠る。但し、便宜上、字体を一部常用漢字体に改めた。

3 拙著『神話で読みとく古代日本』（筑摩書房、二〇一六年）第一章参照

4 神野志隆光『古事記の世界観』（吉川弘文館、二〇〇八）

5 拙稿「大和王権の時空支配の構想（序論）」（『古代研究』五〇、二〇一七年二月）

6 倉野憲司校注、日本古典文学大系『古事記 祝詞』（岩波書店、一九五八年）「解説」

7 拙著『古事記神話論』（新典社、二〇〇三年）第Ⅲ部第六章等参照

8 本居宣長『古事記傳』（本居宣長全集一一、筑摩書房、一九七四年）、敷田年治『古事記標註』下巻之下（森吉兵衛版、一八七八年）、西宮一民校注『古事記』（新潮日本古典集成、一九七九年）、西郷信綱『古事記注釈』四（平凡社、一九八九年）、神野志・山口佳紀校注訳『古事記』（新編日本古典文学全集、小学館、一九九七年）等参照

9 森朝男『古代和歌の成立』（勉誠社、一九九三年）第一章

10 神野志・山口校注訳、前掲注8書二九〇頁頭注三

11 武田祐吉『記紀歌謡集全講』（明治書院、一九五六年）

12 土橋寛『古代歌謡全注釈古事記編』（角川書店、一九七二年）

13　山路平四郎『記紀歌謡評釈』（東京堂出版、一九七二年）、畠山篤「赤猪子伝承の基層――三輪の神の嫁――」（『上代文学』五九、一九八七年一一月）等参照
14　神野志・山口校注訳、前掲注8書三四二頁頭注六、三四三頁頭注一七
15　松本弘毅『古事記と歴史叙述』（新典社、二〇一一年）第一部第二篇第二章
16　多田一臣「引田部の赤猪子について」（『大美和』一三三、二〇一七年七月）
17　森博達『日本書紀の謎を解く』（中央公論新社、一九九九年）
18　拙稿「神代紀の構造」（『国語と国文学』八七―一一、二〇一〇年一一月）、同「神代記・紀の〈読み〉方を考える」（『文学』一三―一、二〇一二年一月）、前掲注3拙著等参照
19　溝口睦子『王権神話の二元構造』（吉川弘文館、二〇〇〇年）、北川和秀「古事記上巻と日本書紀神代巻との関係」（『文学』四八―五、一九八〇年五月）等参照
20　森博達前掲注17書

『古事記』天孫降臨神話の文脈

谷口　雅博

はじめに

『古事記』は上巻の神話から下巻に至るまで、基本的には直線的に物語が展開している。『日本書紀』のように具体的に年月に従って話が展開するわけではないが、それ故にこそより密接に絡み合いながら神話・説話、そして系譜が綴られていく。中には直線的ではなく、時代を遡る記述があったり、並列的にエピソードが並べられることもあるが、総じて一筋の流れに従って記述が展開していると言える。その展開方法、記事と記事との繋がりは、ある話からそれに続く話へという場合が勿論多いわけだが、比較的離れた場所同士で繋がっている場合や、上巻・中巻・下巻でそれぞれに関わりを持って、一方から他方へ、または双方向的に関わり合っている場合もある。そうしたケースも含めて、ここでは『古事記』の文脈と捉えておきたい。『古事記』の文脈の意味するところは、一方に『日本書紀』を置いて比較検討することで、その独自性が理解される場合が多い。本稿では、記紀双方の天孫降臨神話を中心に取り上げ、ニニギノミコトの日向降臨から、神武即位にいたるまでの比較的大きな文脈までを視野に入れて考察をして行きたい。

一 『古事記』天孫降臨神話

まずはじめに、『古事記』の天孫降臨の場面を新編日本古典文学全集の訓読文によって掲載しておく。[注1]

故爾くして、天津日子番能邇々芸命に詔ひて、天の石位を離《はな》れ、天の八重のたな雲を押し分けて、いつのちわきちわきて、天の浮橋《うきはし》に、うきじまり、そりたたして、①竺紫《つくし》の日向の高千穂の久士布流多気に天降り坐しき。故爾くして、天忍日命《あめのおしひのみこと》・天津久米命《あまつくめのみこと》の二人、天の石靫を取り負ひ、頭椎《かぶつち》の大刀を取り佩き、天のはじ弓を取り持ち、天の真鹿児矢《まかこや》を手挟み、御前に立ちて仕へ奉りき。故、其の天忍日命、〈此は、大伴連等が祖ぞ〉。天津久米命、〈此は、久米直等が祖ぞ〉。是に、詔はく、「②此地《ここ》は、韓国《からくに》に向《むか》ひ、笠沙の御前を真来通《まきとほ》りて、朝日の直刺す国、夕日の日照る国ぞ。故、此地《ここ》は甚吉《いとよ》き地《ところ》」と、詔ひて、底津石根《そこついはね》に宮柱《みやばしら》ふとしり、高天原に氷椽たかしりて坐しき。

右の訓読文を素直に読めば、邇々芸命の発言の傍線部②の「此地」は、傍線部①の「竺紫の日向の高千穂の久士布流多気」であると読むしかないのだが、早くから諸々の疑問が提示され、今も明確にはなっていないところがある。特に邇々芸命の発話中の「韓国に向ひ、笠沙の御前に真来通りて」の一文が理解できないとして、この部分を会話文に含めないように「詔」の字を前にずらして考えるのは本居宣長である。宣長は、「さて此處の語の都《スベ》ての意は、鎮座《シヅマリマス》べき國を覔《モト》め賜ふとて、膂肉空虚地を通過て、笠沙之御崎に到坐るなり、韓國袁と、袁を附て讀むべし」として、「(ココニ)ソジシノカラクニヲカササノミサキニマギトホリテ(ノリタマハク)「ココハ、アサヒノ……」」と訓ずる。[注2]「向韓国」という本文を『日本書紀』を援用して「膂肉空国」と改め、「笠沙の御前に真来通りて」の後に発話を導く「詔」を配置している。それに対して田中頼庸『校訂古事記』(一八八七年)と次田潤『古事記新講』(一九二四年)は、「真来通笠沙之御前而」のみを「詔」の前に移動させ、「(ココニ)カササノミサキニマギトホリテ(ノリ玉ハク)「コノトコロハカラクニニムカヒテ…」」(『校訂古事記』)、「(ココニ)笠沙之御前に眞來通りて詔りたまはく、「此地は韓国に向ひて…」」(『古事記新講』)、と訓じている。以降、本文を改訂するテキストはあまり見られなくなるが、しかしその解釈はまちまちである。例えば西郷信綱『古事記注釈』は、本文はそのままにしているが、一試案として、「私はこれを「於是、自韓國、真来通笠沙之御前而詔之、此地者……」とし、「是に、韓国より笠沙の御前に真来通りて、詔りたまひしく、『此地は……』」と訓んではどうかと考える。」と述べている。[注3]「向韓国」の「向」を「自」に改め、「韓国より笠沙の御前に真来通りて」の後に「詔」を持ってくるのである。

本文を改訂させる考え方の場合の邇々芸命の行程は、宣長説では、〈高天原→天浮橋→高千穂之久士布流多気→韓国(空国=熊曾の地)→笠沙の御前〉となり、『校訂』・『新講』では、〈高天原→天浮橋→高千穂之久士布流多気→笠沙の御前〉となり、そして『注釈』の試案の場合は明確には述べられていないが、〈高天原→天浮橋→韓国(朝鮮半島)→笠沙の御前→高千穂之久士布流多気〉となりそうである。これらの説では、『注釈』以外は最終到達地が笠沙の御前ということになる。そうすると宮殿造営の地も同じく笠沙の御前の地ということになろう。

次に、倉野憲司『古事記全註釈』では、以下のように捉えている。[注4]

「此地」が何処を指すか明らかではなく、これを笠沙の岬とするのは何としても無理である。しかし「此地」は笠沙の岬と見なければならないことは、書紀によつて明らかである。従つてこのあたりの文には錯簡があるけれども、「此地」を笠沙の岬として、「於是詔之、此地者、向韓國、朝日之直刺國、夕日之日照國也。故此地甚吉地詔而、」とすると、まことにすっきりとした文章となり、意もよく通ずることとなるのである。ただ問題は「真来通笠沙之御前而」の九字にあるのである。

右の引用でも明らかなように、宣長以来、『日本書紀』と照らし合わせることでここを理解しようとし、本文を改変してきているのである。しかしそれでは現存する『古事記』の文脈を把握することにはならない。近年のテキスト・注釈書類は、基本的には写本の本文を尊重する態度で読んではいるが、実は真福寺本を見る限り、近年のテキスト・注釈書類の訓みも明らかではないのである。今、真福寺本の本文を示すと、次のようになる。

於是詔之此地者向韓國真米通笠紗之御前而朝日之真刺國夕日之日照國也故此地甚吉地詔而於底津石根宮柱布斗斯理於高天原氷椽之多迦斯理而坐也

右を元に詔の内容を訓読するならば、「此地は韓国に向ひ、笠紗の御前に真米通りて、朝日の真刺す国、夕日の日照る国ぞ。故、此地は甚吉き地。」となる。「真米通りて」は従来「真来通りて」と訓まれており、日本古典文学全集（一九七三年）・思想大系（一九八二年）・『新版古事記』（中村啓信、二〇〇九年）では「真木」を「覓ぎ」の宛字とし、国を尋ね求めながら通ってきての意とする。『修訂古事記』（西宮一民、二〇〇〇年）は、「まことに道が行き通っての意」と取る。解釈の仕方によって、笠紗の御前への、もしくは笠紗の御前からの移動があったのか、位置関係を示しているのみなのかが異なってくる。先に挙げた新編全集は、「笠沙の御前を真来通りて」と訓み、

「此地」（久士布流多気）が中心である以上、笠沙の御前に行くことを「来」とは表現できない。（中略）「真」は「直」の誤写で、「直に来通りて」の可能性もある。

とする。[注5] 全般的に尋ね求める意の「覓」と同義とするものが多いが、同じ『古事記』神話の中には二例「覓」の字が使われている例がある。

・是に、須佐之男命、人其の河上に有りと以為ひて、尋ね覓《もと》め上り往けば、老夫と老女と二人在りて、童女を中に置きて泣けり。（八俣大蛇退治）

・爾くして、八十神覓《もと》め追ひ臻りて、矢刺して乞ふ時に、木の俣より漏《く》け逃して云ひしく、（八十神の迫害）

右のように新編全集では「覓（もと）め」と訓んでいるが、『日本書紀』の天孫降臨条の「覓国」に「矩弐摩儀」とあるところから、右の二例も多くのテキストでは「尋ね覓《ま》ぎ」「覓《ま》ぎ追ひ臻りて」と訓まれている。しかしここでは「覓」ではなく「真米」若しくは「真来」と表記されているのだから、「覓」と同義ととる根拠は弱い。[注6]「真米」か「真来」かは判断が難しいが、「通」とあることからみれば、「此地」と「笠紗御前」とが通じる地であるということだけは言えそうである。ついでに言えば、「朝日之真刺す国」は、殆どのテキストが真っ直ぐに射すという意味で「直刺す国」と校訂しているが、真福寺本に従えば朝日古典全書（一九六二年）のように「真」を接頭語として「真刺す国」と取ることが出来る。そうすると「真米（来）」の場合も、同じく「真」を接頭語と取ることが出来るかも知れないし、逆に「真刺す」を「直刺す」と校訂するのであれば、一方の「真米（来）」の「真」を新編全集の言うように「直」の誤写ととることも否定出来ないことになる。

ここで改めて前後の文脈から考えてみたい。天孫降臨の描写からするならば、天浮橋からそのまま竺紫の日向之高千穂之久士布流多気に降ったように読める。笠沙御前に降ってから移動してきたようには読めない。なおかつ、「此地」の土地讃めがあって、宮殿造営が記される以上、「此地」が即ち後に記される「高千穂宮」ということになろう。

・故、日子穂々手見命は、高千穂の宮に坐すこと、伍佰捌拾歳ぞ。御陵は、即ち高千穂の山の西に在り。（鵜葺草葺不合命）

・神倭伊波礼毘古命と其のいろ兄五瀬命との二柱は、高千穂宮に坐して議りて云はく、「何地に坐さば、平けく天の下の政を聞こし看さむ。猶東に行かむと思ふ」といひて、即ち日向より発ちて、筑紫に幸行しき。（神武天皇東征）

右のように、『古事記』では邇々芸命の子の日子穂々手見命は高千穂宮で過ごし、その孫にあたる五瀬命と神倭伊波礼毘古命も高千穂宮に居たことは明らかである。邇々芸命降臨以降、神武東征に至るまで宮はあくまでも高千穂宮であり、竺紫の日向之高千穂之久士布流多気の地であったと判断される。

二　高千穂宮と日向

そこで次に問題となるのは、高千穂宮を何処と考えるかである。高千穂宮の所在地については、宮崎・鹿児島両県の県境にある高千穂峰（霧島連山）を指すとするA説と、宮崎県西臼杵郡高千穂町を指すとするB説とに分かれている。宣長はその両説を併せ、次のように述べている。

神代の御典に、高千穂峯とあるは、二處にて、同名にて、かの臼杵郡なるも、又霧島山も、共に其山なるべし。其は皇孫命初て天降坐し時、先二の内の、一方の高千穂峯に、下着賜《クダリツキ》ひて、それより、今一方の高千穂に移幸しなるべし。其次序《ツイデ》は、何か先、何か後なりけむ、知べきにあらざれども、終に笠沙御崎に留賜へりし、路次を以て思へば、初に先降着賜ひしは、臼杵郡なる高千穂山にて、其より霧島山に遷坐て、さて其山を下りて、空國を行去て、笠沙御崎には、到坐しなるべし。

右のようにB説からA説の方に場所を移動したと捉えた上で、笠沙の御前に宮殿を造営したと見るが、先述の「高千穂宮」の記述との整合性を考えて、「かゝれば初迩々芸命は、笠沙御崎なる宮に坐々しを、穂々手見命に至て、此宮（＝高千穂宮）に遷坐しにこそはありけめ」と説いている（カッコ内は論者による補足）。しかし二箇所の高千穂を移動したとは読めない。宣長説は自説の本文改訂に併せる形で説かれているため、高千穂宮の所在地についても仮説を加えざるを得なくなっている。このように二つの高千穂を整合的に理解する必要は無く、文献によってそれぞれに指す場所が異なると考えるべきであろう。

日向《ひむか》国の風土記《ふどき》に曰《い》ふ。臼杵郡《うすきのこほり》の内《うち》、知鋪郷《ちほのさと》。天津彦々火瓊々杵尊《あまつひこひこほのににぎのみこと》、天《あま》の磐座《いはくら》を離《おしはな》ち、天《あめ》の八重雲《やへくも》を排《おしひら》きて、稜威《いつ》の道別《ちわ》きに道別《ちわ》きて、日向《ひむか》の高千穂《たかちほ》の二上《ふたがみ》の峯《みね》に天降《あも》りましき。

右の「日向国風土記逸文」（『釈日本紀』所引）は臼杵郡知鋪郷とあり、こちらはB説に適合する。[注7] 一方、後に述べる『日本書紀』には、「日向の襲の高千穂峰」というように、「襲」の字を含むものがある。「襲」は「熊襲」の「襲」で、景行紀に見られる「襲国」と関わるものと見られている。『続日本紀』和銅六年四月の記事に、日向国の四郡（肝坏・贈於・大隅・姶羅）を割いて大隅国としたとする記事があるが、「襲」がこの「贈於郡」の古名であると考えると、『日本書紀』の降臨地はA説に該当することになる。『古事記』の場合はどちらとも明確に判断する材料はない故に、説が分かれ、また、韓国や笠沙の御前との関係からも考えると様々な見解が出されることにもなる。例えば金井清一は、以下のように説いている。[注8]

そこで少々憶測を伸ばすと、ホノニニギは南の方角に自らの立つ地点より低い地点にある笠沙の岬を見はるかしながら、此地は吉き地だと発言している、と思われる。（中略）そこは「笠沙の御前」を見通すことの出来る高地であり、そこからは西に海が眺められる、南に開けた場所である。そのように古事記の神話は当該地の景観を構想していると考えられる。

高千穂の地が、「笠沙の御前」を見通すことの出来る高地であるという点に異論は無い。論者は、「韓国」「笠沙の御前」「朝日」「夕日」によって大まかな、広範囲の四周を表していると考えている。高千穂と笠沙の御前の関係を、笠沙の御前に至ったとか、笠沙の御前を通ってきた等とは捉えていないので、笠沙の御前に通じている地というほどの認識で良いのではないかと考えている。金井は高千穂峰の地に高千穂宮もあったはずであると言う。しかし、「此地」（高千穂峰＝高千穂宮の所在地）を、先のA説・B説以外の、笠沙の御前に近接する地として捉えようとしており、その点で本論の立場とは異なる。要するに韓国、笠沙の御前を実質的に見る、若しくは認識することの出来る地として想定するのかどうかという問題と、笠沙の御前を「日向」に含めて考えるのか否かという問題が関わってくるのである。そこで次に「日向」の問題について考えたい。

「日向」について新編全集は、「南九州全体を指すらしいが、現実のどこであるかより、日に向かう地という名称そのものが重要。南九州とすれば、後出の「韓国に向ひ」という表現との矛盾も問題になる。（高千穂は）高く積み上げられた稲穂の意。現在のどこに比定するか、説が分れるが、現実の地名である必要はない。」と説く（カッコ内は論者による補足）。[注9] 神話の読み方としてそれは納得されるところではあるが、『古事記』の神話は様々な場面において、かなり具体的に特定の地を念頭において描いているように思われる。特に日向について言えば、伊耶那岐・伊耶那美の国生み神話においてその位置づけを特異なものとして記しているように思われる。

次に、筑紫島を生みき。此の島も亦、身一つにして面四つ有り。面ごとに名有り。故、筑紫国は白日別と謂ひ、豊国は豊日別と謂ひ、肥国は建日向日豊久士比泥別と謂ひ、熊曾国は建日別と謂ふ。

筑紫島の四国に「日向国」が含まれないのは、菅野雅雄の説くように、「日向国」を国名としてではなく、象徴的な場所として認識しているからであろう。注10 ただ実質的に九州を右のように四つに分割した場合に「日向」の位置づけを考えた場合、「日向」は熊曾国に含まれることになるのではないか。もしも高千穂峯をA説の霧島連山と見るならば、明らかに熊曾国に含まれることになろう。しかし征討の地熊曾と天孫降臨地、加えて三貴子誕生の地を直結させることを避けるためか否か、日向という名称は肥国の別称の中に組み込まれている。つまり『古事記』の空間認識としては、日向はあくまでも肥国に関連付けられ、九州南部ではなく、筑紫島の中央に近い場所として認識されていたのではなかろうか。これも既に指摘がなされているように、肥国の名「建日向日豊久士比泥別」の「久士」が降臨の地「久士布流多気」の「久士」と重ね合わせられるものであるならば、やはり降臨地を肥国の中に位置づけようとする意図があったように思われる。

「韓国に向ひ、笠紗の御前に真米（来）通りて、朝日の真刺す国、夕日之日照る国ぞ」

右の表現は、かなり高所からの視点によって成されているものと思われる、それは高千穂岳が高所であるというよりも、降臨に際して、天の浮橋にウキジマリソリタタした際に見渡した風景であるかも知れない。なにより神による土地讃めの言葉は高所からの視点によってなされるものである。通常は見えないものが見える。仲哀天皇条において、託宣の言葉の中に、

西の方に国有り。金・銀を本と為て目の炎耀《かかや》く、種々の珍しき宝、多《あま》た其の国に有り。

とあり、神には見えていたその国も、仲哀天皇には見えなかった。『万葉集』巻一・二番歌、舒明天皇国見歌に

ついては、香久山からは見えないはずの「海原」が見渡せるのも、特殊な場において特殊な立場（神の立場）に立つ者に見える風景であったと捉えられる。仁徳記の国見歌に見える淡島・オノゴロ島も同様である。[注11]したがって、ここに記された韓国を、現実に見えるか見えないかで判断し、高千穂の場所を特定することにはあまり意味はない。先の日向の認識と併せて見れば、これを筑紫の中央・中心部として理解し、その一方には海の向こうに韓国を見、そして位置的に正確にではないが、その逆方向には笠沙の御前と通じ（「真米（来）通」には陸続きに繋がっているという意味合いがあるのかも知れない）、東方より朝日を受け、西方からは夕日を受けるという讃美表現として受け取ることが出来る。

三　宮殿造営の表現

次に、宮殿造営の表現について考えたい。『古事記』は、

「底津石根に宮柱布斗斯理、高天原に氷椽多迦斯理て坐しき。」

という宮殿造営とそこへの定着の様を描く。西郷信綱が「韓国より笠沙の御前に真来通りて」という一案を示したのは、神が降臨の直後にその場に定着するという型は不自然であるとし、神は必ず巡行・彷徨の後に定着をするという型を論拠とするものであった。[注12]型は勿論重視されるべきものであるが、個別の文脈を型に合わせて読み替えるわけには行くまい。先の高千穂宮の記述も踏まえて素直に読む限り、ニニギは降臨の地である高千穂に宮殿を構えてそこを根拠地としたとしか読めない。神話展開として直後に笠沙の御前において木花之佐久夜毘売に求婚をするが、讃美表現の中に笠沙の御前が記されるのはその求婚の神話の舞台を先取りするものであろう。と

ころで宮殿造営に関する記述は上巻の中で次の場面に見られるものである。
○故爾くして、黄泉ひら坂に追ひ至りて、遙かに望みて、呼びて大穴牟遅神に謂ひて曰ひしく、「其の、汝が持てる生大刀・生弓矢以て、汝が庶兄弟をば坂の御尾に追ひ伏せ、亦、河の瀬に追ひ撥ひて、おれ、大国主神と為り、亦、宇都志国玉神と為りて、其の我が女須世理毘売を適妻と為て、宇迦能山《うかのやま》の山本にして、底津石根に宮柱ふとしり、高天原に氷椽たかしりて居れ。是の奴や」といひき。故、其の大刀・弓を持ちて、其の八十神を追ひ避りし時に、坂の御尾ごとに追ひ伏せ、河の瀬ごとに追ひ撥ひて、始めて国を作りき。
（根の堅州国訪問）
○爾くして、答へて白ししく、「僕が子等二はしらの神が白す随に、僕は、違はじ。此の葦原中国は、命の随に既に献らむ。唯に僕が住所のみは、天つ神御子の天津日継知らすとだる天の御巣の如くして、底津石根に宮柱ふとしり、高天原に氷木たかしりて、治め賜はば、僕は、百足らず八十坰手《やそくまで》に隠りて侍らむ。亦、僕が子等百八十の神は、即ち八重事代主神、神の御尾前と為て仕へ奉らば、違ふ神は非じ」と、……
（大国主神の国譲り）

右二例はいずれも大国主神の宮を表す描写の中に見られるものである。一つ目は須佐之男の指令の言葉の中に見られるもの、二つ目は大国主神自身による天神への依頼の言葉の中に見られるものである。二つ目の嘆願の言葉からすれば、一つ目の宮殿はまだ作られてはいなかったということになる。そして大国主神が出雲に隠れるための条件として宮殿造営の記事が記され、その後に降臨した邇々芸命に対しても同じ表現で宮殿造営のことが記され、対応させるのは何故か。それは大国主神の場合はあくまでも隠れ住む場所として位置づけられるのに対して、ニニギの場合は葦原中国統治の根拠地として宮殿造営がなされるという対比を示すためであったと見ることが出来よう。その意味では、ここがある意味ではひとつの結末を示しているとも言えるし、次の展開に向けての出発点であるとも言える。いずれにせよ、一区切りを示す文言であると言えよう。但し、例えば松本直樹は、日向神話に「葦原中国」統治に関する記述が一切ないことを問題とし、神武東征における描写との関連から、次のように述べている。[注13]

先に示したように、天孫降臨の目的は「葦原中国」統治であり、目的地も「葦原水穂国」としか示されなかった。そのことがここで再び示されて、大和まで「天降」り、目的が達成される。こうした古事記の「天降」の文脈において、筑紫日向は一中継点に過ぎないように思われるのである。

葦原中国統治という文脈で考えた場合、確かに日向神話は異質な面を持っているが、『古事記』における日向降臨は、そこに宮殿造営の記述を配置することによって、ここを一つの到達地として位置づけ、神話の一区切りとしているのではないか。逆に宮殿造営を描かない――つまり定着を描かない――『日本書紀』の場合こそが、この地を通過点として描いているのではないかと思われるのである。次にその『日本書紀』の文脈を確認して行きたい。

四　『日本書紀』の天孫降臨神話

『日本書紀』における高千穂降臨は、神代下第九段の正文・一書一・一書二・一書四・一書六に見られる。[注14]

（1）時に高皇産霊尊《たかみむすひのみこと》、真床追衾《まとこおふふすま》を以ちて、皇孫天津彦彦火瓊瓊杵尊《すめみまあまつひこひこほのににぎのみこと》に覆ひて降りまさしむ。皇孫乃ち天磐《あまのいは》座《くら》を離《おしはな》ち、且天八重雲《またあまのやへくも》を排分《おしわ》け、稜威《いつ》の道別《ちわき》に道別《ちわ》きて、日向《ひむか》の襲《そ》の高千穂峰《たかちほのたけ》に天降ります。既にして皇孫の遊行《いでま》す状《かたち》は、槵日《くしひ》の二上《ふたかみ》の天浮橋《あまのうきはし》より、浮渚在平処《うきじまりたひら》に立たして、膂宍《そしし》の空国《むなくに》を頓丘《ひたを》より覓国《くにま》ぎ行去《とほ》り、吾田《あた》の長屋《ながや》の笠狭《かささ》の碕《みさき》に到ります。其の地に一の人有り。自ら事勝国勝長狭《ことかつくにかつながさ》と号る。皇孫問ひて曰はく、「国在りや以不や」とのたまふ。対へて曰さく、「此に国有り。請はくは任意《みこころのまにま》に遊《いでま》せ」とまをす。故、皇孫就《ゆ》きて留住《とどま》ります。（九段正文）

（2）皇孫、是に天磐座《あまのいはくら》を脱離《おしはな》ち、天八重雲《あまのやへくも》を排分《おしわ》け、稜威《いつ》の道別《ちわき》に道別《ちわ》きて、天降ります。果《つひ》に先の期《ちぎり》の如く、皇孫は、築紫の日向の高千穂の槵触峰《くしふるのたけ》に到ります。（九段一書一）

（3）故、天津彦火瓊瓊杵尊《あまつひこほのににぎのみこと》、日向の槵日《くしひ》の高千穂峰《たかちほのたけ》に降到《くだ》りまして、膂宍《そしし》の胸副国《むなそふくに》を頓丘《ひたを》より覓国《くにま》ぎ行去《とほ》り、浮渚在平地《うきじまりたひら》に立たし、乃ち国主事勝国勝長狭《くにのぬしことかつくにかつながさ》を召して訪ひたまふ。対へて曰さく、「是に国有り。取捨《かもかくも》勅の随に」とまをす。時に皇孫、因りて宮殿《みや》を立て、是焉《ここ》に遊息《やす》みます。（九段一書二）

（4）遊《ゆ》行き降来《くだ》り、日向の襲の高千穂の槵日の二上峰《ふたかみのたけ》の天浮橋に到りて、浮渚在之平地《うきじまりたひら》に立たし、膂宍《そしし》の空国《むなくに》を頓丘《ひたを》より覓国《くにま》ぎ行去《とほ》り、吾田の長屋の笠狭の御碕に到ります。時に彼処に一神有り。名は事勝国勝長《ことかつくにかつなが》狭《さ》と曰ふ。故、天孫、其の神に問ひて曰はく、「国在りや」とのたまふ。対へて曰さく、「在り」とまをす。因りて曰さく、「勅の随に奉らむ」とまをす。故、天孫彼処に留住りたまふ。其の事勝国勝神は、是伊弉諾尊の子なり。亦の名は塩土老翁。（九段一書四）

（5）是の時に、高皇産霊尊、乃ち真床覆衾《まとこおふふすま》を用ちて、皇孫天津彦根火瓊瓊杵根尊《あまつひこねほのににぎねのみこと》に裹《き》せまつりて、天八重雲を排披《おしひら》きて降し奉る。故、此の神を称へて、天国饒石彦火瓊瓊杵尊《あめくににぎしひこほのににぎのみこと》と曰す。時に降りましし処をば、呼びて日向の襲の高千穂の添山峰《そほりのやまのたけ》と曰ふ。其の遊行《いでま》す時に及り、云々。吾田の笠沙の御碕に到りまし、遂に長屋の竹島に登ります。乃ち其の地を巡覧たまへば、彼に人有り。名は事勝国勝長狭と曰ふ。天孫因りて問ひて曰はく、「此は誰が国ぞ」とのたまふ。対へて曰さく、「是は長狭が住む国なり。然れども今は乃ち天孫に奉上る」とまをす。天孫又問ひて曰はく、「其の秀起つる浪の穂の上に、八尋殿を起てて、手玉も玲瓏に紝織る少女は、是誰が子女ぞ」とのたまふ。答へて曰さく、「大山祇神の女等、大を磐長姫と号し、少を木花開耶姫と号す。亦の号は豊吾田津姫」とまをす。云々。（中略）添山、此には曾褒里能耶麻《そほりのやま》と云ふ。

（九段一書六）

右の（1）～（5）の展開を簡単にまとめると、次のようになる。

（1）高千穂（日向の襲の高千穂峰）・槵日の二上の天浮橋→国まぎ→阿田の長屋の笠沙の碕
（2）高千穂（築紫の日向の高千穂の槵触峰）降臨
（3）高千穂（日向の槵日の高千穂峰）降臨→国まぎ→（天浮橋？）（→アタ？）→国主事勝国勝長狭→宮殿造営
（4）高千穂（日向の襲の高千穂の槵日の二上峰）・天浮橋→国まぎ→阿田の長屋の笠沙の御碕→事勝国勝長狭
（5）高千穂（日向の襲の高千穂の添山峰）降臨→阿田の笠沙の御碕→事勝国勝長狭

（1）（4）（5）には「襲」の語が見える。先述のようにこれが「熊・襲」の「襲」であり、「贈於郡」の古名であるならば、高千穂の地はA説の霧島連山の方となる。が、それ以上に特徴的なのは、『日本書紀』の場合、（1）～（5）に共通して高千穂の地に宮殿を造営したという記述は見えず、（2）が降臨で記事が終わっているのを除けば、他は総て高千穂の地から笠沙の御前に移動しているということである。つまり『日本書紀』では高千穂に留まることがない。「高千穂宮」という名称も使われない。また、天の浮橋の描写を見ると、高千穂峰と天の浮橋が一体化しているように見え、更にその天の浮橋が笠沙の御前への移動手段のようにも読める。

（1）（3）（4）に見える「膂宍の空国」は、仲哀紀八年秋九月条に、秋九月の乙亥の朔にして己卯に、群臣《まへつきみたち》に詔《みことのり》して、熊襲《くまそ》を討たむことを議《はか》らしめたまふ。時に神有《ま》して、皇后《きさき》に託《かか》りて誨《をし》へまつりて曰《のたま》はく、「天皇、何ぞ熊襲《くまそ》の服《まつろ》はざることを憂へたまふ。是膂宍《これそしし》の空国《むなくに》なり。豈《あに》兵《いくさ》を挙げて伐つに足らむや。茲の国に愈《まさ》りて宝有る国、譬へば処女の睩《まよびき》如《な》す向つ国有り。眼炎《まかかや》く金《くがね》・銀《しろかね》・彩色《うるはしきいろ》、多に其の国に在り。是を栲衾新羅国《たくぶすましらきのくに》と謂ふ。若し能く吾を祭りたまはば、曾て刃《やきは》を血《ちぬ》らずして、其の国必自ず服《まつろ》ひなむ。復《また》熊襲も服ひなむ。其の祭《まつり》には、天皇の御船と穴門直践立《あなとのあたひほむたち》が献れる水田《こなた》、名は大田といふ、是等の物を以ちて幣《みてぐら》としたまへ」とのたまふ。

（仲哀紀八年）

と見え、これが熊襲の地を表す語であることが分かる。宣長は『古事記』の「韓国」と「空国」とを同一視して整合性を図ろうとしたようだが、「韓国」と「空国」とでは全く意味が異なっている。『日本書紀』の場合は、「襲」の高千穂に降臨し、「空国」である熊襲の地を通って笠沙の御前に至ったという流れを示しており、その流れは『古事記』とは全く異なるものであると見ざるを得ない。しかもこの話では、「空国」に対置するような国として「新羅国」が登場し、「新羅国」を服属させたならば自然に「熊襲」も服属すると説いている。『古事記』においても、仲哀天皇が熊曾を討とうとして筑紫に滞在していた時に、神功皇后に神がかりした神が西方の国（＝新羅国）を帰属させることを勧めている。天孫降臨神話と仲哀記の新羅征討説話とを直接繋げて考えることが出来るかどうかは明確ではないが、朝鮮半島と熊曾の地とを対比的に捉える発想は確認出来るわけである。『古事記』における韓国と笠沙の御前の記載はそのような発想と関わるものかも知れない。

そしてもう一つ大きな相違点としてあげられるのは、これも降臨で終わる（2）以外に見られる「事勝国勝長狭」の存在である。この神名はこの場面にしか見られないが、（4）の末尾に「亦の名は塩土老翁」とあり、その塩土老翁は以下のように登場する。

①時に塩土老翁に逢ふ。老翁問ひて曰さく、「何の故にか此に在しまして愁へたまへる」とまをす。対《こた》ふるに事の本末を以ちてしたまふ。老翁の曰さく、「復《また》な憂へましそ。吾、汝の為に計らむ」とまをして、乃ち無目籠《まなしかたま》を作り、彦火火出見尊を籠の中に内れ、海に沈む。（第十段正文）

②時に一の長老あり、忽然に至り、自ら塩土老翁と称《なの》る。乃ち問ひて曰さく、「君は是誰者ぞ。何の故にか此処に患へます」とまをす。彦火火出見尊、具に其の事を言ふ。老翁、即ち嚢中の玄櫛《くろくし》を取り地に投げしかば、五百箇竹林《いほつたかむら》に化成《な》りぬ。因りて其の竹を取り、大目麁籠《おほまあらこ》に作り、火火出見尊を籠の中に内れ、海に投る。（第十段一書一）

③須臾《しばらく》ありて塩土老翁有り。来りて乃ち無目堅間《まなしかたま》の小船を作り、火火出見尊を載せまつり、海中に推放《おしはな》てば、自然に沈去る。（第十段一書三）

④時に塩筒老翁に遇ひたまふ。老翁問ひて曰さく、「何の故にか若此《かく》愁へます」とまをす。火折尊対へて曰はく、云々。老翁が曰さく、「復な憂へたまひそ。吾計らむ」とまをす。計りて曰さく、……（第十段一書四）

⑤年四十五歳に及りて、諸兄と子等とに謂りて曰はく、「……抑又《はたまた》、塩土老翁に聞きき。曰ししく、『東に美地有り。青山四周《よもにめぐ》れり。其の中に、亦天磐船に乗りて飛び降る者有り』とまをしき。余《われ》謂ふに、彼の地は、必ず大業を恢《ひろ》め弘《の》べ、天下に光宅《みちを》るに足りぬべし。蓋し六合の中心か。厥《そ》の飛び降る者は、謂ふに是饒速日か。何ぞ就きて都つくらざらむや」とのたまふ。（神武即位前紀）

①～④は所謂「海幸山幸神話」だが、ここに現れる塩土老翁は、『古事記』にも塩椎神として登場する存在であり、兄の釣り針を失って途方に暮れる山幸（火遠理命）を海神宮に導く存在として現れるものである。しかし⑤については『日本書紀』独自の内容である。ここでは、塩土老翁は、彦火火出見（神武天皇）兄弟を大和へと

誘うという、重要な存在として現れる。天孫降臨の場面では、降臨した瓊瓊杵尊を最初に迎える国神として登場し、その子彦火火出見（山幸）の窮地に異界へと導く役割を担い、そしてその子孫（孫）の彦火火出見（神武天皇）兄弟を天皇支配の中心地となる大和へと導く、という機能を担っている。大きく言えば、この、「神」とも呼ばれることもない地上の存在が、天孫降臨から神武天皇の大和入りまでを一つの流れの中に位置づける役割を持った存在として位置づけられているのではなかろうか。別の角度から見て言えば、この事勝国勝長狭＝塩土老翁の存在によって、天孫降臨は神武天皇の大和入り、そして即位まで繋げられているのではないか、ということになる。『古事記』と異なって高千穂での宮殿造営を記さないのは、『日本書紀』では高千穂はあくまでも経過地点に過ぎず、定着すべき地でも無かったということではないか。取り立てて讃美表現を伴わない点から見ても、『古事記』との扱いの差は明確である。

『古事記』『日本書紀』の降臨地への認識の相違は、「日向」への認識の相違とも関係している筈である。『日本書紀』神代上・下において「日向」があらわれるのは、既述の箇所以外は以下の通りである。

・（伊奘諾尊は）則ち往きて筑紫の日向の小戸の橘の檍原《あはきはら》に至りて、祓除《みそぎはら》へたまふ。（神代上五段一書六）

・久しくして天津彦彦火瓊瓊杵尊崩ります。因りて筑紫の日向の可愛《え》の山陵に葬りまつる。（神代下九段正文）

・後に久しくして、彦火火出見尊崩りましぬ。日向の高屋山上陵に葬りまつる。（神代下十段正文）

・久しくして彦波瀲武鸕鷀草葺不合尊、西洲の宮に崩りましぬ。因りて日向の吾平山上陵に葬りまつる。（神代下十一段正文）

三貴子誕生の場面と日向が関わるのは、五段一書六のみである。黄泉国神話を記さない正文などで日向での禊が記されないのは当然であるが、『日本書紀』では天照大神誕生の地と日向を積極的に結びつけてはいない。後の三つはすべて御陵の記事である。『日本書紀』では日向三代の宮については、最後の「西洲の宮」があるくらいだが、御陵については三代全てに記事があり、皆日向の地となっている。そして神武即位前紀には次の記載が見える。

・年十五にして、立ちて太子と為りたまふ。長りて日向国の吾田邑の吾平津媛を娶りて妃とし、手研耳尊を生みたまふ。（神武天皇即位前紀）

つまり『日本書紀』では吾田の地を日向に含めていることになる。降臨地の高千穂も、笠沙の御前のある吾田も、どちらも日向の範疇であり、それゆえ日向三代の宮も御陵も、吾田の地に近接する場所として理解することが出来る。『古事記』の場合、吾田を地名としては使用していないので、明確ではないが、先述のように熊曾の地を日向とは重ねないとする意図があったとすれば、笠沙の御前は日向の範疇には含まれないということになる。

ここで、宮の造営に話を戻したい。『日本書紀』の場合、宮の造営に関わる記述は（3）だけであった。

（3）故、天津彦火瓊瓊杵尊《あまつひこほのににぎのみこと》、日向の槵日《くしひ》の高千穂峰《たかちほのたけ》に降到《くだ》りまして、膂宍《そしし》の胸副国《むなそふくに》を頓丘《ひたを》より覓国《くにま》ぎ行去《とほ》り、浮渚在平地《うきじまりたひら》に立たし、乃ち国主事勝国勝長狭《くにのぬしことかつくにかつながさ》を召して訪ひたまふ。対へて曰さく、「是に国有り。取捨《かもかくも》勅の随に」とまをす。時に皇孫、因りて宮殿《みや》を立て、是焉《ここ》に遊息《やす》みます。（九段一書二）

この伝えでは、降臨後に何処に移動したのか、明記されてはいない。しかし他の所伝と併せて見れば、「膂宍の胸副国を頓丘より覓国ぎ行去り」、そして「国主事勝国勝長狭」を召しているのであるから、やはり吾田の地が想定される。正伝に記載はないが、正伝には先述の通り御陵記事があり、鸕鷀草葺不合尊の崩御記事の際には「西洲の宮」という語も見られた。つまり『日本書紀』の場合は基本的に降臨後に直ちに吾田の地に移動しているわけであるので、宮が営まれたとしてもそれはやはり吾田の地ということになる。鹿葦津姫（神吾田津姫・木花之開耶姫）への求婚や、海幸山幸神話への繋がりという点で言えば、その方が整合的である。それに対して『古事記』の場合には、降臨の地と熊曾の地・若しくは隼人の地とを区別するべく、高千穂宮自体もその後に続く神話とは異なる場所に設定していると思われる。「笠紗の御前に真米（来）通る」という表現は、高千穂宮と、後の神話の舞台との往来を印象づけるべく用いられた特殊な表現であったと言えるのではないか。ところで、『日本書紀』の先の（3）には、「宮殿を立て」という簡潔な表現があるのみで、『古事記』のように壮大な宮殿を立てる描写はない。また、大国主神の名での活躍を描かない（大穴牟遅神から大国主神への成長物語を記さない）『日本書紀』にあっては、須佐之男の発言による宮殿造営の言葉は無い。国譲りの際にも、正文にはそれに該当する言葉は無い。関連する部分を挙げると、次の第二の一書の記述になる。

時に高皇産霊尊、乃ち二神（経津主神・武甕槌神）を還遣《かへしつかは》し、大己貴神に勅して曰はく、「今者《いま》し汝が所言《まをすこと》を聞くに、深く其の理有り。故、更に条々《をちをち》にして勅せむ。夫れ汝が治らす顕露之事《あらはなること》、是吾が孫治らすべし。汝は以ちて神事を治らすべし。又汝が住むべき天日隅宮は、今し供造《つく》らむ。即ち千尋の栲縄を以ちて、結びて百八十紐とし、其の造宮の制は、柱は高く大《ふと》く、板は広く厚くせむ。又田供佃《つく》らむ。又汝が往来《かよ》ひて海に遊ぶ具の為に、高橋・浮橋と天鳥船も供造らむ。又天安河にも打橋を造らむ。又百八十縫の白楯を供造らむ。又汝が祭祀を主《つかさど》らむ者は、天穂日命是なり」とのたまふ。（神代下九段一書二）

出雲大社の造営に関わる記事であり、記載内容からみても非常に壮大な宮殿の造営を約束する内容となっている。しかしこの宮は、大己貴神が「吾は退《さ》りて幽事《かくれたること》を治らさむ」「吾は此より避去《さ》りなむ」と言い、「即ち躬《み》に瑞《みづ》の八坂瓊を被《とりか》けて長《とこしへ》に隠りましき」と記すように、あくまでも隠居のための宮である。この点は『古事記』とも通じている。これに対して天孫の宮殿は、地上世界統治のための宮殿でなくてはならない。[注15] それに見合うような描写が『日本書紀』天孫降臨条には見られないわけである。ではそれは何処で果たされるのかと言えば、次に記す神武天皇東征の後の場面ということになる。

辛酉年の春正月の庚申の朔に、天皇、橿原宮に即帝位《あまつひつぎしろしめ》す。是歳を天皇元年とし、正妃を尊びて皇后としたまふ。皇子神八井命・神渟名川耳尊を生みたまふ。故、古語に称《たた》へて曰《まを》さく、「畝傍の橿原に、底磐之根に宮柱太立て高天之原に搏風峻峙《ちぎたかし》りて、始馭天下之天皇《はつくにしらすすめらみこと》」とまをし、号《なづ》けたてまつりて神日本磐余彦火火出《かむやまといはれびこほほで》見天皇《みのすめらみこと》と曰す。

（神武紀元年春正月）

東征が終わり、畝傍山の東南に橿原宮を造営し、そこで即位するというこの場面において、古語として称えられた言葉の中に『古事記』と共通する宮殿造営の表現が見られる。「古語」に称えるというのであるから、宮殿造営がなされたその現在においてそのように称えられたというよりも、後にそのような表現が定着したということかも知れないし、多く祝詞の表現に見られるように、祭式の言語であることと関わって「古語」とされているのかも知れない。[注16] いずれにしても、神話において描かれることの無かった宮殿造営の表現がここでなされるということは、天孫降臨から続く天孫の地上統治が、この神武東征を経て、宮で即位することによって果たされたということを示していると言える。天孫降臨の場面において、『古事記』のような土地讃美や宮殿造営の表現がなされないのは、『日本書紀』の場合は日向はあくまでも通過地点に過ぎず、橿原宮造営にまでその結末が引き続いていたことを意味しているように思われる。天孫降臨と神武東征は、どちらも大嘗祭の反映としての要素があるという指摘もなされているが、その論拠の一つとして、大伴氏、久米氏の関与ということが挙げられる。いまこのような流れを見ると、供に大嘗祭の反映であるというよりも、天孫降臨から神武即位に到るまでがひと繋がりの神話であると見ることが出来るのではないか。先の神武元年正月条には続いて以下のような記述がなされている。

初めて、天皇、天基《あまつひつぎ》を草創《はじ》めたまひし日に、大伴氏が遠祖道臣命、大来目部を帥《ひき》ゐ密策《しのびのはかりごと》を奉承り、能く諷歌《そへうた》・倒語《さかしまごと》を以ちて妖気《わざはひ》を掃蕩《はら》へり。（神武紀元年春正月）

神武即位の記事に続いて大伴・久米の遠祖の事績を顕彰している。これは例えば天孫降臨の場面、神代下九段一書四に見られる次の描写と重なるものである。

時に大伴連が遠祖天忍日命、来目部が遠祖天槵津大来目を帥ゐ、……天孫の前に立つ。

このように『日本書紀』では、天孫降臨から神武東征までをひと繋がりとするという構想に基づいて神代紀から神武紀へと繋げてきたが故に、『古事記』のような降臨地への定着、宮殿造営を描いていないと思われるのである。

おわりに

『古事記』の高千穂における宮殿造営記述の意図を考えた場合、『古事記』では「日向」の高千穂を天神御子の葦原中国統治→天皇の天下統治の出発点・根拠地として位置付けており、その地を筑紫の中心的な場所に設定していたのではないかと考察した。そしてそこは征討の地である「熊曾」とは重ね合わせないように意図した可能性があることにも言及した。それに対し、『日本書紀』は高千穂への降臨をそれほど重要視していないように見受けられ、「日向」と「熊襲」の地も特に区別していない、若しくは重ね合わせていると見ることが出来た。

『日本書紀』が高千穂での定着・宮殿造営を描かないのは、神武天皇の大和入り→橿原宮の造営と即位に繋げていくことを意識していたためではないかと考えた次第であるが、こうした両書の相違は、「神話」をどのように位置づけているのかという大きな問題に繋がっていくように思われる。『古事記』は「神話」がまずあり、その神話を規範として天皇統治の次第が語られて行く。上巻の神話が中巻・下巻を覆っていくとでも言えば良いであろうか。対して『日本書紀』の場合は、神武即位からが正式な歴史のはじまりであって、そこにいたる「神話」はすべて神武即位に到るまでの序章という扱いなのではなかろうか。極端な言い方にはなるが、神代紀も含めて神武即位に至るまでが全て神武即位前紀と言えるのではないかと考える次第である。

注

1 以下、『古事記』訓読文の引用は、基本的には新編日本古典文学全集『古事記』（神野志隆光・山口佳紀校注、小学館、一九九七年六月）による。
2 『古事記伝』の引用は、本居宣長全集第十巻（筑摩書房、一九六八年一一月）による。以下同じ。
3 西郷信綱『古事記注釈』第二巻、平凡社、一九七六年四月。
4 倉野憲司『古事記全註釈』第四巻、三省堂、一九七七年二月。
5 注1一一八頁頭注。
6 真福寺本の「来」と「米」は明らかに字体が区別されるものであり、当該の「米」を「来」の崩れた字として認定することは出来ない。但し「来」の中には「米」にかなり近い字体となっているものが若干例見られるので、誤写の可能性が全くないとは言い切れない。なお、『古事記』中に見られる「米」は全て字音仮名である。「直」と「真」については、これも字体の上では全くの別字であるので、よほど明確な根拠がない限り、「真」を「直」に改めることには慎重でなければならない。

7 「日向国風土記逸文」の引用は、角川ソフィア文庫『風土記（下）』（中村啓信監修、二〇一五年六月）による。

8 金井清一「古事記の「高千穂」「笠沙」「韓国」をめぐって、その想定空間の検討」（『論集上代文学』第三十六号、二〇一四年一〇月）。

9 注1一一七頁頭注。

10 菅野雅雄「古事記神話における「日向」の意義」（古事記研究大系4『古事記の神話』高科書店、一九九三年六月）。

11 この点については、谷口雅博「仁徳記53番歌と国生み神話」（季刊『悠久』一四六号、二〇一六年八月）参照。

12 注3に同じ。

13 松本直樹「日向神話論序説」（『古事記神話論』新典社、二〇〇三年一〇月）。

14 以下、『日本書紀』訓読文の引用は、新編日本古典文学全集『日本書紀①』（小島憲之・直木孝次郎・西宮一民・蔵中進・毛利正守校注、小学館、一九九四年四月）による。

15 松本直樹は、「ニニギの宮殿は、葦原中国に「天降」った高天原王権の象徴として、「高天原に氷椽たかしりて」営まれるのであろう」と説く。「「高天原に氷椽たかしりて」について」（『古事記神話論』新典社、二〇〇三年一〇月）。

16 『延喜式』「祝詞」の中で類似の表現を持つものは以下の通りである。祈年祭・春日祭・平野祭・六月月次・六月晦大祓・鎮御魂斎戸祭・四月神衣祭・神嘗祭・遷却祟神・出雲国造神賀詞。この内、出雲国造神賀詞以外は、基本的には皇神・皇孫の宮を表現するものである。また、全ての例に「高天原」が見える。中村啓信が説いて以来、『日本書紀』の神話には明確な世界観として「高天原」が存立していないと言われる（「高天原について」『古事記の本性』おうふう、二〇〇〇年一月、初出は一九七四年）ところから見ても、この「古語」は『日本書紀』の神話文脈をそのまま背負って表現されたものとは言い難いかも知れないが、少なくとも広く「神話」に基づく讃美表現であり、ある種の達成を示す表現であるということは言えよう。

「日向神話」から神武東征へ

原口　耕一郎

一　はじめに

小論の課題は『古事記』（以下、『記』）および『日本書紀』（以下、『書紀』）にみえる、いわゆる「日向神話」（ここでは主に天孫降臨、火中出産譚、海宮訪問譚（海幸山幸神話）とする）から神武東征の旅立ちまでについて検討することである。[注1]よく知られているように、『記・紀』ともにこれらの「神話」は南九州を舞台としており、また隼人と呼ばれた古代南九州の人々についての言及がある。

したがって、これまでの神話研究とともに、隼人研究あるいは古代南九州研究を参照することになるが、それに際して注意しておきたいことがある。というのも、隼人についての研究が進展し、これまでの神話研究等において想定されていた隼人像の大幅な修正が必要となったからである。これは今後の「日向神話」理解において大きな影響を持ちうることが予想されるため、小論においても確認しておきたい。

二　近年の研究による隼人像

そこではじめに、近年の隼人研究の成果を簡潔に振り返ってみたい。中村明蔵[注2]、永山修一[注3]、下山覚[注4]、橋本達也[注5]ら文献史学研究者や考古学研究者による研究成果や問題提起を中心に、既存の隼人像は刷新されたといってよい。

「隼人」とは古代南九州の人々の自称ではなく、政府側が名付けた他称だと考えられる。これについて『記・紀』隼人関係記事を検討すると、歴史的事実としてある程度信用しうるものは天武朝以降の記事からであるとされ、さらに九世紀初頭における南九州に対する政策転換以降、南九州の住民を隼人と呼称する例は史料上ひとつもみられなくなる。ここから、南九州の人々が隼人と呼ばれたのは、天武朝から九世紀初頭にかけてのわずか百二十年間ほどのことにすぎないということが指摘できる。その南九州の範囲であるが、熊本県域や宮崎県域、南西諸島の人々が隼人とされた例もまた、史料上ひとつも確認されず、鹿児島県本土域の人々のみが隼人であったと考えられる[注6]。ただし、鹿児島県本土域においても住民が隼人だとはされていなかったであろう地域も想定されている。

中国の皇帝制に強く影響された天皇制が開始されるにあたり、中国的夷狄観にもとづき隼人は創出される。つまり、天武朝に隼人という身分制度／行政上の制度がスタートし、九世紀初頭にその制度は終了したと理解できる。前述の『記・紀』史料批判に関連するが、『書紀』隼人関係記事の一部には、中国史書の夷狄関係記事を模倣し創作したと思われる記事が複数確認されている。

【史料1】A『日本書紀』巻十五　清寧天皇四年（四八三）
秋八月丁未朔癸丑、天皇親録二囚徒一。是日、蝦夷・隼人並内附。
B『隋書』巻一　帝紀第一　高祖上
〔開皇四年（五八四）〕九月〈中略〉己巳、上親録二囚徒一。庚午、契丹内附。〈後略〉

【史料2】A『日本書紀』巻第十九　欽明天皇元年（五四〇）
三月、蝦夷・隼人、並率レ衆帰附。
B『冊府元亀』巻之一百七十　帝王部　来遠
〔太宗貞観〕二十二年（六四八）、西蕃沙鉢羅葉護率レ衆帰附。〈後略〉
C『冊府元亀』巻之九百七十七　外臣部　降附
〔太宗貞観〕二十二年二月、西蕃沙鉢羅葉護率レ衆帰附。〈後略〉
D『旧唐書』巻三　本紀第三　太宗下
〔太宗貞観二十二年〕二月〈中略〉癸丑、西番沙鉢羅葉護率レ衆帰附。〈後略〉

【史料3】A『日本書紀』巻二十六　斉明天皇元年（六五五）
是歳、高麗・百済・新羅、並遣レ使進調。〈百済大使西部達率余宜受、副使東部恩率調信仁、凡一百余人。〉蝦夷・隼人率レ衆内属、詣レ闕朝献。新羅別以二及飡弥武一為レ質、以二十二人一為二才伎者一。弥武遇疾而死。是年也、太歳乙卯。
B『後漢書』本紀一　光武帝紀第一下
〔建武二十五年（四九）〕是歳、烏桓大人率レ衆内属、詣レ闕朝貢。

このように、古代の南九州に出自を持ち朝貢や王権儀礼に参加することによって日本における華夷思想というイデオロギーを充足させる政治的／社会的役割を担わされた人々、すなわち政治的／社会的役割としての「野蛮人らしさ」「未開人らしさ」「異民族らしさ」を強制された人々が、「隼人」として位置付けられたものと考えたい。隼人とは、第一義的には政治的な要請から創出された存在である。古代南九州の人々と他地域の人々を「人種」だとか「文化的要素」によって区分した概念ではなく、あくまでも「行政上の区分」「一種の身分制度」であると考えたい。したがって、「古代南九州の文化」を「隼人の文化」として理解できるかどうかは、きわめて慎重な考察が必要となろう。「史料に描かれた隼人像」と「古代南九州の人々の実態」が乖離する可能性に留意しなければならない。

南九州から近畿地方へ、人々がいつ頃からいかなる理由により移住した（させられた）のかについては、現時点では定かではない。しかし、天武朝に隼人という制度が開始されるにあたり、南九州に出自を持つ近畿地方在住者も隼人（いわゆる畿内隼人）として設定されたものと考えられる。なお、南九州の人々を隼人と呼称しなくなった後も、畿内隼人は「隼人」として王権儀礼に参加し続ける。[注7]

三　「日向神話」の中の隼人

ここでは「日向神話」中に描かれた隼人像について、確認しておこう。ただしこれらは有名なことでもあるし、また紙数の都合もあり、ストーリーについては触れない。

まず、「日向神話」における隼人あるいは南九州に関わる地名や人名（神名）について触れておきたい。『記・

紀』各所伝ともに天孫降臨の地を「日向」だと明言しており、また『書紀』ではその場所を「ソ」だとしている（第九段本書、同一書第四、同一書第六）。ソとは隼人だとされた豪族曽君[注8]の本拠地である大隅国贈於郡のことであろう。降臨したニニギは、書紀では「吾田（アタ）」の地にいたり（第九段本書、同一書第四、同一書第六）、そこで『記・紀』ともに名／別名に「アタ」「カシ」が含まれる（『記』、『書紀』第九段本書、同一書第二、同一書第三、同一書第五、同一書第六）コノハナノサクヤヒメと出会い結ばれる。アタとは阿多隼人[注9]の本拠地である薩摩国阿多郡に関わる氏族名か地名だと考えられ、カシとは大隅隼人だとされた加志君[注10]に関わる氏族名か地名であろう。さらに、即位前の神武が「日向」にいた頃の夫人は、『記』（中巻）では、「阿多之小椅君妹」である「アヒラヒメ」であり、『書紀』では「日向国吾田邑」の「アヒラツヒメ」（即位前紀）である。アヒラについては、大隅国姶羅郡、大隅国大隅郡姶臈郷[注11]、薩摩国日置郡合良郷[注12]などに関わるものと考えられる。以上のように「日向神話」は隼人（の祖先）や隼人の居住地だとされた薩摩・大隅国域の地名が登場する。ここで注意しておきたいことは、現在の宮崎県域の豪族等に関する人名／氏族名や地名に触れられていないことである。前節でみたとおり、宮崎県域の人々が隼人だとされたことはなかったと考えられ、さらに大隅国が日向国から分立するのは和銅六年であり、これは『記』成立（和銅五年）後のことである。もともと薩摩・大隅両国は日向国に含まれていたと考えられている。

【史料4】『続日本紀』（以下、『続紀』）和銅六年（七一三）　元明天皇

夏四月乙未、〈中略〉割二日向国肝坏・贈於・大隅・姶羅四郡一、始置二大隅国一。〈後略〉

そうであるならば、「日向神話」で語られる「日向」地域とは、現在の宮崎県域ではなく、隼人居住地である薩摩・大隅両国域だとせざるをえない。[注13]

ここで、『記・紀』編纂時における対隼人／南九州政策を確認しておこう。『書紀』によるかぎり七世紀末までの南九州情勢は比較的平穏だが、七世紀最末期から不穏な情勢となっていく。まず文武年間に南島に派遣された覓国使を南九州の豪族が脅迫するという事件が発生し、政府は竺志惣領に命じてこれを処分させるが[注14]、そもそも派遣に際して政府が覓国使に武器を支給していることが注目される[注15]。大宝二年（七〇二）には薩摩国成立に際して「反乱」が起き、政府と隼人の間に軍事衝突が発生し[注16]、その戦後処理では「要害之地」に「建レ柵置レ戍」ことが建議され許可される[注17]。さらに和銅六年には、薩摩国同様大隅国成立（史料4）に際しても「反乱」が起き、政府・隼人間の軍事衝突ののち、豊前からの移民政策が採られている[注18]。そして養老四年（七二〇）には、大隅国守が殺害されるという最大にして最後となる隼人の「反乱」が起こり、戦闘が一年数ヶ月間にも及ぶという事態となる[注19]。ここで、「日向」に降臨したニニギは同地で「覓国」したり（『書紀』第九段本書、同一書第二、同一書第四）、「巡覧」したり（『書紀』第九段一書第六）、言祝いだり（『記』上巻）していることに注意しておきたい。

続いて隼人の風俗歌舞奏上および呪術的王権守護についてみておこう。隼人は風俗歌舞を奏上し、また狗吠など天皇を呪術的に守護する性格があるとされる。まず隼人と蝦夷・南島人との異同をみると、風俗歌舞奏上の有無があげられる。隼人は八世紀はじめまでは蝦夷・南島人と同様の扱いを受けているが、和銅～養老年間を境にそれが変わりはじめ、蝦夷・南島人とは異なり夷狄として扱われなくなった可能性が高い。しかし、『続紀』養老年間あたりまでの隼人関係記事を見ると、隼人を夷狄に関わる用語等で形容しており、実際の対隼人政策と隼人に関するイデオロギー政策にズレがあることが確認される。そのような状況の中で『記・紀』「日向神話」も最終的な述作や編集がなされたものと考えられる。例えば、「日向神話」では隼人の服属の由来や隼人舞の起源が語られるが、『書紀』に見られる「夷狄としての隼人像」（史料1～3など）「天皇を守護する者としての隼人像」という隼人の両義性は、このような時代状況を反映したものであろう。蝦夷・南島人と異なる隼人の風俗歌舞奏上や呪術的王権守護は、和銅〜養老年間あたりから開始されたと考えられる。

『記・紀』の海宮訪問譚を見ると、天皇の祖先である山幸彦に逆らい懲らしめられた隼人の祖先である海幸彦は、『記』では「稽首」して赦しを乞い、以後、山幸彦の「守護人」として仕えることを誓う。そして溺れたときの「種々之態」を今に至るまで演じていると、すなわち隼人舞の起源が語られる。『書紀』第十段本書では、「伏罪」して赦しを乞う海幸彦は、今後は「俳優之民」となることを誓う。ここでも隼人の風俗歌舞奏上の起源が語られている。同一書第二では、「伏罪」して赦しを乞う海幸彦は、今後は「俳人」「狗人」となり山幸彦に仕えることを誓い、また、山幸彦の「神徳」を知る。さらに海幸彦の子孫である「諸隼人等」が、天皇の宮に狗として奉仕すること、すなわち隼人の狗吠の起源が語られる。このような隼人に対する懲罰的ともいいうる描写は、先に見たとおり七世紀代ではなく、八世紀はじめの南九州情勢と一致すると思われる。『記・紀』編纂時にあたる八世紀はじめには、対隼人／南九州政策は緊迫の度合いを強め、軍事衝突さえ発生する状況であった。したがって政府とすれば、隼人支配あるいは南九州支配を正当化するイデオロギーの構築が必要であったと考えられる。

本節で確認してきたとおり、天孫降臨から神武東征への旅立ちまでの「日向」を舞台にした神話は、対隼人政策／対南九州政策から考えると、八世紀はじめの状況、特に和銅〜養老年間の状況を反映した可能性が極めて高い。したがって「日向神話」に描かれた隼人像は、「八世紀の求めた隼人」であり、現行「日向神話」が最終的にまとめられたのは八世紀であるものと考えられる。「日向神話」編纂の第一の目的は、万世一系の皇統による地上支配の正統性／正当性を証明するイデオロギーの構築にあったと考えられ、その第二の目的は、『記・紀』

編纂時の「日向」地域の状況に深く関わり、隼人だとされた人々やその地域の支配を正当化するイデオロギーの構築にあったと思われる。[注20]

四 「日向神話」をめぐる近年の研究動向

近年、『書紀』研究の世界においては、出典論、区分論、文体論／語法分析といった文献学や言語学からのアプローチが盛んになってきているが、神代紀についてもこの分野を牽引してきた研究者から新たな問題提起がなされている。ここでは特に「日向神話」に関わることについてみてみよう。

『書紀』の火中出産譚をめぐっては、瀬間正之により典拠の指摘がなされている。第九段本書・同一書第二・同一書第五において、不貞を疑われたコノハナサクヤヒメがウケヒとして火中で海幸彦と山幸彦を出産するが、仏書にも不貞を疑われたヤショダラがラーフラをウケヒとして火中出産する話があり、書紀のそれは仏教類書である『法苑珠林』疑謗部第四に直接的な影響を受けており、両書ともウケヒを「誓」字であらわし、また両書の構文も近しいという。[注21]さらに『記』海宮訪問譚についても瀬間は典拠の指摘を行った。『記』のこの話は仏書に似た説話があるというが、特に仏教類書『経律異相』巻三二「善友好求珠喪眼還明二」との一致が多いという。両書はストーリー展開がほぼ一致し、都合三九種類用字の類似点をあげたうえで、それらの中には『記』において海宮訪問譚でしか用いられていない文字があることを指摘した。[注22]小論の主題に引き寄せるなら、両書において「守護」の表記が一致することは極めて注目される。

森博達はその区分論[注23]にもとづき、「天照大神」「皇祖」「高天原」について以下の指摘を行った。[注24]

【史料5】『日本書紀』　巻三〇　持統六年（六九二）閏五月条

丁未、伊勢太神奏二天皇一曰、免二伊勢国今年調役一。然応レ輸二其二神郡一赤引絲参拾伍斤、於二来年一当レ折二其代一。

この持統紀六年の記事では「伊勢太神」であって未だ「天照大神」とはなっておらず、さらには、その「伊勢太神」が「奏二天皇一」していることから、表記のみならずアマテラスの実質的な神格もこの時点では未成立であったとする。「天照大神」「皇祖」の語句はα群では使用が確認されず[注25]、β群にのみ見られる。β群が執筆されたのは文武朝以降である[注26]。さらに持統の謚号について、大宝三年（七〇三）段階では「大倭根子天之広野日女尊[注27]」だったが、養老四年成立の『書紀』では「高天原広野姫天皇[注28]」となっていることから、「高天原[注29]」の成立も同様に新しいものであるとした。すなわち、「天照大神」「皇祖」「高天原」という概念については、おそらくセットで構想されたものと考えられ、それらの表記だけではなく、実質的な内容も文武朝以降に成立した、とする。

これを受けて瀬間は、神武紀について以下の問題提起を行った。

【史料6】『日本書紀』巻三　神武即位前紀

〈前略〉昔我天神、高皇産霊尊・大日孁尊、挙二此豊葦原瑞穂国一、而授二我天祖彦火瓊瓊杵尊一。〈後略〉

【史料7】『日本書紀』巻三　神武天皇即位前紀　戊午年

六月乙未朔丁巳、〈中略〉天照大神謂二武甕雷神一曰、夫葦原中国猶聞喧擾之響焉。〈中略〉武甕雷神対曰、雖二予不一レ行、而下二予平国之剣一、則国将二自平一矣。天照大神曰、諾。〈中略〉天照大神訓二于天皇一曰、朕今遣二頭八咫烏一。〈中略〉我皇祖天照大神、欲三以助二成基業一乎。〈後略〉

『書紀』人代巻の中では、巻三神武紀のみに「大日孁尊」と「天照大神」の双方が用いられている。その神武紀では初出の史料6記事のみ「大日孁尊」と書かれるが、その後の用例はすべて「天照大神」である（史料7記事の四例）。また「天神」と「皇祖」の書き分けもある。これは東征以前の記事、東征以後の記事と分けることもでき、東征以前の記事内容は、「天照大神」や「皇祖」という語句の成立以前に形成された可能性がある、とする。さらに、『記』の編纂においては、全巻にわたる接続語「尒」の用例[注30]などから、仏教類書『経律異相』による文飾も含め『記』が一人の手により成立したと考えてよい、とした[注31]。また、『記』は一貫して「天照大御神」の表記を用いるので、アマテラスの成立が文武朝であるならば、α群はそれ以前に書かれ、β群と『記』はそれ以降に書かれたことになる、とした[注32]。

五　神代紀と神武紀

小論では前節までに『記・紀』の「日向神話」に関わる諸事項について近年の研究を確認してきた。そこで、以上の議論を前提としたうえで、以下、神武東征について考察を行いたい。はじめに神代紀の末尾と神武紀の冒頭、神代記の末尾と神武記の冒頭を掲げておこう。

【史料8】『日本書紀』巻二　神代下　第十一段

彦波瀲武鸕鷀草葺不合尊、以二其姨玉依姫一為レ妃、生二彦五瀬命一。次稲飯命。次三毛入野命。次神日本磐余彦尊。凡生二四男一。久之彦波瀲武鸕鷀草葺不合尊、崩二於西洲之宮一。因葬二日向吾平山上陵一。

一書曰、先生二彦五瀬命一。次稲飯命。次三毛入野命。次狭野尊。亦号神日本磐余彦尊。所レ称二狭野一者、是年少時之号也。後撥二平天下一、奄二有八洲一。故復加レ号、曰二神日本磐余彦尊一。

一書曰、先生二五瀬命一。次三毛野命。次稲飯命。次磐余彦尊。亦号神日本磐余彦火火出見尊。

一書曰、先生二彦五瀬命一。次稲飯命。次神日本磐余彦火火出見尊。次稚三毛野命。

一書曰、先生二彦五瀬命一。次磐余彦火火出見尊。次彦稲飯命。次三毛入野命。

【史料9】『日本書紀』巻三　神日本磐余彦天皇　神武天皇　（一部は史料6再掲）

神日本磐余彦天皇、諱彦火火出見。彦波瀲武鸕鷀草葺不合尊第四子也。母曰二玉依姫一、海童之小女也。天皇生而明達、意確如也。年十五立為二太子一。長而娶二日向国吾田邑吾平津媛一為レ妃、生二手研耳命一。及二年四十五歳一、謂二諸兄及子等一曰、昔我天神、高皇産霊尊・大日孁尊、挙二此豊葦原瑞穂国一、而授二我天祖彦火瓊瓊杵尊一。於レ是火瓊瓊杵尊闢二天関一披二雲路一、駆二仙蹕一以戻止。是時運属二鴻荒一、時鍾二草昧一。故蒙以養レ正、治二此西偏一。皇祖皇考、乃神乃聖、積レ慶重レ暉、多歴二年所一。自二天祖降跡一以逮、于レ今一百七十九万二千四百七十餘歳。而遼邈之地、猶未レ霑二於王沢一。遂使二邑有レ君、村有レ長、各自分レ彊、用相凌躒一。抑又、聞二於塩土老翁一。曰、東有二美地一。青山四周。其中、亦有下乗二天磐船一而飛降者上。余謂、彼地必当レ足下以恢二弘大業一、光中宅天下上。蓋六合之中心乎。厥飛降者、謂是饒速日歟。何不二就而都一之乎。諸皇子対曰、理実灼然。我亦恒以為レ念。宜二早行一之。是年也、太歳甲寅。

其年冬十月丁巳朔辛酉、天皇親帥二諸皇子・舟師一東征。至二速吸之門一。時有二一漁人一、乗レ艇而至。天皇招之、因問曰、汝誰也。対曰、臣是国神、名曰二珍彦一。釣二魚於曲浦一、聞二天神子来一、故即奉レ迎。又問之曰、汝能為レ我導耶。対曰、導之矣。天皇勅授二漁人椎檣末一令レ執、而牽二納於皇舟一以為二海導者一、乃特賜レ名、為二椎根津彦一。〈椎、此云二辭毘一。〉此即倭直部始祖也。行至二筑紫国菟狹一。〈菟狹者地名也。此云二宇佐一。〉時有二菟狭国造祖一。号曰二菟狭津彦・菟狭津媛一。乃於二菟狭川上一造二一柱騰宮一而奉レ饗焉。〈一柱騰宮、此云二阿斯毘苔徒鞅餓離能宮一。〉是時勅以二菟狭津媛一、賜二妻之於侍臣天種子命一。天種子命是中臣氏之遠祖也。

十有一月丙戌朔甲午、天皇至二筑紫国崗水門一。

十有二月丙辰朔壬午、至二安芸国一居二于埃宮一。

乙卯年春三月甲寅朔己未、徙入二吉備国一、起二行館一以居之。是曰二高嶋宮一。積二三年一間、脩二舟楫一蓄二兵食一、将レ欲三以一挙而平二天下一也。

戊午年春二月丁酉朔丁未、皇師遂東舳艫相接。方到二難波之碕一、会下有二奔潮一太急上。因以名為二浪速国一。亦曰二浪花一。今謂二難波一訛也。〈訛、此云二与許奈磨盧一。〉

三月丁卯朔丙子、遡流而上、経至二河内国草香邑青雲白肩之津一。

【史料10】『古事記』上巻

是天津日高日子波限建鵜葺草不葺合命、娶二其姨玉依毘売命一、生御子名、五瀬命。次、稲冰命。次、御毛沼命。次、若御毛沼命、亦名、豊御毛沼命、亦名、神倭伊波礼毘古命。〈四柱。〉

故、御毛沼命者、跳二浪穂一渡二坐于常世国一、稲冰命者、為二妣国一而、入二坐海原一也。

【史料11】『古事記』中巻

神倭伊波礼毘古命〈自レ伊下五字以レ音。〉与其伊呂兄五瀬命〈上伊呂二字以レ音。〉二柱、坐二高千穂宮一而議云、坐二何地一者、平聞二看天下之政一。猶思二東行一、即自二日向一発、幸二行筑紫一。故、到二豊国宇沙一之時、其土人、名宇沙都比古・宇沙都比売〈此十字以レ音。〉二人、作二足一騰宮一而、献二大御饗一。自二其地一遷移而、於二竺紫之岡田宮一一年坐。亦、従二其国一上幸而、於二阿岐国之多祁理宮一七年坐。〈自レ多下三字以レ音。〉

亦、従㆓其国㆒遷上幸而、於㆓吉備之高島宮㆒八年坐。故、従㆓其国㆒上幸之時、乗㆓亀甲㆒為㆑釣乍打羽挙来人、遇㆓于速吸門㆒。爾、喚帰問之、汝者、誰也、答曰、僕者、国神。又、問、汝者、知㆓海道㆒乎、答曰、能知。又、問、従而仕奉乎、答白、仕奉。故爾、指㆓渡槁機㆒、引㆓入其御船㆒、即賜㆑名号㆓槁根津日子㆒。〈此者、倭国造等之祖。〉

さて、前述の森、瀬間らの研究成果を受け、さらに発展させたのが葛西太一である。以下、葛西の議論を追ってみよう。

神武紀冒頭では「大日孁尊」の語句が見られるが（史料6および9）、神代紀第五段一書第一にも同じ語句が確認できる。

【史料12】『日本書紀』巻一　第五段　一書第一

一書曰、伊弉諾尊曰、吾欲㆑生㆓御寓之珍子㆒、乃以㆓左手㆒持㆓白銅鏡㆒、則有㆓化出之神㆒。是謂㆓大日孁尊㆒。右手持㆓白銅鏡㆒、則有㆓化出之神㆒。是謂㆓月弓尊㆒。又廻㆑首顧眄之間、則有㆓化神㆒。是謂㆓素戔嗚尊㆒。即大日孁尊及月弓尊、並是質性明麗。故使㆑照臨天地。素戔嗚尊是性好㆓残害㆒。故令㆔下治㆓根国㆒。珍、此云㆓于図㆒。顧眄之間、此云㆓美屢摩沙可利爾㆒。

このことについて葛西は、神武紀は「天照大神」表記を基本とすると考えられるにも関わらず、神代紀と神武紀で「大日孁尊」表記の一致が見られることに注目した。

次に神代紀と神武紀で訓注が重出する例を確認すると、①神代紀第六段本書には「奮㆓稜威之雄誥㆒〈雄誥、此云㆓烏多稽眉㆒。〉」とあり、神武即位前紀戊午年夏四月条には「植㆑盾而為㆓雄誥㆒焉〈雄誥、此云㆓烏多鶏廬㆒。〉」とある。②神代紀第四段一書第一には「妍哉、此云㆓阿那而恵夜㆒」とあり、神武紀三一年夏四月条には「妍哉乎国之獲矣。〈妍哉、此云二鞅奈珥夜一。〉」とある。③神代紀第八段一書第五には「柀、此云二磨紀一。」とあり、神武即位前紀戊午年九月条には「譬猶二柀葉之浮流一者〈柀、此云二磨紀一。〉」とある。この三例を勘案すると、神代紀と神武紀の施注が別人の手になったと考えるべきだと指摘する。

次に神代紀と神武紀の施注不順について確認すると、①神代紀第七段本書に「掘二天香山之五百箇真坂樹一」「亦以二天香山之真坂樹一為レ鬘」、神代紀第七段一書第一に「採二天香山之金一以作二曰矛一」、神代紀第七段一書第三に「於レ是天児屋命掘二天香山之真坂木一」、神代紀第九段一書第六に「其天火明命児天香山、是尾張連等遠祖也」と神代紀には「天香山」が五例あるが、神武即位前紀戊午年九月条ではじめて「宜取二天香山社中土一〈香山、此云二介遇夜摩一。〉」と施注される。②神代紀第五段一書第二に「水神罔象女〈中略〉罔象、此云二美都波一。」と施注があり、神代紀第五段一書第三に「水神罔象女」、神代紀第五段一書第四に「罔象女」とあるが、神武即位前紀戊午年九月条に「水名為二厳罔象女一〈罔象女、此云二瀰菟破廼迷一。〉」と再び施注がある。③神武即位前紀甲寅年冬十月条（史料9）に「臣是国神、名曰二珍彦一。」とあるが、同じ巻三の神武紀二年春二月条で「以二珍彦一為二倭国造一。〈珍彦、此云于砮毘故一。〉」と施注される。これは神武紀内部の問題だけでなく、神代紀第五段一書第一（史料12）に「珍、此云二于図一」と施注されることから、神代紀と神武紀にわたる問題でもある。この三例によって分かることは、前述の訓注の重出と同様に、神代紀と神武紀および神武紀内部でも異なる施注あるいは述作方針によっている場合があると考えるべきだとする。

このように「大日孁尊」表記、訓注の重出、施注不順を確認したところ、神代紀と神武紀の施注／述作方針の違いとともに、神武紀内部の相違にも留意しなければならず、また神武即位前紀における「大日孁尊」表記は、神代紀を承けるものと理解しない限り不自然な表現となるとする。

かつて津田左右吉は「……神武天皇東遷の物語は神代のとの間に明らかな区別がつけられてゐるが、しかし物語そのものは、ヒムカから出発せられてゐる点に於いて、それと連続してゐる……」[注33]と指摘し、小島憲之は「……神代紀の冒頭の漢籍的潤色や文選語などを巻中に散在させる方法は、神武紀の、冒頭の潤色や（神武記にはこの部分がない）、文選の利用方法に同じ。即ち第一次の原古事記的な表現の上に潤色を加へたのは、両紀それぞれ別人とみられるが、更に漢籍的潤色を加へた第二次或は最後の整理者（述作者）は両紀ともに同一人ではないかと思はれる」[注34]と指摘していた。

そこであらためて考察してみると、「大日孁尊」表記から神武即位前紀は神代紀と同一の述作者（述作方針）と見なせる。「珍」についての施注から、神武紀甲寅年冬十月条は神代紀と同一の述作者（述作方針）だと捉えることができる。したがって少なくとも神武紀甲寅年冬十月条までは神代紀と同一方針で述作されたと位置付けるべきである。「雄誥」の訓注は神武紀戊午年夏四月条に神代紀と重複して施されるので、これ以降は異なる施注者（施注方針）の手になると区別できる。このことは神武紀戊午年六月条（史料7）で「天照大神」表記となっていることとも一致する。また、神武紀戊午年夏四月条以降に「妍哉」「柀」の訓注が重出することや「天香山」「罔象女」にはじめて注が施されることも同様である。したがって、神代紀と神武紀の述作者および施注者（あるいは述作方針、施注方針）の転換は、神武紀甲寅年十一月条から同戊午年三月条の間に求められる。すなわち、当初は、現行神武紀冒頭部も神代紀の末尾として同一述作者の手でまとめられたが、神武紀戊午年夏四月条以降は別人が述作を行ったために前述の齟齬が生じたと理解できる。以上要するに、述作の初期段階では、神代紀から神武紀冒頭部までが一括して構想／準備されていたが、『書紀』編纂の最終段階に至って現行神武紀冒頭部を神代紀から切り離し、既にあった神武紀と統合して現行の巻三神武紀が成立したと想定されると指摘す

る。以上が、葛西による研究の概略である。[注35]

六　神武紀と神武記

『記・紀』ともに神武は「日向」から東征へ旅立ち、以後、近畿地方を中心に物語が展開される。ところで、神武紀を読み進めると奇妙なことに気づく。近畿地方に上陸した神武一行の事績は詳しく語られるのに対し、東征の途上の旅路の記述はあまりに簡潔にすぎやしないか。具体的にいうならば、まず神武即位前紀に漢籍からの文飾[注36]によると思われる神武の東征決断の言葉があり旅立つのであるが、神武紀甲寅年十一月条から同戊午年三月条までの記事――「日向」出発から河内到着まで――と、同戊午年夏四月条以降の記事――舞台が近畿地方に移って以降――では、文章の分量も記事の詳細さも異なるように見受けられる。そしてこの異質性は、かねて指摘されてきた[注37]ことでもある。まるで、さも取って付けたようではないか。そしてこの区分は、葛西の指摘する区分（神武紀甲寅年十一月条から同戊午年三月条の間）とも重なり合うのである。

念のため、神武記も確認しておこう。瀬間が指摘したように『記』は一人の手になると想定されるため（第四節）、明確な区分は難しいのであるが、それでも、「日向」を発ってから近畿地方へたどり着くまで（史料11「即自二日向一発」から「此者、倭国造等之祖」まで）と、舞台が近畿地方に移ったあと（「故、従二其国一上行之時」以降、史料未掲載）では、『書紀』同様に文章の分量も記事の詳細さも異なるように思われるのである。このことは、いったい何を意味するのであろうか。

ここで、葛西が『書紀』に対して指摘した述作方針あるいは述作者の転換をもとに、考えてみよう。もともと

『書紀』では神武の事績の一部が神代紀の末尾で語られるとの構想であったが、何らかの事情により、それは神武紀冒頭へ移されることになった。いわば原神代紀・原神武紀（原β群）が改変され、現行神代紀・現行神武紀（現行β群）へとあらためられた。

そして述作方針転換の影響をもっとも鮮明にあらわすのが葛西の指摘する神武紀甲寅年十一月条から同戊午年三月条の間であるならば、やはりその要因は、神武東征の途上にこそ求められるべきであろう。

七　神武と「日向」

廣畑輔雄は神武について論じた著書の中で、次のように述べている。

……神話作者が、降臨の地を日向として、日向を舞台にして語りたかったのは、海幸彦・山幸彦の話だったのである。

海幸彦・山幸彦の話は、その二柱の神の間に何が起こったかを語ったもので、結局その結末は、海幸彦が降伏して、子孫の隼人たちがその芸能をもって朝廷に仕えることになったというところにある。それこそが、隼人の地を舞台にしなければ語り得ない内容である。隼人の地が舞台に選ばれた理由が、ここに至って明らかになってくる。それは神話作者のねらいが、隼人の服属由来を語る点にあったからである。[注38]

神武の日向出発に至った事情を、天孫降臨以後の物語の構想に基づいて考えてみると、まず、皇祖神の子孫による葦原中国統治を目的として天孫が日向へ降臨する、というのが降臨の発端の構想であった。その構想でいくと、日向での目的が達せられた後には、その子孫のうちの誰かが、日向を出発して国の中央に移り、葦原中国全体の統治体制に入らねばならぬ道理である。そしてその役割は神武に与えられた。神武の日向出発あるいは日向からの東征というのは、降臨の最初からの、そうした構想にしたがって形成された筋書きであった。つまり、神武の日向出発は、その構想そのものの自然の帰結なのであって、それ以上の要因を考えなければならぬ理由は、見当たらないように、私には思われる。[注39]

この廣畑の視点について、——細部はともかくとしても——私も同意する。

天孫降臨から神武東征の旅立ちまでの舞台が「日向」だとして設定されているのは、『記・紀』編纂時における対隼人／南九州政策の一環であろう。隼人居住域である「日向」の「伝承や信仰とは全く関係がなく、神話の構成上の舞台として地名を借りただけにすぎない」[注40]。そして『記・紀』の「日向神話」が現行の様子へ整えられたのは、少なくとも八世紀に入ってからであり、既述のとおり和銅〜養老年間である可能性が高い。

ここでひとつ確認しておこう。神武即位前紀には「吾田」「吾平」と隼人に関する語句があらわれると同時に、「天神」「大日孁尊」が登場する（史料9）。瀬間が東征以前の記事内容は「天照大神」「皇祖」の表記が成立する以前に形成された可能性があると指摘する（第四節）ことから、「日向神話」に隼人が登場するのは文武朝より前の時期に定まっていたと考えるとしたら、それはいかにも早計であるといわねばならない。

『書紀』出典論では漢籍や仏書による文飾が施されたのは、『書紀』編纂の最終段階だと想定されている。[注41]神代紀の火中出産譚は『法苑珠林』による文飾が認められ、これは「日向神話」の構成と不可分であると思われる（第四節）。さらにβ群の述作自体が本格化したのが文武朝以降である（第四節）。神代記の海宮訪問譚は『経律異相』による文飾が認められ、これもまた「日向神話」の構成と不可分であると思われる（第四節）。瀬間は『経律異相』による文飾も含め『記』が一人の手により、文武朝以降に述作されたと考えてよいとする（第四節）。

さらに、『記・紀』の隼人関係記事のうち歴史的事実だと考えられないものについては、八世紀に述作された可能性が高い。[注42]『記・紀』の隼人関係記事も「日向神話」も、八世紀はじめという時代の産物である蓋然性が高いのである。

そこで次のように考えてみよう。①七世紀末までには、のちに『書紀』β群として結実することになる原資料があった。そこでは未だ「天照大神」「皇祖」「高天原」といった語句は用いられておらず、隼人や「日向」の要素もなかった。ただし、例えば近畿地方などにおいて神武が「東征」で活躍する様子は記されていた可能性がある。②文武朝に入り、「天照大神」「皇祖」「高天原」といった語句や概念が成立しつつあり、これを政策的な基盤とし、原資料をもとに原β群の編纂が開始された。これは「天照大神」「皇祖」「高天原」を取り入れつつあったが、未だ隼人や「日向」への言及はなかった。③文武朝初期を過ぎ、それ以降の時期、おそらくは和銅から養老年間にかけて、原β群に隼人や「日向」の要素が付け加えられることになり、それと同時に神武の要素が原神代紀から原神武紀へ切り貼りされることになり、現行β群（現行神代紀および現行神武紀）が成立した。

つまり、②の段階までは原神代紀に神武の要素（現行神武紀でいえば即位前紀に相当）があり、「天照大神」「皇祖」「高天原」への変更がなされつつあったが、完了してはいなかった。③の段階に入り、「日向神話」が創作され、原神代紀から原神武紀（ともに原β群）へ神武の要素が移される際（現行神代紀および現行神武紀、ようするに現行β群の成立）、神武紀甲寅年十一月条から同戊午年二月条にかけての諸記事が創作され、神武即位前紀に「吾田」「吾平」も加えられたが、「天神」「大日孁尊」は修正されないままに残された。その理由は不明だが、あるいは『書紀』に見られる修正の不徹底というだけなのかもしれない。しかし、次のことを付け加えておきたい。天孫降臨の場面を見ると、司令神がタカミムスヒの場合（第九段本書、同一書第四、同一書第六）、南九州の地名や隼人の要素に触れるが、伊勢に関することにはあまり触れない。逆に司令神がアマテラスの場合（同一書第一、同一書第二）、伊勢には触れるが、南九州や隼人についてはあまり触れない。神武即位前紀の場合、「日向神話」の要素が新たに加わったわけであるが、述作者はアマテラスにそれほど関心がなかったのかもしれない。[注43]

『記』については同一人物による述作が想定されており、具体的な述作の段階を検証することは難しい。ただし、仮に『記・紀』両書がともに「何らかの事情」によって述作方針をあらためたのであれば、それは述作上の推敲の過程といった純粋に文章構成上の事情によるものではなく、その原因は何らかの外的要因である可能性が高い。というのも、両書は別個の書物だからである。その両書が同様の変更を行う場合、しかるべき理由があったはずである。瀬間が指摘するように、β群と『記』は文武朝以降に最終的な述作がなされたのであれば、両書の主要な述作時期に何十年ものタイムラグがあるわけではない。いわば両書を取り巻く情勢はほぼ同一のものであっただろう。よって、詳細を論じることは困難だが、『記』においても現行「日向神話」「神武東征」のストーリーや要素（隼人が登場すること、舞台が「日向」であること）は、やはり八世紀代（特に和銅年間）に定まったものと想定したい。

八　むすび――「神武東征」の成立

八世紀に入ってからの不穏な南九州情勢の中で、対隼人／南九州政策の一環として「日向神話」は創作された。そこでは、隼人が天皇に服属する由来が――場合によっては隼人が過ちを認め謝罪する様子も含め――語られていた。しかし「日向」は最果ての地である。天皇の祖先は「中央」へ赴かねばならない。このようにして神武東征は創作された。

もともと神武が、例えば近畿地方を中心に活躍する物語が、七世紀末までには用意されていた可能性がある。しかし天皇の祖先が「日向」に降臨することになってしまった以上、接ぎ木が必要となった。そこで草稿段階の『書紀』の改変が行われることになった。原β群に隼人や「日向」の要素が付け加えられることになり、それにともない神武の要素が原神代紀から原神武紀へ加筆や修正がなされながら移された。神武紀甲寅年十一月条から同戊午年三月条にかけての諸記事は、その際、新たに創作されたものではなかったか。こうして現行β群（現行神代紀および現行神武紀）が成立した。それはおそらく、和銅年間から養老年間へかけての時期である。原β群の述作開始が文武朝であれば、それに手を加えた現行β群の成立はさらに遅れるはずである。

『記』について詳細に論じることは、現状では困難であるが、「天照大御神」表記の成立および『記』の述作が文武朝以降である以上、『記』の編纂動向も『書紀』と無関係ではいられないであろう。現在われわれが接する「神武東征」は、以上のような過程を経て創作されたと考えられる。

『記・紀』の「日向神話」は八世紀はじめの政府が求めた隼人像を描いたものであり、よって「日向神話」は「八世紀の神話」だと理解しなければならないであろう。

注

1　小論は筆者が名古屋市立大学に提出した博士学位請求論文『隼人と日本書紀』にもとづいている。なお同論文は後日単著として公刊される予定であるので、小論とあわせて参照されたい。

2　中村明蔵『新訂　隼人の研究』（丸山学芸図書、一九九三年）、中村明蔵『隼人と律令国家』（名著出版、一九九三年）、など。
3　永山修一『隼人と古代日本』（同成社、二〇〇九年）、など。
4　下山覚「考古学からみた隼人の生活――「隼人」問題と展望――」（新川登亀男編『古代王権と交流8　西海と南島の生活・文化』名著出版、一九九五年）、など。
5　橋本達也「九州南部」（広瀬和夫・和田清吾編『講座日本の考古学7　古墳時代（上）』青木書店、二〇一一年）、など。
6　もちろん旧薩摩、大隅、日向、肥後国域と現在の鹿児島県本土、宮崎県、熊本県域が完全に一致するわけではないので注意が必要である。
7　以上については、拙稿「『記・紀』隼人関係記事の再検討（一）（二）」（名古屋市立大学大学院人間文化研究科編『人間文化研究』九・一五、二〇〇八・一一年）、拙稿「隼人論の現在」（古代学協会編『古代文化』六六―二、二〇一四年）、にて議論を整理しているので参照されたい。
8　例えば、『続紀』和銅三年（七一〇）春正月庚辰条など。
9　例えば、『書紀』天武天皇十一年（六八二）秋七月壬辰朔甲午条など。
10　『続紀』天平元年（七二九）秋七月辛亥条、同神護景雲三年（七六九）十一月庚寅条。
11　『倭名類聚抄』。
12　『倭名類聚抄』。
13　以上については、拙稿「「日向神話」と南九州、隼人――出典論との関わりから――」（鹿児島地域史研究会編『鹿児島地域史研究』五、二〇〇九年）、にて議論を整理しているので参照されたい。
14　『続紀』文武紀四年（七〇〇）六月庚辰条。
15　『続紀』文武紀二年（六九八）四月壬寅条。
16　『続紀』大宝二年八月丙申朔条。
17　『続紀』大宝二年九月戊寅条、同十月丁酉条。
18　『続紀』和銅六年七月丙寅条、同和銅七年（七一四）三月壬寅条。
19　『続紀』養老四年二月壬子条、同三月丙辰条、同四年六月戊戌条、同八月壬辰条、同養老五年（七二一）七月壬子条、同養老六年

（七二二）四月丙戌条、同養老七年（七二三）四月壬寅条。

20 以上については、注13拙稿「「日向神話」と南九州、隼人――出典論との関わりから――」、拙稿「「日向神話」の隼人像」（名古屋市立大学大学院人間文化研究科編『人間文化研究』二三、二〇一五年）、拙稿「大宝令前後における隼人の位置付けをめぐって」（加藤謙吉編『日本古代の王権と地方』大和書房、二〇一五年）、にて議論を整理しているので参照されたい。

21 瀬間正之「出生の神話――垂仁記・火中出産譚の存在と漢訳仏典――」（古橋信孝ほか編『古代文学講座4　人生と恋』勉誠社、一九九四年）、瀬間正之「日本書紀の文字表現」（同『記紀の文字表現と漢訳仏典』おうふう、一九九四年）。

22 瀬間正之「『海宮訪問』と『経律異相』」（注21同『記紀の文字表現と漢訳仏典』）、注21瀬間正之「日本書紀の文字表現」。

23 森博達『日本書紀の謎を解く――述作者は誰か』（中公新書、一九九九年）、森博達『日本書紀成立の真実――書き換えの主導者は誰か』（中央公論新社、二〇一一年）。

24 森博達「皇祖天照大神と『日本書紀』区分論」（釜山大学日本研究所編『日本研究』一五、二〇一四年）、森博達「皇祖天照大神はいつ誕生したか――『日本書紀』区分論から史実を探る――」（『京都産業大学日本文化研究所紀要』一九、二〇一四年）。

25 「皇祖」についてはα群に属する孝徳紀で用例があるが、いずれも『書紀』編纂時の文飾が疑われる詔勅中の例である。注24森博達論文を参照されたい。

26 神代紀を含むβ群が述作されたのは、儀鳳暦が使われていることなどから文武朝以降だと考えられる。注23森博達『日本書紀の謎を解く』、同『日本書紀成立の真実』。また、小川清彦「日本書紀の暦日について」（斎藤国治編『小川清彦著作集　古天文・暦日の研究――天文学で解く歴史の謎――』皓星社、一九九七年）、同「日本書紀の暦日の正体」（前掲同書）を参照されたい。

27 『続日本紀』大宝三年十二月癸酉条。

28 『日本書紀』巻三十冒頭。

29 「高天原」については、次の論考も参照されたい。青木周平「高天原の成立――天原から高天原へ」（『国文学　解釈と鑑賞』七一―五、二〇〇六年）。

30 瀬間正之「古事記『尒』再論」（同『記紀の表記と文字表現』おうふう、二〇一五年）。

31 瀬間正之「古事記は和銅五年に成ったか」（注30同『記紀の表記と文字表現』）。

32 瀬間正之「『日本書紀』と『古事記』の成立時期を考える」（洋泉社編集部編『古代史研究の最前線　日本書紀』洋泉社、二〇一六年）二一～二二頁。
33 津田左右吉「神武天皇東遷の物語」（同『日本古典の研究　上』岩波書店、一九七二年改版）二九〇頁。
34 小島憲之「日本書紀の文章」（同『上代日本文学と中国文学　上――出典論を中心とする比較文学的考察――』塙書房、一九六二年）四五二頁。
35 葛西太一「神武紀冒頭部の位置付け――アマテラスの呼称転換と訓注の重出・不順をめぐって――」（古事記学会編『古事記年報』五七、二〇一五年）。
36 例えば、新編日本古典文学全集本の頭注を参照されたい。
37 例えば、津田左右吉「神武天皇東遷の物語」（注34同『日本古典の研究　上』）二六一頁、関和彦「神武東征虚実性試論」（歴史学研究会編『歴史学研究』三九四、一九七三年）二一頁、など。
38 廣畑輔雄「神武天皇の日向出発」（同『万世一系王朝の始祖　神武天皇の伝説』風間書房、一九九三年）一三八頁。
39 注38廣畑輔雄「神武天皇の日向出発」一四五頁。
40 岡田精司「記紀神話の成立」（『岩波講座日本歴史2　古代2』岩波書店、一九七五年）二九一頁、永山修一「日向国の成立」（宮崎県編『宮崎県史　通史編　古代2』一九九八年）一〇五～一〇七頁。
41 注34小島憲之「日本書紀の文章」、特に四五二頁。また四七六～四七九頁も参照されたい。注23森博達『日本書紀の謎を解く』、同森博達『日本書紀成立の真実』。
42 注7拙稿「『記・紀』隼人関係記事の再検討（一）（二）」、注20拙稿「大宝令前後における隼人の位置付けをめぐって」。
43 以上については、大山誠一『天孫降臨の夢　藤原不比等のプロジェクト』（日本放送出版協会、二〇〇九年）、も参照されたい。

V　近隣諸国の記紀研究

『古事記』に自分の姿を見つけた韓国人

魯　成煥

一　はじめに

韓国の人々に本格的に『古事記』が知られるようになったのは、一九八〇年代に入ってからである。その大きな理由として、当時の韓国における日本文化への関心の高まりがあり、それに伴い韓国語で『古事記』が翻訳されたからである。初めての翻訳は魯成煥によるものである。一九八七年に上巻が出版され、続く九〇年に中巻が、そして、それよりも遥かに下った九九年に下巻が出版された。そして二〇〇九年にはそれらを一冊にまとめ、修正補完し、新しい姿で再び読者に届けられた。また、二〇〇〇～二〇〇一年には權五燁も『古事記』の翻訳を手がけおり、その後二〇一四年には姜容慈による韓国語の翻訳も出版されている。このように、これまで韓国では三人により『古事記』が韓国語に訳され、紹介されている。こうして『古事記』は日本語を知らない人でも容易に接することができるようになり、また、これらの翻訳を基に研究者たちによる比較研究も活発に行われるようになった。

韓国では、『古事記』を歴史書というより、日本神話のテキストとして見る傾向が強い。多くの研究者たちは日本神話を理解するために『古事記』に注目するようになった。こうした視線は今日もあまり変わりがない。また、こうした研究において際立つ特徴の一つは、『古事記』を単純に日本神話のテキストとして見るのではなく、自分の姿を映す鏡として見ている点である。即ち、『古事記』なかに韓国とよく似た部分を見つけ出し、それについて考えるという研究が多くみられる。

近現代の韓国人の中で、最初に『古事記』を研究した崔南善もそうした一人であった。彼は『古事記』の神話のなかの天孫降臨、国譲り、神武の東征は韓国神話とあまりにも似ていると述べた。特に天孫降臨神話は、檀君、夫余、高句麗、新羅、加耶などの建国神話に見られる降臨モチーフと同じで、国譲り神話は先住者が後来者に国土と権力を平和的に譲る点で百済の神話と似ており、神武の東征神話は夫余の遷都、高句麗の東南進、沸流百済の東遷説話と類似していると見た。そして彼は『古事記』の神話についての研究は韓国神話における失われた部分の手がかりとなるものと期待していた。[注1]

彼の論理は現在の視点から見ても合理的に見える。即ち、朝鮮と日本が文化的には同源の関係にあることは認められるが、民族的異同の問題になると、学術的にはまだ不明であり、むしろ軽率に同源論を論ずること自体が不謹慎で不十分なことだと述べているからである。[注2] 彼は文化的には韓日両国が同じルーツを持ってはいるが、だからといって民族まで同じルーツとして見ることには否定的であった。その理由は朝鮮が中国の文化の浸潤が深いからと言って、両民族が同じだとは言えないように、また日本に西洋文化が普及し、その痕跡が後世に伝えられても、それが日本人の民族論の根拠にはならないのと同じことだと主張している。このように彼の神話文化論は文化の伝播と、それを受け入れる民族とは別の問題だと考えた。異なる民族も同じ文化を持つことがいくらでもあることを示唆するものであった。では、彼の研究以降、韓国の研究者の間で日本の『古事記』はどのように見られてきたのだろうか。

二 『古事記』に自分の姿を見つける

崔南善以後、韓国社会は独立と南北戦争など激動期があった。その間、『古事記』を研究できるほどの余力はなかった。七〇年代に入ってようやく関心が持たれるようになり、八〇年代と九〇年代に入って本格的に研究が行われるようになった。ところが、『古事記』の内容の中でも人代、即ち、歴史的な記述の部分より、神話が多く記述されている神代に関心が集中していた。即ち、韓国人にとって『古事記』は一種の日本神話のテキストだったのである。

その一番の理由は、『古事記』には韓国神話と似ているものが多く含まれているからであり、まずそのことが目に入って来たからである。例えば、徐大錫は『古事記』の中の天照大神と須佐之男の誓珠盟約神話は、祈豊儀礼の一種である韓国のソナングという綱引きの性格と類似していると述べている。注3 また、権五燁は『古事記』は日本が天下の中心だという中華思想的に書かれており、これは高句麗の広開土王碑文で見られる高句麗の天下思想と共通していると述べている。注4 さらに、林泰弘は『古事記』の建国神話は事件の発端が外部から始まり、建国者たちが〈天〉と繋がりを持ち、また移動して建国するといった点が韓国の建国神話と一致すると見ている。注5

このように似ている点を探す努力の一方で、違う点を探し出す動きも自然に登場した。例えば、黄浿江は天降モチーフは韓国のものと構造的には多くの類似性を持つが、韓国は日本をあまり意識していないのに対し、日本は新羅を意識している点が違うと述べた。こうした違いは編纂者の意識の中に潜在している韓国観に起因すると見なした。[注6]また、王希子は三種の神器が『古事記』では玉、鏡、剣となっているのに対し、韓国の檀君神話では鏡（天符經）、太鼓（雨師）、剣（雲師）となっており、鏡と剣は共通しているが、太鼓（韓国）と玉（日本）が異なっている点を指摘した。[注7]さらに、文範斗は死体化生神話は日本の場合『古事記』のような権威のある中央の文献で見られるが、韓国の場合は中央ではなく地方（済州島）の巫俗神話で見られると述べている。[注8]

一方、『古事記』における韓日神話の類似性については文化の伝播によって生じた結果として見る向きが強かった。例えば、李英蘭は脱解王と日向神話の比較で、この神話の中で活躍する主人公たちが海上来臨や山神的な性格を有していることを指摘しながら、それらが韓国から伝来された可能性を指摘した。[注9]張德順は『古事記』の三輪山神話が、韓国の夜来者説話とほぼ同じである点について、説話の分布が弥生文化の遺跡地と一致していることから、韓半島から弥生文化が日本に伝播される際に一緒に渡ったためであると解釈した。[注10]しかし、魯成煥は三輪山を中心に製鉄と土器と関連の深い加耶系の移住民が多くみられ、神話の内容も彼らを中心に展開されたと考えれば、三輪山神話はそこに加耶系の人々が定着することによって自然に伝えられたものと考えられるとして、張とは異なる考えを提示した。[注11]また王希子は、韓日の天孫が山上に降臨し、地上を統治した後、死んで〈天〉に帰るかあるいは山神になるという構造は北方アジアの遊牧民族型に属する神話素であり、騎馬民族及び大陸文化が韓日両国に影響を及ぼした結果と見なした。[注12]そして河聖基も日本の神々を天神と国神に分けて、天神は韓半島から今来した氏族の神で、国神はそれより先に渡海し定着した古来系の神だと指摘し、天神は百済系の移住集団の神で、国神は新羅、高句麗系の渡海集団の神であると説明した。[注13]

これに対して玄容駿の研究はより具体的であった。彼は様々な神話素を見つけ出して比較した。例えば天降者の建国、海洋来訪者の補佐、または陸地原理者の勝利、建国と海洋原理者の敗北と死、そして天孫の国譲りなど韓日王権神話はそれぞれのモチーフだけではなく、神話の構造面に至るまで類似していると指摘した。そして彼は「こうした類似性は偶然ではない。百済が日本文化に及ぼした役割が大きいことを考えると、両国の神話の構造的一致は同じ系統のことであり、百済から日本に伝えられたことを意味する」と主張した。[注14] このように韓国では『古事記』に自分と似ている姿を見いだし、韓国の文化が日本に伝播されることによって生じた結果として見ることが多い。

さらに一歩進んで、誰によってどのようなルーツで伝播されたのかを追求する研究も登場した。その代表的な例が金宅圭、金和経、魯成煥の研究である。金宅圭は高天原系と根国系と大きく二つの部類にわけて、「高天原系の神話の経路とその分布が夫余―高句麗―百済―韓半島西南海岸―北九州―畿内大和のルーツと仮定することができれば、根國系（出雲系）は濊（貊）―新羅―山陰―畿内大和に分布された可能性を示している」と指摘した。[注15]

金和経も金宅圭と同じく『古事記』の日本神話を高天原系と出雲系にわけて、この二つの集団が対立と葛藤を見せているのは単純に神話上の問題ではなく、それ以上の問題、つまりこの神話を持っている集団間の対立と葛藤を反映していると解釈し、前者を内陸アジアから韓半島を経由して入った民族で、後者は日本の基層文化を形成する出雲系だと前提した。そして前者は西海岸に沿って下り加耶国を経て九州地域に入った集団が持った神話で、後者は韓国の東海岸に沿って下り、新羅を経由して出雲地域に入った集団が持っていた神話であると見なした。[注16] つまり、出雲神話系が高天原系よりも早く東海岸を経て出雲地域に入り、大きい勢力を形成していたが、後に玄海灘を渡り九州に入った高天原系が東の方面に進出し、出雲系を統合したと見たのである。

これに対し魯成煥は因幡の白兎説話の背景になっている因幡は土師氏の根拠地で、土師氏は前方後円墳の造成を担当した氏族であること、特に土師兎という人物がいたことから、『古事記』の白兎説話は元々土師氏の伝承である可能性が高いと述べている。そして、その兎説話は韓国では南部の海岸地域の麗水で見られ、その地域は前方後円墳の分布地域圏に属していることや、加耶の滅亡と共に韓国の前方後円墳を造成した日本勢力が韓半島から姿を消えることなどから、五、六世紀頃韓国の南部地域で伝承されていた兎の話が土師氏を通じて日本に伝えられたのではないかと推測した。[注17]

このような一連の比較研究を見ると、現在日本では力を失った江上波夫の騎馬民族説が、むしろ韓国の神話研究者の間で着実に蘇っているように感じられる。騎馬民族説とは中国の東北地方に勢力を拡張していた夫余系騎馬民族が韓半島に南下し、加耶地域から海を渡り北部九州に進出し、そこで一世紀くらい留まった後、五世紀頃畿内に進出して王朝を樹立したという説である。特にその説と金宅圭と金和経の解釈はあまりにもよく似ている。強いて違いを指摘すると、江上の説は古代王朝の起源に焦点が置かれていたため、東海岸から渡る古代の韓国人を設定しなかったのに対し、金宅圭と金和経の説ではそれを付け加えていることだけである。

これを立証するためには歴史学及び考古学的検証が必須である。それを踏まえず、安易に推定することはとても危険な発想だと言わざるを得ない。特に金和経の説明に従うと、韓国系の移住民たちが入る前まで日本列島は誰も住んでいない空白地のように感じられる。つまり彼の論理には日本の原住民の存在は全く見られない。まさにかつて日本人が主張した日鮮同祖論の韓国版と言わざるを得ない。

このように近年の韓国の研究者の主張は、崔南善が文化的には同じルーツを持つかも知れないが、民族的には違う可能性があるとして同一民族起源説を警戒していた時とは確実に変わってきている。つまり、現在の韓国の研究者たちは『古事記』の中に相互の類似性を見つけ出し、その起源は韓国にあるというを証明しようとしているのである。このように韓国での『古事記』の研究は文化系統論的な見方が支配的だと言える。

三　『古事記』の中には韓国がある

文化系統論的な見方をより緻密に立証して行く方法の一つが『古事記』の中から韓国的な要素を見つけ出す作業であった。このような作業を可能にしたのは『古事記』には韓国と関連のあることが数多く登場するからである。例えばオオゲツヒメ神話の中にある古代韓国語、韓国が見える所に住むところを決めた迩迩芸命、韓半島から日本に渡った新羅王子天日矛、新羅を征伐したという神功皇后の話など、韓国と関係のある記述が多数登場する。こうした『古事記』の特徴は韓国研究者たちの関心を集めるのに充分であり、当然の結果として、これらに関する研究も見られるようになった。

オオゲツヒメ神話は典型的な死体化生神話である。これについて金烈圭は死んだ女神の身体から出る穀物の名称が古代韓国語であると指摘し、これは当時の韓国語をよく理解する人、あるいは韓半島から移住した人ではなければ、そのようなことはありえないと言った。[注18]

そして迩迩芸命の故郷である高天原を神話上の天上世界として見ず、実在の韓半島の地名であるとする解釈も現れた。その理由は迩迩芸命が地上の高千穂に降りて「この地は韓国に向かい、笠沙の岬まで真っ直ぐに道が通じていて、朝日のよく射す国、夕日のよく照る国である」と言っているからである。つまり、韓国が見えるところを最初の住む所にしたのは、彼の故郷が韓半島であるからだと考えたのである。これに対して黄泪江は母国志向意識の表現として見たし、[注19]金和経は迩迩芸命が言う韓国は加耶を指す言葉であり、これは彼が九州に進出した駕洛国の勢力であることを示すものと推定した。[注20]李昌秀もここでいう〈韓国〉は韓半島から渡った移住民勢力の故郷の痕跡を示す地名と見なした。[注21]

こうした論争に言語学者も加わった。彼らは韓国の古地名を研究し、高天原の所在地を韓国で探そうと努力した。その結果、兪昌均は慶南陜川、居昌、咸陽を中心とした地域の中の一つであると推定した。[注22]金宗沢は慶南の居昌と加祚地域、[注23]それに対し李炳銑は慶州に近い慶北の青道（古伊西国）一帯だと推定した。[注24]そして慶北の高霊の某大学では高天原が自分の所だと信じ、校内に大きな記念公園を作り、毎年「高天原祭」を盛大に開催している。このようにいつの間にか日本の天神たちの故郷である高天原は、韓国のある場所として位置づけられるようになっていった。

天日矛の伝承も韓国人の関心の一つであった。孫大俊は、それが神功皇后の系譜と深く結び付いていることは大和朝廷と天日矛に象徴される移住集団との特別な関係を示していると指摘した。[注25]これに対し蘇在英は、『古事記』の天日矛説話と『日本書紀』の都怒我阿羅斯等説話との類似性から、これは文化と民族移動が大陸から半島へ、半島から列島に長い年月をかけて行われるなかで、二人が韓日の間に往来した抽象的な人物として描かれたものと理解した。[注26]また李奉日は、天日矛と阿加流比売姫を韓国の延烏郎と細烏女と同じ存在として見て、延烏郎と細烏女が日本へ持っていった物は天日矛が所持していた物と同じであろうと推定した。[注27]また成耆赫は、天日矛の末裔の婦人比売碁曾を大阪地域に定着した新羅系移住集団の水神系女神と見なした。[注28]しかし魯成煥は、天日矛が建てた伊都国は元々は「伊蘇国」で、伊蘇国は新羅に滅ぼされた伊西国に酷似しているという点に注目し、天

日矛は新羅ではなく伊西国の王子ではないかと推定した。[注29]

韓国では、三韓を征伐したという神功皇后伝承についても関心が高かった。大方の見方は伝承の内容とは違い、神功の三韓征伐はなかったというものである。歴史学者金廷鶴は、神功が新羅を征伐したという三世紀当時日本はまだ統一国家を形成していない邑落国家の時代であったと見た。[注30]北朝鮮の金錫亨も四世紀当時日本の大和には新羅を征伐する程の条件が社会的にも軍事的にも揃ったとは言えない状態であり、その伝承は歴史的事実ではないと言明した。[注31]

こうした見方は多少差異があっても国文学者たちの間でも変わらなかった。例えば黄浿江は神功の新羅征伐は現実的に弱体化した自分の力を再生するのが目的で、彼女の新羅行は征伐ではなく、再生の力を得るために母の国を訪問する所謂「里帰り」と解釈した。[注32]その一方、金烈圭はそこに日本神話の韓半島への回顧性を見た。つまり、彼は日本神話に現れた韓国は彼らが経て来た土地、金銀宝貨があふれる美しい国、子孫をして帰らせたい土地、彼らの土地があった所として認識し、韓半島への志向性や回顧性を示すものとして見たのであった。[注33]しかしながら彼は、神功の新羅征伐の経路が新羅王子天日矛が日本に渡った経路とほぼ同じであることに注目し、神功が新羅に行ったのは先祖の神話を再演することにあり、それによって彼女自身の神格化及び王権の権威を高める意味があったと見なしたのである。これに対して、魯成煥は応神が新しい王朝の最初の天皇であることに着目し、神功皇后の新羅征伐譚は日本の王権神話に見られる王者の他界訪問譚として解釈した。[注34]

このように韓国では『古事記』の中に現れた韓国的な要素を探す作業にも力が注がれた。このような作業が具体的に進めば進むほど韓国の古代文化がいかに日本神話に影響を及ぼし、それがどのように『古事記』に受容されているのかが明らかになると言える。

四　韓国人研究の問題点と今後の課題

ここまで見て来たように、韓国における『古事記』の研究は、文化伝播論的な観点からの研究が多くを占めている。一見、両国の類似性を見つけ出すことと『古事記』の中の韓国的な要素を探す作業は違っているかのように見えるが、いずれの結論も日本文化の起源は古代韓国にあるとする点で双方は共通している。

こうした研究は確かに『古事記』の内容がいかに韓国のものと共通していて、その起源を追求することにより、古代韓国が日本列島にいかに多く文化的な影響を及ぼしたかを理解するのに役に立つ。しかし、次のような問題点もある。

一番目は、彼らの関心が類似性にあまりにも片寄っているために、両国のもつ相異性、即ち、特殊性を注目することを少し等閑視してきたという点である。比較研究は当然、普遍的な原形と共に特殊性を理解するための作業でもある。文化系統論の比較研究は普遍性を把握するのには確かに役に立つ。ところが地域的な特殊性を究明するという点ではなかなか使いにくいという短所があると言える。

二番目は、両国の類似性をすべてのことが韓国から日本に伝来されたする説明には、文化が北から南へ移動していくものだという一つの固定観念がある。文化はいくらでも南から北へ、北から南へ自由に行き来するものであり、類似性だけで安易に韓国から日本に伝えられたものと判断することには無理がある。日本は海に囲まれた島国なので、どちらからも文化が入る解放性を持っているということも考慮しなければならない。実際、『古事記』の中でも北方系的な要素も、南方系的な要素も確認できる。それらが『古事記』にどのように受容されたのか、それは民族の移動によるものか文化の伝播によるものかを明らかにする必要があるだろう。

三番目は、比較の対象と範囲を拡大する必要性である。これまでの研究は文献資料に基づくものが大部分である。口頭伝承についてはほとんど言及がみられない。資料の制約から研究テーマも王権神話に集中する傾向が見られる。『古事記』には王権神話以外にも、創世神話もあり、その中には天地と日月の起源、人と神神の誕生、死の起源、穀物と火といった文化の起源神話など様々なテーマがある。ところがこの内容の神話は韓国では文献ではなく口頭伝承に数多く登場する。したがって比較の対象を文献に限定してしまうと、以上のような大切な神話のモチーフについての比較研究は不可能になってしまう。

もう一つ、文献の比較で注意しなくてはならないことがある。韓国側の資料と日本側の資料の成立時期にあまりにも差があることである。韓国の『三国史記』と『三国遺事』は十二〜十三世紀の中世のもので、日本の『古事記』は八世紀の古代の文献である。このような文献に収録された神話を比較するためには、少なくてもそれについての一次的な文献の検証も必要だと言える。

四番目は、神代に比して人代に対する関心が少ないという点である。例えば、垂仁天皇条に天日矛の子孫多遅摩毛理、応神天皇条に新羅人が作った百済池、天皇に馬を送った百済の照古王、論語と千字文を伝えた百済の和邇吉師、酒をつくる百済人須須許理など古代韓国人たちの話が結構あるにも関わらず、これに対する関心が少ないのである。

こうした問題を解決するためには次のようないくつかの方案を考えることができる。一つ目は、資料の拡大により研究テーマを多様化させることである。現在、両国には多くの口頭伝承が残されている。韓国では韓国学中央研究院によって纏められた全八十四巻から成る『韓国口碑文学大系』があり、また民俗学者によって採集された巫歌や説話集が多数ある。そして東アジア諸国にも『古事記』神話と類似の説話を数多く確認することができる。それらを以て文献や対象を積極的に広げて比較する必要がある。そして、実際にそのような動きが起きつつある。その代表的な例として金憲善と魯成煥の研究が挙げられる。

金憲善は韓国の口承神話を『古事記』の創世神話と比較すると、両国は「天地創造、生死分離、人間世上の獲得などの要素は構造的に一致する。天地創造と生死の分岐は宇宙の全体的面貌と神々の誕生が分離されない。それで神々の成立と共に宇宙の秩序が具現される過程が一次的に一致し、それに伴い日月が成立し、この世とあの世に分離される点も著しく一致する。またこの世を占めるための神々の争いもやはり共通して現れる」と指摘した。[注35]

このように金憲善の研究は形態論的構造分析を通じて、両国神話の持つ普遍性を指摘している点に特徴がある。その研究方法と結果は両国神話の特殊性ではなく普遍性を追究することに重きが置かれている。従ってたとえ彼の研究が両国の特殊性まで明らかにすることまで至っていないとしても、口承と口承は勿論、口承と文献との比較の可能性を開いたことにおいては大きな意義がある。

それに対して魯成煥は、因幡の白兎説話とよく似た説話が十九世紀頃の『古今笑叢』という文献をはじめ全南麗水の梧桐島で確認でき、また陸地動物に騙された水中動物が反撃に成功する話が韓国、中国、ベトナムなどでも確認できることを挙げて、白兎説話はベトナム—中国—韓国—日本に繋がる伝播の経路が想定できると見なした。[注36] このように『古事記』の比較対象を文献資料だけではなく口頭伝承まで広げ、また対象地域を東アジアまで拡大すると、これまで不足していた比較研究はより活発に展開されることだろう。

二つ目は、先にも触れたように、比較研究において普遍性と共に特殊性も追究することの重要性である。特に神話は地域社会の歴史と伝統及び環境にあわせて地域民によって作られるものである。たとえ同一な神話素と言っても、それを使う意味と目的が違うこともあり得るし、また地域的性格によって受容される神話素と受容されない神話素もある。そしてその地域の特殊性にあわせていくらでも新しい神話が作られる可能性がある。そこである特定の地域の神話の特徴を知るためには、相互の類似性と共に相異性にも注目する必要がある。

三つ目は、視野と範囲を拡大することの必要性である。つまり、系統論的な立場から見ると、韓国を中心とする北方系だけではなく南方系的な要素も見なければならない。民俗学者張籌根は『古事記』の神話は「支配勢力になっている皇室の神話が中心となっている。北方遊牧民的なことは確かであるが、それを中心に南方系的神話要素も統合し秩序化している」と述べている。[注37] これが事実であれば、『古事記』の中で北方系と南方系の要素がどのように組み合わせになっているかを把握しなければ、日本神話の特徴が見えてこない。そして関心の対象を上巻だけでなく、中巻や下巻の記述にまで広げるべきである。そうしなければ、『古事記』の全体の様子が分からなくなってしまう。『古事記』は、単純に神話のテキストとしてのみならず、歴史的な資料の価値もあるからである。

四つ目は、文化伝播論的な解釈から脱皮して意味論的に解釈するための構造分析も必要である。筆者は一時、『古事記』の王権神話について構造分析し、そのなかに内在している神話の論理を明らかにしようと努めたことがある。その際、筆者は韓国は勿論、『古事記』の王権神話にも統治者の父系と母系の始祖が外部から入ってきた者ではなければならないという神話の論理を発見した。もう少し具体的に言うと、両国では父系を通じて〈天〉、母系を通じて〈水界〉という外部性を確保する神話的な思惟体系を確立し、神話も天孫降臨と海上来臨の要素を構成しなければ完全な王権神話として認められなかったということである。しかしながら韓日両国において韓国では卵生を大切にしているが、日本はそうではなかったという相異も見られる。また、母系の外部性を確保するのに、韓国は母系の始祖がみずから内部に入ってくることで婚姻を通じて自然に確保されるのに対して、日本の場合は父系の先祖が海を訪問して婚姻することによって確保するという構造的特徴をもっている。これにより日本の場合は、韓国とは違って父系始祖の他界訪問譚が必ずある。そこから王権の主人公は〈天〉から降りてきた人であると同時に、〈他界〉を訪問して帰ってきた人だという神話的思考が生まれたのである。それは〈天〉と〈水界〉の子孫であることを強調する韓国の古代王権神話とは明らか異なる特徴だと言える。[注38]

このように単純な対比ではなく構造分析により神話の中に内在している思惟体系まで把握する研究も見られるようになってきた。ただし、こうした研究が神話の普遍性とともに特殊性も把握する方法であったとしても、それに加えて意味論的な解釈が行われなければ、無意味な単純対比に留まる可能性もある。こうした点に留意する必要があると思われる。

五　まとめ

国文学者徐大錫は、神話の普遍的原形と特殊性を知るためには、他の民族の神話と対比を同時に進めるべきだと指摘しながら、特に歴史的交流が頻繁に行われた周辺民族の神話と対比することは、韓国神話の特性を知ると同時に韓国神話の源流を摸索するためにも必ず必要な作業だと述べ、比較研究の必要性を説いた。[注39]

こうしたことからしても、韓国とよく似ていて、また韓国と関係の深い内容が多く含まれる『古事記』は、韓国人にとっても大切な文献だと言わざるを得ない。これまで『古事記』の研究は主に文献を中心に、特殊性より普遍性の探究に力が注がれてきた。そうした研究からは日本神話の源流は韓国にあり、日本文化の形成に古代韓国人が及ぼした影響が大きかったことが明らかにされてきた。こうした研究によって韓日神話が持つ相互の類似性について、ある程度把握できる部分があったことは事実である。しかしながら、それらの研究に全く問題がないとは言えない。即ち、一つ目は、類似性だけ強調したあまり、特殊性を見つけ出せなかったこと。二つ目は、その類似性が韓半島を通じて日本列島に移動した結果なのか、それとも列島から半島への伝来なのか、また征服或は交流によるものなのかといったことははっきり区別ができていないこと。またこうした研究方法と結果は、かつての日鮮同祖論のように為政者によって政治的に利用されると同時に偏狭な民族優越主義に陥る危険性さえあるということである。

こうした点を克服するためには類似性と共に特殊性も追求しなければならない。これを意識して新しく出てきたのが構造分析を通じて意味論的に解釈する研究であった。しかし、ここにも問題がある。なぜ同じでまた違うのか、その理由についての具体的な分析なしには単純な対比に留まる恐れがある。こうした点に留意し、多様な研究方法を開発して比較研究していくならば、これまで我々が知り得なかった両国神話の特殊性をもっと多く理解できるのではないかと思われる。今後の研究が期待される。

また、『古事記』を中心とする韓日神話の比較研究は、その対象を文献だけではなく口頭伝承にまで拡大し、多様に研究される必要がある。今日では過去のように資料不足は感じられない。というのは、これまでに多くの研究者たちによって文献資料だけではなく、口頭伝承まで十分に確保されてきているからである。彼らが採集した口頭伝承にはとても貴重な神話資料が数多く収録されている。このような資料も比較の対象とすれば、『古事記』を中心とする韓日比較研究は王権神話だけではなく、天地、日月星辰、人類、死、穀物、火の起源などといった創世神話や悪者を退治してくれる英雄神話など様々なテーマを対象とした比較研究が可能になることだろう。そうすれば、『古事記』の比較研究はこれまでとは違う新しい展開を迎えることに違いない。

参考文献

権五燁「韓日建国神話의世界観——広開土王碑文神話의天下思想——」『日本文学研究（3）』（韓国日本文学会二〇〇〇年）
金錫亨『古代韓日関係史』（한마당、一九八八年）
金烈圭『韓国의神話』（一朝閣、一九七六年）
金烈圭「建国神話와民族意識」『韓国古典과民族思想（1）』（新旧文化社、一九七四年）
文範斗外一人「韓日死体化生神話研究」『배달말（54）』（배달말学会、二〇一二年）一一五頁
金宗沢「日王家의本郷은居昌加祚이다」『居昌의歴史와文化』（居昌郡　慶北大嶺南文化研究院、二〇〇四年）
金憲善「韓国과日本의創造神話比較研究」『創造神話의世界』（召命出版、二〇〇二年）
金和経「韓日神話의比較研究」『鶴山趙鍾業博士華甲記念論叢東方古典文学研究』（鶴山趙鍾業博士華甲記念論叢刊行委員会、一九九〇年）
金和経『日本의神話』（文学과知性社、二〇〇二年）
金宅圭「東海文化圏探訪記——日本列島東海沿岸의神話와祭儀의現場——」『新羅文化祭学術發表論文集（7）』（東国大新羅文化研究所、一九八六年）
金宅圭『韓日文化比較論——닮은 뿌리 다른文化——』（文徳社、一九九三年）
魯成煥『韓日王権神話』（蔚山大出版部、一九九五年）
魯成煥『日本神話의研究』（宝庫社、二〇〇二年）
魯成煥『梧桐島토끼説話의世界性』（民俗苑、二〇一〇年）
成耆赫「韓國系히메코소神話의系統研究」『洌上古典研究（30）』（二〇〇九年）

蘇在英「日本神話의韓来人」『韓国説話文学研究』（崇実大出版部、一九八四年）
孫大俊『古代韓日関係史研究』（京畿大学校学術振興院、一九九三年）
兪昌均「高天原와根國」『居昌의歴史와文化』（居昌郡　慶北大嶺南文化研究院、二〇〇四年）
王希子「檀君神話의天符印3個와日本아마테라스神話의3種의神器研究」『比較韓国学（5）』（国際比較韓国学会、一九九九年）
王希子「韓日両国天孫降臨神話比較考察」『比較韓国学（10）』（国際比較韓国学会、二〇〇二年）
李炳銑「高天原과曾尸茂梨의比定問題」『居昌의歴史와文化』（居昌郡　慶北大嶺南文化研究院、二〇〇四年）
李奉日「〈三国遺事〉延烏郎과細烏女와〈古事記〉新羅王子天之日矛이야기의比較分析研究」『国際韓人文学研究（9）』（二〇一二年）
李英蘭「韓日神話의比較研究――脱解神話와日向神話를中心으로――」『韓国伝統文化研究（4）』（曉星女大韓国伝統文化研究所、一九八八年）
林泰弘「韓国古代建国神話의構造的特徴」『東洋哲学研究（52）』（東洋哲学研究会、二〇〇七年）
張徳順「韓国의夜来者伝説과日本의三輪山伝説과의比較研究」『韓国文化（3）』（서울大韓国文化研究所、一九八二年）
張籌根「韓日創造神話の比較」『東北アジア民族説話の比較研究』（桜楓社、一九七八年）
崔南善『六堂崔南善全集（5）』（玄岩社、一九七三年）
河聖基「追放된神의論理――記紀神話의研究（2）――」『語文学研究（1）』（祥明大語文学研究所、一九九三年）
玄容駿「韓日神話의比較」『済州大論文集（8）』（済州大、一九七六年）
黄浿江『日本神話의研究』（知識産業社、一九九六年）

注

1　崔南善「朝鮮의神話와日本의神話」『六堂崔南善全集（5）』（玄岩社、一九五一年）三六〜三七頁
2　崔南善、前掲書四五頁
3　徐大錫「日本神話에 나타난神婚과神誕生의性格」『古典文学研究（4）』（韓国古典文学会、一九八八年）三二六〜三二七頁
4　権五燁「韓日建国神話의世界観――広開土王碑文神話의天下思想――」『日本文学研究（3）』（韓国日本文学会、二〇〇〇年）六四〜六五頁

5 林泰弘「韓国古代建国神話의構造的特徴」『東洋哲学研究（52）』（東洋哲学研究会、二〇〇七年）一七一〜一七二頁
6 黄浿江「韓日神話의天降모티브」『日本神話의研究』（知識産業社、一九九六年）一〇三頁
7 王希子「檀君神話의天符印3個와日本아마테라스神話의3種의神器研究」『比較韓国学（5）』（国際比較韓国学会、一九九九年）一七四頁
8 文範斗外1人「韓日死体化生神話研究」『배달말（54）』（배달말学会、二〇一二年）一二五頁
9 李英蘭「韓日神話의比較研究——脱解神話와日向神話를中心으로——」『韓国伝統文化研究（4）』（暁星女大韓国伝統文化研究所、一九八八年）一六四頁
10 張徳順「韓国의夜来者伝説과日本의三輪山伝説과의比較研究」『韓国文化（3）』（서울大韓国文化研究所、一九八二年）一三〜一六頁
11 魯成煥『韓日神話의比較研究』（民俗苑、二〇一〇年）二六二〜二六三頁
12 王希子「韓日両国天孫降臨神話比較考察」『比較韓国学（10）』（国際比較韓国学会、二〇〇二年）一九八頁
13 河聖基「追放된神의論理——記紀神話의研究（2）——」『語文学研究（1）』（祥明大語文学研究所、一九九三年）二九二頁
14 玄容駿「韓日神話의比較」『済州大論文集（8）』（済州大、一九七六年）一三五頁
15 金宅圭『韓日文化比較論——닮은 뿌리 다른文化——』（文徳社、一九九三年）三七頁
16 金和経『日本의神話』（文学과知性社、二〇〇二年）二九一〜二九二頁
17 魯成煥『梧桐島토끼説話의世界性』（民俗苑、二〇一〇年）一〇二〜一一二頁
18 金烈圭「建国神話와民族意識」『韓国古典과民族思想——韓国文学과民族意識（1）』（新旧文化社、一九七四年）三三頁
19 黄浿江『日本神話의研究』（知識産業社、一九九六年）一〇〇頁
20 金和経『日本의神話』（文学과知性社、二〇〇二年）二七八〜二七九頁
21 李昌秀「日本上代文献神話에나타난韓国像——天孫降臨神話의〈韓国〉을中心으로——」『比較文化研究（22）』（二〇一一年）一四六頁
22 兪昌均「高天原와根国」『居昌의歴史와文化』（居昌郡、慶北大嶺南文化研究院、二〇〇四年）一〇七頁
23 金宗沢「日王家의本郷은居昌加祚이다」『居昌의歴史와文化』（居昌郡、慶北大嶺南文化研究院、二〇〇四年）一〇九〜一三六頁

24 李炳銑「日王家祖上의故地와日本南九州의〈韓国〉考」『地名学論文選』（韓国地名学会、二〇〇七年）二〇四～二〇五頁
25 孫大俊『古代韓日関係史研究』（京畿大学校学術振興院、一九九三年）一〇九頁
26 蘇在英「日本神話의韓来人」『韓国説話文学研究』（崇実大出版部、一九八四年）二四四～二四五頁
27 李奉日「〈三国遺事〉延烏郎과細烏女와〈古事記〉新羅王子天之日牟이야기의比較分析研究」『国際韓人文学研究（9）』（二〇一二年）一一〇～一一一頁
28 成耆赫「韓國系히메코소神話의系統研究」『洌上古典研究（30）』（二〇〇九年）三三九～三四〇頁
29 魯成煥『日本神話에나타난新羅人의伝承』（民俗苑、二〇一四年）三五～四四頁
30 金廷鶴「神功皇后新羅征伐의虚構」『新羅文化祭学術發表会論文集』（慶州市、一九八二年）
31 金錫亨『古代韓日関係史――大和朝廷과任那――』（頸草書店、一九六九年）
32 黄浿江「日本神話속의韓国」『韓国学報（20）』（一志社、一九八〇年）
33 金烈圭、前掲書一九九～二〇〇頁
34 魯成煥『韓日王権神話』（蔚山大出版部、一九九五年）一九七～二〇三頁
35 金憲善「韓國과日本의創造神話比較研究」『創造神話의世界』（召命出版、二〇〇二年）一三一頁
36 魯成煥『梧桐島토끼　説話의世界性』（民俗苑、二〇一〇年）七一～七六頁
37 張籌根「韓日創造神話の比較」『東北アジア民族説話の比較研究』（桜楓社、一九七八年）
38 魯成煥『韓日王権神話』（蔚山大出版部、一九九五年）一六三～一六五頁
39 徐大錫『韓国神話의研究』（集文堂、二〇〇一年）八頁

韓国の日本書紀研究の現状と展望
――日本語学を中心に――

朴　美賢

はじめに

韓国で日本書紀はいつごろから研究されてきたのか。日本書紀が研究テキストとして利用されている最初の文献は朝鮮時代の『海東繹史』と『海東繹史続』である。両書は韓到奫（一七六五～一八一四）が中国と日本文献を引用して著述した『海東繹史』の原篇を彼の死後甥の韓鎮書が地理考（『海東繹史続』）を追加して一八二三年に続撰した韓国通史である。日本書紀は『海東繹史』では日本との交流の始まりを垂仁紀二年條をはじめに三〇項目に、『海東繹史続』では「地理考三　三韓下　彊域總論條」の二項目に引用されている。それ以後民族主義的歴史学者である申采浩が「読書新論」[注1]（一九〇八）で日本書紀を偽書と見做して以来、歴史学界では史料として認めていない流れがあった。

しかし現在は韓国の古代文化を語るに当たって日本書紀は欠かせない文献になっており、これからも語学、文学、歴史学、思想などの分野で活発な研究が続いていくと予想される。

本稿では語学から日本書紀がどのように研究されてきたかを中心に論じることにする。対象は日本書紀が本格的に研究テキストとして利用された一九四〇年代以降から二〇一七年七月までに韓国で発表された研究文献を調査し研究の動向を考察する。調査はRISS（Research Information Service System）[注2]を基本とし、KISS（Korean studies Information Service System）[注3]とDBpia[注4]を補助的に用いた。[注5]また韓国語譯本についても振り替えてみることにしたい。

一　研究の現況

一九五〇年代から二〇一七年七月末まで韓国で発表された日本書紀に関する研究文献は約六〇〇編である。日本書紀を部分的に引用したものは除外し、著者が選定したキーワドに日本書紀を含むもの、研究テキストが日本書紀であるもの、研究方法で日本書紀が前提になっているものを対象にした。単行本は四七編、一般論文は四九二編、学位論文（修士学位・博士学位論文）は六二編である。具体的な内訳は〈表1〉のようである。

〈表1〉分野別学術研究文献数

	単行本	一般論文	学位論文	合計
歴史	28	237	26	291
語学	15	99	16	130
文学・思想	3	142	16	161
芸術	0	14	4	18
科学	0	2	0	2
合計	46	494	62	602

日本書紀が歴史書であるため当然であるが、歴史分野の研究文献が最も多く、文学・思想分野の研究文献が一六一編、語学研究が一三〇編である。日本書紀は歴史書でありながら韓国関係の記事に韓国人の人名・地名も多く見られるため語学研究も活発に行われている。また芸

術や科学分野においても日本書紀を用いて研究されている。

一九五〇年代から二〇一七年七月末まで「日本書紀」を主に取り上げた年代別論文状況は〈表2〉のようである。

〈表2〉年代別日本書紀関連論文数

	歴史	文学	語学	思想	芸術	科学
一九四〇～一九六〇	2	0	0	0	0	0
一九六一～一九七〇	1	0	0	0	0	0
一九七一～一九八〇	1	0	0	0	0	0
一九八一～一九九〇	12	1	5	2	1	0
一九九一～二〇〇〇	18	6	16	0	0	1
二〇〇一～二〇一〇	92	52	36	8	5	1
二〇一一～二〇一七・七	146	60	41	21	8	0
計	272	119	98	31	14	2

歴史は一九八〇年代から日本書紀を本格的に研究し、現在でも最も研究されている分野である。文学は一九九〇年代から徐々に研究され、二〇〇〇年代からは飛躍的に増えている。語学では一九八〇年代から研究され、十年ごとに倍以上増えている。二〇〇〇年代からは思想、仏教、医学など研究分野も多方面に広まっている。

〈表3〉語学的研究の主題

主題	表記	漢字音	語彙	声点	訓法	分註	文法
論文件数	38	32	9	6	5	3	1

日本書紀の語学的研究は八〇年代は主に韓国語学者によるもので、九〇年代からは日本で留学した研究者（日本留学第一世代）が帰国し本格的に韓国で日本書紀研究が行われた。二〇〇〇年代からは日本留学の第一世代から学んだ第二世代の研究者が加わり、二〇一七年現在日本書紀語学研究者は二〇名弱である。

語学的研究の主題は〈表3〉のようである。

主な主題は類義語の使い分けを含む表記に関する研究が三八件で最も多く、次に漢字音の研究が三二件である。表記に関する論考は森博達の日本書紀区分論に依拠した巻による使い分け及び偏在に帰納する論考が多い。

漢字音については古代韓国漢字音の再現まで試行されている。

二　日本語学の研究

日本書紀は古代韓国語研究の資料として早くから注目され、日本では江戸時代の新井白石の『東雅』、谷川士清の『倭訓栞』などで指摘されるが、学問的な研究対象として取り上げているのは白鳥庫吉、宮崎道三郎、金澤庄三郎、鮎貝之進、河野六郎、三品彰英である。韓国では小倉進平（一九四〇）の研究を郷歌の解読に拡大させた梁柱東（一九四二）、百済の漢字音の究明に努めた都守照（一九七七）、韓国古代漢字音に日本書紀を積極的に用いた兪昌均[注6]（一九八三）を挙げることができる。

梁柱東（一九四二）は郷歌[注7]の分析に日本書紀を文献資料として扱っている。次の例を一八項目に取り上げてこれらの固有名詞と一般名詞は古代韓国語を反映しているとした。

阿利那禮河、己汶、任那、毛麻利叱智、伊梨柯須彌、蘇那曷叱智、宇流助富利智干、佐利遅、木滿智、須流枳、奴流枳、仲牟王、都加使主、久禮師知、干奈師摩里、爾林城、恵彌、コニキシ（王）、コキシ（王）、キ（城）、散半、州流祇、州柔

都守照[注8]（一九七二・一九七七・一九八九他）は一九七〇年代から百済語に関する多くの論著で百済語の起源、形成過程、加羅語との関連、古代日本語との関連などを日本書紀を用いて考察している。特に都守照（一九八九）は百済語研究に日本書紀を用い、三国史記（一一四五年）より信憑性があり、百済語の再構に積極的に使用すべきであると論じる。[注9]

日本書紀の百済資料に関する史料性について論じた木下礼仁（一九六一・一九七三）以降、韓国でも韓国系固有名詞を全

面にとりあげた論考が出始めた。

韓国漢字音を研究するに当たって日本書紀の重要性を本格的に論じ積極的に利用しているのは兪昌均である。氏は『韓国古代漢字音の研究Ⅱ』（一九八三）で「百済史料」を実在した史書とみなした。日本書紀における百済系固有名詞は日本人の関与によるものもあるが、大多数は百済側の史料や外交文書などから転載しているものとし、百済の固有名詞と官職名は古代韓国漢字音の性格を究明する資料として重要であると論じた。[注10]なお氏は官職名一一個、地名三七個、人名一八九個など計二三五個の固有名詞を取り上げてこれら資料から字音仮名の表記に魏・晋代以前の音と南北・中古音という二重性が見えることから百済漢字音にも初期音・後期音があると推定した。また氏は馬淵和夫（一九八〇）で日本書紀の固有名詞は上古音によるものであると論じているのに対し百済語を考慮すべきであるとした。

韓国系同一名異表記に注目し一連の考察[注11]を発表したのは張世愍である。張世愍（一九八八a）は四五個の韓国系人名を取り上げ、八七個の借字表記字のうち訓借字（四個）を除いた八三個を上代日本語資料における音仮名および日本書紀の音仮名と比較した。その結果、上代日本語資料の音仮名と一致するのは三八個（四六％）、日本書紀と一致するのは二八個（三四％）であると報告した。このような結果について張世愍（一九八八b）は韓国の借字表記が日本の借字表記法に影響を与えたと論じた。なお張世愍（一九九二）は『三国史記』と『三国遺事』の韓国史料における二一一個の百済人名表記字を日本書紀の百済人名表記字と比較した。その結果、一〇〇個が日本書紀と一致し、『三国史記』と『三国遺事』の百済人名表記字の四七％であると指摘した。特に日本書紀の日本人名表記には用いられないすべての音仮名（四二個）が韓国史料で用いられていることをも指摘した。

日本書紀における三国の王名が『三国史記』、『三国遺事』と一致することは都守熙（一九九四）でも確認できる。

都守熙（一九九四）は『三国史記』、『三国遺事』と『日本書紀』、『新撰姓氏録』の百済王名を比較し日本側の史書が王名を聞いたまま表記するか同一表記字で表記した例が多いと指摘した。

「百済史料」の資料性について論じたのは李根雨である。李根雨[注12]（一九九四）は「百済史料」の原資料は百済で成立した可能性を提示した。その根拠にあげているのは「百済史料」における日本人名のうち日本書紀本文ではあまり見えない「跪」「奴」のような卑俗字があること、「百済史料」の音仮名のうち推古遺文と一致することが多いことである。「推古遺文」は百済から仏教を受け入れる時期に形成された史料であるため百済の影響のもとで成立した「百済史料」と高い一致が見えると論じた。なお氏は韓国側の資料では百済人名の複姓が一部しか確認できないのに対し「百済史料」では多数確認できると指摘した。つまり韓国側の資料では全く見えない「姐彌、州利、東城（子）、己州、曰佐、阿乇、鼻利、汶休、木素、鬼室、谷那、億禮、答㶱、四比」などの複姓が日本書紀の百済史料をはじめ本文で確認できるとした。

金正彬（二〇一五）は日本書紀に見える「漢（あや）」は訓借字異表記の観点から中国ではなく、韓国のことであり、特に百済をさしていると論じた。すなわち日本書紀は唐を意味する「もろこし」、漢を意味する「かん」とは区別されているため、以下の漢（あや）関連語（三三語）を韓人として扱うべきとした。

佐糜（さび）、阿知（あち）、都加（つか）、観因知利（くわんいんちり）、贄土師部（にへのはじべ）、草香部吉士（くさかべのきし）、高安茂（かうあんも）、段陽爾（だんやうに）、夜菩（やぼ）、恵善尼（ゑぜんのあま）、善聰（ぜんそう）、善通（ぜんつう）、妙徳（めいとく）、法定照（ほふぢやうせう）、善智聰（ぜんちそう）、善智恵（ぜんちゑ）、善光（ぜんくわう）、福因（ふくいん）、玄理（ぐゑんり）、日文（にちもん）、請安（しやうあん）、慧隠（ゑおん）、廣濟（くわうさい）、濟文（さいもん）、比羅夫（ひらぶ）、麻呂（まろ）、井比羅夫（ゐのひらぶ）。難波吉士（なにはのきし）、阿利麻（ありま）、坂合部連（さかべのむらじ）、西漢大麻呂（かふちのあやのおほまろ）、智由（ちゆ）、指南車[注13]（しなんのくるま）
またこれらの人名から音韻として有効なものを抽出し分韻表まで提示している。しかしアヤ（漢）が百済を指し、その関連語が百済人であるとしてもそれが直ちに百済語になるとは音韻の分析が必要である。上挙の「麻呂（まろ）」、「西漢大麻呂（かふちのあやのおほまろ）」、「難波吉士（なにはのきし）」はすでに日本語化した人名の可能性が高いためである。

人名、地名以外の語彙に注目した論考としては辛容泰[注14]（一九九三）がある。これは古代韓国語に由来および関連すると思われる一七項目の語彙を考察したものであるが、現在、尹幸舜[注15]（一九九八）によると古代韓国語と関連があるとされる語彙は以下のようである。

アギ（子等）、アリヒシ（南）、アロシ（下）、オモ（母）、クスニジリ（未詳）、クチ（鷹）、コホリ（郡）、コム（熊）、ナレ（川）、マル（排泄）、ムラ（村）、エハシト（女子）、オト（下）、カササギ（鵲）、キシ（王）、ク（中）、コム（大）、サシ（城）、シソ（中）、シトロ（帯）、シム（小）、セシム（王子）、セマ（島）、ソク（上）、ニトリ（熱）、ニリム（主）、ハシカシ（夫人）、ハトリ（海）、ヘスオト（倉下）、ホト（陰）、マカリ（正）、ヲコシ（上）、ヲルク（太后）、ヲサ（通事）

日本書紀の語彙の語源を古代韓国語から探る研究方法は尹幸舜（一九九八）が指摘するように語彙の個別的分析とともに日本書紀の語彙全体において分析する必要があると言える。

柳玟和[注16]（一九九四・一九九六）は『日本書紀』の韓国系固有名詞を網羅した資料を学界に提示し、研究対象を日本書紀の古代韓国語表記字に拡大しその分布状況を調査した。同一名の異表記の考察から固有名詞は習慣音（呉音）の表記法によったもので、日本書紀の歌謡と訓注に見える音仮名の分布であるα群・β郡の区分が適応できないことを明らかにし、古代韓国語の音韻現象を推定した。

尹幸舜は日本書紀の写本を取り上げ、訓法[注17]について一連の論考し、古写本の訓点資料における韓国語の資料性[注18]について慎重であるが利用可能性を提案している。

日本書紀の訓注および分註についての研究も見え、崔建植[注19]（一九九七）は和訓を注記した訓注の用字を歌謡の字種との対比から、訓注は歌謡の筆録に携わった漢字原音に精通している表記者によるものであると推定している。分註についての論考は柳玟和の一連の研究[注20]があり、分註の役割と区分について論じ、韓国関係記事の分註は固有名の異説を記したものが見えないという特徴があり、韓国史料はすでに整理されていたと推定した。また、成立については日本関係記事の分註の引用形式と同様に各巻の同一編纂者によるものと論じている。

一九五〇年代から一九九〇年前半までは主に梁柱東・都守熙・兪昌均・張世懿で代表されるように古代韓国漢字音との比較、郷歌および吏読などの比較から古代韓国語との関連性を究明するのが主な流れであった。日本書紀に見える人名、地名は韓国側の比較資料が格段に不足していたためそのまま古代韓国語を反映しているという想定で韓国語の資料として利用されていた傾向があった。一九九〇年代後半では尹幸舜・柳玟和・李根雨で代表されるように日本書紀の「百済史料」そのものの資料性、音韻現象、特質などを究明する傾向があった。

二〇〇〇年代に入ると漢字音、語彙、声点など研究対象も多様になる。

柳玟和[注21]（二〇〇〇）は韓国系固有名詞の表記の特徴を分註と本文、区分論、音韻から分析し、百済史料を日本書紀の中で考察した。氏は韓国系固有名詞はα群に集中しているもののα群とは異なる特徴があるという朝鮮史料の資料性について論じている。

水野俊平（二〇〇一）は博士学位論文で古代韓国系固有名詞の借字漢字音を対象に確実に音仮名であるもの（A）、疑問の余地があるもの（B）、音仮名でない可能性が高いもの（C）と区分し分類を試み、提示した。この分類を基に音仮名は四六六個で、このうち二八三個は上代日本語では見られないことから表記の主体は日本人ではなく、韓国人である蓋然性が高いとした。根拠としては漢字音の声母、韻母、有韻尾字などの運用と構成割合を挙げた。

李炳勲[注22]（二〇〇三）は韓国固有名詞のうち同一名の異表記に現れる異声母の対応が韓国の『三国史記』『三国遺事』新旧地名にも見えることから、日本書紀の百済資料は韓国人による表記であるとした。また氏は百済史料は韓国側の原資料を転写したものと前提し、固有名の同名異表記を対象に有子音尾字の対応から古代朝鮮語で有子音尾字は必ずしも閉音節の表記とは限らず開音節の表記でもあり得るとした。つまり完全な開音節である上代日本語の固有名表記にも有子音尾字が使用されていること、韓国の『三国史記』および『三国遺事』にも同様な表記が見えることから古代韓国固有名における古代韓国語は開音節であると推定している。

金正彬[注23]（二〇〇七）では二七二字の借字を百済語と採用し、森博達（一九七七）の区分論でα群の根拠になっている声母の輕脣音、舌上音、喉音、次清音、全濁音、次濁音問題、韻母の上代特殊仮名遣によって分析を行った。その結果、古代百済漢字音は重・輕脣音字の無弁別、舌上音・舌頭音字の無弁別、牙音・喉音字の混用、次清音字の使用、全濁音字の清濁混用、次濁音字のマ・ナ・ラ行仮名表記、e類音の存在されていることを指摘した。これは古代百済漢字音は中期朝鮮漢字音および現代韓国漢字音とそれほど違わないと論じた。ただ百済漢字音はα群に集中しているため、α群の編者の音韻意識が関与されざるを得ないとし、百済漢字音の資料として利用するためには選別する必要があると述べている。

金正彬[注24]（二〇一四）は古事記、日本書紀、万葉集などの上代日本古文献以外に判批量論、華厳経文義要決問答、妙法蓮華経釈文などの研究成果から日本呉音は韓国を経由して伝来された「韓国経由説」を支持し、日本書紀には中国系、韓国系、日本系という三種の日本呉音の音相があると主張している。

二〇〇〇年代は語彙の研究が格段に増えていく傾向があり主に類義字の比較や使い分けが主流である。語助辞「于・於」[注25]、数詞「二・両」[注26]推量の「蓋・若」[注27]、一人称代名詞「吾・我」[注28]、「工・匠」[注29]、助数詞「匹・疋」[注30]、船を数える「艘・隻」[注31]、希望表現の「欲・願」[注32]、恐怖心関連語彙[注33]、父親を表す「チチ・カソ」[注34]、「テヒト」[注35]、尊称の「王」[注36]、「在」[注37]など多彩である。

類義字・類義語表記の研究は巻による差、中国には見えない日本的用法、韓国関連記事とのかかわりに帰結しているものが多い。

神名・人名については崔建植の一連の研究[注38]がある。氏は記紀の神名と人名は大・小などの対比的パターン化していることから当時の一般庶民の命名法である籍帳と類似していると論じる。記紀と籍帳は資料の性格が異なるものの、記紀は当時の一般の命名法によったと論じる。また神名の借音表記・借訓表記は上代日本語の借音・借訓表記の範疇内であることから、神名も表記研究の対象としてあり得ると論じる。

声点については、権仁瀚[注39]（二〇〇四）と朴美賢の一連の研究[注40]がある。権仁瀚（二〇〇四）は岩崎本の韓国固有名詞を対象に中国中古音、韓国中世漢字音と対応関係を考察し平行しないことを論じ、また日本固有名詞との比較から韓国固有名の声点は古代韓国語を反映しているとした。朴美賢は前田本、図書寮本、兼右本、釈日本紀の韓国固有名について報告し、岩崎本と同様に平声に加点される傾向があるとした。なお日本固有名は上声に加点されるなど日韓固有名詞の加点態度が異なると論じている。

日本書紀諸写本における声点資料を古代韓国語の資料とするためには諸写本間の伝写や訓点の継承問題もあり総合的に分析する必要がある。また金正彬[注41]（二〇一四）で指摘されるように韓国では一二世紀以降の中期韓国漢字音の声調の体系についての議論は活発であるが、古代漢字音の声調体系は資料不足のため今後も課題になる可能性がある。また日本書紀や東大寺図書館蔵大方廣佛華厳経の新羅角筆資料などの調査・分析を通して資料性を確保するなら、声調体系の究明も期待できる。

二　歴史学の研究

　日本書紀の「任那日本府」関連記事は日本書紀のみに記載されているため、日本書紀は早くから韓国の研究者により研究されてきた。韓国では申采浩を代表とする民族主義歴史学者の研究[注42]を継承し日本書紀を偽書とし史料として認めない時期があった。一方ソウル大学国史研究室編（一九四九）『朝鮮歴史』で百済の四世紀対外政策を論ずる際は神功皇后紀を部分的に認め、その主体を百済とする見方が提示された。李丙燾は一連の論考[注43]から神功皇后紀の記事を百済の残邑経略の一環として捉え、倭と親善関係が開始されたと分析するなど部分的に認める論考もあったが日本書紀を史料としては否定する流れが続いた。

　このような流れを変えたのが李弘稙（一九五四）「日本書紀所載高句麗関係記事考」である。氏は日本書紀を批判的に検討した津田左右吉の研究を受け入れ、日本書紀に表れている史跡に注目すべきであると論じた[注44]。

　李弘稙の研究を受け入れて日本書紀を本格的に研究したのは丁仲煥である。氏は一連の研究[注45]で日本書紀を加耶史研究の史料として取り扱い、日本書紀に関する学界の認識を変えたと評価される。つまり日本書紀における加羅関連の史料を百済のみならず伽耶との関係から分析したこと、古代日韓関係に注目し早い時期から両国の人的・物的交渉を分析したのである。

丁仲煥の研究で日本書紀に関する認識に変化が起こり、日本書紀を本格的に研究したのは千寛宇である。氏は『加羅史研究』（一九九一）で日本書紀の韓半島関連記事が百済三書に依拠していることに注目し、関連記事の主体を百済であると解釈した。[注46]千寛宇の研究で韓国の歴史学界では史料として日本書紀を積極的に受け入れるようになり、古代日韓関係史のみならず古代韓国史においても日本書紀を利用するようになった。このような流れは現在でも続いている。千寛宇（一九九一）『加羅史研究』の以後、韓国歴史学界では日本書紀を用いた研究が増え、特に韓半島関連記事は百済を中心に論じる傾向が強かった。

一方一九八〇年代から加羅地域における発掘調査が活発になり加羅史研究も進むようになる。文献史料の不在を克服するために日本書紀を研究するようになったのである。歴史学における日本書紀の研究の流れは李永植（二〇〇三）「『日本書紀』活用の成果と問題点」[注47]で知ることができる。ここでは李永植（二〇〇三）に依拠し韓国古代史に日本書紀がどのように活用されてきたかを若干引用する。

百済史の研究の活用においては韓国の史書には見えない次の記述は百済史の新しい事実として復元され、関連成果は現在でも継承されている。[注48]

神功紀四九年加羅七国を平定し南蛮の忱彌多禮と比利・辟中・布彌支・半古の攻略は近肖古王の領域拡大として解釈され、[注49]神功五二年の七枝刀は百済が倭に授与した石上神宮の七支刀であると認定しており、[注50]応神一五年の阿直岐と一六年の王仁、継体紀、欽明紀、推古紀、天智紀の仏教伝播、博士派遣、暦法の伝授などは百済からの文物伝播として復元された。加羅史の研究が進みまた古文文化が明らかになるにつれ近肖古王の加羅七国平定と全南地域の確保を認めない見解[注51]も提示された。

応神三年の阿花王の即位をはじめ計四回の王位継承に関する倭の関与の記述に見える質子については外交使節[注52]、王位継承者の身辺保護[注53]などのように百済が主導した積極的な外交の一つであると把握された。百済は王子を外交、保護の目的で派遣し、倭は外交形式の上で満足とともに文物と統治技術の伝授という利益を図ったと解釈される。なおこれらの史料は百済王室系譜の究明に活用され、『三国史記』より「百済新撰」を引用した日本書紀の信憑性を認め、昆支を蓋鹵王の弟とする説、武寧と東城を兄弟とする説に比重がおかれている。

「百済新撰」引用の武烈紀四年に見える武寧王の「斯麻」と雄略紀五年に見える出生時期は武寧王陵から出土した誌石で確認[注54]でき、木羅氏は漢城から南遷した勢力ではなく、熊津の土着勢力であり、四七五年の遷都以来全南地域の経営に積極的な主役になったと解釈[注55]された。

継体紀六年から欽明紀一七年における百済の文物の供与に対して倭の兵力及び軍需物資の支援は傭兵のような性格と規定されており、外交の主体を倭系百済官僚と定義した研究[注56]は栄山江流域の前方後円墳の被葬者と推定する契機[注57]になった。

欽明紀、敏達紀、推古紀に見える百済文化の日本伝播は朝鮮後期実学者によりもっとも活用された記事である。今までの研究が現代韓国人の文化的優越感を確認する傾向が強かったが、近年の研究は百済と倭との利害関係による授受関係であることを強調する研究[注58]に進展している。

加羅史研究における日本書紀の活用は日本は倭の加羅支配、韓国は百済の加羅経営を論じたものの、近年の批判的活用で加羅史の復元に成果をあげている。継体紀の「伴破」は欽明紀の加羅であることを指摘し、蟾津江を境に百済と対立した大加羅史を復元した研究[注59]は大加羅式土器の拡散過程を利用し五世紀から六世紀の大加羅の発展を論じるきっかけになり、古代国家形成の可能性も考えることができた。欽明紀の任那日本府関連記事は百済による加羅経営の根拠として理解されてきたが、任那日本府の実態を加羅に派遣された倭の使者とし、その実態の究明よりは百済と新羅の進出に対抗し独立の維持を図った加羅諸国の外交的復元に集中した研究[注60]もある。

神功紀六二年の加羅国王の妹の存在と継体紀二三年の新羅王室との婚姻記事から大加耶王室の婚姻と母系の役割について論議[注61]され、加耶文化史の研究に展開された。加耶人の日本進出は金達壽の一連の研究[注62]により始まったが、応神紀・雄略紀の関連記事は『国朝本紀』『風土記』『新撰姓氏録』と日本で確認されている考古学の資料との対照[注63]から進展している。

日本書紀における新羅は神代より現れるものの、敵対観と従属性を強調するための征討・朝貢・帰化などの漠然とした記事と新羅の加耶進出および統一戦争を前後とした歴史的記事とに分かれる。韓国史料における新羅史記事とは量的な差から日本書紀の活用はそれほど高くない。

垂仁紀三年の天日槍は『三国遺事』の延烏郎・細烏女のような類型の伝承で早くから新羅人の日本列島への移住を反映していると解釈[注64]されてきた。仲哀紀九年の宇流助富利智干と『三国史記』の沾解尼師今七年の于老、神功紀五年の微叱許智伐旱と毛麻利叱智は『三国史記』の実聖尼師今一年の未斯欣と毛末に対応する記事として注目されてきた。于老は国家成長過程で要求される英雄伝説の典型として理解されており、于老の出身地である于柚村を『三国志』の優由国（優中国）と比定し、于柚は于抽と類似していることから古代日本の秦氏の祖禹豆麻佐・太秦と通じる。秦は『新撰姓氏録』には「波陀」と表記され蔚珍の高句麗系地名である「波旦」、「蔚珍鳳坪新羅碑」に見える「波旦」と同様に読まれ、高句麗人の日本列島移住説[注65]が提起された。

加耶の滅亡後、新羅が倭に送った「任那の調」を百済の外交に対抗するためのものとし、大化一年には百済も同様に物品を送って競争したと解釈されている。倭に対する新羅の影響は六一〇年以後、新羅と日本の友好的な外交と学問僧の帰国に繋がっている。新羅は敏達八年と推古二四年に仏像を送るが、推古紀三一年に秦寺に安置されている仏像は当時新羅で流行していた弥勒思想と関連し現在日本の国宝一号、廣隆寺の弥勒半跏思惟像[注66]と考えられており、新羅に日本の留学僧があったとされる持統紀六年の記事から新羅の影響が機能した[注67]と解釈される。

高句麗史研究の活用は欽明紀二六年から敏達紀二年を境に分かれる。その以前は強力な敵国として認識され、漠然な記事であるのに対し、その以後からは対倭外交と高句麗史の歴史的記事が見える。仁徳紀一二年に高句麗が送った鐵楯と鐵的を破いたとする伝承は高句麗を強敵とみなし、それを克服した倭の位相を強調したと解釈さ[注68]れている。欽明紀六年・七年には百済本紀が伝える細群と麤群の対立、鵠香岡上王の死は『三国史記』には見えない記事で、高句麗の内乱と王位争奪伝を復元[注69]する史料として活用された。

欽明紀三一年から敏達紀一年における高句麗使の派遣を高句麗と倭との直接交渉の展開として復元し、新羅が北朝との外交樹立で以前は高句麗王が受けていた「東夷校尉」を受け取ることから高句麗の国際的地位が弱まり、その対策として倭と直接外交を行ったと分析した[注70]。

以上のように韓国歴史学界における日本書紀研究は韓半島関連記事を中心に百済史および加羅史の復元のために日本書紀を積極的に活用しているといえる。ただこれらの活用は韓国の学界の独自的な史書的検討や史料批判を基にしたものではなく、日本の学界の多様な研究を検討することなく、専門家の興味によって短編的な記事のみ復元の資料として利用されてきた。李永植（二〇〇七）は日本書紀の活用のために行われた史料批判とは日本で展開された日本書紀批判論の一部を受け入れたり、歴史や事件の主体を倭から百済、百済から加羅、新羅に代えるなど韓国人の正体性に訴えるのに過ぎなかったと批判する。また同じ記事において百済史と加羅史に分かれるのは日本書紀を日本書紀の立場から記述パターンを認知していないためであるとした。つまり三国と加羅、倭の立場を理解し、各々の利害関係を合理的に説明できる客観的な認識を構築するべきであるとした。

日本書紀の記事に対する個々の批判と活用はある程度成果を得たものの、日本書紀自体に関する関心はそれほど多くない。日本書紀の編纂論、区分論、出典論、紀年論に関する日本の研究成果を踏まえて韓国学界なりの体系的な検討が先行されるべきである。

四　韓国語訳本

現在日本書紀の韓国語訳は四つあり、文定昌（一九七〇）『日本上古史』、成殷九（一九八七）『譯註日本書紀』、全溶新（一九八九）『完譯日本書紀』、延敏洙（他）（二〇一三）『譯註日本書紀』である。文定昌（一九七〇）と成殷九（一九八七）は部分訳である。文定昌（一九七〇）の韓国語訳は『日本上古史』で「日本書紀訳」があり、最初の韓国語訳ではあるものの、神代の一書や歌謡の訳が省かれており、自説を多く取り入れている。また成殷九（一九八七）は井上光貞責任編集（一九八七）『日本書紀』（中央公論社）を底本にしたため巻四、巻一五～巻一七、巻一九～巻二一、巻二六、巻三〇は含まれていない。韓国人読者にとって重要視される継体・欽明紀が抜けていることに対する批判もあり、[注71] 漢文史料の原文翻訳ではなく現代日本語本の韓国語訳に過ぎない。

全溶新（一九八九）『完譯日本書紀』は最初の完訳[注72]である。底本は飯田武郷（一九四〇）『日本書紀通釈』、黒坂勝美（編）（一九一四）『読売日本書紀』（岩波文庫）、日本古典文学大系『日本書紀』（岩波書店）、井上光貞責任編集（一九八七）

『日本書紀』（中央公論社）、宇治谷孟（一九八六）『全訳――現代文日本書紀』（創芸出版）をあげているが、註では日本古典文学大系『日本書紀』を一部利用している。ただ任那を對馬とする李炳銑（一九八七）の解釈[注73]を記事の考証と地名比定として紹介し、巻末には對馬の「任那一〇国比定図」を添付しているため特定の見解に偏った先入観を提供する恐れがあった。

注釈書ではないものの崔根泳（他）（一九九四）『日本六国史韓国関係記事譯註』（駕洛國史蹟開発研究院）は日本書紀、続日本紀、日本後紀、続日本後紀、日本文徳天皇実録、日本三大実録の六国史から韓国古代史と関連ある記事を抽出したものである。日本書紀は神代より歴代まで韓国関係記事を抜粋し原文、韓国譯、注釈をまとめてある。この書は神代紀の場合日本古典文学大系を底本にしながらも「神代上、第八段一書第三」の記事を「素戔嗚尊の韓鋤剣と草薙剣（紀元前）」のように提示し、日本書紀の神代の構成を考慮していない。現在韓国史データーベースで公開している。

日本書紀に関する本格的研究書は金鉉球（他）（二〇〇二・二〇〇三・二〇〇四）『日本書紀韓国関係記事研究』（Ⅰ）～（Ⅲ）がある。これは崇峻紀から持統紀までの韓国関係記事を抽出し、原文と用語の説明、主要な争点について代表的な論説まで纏めてある。考古学の資料との対比から文献考証を試みたことは高く評価すべきであり、日韓の交流史の立場から日本書紀を研究する際の本格的な研究書であると言える。日本との交流は百済を中心に展開したため、崇神紀六五年條に見える任那の初の朝貢記事は日本書紀編者の叙述態度を反映したものであり、歴史的事実を反映していないとまで断言するなど、日本書紀の記事を百済中心に解釈しようとする態度が強い。

延敏洙（他）（二〇一三）『譯註日本書紀』は全巻に対する解釈と訳注を整えた初めての訳註本と言える。日本古典文学大系『日本書紀』を底本にし、七〇頁にのぼる「解題」には日本書紀の編纂過程、引用資料、日本での研究成果が詳細に述べてある。「日本書紀の編纂過程」には日本書紀の名称、帝紀と旧辞、天皇紀と国記、区分論、最終段階の潤色、出典論、氏族伝承の問題、三国史記との関係が述べられている。また「日本書紀の引用資料」には日本書紀に引用されている帝紀、旧辞、諸家の伝承、個人の手書、寺院の縁起、百済史料、中国の史書について詳細に紹介している。「日本における日本書紀研究史」には古代にから現代にいたるまでの研究史を網羅し、日本における研究の流れを知ることができる。歴史や考古学の専門家による初の訳註本であり、これからの活用に大いに期待される。東北亜歴史財団のホームページで全巻をＰＤＦファイル形式で提供している。

五　これからの展望

韓国人において日本書紀は早い時期から日本のどの文献よりも注目してきた書物である。それは古代韓国を語るに当たって欠かせない資料であるためである。歴史学界では「任那日本府」をめぐる論議が現在も続いており、文学界では神話の類似性から活発に研究されている。本稿では主に語学を中心に一九五〇年代から近年の研究まで主な傾向を概観した。一九九〇年代までは韓国語学者によって百済史料を中心に韓国漢字音、韓国由来語彙などが研究されてきた。一九八〇年代になると韓国の大学に日本語関連学科が多く設立し、日本関連学会も急増し日本書紀の研究も韓国語学界から日本語学界に広まり、現在に至る。一九九〇年代になると韓国語由来の語彙研究は衰退し、「百済史料」をはじめ古代韓国語を日本書紀全体から考察しようとする流れに代わっている。漢字音の研究は日本呉音と古代韓国漢字音の関係が依然として研究の中心となっており、韓国の口訣資料との対照研究など研究領域が広くなる展望である。また類義字・類義語の研究は森博達の区分論に依拠するところが多いが、日本書紀の表記は漢籍および仏典による潤色も考慮すべきである。また声点以外は写本についての研究はまだ少なく今後研究素材として注目するべきである。

注

1 申采浩（一九〇八）「読書新論」『大韓毎日申報』（『改訂版丹齋申采浩全集』上巻、螢雪出版社、一九八七）

2 Riss は韓国教育学術情報院によるデータベース。韓国内学術論文、海外学術誌論文、学位論文、単行本、学術誌などが検索できる。韓国内学会及び大学附設の研究所が発行する学術誌の論文は約四九七万件、学位論文は一九三万件が収録されている（収録数は二〇一七年八月一五日基準）。大学及び機関関係者は無料で原文を見ることができる。http://www.riss.kr

3 KISS は韓国学術論文情報株式会社によるデーターベース。大学及び機関関係者専用の論文検索サイトで、学術論文は一三五万件が検索できる（収録数は二〇一七年八月一五日基準）。http://Kiss.kstudy.com、一般人は Paper Search で有料で原文を見ることができる。http://www.papersearch.net

4 DBpia は Nurimedia 社によるデーターベース。検索できる学術論文は二一六万件である（収録数は二〇一七年八月一五日基準）。大学及び機関関係者は無料で、一般人は有料で原文を見ることができる。http://www.dbpia.co.kr

5 韓国の学術誌に掲載された韓国大学および機関に所属している日本人研究者の論文も含む。ただし、日本の大学や機関に所属されている研究者の論文は割愛した。

6 梁柱東（一九四二）『朝鮮古歌研究』博文書館
李崇寧（一九五五）「韓・日両語의 語彙比較試考――糞尿語를 중심으로――」『学術院会報』1（『国語学論叢』所収）
李基文（一九六八）「高句麗의 言語와 그 特徴」『白山学報』四、（一九八九）「古代国語　漢字」『震壇学報』六七（『国語語彙史研究』所収）

7 兪昌均（一九八〇・一九八三）『韓国古代漢字音의研究』Ⅰ・Ⅱ、啓明大学校出版部
梁柱東は「郷歌」と呼ばず「詞脳歌」と命名している。

8 都守照（一九七二）「百済王称語小考」『百済研究』3、（一九七七）『百済語研究』亜細亜文化社、（一九九七・一九九九）『百済語研究』Ⅰ・Ⅱ、百済文化開発研究院

9 都守照（一九九九）『百済語研究』Ⅱ、百済文化開発研究院、三七六頁

10 兪昌均（一九八三）『韓国古代漢字音의研究』Ⅱ、啓明大学校出版部、二四頁

11 張世慜（一九八八a）「《일본서기》의 한국 왕명 표기자 연구」『애산학보』六、（一九八八b）「《일본서기》에 실린 한국 인명 중 동일인 인명의 이표기에 대한 연구」『韓国語論集』一四、（一九九一）「백제인명 표기자 연구――「일본서기」의 한국 인명 표기자와의 비교――」『東方学誌』七二、延世大学校国学研究院

12 李根雨（一九九四）『『日本書紀』に引用された百済三書に関する研究』韓国精神文化研究院韓国学大学院博士学位論文、三四頁

13 金正彬（二〇一五）「日本書紀（七二〇）に見える漢（あや）は中国ではない――借字異表記の観点により――」『口訣研究』三四、口訣学会、八四～一一四頁

14 辛容泰（一九八三）「日本書紀記載語彙考」『東亜細亜文化研究』一四、漢陽大学校韓国学研究所

15 尹幸舜（一九八八）「日本書紀諸写本古代韓国語」『日本文化学報』四、韓国日本文化学会、一一一頁

16 柳玟和（一九九四）「『日本書紀』記載の朝鮮固有名一覧表」人文論叢四二、釜山大学校、（一九九六）「『日本書紀』同一名異表記について」『人文論叢』四九、釜山大学校（『日本書紀』朝鮮固有名表記字의研究』혜안に所収）

17 尹幸舜（一九九五）「日本書紀諸寫本に存する助數詞の訓法について」『日本学』一五、東国大学校日本学研究所、（一九九六）「日本書紀 古写本의 同一本文에 나타나는 二訓의 性格――圖書寮本日本書紀를 中心으로」『日語日文学研究』二九、韓国日語日文学会、（一九九七）「日本書紀 初期卜部家の訓法のについて――釋日本紀を中心に」『日本学報』三八、韓国日本学会、同（二〇〇二）「書紀古訓과 漢字와의 관련성에 대해서」『日本語学研究』六、韓国日本語学会、（二〇〇四）「岩崎本日本書紀에 나타나는 漢字熟語合符의 訓法」『日本語学研究』九、韓国日本語学会

18 尹幸舜（一九九八）「日本書紀 諸寫本에 나타나는 古代韓國語의 성격」『日本文化学報』四、韓国日本文化学会

19 崔建植（一九九七）「日本書紀訓注의 用字에 대하여」『日語日文学』八、大韓日語日文学会

20 柳玟和（一九九九）「『日本書紀』の百済史書に見える日本固有名表記――分註の一性格を窺うものとして――」『日本語学研究』創刊号、韓国日本語学会、（二〇〇四）「『日本書紀』分註の性格と区分について――朝鮮関係記事を含む分註との比較を中心とし

て——」『日語日文学』二二、大韓日語日文学会、（二〇〇六a）「日本書紀の不明瞭な物事にする分註——不知未詳の註記について」『韓国民族文化』二八、韓国民族文化研究所、（二〇〇六b）「『日本書紀』無書名分註の區分と特徴」『日本語文学』三四、日本語文学会

21 柳玟和（二〇〇〇）『『日本書紀』朝鮮固有名表記字の研究』혜안

22 李炳勲（二〇〇三）「『日本書紀』韓国固有名の同名異表記に現れる韻尾の対応」『日語日文学研究』四七、韓国日語日文学会

23 金正彬（二〇〇七）「『日本書紀』에 보이는 백제 한자음 연구——그 자료성과 음운체계를 중심으로——」『口訣研究』19、口訣学会

24 金正彬（二〇一四）「上代日本資料による古代韓国漢字音研究の回顧と展望」『日本学』三八、東国大学校日本学研究所

25 安熙貞（二〇〇五）「어조사 '于' 와 '於' 에 대한 비교연구——『日本書紀』를 중심으로——」『日本語文学』二六、韓国日語日文学会

26 安熙貞（二〇〇七）「上代文献의 数詞 表記字 연구——二・両을 중심으로——」『日本文化学報』三四、韓国日本文化学会

27 柳玟和（二〇〇七）「『日本書紀』編者推量の「蓋～」「若～」について」『日語日文学』三五、大韓日語日文学会

28 朴美賢（二〇〇七）「日本書紀の一人称代名詞について——「吾」「我」の使い分けを中心に」『日本近代学研究』一五、日本近代学会

29 柳玟和（二〇〇九）「日本書紀における工・匠の使用について」『東北亜文化研究』二一、東北亜細亜文化学会

30 金娜瑩（二〇一〇）「『日本書紀』에 보이는 助数詞「匹」・「疋」에 관한 고찰——寛文九年本을 중심으로——」『日語日文学』四八、大韓日語日文学会

31 金娜瑩（二〇一三）「『日本書紀』에 보이는 조수사「艘」와「隻」에 관한 고찰」『日語日文学』八三、韓国日語日文学会

32 李真淵（二〇一四）「『日本書紀』の希望表現に関する考察——「欲」と「願」を中心に——」『日本研究』三六、中央大学校日本研究所

33 清水れい子（二〇一四）「『日本書紀』における「恐怖心」の表記字——朝鮮関係記事との比較を中心に——」『東北亜文化研究』三八、東北亜細亜文化学会

34 金紋敬（二〇一一）「日本書紀古訓における父親を表す語彙に関して」『日本学研究』三二、壇国大学校日本研究所

35 柳玟和（二〇一〇）「日本書紀に現れる「テヒト」について」『日本語文学』五一、日本語文学会

36 朴美賢（二〇〇六・二〇〇七）「日本書紀における「王」の使用について」『日語日文学』三二、大韓日語日文学会、「日本書紀における「王」の使用について（2）」『日語日文学』三四、大韓日語日文学会

37 安熙貞（二〇〇五）「日本書紀'在'小考」『日語日文学』三〇、韓国日語日文学会

38 崔建植（二〇一一）『上代日本語の語構成研究：籍帳、記、初期における人命の命名を中心に』책사랑
同（二〇一二）「上代神名의 借訓表記」『日本研究』三二、中央大学校日本研究所、（二〇一三）「上代神名의 二合漢字」『日本研究』三五、中央大学校日本研究所、（二〇一四）「上代神名의 借音表記」『東北亜文化研究』三九、東北亜細亜文化学会、（二〇一五a）「上代神名称詞（Ⅰ）・（Ⅱ）」『比較日本学』三四、漢陽大学校日本学国際比較研究所、「上代神名称詞（Ⅱ）」『（二〇一五a・b）『日本研究』三九、中央大学校日本研究所

39 権仁瀚（二〇〇四）「岩崎本'日本書紀'의 聲點에 대한 一考察——韓國系 固有名詞 資料를 中心으로」『大東文化研究』五二、大東文化研究院

40 朴美賢（二〇一四）「前田本『日本書紀』한국 고유명의 声点에 대하여」『日語日文学』六二、大韓日語日文学会、（二〇一五）「圖書寮本『日本書紀』에 보이는 한국계 고유명의 声点 연구」『日語日文学』六六、大韓日語日文学会、（二〇一六a）「前田本『日本書紀』일본고유명의 성점 연구」『日本学研究』四七、壇国大学校日本研究所、（二〇一六b）「兼右本『일본서기』에 보이는 한국계 고유명사의 성점（聲點）연구」『日本語文学』七四、日本語文学会、（二〇一七）「석일본기（釈日本紀）에 보이는 한국계 고유명사의 성점（声点）연구」『日本研究』四四、中央大学校日本研究所

41 注24と同

42 注1と同

43 李丙燾（一九五九）『韓国史（古代篇）』乙酉文化社、同（一九七〇）「近肖古王世拓境考」『百済研究』一、忠南大学校百済研究所、同（一九七六）『韓国古代史研究』博英社

44 李弘稙（一九五四）「日本書紀所載高句麗関係記事考」『東方学志』一、延世大学校国学研究所、四三九頁
同（一九五七）「日本書紀所載高句麗関係記事考」『東方学志』二、延世大学校国学研究所、三〇一頁

45 丁仲煥（一九六二）『加羅史草』釜山大学校韓日文化研究所、（一九六七）「日本書紀에 引用된 百済三書에 대하여」『亜細亜学報』一〇、亜細亜学術研究会、同（一九七七）「日本書紀継体・欽明紀の加羅関係記事研究」『釜山史学』二、釜山大学校史学会（いずれも『加

羅史研究』（혜안、二〇〇〇）に収録）

46 千寛宇（一九九一）『加羅史研究』一潮閣

47 이영식（二〇〇七）「『일본서기』활용의 성과와 문제점」『한국 고대사 연구의 새동향』서경문화사

48 김현구他（二〇〇二）『일본서기 한국관계기사 연구 1』일지사

49 李丙燾（一九七六）『韓国古代史研究』博英社

50 注49と同

51 李根雨（一九九四）『日本書紀에 引用된 百済三書에 관한研究』韓国精神文化研究院博士学位論文

52 梁起錫（一九八一）「三国時代人質의 性格에 대하여」『史学志』一五、壇国史学会

53 연민수（一九九六）「日本書紀神功紀史料批判」『日本学』一五（『古代韓日関係史』（一九九八）혜안に収録）

54 文化財管理局（一九七三）『武寧王陵』『武寧王陵発掘調査報告書』文化広報部文化財管理局

55 教育部・釜山大（二〇〇〇）『加耶各国史의 再構成』혜안

56 김영심（一九九八）「忠南地域百済城郭研究――지방통제와 관련하여」『百済研究』三〇、忠南大学校百済研究所

57 朱甫敦（二〇〇〇）「百済의 栄山江流域의 支配方式과 前方後円墳被葬者의 性格」『韓国의 前方後円墳』、충남대 출판부

58 김현구他（二〇〇二）『일본서기 한국관계기사 연구 1』일지사

59 金泰植（一九九三）『加耶聯盟史』一潮閣

60 李永植（一九九五）「百済の加耶進出過程」『韓国古代史論叢』七、駕洛国史蹟開発研究所

61 権珠賢（一九九八）「가야 문화사 연구」啓明大学校博士学位論文

62 金達壽（一九七〇～一九七六）『日本の中の朝鮮文化』一～六、講談社

63 李永植（二〇〇四）「安羅國과 倭国의 交流史研究」『史学研究』七四、韓国史学会

64 李丙燾・金載元（一九五九）『韓国史』古代篇、乙西文化社

65 연민수（一九九八）「古代韓国関係史와 울진지방」『韓国古代史와 울진지방』韓国古代史学会（『古代韓日交流史』（二〇〇三）혜안に収録）

66 김현구（他）（二〇〇四）『일본서기 한국관계기사 연구 Ⅲ』일지사

67 盧重國（一九四）「7世紀百済와 倭와의 관계」『国史館論叢』五二

68 이영식（二〇〇六）「5～6세기 고구려와 왜의 관계」『北方史論叢』一一、国史編纂委員会

69 李弘稙（一九五四・一九五七）「日本書紀所載高句麗関係記事后」『東方学誌』一・三、延世大学校国学研究院

70 노태돈（一九七六）「高句麗의 漢水流域喪失의 原因에 대하여」『韓国史研究』一三、韓国史研究会

71 李根雨（一九九〇）「『譯註日本書紀』（成殷九、正音社、一九八七）에 대하여」『東洋史学研究』三三、東洋史学会

72 全溶新（一九八九）『完譯日本書紀』一志社

73 李丙銚（一九八七）『任那国과 對馬島』亜細亜文化社

中国の記紀研究の現状と展望

馬　駿

一　はじめに

中国における記紀研究の昨今の道を学術史的に辿れば、便宜上、おおよそ次の三つの段階に分けられよう。一つ目は一九四九年の新中国の成立後から一九九〇年代の初頭にかけて、記紀の魅力を歴史・文化・神話・文学などの角度から享受する第一段階である。二つ目は一九九五年から二〇一〇年までの、『古事記』の変体漢文に関する馮良珍の研究の第二段階で、変則漢文を識別するための計量的な統計や神話舞台の構造における中日比較や語彙変遷の意味論的な考量などを独自の視野から把握する。三つ目は二〇一〇年から今日までの、『古事記』『日本書紀』の和習と文体に関する馬駿の研究の第三段階で、和習問題をプラス的に捉え直し、上代文学の文体と漢訳仏典との関連を体系的に論証するのを特徴とする。以下、この三段階を目安に、中国の記紀研究の現状把握と未来展望を行いたい。

二　記紀研究の様々な言説

本題に入る前に、一言触れておかなければならないのは周作人の『古事記』翻訳である。周作人は一九二五年から一九二六年にかけて『語丝』という雑誌で「女鳥王的恋愛」と「軽太子的恋愛」の二篇からなる「古事記中的恋愛故事」を公にした。[注1] そして、完訳としてようやく日の目を見たのは一九六三年に「周啓明」という署名で北京人民出版社によって出版された『古事記』である。他に、国際文化出版社は一九九〇年に、中国対外翻訳公司は二〇〇一年にそれぞれ周作人訳の『古事記』を出している。[注2] 周作人は「古事記が神話としての学術価値を持っていることは言うまでもない。文学作品として読んでも頗るおもしろいものがある」[注3]と評価している。中国では周作人の翻訳から始めた『古事記』の愛読者と研究者が数多くいるだろう。記憶に留めておくべき歴史的な一頁である。

1　歴史・文化・神話からの視点

中国の記紀研究は、最初は先行説の祖述から始まり、漸次的な蓄積を経ては、独自な色を出していく特徴を持っている。先行説の祖述は作者による内容の取捨と文章の潤色を通して当時、容易には国外の研究の過去と現状に接することができなかった豊富な情報を教えてくれる。馬興国「日本文学対『捜神記』的吸収与借鑑」[注4]、陳東生「『古事記』漫談」[注5]、潘金生「『古事記・上』〈海幸山幸〉等三節」[注6]などの文章がそれに当たろう。

かくして、本格的な記紀研究が軌道に乗ったのはここ二十年間のことである。韓昇は歴史学の立場から「日本古代修史与『古事記』、『日本書紀』[注7]」という論文で、日本古代の修史の経緯と意義とについて、次のように指摘している。日本古代の修史は中央集権を強化し、朝廷の合法性と正当性を確立することが目的である。履中天皇から推古女帝まで度重なる修史を強いられたが、天武天皇の「壬申の乱」を経てはじめて、その聖賢の合法性を粉飾すべく国家レベルの事業として修史に取り組み始めた。そして、八世紀の前半にようやく『古事記』と『日本書紀』の完成を見るに至ったのである。天武朝以来の修史事業は、一方では基準としての朝廷の史書を編纂する。他方では氏族所持の歴史的な記載を削除したり改編したりすると説いている。また、その修史の定本と史学思想が漢代と唐代の史学の影響を深く受けており、天皇を中心とする国家レベルの史書体を整えている。それは伝紀を以って帝紀に付属するという形を取っているので、中国の正史の紀伝体と趣を異にしている。したがって、『日本書紀』は必ずしも未完の史書ではなく、未熟の所が多々あるとはいえ、日本の以後の修史のモデルになり得たのだと分析している。

六〇七年、遣隋使の小野妹子が隋煬帝に手渡した国書には隋煬帝の逆鱗に触れた呼称の問題があった。いわゆる国書の事件である。杜敦科は「隋倭〈国書〉事件中的幾個問題再探[注8]」でこの事件の派生・推移・結末までの過程におけるいくつかの問題点を取り上げ、次の四点を主張している。事件が展開されていく過程から見れば、国書に対する隋煬帝の態度は朝貢の体制を維持する決心を示している。小野妹子が帰国の際に持ち帰ったという『日本書紀』に記載の国書紛失説に疑問を挟むべきである。裴世清が五十日間も難波に滞留させられたのは倭国の王が国書事件の対応策を練っていることに原因する。倭国の王が六〇八年に再び小野妹子を隋に派遣したのは文化・技術の習得を主な狙いとすると同時に適宜に隋朝に続けて探りを入れるためだ、という。

記紀神話から古代日本人の文化心理[注9]や宗教信仰[注10]などを文化的に探ろうとする論考の中で、王海燕の「従神話伝説看古代日本人的災害認知」[注11]という論文はとりわけ目を惹くものがある。それによると、日本の神話伝説は日本列島の自然環境に適した文化の中で生まれたもので、古代文化の様々な原初の姿を探る重要な端緒である。『古事記』・『日本書紀』・『風土記』などに記載されている神話は古代の日本人の自然災害に対する認識を含んでいる。うち、創世神話、須佐之男命の神話や葦原中国平定の神話や夜刀神の神話と治水の神話などは、一方では、古代の日本人が自然災害に対する畏敬を表し、自然災害を神の仕業だと考えられていたからである。他方では、これらの神話は古代の日本人が自然災害に直面した場合積極的に対応する意識を示すものである。また、日本の神話伝説は、自然災害が農耕社会に破壊と衝撃を与えることが強調されているのみならず、自然開発という人間社会の行為と自然災害の発生との関係も言及されているところから、古代の日本人が人間社会及び自然環境との相互制約の関係に依存するのをよく認識していることをよく映し出している、という。

袁芳は「従神話故事中審視中日文化迥異」[注12]の論文で、記紀神話から、中日文化の四点の食い違いを次のように指摘している。その一は中日両国の自然観の違い。中国の神話は人間が必ずや天（大自然）に勝つという思想を貫いている。それは中国文明の発祥地である黄河流域では自然災害が頻発しているからである。日本の神話は人間が大自然に順応するテーマを徹底させている。それは日本が温帯に位置し、海洋季節風気候に属するので、山川・海洋の豊かな食物資源に恵まれているからである。その二は英雄観の違い。中国の神話は刑天のように無謀な英雄主義を示すものがある。日本の神話では倭建命などは謀略に長けている。その三は神話題材の違い。中国の神話は巨人と巨獣や大掛かりな戦争の場面が断然多い。日本の神話は雄渾壮大な出来事がさほど見られない。その原因は中日両国の置かれた自然環境の大小の差によるのである。その四は思惟習慣の違い。中国の神話は「愚公移山」のように理想をいつまでも諦めない精神を示している。対して、日本人は危機感が強いので、絶えず新しい知識・文化を求めていく心理がある。

中国の記紀神話の研究は方法として比較論に偏在するのが特徴である。その内容をテーマ別に整理すると、以下の通り。

(1)、中日創世神話の比較。朱玥「中日創世神話比較及其女性崇拝淵源探微」、占成才「伏羲与日本神話――以巡繞合婚為中心」、同「東渡的巨人：盤古神話与日本神話」、胡琪「中日神話二神創世形態的対比研究[注13]」。

(2)、中日英雄神話の比較。郎静、楊国華「中日英雄神話比較[注14]」。

(3)、中日神話の月神の比較。曹希「中日神話中月神的性別分析[注15]」。

(4)、中日玉石神話の比較。葉舒憲「中日玉石神話比較研究――以〈記紀〉為中心[注16]」。

(5)、中日古代神話の女性像の比較。孫佩霞「中日古代神話女性形象比較[注17]」。

(6)、中日海洋龍神神話の比較。司志武「日本記紀〈船〉神話的原始宗教信仰探源」。黄科瓊、崔振雪「中日海洋龍神信仰比較研究[注18]」。

(7)、天照大神と黄帝との比較。梁青「天照大神与黄帝主権機能之比較――以『古事記』和『山海経』為中心[注19]」。

(8)、記紀神話と儒釈道との関係の研究。秦国和「日本〈記紀神話〉対中国文化的吸収――以形態模式構成的宗教哲学基礎為考察視角」、林蕤「浅析中国道教対日本神話伝説的影響」、劉毅「文化的受容与変異――芻議日本神話的幾個特点[注20]」。

(9)、記紀神話と雲南少数民族神話との比較。李子賢「被固定了的神話与存活着的神話――日本〈記紀神話〉与中国雲南少数民族神話之比較[注21]」。

曹希は上記の論文で中日神話における月神の性別を問題にして分析した。中国では古来、月を女性の象徴であると看做されている。対して、日本の月神の月読命は男性である。二者のこの性別の違いは両国の文化背景、社会特徴と地理環境に由来するものだと説かれている。即ち、中国は農耕文化の下に陰陽思想が生まれ、陰は月＝女性、陽は太陽＝男性である。また、月の満ち欠けは女性の生理周期に一致し、月は女性の成育にも深く関連する。中国の月神としては女媧・西王母・嫦娥の名が挙げられるが、いずれも女性である。一方、日本が農耕文化が生まれる前の狩猟採集の社会の体制なので、男性が月神を務めるのは、人間が大自然に対する最も原始的・本源的な認識の表れであるとする。また、『万葉集』巻七の柿本人麻呂の一〇六八番歌に「月の舟」と見え、月を舟に喩えて言い表されている。日本は海に囲まれた島国で、海のような広々とした青空を仰ぎ見ると、誰もが月を波に呑まれつつ揺れ動いている小舟として容易に想像されるのだろうと指摘している。

葉舒憲は前掲の論文で中日ないし東アジアの玉石神話の比較研究を行った。氏は、曲玉を早期形式とする玉文化が新石器時代の太平洋西岸の広範な地域に現れ、東アジアの史前文化が共通した玉文化の根源を持っていると見て、次のように、(1)玉は至高の宝物、(2)玉は本来天神に属するもの、(3)玉は本来天界に属するもの、(4)玉は瑞祥を示し、神が賜ってくれた形見、(5)玉は神聖な生命から来たもの、(6)玉と金属は二者とも神話で対応物だと目されること、(7)玉は天と地の橋渡し、即ち人間と神との意志疎通をする媒介役目を果たすものだと、まとめている。そして、これらの諸点は、東アジア文化あるいは東アジア玉器時代の共通した神話の基盤だと力説している。中国の文明は同じく玉器時代から青銅器時代への変遷を経たけれど、玉文化は金属文化に取って代わることなく、古いものと新しいものが結び付くことによって、「金声玉振」、玉金等値の礼楽文化の主流を占めるものに変貌したのだと唱えている。

占才成は「『古事記』序〈化熊出爪〉用典考釈——兼論〈爪〉字之弁」という論文で、『古事記』の序文における「化熊出爪」の出典に考証を加えた。「化熊出爪」について、従来、「爪」を「川」や「穴」と取る説もあり、定説を見るには至っていない。氏は「化熊」は「鲧禹化熊」という中国の「化熊」のモチーフに源を発するものだとし、東アジアの「熊トーテム」の影響もあることを文献によって実証し、更に一歩進んで「化熊」の故事を神武天皇が熊野村まで東征した史実と結び付けて、熊が蟄居の獣として復活するというイメージを浮き彫りにすることによって、「化熊出爪」の「爪」説を有力にしている。

2　言語・文学からの視野

まず、記紀歌謡と万葉仮名について、李芒は「日本古典詩歌的源頭——記紀歌謡[注22]」で、「記紀歌謡」研究の重要性について、次のように指摘している。「『記紀歌謡』は思想性から芸術様式まで、日本古典詩歌の発展の一定した方向を示すものであるだけに、日本古典詩歌を研究する上で豊富な作品と資料を提供し、日本古典詩歌の宝庫の扉を開けてくれるキーワードである」と。王鵬は「日本記紀歌謡与蕭梁辞賦——析後者対前者在体式上的影響[注23]」という論文において、五七調を主として四六の句式を兼行するという記紀歌謡の様式の登場は和歌が原初の状態から標準化への過渡期を示しており、同じく駢儷賦から律賦への過渡期に立たされていた南朝梁代の辞賦の影響を受けていると主張している。範淑玲は「従万葉仮名看漢語中古音声母——以『日本書紀』音仮名為例[注24]」との論文で、漢字を基にした万葉仮名の中の音仮名は中国の中古期の発音を借用しており、七世紀までは使用されていたとした上で、このことは『日本書紀』における万葉仮名とその音節を中国の中古音の声母と比較することによっても立証されるだろうと説いている。

次に、記紀の漢文訓読について、李均洋は「訓読式漢日翻訳的語言文化転換——以『日本書紀』漢日翻訳形容詞的対応和発展為例」[注25]で、翻訳論の立場から中日翻訳の源を成す漢文訓読という方式に着目し、漢語の形容詞「可美」を口語性のある和語「于麻時（ウマシ）」と訓むといった事例を通して、次のように説いている。『日本書紀』における中国語と日本語の形容詞の対応ぶりと発展から見ても分かるように、中国語と日本語の翻訳文化によってもたらされた新型の日本語の言語・文化は島国である日本固有の言語・文化の空間を拡大させることによって、表記法の根底を認知する上で、日本の言語・文化とこれを媒介と窓口とした日本文化全体の外来性・吸収性・融合性及び強烈な民族性の基礎を築き上げることができるのである。いわゆる強烈な民族性とは、日本語の言語・文化に根ざす島国根性と、この土壌で新しいものを絶えず受容・融合・昇華させる民族性であって、島国的でもあれば、開放的でもあることを意味するのだとし、訓読法の具有する機能と意味を強調している。

第三に、日本伝来の外典と記紀との関連について、張新朋は「東亜視域下的童蒙読物比較研究――以『千字文』与『開蒙要訓』之比較為例」[注26]で、東アジア漢字文化圏を背景に、「童啓読物子文化圏」という存在を想定して、南北朝の梁人周興嗣編『千字文』の流行と六朝人とされる馬仁寿編『開蒙要訓』の不流行を、それぞれ典籍の性質、成書の年代、用字の韻律、内容の開合、編集の内容、編成の方式といった、比較に値する面から検討することによって、その要因を、テクスト自身の差異によるものだと求めている。一方、日本伝来の内典に関して、王勇は「東亜仏書之環流――以『勝鬘経』為例」[注27]では『勝鬘経』が東アジアを環流するルーツを克明に描いている。氏の考察の要約は次の通り。『勝鬘経』は三つの訳本があるが、うち、劉宋求那跋陀羅訳は中国の南北朝で最も広く流布された訳本であるが故に、注疏も多く見られる状態であった。時代が下るにつれ、新羅の元暁、そして日本の聖徳太子も前後して『勝鬘経』に注疏を施した。聖徳太子は推古女帝を相手に『勝鬘経』の講説をした。のみならず、講説の内容を基に『勝鬘経義疏』をしたためた。のちに、『勝鬘経義疏』は高句麗の僧侶恵慈によって自国に持ち帰られ、朝鮮半島で流通されるきっかけとなった。同書はのちにまたもや唐の大暦七年（七七二）に入唐僧の誡明によって楊州まで持参され、それを目にした唐の僧侶明空が疏を付けて『勝鬘経義疏私鈔』と名付けた。その間、約半世紀の年月が流れた。開成三年（八三八）に唐に入り求法にやってきた円仁は五台山巡礼の縁で『勝鬘経義疏私鈔』を手に入れ、日本に持ち帰った。以来、「大唐高僧之製造、日域面目之秘書」と目されて今日まで珍重されてきている次第となる。なんという数奇な運命を辿った一冊の経典の環流か、氏の周到な論考に胸を打たれている。

馮良珍は「変体漢文文献中的詞義異変挙要」[注28]で漢文を書くのに和文の痕跡が露呈してしまうとする『日本書紀』と、和文をものするのに漢文の影響から抜け出せぬとする『古事記』を引き合いに、二書の変則漢文に語義の偏差が生じる現象を考察した。例えば、次の例がそれである。『日本書紀』巻六〈垂仁紀〉に「卅年春正月己未朔甲子、天皇詔五十瓊敷命、大足彦尊曰、『汝等各言情願之物也。』兄王諮、『欲得弓矢。』弟王諮、『得皇位。』」とあり、「諮」を「何かを上位者に申し上げる」の意で用いている。『古事記』上巻〈天照大御神と須佐之男命〉に「掛出胸乳、裳緒忍垂於番登也。」と見え、「忍」が「隠す」の意で使われている。また、氏はこの論文で中国語と意味的に微妙に異なったそうした語彙の食い違いが生まれる原因を、語義の派生、語義の転用と語義の拡充という三つ[注29]に分けて分析した。更に、意味的に偏差が発生した一部の語義はその後も継続的に使用されているから、本場の中国語のそれと異なった道程を歩むように至ったのだと指摘した。言葉の意味の些細な違いを丹念に中日両語の比較から摘出し、その特異性を日本語の語史に位置付けようとする明快な論法である。

馮良珍はまた、「『古事記』中漢語与日語表達方式之計量考察」[注30]でやや主観的だとのそしりを免れがたいが、一定した古代漢語の典籍を閲読する力を具する者が中国語を借りて古代漢語を読む際の能力を根拠に、中国語の表現のレベルから『古事記』における中国語的ものと日本語的なものを計量的に考察した。その結果、『古事記』では中国語的な表現が六〇％以上を占めていることが明らかになった。と同時に、この比率は七、八世紀頃に文字による日本語の書写が古代漢語に依存する割合を示しているので、日本語の文字の歴史の研究のみならず、中日文化交流史においても極めて意義深いものがあると強調した。

馮良珍は更に、『古事記』の神話舞台の構造を、中国のそれと比較する論文[注31]がある。天界・人界・冥界・仙界からなる『古事記』の神話の世界は中国の神話の世界を同じくしている。また、『古事記』ではそれぞれの境界は名称が多く異なっている上に、各界の間の通路も具象化されたものが多い。例えば、「根之堅州国」云々は日本神話独自の言い方である。『古事記』の神話世界から中国の道教の宇宙観の投影が看取できるし、『古事記』の神話舞台の構造は中日文化との撞着によってもたされた受容と変容を反映するものだと指摘されている。

馮良珍の方法を援用して、王江蘭は「『古事記』動結式特点分析[注32]」の論文で、漢語の語構成のパターンの一つである「動結式（動詞＋補助動詞）」に関して、『古事記』の用例と中土文献（伝統文献）の用例を比較することによって、前者に条件を表す文と組み合わせの面で変則的な一面があることを認めると同時に、このことが中国語の対外伝播を研究する上で重要な意義を持つものだと捉えている。また、楊瓊は「『古事記』所見〈然〉字的詞義及語法功能初探[注33]」で『古事記』における「然」という字の文法的な機能と語義を整理し、それを中国語の「然」の意味・用法と比較した結果、例えば、『古事記』上巻〈日子穂々手見命と鵜葺草葺不合命〉に「若恨怨其為然之事而攻戰者、出鹽盈珠而溺。」とあり、「為然之事」の「然」が「之」と共に連体修飾語として用いられるのは中国語にないものだと論断している。

三　出典と和習を射程に入れた研究

馬駿の記紀研究は主として出典と和習の二つに分けて進められており、『日本上代文学〈和習〉問題研究』[注34]がその集大成である。この著書の第一編は、『古事記』に関するもので、次の四章からなっている。第一章　序文と文体（第一節「帝紀」と「旧辞」、第二節　原始性の史料とその編纂プログラム）第二章「純正」な漢文と「和習」の文体（第一節「純正漢文」の保障性、第二節「和習漢文」の隠蔽性）第三章「純正」な序文と「和習」の文体（第一節「純正」表現の例示、第二節「和習」文体の分析[注35]）第四章　苧環型説話の素材の流布とその源流[注36]（第一節　プロット吟味、第二節　素材の変容、第三節　故事の源流）。第二編は『日本書紀』に関するもので、次の四章の構成である。第一章　中国の経史子集とその影響（第一節　史書表現法の影響、第二節　経書表現法の影響、第三節　子書表現法の影響　第四節　集部表現法の影響）第二章「盟神探湯」と「扶南王範尋判案[注37]」（第一節「盟神探湯」、第二節「探湯判案」、第三節　受容と変容）第三章　瑞祥災異表現の受容と変容（第一節　瑞祥災異表現の出典研究[注38]、第二節　瑞祥災異表現の内容上の変容[注39]、第三節　瑞祥災異表現の記述法の変容[注40]）第四章「和習」語法・句法研究（第一節　中土文献に基づいた和製語及びその組合、第二節　漢訳仏典に基づいた和製語及びその組合、第三節　語順倒置と訓読思惟方式）、である。

1　出典論

一々触れる紙幅がないが、ここでは『古事記』序文に見える「切蛇」という言葉を例に、太安万侶をはじめとする上代びとが如何にして漢字固有表現の重囲を突破していったのかの問題を取り上げたい。序文に「寔知、懸鏡吐珠、而百王相続、喫剣切蛇、万神蕃息與。」とある。「切蛇」はかの有名な伝説、須佐之男命が八俣の大蛇を斬り殺す伝説を述べている。漢語表現の伝統から言えば、「斬蛇」の二字より「切蛇」のほうは意味的に今一つぱっとしないところがある。これは誰もが認められることだろう。それでは、太安万侶はなぜ熟語の「斬蛇」をやめ、「切蛇」の造語を取ったのだろうか。以下、「経史子集」におけるあらんかぎりの用例を徹底的に調べることによって、太安万侶の置かれた言語的な環境を明らかにしたい。

　調査によると、第一には、『史記』・『漢書』以後の史書の用例だが、『後漢書』や『晋書』や『宋書』や『魏書』に用例があり、合計四例である。いずれも「斬蛇」の用例で、「切蛇」はなし。第二には、『論衡』や『古今注』や『水経注』などの書物で、合わせて五例を数える。これも「斬蛇」の用例ばかりで、「切蛇」は一例もない。第三には、文集の用例だが、その内訳を見てみると、『文選』及び李善注は五例、『芸文類聚』は五例、『初学記』は二例、そして『全唐文』の初唐までの用例は二例、合計一五例に上る。文集の用例も全部「斬蛇」のみで、「切蛇」は皆無という結果だった。さらに、初唐までの韻文に調査の範囲を広め、張九齢の「斬蛇」一例を拾うことができたのである。

　さて、総計二五例の「斬蛇」の用例の内容を検討してみると、「斬蛇」の二字は強烈な排他性を持つ熟語であることが明らかになった。つまり、世俗文献では「斬蛇」は漢の高祖劉邦の典故を指して言うのに限定されているのである。即ち、『漢書・高帝紀』における次の件。「高祖被酒、夜径沢中、令一人行前。行前者還報曰、『前有大蛇当径、願還。』高祖酔、曰、『壮士行、何畏！』乃前、抜剣斬蛇。蛇分為両、道開。行数里、酔困臥。」と。先ほどの二五もの例文に示されているように、「斬蛇／蛇を斬る」は中土文献ではすでに高祖劉邦の故事を表すものに固定されており、一種の英雄・豪気の文化を象徴する文化的記号になっている感さえある。須佐之男命が八俣の大蛇を斬り殺すという伝説を、漢字を使って高度に記そうとした際、海の彼方にいる太安万侶の頭に、真っ先に浮かんでくるのは疑いもなく「斬蛇」という熟語に違いあるまい。ところが、強烈な排他性を持つ「斬蛇」の語性（語の性格）であるだけに、太安万侶は慎重な態度を取らざるを得なかった。そうして、今一つの選択肢として漢訳仏典における「斬蛇」の二字が太安万侶の視線に入ってくる蓋然性が高い。それでは、漢訳仏典における「斬蛇」は如何なる意味と用法をしているのだろうか。

「斬蛇」は仏典では合わせて五例を数えるが、うち、四例は後秦仏陀耶舎と竺仏念の共訳の『長阿含経』にある。具体的には、巻三に一例、巻四に三例見られる。『長阿含経』の四例を分析すると、「或有比丘悲泣躃踊、宛転嘷咷、不能自勝。猶如斬蛇、宛転迴遑、莫知所奉。」と見えるように、「斬蛇」はいずれもブッダが般涅槃に入る際、比丘たちが斬り裂かれた蛇のように、身もだえしつつ、地に転げて悲しむ様子を比喩的に用いられている。この場の「斬蛇」はイメージに富んだ、いきいきとしたものであって、まさにインドの仏教説話ならではの喩え方だと言えよう。仏典のもう一例「斬蛇」は、梁の僧祐作『釈迦譜』に見えるが、『大般涅槃経』を引用している。

かくして見てくると、中土文献であろうと、漢訳仏典であろうと、「斬蛇」という二字は語義と用法ではすでに固定し、占用されているものだから、太安万侶にとっては些かも選択の余地が無くなってしまうことを意味する。成すべき術も無しという状況のもとで、須佐之男命が八俣の大蛇を斬り殺すという伝説の原始的風貌を歴史に留めんがために、太安万侶は大胆にも新しい言葉を一つ拵えてみることを決意した。それはとりもなおさず、「切蛇」であった。中土文献にも漢訳仏典にもかつて現れたこともない、将来も現れることのない「切蛇」であった。更に太安万侶の立場に立ってみれば、示唆的な意義があるのは、これをもって漢字の固有表現の重囲を突破する方法を見つけることによって、意図的に異字同訓の方法を生かして、日本独特の神話や伝説などの記述に着手し始めたことであろう。

見てきたような太安万侶の用字意識は、序文のみならず、実際、『古事記』の冒頭にすでに姿を見せているふしがある。即ち、「天地初発之時」という一句である。「天地初発」の表現をめぐって、新編全集は「『初発』は天地として動きだしたことをいう。『発』はヒラク・オコルと訓む説もあるが、共に陰陽論的創世表現の訓読からでたものであり、適切な訓とはいえない。」と、鋭い見解を示している。ただ、中国の思想史や中日文学の交流史に鑑み、ごもっともな指摘だと思うけれど、頭注の形であるだけに、例証がないという憾みが残る。そこで、「天地初～」という句式を調べたところ、(1)『太平経』に「天地初起」、(2)唐法琳撰『弁正論』に「『河図括地象』云、『天地初立、有天皇氏。』」、(3)『太平御覧』に「『風俗通』曰、」天地初開未有人。」、『云笈七籤』に「天地初分、混若鶏子。」とある。(1)の『太平経』と(4)の『云笈七签』は道教の文献だから、新編全集説の正しさを書証で裏付けることが可能になるかと思う。

ただ、これではすべてが解決したわけではない。「天地初～」の句式に注目しよう。漢籍の「天地初～」の句式では「起」「立」「開」「分」の用字が見られるのに、『古事記』の肝心な「発」の字はない。偶然といえば、妙に過ぎるのではないか。更に摩訶不思議なことに、『出雲国風土記』の〈出雲郡〉の「天地初判」という言い方は漢籍の「起」「立」などの字はもちろんのこと、『古事記』の「発」の用字でもない。

なんという腐心のことか。『古事記』の「天地初発」の表現の独自性は、「発」の用字を選ぶことによって漢籍のそれに対して、『風土記』の「天地初判」の表現の斬新さは、「判」の字の選択で漢籍と『古事記』のそれに対して初めて成立するものとなり得たのだろう。その成立を可能たらしめるのは方法としての同訓異字と用字意識以外の何物でもない。

思うに、漢語固有表現の重囲を突破するとは、他者にのみならず、自己に対しても文化のアイデンティティーを求める上で必要なことであろう。このことを今日のわれわれに教えてくれるのは『古事記』の序文であって、太安万侶らの上代のインテリではなかろうか。

2　和習論

馬駿の「和習」研究の特徴は端的に言えば、「和習」に関する従来のマイナス評価を覆してプラスへ持っていくという荻生徂徠の方法論の再発見である。変格漢文に関する研究は今日の記紀研究では注目されているテーマの一つになっている感がある。例えば、「古代東アジア諸国の仏教系変格漢文に関する基礎的研究　科学研究費・基盤研究（B）」[注41]がその典型事例の一つだと言えよう。馬駿は二〇一三年から三年連続で駒澤大学にて行われた古代東アジアの変格漢文に関する科研費研究の国際研究集会に参加し、口頭発表をした。[注42]以下、その発表で議論された独自の考えを通して変格漢文の問題を考えてみたい。

まず、上代の散文に二種の文献資料が媒介として使われている問題に関して、さっそく、史料に目を通しておこう。『日本書紀』巻九〈神功紀〉に「適是時也、昼暗如夜、已経多日。時人曰、『常夜行之也。』皇后問紀直祖豊耳曰、『是怪何由矣。』時有一老父曰、『伝聞、如是怪謂阿豆那比之罪也。問何謂也。』対曰、『二社祝者、共合葬歟。』」とある。問題の「問何謂也」はどういう意味なのかと尋ねる言葉である。これが如何なる性格の表現なのかがここの問題点である。

中土文献の『左伝』に「公問之、対曰、『小人有母、皆嘗小人之食矣、未嘗君之羹、請以遺之。』公曰、『爾有母遺、繄我独無。』潁考叔曰、『敢問何謂也。』公語之故、且告之悔。」とある。当面の「敢問何謂也」を問題の「問何謂也」と比較してみると、前者は「問」の前に助動詞の「敢」が入っているので、後者と使い方を異にしていることが分かる。一方、漢訳仏典に目を向けると、唐湛然『止観補行伝弘決』に「阿難起去、問言、『弟何棄兄。』阿難言、『然仁行別、故相違耳。』問何謂也。答、『仁楽生天我楽寂滅。』聞已倍生憂悩。」とある。先ほど検討した『左伝』などの用例と比べてみると、注目すべきは、仏典のこの用例には「問」の前に「敢」が入っていない点にある。では、このことは何を仄めかしているのだろうか。

次の例文に目を向けよう。唐の『北山録』に「孔子自衛、将之晋至河、聞趙簡子殺竇鳴犢及舜華、乃臨河而嘆曰、『美哉水、洋洋乎。丘之不済此、命也夫。』子貢問何謂也。『竇犢、舜華、簡子未得志須之、晋趙之賢大夫也。簡子今殺之、刳胎焚林、則麒麟不至。覆巣破卵、則鳳凰不翔、』云云。遂回車不渡也。」とある。孔子のこのエピソードは原典の『史記』巻四〈孔子世家〉では「至於河而聞竇鳴犢、舜華之死也、臨河而嘆曰、『美哉水、洋洋乎。丘之不済此、命也夫。』子貢趨而進曰、『敢問何謂也。』」と記されている。

言ってみれば、これは文語体から口語体への脱皮であり、中土文献の文語体であった「敢問何謂也」から漢訳仏典の口語体である「問何謂也」への変貌である。この「敢問」の用語のあるなしによって、文体が大いに異なってくることが注目されてよい。現に、上代びとは漢文で文章をものする際、『古事記』の序文にも示されているように、終始二者の間を彷徨っていたこともこの辺の消息を伝えてくれるのではなかろうか。

次に、上代の散文に「正格」・「仏格」・「変格」という三種類の文体が常に存在されている問題についてだが、この三種類の文体とは如何なる表現を以って成されるのかの問題に触れる前に、ここでは、『日本書紀』では同じ意味を表すのにそれぞれ異なった三つの表現をしている用例に注目したい。

まず、『日本書紀』巻六〈垂仁紀〉に「天皇即寤之、語皇后曰、『朕今日夢矣、錦色小蛇繞於朕頸。復大雨従狭穂発而来之濡面。是何祥也。』」とある。例中の「是何祥也」の一句は狭穂彦謀反の夢解きを導き出す表現として疑問文の形で用いられている。この瑞祥・災異の解き方を尋ねる場合の慣用表現は中土文献の『晋書』などに「因登楼仰観、煥曰、『僕察之久矣。惟斗牛之間頗有異気。』華曰、『是何祥也?』煥曰、『宝剣之精、上徹底於天耳。』」とある。よって、垂仁紀の「是何祥也」は中土文献と同じ使われ方をしている「正格」の表現だと知られる。

次に、『日本書紀』巻十一〈仁徳紀〉に「初天皇生日、木菟入於産殿。明旦、誉田天皇喚大臣武内宿禰語之曰、『是何瑞也。』」とある。当面の「是何瑞也」は中土文献に偏在している先ほどの「是何祥也」と異なり、呉維祇難等訳『法句経』巻一に「有菩薩、名普光荘厳、見此地動白宝相仏言、『世尊、如此地動、是何瑞也。』彼仏答言、『西方去此百千万億阿僧祇土有国、名娑婆、仏号釈迦牟尼、為諸衆生説於仏法、決定大乗報善知識恩。故現斯瑞。』」とあるように、漢訳仏典にのみ現れるのが特徴である。したがって、仁徳紀の「是何瑞也」を「仏格」表現だと押えて差し支えない。

更に、中土文献に習見の「是何祥也」、漢訳仏典に常用の「是何瑞也」に対して、『日本書紀』にのみ存する独自の表現には変格表現としての「是何祥焉」がある。『日本書紀』巻十一〈仁徳紀〉に「時二鹿臥傍。将及鶏鳴、牡鹿謂牝鹿曰、『吾今夜夢之、白霜多降之覆吾身。是何祥焉。』牝鹿答曰、『汝之出行、必為人見射而死。即以白塩塗其身、如霜素之応也。』」とあるのがその例である。

かくして、実際、『古事記』や『日本書紀』や『風土記』などの上代文学の作品に叙上の三種類の文体の表現が至る所にちりばめられていることが知られる。このことは大いに注意を喚起されるべきだと思うし、所謂変則漢文の問題を取り扱う場合、一つの考察の段取りとして「正格」・「仏格」・「変格」という三種類の文体の分別に十分注意を払われるべきではなかろうか。

五　終りに

いったい、インドに発生し、中国で土着化を遂げてきた仏教は朝鮮半島や日本に入った時に、東アジアの文学に如何なる影響を与えたか、史学と宗教学では多かれ少なかれこの問題に触れる可能性もあろうが、文学研究の本体論に基づく体系的な検討はほぼないのが現状のようである。事実として、上代文学などは伝統的な中国文学に大きく関わっているのと同じように、仏教翻訳文学とも切っても切れない関係を持っている。文体に限って言うならば、前者に比べて後者のほうが勝りこそすれ、決して劣らないと言っても過言ではあるまい。その意味では東アジア文学全体における文体と漢訳仏典との関連性の追求及びその文学史での新たな位置付けの試みはまさに任重くして道遠しと言えよう。

注

1　『語丝』九、一九二五年一月十二日。

2　牛麗娜「周作人『古事記』訳本研究」対外経済貿易大学修士論文、二〇一五年五月。

3 周作人「漢訳古事記神代巻引言」『周作人自編集：談龍集』、北京十月文芸出版社、二〇一一年。
4 馬興国「日本文学対『捜神記』的吸収与借鑑」『陰山学刊（社会科学版）』四、一九九三年。
5 陳東生「『古事記』漫談」『解放軍外国語学院学報』五、一九九三年。
6 潘金生「『古事記・上』〈海幸山幸〉等三節」『日語学習与研究』一、一九九五年
7 韓昇「日本古代修史与『古事記』、『日本書紀』」『史林』六、二〇一一年。
8 杜敦科「隋倭〈国書〉事件中的幾個問題再探」『唐都学刊』一、二〇一五年。
9 孫上林「従『古事記』神話看日本民族的〈恥意識〉」『名作欣賞・中旬』一〇、二〇一二年。司娟「従文化角度解析日本神話『古事記』」『済南職業学院学報』二〇一二年六月。
10 劉巍「従日本神話看日本人的信仰」『黒龍江教育学院学報』二〇〇八年八月。
11 王海燕「従神話伝説看古代日本人的災害認知」『浙江大学学報（人文社会科学版）』二〇一四年七月。
12 袁芳「従神話故事中審視中日文化迥異」『佳木斯教育学院学報』一一、二〇一三年。
13 朱玥「中日創世神話比較及其女性崇拝淵源探微」『三峡大学学報（人文社会科学版）』一、二〇一二年。占成才「伏羲与日本神話——以巡繞合婚為中心」『外国問題研究』四、二〇一四年。同「東渡的巨人：盤古神話与日本神話」『日本問題研究』五、二〇一五年。胡琪「中日神話二神創世形態的対比研究」『才智』一二、二〇一五年。
14 郎静、楊国華「中日英雄神話比較」『莆田学院学報』二、二〇〇二年。
15 曹希「中日神話中月神的性別分析」『呂梁学院学報』一、二〇一一年。
16 葉舒憲「中日玉石神話比較研究——以〈記紀〉為中心」『民俗芸術』五、二〇一三年。
17 孫佩霞「中日古代神話女性形象比較」『日本研究』四、二〇〇八年。
18 司志武「日本記紀〈船〉神話的原始宗教信仰探源」『広東海洋大学学報』、二〇一二年四月。黄科瓊、崔振雪「中日海洋龍神信仰比較研究」『神州民俗（学術版）』五、二〇一二年。
19 梁青「天照大神与黄帝主権機能之比較——以『古事記』和『山海経』為中心」『湖北社会科学』一、二〇一六年。
20 秦国和「日本〈記紀神話〉対中国文化的吸収——以形態模式構成的宗教哲学基礎為考察視角」『時代文学月刊』四、二〇一二年。林菱「浅析中国道教対日本神話伝説的影響」『中華文化論壇』五、二〇一三年。劉毅「文化的受容与変異——芻議日本神

話的幾個特点」『日本学刊』一九九五年三月。
21 李子賢「被固定了的神話与存活着的神話——日本〈記紀神話〉与中国雲南少数民族神話之比較」『雲南民族学院学報（哲学社会科学版）』二〇〇〇年一月。
22 李芒「日本古典詩歌的源頭——記紀歌謡」『日語学習与研究』一、一九八六年。
23 王鵬「日本記紀歌謡与蕭梁辞賦——析後者対前者在体式上的影響」『河西学院学報』四、二〇〇八年。
24 範淑玲「従万葉仮名看漢語中古音声母——以『日本書紀』音仮名為例」『山東大学学報（哲学社会科学版〈双月刊〉）』四、二〇〇六年。
25 李均洋「訓読式漢日翻訳的語言文化転換——以『日本書紀』漢日翻訳形容詞的対応和発展為例」『中国翻訳』二、二〇〇四年。
26 張新朋「東亜視域下的童蒙読物比較研究——以『千字文』与『開蒙要訓』之比較為例」、『浙江社会科学』一一、二〇一五年。
27 王勇「東亜仏書之環流——以『勝鬘経』為例」『山東社会科学』八、二〇一六年。
28 馮良珍「変体漢文文献中的詞義異変挙要」『中国語文』三、一九九九年。
29 氏は最近、「『古事記』中的詞義異変類型分析」（『日語学習与研究』三、二〇一六年）という論文で、こうした語彙の意味の異変を、「語の意味の変則」、「語の範囲の変則」、「語の意味と語の範囲の両方に亘る変則」というように分類している。
30 馮良珍「『古事記』中漢語与日語表達方式之計量考察」『日語学習与研究』四、二〇〇二年
31 馮良珍「『古事記』神話舞台的構造」『外国問題研究』四、二〇一〇年。
32 王江蘭「『古事記』動結式特点分析」『現代語文：上旬・文学研究』一一、二〇一六年。
33 楊瓊「『古事記』所見〈然〉字的詞義及語法功能初探」『経済研究導報』二七、二〇一二年。
34 馬駿『日本上代文学〈和習〉問題研究』、二〇一一年国家哲学社会科学成果文庫、北京大学出版社、二〇一二年。
35 馬駿「突破漢字固有表現的重囲——従『古事記』序文中的〈切蛇〉説起」『文史知識』二、二〇一二年。
36 馬駿「苧環型説話の表現素材の変容とその源流」小峯和明編『東アジアの今昔物語集　翻訳・変成・予言』勉誠出版、二〇一二年六月。
37 馬駿「東亜文学語境中的神話故事比較研究——〈盟神探湯〉与〈扶南王範尋判案〉」『日語学習与研究』二、二〇〇九年。

38 馬駿「『日本書紀』祥瑞災異記載内容の比較文学研究」『日語学習与研究』六、二〇〇九年。

39 馬駿「書証：『日本書紀』祥瑞災異記載内容的変異性」『日語学習与研究』一、二〇一〇年。

40 馬駿「書証：『日本書紀』祥瑞災異記述形式的変異性」『漢学研究』一二、学苑出版社、二〇一〇年四月。

41 代表は石井公成。メンバーは金文京、瀬間正之、帥茂樹、森博達。韓国からの参会者は崔鉛植、鄭在永。中国からは董志翹、馬駿。

42 馬駿「上代文学の文体と漢訳仏典との比較研究——言語類の四字句の変格表現を手掛かりに」二〇一三年十二月。同「上代文学の文体と漢文仏経の比較研究——提示句式の正格・仏格・変格を中心に」二〇一四年十二月。同「『日本書紀』所引書の変格漢文——〈百済三書〉を中心に」二〇一五年十二月。

あとがき

　このところの人文学軽視の風潮は日本にとどまらない。近隣の韓国・台湾でも同様な事態が生じている。実学偏重の世相は、学生をも直撃する。日本語日本文学を看板に掲げる学科でも、教員の専門はまさしく語学・文学でありながら、学生の卒論・修論は日本のサブカルチャーや経済政策など、文学・語学以外をテーマとすることを認めざるを得ないのが実態であるらしい。国内においても、国語国文学界で最大規模を誇っていた日本語学会（旧国語学会）の会員も最盛時の二四〇〇名から一六〇〇名に減少したと聞く。また、多くの学会が、大会での発表希望者・学会誌への投稿論文・若手研究者の入会の減少にあえいでいるのが現状であるようだ。

　しかし、実学励行の趨勢に支配されようと、虚学と誹謗されようと、人文学は終わらない。実学は実を求めるが故に破綻と隣り合わせであるが、虚学はもともと虚であるが故に滅ぶことはない。文史哲の学はいつまでもその可能性を保持し得ると信じたい。

　そうした思いを込めて、『古代文学と隣接諸学第10巻「記紀の可能性」』を編んだ。それぞれの研究分野の最先端で活躍されながら、研究教育以外の庶務に忙殺されがちな昨今の劣悪環境をも克服して、執筆していただいた著者各位に心からお礼を申し上げるとともに、人文学の可能性の一端を読者の方々に示すことができれば幸いである。

二〇一八年一月

瀬間　正之

執筆者一覧

池田　昌広	いけだ まさひろ	東洋史学	京都産業大学准教授
奥田　俊博	おくだ としひろ	上代語・上代文学	九州女子大学教授
葛西　太一	かさい たいち	上代語・上代文学	清泉女学院中学高等学校非常勤講師
工藤　　浩	くどう ひろし	日本上代文学	日本工業大学教授
河野 貴美子	こうの きみこ	和漢古文献研究	早稲田大学教授
笹川　尚紀	ささかわ なおき	日本古代史	京都大学助教
瀬間　正之	せま まさゆき	上代語・上代文学	上智大学教授
高松　寿夫	たかまつ ひさお	日本上代文学	早稲田大学教授
谷口　雅博	たにぐち まさひろ	日本上代文学	國學院大學准教授
魯　　成煥	の そんふぁん	歴史民俗学・比較文化学	韓国蔚山大学教授
朴　　美賢	ぱく みひょん	上代語	韓国釜山大学
原口 耕一郎	はらぐち こういちろう	日本古代史	中国安徽大学外国人専任講師
藤原　享和	ふじわら たかかず	上代文学（歌謡）	立命館大学教授
北條　勝貴	ほうじょう かつたか	古代心性史・環境文化史	上智大学准教授
馬　　　駿	ま しゅん	日本上代文学・中日古代文学比較	中国 北京第二外国語学院教授
松本　直樹	まつもと なおき	上代文学・日本神話	早稲田大学教授
八重樫直比古	やえがし なおひこ	日本思想史	前ノートルダム清心女子大学教授
山本　　崇	やまもと たかし	日本古代史	奈良文化財研究所
李　　銘敬	り めいけい	日本説話文学	中国人民大学教授
渡邉　　卓	わたなべ たかし	日本上代文学・国学	國學院大學助教

監修

鈴木　靖民	すずき やすたみ	日本古代史・東アジア古代史	横浜市歴史博物館館長

肩書は 2018 年 3 月時点

「記紀」の可能性　〈古代文学と隣接諸学 10〉

2018 年 4 月 2 日　発行

編　者　瀬間　正之

発行者　黒澤　廣

発行所　竹林舎
112-0013
東京都文京区音羽 1-15-12-411
電話 03(5977)8871　FAX03(5977)8879

印刷　シナノ書籍印刷株式会社

ISBN 978-4-902084-49-8

古代文学と隣接諸学〈全10巻〉

監修　鈴木靖民

第1巻	古代日本と興亡の東アジア	編集　田中 史生
第2巻	古代の文化圏とネットワーク	編集　藏中 しのぶ
第3巻	古代王権の史実と虚構	編集　仁藤 敦史
第4巻	古代の文字文化	編集　犬飼 隆
第5巻	律令国家の理想と現実	編集　古瀬 奈津子
第6巻	古代寺院の芸術世界	編集　肥田 路美
第7巻	古代の信仰・祭祀	編集　岡田 莊司
第8巻	古代の都城と交通	編集　川尻 秋生
第9巻	『万葉集』と東アジア	編集　辰巳 正明
第10巻	「記紀」の可能性	編集　瀬間 正之